范曾藝海
泛扁舟四
十周年
自了頭
夢巘葉
茵飛游
水黃河
揚子
圖中
淩
戊辰三春
寒居端
士為政
自畫壽

作者自画像

王为政，字北辰，江苏丰县人，1944年5月5日生。幼年随尚连璧先生学画，1960年考入南京艺术学院附中，1963年毕业。同年考入中央工艺美术学院，受教于吴冠中、李苦禅、卫天霖等艺术前辈，1968年毕业。1973年进北京画院从事专职美术创作，系中国美术家协会会员，中国作家协会会员，第八、九、十届全国政协委员，第十一届全国人大代表。曾先后在美、日、新加坡、瑞士、意大利等国举办个展、联展及学术交流，2012年在中国美术馆举办《千古风流人物——王为政画展》，作品为人民大会堂、中南海、中国美术馆及国内外多家博物馆和收藏家收藏。1997年获中国文学艺术家联合会、中国美术家协会授予的中国画坛百杰奖，2006年获俄罗斯美术家协会授予的终身艺术成就奖。兼擅文学，工诗词，曾获多种奖项，其中，中篇小说《听画》获1991年度中国作家中篇小说奖，电视剧本《补天裂》获第七届全国五个一工程奖优秀电视剧奖，话剧剧本《红尘》获第二届国家舞台艺术精品工程优秀剧本奖。出版有《中国作家经典文库·王为政卷》等多部作品，并有英、法、德等文版行世。

丹青隐

王为政 · 著

南方传媒　花城出版社
中国·广州

果麦文化 出品

目录

01　英雄帖

宋连魁走出京汉铁路正阳门站，钟声正打在下午两点。那会儿的正阳门火车站有东西两站，都是庚子事变之后的产物。西站是京汉铁路的起点，1900 年八国联军攻占北京，慈禧和光绪仓皇出逃，法国人出于军事侵略和经济掠夺的需要，擅自在外城城墙上开洞，把卢汉铁路从卢沟桥延展至正阳门西南侧，在此设站，卢汉铁路遂改称京汉铁路，1906 年全线通车。东站是京奉铁路的起点，1903 年由英国人始建，1906 年正式启用。宋连魁从汉口回北京来，自然是从西站出站。这是一座中式二层楼房，四脊两坡的悬山顶，楼下设有护栏，进出站口的拱门上书"京汉铁路车站"。这在中国的传统建筑中称不上豪华，与东站的西洋建筑相比，甚至显得简陋多了，连钟楼也没有，好在离东站不远，报时的钟声清晰可闻。

出站口人群熙攘。跟包的雷武放下手里的行李，说："二爷，您先在这儿等等，我去叫车。"

"嗯。"宋连魁答应着，就站住了。不留神前头飞过来一张纸，正落在他的礼帽上。这是哪个不长眼的？他心头火起，一把抓住了，正要扯它个粉碎，抬头看时，出站口一个年轻汉子正在向行人散发传单，这一张是别人接住又扔掉的。宋连魁这才瞟了一眼手中的传单，是一张折叠式的帖子，以檀香色洒金笺制成，长约七寸，宽约三寸，居中以雷纹图案组成长方框，其间墨书"英雄帖"三个大字，简洁醒目，庄重大气。宋连魁一眼就看出来，这等手艺，不是鼎易轩的，就是仰古堂的。心里这么想着，信手翻过来，果然背面盖着一枚篆书印章"鼎易轩制"。宋连魁是鼎易轩的常客，便不忍再扔了它，倒要看看是哪路英雄，为何事发帖。不由得打开了"对门折"，只见里面嵌着一幅素笺，上面写着：

为声援首都各界爱国倒黎之行动，表达捍卫民主民生之决心，本人兹订于中华民国十二年，西历一千九百二十三年六月十二日午后三时在东厂胡同总统府门前赴鼎镬以明志，诚邀各路英雄、各界父老临场见证，以壮行色。

城南六少周天谨启

宋连魁不禁吃了一惊。他应邀到汉口唱了两个月的戏，只听说山东临城出了一桩响马劫火车的大案子，没想到北京也出了这么大的事儿，市民都闹到总统府了，不知道大总统黎元洪怎么激起了如此的民愤？在湖北还听人说了"黎菩萨"不少好话呢。更让他想不到的是，发帖子的竟然是"城南六少周天"！说起这个周天，他是再熟悉不过了，早年间他家住在琉璃厂后身儿，跟周家是邻居，他比周天大不了几岁，小时候曾经一起下护城河摸过鱼，溜城墙根儿逮过蛐蛐儿，算得上"发小儿"了。不过，两家的门第差得很远，宋连魁家境贫寒，九岁入喜连成坐科，刻苦学艺，工架子花脸，未待出科已小有名气，深得班主叶春善赏识，七年科满，俨然成蔓儿，只因架子花脸不能挑班儿，遂留在富连成（这时喜连成已改称富连成了）带艺搭班儿，兼做教习，换个通俗的说法儿，就是"留校任教"了。而周天则生在名门望族，往上数三代，琉璃厂后身儿那一大片宅子，几乎都是周家的，叔伯兄弟好几条汉子都不是等闲之辈，鼎盛时期曾富甲一方。周天他爹继承祖业，做的是绸布生意，经营苏杭绸缎，裘皮布匹。一辈子生了六个儿女，前五个都早夭，只活了这一个，还是个遗腹子，从小没见过他爹，虽衣食无忧，但孤儿寡母，也自有苦处，因此他娘给起了个小名儿叫"苦六儿"，他自个儿则号称"城南六少"，正式姓名"周天"倒不大被人提起。正是由于他娘的娇惯，此人一不爱读书，二不会经商，长大之后一无所长，平生所爱就是吃喝嫖赌，生生地把他爹留下的家产销光荡尽，把他娘也活活地气死，如今二十好几了，仍孤身一人，靠着坑蒙拐骗混日子。这路角色，上海叫"瘪三"，天津叫"混混儿"，北京叫"嘎杂子"，为人们所不齿。按说，像苦六儿这么一个人，做出什么古怪举动都不稀奇，但宋连魁无论如何也想不到，一个在街头胡混的嘎杂子，和堂堂的大总统八竿子打不着，他们之间能有什么过节儿？苦六儿怎么就跟黎元洪较上劲了，以至于到了你死我活的地步，非要"赴鼎镬以明志"！"鼎镬"是什么？宋连魁虽以唱戏为业，不比埋头做学问的文人墨客，但他唱的都是前辈人传下来的老戏，筋骨皮肉都连着历史，他平日里又喜欢读书讲古，谈文说史，多多少少知道一些掌故，记得苏东坡《留侯论》曰："秦之方盛也，以刀锯鼎镬待天下之士。"所谓"鼎镬"，那就是"烹"刑，把活人下油锅啊！当年楚汉相争，以鸿沟为界，项羽把刘邦的老爹抓来，架在油锅上，欲"烹"之，逼着刘邦投降。可是流氓成性的刘邦不吃这一套，对他说：咱俩是拜把子兄弟，我爹就是你爹。你要烹咱爹，那就也分我一杯羹吧！项羽只得作罢，要不然，刘太公非被炸焦了不可。刘邦攻打齐国的时候，谋臣郦食其奉命前去游说，齐王田广表示愿降，停止了抵抗，可是韩信听了谋士蒯通的鼓动，不听汉王号令，仍然继续攻齐，田广以为汉王不守信用，怒斩来使，将郦食其"烹"之。刘邦夺得天下，韩信以谋反罪被杀，临死前说，悔不该没有听蒯通的话，自立为王，以致落到这个下场。刘邦怒而捕蒯通，欲"烹"之。要不是蒯通的三寸不烂之舌能言善辩，为自己解脱，他也得到鼎镬之中过一过滚油了。陈年古代的这些往事旧闻，想起来仍然心惊肉跳，谁能料到，这种事竟然出现在眼眉前儿，苦六儿要自个儿"烹"自个儿！他又看了一眼帖子上的日期，啊，六月十二日，就是今天，午后三时，眼瞅着就到了！他怎么回来得这么寸，正好赶上了。宋连魁是什么人？科班儿出身的国剧名伶，戏台上常扮的是英雄豪杰，有"活张飞""赛李逵"之誉，且擅演西楚霸王项羽和一代枭雄曹操。他自幼武、艺并重，练就一副好身手，平日里行侠仗义，路见不平拔刀相助。现在，苦六儿的这桩怪事儿横在面前，他倒是管也不管？虽然如今的苦六儿已是姥姥不疼舅舅不爱，人嫌狗不待见，宋连魁跟他也早就没什么来往，但毕竟是几辈子的街坊了，何况苦六儿的本族九叔周鼎还是宋连魁所敬重的长者，怎么能看着他这么样儿"作死"都不伸把手？那也是一条性命啊！

"二爷，车来了！"雷武喊道。因为行李多，他叫了两辆洋车，伸手搀着宋连魁："二爷，上车吧！"

"不介，"宋连魁却说，"你先带着行李坐车回家吧，我还有事儿，得去瞅瞅！"

"啊？"雷武挺纳闷儿，"什么事儿这么当紧，连家都不回？"

宋连魁顾不上解释，干脆说："哎，你也先甭回家了，赶紧地到琅园去见九爷！"

"跟他说什么？"雷武一脸懵懂。

"把这个给他，"他把手里的帖子递给了雷武，"赶紧地！"

雷武接过帖子，就去搬行李，装车。宋连魁一撩长衫下摆，跨上了另一辆洋车，正了正礼帽："东厂胡同！"

东厂胡同在东华门外，是一条东西走向的胡同，东至王府井，西至东皇城根儿南街。北京的胡同多如牛毛，这条胡同并不太长，住户也不多，却不可小瞧。早在明永乐十八年，国都由南京迁到北京，明成祖朱棣在此设置特务机构东缉事厂，简称"东厂"，派亲信太监掌管，"防谋逆、妖言、大奸恶等，与锦衣卫均权势"，肆意罗织罪名，残害忠良，暴虐百姓。权奸魏忠贤当道时，"民间偶语，或触忠贤，辄被擒僇，甚至剥皮、割舌，所杀不可胜数，道路以目"。某日，有四人在密室夜饮，酒酣之际，一人乘着醉意谩骂魏忠贤，其余三人不敢作声。骂声未了，突然有东厂的特务闯入，将四人带走，骂魏忠贤者当即被处以凌迟，噤声不言者予以赏赐，已魂飞魄散，动弹不得。明亡，东厂圮废荒芜，清初成为康熙朝武英殿大学士、工部尚书阿兰泰的私产，后来又卖给了文渊阁大学士、两广总督瑞麟。瑞麟在此大兴土木，建筑富丽堂皇，园林优雅精巧，"丘壑无多，然甚闳敞；河流甚长，树土尤佳"，取名为"漪园"。据说，北京城使用电灯的历史，就是从这所宅子开始的。庚子事变，漪园被八国联军占用为德国医院。八国联军撤走后，瑞麟的后人把劫后余生的漪园更名为"余园"，向公众开放。到了光绪年间，余园里住进了文华殿大学士兼署直隶总督荣禄。民国初年，袁世凯出任大总统，入主中南海，为了笼络副总统黎元洪，斥资十万大洋买下东厂胡同的余园，送给他作为府邸。袁世凯死后，黎元洪继任大总统，办公在中南海，居家在余园，这里便成了总统府，就职典礼就是在这里举行的。几百年来，这条胡同一直不是寻常百姓轻松涉足的地方，只要一想到东厂的酷刑恶法，就足以令人毛骨悚然，即便在辟为公园时期，也游人寥寥，望而生畏。如今民国了，共和了，里面住的也不是寻常人物，而是大总统。朱漆大门庄严威武，门前有军人站岗，街上有警察巡逻，草根百姓打这儿走过，都心里发慌，脚下发软，大气不敢出，头也不敢回。若是走得慢了，马上就有人盘问："干什么的？此地不准停留！"

可是这几天不同了，先是陆军检阅使冯玉祥、京畿卫戍司令王怀庆、步军统领聂宪藩、京师警察厅总监薛之珩，佩刀率部闯进总统府，当面向黎元洪索要军饷，"皇帝不差饿兵"，逼着他欠债还钱。紧接着，卫戍部队和警察宣布罢岗，不伺候了！堂堂的总统府竟然没人管了，只好把大门紧闭。可是，顾得了门里，顾不了门外，外面儿无法无天了，"国民大会""市民请愿团"等各种名目的群体蜂拥而至，高喊着："市民饿，总统肥！""民不聊生，总统下台！"想说什么说什么，指名道姓骂黎元洪，百无禁忌——总统竟然是可以骂的？头一回骂得这么肆意，这么痛快！其实，这些人未必都热衷于政治，也未必弄得明白政坛上的是非非，就是图个热闹。好奇之心，人皆有之，平常日子，哪条胡同里有个牛二之流打架斗殴，还要引得满街筒子的人围着观看，何况总统府前头几百号人这轰轰烈烈的阵势，还有人要下油锅，能不瞧瞧吗？连八大胡同也组织了"花界请愿团"，一个个浓妆艳抹，招摇过市，到此一展风骚，好生热闹！闻风而动的还有那些卖烟卷儿的、卖樱桃的、卖杏儿的、卖凉粉儿的、打冰盏儿卖酸梅汤的小商小贩儿，都不肯失去这个绝好的商机，推车挑担儿，高声吆喝着，在总统府前做起买卖了。东厂胡同成了最吸引人的好去处！各大报馆的记者自然也不愁没新闻，钻到人缝儿里抢拍好镜头，瞧那位戴眼镜儿的，细胳膊长腿儿，抱着照相机，跟个螳螂似的蹿来跳去紧忙活，镁光灯一闪一闪，冒出一股一股的白烟儿。

大热的天儿，人们的穿戴自然不那么齐整，好些人只穿着单裤单褂儿，甚至光着脊梁。当然，也有穿长袍马褂儿的、穿西装洋服的，还有的女性穿得花枝招展，跟蝴蝶儿似的。人群围得里三层外三层，后边儿的踮起脚跟儿，伸长了脖子，往里边儿瞧。只听得里边儿有人在带头高呼口号："黎元洪误国有罪！""黎元洪必须下台！""打倒黎元洪！"他喊一句，人们便跟着喊一句，乱哄哄不大整齐，毕竟这跟1919年上街高喊"废除二十一条"的学生们不是一拨儿人。

宋连魁在人群外边儿转悠，想要进去还不大容易。帖子上说苦六儿午后三点在此"赴鼎镬以明志"，这会儿也差不多该出场了。

"劳驾，让让啦！"忽听得一声高喊，"城南六少来了，让让啦！"

这一嗓子非常管用，人们"嗡啦"回过头来，争睹城南六少的英雄丰采。可惜苦六儿并不似人们想象的那般魁伟英武，他身材不高，面目瘦削，没有什么惊人之处，如果一定要往英雄人物上靠，充其量形貌略似"白日鼠"白胜、"鼓上蚤"时迁而已。尽管如此，人们也不敢小瞧，梁山泊一百单八将，并不是个个都长得像"行者"武松、"九纹龙"史进那般英武雄壮，即便白胜、时迁之流也不是好惹的，有道是"真人不露相，露相不真人"，城南六少要是没有真本事，敢发英雄帖，当着众人的面儿下油锅吗？这可不是闹着玩儿的！仔细看他那张脸，两道浓眉倒立着，在印堂扭在一起，衬着一双鹰隼般的眼睛，想必是个狠角色。头发梳成眼下颇为摩登的中分式，上身穿绛红团花绸子对襟儿短褂儿，上边儿两个扣子都不扣，半敞着怀，隐约露出胸前的刺青，盘屈在前胸后背的六条青龙，神龙见首不见尾。下身穿黑绉纱灯笼裤，黑丝带儿扎腿儿，脚蹬千层底布鞋。看上去倒像个练家子。身旁跟着四个彪形大汉，像是他的保镖，个个虎背熊腰，杀气腾腾，紧挨着他的那一位，手里提着个画眉笼子。瞧瞧这阵势！人群自觉地闪开了一道缝儿，让英雄城南六少到里边儿去。

如此被人景仰，受人追捧，苦六儿很是受用，大摇大摆地往里走。忽听得身后一声喊："哎，苦六儿，等等！"

苦六儿猛然回过头去，见是唱戏的宋连魁，不由得眉头一皱。正是在人前显贵的时候，被人当众叫他的小名儿，什么滋味儿？不错，前些年，城南六少手头儿还活泛的时候，爱听宋连魁的戏，捧他。可是，听戏的捧角儿，甭管砸了多少银子，唱戏的不能"羊上树"，再怎么着，你也是个唱戏的，老话儿说，"鹌鹑、戏子、猴儿"，戏子跟笼子里的鸟儿、架上的猴儿一样，都是玩物。就算我周天如今混得再不济，也不至于受你贱遇吧！

"叫谁呢？叫谁呢？"苦六儿把脸一沉，摆上谱儿了，"都不会说话了，啊？"

"噢，我该叫您'六少'！"宋连魁马上改了口，不但换了称呼，还用了"您"。北京人说话，最在乎第二人称的用字，"您"是敬称，如果该用"您"的时候用了"你"，就会招人不待见，"你我他仨"的，怎么说话呢？宋连魁嘴上给了他面子，脸上还挂着冷笑，那是从骨子里透出来的不屑，心说，这个嘎杂子，穷得都快当裤子了，今儿个不知从哪儿借来一身儿行头和四个保镖，上这儿来充人五了。

"宋二爷？"苦六儿见宋连魁识相，马上也让了一步，指指身旁的人群，问，"您今儿个在这儿也有戏？"

叫的是"二爷"，称的是"您"。

"不敢当，这儿哪有我的活啊？"宋连魁说，"我是冲您来的！"

"好啊，多谢捧场！"苦六儿乐了，"当年是我捧您，今儿是您捧我了。您受累，该我的活了。"一抬手，"宋二爷请！"

于是，宋连魁和苦六儿一起，在四个保镖的陪护之下走进了场子。这当然都是因为"城南六少"的面子，四个保镖和在场的人们都并不知道这位宋二爷是何许人也，也没有给予特别的注意。按说，宋连魁在梨园行已称得上角儿，名声在外，可是，唱戏的登台献艺总是勾上脸的，架子花脸的脸谱又不同于生、旦的俊扮，而是勾画得满脸七彩纷呈，不辨本来面目，即便是戏迷、票友，也难得见到他洗却粉墨的素颜真容，只在勾上脸谱、挂上髯口、穿戴上行头之后，方与角色融为一体，尽显英雄本色。而在剧场之外，尘世之中，即使对面相逢，也未必认得出他是谁了，何况他现在还戴着礼帽，额头全被遮住，英雄气概深藏不露，更加难以被人辨识。这个秘密，苦六儿自然是不肯点破的，今儿个是"城南六少"大出风头的日子，他肯让别人占了先吗？

总统府门前，重重叠叠的人群扇面形地展开，几个手拿小旗儿的人，跑来跑去地在维持秩序。大门前的高台阶儿上，交叉着支起来三根碗口粗的木桩子，上边用铁链子挂着一口盛满了油的大铁锅，下边的柴火正在熊熊燃烧，锅里的油"咕嘟咕嘟"直冒泡儿。这架势，像是街头撂地卖艺的场子，只是格外邪性。撂地卖艺那该上天桥儿，谁敢堵在总统府前头？这便是苦六儿即将"赴鼎镬以明志"的"鼎镬"，与六月的骄阳相呼应，更让人觉得燥热难忍。

前门外西河沿儿，那辆载着雷武的洋车，一路快跑。车夫道儿熟，从排子胡同向西进入大耳胡同，往南一拐进入延寿寺街，走到头儿再往西拐就是琉璃厂了……

琅园，宣武门外头、琉璃厂后身儿连片传统民居之中的一座西式庭院，看上去有些鹤立鸡群。院子的主体是"双子星座"般的两座二层洋楼，图纸一模一样儿，区别只在于一个叫东楼，一个叫西楼。两楼之间是一片茂密的竹林，楼前有一湾池塘，怪石嶙峋，清涟荡漾，满池荷花。西洋建筑和东方园林，不知不觉地融合在一所庭院里，主人为它取了个响亮而又静谧的名字"琅园"。院墙是以青砖砌成的，但没有北京随处可见的中式门楼，而是安装了一副镂花铁门，路人透过铁栅可以欣赏荷塘美景和洋楼风韵，不像传统的四合院那么私密。当然，若要登堂入室，那是要经过门房通报的。大门里面，还有一溜儿砖瓦平房，那是门房、车棚、马厩、厨房、用人房，正值鼎盛时期的琅园雇用着车夫、厨子、花匠和一干丫头、婆子，料理一切杂务。

西楼客厅里，张着铜喇叭的留声机正在放送马连良去年新灌的唱片《定军山》，琅园的两位主人正闲坐在沙发上，听戏，品茶。这二人，一位五十岁上下，肤色白皙，面目清癯，上唇一抹短髭，身穿白西服，颈系黑领结，足蹬棕色皮鞋，手边斜倚着一根"司的克"，风度雍容，气宇轩昂。"孔雀爱羽"，休闲状态也穿得衣冠楚楚。他便是一家之主周鼎，字九鼎，在周氏家族中大排行第九，人称九爷，和他时有往来的一些文人雅士则尊称他鼎公。坐在他旁边的那位二十岁光景的年轻人，是他同父异母的兄弟周易，字易之，大排行十二，人称十二爷。与兄长的全副洋派不同，周易一领夏布长衫，一双青面布鞋，虽是阔公子，却作学生打扮。在不熟悉的人看来，他们并不像兄弟，而更像父子或是师徒。

留声机里，马连良正唱到经典唱段 [西皮流水]：

这一封书信来得巧，天助黄忠立功劳。站立营门传营号，大小儿郎听根苗……

突然，看门儿的带着一个人进来，是宋二爷跟包的雷武，手里拿着那份《英雄帖》，急急忙忙地叫道："九爷，您瞅！"

周鼎不知道出了什么事，接在手里，先瞟了瞟封面上的"英雄帖"三字，再翻过来，一眼看见那枚"鼎易轩制"的图章，就已经眉头紧锁，再打开"对门折"，看到里面的文字，不禁怒火中烧，一反刚才听戏时的安详儒雅之态，怒而喝道："苦六儿这个孽障，又要作祟！耿虎，备车！"

总统府门前的"鼎镬"，正沸腾以待。

"哦，城南六少来了！"一位穿长衫、戴茶色养目镜的先生迎上前来，一开口就听得出，就是刚才带头喊口号的那位，嗓子哑哑的。他热情地和苦六儿握手，然后朝人群喊道："这位就是我们期待已久的大英雄城南六少，大家鼓掌欢迎！"

场上欢声雷动。苦六儿是个人来疯，昂首挺胸登上台阶儿，双手抱拳，作了个罗圈揖，把四面八方都照顾到了，等到掌声平息，高声喊道："北京城的老少爷们儿……"

话刚说到这儿，就被打断了，那边儿花枝招展处亮出一个娇滴滴的女声儿："瞅仔细喽，今儿个到场的可不光是爷们儿，还有我们姐们儿呢！"

人群中一阵哄笑。

苦六儿赶紧说："没错儿，闻见味儿了！"

"什么味儿？"马上有人捡起这个话茬儿。

"骚味儿！"立即又有人接住，跟说相声似的，又撩起一拨儿哄笑。

"各位姐们儿，兄弟这厢有礼了！"苦六儿赶紧说，笑眯眯地盯着前面说话的那位花蝴蝶儿，"难得姐姐今儿个舍得这个工夫，花这份儿心思，来到这儿给兄弟捧场，多大的情分？赶明儿我请客，您说上哪儿吧？……"

说着说着，骨头都要酥了。戴茶色养目镜的先生连忙上前拦住这八不沾边的话头儿："城南六少不必客气了，今天到场的诸位，彼此彼此，都是为了一个目的：声讨黎元洪，弹劾黎元洪，强烈要求黎元洪交权下台！"

"对，对，对，"苦六儿这才意识到自个儿跑题了，赶紧跟着回到正路，为了显示自己的义愤，攥起拳头，狠狠地一挥，"拼着一身剐，敢把黎元洪拉下马！"

"哎，六少，"宋连魁忍不住扯了扯他的袖子，"这黎大总统到底怎么您了？这么大的仇？"

"话不能这么说，"苦六儿板起面孔，一本正经地说，"我跟黎元洪没有私仇，我们的爱国倒黎行动，完全是为了国家，为了民族！"

人群中爆出叫"好"声，城南六少果然不是凡人，豪言壮语出口成章。他们并不知道，今儿苦六儿该说什么，都是那位戴茶色养目镜的先生事先编排好的。

苦六儿受到鼓励，接着说："我是替这个国家着急啊！老少爷们儿、姐们儿都记得，大清改了民国，到现在不过十二年的事儿，大总统就已经换了六回：孙中山之后是袁世凯；袁世凯死了，副总统黎元洪扶正，当了总统；黎元洪之后是冯国璋，冯国璋之后是徐世昌，徐世昌之后呢？黎元洪二进宫，又当了总统。头年六月他上的台，到现在才一年，内阁总理就换了六茬儿：颜惠卿、唐绍仪、汪大燮……"

说到这儿，站在台阶底下的那位戴茶色养目镜的先生听出了毛病，赶紧提醒他说："不对，唐绍仪后边儿是王宠惠！"

"啊，是王宠惠，"苦六儿连忙更正，接茬儿往下说，"王宠惠、汪大燮、王正廷、张绍曾，都是椅子没坐热就又换人了。这是干什么呀？玩儿走马灯啊？小孩儿过家家啊？拿国家大事当儿戏！哎，这回更绝了，张绍曾内阁干脆来了个总辞职，堂堂的中华民国，现如今没有了内阁，没有了总理，总统成了光杆儿司令，自个儿在那儿发号施令，谁听他的？政令出不了总统府，他还算个什么总统？废物点心一个！"

苦六儿说得慷慨激昂，人群响起热烈的笑声、掌声和叫"好"声，在总统府门前骂总统，是最过瘾的事儿了。

"黎元洪二茬儿当总统这一年，正经事儿一样儿没干，只闹得国库空虚，财政吃紧，连军饷都发不出来了。市面儿上物价飞涨，老百姓怨声载道，可是大总统黎元洪呢？他都干什么了？骑马、滑冰、打网球、游园、听戏。大年初八就在这东厂胡同办的那场堂会，杨小楼、王瑶卿、梅兰芳、余叔岩、程砚秋、尚小云……嗬，几十位名角儿大蔓儿都到场了，溜溜儿唱了三天，多大的谱儿啊！声色犬马，这是亡国之兆！"

苦六儿嘴上这么说，其实他当年最热衷的就是声色犬马，如今都没份儿了，只顾骂得痛快，却不料犯了宋连魁的忌讳，这边儿拦住他说:"六少,话可不能这么说,听戏怎么了?大总统就不能听戏?听戏就能亡国?别忘了黎大总统是辛亥革命的元勋,武昌首义的湖北军政府大都督,民国的江山是人家打下来的!"

他这么一说,人群又是一阵骚动。对于本来就没有什么立场的看客来说,似乎哪边儿的说法儿都有他的道理,这才听得有意思。他们还以为这俩人抬杠是早就安排好了的呢,宋连魁横插一杠子,歪打正着了。

苦六儿脑子转得快,他知道,要论听戏亡不亡国,他说不过宋连魁,就不搭这个荏儿,单拣有把儿的:"得了吧!什么革命元勋?武昌起义的时候,黎元洪还是清军的协统呢,起义当天,他竟然亲手枪毙了一名革命党人,换上当兵的衣裳,跑了!起义军不计前嫌,推举他当大都督,赏他脸了!可是他呢,在哪儿呢?到处都找不着,最后是从床底下揪出来的!起义军请他当大都督,他还不干呢:'莫害我!莫害我!'您瞧瞧这个熊样儿!"

人群里漾起肆意的哄笑,人五人六的大总统,被剥去炫目的光环,竟是如此不堪,犹如变戏法儿的穿帮露馅儿,让看客大失所望,同时又升起一股看穿底细的快意,他娘的,瞧着人模狗样儿,闹半天这么回事儿?

苦六儿乐了,揭短儿这一招儿很灵,那就继续临场发挥,再来个狠的:"哎,哎,诸位知道吗?黎元洪的姨太太黎本危——此人本姓危,芳名文绣,她可是出身于青楼的哟……"

苦六儿眉飞色舞,正要添油加醋,细细地描述渲染一番当年危文绣是如何倚门卖笑,又如何钓得黎元洪这个金龟婿,这种桃色的段子一向叫座儿,一定能赢个满堂彩!不承想刚说了一句"出身青楼的哟",就惹了麻烦,"花界请愿团"那边儿便"轰"地炸了窝,一片声地嚷嚷:"怎么的?怎么的?出身青楼招谁惹谁了?"

刚才那位花蝴蝶儿,又出来挑头儿,摇动腰肢,伸展玉臂,指指点点,不依不饶:"现如今民主共和了,我们也得讲讲女权主义了!"

有人带头拍起巴掌来,热烈的掌声夹杂着口哨声,此起彼伏,看起来，八大胡同的姑娘们的魅力是不可阻挡的，下边儿该她们出彩了！苦六儿恨不得抽自个儿的嘴巴，怎么这么欠？张口牙根错，一不留神得罪了这帮婊子，她们要是撒起泼来，谁惹得起？眼瞅着没法儿收场了！

关键时刻，该那位戴茶色养目镜的先生说话了。刚才宋连魁插嘴，他可以不管，那正好给苦六儿骂总统提了个话头儿，而这帮窑姐儿要是占了场子，路子就邪了。不成，他得引导。于是上前一步，朝花蝴蝶儿作了个揖："这位小姐说得好，女权主义，的确是非常重要的！今天我们在此集会，就是要为百姓争取民权，也为姐妹们争取女权！所以，今天午后三点……"说到这里，他特地掏出自己的金链子怀表，朝人群晃了晃，以表示精确的时间观念，"我们的大英雄城南六少，为了表达与黎元洪血战到底的决心，要在此赴鼎镬以明志——就是以血肉之躯下油锅啊！请问，'国民大会''市民请愿团'的代表们，哦，还有'花界请愿团'的姐妹们，是不是都等着要看这惊天义举啊？"

"是！"场上沸腾了。前面的花絮都是小打小闹儿，这才是今天的重头戏，几百号人大热的天儿跑到这儿来，看的就是活人如何下油锅！

一辆双辕四轮西洋大马车在行进，座前一匹白马，一匹黑马，呼啸生风，疾驰在《清明上河图》式的街巷之间，好似在线装书中加了一幅西洋画彩色插图。

总统府前，几百号人急等着看南城六少"赴鼎镬以明志"。

"等等！"人群中有人高声喊道，"请问先生，和平抗议示威活动，为什么非要搭上人命？"

"什么？"戴茶色养目镜的先生对这种幼稚的提问不以为然，慨然道，"知道什么是死士吗？敢于以性命相搏，决一死战，有去无回，才是真正的英雄。城南六少就是这样的英雄！"

"好！"人群中呼声震天。

声势造到这个份儿上，苦六儿当仁不让，把手一挥："哥儿几个，油锅伺候！"

"回六少，"彪形大汉们马上回话，"油锅早就备好，滚开多时了！"

其实苦六儿早就看见滚开的油锅了，成心要这个派头儿，把铺垫做足了，这才两手抓住自个儿的衣襟，"嚓！"把扣子都扯崩了，脱下那件绸子短褂儿，刺在前胸后背上的六条青龙便显露无遗，随着肌肉的扭曲而涌动。腰间束着四指宽的皮带，铜扣闪闪发光。右胯处挂着一把插在皮鞘里的纯钢袖珍匕首。他随手把短褂儿抛去，表示破釜沉舟，要上阵了。

"六少！"宋连魁一把抓住他的胳膊，"你真不要命了？"

情急之中，说话就顾不得客气，"您""你"不分了。

"死不了人，"苦六儿冲他笑笑，"顶多废一条胳膊！"

"那也不成！凭什么废一条胳膊？逞一时的英雄，落下终身残疾，不值啊！你这是糟践自个儿，跟黎元洪有什么干系？他会因为这个下台吗？"

"问问他们啊！"苦六儿一只手被他拽着，伸出另一只手，指着周围的人群，"几百号人都来了，都等着瞧我的呢，我要是临阵脱逃，他们能善罢甘休吗？二爷，闪开！"

苦六儿的胳膊猛地一甩，摆脱宋连魁的纠缠，朝旁边儿一伸手，提笼子的壮汉赶紧跟上前来，把手中的画眉笼子郑重地举起，双手递了过去。苦六儿接过笼子，拉开笼门，伸进手去，一把抓住画眉，那鸟儿惊慌失措，扑棱着翅膀，"叽哩喳啦"乱叫。苦六儿也不言语，把鸟儿掏出来，便顺手扔了笼子，举着那只鸟儿，上前两步，站在了沸腾的油锅旁边儿。

宋连魁看得纳闷儿："六少，你这是干什么？"

黑压压的人群瞪着数不清的眼睛，也紧盯着苦六儿手中的那只叽喳乱叫的鸟儿，和宋连魁一样等待着他的回答。在他们看来，这位不知姓名的"二爷"无疑是城南六少的"托儿"，一个苦苦相劝，一个执拗到底，两人配合得是那么默契，一步步引人入胜。

"诸位，"苦六儿朝着众人高声喊道，"瞧见没有？这只画眉，千娇百媚，妙喉如歌，多好的玩意儿？可是，为了今天的倒黎行动，它也要和我同仇敌忾，一起赴汤蹈火！诸位再看这口锅，里边儿盛的是什么？"

"油！"几百号人抢着回答。

"这油，开了没有？"

"开了，早就开了！"

"现在，我要是把这只鸟儿扔进油锅里，它会怎么样？"

"那还不炸焦了？"人群里立刻有人回应。

"对，我只要一扔进去，它就焦了，煳了！"苦六儿说，"我呢？还得把它捞出来，不用笊篱、叉子、勺子那些家伙什儿，就凭这血肉之躯，徒手把它从滚开的油锅里再捞出来！"

人群骇然。

"你们信不信？不信就等着瞧！"苦六儿面带微笑，表明他是如何的自信，"兄弟今儿个要是哼哼一声，我这个'周'字就倒着写！"

他说的是江湖上的规矩。嘎杂子作为一种社会群体，虽然没有严密的组织，却有严格的规矩。自残是他们常用的讹诈手段，冷不丁闯到人家门前去，或是拿板砖拍自个儿的脑袋，或是拿刀子在自个儿身上剐下一块肉来，这种时候，必须拿出关云长刮骨疗毒的气度，眼睁睁地看着白刀子进去，红刀子出来，也不能叫苦喊疼，只有硬撑到底，讹诈才能成功，由事主包骨养伤，并做出赔偿。但是，如果畏难反悔、临阵脱逃，或者在自残的过程中忍不住痛苦而呻吟喊叫，则为同道所不齿，事主也可以不理不睬，虽受皮肉之苦却一无所获，从此退出江湖。苦六儿把话说在前头，等于当众立下了军令状。人群中发出赞叹声。面前这位城南六少，虽然看上去未必有金刚不坏之身，却胆气惊人，眼瞅着就来真格的了，你不信也得信！

话已说透，戏已做足，就不必让看客们久等了。只见苦六儿攥着画眉的右手使劲一摔，把那只鸟儿扔进了油锅，"滋啦"一声，叽哩喳啦的惊叫戛然而止，沸腾的油泡当中冒起一缕白烟，随之，一股焦煳味儿扑鼻而来。

苦六儿傻眼了。对他来说，从油锅里徒手取物，虽然还是头一回，但作为嘎杂子团伙的一员，别人的表演他还是见识过的，并且掌握着同道中的一个秘密，那就是在油锅里做手脚：所谓的"油锅"，其实大半是醋，只有少量的油，油比醋轻，浮在表面上，就把醋遮住了。醋的沸点低，点火之后，很快就冒泡儿了，看起来就像是油锅沸腾，其实油还不太热，这时候把手伸进去，飞快地捞上一把，不至于烫伤，这正是苦六儿雄赳赳气昂昂地到此一显身手的底气所在。为了避免鸟儿在他下手之前从油锅里飞走，事先还特地在它翅膀上做了手脚。通常，别人在表演的时候都是往锅里扔一枚银元，然后徒手捞出来，今天，苦六儿想出了这个新花样儿，换成了活蹦乱跳的鸟儿，让人们看得更加兴致盎然。然而，正因为他扔进油锅里的是只有血有肉的活物儿，才会出现那一缕白烟和焦煳味儿，这说明，锅里滚开的是油！显然，组织者并没有信守事先的约定，为了表演效果的真实、惨烈，把醋换成了油！而且不等他到场就点了火，把油烧得"咕嘟咕嘟"响，一点退身步儿都没给他留！

望着沸腾的油锅，苦六儿从头皮到脚跟都麻木了，胸腔里的那颗心狂跳起来，他被人家耍了！

场子上的人们，几百双眼睛紧盯着苦六儿，焦急地等待着那惊心动魄的时刻到来。记者们手中的镁光灯举得高高的，随时准备按动快门，摄下那夺人眼球的画面。人心是脆弱的，只须设想一下，当活人的肌肤在滚油之中顷刻间变得焦黑，谁都会心惊肉跳，汗洽股栗；人心又是残忍的，对于他人的痛苦和牺牲，偏偏又有着难以遏制的观赏愿望，历来在街头"正法"犯人，看客都是人山人海，不但争着买人血馒头，甚至还要"生啖其肉"。这一次却又不同，不是大总统黎元洪下令要"烹"谁，而是这位城南六少跟大总统较劲，逼他下台，你不下台我下油锅！平地里蹦出来这么一位大英雄，当然是不看白不看！

可是，事情似乎突然之间出现了变数，他们还看得成吗？

那位戴茶色养目镜的先生愣住了。刚才城南六少带着画眉笼子进场，他眼睁睁地看着，没有制止。城南六少抓住鸟儿要往油锅里扔，他就在旁边儿站着，也没有阻拦。归根结底，是他没有意识到金属和肉在油锅里的反应是不同的，把物理学上如此浅显的问题忽略了，千不该，万不该，不该放过这一只小鸟儿，铸成了大错！现在，如果城南六少不干了，怎么办？

场子里边儿，最不明白的人是宋连魁。虽然，他作为一名艺人也久居江湖，但此江湖非彼江湖，他对嘎杂子的把戏并不在行，更不懂得政客的伎俩，不知道此时此刻眼前发生了什么，还以为是自己的劝说起了作用，苦六儿迟疑了，不愿意"赴鼎镬以明志"了？

"六少，"宋连魁一把抓住苦六儿的胳膊，"快走！"

"走？哪里走？"戴茶色养目镜的先生厉声喝道，"你问问城南六少，他愿意走吗？"

他一招手，那四名彪形大汉和一帮子手拿小旗儿维持秩序的人也忽地围拢过来，逼视着苦六儿和宋连魁。

苦六儿知道，他即使想走，也走不了啦。何况，他不能走。如果他临阵脱逃，坏了江湖上的规矩，"城南六少"的这一辈子也就完了。此时此刻，没有人比他更懂得"人在江湖，身不由己"这几个字的滋味儿了，打掉牙只能往肚子里咽，别说前面是油锅，哪怕是十八层地狱，他也得下了。

"宋二爷说笑话儿呢？"他扭头朝宋连魁笑笑，再回过头望着黑压压的人群，"北京城的爷们儿、姐们儿瞧得起咱，咱不能含糊！瞧着，兄弟给你们露一手！"

说着，苦六儿猛地挣脱宋连魁，抡起右臂，张开五指，在空中划了一道圆弧，向油锅落下去！

几百号人的场子，鸦雀无声，人们屏住呼吸，捂着胸膛，期待着那最刺激的一刹那……

宋连魁的心脏都要爆裂了，他知道，苦六儿的胳膊一伸进油锅，就非死即残，没救了！

"苦六儿，住手！"正在此时，一个声音突然在空中震响，因为场子太静了，这声音如同晴空霹雳！

苦六儿大吃一惊，猛然回头，那只伸出去的手像中了魔法，僵硬地停在了半空。宋连魁趁势飞手抓住苦六儿的胳膊，让他动弹不得。戴茶色养目镜的先生、四名保镖和几百号围观者都愣了，不知道这是怎么了？刚才那一声断喝的是什么人？为什么具有如此威力？

众人循声看去，一辆西洋大马车正呼啸而来，得得蹄声和萧萧马鸣动人心魄。那车双辕四轮，一匹白马，一匹黑马。北京城的老少爷们儿还记得，当年袁大总统的座驾就是一辆双辕四轮的西洋大马车，金漆红轮，光彩夺目，威风八面。现如今大总统是黎元洪，总统府门前的这辆豪车还能是谁的？一定是他的了。刚才还在骂总统呢，不承想还真给骂出来了。总统不在场的时候把总统奚落得像个小丑儿，总统到了跟前儿其实还是庞然大物，那气势逼得人不敢直视。小百姓毕竟底气不足，见到大人物就不知不觉地胆怯起来。

马车在人群外停下了。小百姓看不出来，这辆车并不是总统座驾，没有刻意装饰成金漆朱轮，车厢里坐着的，既不是早已过世的前总统袁世凯，也不是现任总统黎元洪，而是琅园的主人周鼎和周易，对于苦六儿来说，这两个人倒比总统更可怕！就在城南六少的胳膊即将投入滚油、成就"赴鼎镬以明志"壮举的一刹那，他的九叔和十二叔突然来了，是他的救星还是克星？苦六儿的脑袋蒙了！

此时的周鼎，一扫往日的绅士风度，俨然一位严厉而暴躁的家长，朝车夫喝道："虎子，动手！"

车夫耿虎应声跳下车来，手里拿着早已备好的绳子，人群"唿啦"闪开了一道缝儿，耿虎奔到油锅跟前，扭住苦六儿，把他捆了个结结实实，拉起来就走。苦六儿这才拼命挣扎，肩背上的青龙像麻花似的滚动，扯着嗓子嚷嚷："放开我，老子不走！"似乎非把胳臂伸进油锅里炸焦了才过瘾，这正是嘎杂子在众人面前要刻意显摆的蛮劲儿、横劲儿、赖劲儿，决不能认输，要不然，他在江湖上就算栽了。耿虎也不理他，像提溜着一只待宰的羊，三步并作两步，奔回车旁，一抡胳膊把他扔进车厢……

"多谢宋二爷相助！"周鼎朝宋连魁拱手一揖，喝声："走！"

这时，戴茶色养目镜的先生才明白了眼前发生了什么事，敢情是抢人来了？看样子来者不善，甭管他是谁，都不能让他把人抢走了，要不然，城南六少的惊天之举就要砸锅，他精心策划的请愿大会就要泡汤，跟东家怎么交代？但是，自己又不是动武的材料，朝着手下人喊道："蠢货，还愣着干什么？还不给我上？"

那四个彪形大汉和手拿小旗儿维持秩序的一帮人这才想起来自己是干什么吃的，发声喊，一拥而上，要从抢人的人手里把城南六少再抢回来！

说时迟，那时快，宋连魁一个箭步，冲上前去。这一步迈得太快，头上的礼帽飞落了，露出棱角分明的头颅。唱花脸的，自然是把头发剃光了，勾脸的时候，脑门儿开得越大，越显威武雄壮。这一突然的"亮相"，与刚才判若两人，众人不禁一愣：他是谁啊？

宋连魁岔开双手，挡在了那些凶神恶煞般的壮汉面前，立眉竖目，大喝一声："不要命的，来呀！"

这一嗓子，声若雷鸣，势如虎啸，人们被惊呆了：他到底是谁啊？

"活张飞！"人群中，一个声音喊道。

像一颗石子丢进水里，立时激起冲天浪花，是啊，瞧这气势，这做派，听这声儿，都让他们想起来一个人，一个平日里难得一见，戏台上一鸣惊人的人——

"哎呀！"那位像螳螂似的记者突然叫道，"怪不得刚才他叫您宋二爷，您就是'活张飞'宋连魁啊！"

没错儿！别看没勾脸，没扎靠，手里也没挺着丈八蛇矛，他就是豹头环眼、燕颔虎须、黑盔黑甲的燕人张翼德，仿佛正立马长坂坡，一声喝断当阳桥，滚滚江水为之倒流！戴茶色养目镜的先生，虎背熊腰的彪形大汉，手拿小旗儿维持秩序的人，都被一种不可知的力量所震慑，一个个如木雕泥塑，眼睁睁地看着那辆双辕四轮西洋大马车绝尘而去！

宋连魁仰天大笑："哈哈，哈哈！哇……呼呼哈哈哈哈哈哈！"

这是张飞的笑声，笑得豪迈，笑得爽朗，笑得酣畅淋漓，笑得有板有眼。

　　总统府前欢声雷动，宋连魁被团团围住，想走也脱不了身。这场集会变成了戏迷大狂欢，人们把城南六少半途而废的"赴鼎镬以明志"，甚至连声讨黎元洪这个茬儿，都给忘到爪哇国去了。

　　"宋二爷，"还是那位螳螂记者，试探地问宋连魁，"刚才马车上的那位爷，他是谁啊？"

　　宋连魁倒要幽他一默，以韵白答道："再去打——探！"

　　琅园沉重的镂花铁门打开了，慌忙跑过来的管家朵儿吓了一跳，那辆双辕四轮西洋大马车长驱直入，车夫耿虎一声"吁"，停在了院子里。周易搀哥哥下了车，周鼎头也不回地往东楼走去，东楼是他处理家事的地方。

　　周易吩咐耿虎："虎子，把他带进来！"

　　耿虎来不及卸车，先把捆绑着的苦六儿拽下车来。朵儿慌慌地问："虎子哥，这是怎么回事儿？"

　　耿虎也顾不上跟她解释，推搡着苦六儿往东楼走。说来也怪，一路上不断地挣巴、吵吵嚷嚷的苦六儿，这会儿倒消停了，让耿虎纳闷儿。其实是他不明白，苦六儿在外边儿挣巴、吵嚷，那是给人看的，现在已然到了这儿，还闹给谁看？给那些用人看吗？

　　耿虎推搡着苦六儿，走进东楼底层的客厅。

　　苦六儿进得门来，迎面看见周鼎和周易坐在沙发上，威严地盯着他，这阵势，像是审讯犯人的公堂。

　　周鼎喝道："你这个不知廉耻的东西！虎子，给我打，狠狠地打！"

　　苦六儿昂首挺胸，毫不畏惧，侧眼瞥了耿虎一眼。这一瞥，像是刀光在脸前闪过，使耿虎不觉后背发凉，说："九爷，人已然绑回来了，这打，就……"

　　最信任的贴身儿仆人竟然不听话，使周鼎很恼火："你不打，我亲自打！"说着，从沙发上站起身来，抡起了手里的"司的克"。

　　"真打？"苦六儿仍旧坦然自若，"'君子动口不动手'，我这两手都被你们绑上了，你还要打，打一个不能还手的人，看你多大的能耐？这算君子还是小人？"

"你我他仨"，毫不客气，针锋相对，振振有词，好像周鼎做了理短的事儿，有失君子风度，手中举起的"司的克"倒没法儿落下来了。还是周易上前解围，接过手杖，说："哥，言传身教，胜于体罚，这打就免了吧！"

周鼎忍住气，说："好，咱们平等对话。给他松绑！"

耿虎正要转身回去卸车，听见吩咐，便上前给苦六儿解开绳子。突然，手被什么硬东西硌了一下，仔细一看，才看到了苦六儿腰间的皮带上挂着的那一把带皮鞘的匕首，捆他的时候太匆忙，没留神，直到给他松绑才发现，不由得暗暗吃了一惊，这家伙身有暗器，幸亏刚才没被他捅一刀！

苦六儿松松筋骨，抚摸着胳膊上瘀血的勒痕，又朝耿虎瞪了一眼。耿虎心里"咯噔"一声，默默地退了出去。回到院子里，这才把车赶到车库里，再把两匹马卸了，拴在马厩门口的那棵梧桐树上，让它们歇歇腿儿。一边干着这些，一边琢磨，九爷把这位六少弄回来，到底要干吗？

苦六儿身上没有了束缚，胆儿也更壮了，大模大样地往周鼎、周易对面的沙发上一坐，俘虏倒成了座上宾。只是光着个膀子，显得有些滑稽。

"我请你坐了吗？"周鼎沉下脸说。

"说好的，平等对话。您是留洋回来的文明人士，不带贱遇人的。"苦六儿说出的话总是带着教训的味道，又让人无法反驳。为了表示对对方的尊重，他已经把"你"换成"您"了。"说吧！您把我绑架到这儿来，要干什么？"

"绑架？"周鼎一股火儿又升起来，不禁怒而拍案，"怎么能说是'绑架'？人家要在油锅里烹你，是我把你抢出来了，救了你！要不是宋二爷派人送来了那张帖子……"说到这里，想起那张英雄帖还在衣兜儿里，一把掏出来，摔在地上，"瞧瞧，拿着鼎易轩的东西去丢人现眼，砸我的招牌！"

"哎，"苦六儿马上说，"您的东西不是卖的吗？我可是派人到柜上买的，一个子儿不少您的！"

周鼎愣让他给噎回去，顺着刚才的话茬儿说："哼，要不是宋二爷送来这张帖子，你现在非死即残！"

"死吧，残吧，我都认。"苦六儿却不领情，翻翻眼儿问，"您干吗管我的闲事？"

"因为你是周家的子孙！"周鼎怒喝道。

"七年前我也是周家的子孙，您一个巴掌把我从琅园打出去，那一年我才十六！"苦六儿说起往事，不禁眼泪汪汪，"打那往后，七年了，您问过我一声冷暖吗？"

周鼎骤然锁紧了眉头，这个畜生竟然还敢提那件事，他恨不得现在再给他一巴掌！

眼看要谈崩，周易赶紧说："苦六儿，话不能这么说。当年，你目无尊长，触犯家规，九叔教训你是应该的。这一次，更是救了你一条命！这几年，甭管你在外边儿怎么造孽，毕竟还没改了姓氏，还姓周，我们不能让你辱没了祖宗，不能让人家烹了周家的骨肉！"

苦六儿斜眼儿瞧着周易，这个比他还小三岁的十二叔以长辈的口气训话，让他不忿儿，说："算了吧，我不稀罕你们可怜，也用不着你们救我，城南六少在江湖上凭的是自个儿的能耐，做大事、出大名、挣大钱！"说到这里，右手背"啪"地拍在左手心儿上，无限惋惜地一声长叹，"嗨，眼瞅着马到成功的一桩大营生，让你们给毁了！"

嗯？兄弟两人都听得一愣，周易问："什么大营生？"

"赴鼎镬以明志，逼黎元洪下台，这事儿还小吗？"苦六儿说得理直气壮。

"噢，你倒是以天下为己任！"周鼎不禁哑然失笑，"就凭你，能把黎元洪逼下台？你想坐他那把椅子，当总统？"

"这个活儿我还真干不了！"苦六儿也笑笑，"天下还愁无主吗？想当总统的人可有的是，这里边儿枪杆子最硬的，当然是曹三爷了，只要黎元洪抬腿儿走人，曹三爷立马儿就坐上那把龙椅！"

"嗯，你倒全明白。"周鼎点点头。他当然知道，苦六儿所说的曹三爷，就是眼下最具实力的直系军阀、直鲁豫巡阅使曹锟。这两天，冯玉祥、王怀庆闯总统府索要军饷，卫戍部队和警察宣布罢岗，今天又有"国民大会""市民请愿团"围堵总统府，背后指使者都是同一个人，其目的就是给现任大总统黎元洪制造麻烦，施加压力，逼他下台，自己取而代之。这些，本来是军阀政客常用的伎俩，也没有什么可大惊小怪，而令周鼎吃惊的是，这种涉及国家最高权力角逐的大事，竟然把一个小小的嘎杂子苦六儿也牵扯了进去，太不可思议了，也太可悲了吧？"这些政治家之间争权夺利，跟你有什么干系？"

"给钱啊！"苦六儿不遮不掩，坦然道，"事先说好了的，我把一条胳膊押上，要是落下了残疾，养我终生，再给我八百块大洋，把外债还清。"

"啊？！小子，你怎么这么傻？就为了这点儿钱，你废掉一条胳膊，值吗？"此刻，周鼎的话语里，愤怒已经让位于怜悯。

"值！"苦六儿答道，"我的命贱，就值这个价儿，谁要，就卖给谁！"

"我要！"周鼎脱口说，"同样的条件，我答应你！"

"什么？您说什么？"苦六儿听得一愣。

"我不要你的胳膊，还替你还清外债，管你吃喝。"周鼎说。

"那您要什么条件？"苦六儿又问。

"我要你，从今天起搬进琅园，和外头的那些人一刀两断，从此不许再干那些嘎杂子的事儿！"

"就这啊？"苦六儿霍地站起身来，走上前去，一把握住周鼎的手，"成交！"

事情来得这么突然，让一旁的周易感到不安。他本以为哥哥只是把苦六儿教训一番，却没想到竟然把这个祸害招到家里来，谁知道将来会出什么幺蛾子？可是，长兄如父，他尊重比自己年长三十多岁的哥哥，习惯于一切由哥哥做主，既然哥哥发了话，他又能说什么呢？

从此，苦六儿正式成为琅园的成员，这是连他自己都没想到的。

嘎杂子行事，坑蒙拐骗是常态，敲诈勒索是营生。苦六儿的这番营生，没有讹上现任大总统黎元洪，也没有讹上迫不及待地要当总统的曹锟，到头来，认讹的是他同宗同祖同血脉的九叔周鼎。

周鼎当然不是请他来当六少，自然是要干活儿的。干点儿什么呢？他又能干点儿什么呢？思来想去，给他安排了一个卑微的差事：看门儿的"司阍"。《礼记·祭统》云："阍者，守门之贱者也。"

那天，"国民大会""市民请愿团"在总统府前一直闹腾到深夜，呼喊叫骂，抛砖投石，甚至把黎府的水、电都停了，电话线也掐断了，这当然不是老百姓所能做到的，背后必有强大的政治势力主使。但即便如此，总统府的大门也没开，黎元洪也没露面儿。直到第二天，黎元洪见大势已去，无奈于午后一时黯然离京，到天津去了。临行前，他把十五颗重要的总统印信交给如夫人黎本危，由总统府秘书瞿瀛陪同，让她前往东交民巷的法国医院暂避一时，以待东山再起。黎元洪的专列刚到杨村车站，就被曹锟的亲信、直隶省省长王承斌拦截，直到逼着他亲自给如夫人打电话，交出总统印信，才肯放行，曹锟的逼宫行动获得成功。

苦六儿在琅园的车夫、花匠、厨子、丫头、婆子们面前很为自豪，认为其中有他一功。可惜报纸上根本找不到关于"城南六少赴鼎镬以明志"的报道，因为他的"英雄"行为毕竟没有成为事实，这点儿小小的插曲马上被总统下台的重大新闻淹没了。历史向来只记录大人物的行踪，而对小人物却惜墨如金。倒是《时闻报》在报道总统府门前示威活动的新闻中捎带提了一句"众议院议员周鼎、国剧名伶宋连魁也曾到场"，署名"记者史春秋"。至于这俩人到场去干吗，却又语焉不详。

02　魏武子孙

周鼎的第一身份是鼎易轩总经理。

到了琉璃厂，打听鼎易轩，无人不晓。但人们往往不明就里，以为这个字号是由周鼎、周易兄弟二人的名字而起的，其实不然，鼎易轩创建于清康熙年间，当时就叫鼎易轩。《易》曰："鼎，元亨，吉。"曰："生生之谓易。"周氏先人采用这个字号，自有深意在焉。后来，周鼎、周易的父亲便是从鼎易轩的字号中各取一字，为两个儿子命名的。

早期的鼎易轩是一家南纸店，经营文房四宝，兼做字画装裱，并且以承办官卷、官摺而著称。那个时代，官员向宫中呈送的奏摺，以及官府之间来往的案卷，都必须遵守严格的制式，鼎易轩承办的官卷、官摺用料考究，做工精湛，且是朝廷的必需品，不愁销路，生意做得很是兴隆。清亡之后，官摺陡然消失了，官府公文也不再用摺册的形式，虽然字画册页以及人们日常生活中婚丧寿喜、礼尚往来的帖子还没有断绝，但与当年相比，已是惨淡的尾声了。这时正赶上周鼎留洋归来，接管了鼎易轩，他借鉴西方画廊的经营理念，使鼎易轩由经营原材料为主的服务性产业一跃而进入文物字画交易的主流市场。像他这样一位游历欧美归来的新派人物，竟然做起古董生意，似乎令人不可思议。其实，正是因为他在海外见识了列强各国博物馆的宏大完美，并每每遇到我国古代的书画器物精品陈列于殿堂，内心受到强烈刺激，回国后才矢志于收藏。此举的用意，倒不在于借书画以谋利，而是淘取流落民间的宝物，犹如在鱼龙混杂的江湖中拉开了一张网，凡在市面上流动且有价值的东西，决不能让它漏掉。深厚的家学渊源加上游历海外的广见博识，造就了周鼎作为书画鉴赏家的权威地位，一幅画在他手里展开半尺就立判真伪，有"周半尺"之誉。

鼎易轩的经理室里，周鼎、周易和宋连魁又在品茗闲谈。

宋二爷是这儿的常客，没戏的时候就来聊天儿。他其实并不大懂书画，但是敬重九爷的为人和学问，有太多的话题可聊，总是有所收益。

"九爷，"宋连魁说，"前几天我在晓市儿上淘换到一枚铜钱，赶明儿拿来请您瞧瞧……"

"不敢当，"周鼎没等他说完，就拦住了，"您淘换来的东西，我就不必看了，免得说了实话，怕扫了您的兴！"

这是朋友间才会说的话。宋连魁也不恼，接着说："真的假的，您先瞧瞧！据说年头儿还不浅，那可是金章宗时代的东西，上面有'泰和重宝'四个玉筋篆字……"

话说到这里，又被打断了，这回说话的是周易："宋二爷！不是'玉筋篆'，是'玉筯篆'！"

"啊？"宋连魁一愣，"怎么讲？"

"那个字，不是抽筋扒皮的'筋'，而是'竹'字头儿下边儿一个'助'字，跟'竹者箸'一个意思，就是吃饭用的筷子。玉筯篆是秦丞相李斯首创的一种书体，用笔圆润浑厚，线条无粗细变化，这不正像筷子吗？"

宋连魁听得傻了眼，看看周易，再看看周鼎。周鼎含笑点点头："十二郎说得没错儿，只是有点儿失礼。"

"哎呀，惭愧！"宋连魁只有自嘲的份儿，"我刚趸来这么一点儿学问，没想到还露了怯！"

"您从哪儿趸来的？"周鼎问。

"仰古堂老板马骉。"宋连魁说，"我反正不是你们行里人，露怯就露怯吧，可马老板不一样啊，人家也是书画鉴赏名家，赶明儿我得跟他提个醒儿……"

"别，"周鼎却拦住说，"您可千万别多这句嘴！"

"为什么？"宋连魁不明白，像周鼎这么旷达的人，也把同行当冤家吗？

周鼎没有立即回答，想了想，说："且听我讲个故事。说的是，某甲外出游玩，来到一座山下，抬头看见岩壁上刻着两个大字：'泰山'。于是高声念道：噢，'秦川'！这时，旁边儿来了一位某乙，马上反驳道：这儿明明写的是'泰山'，你怎么念成了'秦川'？某甲不服，固守'秦川'，于是两人争执不已。说话间，又来了一位老者，看起来仙风道骨，必是饱学之士。于是两人各陈己见，请老者定夺。老者答道：是秦川。某甲获胜，得意而去。某乙怒而责问老者：您怎么不主持公道，也把泰山说成秦川？老者笑道：此人浅薄之极，而又自视甚高，不要伤了人家的面子，就让他一辈子都有眼不识泰山吧！"

座间漾起一片笑声。

在琉璃厂另一家赫赫有名的字画店仰古堂的经理室里，那位坚持称"玉筋篆"的老板，银发长髯的马矗正站在画案前，提笔悬腕写字。马矗字也驰，人称驰公，在京城字画鉴赏界也是数得着的人物，论年岁，论资历，都是周鼎的前辈。此刻，他正在背临秦始皇二十八年登泰山时由丞相李斯书写的《泰山刻石》，这也正是他心目中至神至圣的"玉筋篆"源头。他并非不知道还有"玉箸篆"之说，只是嗤之以鼻："哼，筷子？筷子宁折不弯，能像这么转折自如吗？天下哪有九叠篆的筷子？"

副经理常三儿在一旁为他磨墨抻纸。常三儿本名常山，因为排行老三，店里的人当面儿尊称他"常三爷"，背后叫他"常三儿"，马矗则连姓也给他省了，直呼"三儿"，如唤家奴。别看他身为仰古堂二掌柜，在东家面前却跟孙子似的。马矗每写一笔，常三儿就叫一声："好！"写完了"皇帝临立作制"这开头六个字，马矗停住笔，说："三儿，你别光说好，好在哪儿啊？"

"哟，"常三儿瘦削的颧骨下面就耸起几道笑纹，赶紧说，"驰公用笔，铁画银钩，如屋漏痕，如锥画沙，如折钗股……"

"这些话都是现成儿的，还用你说？"马骉打断了他，"不难为你了，说说这几天又收了什么好东西？"

"哦，"常三儿马上跟着转题，"昨儿刚收了一幅米元章的六尺山水，正说请您过目呢……"

他所说的米元章，便是宋朝四大书家苏、黄、米、蔡当中的米芾，字元章，因为疯疯癫癫，落下个外号叫"米癫"。此人不但善书，还善画，自创"米家山水"，独树一帜。只可惜，八百年的岁月淘洗，把他的存世遗墨消磨殆尽，只有零零星星的几幅书法，画却一幅也没能留下来，后世也就无缘亲眼一睹"米家山水"的真面目。现在，奇迹出现了……

"不看了。"马骉却淡淡地说了三个字。

"驰公！"常三儿好生奇怪，"这可是米元章啊！打着灯笼都找不着的，您怎么连看都不看一眼？"

"假的！"马骉瞥了他一眼，又甩出两个字。

"啊？您还没看呢……"常三儿急了，他想追问老板：您还没看呢，凭什么说它是假的？但是，人有尊卑长幼之分，他怎么敢？

"我知道你不服，"马骉说，"因为你没看过米芾写的《画史》，那里边儿说得明明白白，他的画'长不过三尺'，那么，世上哪来的米芾六尺山水？"

常三儿张口结舌，他确实没看过这部书，敢情造假的人也没看过？唉，常三儿啊常三儿，收了假货还上老板这儿显摆，活该自取其辱。在驰公手底下干活儿，时时得如履薄冰，说不定哪一句话出了差错，连挖苦带损让你无地自容！

恰在此时，听得外面一阵喧哗，马骉喝道："吵什么？"

店堂里立即鸦雀无声。常三儿赶紧跑出去，少顷，复又返回，哈着腰说："驰公，刚才店里来了个外乡人，穿得破衣烂衫，傻啦巴叽地进门儿就说：'请问，此地有一位"周半尺"吗？'也忒不知道眉眼高低了。柜上的人当然没好气儿了：'什么"周半尺"？瞅仔细喽，我们这儿是仰古堂，不是鼎易轩！走吧走吧！'把他轰走了。"

"嘿！"马矗听得心里发凉，"生怕他找不着'周半尺'？还给人家指了道儿了，真是一个比一个机灵！"

常三儿恨不得抽自个儿的嘴，又说错了！

马矗再无兴致写他的"玉筋篆"了，"啪"地掷笔于案，在宣纸上留下一摊墨迹。

鼎易轩经理室的门被敲响了。

"谁啊？"周鼎应了一声，"进来！"

门开了，来的是琅园的新任"司阍"苦六儿。

"嗯？你上这儿来干什么？"周鼎眉头一皱，"自打你那天一进门儿，我不就交代了嘛，看家护院儿是你的本分，没事儿好好地在家待着，店里的事儿不用你掺和！"

劈头盖脸就是这么一顿，要是在家里倒还罢了，可这是在店里，大堂有一帮子伙计，经理室还有外人，而且不是别人，正是把他从总统府前揪回来、让他丢人现眼的宋连魁，人家像贵客似的高踞上座，看着他站在那儿挨呲儿，这让"城南六少"如何消受？

"九叔，"苦六儿受不了也得受，韩信能忍胯下之辱，"有客人到家里找您，您不在，我怕耽误事儿，就带他到这儿来了。"他如实禀报，身为"司阍"，既没有失职，也没有越权。

"什么客人？"周鼎问。

"官府来的人。"苦六儿说。

"官府？"周鼎更加恼火，"我和官府素不来往！回了他就完了，你还把他带到这儿来？"

"您小点声儿，"苦六儿指指身后，"人已然到了，就在大堂里。"

"那，"周鼎已经无可选择，只好说，"就让他进来吧！"

苦六儿转身退了出去，说声"请"，一位身穿夏布长衫的先生出现在经理室门口，中分头，戴一副茶色养目镜，左胁下夹着一个黑色皮包。

周鼎、周易和宋连魁都不禁一愣，这不正是那天在总统府门前指挥倒黎大会、撺掇着苦六儿"赴鼎镬以明志"的那个人吗？他怎么来了？

"鼎公，易之先生！"那人朝周氏兄弟拱手一揖，态度极其谦恭，而且称呼得体，显然来之前是做了功课的。又看见宋连魁正好在座，虽然有些意外，但也应付裕如，"哦，宋二爷也在这儿？幸会，幸会！那天在总统府前，在下眼拙，多有得罪，要不是那位记者……"

"哼！"宋连魁一听他说到那个螳螂似的记者，就火冒三丈，"那个记者混账！他在报纸上登了那么不明不白的一句话，说我和九爷'也曾到场'，这四个字什么意思？"

"您和鼎公确曾到场啊，人家是如实报道！"那人笑笑，"现在，黎元洪已然下台了，您还怕什么呀？"

"我怕什么？"宋连魁脖子一挺，"我怕被人家当成跟你们一伙儿的曹党！"

"您误会了，不才也不是什么'曹党'，参与倒黎集会纯属顺应民意，哦，这是我的名片。"

那人不急不恼，从皮包里掏出一叠名片，抽出一张递过去。

宋连魁却没接，站起身来，说："你们聊吧，我到前边儿看看画去。"

说着，就出去了，把他晾在这儿。那人只好自己化解尴尬，把名片朝周鼎和周易递过去，嘴里说："鼎公，易之先生，请多指教！"

周鼎对这位不速之客本无好感，刚才的一番开场白又话不投机，但此时此地，自己作为鼎易轩的主人，总不能将客人拒之门外，何况还不知道这人到底什么来历，今日到此有何贵干，于是不得不耐着性子，把那张名片接过来，还没有来得及细看，听得周易说："哦，是孙少权先生。"心里一动，突然想起三国时期雄踞东吴的孙权，嗯？此人也姓孙，名少权，有点儿意思！

"请问台甫？"他不禁问了一声。

"草字君谋。"那人答道。

"好名字！"周鼎脱口赞道，"辛稼轩有话，'生子当如孙仲谋'，孙家的子弟取这样的名字，堪称得天独厚！"

"多谢鼎公垂爱。"孙少权依然是那么谦卑。

"君谋先生请坐!"周鼎以礼相待,毕竟是一介书生,竟然因为一个人的名字改变了自己的好恶,又高声对门外喊道,"上茶!"

"谢谢鼎公,谢谢易之先生!"孙少权尽了礼数,这才入座。

伙计送上盖碗儿茶来,孙少权放下皮包,双手接过茶碗,右手持盘,左手拈起碗盖儿,轻轻地闻了闻那淡淡的茶香,说声:"好茶!"复又扣上碗盖儿,放在案上。

"君谋先生在哪儿高就啊?"周鼎问道。跟陌生人打交道,自然是没话找话儿,从了解对方开始。

"不敢当,"孙少权说,"在莲伯议长手下听差。"

"噢。"周鼎当然知道,他说的"莲伯议长"是当今国会众议院议长吴景濂,字莲伯,那么这位孙少权就是议会的官员了,这倒是他没有想到的。直到这时,他才看了一眼手里的那张名片,上面果然印着"中华民国国会众议院办公厅联络处处长"的头衔。于是,便出于礼貌,叫了一声:"哦,孙处长!"

"不敢当,"孙少权谦卑地笑笑,"打杂儿、跑腿儿,混碗饭吃而已。"

"过谦了。"周鼎又问,"孙处长一直在吴议长身边工作?"

"哦,不,"孙少权立即意识到对方是要盘他的底了,便大大方方地说,"去年刚从老家辽宁兴城过来,家父和莲伯议长是世交,拜托他给照应些个。"

脸上的表情虽然一直保持着谦卑的微笑,话却说得十分坦率,告诉对方,自己是有后台的,那就是现任国会众议院议长吴景濂。周鼎也就明白了,怪不得一个三十来岁的年轻人,刚进京就当上了官。

孙少权把自己的背景亮出来之后,话锋一转:"鼎公是'民元国会'的元老哇,可惜少权入门太晚,一直没有机会得瞻鼎公丰采……"

"什么元老?"周鼎听得耳烦,民国议会是他最熟悉也最厌恶的地方,不料此人正是投了门子在那里谋职,不禁心生反感,刚才因为对方的名字引起的那一点儿亲近感,瞬间化为乌有,打断他的话说,"承蒙孙处长抬举，我早就不是国会议员了。中华民国的国会，袁大总统解散了一次，黎大总统又解散了一次，散伙两次的国会，还算数吗？"

"怎么能不算数呢？"孙少权却反问他，"后来不是又恢复了吗？"

"说起恢复，更是可笑！"周鼎笑道，"又是'非常国会'，又是'安福国会'，又是'民六议员'，又是'民八议员'，好似孙猴子拔了一把毫毛，变出来一群猴子猴孙，哪个是真，哪个是假？我反正是一概不认，你们召集的什么会议，我也一概不参加！"

"您不参加，别人可没闲着。"孙少权道，"日前，黎元洪迫于民意，仓皇下野。国不可一日无主啊……"

"这话不对，"周鼎又一次打断了他，"如今是民国了，不是君主王朝，谁是奴，谁是主啊？"

"哦，当然，民国嘛，民众当家做主了。"孙少权马上更正，又接着说，"不过，这四万万人总得有个主事的机构嘛，目前，召开国会，选举新总统，就是当务之急。这本来是大局已定的事儿，可是一些人还要兴风作浪，孙中山派刘成禺到北京游说议员离京，参议员章士钊、吕志伊，众议员褚辅成、田桐，还有那位章疯子章太炎，都积极鼓动已然逃到天津的黎元洪南下上海，召开所谓'国会'，以图东山再起，这不是另立中央嘛！这么一来，三百多名议员跟他们跑了，北京这边儿怎么办？议员走了那么多，留下的要开个会，都凑不够人数了，莲伯议长很为难哪！"

"等等，"周鼎终于听出了他的来意，"孙处长是要拉我去凑个人数，给吴议长捧场？"

"哦，不，不，"孙少权忙说，"少权今天贸然登门，一来，是向鼎公谢罪……"

"孙处长何罪之有啊？"周鼎问道。

"少权知罪。那天在总统府前，我事先确实不知道城南六少周天就是令侄，险些让他受了损伤，若不是鼎公临危救场，化险为夷，后果不堪设想，少权罪莫大焉！"

"哼，那是他自作自受。"周鼎提起苦六儿就没好气儿，"周家的子弟管教不严，我也难辞其咎！"

"鼎公大人大量！"孙少权这才舒了口气，把荡开的话题再扯回来，表明他今日到此的缘由，"这二来呢，也是在下的职分所在，联络处嘛，职责就是联络议员，为议员诸公效劳。"说到这里，伸手拿过放在案上的皮包，似乎要取什么东西，"前几年的事儿，我没经手，从今年开始，一切照老规矩办，这不，端午节说话就到了，五百大洋的节敬，我给您送来了！"

"别，"周鼎眉头紧蹙，说道，"我历来不收你们的节敬，你拿回去！"

"这……"孙少权还没把钱掏出来，手僵在那儿，讪讪地说，"鼎公如果执意不收，那就恭敬不如从命。"说到这里，才把手抽回来，表明不再勉强，"不过，少权还是斗胆恳请鼎公，在您身体健康、心情愉快的情况下，如果能够移驾到议会与莲伯议长和各位同僚见见面，开开会，那是最好不过了，我们求之不得！"说到这里，又特别强调说，"鼎公，这只是建议，绝无勉强的意思！"

"勉强又能怎么样？"周鼎立即反问，"总不至于绑架我吧？"

"哪里，哪里，"孙少权讪笑道，"鼎公说笑话呢！"

"这哪是什么笑话？"周鼎冷冷地说，"对于政治，我已经是局外人了，不会去开你们的任何会，孙处长就不必再费心了。如果这就是你今天光临的目的，那么，这也就是我的正式答复，让你失望了！"

"呃，呃……"孙少权愣愣地看着他，竟不知再说些什么。

周鼎冰冷着脸，伸手端起面前的盖碗儿茶，表明这是要"端茶送客"了。

一直陪坐在一旁的周易倏地站起来，听命于兄长是他的本分，只是觉得这么样下逐客令似乎有失礼仪，但这个时候，他什么话都不能说了。

孙少权尴尬地立起身来，拿起皮包，他该走了。为了给自己留一点儿面子，他极力让自己不急不恼，临走还向周鼎躬了躬身，脸上挂着笑容，说："鼎公，少权告辞了，改日再来请教！"

这本是一句客套话，无论这一次的来访是多么不愉快，总不能说再也不来了，那就等于宣布绝交了。

周鼎似乎也觉得刚才的话说得太让人难堪了，于是跟着也缓和了一步，说："下次来，咱们不谈政治，只看书画，我这里好东西还是有的！"

"好，"孙少权赶紧接住这个台阶儿，笑眯眯地说，"少权不才，也愿意附庸风雅！"

周易陪着孙少权穿过厅堂。宋连魁正背着手站在那里，看墙上挂着的一幅任伯年的《钟馗戏鬼图》，周易和孙少权从旁边走过，他佯装不知，也就省得再打什么招呼了。

周易把孙少权送出大门，他的汽车就停在街上，周易看着他上车开走了，这才返身回到店里来，说声："二爷，他走了，您就别站这儿了！"

两人这才一起往经理室走。

周鼎的一腔闷气还没有散，朝宋连魁说："二爷，您知道这个孙少权干什么来了？"

"刚才你们说的话，我也听见几句，"宋连魁又回到刚才的那把椅子前坐下，轻蔑地笑笑，"不就是请您去开会嘛，您不爱去，甭搭理他就是了！"

"请我去开会，这只是个表象。"周鼎说，"那么多年了，我都没去开过会，他们也没这么死乞白赖地来请，这回是为什么呢？"

"为什么呀？"宋连魁反问他。

"为曹锟效劳！"轻易不插嘴的周易说话了。

"正是。"周鼎点了点头，"现在，黎元洪已经被赶下台了，中华民国缺一个总统，曹锟志在必得。可是，这个总统也不是谁想当就能当的，得通过议会选举产生，要凑够票数。"

"是啊，参众两院他玩儿得转吗？"宋连魁说，"参议院议长王家襄跟他尿不到一个壶里，干脆辞职了。众议院议长吴景濂呢？是曹锟的人吗？"

"原来不是，可人是会变的。"周鼎道，"一年之前，也正是众议院议长吴景濂和参议院议长王家襄一起到天津迎接黎元洪'返辔首都，依法复位'，吴景濂的学生、直隶省省长王承斌甚至跪在黎元洪面前声泪俱下，恳切劝进，那个架势，如果黎元洪不进京，他就长跪不起。而仅仅一年之后，吴景濂却已经迫不及待地逼黎元洪下台了，在杨村拦车索印的，也正是去年在他面前长跪不起的王承斌。"

宋连魁不禁插嘴道："杀了个回马枪！"

"吴景濂最擅长杀回马枪，这已经是他的惯伎了。"周鼎接着说，"当年他和孙中山、蔡锷都有过合作，他还是国民党的创始人之一。袁世凯当总统的时候，他当参议院议长。黎元洪当总统，他成了众议院议长。孙中山在广州弄了个非常国会，他是众议院议长。黎元洪二次当总统，他还是众议院议长。就这么朝秦暮楚，政坛上的不倒翁，无论换了哪个主子，他都官居高位。不要忘了，吴景濂的祖上可是大名鼎鼎的吴三桂啊！"

"哦？"宋连魁吃了一惊，"真是名门之后，有家传的本事！"

"所以，对曹锟来说，这是个可用之才。"周鼎接着说，"不过，若以智谋而论，曹锟恐怕还看不透这一点，也不足以收伏吴景濂，这是他的拜把子兄弟、最得力的助手、如今的京兆尹刘梦庚出的主意，告诉他：要想赢得这场选举，吴景濂是个关键人物，一定要把他拿下。"

"那是，"宋连魁说，"人人都知道，刘梦庚富可敌国，有的是钱，重赏之下……"

"不，"周鼎却说，"对待吴景濂，仅仅用钱收买是不行的。此人博学多才，政治资本雄厚，野心勃勃，当了这么多年的议长，并不满足……"

"他还要干吗？"宋连魁问，"想当总统？"

"那倒还不至于，曹锟也不容他去竞争。"周鼎说，"吴景濂自诩有宰相之才，可是他去辅佐谁呢？环顾政坛，孙中山、冯国璋、徐世昌、黎元洪，都像走马灯似的转过去了，段祺瑞、张作霖现今还不是曹锟的对手，曹锟虽非可事之君，但目前风头正劲，不妨在他身上押宝。就在这个当口，曹锟许给他一个内阁总理的职位，那还不是一拍即合吗？"

"嗯。"宋连魁点了点头，"文章作到了这个地步，下一任总统没准儿就是曹锟了。"

"那会怎么样？"周易思索着说，"曹锟要是真当上总统，能强过黎元洪吗？"

"绝无可能！"周鼎道，"黎元洪这个人，'辛亥革命首功'之说也许是过誉，但他毕竟有几件事儿做得漂亮：一是反对袁世凯称帝，拒不接受'武义亲王'的封号；二是抵制张勋复辟，捍卫共和；三是敢于向拥兵自重的军阀挑战，提出'废督裁兵'的国策。请问，这三条，哪一条是曹锟能做得到的？"

"我看，他一条也做不到！"周易也说。

"那他又凭什么当总统？难道只凭有枪、有钱、有权、有势、有野心吗？哼，这个曹锟，分明是又一个曹阿瞒！"周鼎说到这里，不禁怒而拍案，震得案上的茶盏都抖了几抖。

在经营文房四宝、翰墨丹青的鼎易轩，三个人如此慷慨激昂，谈论的却并不是书画，而是政治。此时如果有人从门外走过，恐怕一时猜不透里面是一些什么政治人物在召开重要会议。这就是北京人。且不要说像周鼎这样曾经以国会议员的身份步入政治殿堂的名流，即便是贩夫走卒、引车卖浆者流，闲谈时也是开口当今时局，闭口国家大事。皇城根儿下长大的人，似乎生来就以天下兴亡为己任。

恰在此时，隔墙有耳。

"不对！"门外忽然传来一个粗厉的声音。

"这是谁啊？"周鼎大怒。在鼎易轩，敢于在店堂里跟东家叫板的，还没有一个！

见兄长发火了，周易赶紧跑过去，拉开门，朝着店堂喊道："这是谁说话呢？"

"我！"

随着这一应声，一条大汉走了过来，挺立在经理室门口。此人面色黧黑，颧骨和脸颊如刀砍斧劈般棱角铮铮，络腮浓须，目光炯炯，头戴竹编斗笠，身穿青布旧长衫，肩上斜挎着一把暗红色的旧油纸伞，行色匆匆，像是远道而来。这副模样，初见令人肃然，不由得想起上梁山之前的"青面兽"杨志。

他的出现，完全在意料之外，周鼎和周易、宋连魁都愣住了。

"这话说得不对！"那位虬髯客先开口了，"那个三傻子曹锟，怎么能跟孟德公相提并论？"

出语便大不敬，对正欲问鼎总统大位的曹锟以绰号"三傻子"称之。

"嗯？有意思！"周鼎嘴角浮现出一丝笑容，胸中的怒气不觉消散了大半，他甚至觉得此人的愣劲儿有点儿可爱，想跟他逗一逗，"一笔写不出两个'曹'字，你倒说说看，这曹锟跟曹操怎么就不能相提并论？"

"曹锟是个什么人？"虬髯客自问自答，"一个布贩子出身的天津混混儿，走投无路，混进了兵营，无才无能无德，靠巴结袁世凯起家，一步步爬上高位。早在民国四年，他就上书请求改变国体，得了个'武威将军'称号；袁世凯称帝之后，他又受封为'一等伯'，身为民国将领，已气节丧尽，成为民国的叛徒！这样的人，竟然还想当民国的总统，岂不是对民国的侮辱，对四万万民众的侮辱？他哪里懂得什么叫民主，什么叫共和，心中只有一己之私，只知道夺权篡位，如果苍天瞎了眼，真让他当上了总统，说不定他还要再步袁世凯的后尘，登基做皇帝呢！"

"是啊，说得不错！"周鼎点点头，又问，"可是，我要问的是……"

"您要问的是，为什么他不能和孟德公相提并论？"虬髯客替他重复了刚才的提问，然后昂然答道，"当然不能，孟德公没有夺权篡位！"

"挟天子以令诸侯，还不算夺权篡位吗？"周鼎饶有兴致地审视着他。

"当然！"虬髯客道，"'挟天子'是因为天子无能，'令诸侯'是为了平定天下。当时汉祚已衰，天下大乱，群雄并起，孟德公并没有乘机自立，而是恭迎汉献帝到许昌，把一个十五岁的孩子扶上宝座，辅佐汉室，翦灭二袁、吕布、刘表、韩遂，降服南匈奴、乌桓、鲜卑，统一半壁江山，成就一番霸业。孟德公官拜丞相，封魏王，离皇位只有一步之遥，若要废掉汉献帝自立，简直轻而易举，然而他却没有这样做，终其一生都是汉臣。孟德公不肯称帝，至死没有称帝！"

"哪是不肯啊？"周鼎乐了，"他是不敢！"

"什么？……"虬髯客抿了抿干裂的嘴唇，嗓子都哑了。

宋连魁看在眼里，忙说："别着急，坐下，喝口水，慢慢儿说！"

一句话提醒了周氏兄弟，直到现在，他们还一直是端坐在椅子上，跟一个站着的客人说话。甭管那是个什么人，只要进了店，就是客人，鼎易轩的主人什么时候这么慢客啊？

周易连忙站起身来，挪过一把椅子，招呼那人说："先生请坐！"又朝外面喊道："上茶！"

其实，店堂里当值的伙计听着这边儿东家跟客人抬杠，已经觉着不大合适，但主人没发话，也不敢多嘴，这时听得十二爷吩咐，赶紧应声："是，这就来！"

虬髯客站得久了，也不再客气，就在椅子上坐下，摘下头上的斗笠，靠在一旁，肩上的那一把旧油纸伞却仍然挎着，舍不得放下，宝贝似的。说话间，茶到，那人也顾不得烫，端起来就吸溜吸溜地喝，可见是真渴了。

看着他那副样子，周鼎宽容地笑笑。鼎易轩做的是字画生意，可世上南来北往的人，多数与字画无缘，若到此只是为歇一歇脚，喝一口水，也应该来者不拒，何况面前的这位，听他的言谈倒也不俗，今日正可一助谈兴。

"这位先生，看来也是熟读《三国》的人啊！"宋连魁说。

"不敢当，略知一二而已。"虬髯客一边喝茶，一边说。从他进门以来，这也才头一次说句客气话。

"不必过谦，我们正好借此探讨探讨。"周鼎接过去，继续他刚才的话题，"孙权劝曹操称帝，曹操说：这小子是把我放到火炉上烤啊！曹操不是不想做皇帝，实际上，他做魏王的时候已经头戴十二垂旒，乘金根车，驾六马，这都是只有天子才能享受的规格，皇帝的一切权力他都有了，但他始终不敢夺皇帝之位，为什么？他怕，怕背上乱臣贼子的骂名！"

"唉！"虬髯客叹了口气，似乎在感叹对方的固执，"当年，汝南名士许劭评孟德公：'治世之能臣，乱世之奸雄。'此言一出，'奸雄'二字便强加于孟德公头上，千百年来，再难摆脱。其实，凡夫俗子又怎能窥透真正的英雄胸襟！孟德公曰：'设使国家无有孤，不知当几人称帝，几人称王！''若天命在吾，吾为周文王矣！'请看，这是怎样的境界？"

"你说是怎样的境界？"周鼎不以为然，"老子打江山，儿子坐江山！周文王的儿子不是夺了纣王之位自命为天子吗？曹操的儿子曹丕不是废了汉献帝自己做皇帝吗？有了魏文帝，便追谥老子为魏武帝，你看你看，曹操到底还是称帝了啊！"说罢，开怀大笑，他很得意自己的机辩之才，击中了对方的要害。

"那又何妨？"那人却并不服输，毫无笑意，面目肃然，"关云长死后成神，孟德公死后称帝，皆非本人所愿，乃是人心所向，天道所归。岂不闻孟德公《短歌行》曰：'山不厌高，水不厌深；周公吐哺，天下归心！'"

周鼎一时默然。其实他在心里也承认，历史上的曹操是一位文武兼备的英雄，不但雄才大略，战功累累，而且诗文雄奇豪迈，苍凉悲壮，虽只寥寥数篇，却名烁千古，无人能及。但自《三国演义》出，那个阴险狡诈的乱世奸雄的形象便深入人心，天下有几人仔细研读《三国志》，肯为他一辩？面前这位梗着脖子为曹操抬杠的陌生来客，又是个什么人呢？

"听先生所言，很长见识。"宋连魁见周鼎不语，便说，"我是梨园行的，在我们戏台上，曹操可不是个好角色，水白脸，三角儿眼，一脸的奸诈，《捉放曹》《逍遥津》《战宛城》《群英会》《华容道》，都是揭他短的，《击鼓骂曹》《徐母骂曹》，更是把他骂了个痛快，我就是因为扮曹操挨了不少骂！可是今儿个，听您说的全是他的好话，这倒是很新鲜，难得啊！"

虬髯客紧锁的眉头下，一双眼睛在闪动，像是强忍着怒气，听到最后，才吁了口气，咂咂嘴唇，正要开口，旁边儿的周易倒先说话了。

"这位先生还有个与众不同之处，"周易望着那双有话要说的眼睛，"世人论曹操，都是直呼其名，而您却言必称'孟德公'，这是为什么呢？莫非……"

周鼎猛地被他提醒！就这么"非正式会谈"了许久，双方竟然都没有通名报姓，这既不符合中国的社交礼仪，也不是鼎易轩主的做事风格，可笑！于是突然问道："先生贵姓？"

"免贵，姓曹。"虬髯客答道，不卑不亢。

三个人都愣了，宋连魁脱口道："哎呀，说曹操，曹操到！"

一不留神，又犯了人家的忌讳。

"原来是曹先生！"周鼎连忙说，打破了尴尬，"请问台甫？"

"单名一个横字，草字无忌。"虬髯客答。

"哦，无忌先生！"周鼎不禁想起前人的一副趣联，顺口吟道，"'魏无忌长孙无忌，人无忌我也无忌。'……"

刚刚说出上联，就被曹横接过去了："蔺相如司马相如，名相如实不相如。"说到这里，微微一笑，"横不才，只是袭用了前人的表字而已！"

"好！"周鼎倒是由衷地赞叹，"世界上最难得的，就是横行无忌！"

"谢谢先生的夸奖，"曹横道，"不才还要请教三位先生尊姓大名。"

周鼎通报了三人的姓名、身份，曹横说声"领教"，又问："坊间盛传的'周半尺'，想必就是足下了？"

"不敢当，"周鼎道，"那是同行之间的一句玩笑，当不得真的！"又问他，"敢问无忌先生，您这是从哪儿来呀？"

"安徽亳州。"曹横答道。

"啊，那正是孟德公的家乡啊，无忌先生果然是魏武子孙，失敬，失敬！"

此时的周鼎，也不再直呼曹操其名，而改称"孟德公"了。且不论如何评价曹操这位一言难尽的历史人物，尊重他人的祖先毕竟是中华美德和起码的礼仪。

他这么一说，旁边的周易和宋连魁也不由得对曹横另眼相看，其实人还是这个人，只因为亮出了名门之后的身份，在别人心目中的分量便不知不觉地加重了。

曹横含笑点了点头，表示宽容了对方刚才的冒犯，并接受了迟来的礼遇。似乎直到这时，他也才真正被鼎易轩主当作客人而不是偶然闯入店里的路人了。

"我听说，曹氏家族有很多支系，不知无忌先生是哪一支？"周鼎又问。

"是的，有很多支，"曹横道，"鼎公想必知道高贵乡公其人吧？"

"哦？高贵乡公！"周鼎一惊，这个名称的突然出现，使他感到意外。

周易和宋连魁向周鼎投以询问的目光，高贵乡公何许人也？

"令祖的大名，岂能不知？"周鼎从容答道，"即便我等孤陋寡闻，也记得那句流传千古的名言：司马昭之心，路人所知也！"

他这番话，也是说给周易和宋连魁听的。果然，此言一出，两人便面露惊讶之色，这是他说的？原来这位高贵乡公并不陌生！

"我想起来了，"周易说，"《三国演义》里讲过他故事。"

"是的，在曹魏历史上，他也是个数得着的人物。"周鼎道，"说起来，武帝、文帝开创曹魏帝业不易，但恕我直言，后来的继任者却一代不如一代，值得一提的也就只有高贵乡公了。当时，司马氏羽翼日丰，权倾天下，大有取而代之之势。高贵乡公挽狂澜于既倒，扶大厦之将倾，做了尽力的一搏！"

记载在史册发黄的书页上的一部活剧，风起云涌，浮现在他的眼前……

高贵乡公是曹操的曾孙曹髦的封号。曹髦，字彦士，系魏文帝曹丕之孙，明帝曹叡之侄，东海定王曹霖之子。曹叡死后，由他的养子、齐王曹芳为继。司马师废曹芳，以十四岁的曹髦入嗣曹叡，立为少帝。陈寿《三国志》有论："高贵公才慧夙成，好问尚辞，盖亦文帝之风流也。"将他的聪明才智与其祖父曹丕相比，这已是很高的评价了。

然而，命运偏偏令人生不逢时，当年废汉献帝而自立的曹丕，万难预料自己的后代有朝一日也像汉献帝刘协一样成为傀儡皇帝，屈辱地忍受司马氏的钳制和宰割，战战兢兢地等待随时可能到来的废黜。经历了一个轮回，历史竟然如此惊人地相似。

曹髦不甘居囚笼，作《潜龙诗》以遣愤：

> 伤哉龙受困，不能越深渊。
>
> 上不飞天汉，下不见于田。
>
> 蟠居于井底，鳅鳝舞其前。
>
> 藏牙伏爪甲，嗟我亦同然！

历史终于等来了那一天。甘露五年五月己丑，忍无可忍的曹髦召见侍中王沈、尚书王经、散骑侍郎王业，愤然道："司马昭之心，路人所知也！我不能坐受废辱，今日当与卿等自出讨之！"

这当然是毫无胜算的极不明智之举。司马氏擅权日久，势力庞大，而皇帝手下宿卫空阙，兵甲寡弱，仅靠身边的这几百人怎能撼动司马氏的根基？只怕是非但成不了事，反而贻祸无穷。尚书王经苦苦劝阻，曹髦不听，从怀中取出写好的诏书，掷在地上：我意已决，纵然是死，又有何惧？何况也未必就是死！言毕，入内宫禀报太后，而刚刚与之谋划讨贼的臣子王沈、王业却已经匆匆向司马昭通风报信去了……

曹髦拔剑升辇，率领宫中的宿卫、苍头、官僮三百余人，鼓噪而出，在东止车门与司马昭之弟、屯骑校尉司马伷遭遇。曹髦的左右侍卫高呼：大魏皇帝在此，谁敢造次？皇帝的威仪，死士的勇猛，震慑了不义之师，司马伷的队伍竟然不战而退。

曹髦率众突围，不料中护军贾充却由南阙杀入！曹髦挺剑策马，直逼贾充："乱臣贼子，你是要弑君吗？"

贾充的兵士一如司马伷的部下，畏缩不前，当兵的毕竟吃的是皇粮，不敢向皇帝下手！

太子舍人成济问贾充怎么办，贾充吼道："司马公养兵千日，用兵一时，到这时候了，还问什么？"

成济知道，事到如今，只有誓死为司马氏效命，再无退路，于是抽戈向前，奋力刺去，正中曹髦胸膛，曹髦鲜血四溅，倒在车辇下，曹魏王朝第四任皇帝结束了年仅二十岁的生命。

司马昭为了摆脱弑君之罪，迫于舆论的压力，不得不以王礼安葬曹髦。死于非命的皇帝自然就没有谥号、庙号，曹髦即位前为高贵乡公，死后也仍然以此称之。

一千六百多年前的往事仿佛发生在眼前，那位傲骨铮铮的英武少帝复活了。

"好一个刚烈的少年天子！"宋连魁不禁感叹。

"可惜功亏一篑！"周易说，"如果他能够铲除司马昭，也说不定……"

"历史没有'如果'，只有既成事实。"周鼎道，"高贵乡公失败了，以当时的形势而论，也必败无疑。陈寿说他'轻躁忿肆，自蹈大祸'，似乎责之过苛，其实，即便他韬光养晦，卧薪尝胆，也未必能等到夺回政权的时机，早晚难免像他的前任那样，被司马氏废黜。如果是那样，历史就不会留下如此惨烈而又辉煌的一笔，我们也许就不会记得这个名字，因为一个又一个窝窝囊囊的废帝，太平庸了。然而，历史并不以成败论英雄，高贵乡公面对政治凌辱和死亡的威胁，宁肯高贵地赴死，不愿屈辱地苟活，知其不可为而为之，向强敌发起最后的反击，虽功败垂成，却维护了帝王的尊严、人性的高贵，高贵乡公真不愧'高贵'二字！"

曹横一直在专注地静听，一双阴沉的眼睛闪着泪光。

"谢谢鼎公！"曹横的声音有些哽咽了。

"您……是高贵乡公的后人？"周易问。

"是的，"曹横道，"传到我这一代，已经是六十三世了。"

周氏兄弟和宋连魁都不禁重新打量面前的不速之客，谁能够想到他竟拥有如此显赫的身世？在这副风尘侠客的形象中已经难以找到高贵乡公的俊秀，却隐隐可见骨子里的果决和刚烈！

"英雄有后，值得欣慰，"周鼎道，"周某有缘结识高贵乡公的后人，也深感荣幸！"

"深感荣幸的是我，"曹横道，"您是真懂史的，也真懂高贵乡公！"

"哦，过奖了。"周鼎道，"我这个人，既不懂史，也不懂政治，三句话不离本行——说出来也许让您见笑，我注意高贵乡公，其实是因书画而起。"

周易和宋连魁自然听得莫名其妙，不知道这位少年天子跟书画又有何干系？

"据史料记载，"周鼎继续说，"令祖高贵乡公不仅擅长诗文，而且还极具绘画天赋，这，您知道吗？"

"自己家里的事，当然是知道的。"曹横回答得毫不含糊。

周鼎本来以为，这个草莽汉子未必熟悉翰墨斯文，没想到人家对此并不陌生。周鼎立即来了兴致，对于鼎易轩主来说，谈史论政只不过是余兴而已，鉴赏和收藏书画才是他最大的嗜好。

"唐代张彦远在《历代名画记》当中曾记载，高贵乡公有《祖二疏图》《盗跖图》《於陵子》《新丰放鸡犬图》《黔娄夫妻图》传世，"他扳着指头一一历数，又把手摊开，"可惜啊，没有一幅能够流传到现在！不知道府上的家族珍藏之中，是否还有高贵乡公的墨宝？"

他这么一说，周易和宋连魁也引起了极大的兴趣，三个人紧盯着曹横，期待着令人兴奋的回答。

曹横却摇了摇头："没有，我们也只是世代口耳相传，知道先祖善画，却从来没有见过他的真迹。"

周鼎吁了口气，这个回答让他失望，却也在意料之中。

"是啊，这也难怪，年代这么久远了，三国时代的书画很难流传至今，我们所能见到的，也只有汉口褒谷石门的孟德公所书'衮雪'二字，因为刻在石头上，才流传下来，还不知是真是假，何况薄薄的纸绢，哪经得起一千多年的岁月浸蚀！"

"说得是，'浪淘尽千古风流人物'，的确是很无奈的。"曹横道，"不过，可以告慰先祖的是，高贵乡公的真迹虽然失传，但他的绘画天赋却没有灭绝，在子孙血脉里得以延续，四百多年后，亳州曹氏又出了一位大画家……"

三个人听得一愣，周鼎忙问："谁？"

曹横从容答道："大唐左武卫将军……"

"曹霸！"周鼎恍然大悟，脱口而出！

又是一个如雷贯耳的名字！

虽然，在浩瀚的二十四史中，这个名字无足轻重，然而，若要书写中国美术史，却不可能不提到他，并且由于他和诗圣杜甫的关系，这个名字也永驻于中国文学史中了。

曹霸，沛国谯郡即今亳州人，生于武则天的大周末年，文武之才兼具，自幼研习书法，追摹晋代书法家卫夫人卫铄之风，颇有成就，但终因难以超越举世公认的书圣王羲之，转而主攻绘画，大获成功，尤善画鞍马，出神入化，到唐玄宗开元、天宝年间，已名满天下。

某日，曹霸正在作画，忽然钦差驾临，传旨召他进京。曹霸本无意于功名，但不能抗旨，遂辍笔登程，奉召进京。

玄宗在南薰殿召见曹霸，命他修复凌烟阁功臣像。这是一项艰巨的工程。早在贞观年间，唐太宗李世民为纪念与他一同打天下的功臣，下旨在凌烟阁绘制二十四功臣像，由号称"丹书神化"的阎立本执笔作画，太宗自为赞，由褚遂良书之。画像均真人般大小，面北而立，形神毕肖，威武雄壮，栩栩如生，代表了当时人物画的最高水平，可谓国宝级艺术珍品。以后，历代君王又陆续增添功臣画像，其数目就远远不止二十四位了。由于年代久远，画像褪色、漫漶、破损在所难免，甚至还有人为的损毁。当初在玄武门兵变、讨吐谷浑、攻灭高昌等多次大战中立下汗马功劳的侯君集，后来因谋反而被处死，临刑前，太宗和他挥泪诀别："吾为卿，不复上凌烟阁矣！"侯君集死后，他在凌烟阁的画像便被涂抹覆盖。这种做法，后世的中国人是再熟悉不过的，某些显赫一时的名人，一旦被"打倒"，他们留下的影像总是难免被涂抹覆盖的命运。但侯君集的画像涂了一半，却又被制止了，毕竟功不可没，太宗有所不忍。于是，画像就留下了一副欲盖弥彰的尴尬模样，经历太宗、高宗、中宗、睿宗和武则天的周朝，中宗复辟大唐，再经少帝、睿宗到玄宗，拖了六十多年，才想到修复。凡此种种残破污损，若要修复得完美如初，当然需要高超的技艺，玄宗钦点曹霸当此重任，足见其盛名和实力，无人能出其右。

开工之前，曹霸向皇帝请求，修复完工之后，请准予返回家乡，玄宗含笑应允，并且安排十名宫女服侍他作画。曹霸深知禁宫绝非久留之地，潜心作画，夜以继日，以期尽早返乡。七七四十九天之后，画像全部修复完毕——曹霸也真是个快手！玄宗亲临凌烟阁观赏画像，只见群英并列，满壁生辉，一个个人物活灵活现，眉目有顾盼之神，衣带若闻飘动之声。玄宗非常满意，但并没有兑现准予返乡的承诺，而命他再作骏马图。李隆基是一个风流皇帝，通音律，善文辞，率梨园子弟演歌舞，乐此不疲，对绘画虽然没有后世的宋徽宗那样在行，也还是喜欢的。当年，太宗皇帝的侄儿、受封为江都王的李绪曾是画马的圣手，为太宗的御马传神写照，将风采永留于纸绢之上。如今，江都王不在了，上天又赐给大唐一个天才画家曹霸，如此的风雅之举得以继续，御马监里有的是天下名马，既然曹霸善画马，且为朕一一图之！

曹霸无奈，只有遵旨，但再次请求，骏马图完工之后，请准予还家。玄宗笑而不答。皇帝爱才，已经舍不得他走了。

曹霸深入御马监，面对真马写生，捕捉其劲健灵动的姿态和嘶风啸月的神韵，幅幅皆神品，令玄宗叹为观止，龙颜大悦，重赏曹霸，而曹霸却不为所动，恳切辞行。玄宗仍执意挽留，授曹霸为左武卫将军。这当然只是一个荣誉头衔，无须领兵打仗，也无须过问军机大事，仍旧埋头作画可也，说穿了，就是一个享有"将军"荣誉头衔的御用画家。那是曹霸一生中的黄金时期，左武卫将军门庭若市，京城的豪门权贵争相巴结，无不以拥有曹氏墨宝为荣。中国美术史上占有重要地位的唐代画马名家韩幹，那时还只是曹霸的学生。

安史之乱是大唐帝国由盛而衰的转折点，也是曹霸一生由辉煌到败落的转折点。他不知因何事得罪了人，被指一幅作品有影射当今之嫌，由此被削职免官，流离失所。丹青圣手，荣辱升沉，成也丹青，败也丹青。当他流落到四川成都时，已身无分文，靠替人画像为生，颇有些像巴黎蒙马特高地的那些晚辈流浪艺术家了。正是在这时，杜甫也因战乱流亡成都，唐代伟大的诗人和画家相遇了。杜甫久慕曹霸盛名，在阆州录事参军韦讽的府邸观赏到曹霸的《九马图》，几经寻访，终于得以与曹霸谋面，留下了千古名篇《韦讽录事宅观曹将军画马图》和《丹青引·赠曹将军霸》……

听兄长说到这里，那熟悉的诗句涌上周易心头，不由得插嘴说："我就是在读了杜工部的这两首诗之后才知道曹霸其人的！哦，不怕无忌先生见笑，关于令祖，我也只知道这么多……"

宋连魁在一旁不敢说话了，比之周易，他所知道的就更少了。

"是我们粗心了，"周鼎道，"其实杜工部在《丹青引》开头就已经写明：'将军魏武之子孙'。今天若不是无忌先生明示，我倒也忘了，这位曹霸原是魏武帝的后人！哦，对不起，又直呼令祖其名了，不知道左武卫将军的表字是……"

"无字。"曹横道，"当年杜工部称他为曹将军霸，我们族内的人，也是称他为霸公。"

"好！其实也只需这一个'霸'字，便已见魏武遗风！"周鼎道，"他在世时，人们已经把他与祖上'三曹'相比，有'文如植、武如操、字画抵丕风流'之誉，只是不知为什么，他后来却只着意于字画一途？"

"鼎公真是有心人，"曹横道，脸上似有难色，迟疑片刻才说，"这涉及家族的一个秘密……"

"哦？实在是对不起，"周鼎连忙道歉，"是我莽撞了，先生既不便说，在下也就不再动问了。"

"说来倒也无妨，"曹横道，"祖上'三曹'之中，子建公的诗文最负盛名，有'天下才有一石，子建独得八斗'之誉，他的《豆萁诗》可谓家喻户晓，妇孺皆知……"

"那是啊，"宋连魁不禁插嘴说，"曹子建七步成诗，小时候我们都背过！"

"但是，"曹横却说，"我们曹姓的子弟，幼年时是不准读的。"

三个人听得蹊跷，周鼎问："这是为什么？"

"唉！"曹横叹了口气，说，"子桓公为了独揽大权，不顾骨肉之情，对亲兄弟以死相逼，这是家族的耻辱！所以，世世代代传下来一个规矩，不准小孩子读《豆萁诗》，待成年之后，才郑重地诵读，长辈谆谆教导，要以此为训，任何时候不可为争权夺利而丧德！"

"好一条宽厚仁德的家训！"周鼎不由得赞叹。

"正是由于这一条家训，霸公放弃了仕途，专攻绘画，"曹横说着，又不禁叹息，"唉，他又哪里想到，'画而优则仕'，成名之后却被拉上了仕途，当个什么左武卫将军，然后又一个跟头摔下来，不值得啊！"

"那也是身不由己。其实，他即使不做将军，单凭画技也足以千古留名。"周鼎道，"可惜的是，千百年之后的我辈，却是只闻其名，未见其画，霸公的作品，竟然一幅也没能流传下来，就这样绝迹了！"

"不，没有绝迹！"曹横却说，"据族谱上记载，霸公身后曾经将自己的大量画稿留给儿孙，可惜在长达一千多年的时间里，家族不断分支、迁徙，再加上战乱频仍，绝大部分画作都已经损毁散失，侥幸留到今天的，也就只剩下最后一幅了。"

"啊？有一幅就已经不得了了！"周鼎倏地站了起来，"这个世界上竟然还有他的真迹？"

"有，千真万确。"曹横两眼望着他，平静地说。

"现在画在哪儿？"周鼎紧盯着曹横，"在府上吗？我可以跟您到亳州去，亲眼看一看！"

曹横这才压低了声音说："不必到亳州，画，就在我手里。"

周鼎和周易、宋连魁都愣在那里！踏遍天涯也难以寻找的曹霸真迹，现在就在这间经理室里、近在眼前的这个人手里，这可能吗？梦一般的现实突然降临，让人不敢相信这是真的，他们将以何等庄重的仪式去迎接它、展示它、瞻仰它？

"望先生赐我一观！"周鼎说，那神情，如面临神圣。

曹横没有立即回答，却转脸看了看身旁的宋连魁，似乎有些犹豫。

宋连魁正听着故事讲得津津有味，只因这一瞥，把他的兴头扫尽。江湖人最要面子，七尺男儿何曾受过这等冷落？当即撂下茶碗，霍地站起身来。

曹横倒显得尴尬了，半张着嘴，不知该说什么。

"先生不必多虑，"周鼎急忙圆场，"宋二爷是我的至交好友，跟自家兄弟一样……"

"不，不，终归还是有个里外，"宋连魁道，"都怪我没有眼力见儿，告辞了！"

说着，迈步就往外走。

"哎，二爷留步……"周鼎叫住他，"您这一走，倒见外了！"

"我本来就是个外行，就不凑这个热闹了。"宋连魁用眼睛的余光扫了扫旁边的曹横，微微一笑，"嗨，也没什么新鲜！但凡是揣着个古董找买主儿的，哪个不说是祖传的宝贝？信不信就由您了！"

"岂有此理！"曹横被激怒了，猝然离座而起，"我堂堂魏武子孙，难道诓人不成？罢了，罢了，这画也不必看了！"

说罢，左手拿起脚边的斗笠，右手抓紧背着油纸伞的绳子，也要走了。

平地起波澜。宾主正谈到兴头儿上，冷不防闹了这么一出，客人和客人吵起来了，这种场面在鼎易轩的历史上从来没有过，令周氏兄弟始料不及。如果说宋连魁帮了倒忙，但他的话也不是没有道理。虽然他对于书画是个外行，但"外行看热闹"也看得不少了，书画作伪最常见的手段之一，就是编造收藏史，鼎易轩三天两头碰上这样的主儿，都说自个儿手里捧着的是多少代的传家宝，因为急着用钱而不得不忍痛割爱，故事讲得天花乱坠，结果仍不免露出破绽，十之八九被当场识破，留下笑柄供坊间谈说，也给业内同仁引以为戒。可是，面前的这位曹横，是这种人吗？他饱含激情述说的从高贵乡公曹髦到左武卫将军曹霸的家族史，难道也是刻意编造的假语村言？在看到他所说的曹霸真迹之前，这一切都还无从判断。

"无忌先生也请息怒！"周鼎上前劝道，"宋二爷一向口无遮拦，快人快语，还望先生不必介意。见了面儿就是朋友，彼此不要伤了和气！"

"我跟他无冤无仇，伤什么和气？"曹横仍旧愤愤然，"哼，我慕名到此，原是以画会友，不承想倒被人污了清白！"

"笑话！"宋连魁反唇相讥，"以画会友，画在哪儿呢？啰唆了半天也没见影儿，反说人家污了你清白！哼，天桥儿的把式，光说不练哪！"

"什么？你说我……"曹横两眼圆睁，尽管他未必能像北京人那样透彻地咂摸"天桥儿的把式"这句话的嘲讽意味，但仅凭"光说不练"四个字也能听出来那绝非恭维，"你，你是说我夸夸其谈、欺世盗名吗？"

"你说是不是？"宋连魁逼视着他，"不服，就亮出家底儿来！"

"你以为我拿不出吗？"

"那谁知道？"

二雄相争，箭在弦上，一触即发。

在旁边观战的周易急了！这两位，一个是性如烈火、武艺高强的"活张飞"，一个是绝代枭雄曹孟德的嫡传子孙，都不是善茬儿，若是在店堂里动起手来，该如何是好？

"好，好！"正在这时，周鼎却拍起了巴掌，连连叫好。

"哥，"周易说，"事情闹成这样儿，您怎么还叫好儿？"

"就是，这架吵到这个份儿上，恰到好处。"周鼎微微一笑，高声说道，"二位不必再争了，只消我一句话，便可化干戈为玉帛……"

周易问："哥哥要说什么？"

周鼎道："以画会友，正当其时！"

果然，争斗的双方都一愣，吵嚷戛然而止。此时的曹横迫不及待地要展示他的旷世珍藏，而宋连魁的激将法也赢得了实效，两个人谁都不会走了，这也正是周氏兄弟所期望的。

"请坐，两位都请坐！"周鼎劝和成功，重新延客。

面红耳赤的曹横和宋连魁不免尴尬地相视一笑，算是不计前嫌了。都是痛快人，给个台阶儿就下，各归其座。

舌战之后复归平静，实则在场的每一个人心中都不会平静。周鼎、周易和宋连魁三双眼睛都盯着曹横，看他那副流浪汉架势，除了斗笠和雨伞之外两手空空，再无行囊，身上真的携有惊世之作吗？又藏在哪里？

曹横不再说话，默默地取下背后的那把暗红色的油纸伞，双手捧着，放在膝上，若有所思。

沉思片刻，他开始动手了。左手握住收拢的伞身，右手攥着伞顶，旋了几旋，将伞头取了下来，原来这是一把永远也撑不开的伞，只是伪装成伞的外表，而实际上是一个二尺多长的圆筒，那伞头是它的盖子。现在，盖子打开了，中空的圆筒里，装着一个暗黄色的油纸卷。曹横取出油纸卷，待要打开，看看摆着茶碗的桌子，又犹豫了，手停在半空。

"请等一等！"周鼎忙说，"这里不是看画的地方，无忌先生，这边儿请！"

随着他手指的方向，周易推开侧墙的一扇门，请曹横和宋连魁先行，兄弟俩随之进入。原来，经理室旁别有天地，这里四壁都挂着书画，居中一张长案，案上铺着白毡，摆着镇尺和放大镜，此外再无他物，一尘不染，这才是周鼎、周易兄弟平日里观赏书画的地方。

周易回身关上房门，周鼎说："无忌先生，请吧！"

四个人都立在案前。曹横把手里的油纸卷放在案上，小心翼翼地打开来，里面是一层古铜色绫子，仍然卷成筒状。曹横再把绫子打开，这才露出一卷淡茶色的纸卷。曹横的动作极慢，极轻，像是面对一个襁褓中的婴儿，生怕惊醒他的酣睡，擦伤他那娇嫩的肌肤，每打开一层，都要停下来喘息片刻，仿佛在做一件极其费力而又耗神的事情。

现在，画卷已经裸露在案上，但还没有展开。周鼎、周易和宋连魁围在案旁，目不转睛地盯着它，等待见证天下奇迹，不知道在下一秒钟，它将以何种面目呈现。

曹横的手在轻轻颤抖，他极力使自己平静，将卷着的画展开。画幅不大，宽约二尺，高约一尺。画已经很旧了，而且有撕裂、磨损之处，所幸只发生在边缘，而中心部位尚保存完好。

画面上只有一匹马，细颈阔胸，四肢修长，与以往所见的古代鞍马画不同，既没有鞍鞯辔头，也没有剪鬃束尾，无羁无绊，一派天然。它一足踏地，三足腾空，扬鬃奋尾，仰天长啸，仿佛听得见萧萧嘶鸣。细细看去，肩胛处肌肉劲暴，蹄踝处筋腱坚挺，一跃而起，有力举千钧之势。再看那一双骏眸，清澈如水，凌利如炬，饱含着智慧与忠诚，坚忍和勇敢……

此画以白描勾线而成，线条刚柔相济，意在铁线与高古游丝之间。不设色，只在马的口、鼻、眼、蹄部分以淡墨略加渲染，不事雕琢，却别有魅力，观之令人怦然心动。

周鼎看得呆了。平日里看画只需看半尺，真伪立判，而今天，一幅画呆呆地看了半天，连话都说不出来了。这就是曹霸的画？普天下的人，千余年来只在杜甫的诗作中读到曹霸的名字，却无缘见到真迹，他周鼎竟然见到了，就在今天？就在眼前？他咬了咬自己的嘴唇，疼的，才相信眼见为实，不是梦了。

首先打破这真空般寂静的，竟然是外行宋连魁："古人不是用绢作画吗？这幅画怎么是画在纸上的？"

曹横不悦地看了他一眼。

"这并不奇怪，"周鼎道，眼睛并没有离开画面，他所思考的当然不是这浅层次的问题，"最晚在唐代，宣纸已经用于书画，传世的王羲之《兰亭序》摹本，被八国联军掠往海外的韩滉《五牛图》，都是纸本。"

"这么说，这幅画真是曹将军的遗作？"宋连魁傻傻地问了这么一句。

周鼎还在思索，沉吟不语。

"当然，"曹横答道，"千年来一直秘藏于舍下，世代相传。"

"好画！好马！"周鼎连说了两个"好"，抬眼看着曹横，缓缓说道，"霸公作为御用画师，画马名家，一定阅马无数，不说唐太宗的昭陵六骏，仅玄宗一朝，御马监里的良驹就有玉花骢、照夜白、红玉、紫玉、平山、紫云、飞香、百花辇，还有郭子仪的狮子花，想必都曾被将军收入笔底，"说到这里，他抬起头来，"不知此马是其中的哪一匹？"

"鼎公是懂马的，大唐名马如数家珍。"曹横点点头，却又说，"而这匹马并不在此列。"

"哦？"周鼎颇感意外，"它的名号是……"

"绝影。"曹横答道。

立即，仿佛晴空中炸响了一声惊雷，观画室如旷野般寂静，人们都被惊呆了。

"啊？"宋连魁大吃一惊，"您说的是曹……"他立即想起了"乱世奸雄"曹操，那是他经常扮演的人物，在戏台上，他就是曹操，曹操是他的另一个身份，因此但凡有关曹操的话题都让他感到亲切。而"三国戏"唱多了，听久了，尊刘贬曹的正统思想深入人心，他对这位"乱世奸雄"也怀有某种不屑和敌意，又爱又恨。此刻，一个"曹"字刚刚出口，便立即意识到当着曹横的面儿不能再直呼其名，仓促间换了个称呼，"曹丞相的坐骑绝影？"

"正是。"曹横毫不含糊地回答。

周鼎和周易对看了一眼。自幼熟读《三国志》和《三国演义》的周氏兄弟，当然知道，那大名鼎鼎的绝影，乃是大汉丞相曹孟德的坐骑，来自西域大宛国的汗血宝马，日行千里，夜行八百，疾如风，快如闪电，连影子都望尘莫及。世人皆知，三国的名马，莫过于刘备的坐骑的卢，关羽的坐骑赤兔，曹操的坐骑绝影。史载，汉献帝建安二年，曹操征张绣，战宛城，大败，危难之中，正是这匹绝影宝马驮着他冲出重围，飞矢如雨，绝影身中三箭，仍扬鬃奋蹄，不辱使命，直至被流矢射眇一目，才伏地而死……

周鼎神情肃然，俯下身去，细细地观赏画中的绝影，又有所领悟："你看它临危不惧，血脉偾张，势不可挡，向死而生，这才是真正的战马！马之为马也，以战死沙场为归宿！"

曹横听得心潮激荡，道："知绝影者，鼎公也！"

老半天，宋连魁才从这种如临神圣般的气氛中回过神儿来。

"恕我冒昧，"他迟疑地停顿一下，试着说，"敢问无忌先生，令祖孟德公一生之中两大败绩，一是赤壁之战，一是宛城之战。宛城这一仗，他痛失了长子曹昂、侄儿曹安民、猛将典韦和宝马绝影，损失巨大，实为……"他省去了"奇耻大辱"四个字，尽量把话说婉转些，"霸公作为他的子孙，却还把这匹'败军之马'画影图形，留传后代，为什么？"

"这还用说吗？"曹横露出不屑的神情，但还是耐心地回答，"谁让他是魏武子孙呢？遵曹氏家训，成败荣辱俱不可忘。在我们看来，绝影不只是一匹马，而是救命的恩公，它救了先祖一命，也救了天下的曹氏子孙，在我们家族，敬绝影如神！"

"哦，失敬了！"宋连魁拱了拱手，又说，"请问这匹神驹绝影是什么色儿的？"

曹横看了他一眼，没有马上回答。

宋连魁迎着他目光："嗯？"

周易耐不住了，说："宋二爷也太较真儿了吧？千年古马的毛色，古籍上都没有记载，谁知道是什么颜色？您知道吗？"

"我还真能跟您说道说道，"宋连魁成竹在胸，侃侃而谈，"《战宛城》是咱的看家戏，我扮的就是曹丞相，自家的坐骑岂能不识？戏台上不能骑马，要看他使什么色儿的马鞭，就知道骑什么马了。我从小学这出戏，攻城之前执的是杏黄鞭。别人唱这出戏，也有执白鞭、红鞭的，这倒也不打紧，反正这匹马也不是绝影。马踏青苗，违了军令，曹丞相割须代首，把马头也砍了。换马，执黑鞭。到后来弃城而逃，也是执黑鞭，当然那就是以死救主的绝影了。所以，要我说，绝影是一匹黑马。"

"您这是戏说三国，"周易笑道，"靠得住吗？"

"不，他说得对，"曹横倒为他作证，"曹氏家族口耳相传，绝影确实是一匹黑马。"

"那为什么……"宋连魁却不接这个善意的话茬儿，继续发问，"为什么这幅画上是一匹白马？"

"这个好说，"这回是周鼎替曹横回答，"中国绘画，墨分五彩、计白当黑，郑板桥以墨写竹，王冕以淡墨点梅，尽得其神，霸公画马，勾墨线而留白，又有何不可？"

宋连魁一时无对。这位放下西皮二黄来扯闲篇儿的国剧名伶，毕竟于书画不是内行。一个奇怪的阵势莫名其妙地形成了，面对这幅画，仿佛周鼎和曹横为一方，力证其真；宋连魁一方，力证其伪，这倒是怎么一出？年方弱冠的周易，听得津津有味。

"长见识了。"宋连魁讪讪地为自己找个台阶儿下，却还在嘀咕，九爷可别看走了眼。心里这么想，眼瞅着那幅画，又说，"可我还是不明白，既然这是一匹战马，为什么没有鞍鞯辔头……"

"不仅如此，"曹横不等他说完，便抢过了话头，接着说下去，"也没有身中数箭，血迹斑斑！"帮着宋连魁向自己发问："为什么？"然后回答："这正是画家的高明之处！对于居功至伟的战马，怎么忍心逼真地描画它濒死的惨烈？画家要让世人看到的，是战马绝影刚烈壮美的雄姿！"

"说得好！"周鼎不禁赞叹。曹横的话虽然只是臆测，却令人信服，他和千年之前的画家之间，和画中的战马之间，竟然这样息息相通！

"听起来确实有道理，"宋连魁点点头，却又说，"可是，这上面又没写绝影的名号，谁知道画的是哪匹马？"

"是族人一代一代传下来的，称这幅画为《绝影图》。"曹横道。

"猜的？"宋连魁哑然失笑，"嗨，反正是您的东西，您说它是什么，它就是什么了。"

曹横已经忍耐了很久，终于被这句话惹恼了，一腔怒火腾地升起："这是什么话？难道我是胡言乱语，信口开河？"

周氏兄弟也紧张起来，这个宋二爷是怎么回事儿，铁了心非得在这儿打一场架吗？

"您说呢？"宋连魁反问曹横。尽管心里窝着火儿，嘴上还是用了那个标志性的敬称"您"，听起来别有一种怪味儿，"咱们中国人讲究'白纸黑字'，可这幅画上连一个字儿都没有，空口无凭啊！"

宋连魁和曹横本无冤无仇，只是话赶话儿，形成对垒舌战之势，好像他是存心跟人家找茬儿，又说不过人家，屡屡败北，好不尴尬。若不能扳回一局，还真没面子了。

"这倒不足怪，"周鼎马上替曹横解释，"唐朝人作画，还没有题字落款的习惯。"

"正是。"曹横马上接过去，"何况这只是先祖的画稿，自家留作粉本，也未必在上面题字。"

瞧这一唱一和的！宋连魁心说，九爷到底是哪一头儿的？我诚心帮您，您倒处处替人家说话！

"他不题字倒也罢了，"宋连魁不服，仍然有话要说，"唐朝到现在多少年了？怎么这上边儿连个收藏印都没有？您看人家的古画，哪一幅不是盖满了图章？"

"这有什么奇怪？"曹横脖子一梗，反驳道，"曹氏家族自藏的东西，既没有进过历朝历代的皇宫，也没有经过民间的流传，当然不会有什么名头显赫的收藏印。为了原样保存先祖的手迹，世代后人都不敢在画上妄题一字，甚至连装裱也不曾做，怕的就是裱画匠人技艺不精，用料不良，万一损毁了画心，那就无法弥补了！"

竟振振有词，让宋连魁没法儿反驳。

"信哉斯言！"周鼎道，"先人有训：'不遇良工，宁存故物。'"

他所说的"先人"，是指明末扬州人周嘉胄，字江左，书画收藏家、鉴赏家，且精通装裱技艺，著有《装潢志》一书，被裱褙行业奉为圭臬。

他就主张，如果没有遇到装裱高手，宁可将残旧破损的古画原样保存起来，也不要付于拙工，以免造成无法弥补的损失。

曹横点点头，佩服鼎公言必有据。他并不知道周嘉胄其人其书其论，原样秘藏故物实属不得已，竟歪打正着，暗合经典。

周鼎继续说："历来书画作品，流传途径各不相同，有的进了皇宫禁苑，风光无限；有的秘藏民间，默默无闻。不过，一时的显赫荣耀未必就能藏之久远。一场战乱之祸，一起水火之灾，都能将最珍贵的皇家藏品毁灭殆尽，十不余一，甚至百不余一。可以设想，那些书画上面一定盖满了收藏印甚至御览之印，都是流传有绪的，但一朝毁灭，便无影无踪了，后人连那些书画的内容和作者都不知道，永远也不可能知道了。历史从来都是残缺不全的，我们所能看到的只不过是千劫万难之后侥幸留存下来的一点儿残余，还敢称'史'吗？比如这幅《绝影图》，如果它不是隐没于民间，而是荣居深宫，谁知道将是怎样的遭遇？也许不会流传到今天，那我们就无缘得见了！而有了它，就可能为美术史的残篇碎页添上神来一笔！"

宋连魁跟着周鼎的话题绕了一大圈儿，这才听明白里面的意思。没想到，他说了一句"收藏印"，引出了九爷这么一大套，都是在为曹横说话，夸他秘藏《绝影图》有功，这幅画眼瞅着就要上美术史了。看来，九爷心中大局已定，自己再继续跟曹横"找茬儿"已经毫无意义，罢了！

"今儿真是长见识了！"他先给自己找了个台阶儿下，然后，发出关键的一问，"九爷，您认定这是曹将军的真迹了？"

周鼎抬起头，一双清亮的眼睛，充满了自信。这种神情，通常是在他鉴定书画之后才出现的。一言九鼎的"周半尺"，现在是该下断语的时候了。

不等周鼎开口，曹横却替他回答："'世有伯乐，然后有千里马'！"

是的，这正是周鼎心中的话。韩退之《马说》曰："世有伯乐，然后有千里马。千里马常有，而伯乐不常有，故虽有名马，祗辱于奴隶人之手，骈死于槽枥之间，不以千里称也。"昌黎先生此说，极言伯乐之难得，而实际上，千里马也并不"常有"，就如眼前的这幅大唐左武卫将军曹霸所作《绝影图》，秘藏千年始现身人间，实不"常有"，而首先发现它的是鼎易轩主周鼎，庶几可当"伯乐"之称，也"不常有"！

当然，这些话只是从心头掠过，并没有说出口来。如若当众以"伯乐"自居，未免有失蕴藉，他还不至于。

就在此刻，他眼前突然亮光一闪，哦，那是十二郎周易的眼睛在看着他，像是有话要说。他要说什么？好似要提醒兄长：宋二爷的话也不可完全忽视！毕竟，到现在为止，眼前的这幅《绝影图》到底是何来历，除了曹横所说，再无任何证据……

周鼎一愣。的确，面前的这幅《绝影图》是一幅罕见的杰作，他可以罗列出种种惊人之处，却无从证明系何人所作。史上画马名家灿若星斗，凭什么一定是曹霸？现在就要他下断语，为时尚早。自己是不是一听到曹霸这个如雷贯耳的名字，就在精神上被降伏，毫无抵御之力，束手就擒了？这还像一言九鼎的"周半尺"吗？

瞬间，周鼎的思绪逆转，脸不觉涨红了。他暗暗自省，今天如果没有十二郎和宋连魁在场，他说不定就在极度的兴奋之中作出决定，一言既出，驷马难追，而在重金买下这幅《绝影图》之后如果再发觉失手，将铸成大错！想到这里，周鼎不禁后背发紧，额头渗出一层冷汗。所幸的是，到现在为止，他和此画的持有者之间还没有谈到买卖事项，或者也可以说，他还没有把曹横真正视为卖主，只是将对方的藏品进行观赏品评而已。

他张了张嘴，又停住了。该怎么说呢？一向能言善辩的周鼎，竟然支支吾吾地尴尬在那里。

这副样子，自然瞒不过曹横的眼睛，疑疑惑惑地看着他，说："鼎公，有话请尽管说！"

他该说什么呢？此刻，轻易不敢在兄长面前多语的周易说话了："无忌先生，这幅《绝影图》能否暂留本店，容我们再饱览几日？"

周鼎心说，亏得十二郎解围，这倒也是个缓兵之计……

"不必了吧？"曹横却一口回绝，伸手去卷那幅《绝影图》，两只手抖个不停，"久闻'周半尺'大名，今天算是领教了！'呜呼，其真无马邪？其真不知马也！'"

他说的还是韩退之语，好厉害！此刻的周鼎，好似东京街头阅武巷口的林冲听那卖宝刀的汉子肆意嘲弄："不遇识者，屈沉了我这口宝刀！偌大一个东京，没一个识得军器的！"胸中一股热血涌起，他再也不能沉默了，他知道，只要让这个人走出去，《绝影图》就会出现在琉璃厂的任何一家画店里，一旦确认为真迹，任何人都有资格嘲笑鼎易轩主"周半尺"徒享虚名，有眼不识曹将军，竟然让流传千余年的《绝影图》从他手里走脱，传为笑柄。金钱的损失都可以忽略不计，可怕的是声誉尽毁，业内无处容身！依他的血性，此刻就要拍案而起，与这位横行无忌的客人斗个输赢，不管他要天大的高价，哪怕倾家荡产，也要把这幅《绝影图》留在鼎易轩！可是，话还没有出口就又哽住了，不，他不能。在这个世界上，买什么东西都可以浑不论价，一掷千金只为听一声儿响，唯文玩字画不然，若是为争强斗富、意气用事而买了假，非但毫无光彩，还要落个名誉扫地！

那么，现在该怎么办？当此之际，已经没有时间再给他思索了！

"无忌先生！"周易再一次抢在了兄长前面，挺身而出，"既然以画会友，何必来去匆匆？家兄平日浏览书画，确有'周半尺'之誉，然而先生所珍藏的《绝影图》，并不是寻常书画，要一寸一寸地仔细观摩，而且，好画还要与同仁共赏。待会儿，有一位火眼金睛的人物要来看画，先生愿意稍等片刻，见个面吗？"

"什么人？"曹横一愣。

十二郎此言一出，周鼎有主意了，立即答道："本店的鉴赏顾问。"

随即走出观画室，朝外面喊一声："来人！"

伙计应声出现在经理室门口。

"九爷，您请吩咐！"

"请秋先生！"

03　天凉好个秋

七年前，秋先生还没有来。

那时候，琅园的女主人周鼎夫人还在，但已是生命的尾声了。她生于书香门第，十七岁嫁到周家，当时还是大清光绪年间，没有自由恋爱这一说，他们是奉父母之命、媒妁之言成婚的，在此之前两人甚至未曾谋面。几千年来，绝大多数的中国人都是这样成为夫妻的，女性的人生使命，也不过就是传宗接代、相夫教子。偏偏天不遂人愿，这两样儿，周鼎夫人都不曾拥有。婚后第二年，丈夫出国游历，她在琅园度过了孤寂的六年，最佳的生育年龄自然就错过了。等到丈夫回来，她却又得了一场大病，周鼎请协和医院的洋大夫看了，说是"盆腔结核"，这种病中国人闻所未闻。周鼎不惜重金，为她诊治，挽救了半条生命——留下一个不能生育而且长久卧床的病人。传宗接代是无望了，遑论相夫教子？丈夫所做的一切都与她无关了，她活在这个世上，只是他的一个累赘。多少次，她想了结自己的这半条命，无奈真的实施起来，也是不易的。她也曾想为自己找一个替身，替她完成传宗接代、相夫教子的心愿。但是周鼎不肯。他是新派人物，鄙夷中国旧时代的一切陋习，诸如缠足、纳妾、吸鸦片。尽管他和夫人之间并没有刻骨铭心的爱情，但十分看重对婚姻的忠诚，他笃信："男女之情舍吾妇外，不应有第二人耳！"夫人跟他提过多次，都被他一句话就驳回了："荒唐！我怎么能做这种事？"

纳妾，在中国自古有之，且成制度。首先是皇帝的特权，"三宫六院七十二妃"只是一个说法，实际上远不止此。秦灭六国，必写放其宫室，网罗其美女。始皇帝一生未立皇后，阿房宫美女如云，实质上全是"妾"。汉元帝三千绝色，东汉桓帝五千娇娃。到了唐朝，风流皇帝玄宗李隆基，宠幸之众数以万计。这些女人，除了皇后，全是"妾"。在等级森严的君主专制社会，连纳妾也是有"政策"差别的。西晋王朝规定，王公可置妾八人，郡一级的公侯可置妾六人，一品、二品官员可置妾四人，五品、六品可置妾二人，七品、八品的芝麻官儿就只能娶一个小老婆了。唐朝的"政策"又不同，亲王可置十二妾，郡王及一品官员十妾，二品官八妾，三品官六妾，四品官四妾，五品官三妾。普通百姓的"待遇"就很受限制了，宋、元、明朝的法律都规定，男子四十无子，才可以纳妾。到了清朝，"政策"一下子放开，对纳妾全无管束，官民人等，纳妾成风，只要你养得起，纳她十个八个甚至几十个，都不算稀奇。大清改了民国，妻妾共存的陋习虽然受到新思潮的冲击，却难以从法律意义上予以颠覆，纳妾之风愈演愈烈，拥有多少"姨太太"甚至成了身份、地位和财产的象征。纳妾是男权社会产生的畸形婚姻制度，传宗接代是它赖以生存的理由。随园先生袁枚就曾为求子嗣四次纳妾，他自己也并不讳言"无子为名又买春"，道出了在冠冕堂皇的理由掩盖下的好色本性。孟子曰："食色性也。"好色真的是男人的本性吗？许多男人视纳妾为"艳福"，孜孜以求，唯一担忧的是家有悍妇，不能随心所欲。而琅园的九爷周鼎偏偏反其道而行之，夫人反复劝说他纳妾，始终不为所动，你道怪也不怪？莫非天下真有柳下惠吗？

岁月如流。到了民国五年，夫人已经四十岁了，病入膏肓，气息奄奄，她和这个世界也只剩下一口气的关联了，谁知道这口气何时能断呢？

"朵儿，"她对伺候她的丫头说，"你去瞧瞧九爷有工夫没有。要是不忙，就请他过来，我有话跟他说。"

"是，太太。"朵儿去了。

周鼎不在东楼住，他和周易住在西楼，楼下是客厅和他们各自的卧房，楼上是书房和藏画室，最钟爱的书籍和字画珍品都收藏在那里。

朵儿来到西楼，周鼎和周易正在藏画室看画。那是一幅手卷，摊在案子上，周鼎拿着放大镜，一段一段地仔细看，还不时地讲给周易听，朵儿也听不懂。那时候，周易刚十三岁，而周鼎已经四十六岁，兄弟之间相差三十多岁，在外人看来，像是一对父子。

朵儿不敢打扰他们，就站在身后等着。一直等到他们看完了画，周鼎搁下放大镜，揉揉眼睛说："嗯，收起来吧！"

这话虽是说给周易听的，但朵儿既然在旁边，就不能不上前搭把手，兄弟二人这才发现身边站着个人。

"咦，朵儿？你怎么在这儿？"周易问。

"回十二爷：太太让我来请九爷，刚才你们在看画，我就……"

"嗯？"周鼎突然从书画世界回过神儿来，"太太怎么了？"

"没怎么，您甭着急，"朵儿说，"太太要跟您说说话儿。"

"噢。"周鼎站起身来，朝周易说，"把画收起来，放归原处。"跟着朵儿走了。

东楼，夫人的卧房里。

夫人是下不了床了，朵儿搬把椅子，放在床头旁，请九爷坐下，以往他每次来看夫人，也都是这样的。

朵儿奉上茶来，搁在周鼎身旁的茶几上，转身又下去了。夫人和九爷说话儿，丫头们是不能旁听的。

"这几天，你觉得好些吗？"他问。

"我还是那样儿，"夫人说，"好不了，也死不了。"

"要不，我到东交民巷去一趟，请法国医院的大夫给看看？"

"不用了，十几年的病了，怕是神仙也治不好了！"夫人叹了口气，"九郎，难为你，这些年来守着一个病人，不离不弃……"

"这是做丈夫的本分，"周鼎说，"在西方，每一对夫妻在婚礼上都要庄严宣誓，无论对方富贵还是贫贱，健康还是病残，都忠诚相守，白头偕老！"

"我们没发过这样的誓，也注定不能白头偕老了！"夫人凄然一个苦笑，"我已然是个废人，就是苦撑苦熬到长命百岁，又有什么意思？我们这儿不是西方，中国人有中国人的妇道，为人妇者，要紧的是不能犯'七出'……"

周夫人所说的"七出"，是华夏民族自古以来婚俗的重要内容，又叫"七弃"，指的是女性的七种过错：不顺父母、无子、淫、妒、有恶疾、口多言、盗窃，只要触犯了其中任何一项，丈夫就有权休妻。

"我既'无子'，又'有恶疾'，这七样罪已然犯了两样，早该休了！"

"又说笑话！"周鼎不以为然，"现在是民国了，无论汉律、唐律还是大清刑律，都不算数了！"

"民国了又怎么着？民国了也不能断子绝孙！古人云，'不孝有三，无后为大'，我这辈子不能给周家留下一男半女，心里有愧啊！"

"你又说错了。"周鼎道，"这个典故出自《孟子·离娄上》，本来不是这个意思……"

"又掉书袋，你就是个书呆子！"夫人不耐烦了，不等他说完就打断了他，"谁家娶媳妇不是为了生孩子？可是我这个媳妇算是白娶了，白吃了周家二十多年饭，白花了周家那么多钱，连个孩子都不会生，让周家后继无人了。"

"瞎说！不是还有十二郎嘛，他将来总是要娶妻生子的，怎么会后继无人呢？"

"十二郎是你的兄弟，不是你儿子！日后他有了儿女，也归在他的名下……"

"那又何妨嘛，总归是周家的后代，姓周就是了，非得是我们亲生的吗？你呀，还是安心养病要紧，这些话，已经说了不知多少遍，从今往后就不要再提了……"

"往后是不提了，今儿个是最后一次。"夫人倒干脆，"我已然给你物色好了一个人……"

"一个人？"周鼎一愣，"一个什么人？"

"一个女人，来伺候你的人，替我给你生孩子的人，说白了，就是妾。"

"妾？"周鼎吃了一惊，"我跟你说了多少遍，决不纳妾！"

"你说过的话多了，"夫人说，"你说了，'父母在，不远游'，不还是跑到外国去了吗？一走就是六年，八十老爹过世了，你都没回来，我一个女人家操办的丧事……"

周鼎没有反驳，夫人说得没有错，正点在要害处。父亲去世的时候，他正在意大利研究文艺复兴三杰，没有赶回来奔丧，因为轮船要在海上漂两个多月，实在也来不及。再有一个他不愿意说出口的原因，他和父亲感情不睦，父亲的某些做法，他并不赞成，比如，七十多岁还娶了个年轻的姨太太，这便是十二郎周易的亲娘。周易出生时，姨太太大出血而死，未及满月，父亲又病逝，是老嫂周鼎夫人把孤儿十二郎拉扯大的。尽管周鼎对这个同父异母的兄弟情同父子，但在内心深处并不喜欢他们共同的父亲。当然，不管怎么说，他作为长子，从父亲手中继承了琅园和鼎易轩，却未能为父亲送终，是为不孝，那是他心中永远的痛。

"你还说了，'这辈子只做学问，不涉仕途'，"夫人又说，"可是你到底还是当了那个替人家抬轿子吹喇叭的国会议员，多光彩啊！"

"唉，那还不是因为……"周鼎本能地要辩解，却欲言又止。当年，他抱着学习艺术的理想远赴泰西，对政治并没有什么兴趣，不承想经历了几年欧风美雨，竟撩拨起改造国家与社会的书生情怀，回国时正赶上辛亥革命，穿洋服、读洋书的他顺势而上，被推举为众议院议员。可是，进去了才知道，原来中国的议会是这个样子的，真后悔一脚踏进去！不要说袁大总统解散议会，即便他不解散，周议员也要退出了！这话说起来人长，又太憋屈，他也就不想再说了。

夫人接连点了他两处要害，见他闷声不语，自己已经占了优势，便接着说："这两件大事儿上，你都自食其言，还在乎纳妾这件小事儿吗？"

"这……这怎么能算小事儿？"周鼎这回说话了，"这关乎一个人的道德操守。"

"操守？说得跟个贞节烈女似的。"夫人一个苦笑，"你们男人还讲究这个？有钱有势的，哪个不是三妻四妾？民国袁大总统、洪宪皇帝，虽然没有三宫六院、七十二妃，也娶了一妻九妾呢！"

"怎么？你连这也眼红？这是中国最不堪的陋习，你作为女性，本该是最痛恨的！"

"我眼红？我眼红的是人家儿孙成群。一个女人，最难容的就是男人用情不专，多少人家妻妾争宠，醋坛子打得翻江倒海，哪有元配夫人张罗着给男人娶妾的？我贱呀？我不就是缺个孩子吗？"夫人说着，眼圈儿红了，"这辈子不给你留下条根，我该你的，死都不甘心！可是，我自个儿又不争气，有什么法子呢？只好借旁人的力量，就算帮我个忙儿吧！九郎，你能成全我吗？"

夫人拉住他的手，两眼泪汪汪地望着他。他抚着她的手，那双手，十几年、二十多年前也曾经温润纤柔，现如今松弛的皮肤包着筋骨，像枯萎的花瓣儿了。他看着她的眼睛，那双眼睛，从最初踏进琅园时那双纯净无邪的少女的眼睛，一天天、一年年在变化，变得浑浊，变得憔悴，变得忧伤，变得不堪直视。他不忍辜负这双手，不忍辜负这双眼睛，对这样一个生命垂危的人说"不"，就是断绝她活下去的希望。她不是在为丈夫做什么，而是在请求丈夫"成全"她，允许由另外一个女人代替她履行妻子的责任，和丈夫共同制造一个或两个或更多的生命，为周家留下根苗儿，使丈夫的事业后继有人。这是她此生最后的希望，也是唯一的希望，为达到这个目的，她甚至无私地忘掉了自己。回绝她的请求，就是对她的伤害，而且是致命的。但是，她的这一请求也是对别人的伤害，在她的计划之中，无论是那个尚未出场的女人还是她的丈夫，都已经不是"人"，而只是生育的工具而已，这难道是接受了现代文明的周鼎能够答应的吗？

周鼎不语。

夫人以为他已经默许了。

"那么，这事儿就这么定了。"她松开手，干枯的脸上露出一丝笑容。

"定了？"周鼎莫名其妙，"什么定了？你定了什么了？"

"你的婚事。"夫人说，那神情竟然像一个慈祥的母亲跟儿子商量娶媳妇的事儿——不是商量，而是交代，"我已然请人合了生辰八字，看好了日子，就在这个月二十八，二十七就接过来吧，还有三天。该预备的东西，我都让管家预备好了。"

"你说的……这是谁跟谁啊？"周鼎像是在听她说梦话。

"你跟她。"夫人一脸的认真，"这姑娘我看过了，光绪十七年生人，属兔的，今年二十五，虽说年岁大了点儿，可模样儿挺周正，言谈举止，也挺有礼数的，'槽头买马看母子'，往后有了孩子，错不了。凑巧的是，这丫头没裹过脚，也正合你的意。还有一样顶要紧的，我仔细察问了，她还是个黄花闺女。"说到这句话，她特别加重了语气。在中国人的传统观念中，女性的贞操是至关重要的，在出嫁之前保持一个姑娘身子，是做人的底线。"当然是穷人家的孩子了，要不，谁愿意做'小'呢？只求人好，出身也就不在乎了。"

她如数家珍，一一道来，像是卖家在展示自家商品，或者说更像是买家在炫耀自己"捡漏""淘宝"的得意之作。

"胡闹！"周鼎终于忍无可忍，"你当是买马呢？把人家像牲口似的往家里牵。我不管她是谁，只要是个人，无论穷富，也都有心有肺有思想有感情，都想按自己的心愿过一辈子。你替人家想过吗？"

"怎么没有啊，我都问过她了，"夫人说，"她愿意。"

"我不愿意！"周鼎倏地站起身来，"我也是个人，不是牲口，我不干！"

说完，转身朝外走去。

"你不干？"夫人只是无奈地反问了一句，并没有发火，以她现在的精神和体力，也发不起来了。而且，她和丈夫之间就这一话题已经会谈了很多次，每一次都是话不投机，不欢而散，这一次也没有抱定成功的把握，所以，她对于失败也有所准备。"你不干，那我也不干了！"

"你……不干了？"周鼎站住了，"你要怎么着？"

"我死！"他的背后传来夫人的声音。

"死？"周鼎站住了。

"你不信？这可不是吓唬你，我连要命的毒药都预备好了！"

"什么毒药？哪儿来的？"

"这你就甭管了。这些年尽跟大夫打交道，'久病成医'，我知道什么药能要自个儿的命。你以为，白天黑夜都有人守着我，我就死不了？一个人只要自个儿不想活了，谁也看不住！"

夫人的声音不高，不像夫妻争吵时的争强斗狠、急不择言，但她说的每一句话，每一个字，显然都是经过深思熟虑的，周鼎就不得不当真了。

他转过身来，重新走回夫人的床前，坐下来，看着她的眼睛。

"死？你为什么死啊？"

"为你，为这个家！"

"不值得！你嫁到周家二十多年，一直操心劳力，吃苦受累，到现在落下一身的病，这个家对不起你，我也对不起你，你还要为这个家去死？你傻呀？上天赐给每个人的生命，都只有一次，你也该疼疼自己了！"

"人怎么能只为自个儿活着呢？"夫人却说，"天下的生灵，来到阳世上走一遭，不光是为了有吃有喝，身上都是有责任的。"这时，窗外传来燕子的呢喃之声，她就说，"你看那些小燕子，年年春天飞回来，头一件事儿就是忙着衔泥垒窝，然后呢？生儿育女。这就是责任。你看它们那个辛苦，到外头逮个小虫子，赶紧飞回来喂孩子，四五个小鸟儿张着嘴，嗷嗷叫等着吃食呢，做父母的紧忙活，轮番儿喂，也还是供不上。我猜，那俩老燕子一定不嫌烦，为儿女，累死也值了。要是没有这些儿女，俩老燕子守着空窝过一辈子，死了就完了，往后，燕子不就在世界上绝了种吗？鸟是如此，人也是一样。要是人人都为自个儿活着，那不是连禽兽都不如了吗？"

"按你说的，"周鼎道，"若是只限于飞禽走兽、花木鱼虫，倒也是不错的，它们生命的全部意义只不过是繁衍后代，延续物种。但是，这不该也包括人吧？人生在世，要是没有思想，没有事业，没有追求，没有责任，只把传宗接代作为唯一目的，岂不是太简单、太枯燥、太无聊了？又与禽兽何异？"

"无异又如何？我就是要你做一回禽兽！"夫人发怒了，一个生命垂危的人竟然迸射出如此旺盛的肝火，"你有学问，有事业，可就是没有儿女！我要你给周家留下一条根，尽了你的责任，也还了我的平生所愿，过分吗？这本来是随便哪个男人都能做到的，你呢？要是连这都做不到，你还算个男人吗？"

"做不到的不是我，而是你！"周鼎也火了，直指夫人致命的短处。

"说得是啊，我不配做周家的媳妇！"夫人却以守为攻，"所以我才让贤，给你再娶个年轻漂亮的，难道不好吗？"

"不好！"周鼎说。

"好吧，歹吧，你说了不算，事到如今，也由不得你了！"夫人说，"记住，二十八是你的好日子！下面的事儿我都安排好了，到时候，你该干吗干吗……"

"我要是不干呢？"周鼎又一次反问。

"你要是不干，三天后就是我的死期，周家的事儿我就再也不管了！"夫人回答得斩钉截铁。

周鼎沉默了。对于夫人的禀性，他不可谓不知。二十多年来，她任劳任怨，夫唱妇随，温良恭俭让，即便以往有所争执，也是和风细雨，而且最后总是丈夫说了算。但是，那些都是真实的吗？女人未必都是水做的，即便是吧，水可载舟还可覆舟呢！今天，一向温顺的妻子忽做河东狮子吼，才令他如梦方醒：这是一个忍让了二十多年的女人的总爆发，她要在琅园当家做主了！可叹，二十三年前周鼎和她成亲，便是由父母做主，自己的意志完全无人顾及，谁能料到二十三年后周鼎竟然由她做主再一次被包办婚姻，自己的意志仍然完全无人顾及，如此蒙昧野蛮的行为在二十三年之内两度轮回，当年的受害者之一变成了加害者并且以死相逼，荒唐啊！

周鼎不知道自己该怎么办。三日之后和一个素不相识的女孩子"洞房花烛"，他无法接受；而如果愤然推掉这门"婚事"，那一天则将是结发妻子的死期，他更不能接受！

"就依你吧！"

沉默良久，他终于说了这句话，声音很低，很不情愿。或许，在夫人看来这不过是故作姿态，半推半就，袁世凯登基做皇帝不也是让别人一再"劝进"才忸忸怩怩地答应的吗？男人也这么矫情！随便她怎么想、怎么看吧，只有周鼎自己知道妥协的无奈，"两害相权取其轻"，中国人在两难之际总是给自己找这么个台阶儿，也是没法子的事儿，他总不能眼看着夫人死于非命吧？

三日之后，周鼎的"喜期"到了。然而，琅园却平静如常，毫无喜庆气氛。这不奇怪，因为这只是纳妾，而不是娶妻。今人常说中国古代实行一夫多妻制，其实大谬不然，中国从来就是实行一夫一妻制，所多者，妾也，而妾并不是妻，其地位根本不能与妻相提并论。《礼记》谓："妾合买者，以其贱同公物也。"妾之卑贱程度，犹如林肯总统颁布《解放黑奴宣言》之前白人在市场上随意买卖的黑奴，所以，纳妾也就不同于娶妻，因此，又有所谓"聘则为妻，奔则为妾""六礼备，谓之聘；六礼不备，谓之奔"。"奔"就是私奔，不经父母之命、媒妁之言的男女私奔野合，"六礼不备"，当然是不被正统社会承认的。何谓"六礼"？曰"纳彩""问名""纳吉""纳征""请期""亲迎"，是正式娶妻必须履行的六项程序。"纳彩"是男家委托媒人携带礼品到女家提亲；"问名"是请媒人查明女子的生辰八字及其生母的姓名，以备占卜；"纳吉"是卜得吉兆之后告知女家，并且在这时写立婚书；"纳征"是男家向女家交付聘礼；"请期"是男家向女家商议婚期；"亲迎"则是完婚之日男家前往女家迎娶，迎归新娘之后行"合卺"之礼，这桩婚姻大事才算完成，称得上"明媒正娶"。而纳妾则不然，其来路或是经牙行买来的穷苦丫头，或是赎身脱籍的青楼女子，或是游走江湖的卖艺伶人，又不是什么大家闺秀、窈窕淑女，纵然妖妖艳艳讨得男主人宠爱，也做不了正妻，而只能是妾。"小老婆"多了一个"小"字，终归不算老婆；"姨太太"多了一个"姨"字，到底不是太太；"如夫人"多了一个"如"字，毕竟不如夫人。进入民国以来，纳妾有各种各样的纳法，有依古礼的，也有穿婚纱、进教堂举行西洋婚礼的，但无论是谁，当多大的官儿，摆多大的谱儿，玩什么花样儿，纳妾也不能行正妻之礼。"六礼不备"，其实不是不备，而是妾身不配。有规矩：娶妾的花轿不准进大门，哪怕你有个好出身，只要做了二房、侧室，就是妾，贵妾、良妾也只能进侧门、耳门，至于等而下之的寻常姬妾，则要从后门、角门进了；姨太太不能穿大红嫁衣，只能穿粉红；"一拜天地，二拜父母，夫妻对拜"的仪式当然也没有了，因为她根本不是妻，她和主人之间的这档子瓜葛也不是婚姻，只当是家里又多了个使唤丫头，所以进门之后要向正妻敬茶，明确主仆身份。纳妾的主儿，如果刻意张扬，大办喜事也是有的，但无论是唱堂会还是宴宾客，都得等到第二天，新人进门那天总是静悄悄的。这当然是有原因的。一是因为妾的地位低下，前面已经说过了。二是因为当年所纳之妾，男女双方先"相好"再成亲的毕竟不多，而多数是素不相识，妾进门之后能否为主人所接纳、所宠爱，都是未知之数，次日方见分晓。

周鼎夫人是恪守旧礼的，既有种种规矩在先，自然不能僭越，加之周鼎本人不愿意声张，极力压低规格，琅园的这桩喜事就办得平淡之极。没有张灯结彩，没有大宴宾客，没有堂会，甚至连自家的那辆双辕四轮的豪华马车也不用，只是在黄昏时分，由牙婆陪着一乘小轿从后门进来，算是新人到了。若是按照古礼，婚礼本应在黄昏举行，"婚"者，昏也，这两个字在古代是相通的，中国许多地方至今仍然保留着黄昏举行婚礼的习惯。偏偏北京不然，凡娶妻均在正午之前。周家不是娶妻，而是纳妾，就不在大晌午的招摇过市，而选在暗淡的黄昏，悄悄地把事情办了，与古礼无关，只是巧合。

轿子进了后门，自有周家的丫头、婆子接应，一直引到东楼前，停下了，请新人下轿。于是从里面走出了一位姑娘，上身软缎夹袄，下配百褶裙，脚穿绣花鞋，一色的粉红，都是照规矩来的。头上没有盖头，这也是规矩，纳妾嘛，用不着新郎掀盖头。丫头、婆子们首先注意看的，并不是她的脸，而是那双脚，因为与她们的三寸金莲不同，那舒舒展展的天足，在过去是要被嘲笑的，如今已是民国时代，风气变了，倒成了最摩登的了。

丫头、婆子按照太太的吩咐，给了牙婆和轿夫的赏钱，打发他们回去了，扶新人去见太太。姑娘的一双天足，比她们走得还安稳，不用搀扶，随她们进了东楼，一直到了夫人床前，屈膝行礼，口称："奴婢给太太请安！"

周夫人点点头，应声说："免礼！"

其实，这礼是免不了的。

丫头朵儿已然沏好了盖碗儿茉莉花茶，递给那姑娘，姑娘又双手奉上，说："太太请用茶！"

夫人接过茶碗，只抿了一口，就放下了。这姑娘她已见过一面，再次端详，仍然觉得满意，微笑着说："成了，往后你就是这个家里的人了，吃的、穿的、用的，都短不了你的。需要什么，就跟朵儿说。"

"是，谢谢太太关照。"

"要紧的是，你要用心地伺候九爷，这就不用我多说了吧？"

"是，请太太放心，奴婢记住了。"

"朵儿，带她去见九爷吧！"

朵儿带着她来到西楼，见周鼎卧房的门敞着，就走了进来。

这卧房一明一暗，床铺当然在里间，一眼看不到的。外间摆一张写字台，一把座椅，是周鼎睡觉前、起床后读书写字的地方，旁边还有一副三件套的西洋沙发，他有时候也在这里和亲近的朋友不拘礼节地谈天说地，相当于一间小书房或是小客厅。

现在屋里没人，只在写字台上摆着两张长条的红纸，上面的字还墨迹未干：

画眉西阁张京兆,

袒腹东床王右军。

这是一副流传于民间的对联,含着两个著名的典故。上联说的是汉朝张敞,宣帝时为京兆尹,也就是长安市市长,人称"张京兆"。据说,张市长有个特殊的爱好,喜欢给夫人画眉,在长安城中都传遍了。终于,这话传到了宣帝的耳朵里,觉得这位京兆尹似乎不够爷们儿,就当面问他怎么搞的,黏黏糊糊地儿女情长,让人笑话。张敞毫无愧色,坦然道:"臣闻闺房之内,夫妇之私,有过于画眉者。"画眉算什么?两口子亲热起来,比这还过分呢,但终归是两口子的事儿,也碍不着别人。好比登徒子好色,缠绵的只是自己的老婆,又没有出轨和别人乱搞,怎么了?说得也是,宣帝爱其才,遂不再过问。下联说的是东晋王羲之,官至右将军,人称"王右军"。羲之年轻的时候,朝廷重臣郗鉴有意从王家诸儿郎当中选婿,弟兄们闻讯都装模作样地表现自己,积极竞选,惟有羲之依然故我,袒腹东床,看自己的闲书。郗鉴恰恰看中了他的本色出演,说:就是他了!乃成乘龙快婿。

这两个故事,说的都是才子佳人的风流逸事,合为一联,最宜新婚闺房之用。朵儿不识字,不知道上面写些什么,并不在意。那姑娘看了一眼,嘴角好似动了一下,却也未作声。初来乍到,哪有她说话的地方?

外屋空空如也,朵儿料定九爷必在里屋,这个日子口儿,他还能到哪儿去?于是就喊道:"九爷,九爷!新来的姨娘到了!"

她说的"姨娘",就是对姨太太的尊称。按说,她现在领来的这个姑娘,还没见过主人的面儿,能不能讨得九爷的喜欢,就要看今夜这一关了。过得这一关,明天才能给她一个姨太太的名分;若是过不了,就难免灰头土脸地被打发回去;即便能勉强留下来,也只能像朵儿一样,做个打杂儿的丫头。所以,现在还算不得"姨娘"。但是朵儿厚道,就预先送了个顺水人情。再者说,要是现在贱遇了人家,赶明儿人家真的成了姨娘呢？到时候再巴结，岂不晚了？

朵儿的一声喊，里屋便传来脚步声，果然有人。

"奴婢拜见九爷！"那姑娘赶紧俯首施礼。

"哦，不，不……"屋里走出来的人急忙说，情急之中却又说不清楚。

那姑娘听见这连声的"不"字，不禁抬起头来，而当她看见面前竟然是一个十多岁的童子，更是惊得"啊"了一声！这难道就是太太千叮咛万嘱咐要她用心伺候的夫君吗？

此刻出现的是周易。他刚刚十三岁，虽然个儿不矮，可是往脸上看，还是稚嫩得很，姑娘刚才那句话把他臊得满脸通红。

"这不是九爷，"朵儿忍不住想笑，又忍住了，跟她说，"这是十二爷！"

"奴婢给十二爷请安！"那姑娘便又重复了一遍。

"哦，不必了，"周易说，"往后，我还不知道该怎么称呼你呢！"

"是啊，"听他这么一说，朵儿也被问住了，她不知道十二爷该对哥哥的姨太太称呼什么。要是跟丫头们一样叫她"姨娘"，似乎自贬了身份，但也不能叫"嫂子"吧？那是只有哥哥的正妻才能享受的称呼。"哎，问问九爷就知道了，"她终于找到了门路，也这才想起自己正要找的就是九爷，于是问周易，"九爷呢？今儿是他的好日子，怎么不在屋里啊？"

"哥哥在楼上藏画室，他让我在这儿等你们。"周易说，似乎还没有从刚才的尴尬中解脱出来，总想为自己解释几句，"我觉着，这儿当新房，太素了点儿，闲着没事儿，就写了副对子。"

原来这喜联是他写的？那姑娘不禁又朝写字台上瞟了一眼，眼神中分明是说：少年偏作老成，这孩子倒是挺可爱！

"那，我们就上楼吧！"朵儿说。

"不用了，"周易说，"他在楼上看画，就别打扰他了吧？"

"那哪儿成？"朵儿不答应，"也不看看是什么时候，还看什么画儿？走吧，我得把人交到他手里头！"

她不再听十二爷的，拉上那姑娘，径自上楼去了。

　　楼上的藏画室是周鼎所醉心的私人空间，常常整天整天地在此流连。而在别人看来，这里却像个大仓库，四壁摆满了立柜，一层一层，一格一格，密密麻麻，插满了卷轴。立柜前面是一排玻璃矮柜，陈列的是一些册页、手卷和西洋图书。藏画室当中，摆着一张宽大的案子，当然是周鼎鉴赏书画的地方了。

　　藏画室迎门的墙上，悬有一匾，上书"一画堂"三字，系周鼎自题。藏画室里收藏甚丰，五代之荆关董巨，宋之刘李马夏，元四家，明之吴门四家、青藤白阳，清之扬州八怪，近世海派任伯年、吴昌硕，都有精品入藏，何称"一画"？人或问之，周鼎答道："老子云：'天生道，道生一，一生二，二生三，三生万物。'世界是从一开始的，书画也是如此，纵然气象万千，无不从一画开始，笔笔生发，以至无穷。所以，识得一画，便识得万物，便拥有整个世界！"这话说得令人似懂非懂。实则"一画堂"另有寓意：书画收藏，如同沙里淘金、海底捞针，千金易得，一画难求。世有收藏家，便同时催生了作伪者，以奇思妙想、绝技高招儿，创造出以假乱真的书画赝品，让痴迷于收藏的人去"发现"，既要戏弄他们的眼力，还要从他们手中赚取丰厚的利润，真乃居心叵测。书画市场越是兴旺，书画作伪越是猖獗，以至于防不胜防。多年来，周鼎正是在布满伪装和陷阱的道路上跋涉，有过收获也有过遗憾，有过成就也有过失误，他之所以一直没有停止，就是在追寻下一次的发现，永远不会满足，因为他的藏画室里还没有一件唐代以前的藏品。说"纸寿千年，绢寿八百"，那是极而言之，一张纸，一幅绢，即使在恒温恒湿、避免强光照射的收藏环境中也难以如此长久地保存完好，更何堪天灾人祸、水火兵燹的反复摧残甚至是毁灭性的浩劫，经历千年能够流传于世的真真是凤毛麟角了。

　　此刻，藏画室亮着灯，周鼎坐在画案前的那把明式官帽椅上，在看一幅画。

　　这是鼎易轩新近收购的一幅立轴《墨兰》，重新装裱了，呈给九爷过目。周鼎把画轴放在案上，自上而下，缓缓地展开。画面极其简洁，仅一丛墨兰从左侧斜出，如信笔草书，潇洒飘逸，其间点缀着几茎嫩萼，以淡墨写之，仿佛散发着幽香。这也是文人画常见的章法，若以立异标新而论，也算不得特别稀奇。但此画的作者，既非宋之文同，也非清之郑燮，却是一位女子。她是谁？明代金陵名妓马守真。此人聪颖机敏，豪爽任侠，往来于文人墨客之间，能诗善画，尤以画兰名扬江南，因此自号"湘兰"。在中国历史上，女画家寥寥无几，能达到这样的成就，已是凤毛麟角，何况还是个沦落风尘的女子，更加不易，说不定还有许多不可与外人道的故事。周鼎心中暗暗感叹，再看画面右侧的题字，那是一首七言绝句：

偶然拈笔写幽姿，付与何人解护持？
一到移根须自惜，出山难比在山时。

果然别有幽怨，自写情怀，将一个弱女子渴望人生有所依托却又惶恐不安的心态跃然纸上，令人想起东坡居士的"拣尽寒枝不肯栖，寂寞沙洲冷"。再看落款，下面写的是："湘兰马守贞"。

他的目光落在这个"贞"字上，若有所思，却听见身旁喊道："九爷！"

朵儿的这一声喊，把他从空谷幽兰的遥远天际拉回了人间，头也不抬地说了声："是朵儿啊，什么事儿？"

"我把新来的姨娘给您送来了！"朵儿笑嘻嘻地说。

"姨娘？"他转过脸来，愣愣地看着朵儿，还有她身旁的那个陌生的姑娘。

"咦？"朵儿好奇怪，"今儿是什么日子，九爷总不会忘了吧？这就是新来的姨娘啊！"

"奴婢拜见九爷！"那姑娘款款下拜。

"噢，这就是前两天说的那位姑娘？"周鼎无可奈何地一声叹息，朝她摆摆手说，"什么'奴婢'？不要这样！如今是民国了，国民一律平等，没有主奴之分。在我看来，朵儿她们都像是自家的孩子！"

"是啊，"朵儿微笑道，"在九爷面前，跟太太那边儿不一样噢！"

那姑娘的肩胛微微颤动了一下，从九爷和朵儿刚才的这一两句对话里，她似乎已经感到琅园的男主人的与众不同，而且东楼西楼也有所不同，但这些不同意味着什么呢？她并不知道，仍然俯首低眉，没有如释重负。

"九爷，我把人交给您了，该回去跟太太交差了！"朵儿又说。

"哦，你回去吧！"周鼎应了一声。

朵儿转身走了。那姑娘不禁回头看了她一眼，随即又垂下眼。从此刻开始，她将和这位九爷独处一室了。

"你……"周鼎望着这个低眉俯首侍立一旁的姑娘，一时不知该说些什么才好，只好先问一句，"你叫什么名字？"

"秋儿。"她答。

"姓呢？"周鼎再问一句，"你贵姓啊？"

"九爷称我秋儿便是，姓氏就不必说了……"

"为什么？"

"唉！"秋儿叹了口气，说，"免得说出来辱没了家门。"

"嗯？"周鼎不觉一愣，这姑娘虽然自称"奴婢"，却未必出身贫贱，"请问府上是……"

"九爷不必问了，秋儿已经没有了家，跟那个姓氏也毫无干系了！"

没有答案，周鼎也不再问了，作为一名绅士，应该懂得尊重别人的隐私。

"那……你请坐吧！"他说，这才意识到让人家站在面前接受"问话"似乎有失尊重，指指旁边的绣墩。

"奴婢不敢，"秋儿却不肯坐，"在九爷面前，哪有奴婢的座位？"

"又来了！"周鼎有些不耐烦，"我这里没有什么'奴婢'！知道你是来做什么的吗？"

"知道，太太已经交代过了，让秋儿用心地伺候九爷。"

"不对，我平常的饮食起居都有人照顾，用不着什么特别的伺候了。"

"怎么？九爷是要赶我走吗？"她感到意外，本来已经注定的命运好像又要发生变化了。

"赶你走？不，要是我把你赶走，太太那边儿也不答应。"周鼎感到为难，"不过，你要是留下来，又能做些什么呢？"

这等于说她是个完全无用的人。

"我这里……"周鼎寻思着说，"每天做的就是一件事儿，伺候这满屋子的字画，要不，你就试试？"

"伺候……字画？"秋儿吃惊地抬起头。

直到这时，她才真正看清自己站在什么地方，她的身旁，那些密密麻麻的柜子，一格一格，一层一层，摆满了卷轴；还有那些玻璃柜里陈列着的手卷、册页和西洋图册。环顾四周，她愣住了。命运把她送进了琅园，送进了这间藏画室，这一切都是她不可预知也不可抗拒的。而如果事先知道这个归宿，她会抗拒吗？

"这些东西，你恐怕都不熟悉，不过不要紧，可以慢慢儿学。"周鼎站起身来，沿着成排的柜子，边走边说，"你看，这些装裱成卷轴的字画，是我多年来多方搜集到的珍品，都是前人的墨宝，来之不易，值得好好保管，永久收藏。这些东西又很娇贵，长期张挂容易沾染灰尘，入柜收藏又容易被虫蛀鼠咬，所以要经常翻检，夏天要防潮，冬天又要防干裂……"

秋儿随着他朝前走去，目光扫过那密密麻麻的卷轴，默默地听着，一言不发。

"你……"周鼎突然迟疑地停住了，他看着秋儿那茫然的眼神，像是在倾听他说话，又像是心有旁骛地想别的什么事儿。自己说的这些，秋儿听得懂吗？不知道，也许根本就是对牛弹琴，那又何必！想到这里，就不再往下说了，问她："你识字吗？"言外之意就是，如果她大字不识，无法胜任这项工作，也就不勉为其难了。

"哦……"秋儿这才回过神来，垂首道："识字不多，好歹认得几个。"

"噢，跟我来！"周鼎转过身来，走回画案旁，指着案上的那幅《墨兰》，要考考她，"那就试试看，这上面的题字，你能念下来吗？"

秋儿早就看到案上摊着一幅画，只是远远地看不清楚，这才走近案前，看了看那几笔墨兰，然后读出上面的题诗："偶然拈笔写幽姿，付与何人解护持？一到移根须自惜，出山难比在山时。"

周鼎不觉有些意外。这姑娘读诗，断句准确，吐字清晰，音节琅琅，没有丝毫的生涩拗口，岂是只认得几个字的？

"嗯，"他忍不住表示赞许，又指着诗句后面的落款，"念下去！"

"湘兰马守……"秋儿念到这里，却突然停住了。

"怎么不念了？"周鼎催促道，"不认得下面这个'贞'字，是不是啊？"

"不，这是个错字，"秋儿答道，"马守真应该是真假的'真'"。她那副神情，仿佛忘记了自己的"奴婢"身份，而像一个诚实的孩子，在受到误解之后认真地辩白。

"嗯？"周鼎不觉吃了一惊，"你知道这个马守真？"

"知道一点儿。"回答得谦虚，但并不虚伪。

"说说看，你知道多少？"周鼎饶有兴致地看着她，像是一位老师在面试学生，他也忘记了自己的身份。

"马守真是明朝金陵人，秦淮八艳之一。其实，她的相貌并不出众，但多才多艺，通音律，擅歌舞，精于绘画，特别是以画兰花著称，落款常常是'湘兰马守真'，就是真假的'真'。"

"说得不错。"周鼎道，"但是只知其一，不知其二，你大概没有读过缪荃孙的《秦淮广记》吧？"

"没有通读，小时候随便翻翻，马守真的生平，倒还有些印象。"

"嗯。那就应该记得，据《秦淮广记》载，此人'名守贞，字湘兰，小字玄儿，又字月娇'。这里写的就是贞节的'贞'，可见，这两个字在她来说是通用的，都没有错。"

"那要看什么时候。"秋儿却又说道，"如果《秦淮广记》可信，'守贞'应该是她小时候的名字，而在成年之后才改为'守真'。为什么改？

猜也能猜得出来。中国女性最看重贞节，当她落入风尘沦为妓女，还'守'什么'贞'啊？还会再用这个'贞'字吗？"

"啊？！"周鼎愣了，"难道你是说，这幅《墨兰》是假的？"

"秋儿说了不算，请九爷判断。"

"可是……"周鼎愣愣地看着面前的这幅画，仍然觉得不可思议，"这幅画，无论笔法、墨色、意境，甚至连题诗、书法，都是马湘兰的笔法，什么人能够伪造得这么到家呢？"

"毕竟还不到家，"秋儿微微一笑，"作伪的人难免'只知其一，不知其二'，他就没想到，马湘兰叫'守贞'的时候还不会画画，等到画名远扬的时候已经不叫'守贞'了，一字之差，留下了破绽。"

周鼎张口结舌。这幅《墨兰》虽然不是他最重要的收藏，但毕竟是已经进了鼎易轩又进了藏画室的东西，竟然被一个年纪轻轻的女孩子指为赝品，他却无以辩驳，这使他感到羞辱。而令他蒙羞的这个女孩子，既不是书画高手，也不是鉴赏名家，甚至连大家闺秀都谈不上，只不过是夫人为他物色的一个小妾，一个使唤丫头，她怎么会有如此眼力？这使他感到震惊！

"姑娘，你……你到底是什么来历？"他急切地问。现在，《墨兰》的真伪已经不重要了，他迫切需要知道的是，突然出现在他身边的这个人是谁？

"来历？"秋儿不禁打了个寒战，好像刚才做了个梦，现在才突然醒来，明白了自己此时的身份和处境。她懊悔刚才的失态，只因不慎多了几句嘴，招致主人的疑心，追问起她的来历了："我……没有什么来历！"

"这怎么可能？"周鼎疑惑地看着这个姑娘，猜测着她的来龙去脉。在他完全没有精神准备的情况之下，此人突然之间从天而降，而且出手不凡，一语惊人，这也太神奇了！周鼎不相信世上有鬼神，现在面对的总不会是个狐仙吧？不，只要她是个人，总得有出处！那么，她是从哪儿来的呢？周鼎立即想到琉璃厂满街的字画店铺，那些低头不见抬头见的同操此业者，有道是"同行是冤家"，以鼎易轩在其中的地位，难免遭人嫉恨，想方设法压他的风头，坏他的名誉，说不定还会使出如西施、貂蝉那样的美人计……想到这里，他才发现，刚才一直没有正视的这个姑娘，确实有几分姿色，难道她真是怀有不可告人的目的，打入琅园的暗探吗？"姑娘，告诉我，你是受谁指派，用这种方法来到我家，又想从我这里得到什么？"

"您这是说些什么？"秋儿听得莫名其妙，"没有人指派我，我是被府上的太太买来的！"

"从哪儿买来的？"

"从人贩子手里。"

"人贩子？你又是怎么落到了人贩子手里的？"

"我……"秋儿欲言又止。

"说吧！"周鼎却不肯罢休，"不管有什么难言之隐，都说出来！"

秋儿仍然在沉默。

此时，门外不合时宜地传来朵儿的声音："九爷！"

"什么事儿？"

门被推开了一道缝儿，朵儿探过脑袋问："您和姨娘的晚膳预备好了，请吩咐，是端到这儿来，还是到餐厅用膳啊？"

"什么晚膳？"周鼎正在气恼之际，头也不回地吼道，"不吃了！出去，谁也不要打扰我！"

"是！"朵儿大气也不敢出，怏怏退去。

"把门给我关上！"周鼎余怒未息。

门"呀"的一声关上了，外面再无声息。

这边，秋儿仍然咬着嘴唇，一言不发。刚才九爷的那一声吼，虽然不是冲她，也已经让她知道主人的厉害了。

"你到底是哪儿来的？"周鼎继续追问。看着秋儿那难以启齿的样子，他若有所悟："噢！你怕是说不出口，是不是……出身青楼啊？"

"您说错了！"秋儿眼眶中涌出了屈辱的泪水，"出身青楼"这四个字等于被人称作"婊子"，这是任何一个良家女子都不能接受的，"秋儿有什么不对，任凭九爷打我、骂我，可您不能说那样的话，我待的地方，不是青楼，是红墙！"

"红墙？"周鼎一愣，"什么红墙？"

"紫禁城。"秋儿答道。既然不得不说，她也就无须隐瞒了。

"前清的皇宫？"周鼎吃了一惊，"你从皇宫里来？你是什么人物？"

"也算不得什么人物，既不是妃嫔、公主，也不是皇亲国戚，只是一个普通的宫女。"

"这么说，你是旗人？"周鼎这才注意到她那双未曾缠过的天足。

"是的，"秋儿说，"大清朝的制度，宫女必须是旗人。"

"这，我知道。可是，我也听说，宫女是不许识字的，你怎么……"周鼎显然对这个识文断字的秋儿所说的话不大相信。

"您说的那是内务府包衣三旗的女子。"秋儿说，语气仿佛透露出些许不屑的意味，"您想必知道包衣三旗是怎么回事……"

"我只知道，包衣就是奴才。"周鼎实话实说。

"内务府隶属的镶黄、正黄、正白旗包衣是皇室的家奴，即使是立过战功的，也世代保留着奴才身份。"秋儿解释道，"包衣三旗的女子，凡十三岁至十七岁的，必须参加选秀，每年一选，选中的进宫做些杂役，的确也用不着识字。可要是所有的宫女都不识字，还怎么从中选妃嫔呢？如果是那样，世上就只有不识字的娘娘了。所以，选秀跟选秀不同，满、蒙八旗的秀女，由户部造册上报，三年一选。凡八旗人家十三岁至十七岁的女子，不经选看，不得自行婚配，无论高官还是平民，都不能例外。"

"噢，你就是这样被选进宫的？"

"是，那一年，我十四岁。"

"这么多年了？你就一直……"周鼎说了一半，又咽住了。他本想说，这么多年来，你在宫里必定经过千挑万选、层层选拔，不知为什么，却并没有成为后、妃、嫔、贵人、常在、答应……仍然是一名宫女？

"这没有什么奇怪，"秋儿微微一笑，她听出了九爷没好意思说出来的意思，"选秀不是选美，宫里选后、妃也不是选美，您一定知道王昭君和毛延寿的故事，这些都看明白了，成败、得失又如何？"

　　周鼎点点头。是了，不必说王昭君因为不肯贿赂画师毛延寿而无缘面见君王的遥远故事，大清朝就有一个人人皆知的活例，隆裕之所以能成为光绪帝的皇后，就因为她是慈禧的亲外甥女，与她平庸的容貌何干？而貌美又与光绪相知的珍妃，却落得个投井溺死的下场！秋儿在紫禁城里生活了十多年，没有卷入权力的争斗和绞杀，这是不幸还是有幸啊？

　　"难得，你竟有这般见识！请问你在宫里，是做什么的？"

　　"伺候皇太后作画、看画。"

　　"啊？你说的是慈禧'老佛爷'吗？"

　　"是。'老佛爷'只是背后的叫法儿，当着她的面，我们都是尊称皇太后。"

　　周鼎大惊！面前的这个小丫头儿，竟然来自中国最高统治者身边，这是他万万没有料到的。尽管那位皇太后早已崩逝，大清朝廷也已被推翻，但高墙重帏的紫禁城仍然笼罩着神秘的色彩，更何况，皇宫大内是收藏着众多艺术珍品的巨大宝库，历朝历代都是如此，全世界的任何国家都是如此，周鼎曾经看遍英国的大英博物馆、法国的卢浮宫和凡尔赛宫、德国的无忧宫和纽芬堡宫、意大利皇宫、梵蒂冈的圣彼得教堂和西斯廷教堂，可是自己国家的紫禁城却仍然由逊位清帝盘踞，只占故宫一隅的"古物陈列所"尚不成气候，不足一观。现在，这个小丫头儿忽然走来了，带着紫禁城的烟霞云气走来了，带给周鼎眼前一亮的兴奋。令他感兴趣的并不是那位给世人留下阴鸷凶恶印象的老女人的奇闻轶事，而是她在揽政弄权之余的一项爱好，这也正是周鼎的至爱。更加不可思议的是，紫禁城里那么多的宫娥彩女，每日里从事那么细碎繁复的事务，这位小丫头儿所做的却偏偏是这么一件事，难道这是天意吗？

　　"有意思，你怎么摊上了这么有意思的一项差事？"

"凑巧吧？"秋儿说，"真是巧得很，我在家里的时候，没有学过女红，也不会烹饪，从小跟父亲学习书画，没想到还用上了。要是让我做别的，还真是干不了呢！"

"姑娘，请坐下说话！"他再次向秋儿让座。如果说，前面那一次相让只不过出于礼貌，象征性地显示自己的绅士风度，那么，现在则是多了几分诚恳，几分尊重，几分亲切。

"谢九爷！"秋儿俯首称谢，也不再推辞，在身旁的绣墩上坐了下来。

"慈禧的书画，我倒是见过一些。"周鼎像遇见了同行，兴致勃勃地说起他所感兴趣的事，"有的颇见功力，而有的却很幼稚，水准参差不齐，摆在一起，不像是同一个人所作。所以，坊间有个说法：慈禧的书画，常常由别人代笔，凡画得好的，必不是真迹。姑娘，不知道这种说法有没有依据？"

"哦……"秋儿看着他那询问的眼神，感到为难，迟疑片刻，才说，"这种话，任由别人说去，我们也管不得，秋儿却不便说。毕竟是过去的主子，老人家已然薨逝多年，就让她安宁吧！"

"请原谅，我对她并没有不敬之意，"周鼎说，"只是出于研究的目的，有些好奇。你不会说谎，虽然没有直接回答我，但也等于承认传言是真的了。"

"那又怎么样？"秋儿不以为然，既然话已经说到这儿，她也无可回避了，"皇太后并不是画家，不以绘画为职业，写字、作画只不过是政务之余的一点儿爱好，一种消遣，水准高低也无关乎国家兴亡。人非生而知之，连皇上读书都要请师傅来教，皇太后就不可以向师傅学书、学画吗？她不但爱画画，还经常把自己的字画赏赐给臣子，要是没有人代笔，哪儿忙得过来？在皇太后和皇上面前，再了不起的书家、画家也是奴才，奴才为主人代笔还不是应该的吗？何况这种事儿也古已有之，历史上鼎鼎有名的大宋徽宗皇帝，他本身就极具绘画天才，不也常常由别人代笔吗？这，您应该是很熟悉的。"

"倒也是。"周鼎不得不承认她言之有理。的确，宋朝画院里的那些画家，不都是徽宗的奴才吗？他们三矾九染、精心绘就的那些"院体"画，题写的往往不是自己的名字，而是徽宗皇帝的独特款识"天下一人"，他们不但不感到委屈，反而还受宠若惊、求之不得哩！清宫里为慈禧代笔的画家又有什么两样？"是啊，在那个时代，能够获准进宫作画，是天大的恩宠。听说，给慈禧代笔的还是位女画家？"

"能够出入禁宫的，当然是女的。"秋儿说，"皇太后身边的女画家先后有三四位，不过我进宫的时候，就只有缪嘉蕙缪先生一位了。"

"你称她'缪先生'？"

"大家都这么叫。不是有这么一首诗嘛：'八方无事畅皇情，机暇挥毫六法精。宸翰初成知得意，宫人传唤缪先生。'我进宫的时候，她已经来了快二十年，六十五岁了，矮矮胖胖的一位老太太，待人很谦和。她是云南人，陪伴丈夫在四川做官，丈夫去世后，孀居在家，由四川督抚举荐入宫。她不但善画，字也写得好，还会弹琴，深得皇太后赏识，授三品女官，赐红翎一顶，免跪拜大礼。缪先生经常陪伴在皇太后左右，不光是教她画画，还陪她聊天儿，聊得高兴了，破例赐座——就在储秀宫席地而坐。要知道，在皇太后面前，任何人包括皇上和皇后都只能站着，没有座位，对缪先生真是特别的恩宠啊！皇太后一边吸着水烟袋，一边笑眯眯地听她讲滇蜀之地的奇风异俗，那时候，您就忘了这是大清国圣母皇太后在召见侍从画师，就像民间的两个老太太在聊家长里短呢！"

秋儿喃喃地说着，眼前仿佛重现了当年的情景……

六月盛夏，昆明湖上，接天莲叶，映日荷花。

听鹂馆中，早已备好了画案，在毛毡上铺好宣纸，摆好了笔、砚、墨、色。皇太后用的墨，向来是徽州贡品，先由懋勤殿的太监趁三伏天用大砚池磨成浓稠的墨汁，加上冰片以防腐，装在瓷缸中贮藏，供一年所用。但这样的墨汁是不能直接用的，临到写字作画，还要添水细加研磨，这自然是秋儿的活儿了。

墨磨浓了，皇太后要作画了。画什么呢？案头一只白玉瓶中插着一朵盛开的荷花，是刚刚从窗外的湖水中摘来的，花瓣儿上还挂着露珠。这就是今天要画的东西，按西洋的说法，叫静物写生。

画案前，一干人等簇拥着皇太后，先动手的却是缪先生。她从案上拈起一支羊毫提笔，在清水里浸透了，然后把笔尖探到胭脂碟里轻轻一蘸，再在白瓷盘上略作按揉，并不把颜色调匀，而是让它从笔尖向后渗透，待到合适的时候，才把笔递给皇太后："请皇太后开笔！"

所有的眼睛都盯在这支笔尖上。皇太后从容落笔，一笔下去，洁白的宣纸上就出现一个花瓣儿，淡淡的胭脂红色从上到下自然退晕，水汪汪浑然天成。围在旁边的太监、宫女们不禁发出赞叹之声："好！"

皇太后手不停笔，左右挥洒，每画一笔都赢得一声"好"，不一时，一朵荷花跃然纸上。

缪先生说："神了，您画得越来越好了！"

这么一夸，皇太后倒停下了，搁笔于案，说："我累了，你接着收拾收拾吧！"

"是，您歇着吧！"

宫女们把皇太后扶到椅子上坐下，缪先生走到画案前，为绝大部分仍是空白的画纸充实内容，这就是所谓的"收拾收拾"，多年来，已成为她分内的工作，习以为常了。她首先为荷花点上花蕊，然后画出花茎，再以花青调墨，点染荷叶，趁湿勾出叶筋，空隙处穿插上几笔蒲草，一幅鲜活水灵的荷花图就算完成了，虽不见得有多少精彩，至少已是完整的。皇太后的许多作品都是这样完成的。

缪先生再将画面审视片刻，觉得没有什么遗漏了，便换了一支中楷狼毫，蘸上墨，说："皇太后，请您落款！"

皇太后接过那支狼毫，欣然命笔："光绪戊申荷月上浣御笔。"

"皇太后的字真是太漂亮了！"太监、宫女们又是一阵赞叹。其实这也不算溢美，慈禧确有些书法功底，不但写得一手娟秀清丽的小楷，还能作擘窠大字，七十多岁的老太太，那种当仁不让的气势，非常人可比。

皇太后落款已毕，下一道工序是盖印，这就不劳她亲自动手了，是宫女的事。秋儿打开早已预备在侧的锦匣，取出四方图章，蘸了八宝印泥，一一加盖。朱文"慈禧皇太后御笔之宝"盖在画面上方正中；题款的右侧盖的朱文迎首章"大雅斋"，这是皇太后画室的雅号；款识的下面，再盖两方印，一方是白文"澂心正性"，一方是朱文"冰清玉润"，都是皇太后常用的，秋儿不用问，就办利索了。

大功告成。由皇太后亲笔落款，又盖上皇太后大印的这幅作品，待精工装裱之后，就可赏赐臣子，供人瞻仰了。

"好，实在是好！"太监、宫女们围着画案，赞不绝口。这也是他们的本职工作，在他们的记忆中，从来也没有对皇太后的大作说"不好"的时候。

"皇太后，您的这幅画呀，"缪先生也在夸，完全不计自己的劳动而把全部成就都归于慈禧，"依我看，颇得恽南田神韵！"

"哦？"皇太后高兴了，"传恽南田！"

秋儿一愣，缪先生笑了。

"皇太后，"缪先生说，"恽南田怕是来不了啦。"

"怎么呢？"皇太后觉得挺奇怪，什么人胆敢抗拒她的懿旨啊？

"回皇太后，那恽南田是顺治、康熙年间的人，早就过世了。"

缪先生的话一出口，自己脸色先就变了，太监、宫女们也面面相觑：这是怎么个话儿说的！今儿这场戏，眼瞅着圆圆满满，谁料想临了临了儿，缪先生却多了一句嘴，扯出个过了世的人来，多不吉利，还让皇太后当众露怯，连恽南田那么有名的画家都不知道，说了外行话，不知道该惹出多大的烂儿？

皇太后的眼角、嘴唇都耷拉下来，此时此刻她只要一开口，就该要人命了！

不知道是谁给的胆儿，站在旁边儿磨墨理纸的秋儿突然凑上前去，悄声儿说："皇太后，您知道哇，恽寿平字南田……"

"噢，"慈禧是何等聪明的人，立即接过去，"我知道这个人，不就是恽寿平嘛，'寿平'，既长寿又平安，多好听？什么'南田''北田'的，往后别这么叫了！"

众人悬着的心这才放下来，幸亏这个小丫头儿，救了缪先生一条命！

慈禧紧绷的脸上又重现了微笑："这位恽寿平，画得是挺不错！"

绝处逢生的缪先生赶紧说："那是那是！此人和王时敏、王鉴、王翚、王原祁、吴历齐名，史称'四王吴恽'，山水花鸟俱精，尤其是独创没骨花鸟画法，皇太后，我们所宗法的就是这一派！"

"说我尽得他的神韵，这不算过分吧？"

"不过分，不过分，皇太后简直有过之而无不及啊！"

皇太后乐了，又问："这位恽寿平的画，咱们宫里有吗？"

"有，我让秋儿去借出来看过。"缪先生说着，转脸看看秋儿。

"是，那是十二幅没骨花鸟册页，已经还回去了。"秋儿说，"我记得，建福宫画库里还有他的山水和书法，可惜没有机会看全。"

"那你就回去一趟，"皇太后随即发出懿旨，"传我的话，着秋儿将宫中所藏恽寿平画作尽数携至颐和园！"

"奴婢遵旨！"秋儿赶紧说。

"小李子！"皇太后又喊太监总管李连英。

"奴才在！"李连英俯首应道。

"你跟她一块儿去吧，省得路上出了差错。"

"嗻！"

两人接旨，匆匆上路了。

那时节，这条路可不算近道儿。从颐和园通往北京城的土路上，一辆骡车在急急奔走，细碎的蹄声伴随着悠扬的蝉鸣……

仿佛刚从摇晃的骡车里清醒过来，秋儿蒙眬的双眼流露出的是眷恋。那是她最后一次在颐和园度过夏天，当年冬天，皇上和皇太后相继驾崩，她就再也没有走过那条留着蹄声和蝉鸣的土路了。

周鼎听得醉了。听昔日宫女，说前朝往事，恍若穿越历史时空，在梦幻中漫游。他多么羡慕这个小丫头儿，她可以奉皇太后之命，自由出入紫禁城中的艺术宝库，饱览历代文物精华，这是多少收藏家梦寐以求而又不可得的!

"后来呢?"他呆呆地问,竟然像一个听人家讲故事的孩子,急于知道结果。

"皇太后薨逝之后,缪先生也出宫了,无论储秀宫还是颐和园,都再也没有那样的场面了,想想也是凄然!"

"那你呢?"

"我还是伺候皇太后——噢,幼帝宣统爷即位,隆裕皇后成了皇太后。她不像慈禧皇太后那样喜欢书画,文房四宝通常只是摆摆样子,但她有时候也看看画,解解闷儿,当然也还是我给她跑腿儿,这就给了我机会,多看看宫里藏的书画珍品。宣统三年,大清亡了。民国二年,隆裕太后薨逝。逊位的皇上和皇后、皇妃虽然还住在紫禁城里,表面上一切还按部就班,可谁都知道,宫墙外边已经不是大清的天下,宫里的人心也散了。如意馆里已经没有供奉画士,掌管藏画的太监明里暗里往外倒腾古物,连皇上也借赏赐皇亲国戚的机会,把好东西带出去——这些事儿,本不该让我看见,也不能说的……"说到这里,秋儿的嗓子像被什么噎住了。

"所以,你就被他们……"周鼎问,也只说了半句话。

"都怪我知道得太多了。不过,按大清祖制,宫女二十五岁可出宫,我也该走了!"秋儿一声叹息,流露出深深的无奈,似乎还有些不舍,并不像人们想象的那样,巴不得离开那个与世隔绝的禁苑深宫。

这让周鼎感到不解。

"秋姑娘,你走出那个君主专制的最后堡垒,实际上已是大清的坟墓,一步跨到民国,你自由了,应该高兴才是啊!"

"我是大清的遗民,民国哪有我的立足之地?"秋儿眼前一片茫然,"十几年的工夫,外边儿已经天翻地覆,我找不到家了!大清亡了,王爷、贝勒、高官显贵顷刻间变为平民,二百六十年不事生产、不懂经营的八旗子弟没有了铁杆儿庄稼,立时一贫如洗,这才知道自己原来什么也不会干,什么本事也没有。谁能想到,当年那么高傲的满人,买东西没讲过价儿,要面子,如今为了换一口饭吃,男的去拉洋车，女的沦为娼妓！"

"你的父母呢？"周鼎问。

"都不在了。"秋儿说，"我出来之后才知道，就在隆裕太后宣布宣统逊位的当天，'阿玛'和'额涅'——我的爹娘双双自尽了。他们没有留下遗言，也许是以死殉大清，也许并没有那么壮烈，只是害怕，怕以后的日子……不敢再活下去了吧？"

秋儿没有眼泪，没有哭泣，只是自语般地轻声诉说，那是一个民族的末世之痛，局外人难以真正理解的。

"哦……"周鼎听得愕然。文天祥、陆秀夫以死殉国的故事毕竟太遥远了，当今之世竟然也有不肯与新朝合作之士，在民国诞生之际选择了死亡，而他们的皇帝却还在苟活。周鼎不知道对这样的"死士"应该尊重还是不屑，但面对他们的遗孤，却只有深深的同情。"你又是怎么落到人贩子手里的？"

"在我无家可归的时候，一个远房的'那克出'——汉人叫舅舅，他收留了我。"秋儿说，"我对他感激不尽，他呢，倒把我当成了救星。为什么？这些年，他债台高筑，卖光了家里所有的东西，实在没的卖了，正巧我来了，这不是苍天给了他一笔外财吗？为了两千大洋，就把我卖了！"

"原来是这样！"周鼎像被当头打了一棒！"如今是什么时代？民主共和了，人口买卖这种野蛮的勾当竟然还存在，而且发生在我家里，这让我深以为耻！秋姑娘，你知道来到琅园是干什么吗？是做……"周鼎实在说不出那个"妾"字，自己的脸都红了。

"知道，"秋儿答道，"太太都跟我交代了。"

"你什么都知道？"这让周鼎感到意外，他本来以为这种事儿多半是哄骗而成的，"知道了还愿意来？为什么？"

"因为，要逃出人贩子和我舅舅的掌心儿，我只有这一条路。至于出来之后怎么样，那就看苍天的安排，让我遇上什么人了……"秋儿双眼一闪，垂下了头。

周鼎当然听得出这句话的意思。尽管他对秋儿以礼相待，但在秋儿的心目中，自己是被买进琅园的，并没有选择主人的自由，按照事先和周太太的约定，她作为侍女、小妾，作为传宗接代工具的命运是不可改变的，唯一期望的，是遇上一个她能够接受的人。不知道在经过一番长谈之后，此时此刻的秋儿对面前的这个人做怎样的衡量？

"秋姑娘不必多虑。"周鼎道，他不再回避实在不愿意出口的那个侮辱性的"妾"字，终于明确说出自己的主张，"我本人是反对纳妾的，只是苦于应付夫人，不得不虚与委蛇，但决不会让你做妾！"

秋儿被震惊了。在此之前，周鼎的几番暗示，她都不敢相信，现在才知道这竟然是真的！

"我决定，"周鼎郑重宣布，"这桩买卖不算数了。从即刻起，你自由了，可以走了！"

"走？"秋儿倒一愣，"去哪儿？"

"想去哪儿就去哪儿，"周鼎摊开双臂，"没有任何人再阻拦你！"

秋儿看着他，那是一个多么舒展的手势。无论幽闭在禁宫深苑里，还是囚禁在人贩子的魔窟里，她都在渴望展开双翅，自由地飞翔，而当自由真正到来的时候，她却又感到茫然。

"不，我不走了。"

"啊？"周鼎一愣。他不明白，这个渴望逃出牢笼的人，现在牢门为她打开了，却又不走了，为什么？

"九爷宅心仁厚，怜惜我这孤女，秋儿感激不尽。可是，我已是无家可归的人，世间险恶，出去也许是死路一条。如果您肯收留秋儿，我愿效箕帚之劳。"

"哦，不，"周鼎连忙拦住，"秋姑娘金枝玉叶，使不得，使不得！"

"秋儿哪是什么金枝玉叶？我已经做了十四年奴仆，也练了手脚，虽疏于女红，不善烹调，有些活儿还是帮得上忙儿的，您刚才不是说让我伺候这些字画吗？"

"这……"周鼎的脸腾地红了，"那是初见姑娘，我随口说的，太冒昧了！我这小小的'一画堂'怎么能跟紫禁城里的珍藏秘宝相比？又哪能容得下秋姑娘？"

"九爷不必过谦，"秋儿道，"秘藏于深宫里的未必都是珍宝，正如居于庙堂之上者未必皆栋梁之材。天下之大，谁知道有多少神品圣迹埋没在民间？何况，对书画鉴赏而言，本不可急于求成，寻寻觅觅本身就是一种乐趣，正如江边垂钓，目的并不在于吃鱼，即便终日无获也乐在其中。九爷以为呢？"

"说得好！"周鼎如醍醐灌顶，痛快淋漓，"秋姑娘的才学、见识都在我之上，堪为我师！"

"不敢当，九爷是前辈，秋儿愿聆教诲。这么说，您是答应收留我了？"

"如蒙屈就，周某不胜荣幸！"

天亮了。彻夜未眠的周鼎仍毫无倦意，他站起身来，走过去打开藏画室的门，却不曾想到，门外已经站满了人，十二郎周易，还有丫头、婆子、车夫、厨子、花匠，琅园里的一应杂役人等，统统汇集在一起，等待这一时刻的到来。他们不知道在刚刚过去的漫长一夜藏画室里究竟发生了什么，但从九爷那容光焕发的神态，也可以猜到事情的结果了。

"九爷，向您道喜了！"朵儿带头儿喊出了大家憋在心里、等了一夜的话。

"恭喜，恭喜！"众人一迭连声地喊道。

"谢谢诸位！"周鼎拱拱手，却又问道，"可是，不知你们贺的是什么喜？"

"这还用说，"朵儿抢先说，"恭贺九爷娶了姨娘！"

"新添了如夫人！"众人也跟着附和。

"不对！"周鼎却收敛了笑容，说道，"在琅园，没有什么'姨娘''如夫人'。我要郑重地请你们认识这位秋姑娘，哦，不，是秋先生……"

站在他身后的秋儿，微微俯身，向大家致意。

周鼎提高了声音说："自即日起，秋先生尊为本宅西席，教十二郎研习艺文，并荣任鼎易轩鉴赏顾问。你们听明白了吗？"

众人瞠目结舌。一夜之间，这个眼看就成为小妾的丫头摇身一变，从奴婢到贵宾，如天壤之别，让他们难以适应。

"听明白了！"只有周易愣愣地应了一声。其实他也很难弄明白，这位面目姣好的姐姐，本来注定要成为哥哥最亲近的人，怎么突然之间转到了他身边？

当日，琅园大宴宾客，琉璃厂书画业同仁代表人物如仰古堂老板马骉、尔雅阁老板叶寄尘等，以及京城一些书画名家应邀出席，当日到场的书画家有陈一村、陆子樵、王洄等，都曾名噪一时。还请来了著名学者李石曾。当着众人的面儿，周鼎向秋姑娘递交聘书，周易行拜师礼。

这时，突然闯进了不速之客苦六儿："九叔，小侄儿这厢有礼了！听说您娶了新九婶儿，恭喜，恭喜！"

客厅里一时哗然，周鼎大怒，喝道："出去，出去！"

"哎，哎，"苦六儿还觉得挺奇怪，"我当侄儿的向婶子讨杯喜酒喝，怎么了？三天里头没大小，来，来，九婶儿，咱俩喝一杯！"

周鼎愤怒已极，"啪"地一个巴掌抽过去："滚！"

月满西楼之际，东楼寂静无声。周鼎夫人悄然吞下了她早已备下的神秘药丸，结束了自己的生命。既然夫君已经断了她的念想，身后事她也就不管不顾了。

整个琅园只有周鼎一个人知道，夫人为什么走了，是怎么走的。二十三年的夫妻，到头来竟是这样分手。

那一天，是夏历九月二十八，霜降之日。

04　丹青引

院子里，耿虎已经套好了那辆双辕四轮西洋大马车。朵儿陪着秋先生走来，扶她上车。转眼七年过去，当初的小丫头儿朵儿已经长成大姑娘，升为管家了。再看如今的秋儿身上，也早已不见当年风貌，而换了新式装束：头发是烫过的，蓬松宛转，舒卷自如，丝丝缕缕都经过精心摆弄，却又好似出自天然。入了民国以来，旗袍的式样变得多了，减了长短，瘦了腰身，提高了开气儿，裸露了秀腿，尽显女性曲线之美。秋儿的银白色旗袍撒满暗花，在夏日阳光下闪闪烁烁，衬着那凝脂般的肌肤，玉洁冰清。满人女子从不缠足，穿上高跟皮鞋浑然天成，连上海小姐都没法儿比。她这副打扮，与穿惯洋装的周鼎自然是珠联璧合地般配，但周鼎和她却从未有一语涉及穿戴，她不是侍妾，也不是恋人，而是鼎易轩的鉴赏顾问和十二郎周易的老师，是周鼎所敬重的女性朋友。他欣赏她的美丽、聪慧和博学，但也仅仅是欣赏而已，并无非分之想，正如周氏先人濂溪先生之《爱莲说》云，"可远观而不可亵玩焉"。岁月如流，周鼎年过半百，仍无续弦之意，已经三十二岁的秋儿，也还是个姑娘。

秋先生和朵儿坐稳了，耿虎一声"驾！"，马车启动了。

琅园的新任"司阍"苦六儿望着马车远去，缓缓地关上铁门，心里不知道是个什么滋味儿。那辆车他也坐过，是被捆绑着像俘虏一样押进来的，可人家秋先生呢？瞧瞧，上车、下车都有丫头搀着，谱儿大得跟主子似的。什么"秋先生"？不就是七年前九叔娶的那个小老婆吗？如今牛得不知道姓什么了——本来也不知道她姓什么。嗨，一想起因为她挨的那个耳光，苦六儿脸上就火辣辣的。他后悔，"赴鼎镬以明志"那天不该向九叔服软儿，进了琅园，堂堂的六少成了下人，倒要把她当主子伺候，这不是乾坤颠倒吗？

耿虎一声"吁！"，马车在鼎易轩门外停下了，朵儿先跳下来，搀秋先生下车。

秋儿虽然名为鼎易轩鉴赏顾问，却极少到店里来，突然出现在琉璃厂，引得街上的行人驻足观看，不知这是哪位高官富贾的太太或者小姐到此，鼎易轩有大买卖了。看就由他们看去，秋儿旁若无人，踏进店堂。

"秋先生，您来了？"伙计们赶紧迎上来，"九爷在里边儿等您，您请！"

一名伙计陪着她往里面走，抢先一步推开经理室的门："九爷，秋先生到了！"

经理室里，观画室的门敞开着，周易已经迎出来，周鼎和宋连魁也站起身来，如同迎接贵宾光临。曹横一眼看去，不禁一愣，怎么是个女的？大名鼎鼎的鼎易轩，鉴赏顾问竟然是一位年轻女子，虽然还不知根底，但那般光彩，那副气势，已令人不敢小觑！

"九爷，十二爷，噢，宋二爷也在这儿？"秋儿略略欠身，算是见过了礼，又把目光投向座中唯一的陌生人曹横。

周易赶紧说："秋先生，这位是……"

话还没有说完，却被周鼎打断，说："这位是无忌先生，远道而来的客人。"

周易立即意识到，哥哥抢在他前面向秋先生介绍客人，却又不提曹横的姓名，只称他的表字，显然是有意的，但这是为什么呢？他一时又想不明白。

周鼎随即向曹横介绍："这位便是本店的鉴赏顾问秋先生。"

"啊，秋先生，"曹横拱手一揖，"幸会！"

"无忌先生，"秋儿躬身回礼，"幸会！"

寒暄已毕，宾主落座，谈话进入正题。

周鼎说："店里平常的事务，本不必惊动秋先生的，但是今天不同寻常，无忌先生携秘藏珍品光临，当然要请秋先生过目……"

"秋先生来了，这就好了！"宋连魁在一旁已经迫不及待，"您猜怎么着？今天这幅画……"

北京人说话先发问，"您猜怎么着？"犹如唱戏的先叫板，下边儿该唱了；说书的一拍惊堂木，下边儿该说了，让你听他的。偏偏周鼎不让他说，把这句话拦腰截断："二爷，先请秋先生看画！"

宋连魁也就不再言语。周易这才明白，为什么刚才周鼎没让他亲自去接秋先生，又为什么向秋先生介绍客人的时候隐去曹横的姓氏，以至在看画之前不让宋连魁从旁插嘴，这都是有意为之，目的只有一个：在秋先生亲自过目之前，不向她透露此人此画与曹霸相关的任何信息，以免先入为主，干扰了她自己的判断，只有这样，才能充分展示秋先生的眼力，也才能让曹横信服。他坚信秋先生不会让他失望，但究竟如何，也只有托付于天了。

秋儿已经心领神会。刚才听到宋连魁说的半句话，已经让她感到此画的分量，不然，九爷不必请她前来，于是莞尔一笑："九爷这是要考我？"

周鼎道："不敢当，是向秋先生请教。"

刚刚坐下的秋儿便又立起来，朝画案走去，一干人也跟了过去。周鼎把那幅半卷着的画重新展开，用镇尺压住两边儿，龙腾虎跃的《绝影图》便展现在秋儿面前……

突然之间，她的眼前仿佛掠过一道闪电，耳畔听到一声骏马的嘶鸣！

秋儿凝视画面，注目良久，又拿起案上的放大镜，把那匹马从头到尾，仔仔细细地察看，连边缘上的残痕也不放过。却又久久地不说话，让等在旁边的人心里没底儿。

"秋先生，"周易担心她匆忙中出错，小心地提醒说，"您别着急，慢慢儿看。这幅画既无款又无印，要判断它的年代和作者，确实不易……"

"不碍事，"秋儿却说，"《灵飞经》不也无款吗？却是举世公认的'天下第一小楷'。对于书画鉴赏来说，题款和收藏印鉴并不是最要紧的，看的还是书画本身，哪个朝代都有它独到的气息，哪位大家都有他自身的品性，仿作和伪作往往只见皮毛，很难乱真。"

"说得极是。"周鼎点点头，望着秋儿，"看来，秋先生已经心中有数了？"像是问，又像是答。

"嗯，就算是吧，"秋儿颔首道，"不过，秋儿并不想一语道破……"

"为什么？"宋连魁的性子急，不明白她唱的是哪一出。

"一语道破，未必令人信服。"秋儿道，"比方说，有一个'谜儿'：刘邦闻之喜，刘备闻之悲，打一字。"

"嗯？"宋连魁一愣，"什么字啊？"

"翠。"秋儿并不卖关子，坦然道出谜底。

"啊？"宋连魁又是一愣，"为什么是'翠'？"

"您看，"秋儿笑道，"我都告诉您了，您还不服，一定要追问：为什么是'翠'？这就要把其中的道理慢慢道来了。"

"有意思，"宋连魁来了兴致，跟着又追问，"是啊，为什么是'翠'啊？请秋先生给说说！"

秋儿没有马上回答，看了看旁边儿的周鼎和周易，她觉得，像这样浅易的文字游戏，在他们二位面前就无须讲解了。

"好吧，别让他纳闷儿了，"秋儿宽容地笑笑，"那就请十二爷讲一讲吧！"

老师让学生替她回答，倒是很得体。

"'翠'者，'羽卒'也。"周易微笑道，"史上以'羽'为名的人，有两位最为著名，一是西楚霸王项羽，一是汉寿亭侯关羽。项羽兵败乌江，挥剑自刎，与他势不两立的刘邦当然闻之喜。关羽麦城被擒，死于非命，桃园结义的兄长刘备当然闻之悲！"

"着哇！"宋连魁一拍巴掌，"这都是我滚瓜烂熟的戏，今儿个倒成了'棒槌'，惭愧！还是你们有学问，那就请秋先生讲讲这画上的道理！"他把旁边的椅子往前挪了挪，"请坐下讲！"

"不用，我站惯了。"秋儿道，这句话是脱口而出的，大概除了周鼎，也没有人听得出，她说的是当年在紫禁城里，伺候太后看画、作画，站惯了。"诸位请坐吧！"

众人都坐下了，仰望着秋儿，静等着听她说话，这阵势，像是一帮学生在听老师讲课。

"看到这匹马，我想到好多匹马。"秋儿款款说道，"中国人爱马，武将爱，爱它的威武之躯；文士也爱，爱它的神骏之气。中国画常画的飞禽走兽，马居其首，历来画马名家辈出。不知道在诸位心目中，哪位画得最好？"

开头便抛出一个问号，这正是擅演讲者的技巧，时时调动听讲者的头脑，引领他们与自己共同探讨要讲的问题。

周鼎微笑地注视着秋儿，并不作答。周易看看兄长，也不作声。曹横自然是不会答话的，剩下的只有宋连魁了。可巧，对于这个问题，宋连魁多少有所耳闻，马上想起一个人来，便放胆说："郎世宁！他的《八骏图》《百骏图》很有名啊！"

那个时候，留学法国的画家徐悲鸿还没有回国，他的水墨奔马驰誉天下也还是后来的事，如若不然，宋连魁一定会首先想到徐悲鸿了。

不过，话刚一出口，又觉得不妥，马上更正说："啊，不，不，郎世宁不是中国人，他是意大利人！"

"那倒无妨，"秋儿却说，"郎世宁虽然不是中国人，可是他这一辈子，二十四岁来到中国，直到七十八岁去世，在中国过了五十多年，历经康、雍、乾三朝，供奉如意馆，用中国的文房四宝作画，每幅画上都恭恭敬敬地题款'臣郎世宁恭画'，他已是竭尽全力贴近中国人，贴近中国画了。"

"那是！皇上也待他不薄，御赐三品顶戴哪！"宋连魁嘴里在赞扬郎世宁，心里又怕把秋儿引到岔道上去，便小心翼翼地问道，"听秋先生的意思，该不是说这幅画是郎世宁画的吧？"

"我没说呀，"秋儿笑道，"您觉得像吗？"

"不像。"

"哪儿不像？"

"哪儿都不像。他的画，跟这幅画不是一个路子。"

"这就对了。"秋儿道，"郎世宁把西洋技法糅入画中，山石树木，一花一叶都画出阴阳光影，鸟兽的皮毛精雕细琢，身体凹凸转折，仿佛触手可及。那个时候，中国人没见过这样儿的'西洋景'，很是稀罕，上自皇帝，下至臣民，都喜欢。'上有好者，下必甚焉'，历来如此。郎世宁是一个虔诚的天主教徒，他在宫中勤勤恳恳地画了五十多年画，目的只是讨好皇上，希望能恩准他在中国传教。这个目的至死也没有达到，只是讨好了皇上。可是，皇上喜欢的东西未必就真的好，风靡一时的东西也未必能传之久远。十二爷，您这儿有郎世宁的画吗？"

"有，"周易道，"不过不是真迹，只是图册。"

"那就把图册拿来看看。"秋儿说。

周易便起身，从靠墙的柜子上抽出一本图册，自己存放的东西，找起来是很快的。他把图册放在案上，打开封套，里面是散页装的一叠图片，珂罗版印刷，德国人做的，精细如照片而且十五色套印，当时已经是顶尖儿水准了。

"这里边儿有郎世宁的画。"周易嘴里说着，手里在翻找，很快便翻到一幅，抽出来放在上面，"秋先生请看！"

"诸位请看！"秋儿道。

众人便一起凑上前去。这是一幅乾隆皇帝的画像，头戴缨盔，身穿铠甲，腰挎羽箭，左手挽缰，右手执鞭，骑坐在一匹花色马上。这副装束，想必是御驾亲征或是木兰围猎时的"亮相"。以郎世宁的身份，是没有资格参与国家战事和皇室狩猎的，不知这位习惯于写生的洋画家是如何获取这个形象的？是皇上特为他摆的"模特儿"吗？即使让别人穿起这身行头来做替身，但面部是一定要面对皇上写生的，在那个时代，郎世宁所享受的待遇，可谓天大的恩宠了。

"这幅画，和郎世宁其余画作一样，极其工整细密，从人到马，从衣饰到鞍辔，无一不精。但是，郎世宁毕竟不是中国人，他画的也不是真正的中国画，没有把握到中国画的精髓……"

"哦？"宋连魁没想到，在他心目中非常了不起的郎世宁，秋先生的评价却并不高，"您说，这精髓是什么？"

"谢赫六法：气韵生动、骨法用笔、应物象形、随类赋彩、经营位置、传移模写，其中最要紧的是气韵生动和骨法用笔。如果以谢赫六法来衡量郎世宁，应物象形、随类赋彩他做到了。但是，"秋儿说到这里，有意停顿了片刻，目光扫过在场的每一个人，才接着说，"这也只是描摹物象而已，与照相术无异。郎世宁根本不懂骨法用笔，所以也谈不到气韵生动，他笔下的人、马，都像是无生命的标本，即便他在《八骏图》《百骏图》中尽量把马画得形态各异，也仍然没有生气……"

周鼎听得会心一笑，忍不住说："看他的画，总让我想起龚定盦的那句诗：'万马齐暗究可哀'！"

"九爷所言极是。"秋儿接下去说，"正如赵孟頫所说，笔法弗精，虽善犹恶。这话虽然说得过于严厉，却振聋发聩，如果用来批评郎世宁的画，倒是十分贴切！"

宋连魁似乎听明白了："嗯，赵孟頫既是书家，又是画家，讲究书画同源，有道理。其实唱戏也是一样，没有念唱做打的功夫，只在台上给人家讲个故事，那还叫京戏吗？讲得再好也不行，这就是'虽善犹恶'。"

"二爷说得是，听戏和看画是一个道理。"秋儿颔首道。她把目光重新投向案上的那幅《绝影图》，"这幅画的作者，便深谙骨法用笔之道，请看，这匹马不是像郎世宁那样描摹而成，而是'写'出来的！"

周鼎点了点头，深以为然。本来，《绝影图》和郎世宁毫无关系，这是明眼人一看便知的，无须多说，那么，秋儿为什么还要不惜唇舌地谈论郎世宁呢？是有意在人前卖弄学问吗？当然不是，她是要拿郎世宁做一个反衬，剖析中西绘画的观念之别，点出中国画的这一个"写"字，最终落到这幅《绝影图》上，以证其笔法之妙。

曹横听得两眼放光，他并不知道这位秋先生是什么来头，心中暗暗惊叹一个女子竟然有这许多学识，讲起书画来头头是道。可惜的是，自己只是个门外汉，除了自家这幅《绝影图》，也没有太多留意古今书画，更谈不上收藏和鉴赏，所以，对于秋先生的高谈阔论，他也听不甚懂。好在，他真正关心的并不是秋先生的理论，而只是结论，这一点，他和宋连魁倒是一致的。

"这么说，您觉得它像赵孟頫画的？"宋连魁着急地问。

"就笔法而论，的确是一脉相承。"秋儿道。

宋连魁心里一沉。他不是书画行家，对于本来就不大熟悉的赵孟頫作品，并不具备鉴赏能力，而听秋先生这个语气，似乎要认定这幅《绝影图》是赵孟頫所作了。谁知道她看得准不准？要是看准了，那就让曹横栽了面儿了：你的祖传之宝根本就不是曹霸画的，拿姓赵的当祖宗了，虽说赵孟頫也是名家，但是元朝的东西能跟唐朝的比吗？差好几百年呢！可要是万一秋先生看岔了呢？把真的说成假的，人家答应吗？还不得臭你一条街？那鼎易轩就别混了！宋连魁抬头看着旁边儿的周鼎和周易，到了褃节儿上，这哥儿俩可别都不言语，得提醒秋先生慎着点儿，话说出去就收不回来了！

周鼎瞟了一眼宋连魁，读懂了那张脸上的意思。其实周鼎也在关心同一个问题：秋先生心里是怎么想的？《绝影图》究竟系何人所作，这是周鼎自己都没有解决的问题，所以才把秋先生请出来，这已经是鼎易轩的底牌，只能成功，不准失误。他没有料到秋先生会忽然说到赵孟頫，而且作为"以书法入画"的楷模，与郎世宁相对比。周鼎不喜欢赵孟頫。他也承认，赵孟頫博学多才，善诗文，通经济，工书法，精绘艺，擅金石，懂鉴赏，但凡那个时代的士大夫所需要掌握的本事，他几乎样样全能，尤其是书法和绘画成就最高，他的字，兼擅篆、隶、真、行、草，尤以行、楷著称于世，与欧阳询、颜真卿、柳公权并称"楷书四大家"；他的画，山水、人物、花鸟、竹石、鞍马无所不能，工笔、写意、青绿、水墨无所不精，开创元代画风，有"元人冠冕"之誉。在中国漫长的历史中，像赵孟頫这样全面的艺术家的确太罕见了。但是，艺术鉴赏凭借的是感觉而非理智，赵孟頫所有的成就，前人对他所有的褒扬，都不能抵消周鼎本能的排斥，他不喜欢这个人，因此，也就冷漠了这个人的艺术成就。现在，秋先生的谈论中已经流露了对赵孟頫的过多赞誉，也许，她真的以为眼前的《绝影图》出自赵孟頫之手？周鼎有些后悔，真不该事先不作任何交代，就直接请秋先生来看画，任凭她信马由缰，谁知道会是个什么结果？

旁边，周易已经从图册中找出几幅赵孟頫的画作，摆在案上：《人骑图》《浴马图》《古木散马图》《秋郊饮马图》《滚尘马图》，每一幅都有马，这显然是为了与《绝影图》对比而有意挑选的。

当然，这也都是秋儿所熟悉的。她看了看，说："赵孟頫画马，以线描为主，笔法介乎铁线描和高古游丝描之间，像他的行书一样，点画撇捺，流畅优美。在多数情况下，在勾线之后，他只以淡墨稍作渲染，保持白描的清新淡雅。当然也有设色的时候，比如这幅《浴马图》和这幅《秋郊饮马图》，画面富丽堂皇，有的地方甚至用了重彩。但是在画到马的时候，即便设色，也是施以淡彩，色不掩笔。从这里，我们可以看到作为书家兼画家的赵孟頫对线描的偏爱，这也正是中国画最值得自豪之处：骨法用笔。"说到这里，她把目光移向旁边的《绝影图》，"现在，赵孟頫的马群朝着这匹马走来了，彼此嗅到了对方的气息，听到了对方的嘶鸣，那么我们呢？我们听不懂马的语言，只是看到了相似的线描，相似的淡墨渲染……"

周鼎听得不悦，如果再让她说下去，是不是就把这幅画归在赵孟頫名下了？

"若以气韵而论呢？也这么'相似'吗？"周鼎干脆打断了她的话，直截了当地发问。

"若以气韵而论，则大相径庭。"秋儿答道，她显然并不觉得周鼎的提问唐突，而是早有准备。

"哦？"周鼎马上追问，"差别在哪里？"

"我说过，每个朝代都有它独特的气息，每位大家都有其自身的品性。这匹马，"她指着《绝影图》说，"是一匹无缰无羁的烈马，挟风裹电的天马，昂首奋蹄，纵横驰骋，所向披靡，这种酣畅淋漓的气势，在赵孟頫的画中是看不到的。为什么？"她抬起头来，又一次抛出一个问号，巡视着面前的人们，最后，把目光落在周鼎身上，"这要请教九爷了！"

周鼎舒了一口气，嘴角泛出笑容。秋儿没有让他失望，只是卖了一个不大不小的关子，而且还请他接招儿，这也正是他要说的话。

"因为他是赵孟頫。"周鼎说。这样的说法，并不是所有的人都能会意的。

"怎么个说法儿？"果然，宋连魁问道。

"这要从他的身世说起，"周鼎说，"赵孟頫，字子昂，是宋太祖赵匡胤的十一世孙，太祖之子秦王赵德芳的后人……"

话还没有说完，宋连魁已惊呼道："哎呀，八贤王赵德芳？那可是个不得了的人物！御赐瓦面金锏，上打昏君，下打谗臣，仗义执言，正气凛然哪！"

"您说的是戏曲和小说演义里的八贤王。"周鼎笑了笑说，"历史上确有赵德芳其人，赵孟頫就是他的后代，从娘胎里就继承了皇族的血脉。可是，偏偏赵孟頫生不逢时，在他的少年时代，大宋亡了，他从云端跌入低谷，闭门居家，致力于学问。如果他就此不再涉足政治，也许会泯灭于人间，无人知晓；也许会以学问名世，成为另一个赵孟頫。可是，偏偏他并不甘心被埋没，当元世祖忽必烈降旨搜访隐居江南的宋代遗臣时，便不失时机地脱颖而出，向灭亡宋朝的仇敌屈膝叩拜，山呼万岁。忽必烈见他仪表俊美，才华横溢，非常赏识，予以重用。于是，历史上就出现了一个复杂的赵孟頫：既是出类拔萃的书画家，又是宋朝皇室的叛徒。"

"咄，"宋连魁既惋惜又愤然，"作为赵宋子孙、忠良之后，这可不应该啊！"

"说得是，"周鼎道，"这正是八百年来赵孟頫被后人诟病之处。

和他同时的画家、收藏家赵孟坚，是他的堂兄，在宋亡之后，就隐居不仕，不与统治者合作。赵孟頫去看望他，话不投机，无趣而退。赵孟坚吩咐家人，把这小子刚才坐过的椅子洗干净！两个人同样的出身，同样的际遇，甚至还有同样的爱好，却选择了完全不同的人生道路，两相比较，判若天壤。比赵孟頫晚的，还有明末清初的朱耷，他是明朝皇家宗室，明亡之后，出家为僧为道，擅画白眼看人的怪鸟，署款'哭之笑之'以抒写家国之痛，不是成就了大名鼎鼎的'八大山人'吗？为什么别人能做到的事，赵孟頫就做不到呢？"

众皆哑然，好似听到八大山人在向赵孟頫发问。

周鼎继续说："如今是民主共和时代，我们也无意为某个王朝的灭亡唱挽歌，但作为一个人，总是要讲气节的，如果赵孟頫的降元可以不予计较，那么，在国破家亡之际，陆秀夫背负少帝蹈海而死，文天祥南向再拜，从容就义，还有什么意义呢？"

"说得是啊！"宋连魁感叹道，"人生在世，气节是最要紧的！这么说，赵孟頫纵然再有才华，也于大节有亏，是个软骨头！"

周鼎笑道："不知道他那半是元朝宠臣半是御用画家的日子过得舒服吗？"

"恐怕不那么舒服，"这回是秋儿接过了话题，"他有这样两句诗，'往事已非哪可说，且将忠直报皇元'，其中的款曲隐衷颇可玩味。往事毕竟不是可以一笔抹杀的，失节之痛，家国之恨，难道真的不存在吗？只是不便流露罢了，能够给人看的，只有顺从。他画的马，纵使千姿百态，也一律温驯如牛羊了！"

众人又是一阵哄笑。

曹横本无心说笑，听得有趣，也跟着笑。这位秋先生果然了得，千秋画史，烂熟胸中，信手拈来，出口成章。但曹横毕竟不是专门来听她说书讲古的，心里惦记着自己的事，笑过之后，便抢过话头，指着自家的那幅《绝影图》，说道："请问秋先生，如此这般的赵孟頫，画得出这匹马吗？"

"当然画不出，"秋儿答道，"绝无可能。"

"既然如此，秋先生为什么还要在这里详论赵孟頫呢？"

"因为绕不开他。中国画家，画马者众，但真正出类拔萃，上得了画史的，只有那么几位，赵孟頫就是其中之一。论中国绘画、书法，不能不提赵孟頫；论画马，更不能不提赵孟頫。赵孟頫有过人的长处，也有致命的短处，我们说长道短，臧否人物，不是苛求古人，而是从中长见识，鉴得失，明事理，辨真伪。正如东坡所说，'古文论书者，兼论其平生。苟非其人，虽工不贵'。我们认识了赵孟頫，确信他不是此画的作者，就可以把他排除了。"

"秋先生说话畅快，"曹横道，"把话说在明处，即便要杀头，也让他死得明白！"

"先生言重了，"秋儿笑道，"我们只是纸上谈兵，不敢伤及性命的！"

"噢，"曹横目光一闪，随即也笑了，说，"我也只是说个笑话。不知道秋先生要'排除'的，还有什么人？"

"下一个是宋朝的李公麟。"秋儿答道。

"嗯。"曹横应了一声，却说，"李公麟可是声名赫赫的画马名家呀，怕也是轻易绕不过去的吧？"

"当然，"秋儿道，"赵孟頫画马，所师法的前人就是宋之李公麟、唐之韩幹……"

突然听她说到韩幹，曹横被触动了。那韩幹乃是曹霸的亲传弟子，这已经逼近曹横心中所固守的防线，不知道这位秋先生又有何等言语？

秋儿却只是点到为止，接着说李公麟："李公麟是宋代最杰出的画家，人物、山水、鞍马、花鸟、走兽无所不能，无所不精。他深得吴道子旨趣，运笔如行云流水，所画人物形神兼备，凡公卿士人、皂隶杂役、市井草民、五行八作、地域种族、美丑善恶，一望而知。所画山水，气韵清秀，得王维正传，着色山水则直追李思训心法。他画马擅用白描，扫去粉黛，不施丹青，淡毫清墨，光彩动人。十二爷，这部图册里有龙眠居士的《五马图》吗？"

李公麟晚年号"龙眠居士"。

"哦，有啊！"正听得入神的周易这才回过神来，从图册中抽出一叠纸来，上面印的正是《五马图》，画着当时皇家驷监和左骥院的五匹御马：凤头骢、锦膊骢、好头赤、照夜白、满川花，以及牵马的奚官和圉人，因为这幅画本是长卷，收入图册时只能分成五段印了。

秋儿把那五段画一字儿排开，又把赵孟頫的马摆在旁边，说："赵子昂画马，似龙眠而不及龙眠，没有学到家，只要把这两位的画放在一起比一比，就高下立判！"

众人围在旁边，随着她的指点，看看这边，再看看那边，所言果然不虚。

"不怕不识货，就怕货比货！"宋连魁不禁感叹道，"在前辈面前，就没有赵孟頫的立足之地了！"

"是的，"秋儿道，"龙眠居士画马，不仅后人无可匹敌，甚至不让前人，哪怕与唐代的韩幹相比，也有过之而无不及！"

曹横不禁吃了一惊！这位秋先生又一次说到韩幹，竟然是这种语气！虽然韩幹不是曹氏祖先，但与曹霸有师徒之缘，俗语谓"名师出高徒"，听她毫无顾忌地贬损韩幹，什么滋味儿？她若是像黑旋风似的杀得兴起，抢起板斧，排头砍去，说不定连大唐左武卫将军曹霸也不在话下了！

本来无心论战，只想快刀斩乱麻的曹横，此刻倒想和她理论理论了，便沉下脸问："依秋先生的意思，这李公麟可以做韩幹的老师了？"

此言一出，周鼎、周易和宋连魁都紧张起来，他们知道曹横为什么被激怒，却不知道秋儿将如何应答，又不便提醒她，一旦言语冲突起来，该怎么收场？

"如果他们是同时代人，这也难说。"秋儿却平静如初，从容答道，"韩退之曰：'弟子不必不如师，师不必贤于弟子。'史上青出于蓝、后来居上者也不乏先例。"

偏偏在这个时候，她又在撩拨至为敏感的师徒关系，甚至有颠倒长幼、让老师反过来拜学生为师的意思，这让韩幹先师曹霸的后人还有何颜面？

"这么说，李公麟简直天下第一？"曹横已经不能容忍了。

周鼎、周易和宋连魁的心都悬了起来。

"天下第一倒也未必，"秋儿却说，"龙眼居士的马，也不是无可挑剔的！"

大家都愣了，谁能想到她话锋一转，又"挑剔"起李公麟了。

"愿闻其详！"曹横急切地说。此刻，他最想听到的倒是李公麟的短处了。

"龙眼画马，优雅有余，而威武不足。"秋儿道。

再一次语出惊人。周鼎点了点头，周易、宋连魁和曹横都一愣，等着她说得更明白一些。

秋儿却又把话题荡开："我们不妨先听听龙眼居士的好友、大名鼎鼎的东坡居士怎么说。"她转过脸去，问周易，"十二爷，还记得东坡的《戏书李伯时画御马好头赤》吗？"

"噢，好像还记得。"周易想了想说，尽管不明白她的用意，也遵照她的吩咐，把诗句背了下来：

> 山西战马饥无肉，夜嚼长秸如嚼竹。
> 蹄间三丈是徐行，不信天山有坑谷。
> 岂如厩马好头赤，立仗归来卧斜日。
> 莫教优孟卜葬地，厚衣新櫘入铜历。

"不错，就是这首诗。"秋儿道，"诗题中有'戏书'二字，说明有开玩笑的意思，朋友之间，常有文字游戏。李公麟字伯时，东坡这首诗是送给他的，因为看到他的《五马图》当中这一匹'好头赤'，乘兴作此诗相赠。"秋儿把那幅珂罗版印刷的《好头赤》捏在手里，举起来，让大家都看到，"有意思的是，苏东坡在诗中并没有称赞这匹名叫'好头赤'的御马如何好，也没有夸奖李伯时的画如何好，而说起了毫不相干的'山西战马'，说那马由于饥饿而瘦骨无肉，夜嚼庄稼的秸秆充饥。但是，千万不要以为这是一匹羸马、劣马，它跑起来，一步三丈只不过是'徐行'，跨越天山险峰峡谷也如履平地。诗读到这里，还令人莫名其妙，不知道诗人到底要说什么？接着，东坡笔锋一转，突然说，战马怎能比得了皇家的御马'好头赤'？人家也用不着为打仗而奔走卖命，只须在仪仗里摆摆样子，就可以回到马厩里，卧着晒太阳了。只是不知道将来这御马老死之后怎么处置？可别像当年优孟谏楚王时所说的那样，葬身于锅灶之中！"

秋儿的声音越来越轻，而听者的心却变得沉重了。当她暂停了叙说，四座寂然无声。

"东坡虽然自称此诗为'戏书'，其实并没有开玩笑。"片刻的寂静之后，秋儿接着说，"在我看来，他是借此对龙眠婉转进言：只有在战场上厮杀的马，才是叱咤风云、生机勃勃的马，才是真正的马。而皇家厩中之马，龙眠画中之马，都太富贵、太悠闲了，饱食终日，无所事事，这样的马已经失去了马性，又有何用呢？"

听者目瞪口呆，忘记了今天聚集在这里是在干什么，只觉得醍醐灌顶，突然了悟一个早就应该明白却一直无人点破的道理。

"说得好！"周鼎脱口道，"龙眠的画，东坡的诗，都是人所共知的，却无人作出这样的评论，秋先生见人所未见，道人所未道，确是高论，让我们都受益了！"

"不敢当，与各位切磋而已。"秋儿道，"当我们心中有了东坡诗中的山西战马，再看龙眠画中之马，便感到不足了。龙眠之马，体态肥硕，神情优雅，这正是宫廷御马的真实写照，也是时代风貌的自然流露。大宋王朝，富足而安逸，不要说繁华盖世的北宋汴京，就连偏安江南一隅的南宋临安，也是歌舞升平，灯红酒绿。边疆沙场上仍然在打仗，战马仍然在出生入死，可是画家看不到，看到的只是养尊处优的御马，在他的笔下，也就只有恬淡闲适，清新淡雅，而不见'欲将轻骑逐，大雪满弓刀'那般豪情激荡，悲壮苍凉。"说到这里，她顿了顿，环顾众人，问，"诸位以为呢？"

众人同声称是。在画史上被称为"宋画第一人"的李公麟，八百年来无人非议，如今竟被她"挑剔"出毛病来，话虽有些刺耳，却又说得令人服气，即便龙眠居士泉下有知，恐怕也无可辩驳。

秋儿接着说："李龙眠画马的不足，在他的前辈韩幹身上也已经显露……"

话刚说到这儿，众人的神经又紧绷起来。曹横警惕地看着她，不知道她又要对韩幹作何"挑剔"，说不定很快就要殃及韩幹的老师曹霸了。

秋儿并不在意听者的神情，只管按照自己的思绪说下去："韩幹生长在富贵奢华的盛唐，那时，国势强大，物产富足，绘画也有长足发展，特别是人物和鞍马，达到前所未有的高峰。大唐天子从马背上得江山，爱马成癖，从太宗李世民到玄宗李隆基，莫不如此，御马监中尽收天下良驹。但是，毕竟战争年代已成过去，昔日驰骋疆场、冲锋陷阵的战马，如今变成了观赏游猎的玩物。与韩幹同时代的张萱所画的《虢国夫人游春图》，无论人和马，无不肥硕丰腴，雍容华贵，正是盛唐风尚的真实写照，这和当年昭陵六骏石雕的昂扬矫健、沉雄豪放已经很不同了。韩幹的画，宋代《宣和画谱》中著录有五十二件，多数都已经散失，到了元代，赵孟頫曾经见过三幅，而流传至今的只有两幅了：《牧马图》和《照夜白》……"

"这两幅，图册里都有。"周易说着，连忙从图册里找出两张图来。

"诸位请看，"秋儿指着《牧马图》说，"韩幹的马，也是膘肥体壮，步态优雅，一望而知，和张萱的《虢国夫人游春图》诞生于同一时代。按说，既然以牧马为题材，尽可以无拘无束、奔放张扬，而他却偏偏选取了牧归的场景，一人二马，缓步前行，从容安详，如果画面有声，显然不是奔马的嘶鸣，而只有徐缓的蹄声。不知道他为什么要这么画？是有谁在限制他吗？没有。韩幹是个不大听话的人，玄宗曾命他拜宫廷画师陈闳为师，他竟然拒不奉诏，说：'臣自有师，今陛下内厩马，皆臣之师也。'连皇帝的话都不听，他还受谁的限制吗？没有，这是时代使然，在'肥马轻裘'的时代，肥硕、优雅就是美的标准，韩幹很注重写生，他画的是真马，是驯服的马，供观赏的马，而不是战马，也不是野马。苏东坡说，韩幹画的马'萧然如士大夫、贵公子'，说得太精彩了。就此而言，韩幹的马，和后世李公麟、赵孟頫的马都是一脉相承的。正如中国的人，一代比一代更温良恭俭让；中国的马，也一代比一代更具阴柔之美了。"

听者发出了会意的笑声。四个须眉汉子听一位女先生说这番话，自是别有一种滋味儿。

"但是，大唐毕竟是大唐，即便在歌舞升平、穷奢极欲的开元、天宝'盛世'，尚武好勇之风也没有完全泯灭。韩幹的这幅《照夜白》，让我们看到的是另一番景象。"秋儿把目光转向放在《牧马图》旁边的《照夜白》，"这幅画和《牧马图》不同，画的不是那些无名的凡马，而是玄宗所宠爱的御马之一，大名鼎鼎的'照夜白'。它被圈养在深宫内厩里，却不是那么驯服，请看，拴在木桩上的照夜白，昂首嘶鸣，四蹄腾骧，在极力挣脱缰索，恰如元人揭傒斯所赞：'跳梁挚柱不受羁，雄心只欲千里驰。'韩幹的这幅画，画出了战马不甘羁绊、渴望自由驰骋的雄心，也画出了作者心中的阳刚之气，在以甜腻华美为荣的画风流行之时，这是难能可贵的。"

曹横这才稍稍松了口气，纵目千年、品评人物的秋先生总算为唐代画马名家韩幹主持公道，说了他的好话，这样，他的老师曹霸也多少得了点儿面子。

秋儿的话还没有说完。

"照夜白在挣扎，韩幹也在挣扎。照夜白终究没有挣脱缰索的羁绊，正如韩幹也终究没有挣脱时尚的束缚，即便是挣扎中的照夜白，也依然画得胸满臀圆、膘肥肉厚，这是他的一贯作风。当时就有人批评说，'幹惟画肉不画骨'——"说到这里，她转脸看看周易，"十二爷，知道这句诗的出处吗？"

突然这么一问，周易吃了一惊！

"知道，"他应声答道，由于紧张，声音都有些发抖，"出自杜甫的《丹青引·赠曹将军霸》。"

这首诗和曹将军霸，半个时辰前他们还在谈论，此时再度说起，却成了极度敏感的词汇，就像一片利刃擦肩而过，切近肌肤而又不伤毫毛，只听得"嗖"的一丝风声。四个人都在寻思：秋先生这是怎么了？刚刚还在称赞韩幹，突然杀了一个回马枪，直击韩幹的短处"画肉不画骨"，而且所用的武器正是杜甫赠曹霸的诗，谁知道在秋先生心目中，曹霸又是什么地位？

曹横目光悚然地看着秋儿，期待下文。

秋儿只是平静地看看周易："杜工部还有一首诗，也和曹霸相关……"

周易答道："《韦讽录事宅观曹将军画马图》。"

"嗯。"秋儿点点头，"这两首诗，说的都是曹霸和他画的马。"

一句一个"曹霸"，让曹横听得心惊肉跳。

"韩幹是曹霸的学生，'弟子韩幹早入师，亦能画马穷殊相。'"秋儿接着说，"杜甫也曾称赞'韩幹画马，笔端有神，骅骝老大，腰褭清新。'但是，当他在成都见到了曹霸的画，立即分出了高下……"

听到这里，曹横忍不住问道："高下之分在哪里？"

"幹惟画肉不画骨，忍使骅骝气凋丧。"秋儿道，"要害在一个'骨'字，一个'气'字。此二字，于画，是骨法之骨，气韵之气；于马，是担当之骨，坚忍之气。觅一匹良马，不是看它是否雍容华贵或高大威猛，而是有无担当之骨，坚忍之气。马之于人，不只是代步工具，而是与子同袍的战友，人马之间的最高境界，是亦马亦友，同生共死。"

周易听得动容："秋先生，您这是在说马？"

"我说的就是马，"秋儿道，"的卢檀溪一跃，赤兔绝食殉亡，绝影舍命救主，可谓马中之侠，马中之士，马中豪杰。"

听她说到绝影，曹横的心脏跳到了嗓子眼儿，戳破灯笼只剩这一层纸了！

秋儿却没有戳破，接着说："马之为马，耕田拉车是一世，养尊处优是一世，出生入死是一世。依此看来，您不觉得，赵孟頫、李公麟、韩幹的马都'忍使骅骝气凋丧'吗？"

听得这话，周鼎、周易和宋连魁又都吃了一惊。难得曹横沉得住气，斗胆问道："您以为这一幅如何？"

秋儿垂下眼睑，把目光落在那幅《绝影图》上。

"这幅画，其实我看到第一眼就被震撼。此马非凡马，它的骨法用笔之精，气韵生动之妙，都前所未见，不愧是高手，圣手！"秋儿道，"更为难得的，正是画出了良马的担当之骨、坚忍之气。请看，这劲健的四肢、宽阔的胸膛透露了它行进之速和耐力之久，飞扬的长鬣、高昂的头颅张扬着压倒一切的气势，炯炯如炬的双眸闪耀着对使命的忠诚，这是一匹不畏艰险、不惧牺牲、与主人一起出生入死的马，正如杜工部所说，'所向无空阔，真堪托死生！'"

字字撞击着人们的心扉，凝重的空气中余音回荡，四个静听的人痴痴地望着秋儿。他们没有想到，对历代画马名家一直在轮番"挑剔"的秋先生，从郎世宁到赵孟頫到李公麟再到韩幹，都"挑剔"已尽，却对一幅无名氏之作不仅不再"挑剔"，反而大加赞扬，推崇备至，这意味着什么呢？也许，她经过缜密的观察和思考，已经判定出此画的作者是谁，也许早已胸有成竹，慢慢道来只为了令人心悦诚服。这正是人们所期待的，而真正到了揭破谜底的时候，却又惟恐与自己的期待相违，画案周围的气氛突然紧张起来，甚至听得见那急促的呼吸声。

"先生之言，果然不同凡响！"曹横由衷地赞叹。他已经急不可待，发出那个终极之问，"以先生之见，这幅画的作者该是何人？"

秋儿的目光巡视着身旁的每一个人。

"面对这匹一跃而起、奔腾而来的骏马，诸位想到了什么？"秋儿又在发问。其实，她并不需要回答，而只是要唤起他们的共鸣。"我想到的是杜工部的诗句，'斯须九重真龙出，一洗万古凡马空'！史上画马高手可谓多矣，谁家能当得起这样的评价？恐怕千古只有一人……"

面前的四个人，连呼吸都停止了，只等她说出那个人的名字。

"那就是曹将军霸！"秋儿终于揭开心中的谜底。

仿佛高山坠石，铿然作响。这一声响，也正是在场的人们所想、所盼的，但到了真正变成现实，还是被震动了。

"秋先生！"曹横的心脏都快要跳出喉咙了，猛地立起身来，拱手一揖，"多谢了！"

"谢我？"秋儿微微躬身，"您是此画的主人？"

"没错儿。"周鼎忙说，"现在可以向您正式介绍这位贵客了，他正是曹将军霸的嫡传后裔曹横先生，表字无忌，从安徽亳州而来。那图中之马，画的则是孟德公的坐骑，大名鼎鼎的绝影！"

"哦！"秋儿大惊，这才明白了这个陌生人的身份，不禁肃然起敬，郑重地鞠了一躬，以作还礼，"不才得识魏武子孙，深感荣幸！"

"不敢当！"曹横道，"秋先生火眼金睛，曹某佩服之至！"

"不，不，倒是我班门弄斧了！"秋儿脸上泛起淡淡的红晕，"曹将军的画，湮没世上已逾千年，连大清皇家典籍《石渠宝笈》都没有著录，今天能够一睹圣手真迹，说三生有幸，毫不为过！"

这些话，听来像是客套，其实字字句句都发自肺腑，只有见识过奇珍异宝的人才知道，这样国宝级的绘画珍品，哪怕一生之中只碰上一次，只瞥上一眼，也是多么的难得！

"九爷，"秋儿轻声说，"九爷，您给我出的这道题，好险啊！"

"那也没能难住您。"周鼎道，"您可以断定这幅画是曹将军所作？"

"是。"秋儿回答得斩钉截铁，"除非有人以确证证明它不是。"

在一旁倾听的周易插嘴问："您不认为有可能是前人所作或者后人仿作吗？"他不是不相信秋先生，而是这幅画太重要了。

"绝无可能。"秋儿仍然回答得毫不犹豫，"这幅画用的是唐代的白麻纸，所以，不可能出自唐代之前。而在唐代和唐以后，画马技艺超出韩幹之上者，也就只有曹将军一人了。"

周易无话可说，只有心悦诚服。

秋儿意犹未尽，谈兴正浓："当年，杜甫在韦讽家里看到的那幅曹将军的《九马图》，流传至宋，归于大书法家薛绍彭，就是在他家里，北宋诗书画泰斗苏轼亲眼观赏了那幅画，并且作了九十六字的题赞，其中说，'牧者万岁，绘者惟霸。甫为作诵，伟哉九马。'诸位，那是东坡先生过眼的东西！如果我们相信坡公的眼力，'绘者惟霸'这四个字还不够吗？'绘者惟霸'——曹将军霸是独一无二的！"

仿佛经历了辛苦的跋涉，终凌绝顶，一览胜迹，观画室里洋溢着一派轻松祥和气息。

"今天是个值得庆贺的日子，"秋儿满面春风，"《绝影图》现身鼎易轩，将成为镇店之宝，这不但要感谢无忌先生，还要给九爷、十二爷道喜！"

周鼎和周易不觉对视了一眼，倒有些尴尬。当然，在确认《绝影图》为真迹之后，周氏兄弟最关切的就是它的归宿。但是，直到此刻为止，他们和曹横之间还没有谈到画作的转让和买卖，这个不大好开口的问题，倒是让并不知情的秋儿直接挑开了。

"是啊，"周鼎顺势而进，连忙说，"无忌先生若能割爱转让，敝轩不胜荣幸之至！"

"唉！"曹横一声叹息，脸微微地红了，赧然道，"惭愧啊，曹某连祖先的遗墨都守不住，实在是不肖子孙！"

旁观者宋连魁看不懂了，这是什么意思？是因为秋先生论出了子午卯酉，这幅画行市看涨，不想卖了吗？

"话不是这么说，"他忍不住插嘴道，"这世上的财宝就如同流水，有买有卖才成世界，连江山都有易手的时候，何况是一幅画呢？再者说，字画文玩买卖讲究的是货卖识家，稀世珍宝归了鼎易轩，那就是龙归大海，到了好去处了！"

"宋二爷说得是，"周鼎把话题接了过来，"敝轩竭诚收藏令祖遗作，尊价多少，请无忌先生明示！"

"这……"曹横却面有难色，不像刚才与宋连魁争辩时那样口无遮拦了。

"无忌先生！"周鼎看他那难堪的样子，不知就里，也不便相逼，便说，"不着急，坐下慢慢儿说，哦，诸位也都请坐下吧！"

曹横复归座位，立在案旁的众人，也就都坐了下来。

"横只是一介莽夫，既不懂字画，也不谙商情，"曹横终于说，"有诸位行家在，哪里轮到我说话？你们给多少就是多少了。"

这个回答，完全出乎买家和旁观者意外。中国人讲面子，做买卖的碰到熟人，往往不好意思报价，会客气地说一声："您看着给吧！"可那是什么？柴米油盐，萝卜青菜，能跟眼前的这幅千年古画、稀世珍品相比吗？

"无忌先生过谦了，"周鼎忙说，"您的藏品是无价之宝，难以钱财计价，哪怕是黄金百两也不足以当其万一！"

"用不了那么多！"曹横却爽朗地一笑，"我要那么多金子做什么？五万大洋就够了！"

此言一出，在座的所有人都大大地吃了一惊。虽然，五万大洋在民国初年是一个天文数字，用来置房产能买一条街，买粮食能堆一座山，足以让升斗小民惊散三魂七魄。可是，现在摆在面前、报价五万大洋的不是柴米油盐，也不是房舍院落，而是一幅前无古人、后无来者的艺术珍品，举世无双独一份儿。这幅画如果在十几年前露面，一定会收归皇宫禁苑，也就没有鼎易轩的份儿了。如今，曹将军霸的嫡传子孙却把它送上了门，这难道不是上天的赐予吗？而出乎意料的是，画的主人竟然只要五万大洋，这怎么能是《绝影图》的身价？不要说鼎易轩，拿到琉璃厂任何一家字画店，给价都会远远超过这个数儿。是来自外乡的曹横不懂得京城的行情吗？当然不是，周鼎明明已经告诉他虽黄金百两也不足以当其万一，他还执意谢绝，只要五万大洋，这到底是为什么？

"无忌先生！"周鼎开口道，丝毫不掩饰自己的疑虑，把话直说出来，"您这么说，如果不是笑谈，那就是小看鼎易轩了，是担心小店拿不出百两黄金吗？"

"噢，哪里，哪里？"曹横忙说，"鼎公误会了。贵店的声誉和实力，已有耳闻，今天一见，果然实至名归。舍下珍藏《绝影图》已逾千年，自然知道它是无价之宝，也从未想过拿去卖钱。只是如今家有大难，急需一笔资金，也只好割舍了！"

"嗯？"周鼎一愣，"原来如此！我和无忌先生虽是初遇，但由《绝影图》牵缘，也算朋友了。既然府上有难，我愿竭尽全力相助，又怎能乘人之危，掠人之宝？"

"不，不，无功不受禄！"曹横道，"白白地拿人钱财，不是乞丐便是强盗，大丈夫不为也！"

"先生洁身自好，令我感佩！"周鼎道，"但是，区区五万之价，实在不足与这件极品至宝相匹配……"

宋连魁听得呆了，两眼直愣愣地看着这两位，仿佛都是从君子国来的，胳膊肘儿争着往外拐，买方开口就是天价，卖方却坚辞不受，只取九牛一毛，嘿，新鲜，生意场上没见过这么讨价还价的。这出戏，真应该让咱们大街小巷里钩心斗角、尔虞我诈的凡夫俗子们好好儿瞧瞧，开开眼界！

周易在一旁着急，转眼看了看秋先生，见她安之若素，在一旁静观，他也就不插嘴，只等着看哥哥能不能说服曹横。

"鼎公的心意，横当然明白。"曹横道，"良马本无价，我也不是以卖马为生。现在要把它出手，除了家有急用，还有一层意思，就是要为它寻找一个可靠的归宿，今天幸遇诸君，秋先生和令昆仲都是当代伯乐、九方皋，《绝影图》得其所哉，我也可以放心地走了。至于钱嘛，只当是鼎公急我所难，以济一时之需吧，五万大洋足矣！"

话说到这个份儿上，周鼎无奈，只好说："多谢无忌先生的厚爱和信任。既然如此，那就恭敬不如从命了。"

一场天价交易，本可以像和氏璧与十五座城池之争那样惊天动地，不料却完全颠倒过来，以谦谦君子、热血汉子的相见恨晚而结束。

周鼎吩咐周易："十二郎，为无忌先生开支票！"

"是。"周易答应着，立即起身，出了观画室，从经理室的写字台中取出一叠支票，开出"大洋伍万圆整"，签了自己的名字，盖上鼎易轩的大印，撕下来，又回到观画室，把支票交给周鼎，周鼎又郑重地递给曹横。

"谢谢！"曹横把支票接在手里，装进衣袋，立起身来，拱手一揖，"《绝影图》就拜托贵店照看了！"

"请先生放心！"周鼎也随之起身，郑重地还礼，"我等一定不负重托，守护《绝影图》，犹如自己的性命！"

他感到，曹横一再表达的托付之情有一种难以言表的悲壮，在他的两肩加上了千钧重量。

曹横又看了《绝影图》一眼，神情出奇地凝重，突然转身就要离去。

"怎么？"周鼎一愣，"无忌先生，这就要走吗？"

"嗯？"曹横回过头来，"鼎公还有什么指教？"

"不敢当，"周鼎道，"既然我们已经成为朋友，先生何必如此行色匆匆？若肯赏光，就请移驾舍下小酌，我愿与魏武子孙煮酒论英雄！"

"谢谢鼎公的盛情！"曹横道，"可惜横有要事在身，日程紧迫，没有推杯换盏的福分了！"

"噢……"周鼎有些愕然，看着曹横那张青铜雕塑似的脸，"请问，府上到底出了什么事？也许，我可以助一臂之力？"

"不劳鼎公了！自家的事，只能自己去办，不必牵连他人。"曹横婉言谢绝，眉毛一扬，凛然说道，"告辞！"

言毕，昂首而去。

这人走得太急了，令人措手不及。周鼎和周易连忙追上去，宋连魁和秋儿也随之跟了出来。大堂里的伙计们好奇地望着这位青面兽杨志似的汉子，匆匆而来又匆匆而去，也不敢多嘴。

曹横大步流星，出了店堂，不再回头。原来背在身后的雨伞，丢在鼎易轩经理室没有拿，因为画已经留下了，"伞"也就没有用了。头上戴着那顶竹笠，天没有下雨，那是遮阳用的。他走得很快，黑色长衫的下摆飘拂起来，转眼间消失在熙熙攘攘的人群中。

周鼎这才想起，竟然忘了请他留个联络地址，只知道曹横是安徽亳州人氏，却不知道家住何街何巷，也没有问他此番来京下榻哪家旅店，"朋友"之说岂不是一句空话？以后除非人家再找上门来，若要再想见他，怕是不容易了！

曹横走了，来也匆匆，去也匆匆，像一场梦，却把曹氏家族最珍贵的遗产、大唐左武卫将军唯一存世真迹、中国画马艺术的巅峰之作留下了。那匹马，那匹从天而降的绝影宝马，从此归于鼎易轩，成为镇店之宝，仿佛这家百年老店长久的惨淡经营都是在等待这一天。从现在起，鼎易轩有了灵魂，有了生命，空气之中仿佛隐隐可闻天马的嘶鸣，回荡着诗圣杜甫的赞歌：将军魏武之子孙……

05　心猿意马

一个消息风也似的在琉璃厂飘散：鼎易轩得了一件稀世珍品，大唐左武卫将军曹霸的真迹。尽管除了当时在经理室的周氏兄弟和秋先生、宋二爷之外，谁也没亲眼看见这幅画，可店里的伙计和进进出出的顾客都见过那位虬髯客，头戴斗笠，身穿青衫，手拿一把雨伞，隔着房门也多多少少听见一些他们的高谈阔论，尽管周易告诉伙计们此事不可外传，怕也是拦不住了。

这阵风自然会传到仰古堂老板马矗的耳朵里。刚刚，他接了尔雅阁老板叶寄尘的一通电话，说的就是这个事儿。初闻只是冷笑，他不相信这种天上掉馅儿饼的好事儿，心想恐怕也像米芾六尺山水一样是个笑话，还等着听"倒好儿"呢。继而想到周鼎以及那位见识过皇宫里大量藏画的鉴赏顾问秋先生的眼力，却又不像是虚张声势。设若是真，鼎易轩雄踞书画鉴赏界霸主的地位将无法撼动了。不成，这是他绝对不能接受的！

他颤巍巍地奔出了经理室，直奔店堂里的柜台，问伙计们："上咱这儿来打听'周半尺'的那个外乡人，长什么样儿啊？"

伙计们不知道老板这是怎么了，据实回答："黑脸膛儿，络腮胡子，戴着个斗笠，穿件破大褂儿，还拿着把雨伞……"

"行了！"马矗大吼一声，像一根钢针刺进胸膛，痛彻肺腑。他是马骉啊，姓马名骉，字也驰，而且还是马年生人，浑身是马，却与天下第一马失之交臂！不，这匹马原本应该是他的，已经送上门儿了，怎么能让鼎易轩夺走了呢？

琅园藏画室。

《绝影图》摊开在画案上，这是它入藏一画堂的第一天。周鼎、周易和秋儿围坐在案旁，沉浸在与天马相伴的梦境之中，久久不语。

"今天是个值得纪念的日子，"周易先开口了，抑制不住的兴奋，"秘藏千年的神品终于现身人间，就要盖上鼎易轩的收藏印，这是件大事！再请哥哥题上一段跋语，以纪盛举，如何？"

"嗯？"周鼎从天马行空中回到现实，忙说，"不，不，《绝影图》的鉴定，全凭秋先生慧眼识宝，画上的题跋，也理应请秋先生来写。"

"九爷抬举我了，"秋儿却说，"秋儿何德何能，敢为九爷、十二爷代言，又敢在旷世珍品上涂鸦？"

这是周易所不曾料到的。他以为，为自家收藏的书画作品题跋本来是顺理成章的事，没想到哥哥和秋先生却谦让起来，两人都是他所敬重的师长，该听谁的？

"九爷，十二爷，"秋儿谦和地微微一笑，"说到题跋，我倒差点儿忘了，古人作画，本无款识……"

说自己"差点儿忘了"，其实是在礼貌地提醒对方不要忘记。尽管古画无款只是个常识性问题，秋先生既然说起，必然有她的道理，周鼎和周易洗耳恭听。

"就我们所见，直到宋代，才出现画上题款，也只是简单的名款，而且还往往藏在山石树木之中，好似暗布疑兵，唯恐被人家发现。为什么？'恐书不精，有伤画局耳。'《芥子园画传》中的这句话，道出了先贤们的良苦用心。"秋儿款款说道，"而后世人则相反，喜欢在古人书画上题跋，我们今天见到的一些旷世珍品，凡有空白处几乎都写满了字，盖满了图章，大清乾隆皇帝尤其有此嗜好。固然，这些题跋和印鉴对于鉴别书画的真伪和是否流传有绪是有益的，但同时也破坏了原作的整体布局。不知道题跋者是否曾经想过，如果作者在天有灵，会认可这些由他人任意添加的东西吗？"

周鼎和周易都心中一动。秋先生说的这些，既没有高深的学问，也没有惊人的发现，在书画收藏界已是司空见惯，而此时此境由秋先生以此种方式说起，便立即振聋发聩！秋先生不肯在《绝影图》上题跋，原来另有深意，远不止于谦虚了。

"秋先生高见！"周鼎心悦诚服。长久以来，他过眼的书画数不胜数，每当遇到难以割舍的精品，心中勃然升起的愿望就是让它成为自己的收藏，必亲笔题跋，盖上鼎易轩的收藏印，却从未想过，这是否符合作者的意愿？"说来惭愧！"他不禁感叹，"历代藏家，无不希望自己做藏品永久的主人，而人生有限，他只能做一个暂时的看管者，不知道在自己的身后它还会流向何方，只能在心爱的藏品上留下题跋和印鉴，为的是让后人知道，在千回百转的流传之中，曾经有这么一个人，亲手摩挲过这张纸，精心守护过这张纸，这也是无奈之举吧？可是，他却不知道，或者不愿意承认，自己已经对它造成了污损和伤害！"他长吁了一口气，好似斩断了心中万般不舍的缕缕情思，以手抚案，道，"罢了，照秋先生说的做，让《绝影图》保持原样，不加一字，不钤一印，这是对曹将军最大的尊重！"

秋儿听了，倒感到意外。她本来还担心自己说话过于直白而让九爷难以接受，却不料周鼎竟从谏如流，这么爽快地作出了决定。

周易愣住了。他不能不承认，秋先生说的每一个字都是对的，而且哥哥也已经完全接受，但是，他又比任何人都能真切地感受兄长心中的痛，那是一位收藏家的尊严和生命动力，当一切印记都化为乌有，了然无痕，谁还能意识到他的曾经存在？他的价值在哪里？

"就……就这样什么都不做了？"周易两眼茫然。

"不是还有诗塘吗？"秋儿笑道，"诗塘咫尺之间，仍然大有可为！"

一句话提醒了周氏兄弟，如此简单的问题竟然被忽略了。书画装裱历来有诗塘的一方天地，在画心上方另辟一纸，称为诗塘，又称玉池，以作诗文题跋，那是收藏家最后退守的阵地，也是尽可纵横驰骋的战场。

周鼎的脸上绽开了笑容："噢，是啊，我看可以把杜工部为曹将军写的两首诗抄录在诗塘，这样，杜诗、曹画双绝合璧，岂不是两全其美？十二郎的小楷写得好，就由你来写吧！"

"不，不，"周易连忙说，"在兄长和秋先生面前，我哪敢献丑？再说，那两首杜诗共有五百多字，写出来密密麻麻，三步以外就看不清楚，也不大合适吧？"

"嗯。"周鼎沉吟道，"那么……"

"我看，"秋儿说，"九爷之议甚佳，十二爷所说也有道理，"先肯定了他们之长，才说出自己的主张，"那么，就从杜诗《丹青引·赠曹将军霸》摘取前四句……"

周鼎随即接下去："'将军魏武之子孙，于今为庶为清门。英雄割据虽已矣，文采风流今尚存。'好！虽然只有四句，已把作者的家世、生平和成就都说到了，特别是'文采风流今尚存'一句尤其贴切，好像是专为千年之后《绝影图》的面世而写，如此甚好！"

"那就请九爷命笔吧！"水到渠成，秋儿的提议其实已是最后决定。

周鼎便不再推辞，他沐手熏香，把自己关在书房里，二十八个字整整写了一夜，反复多遍，这才挑出一张看着满意的，然后郑重落款："恭录杜工部句，题曹将军霸《绝影图》，癸亥荷月，周鼎于鼎易轩。"遂又加盖两枚印章，一为朱文"周鼎"，一为白文"鼎易轩鉴藏"。

次日，他把这幅字请秋先生过目，然后与《绝影图》一起交给周易，郑重交代：一定要由杜师傅亲自操作，用最好的材料，精心装裱，让杜工部之诗与曹将军之画，珠联璧合，相映生辉。

周易唯唯。周鼎并且嘱咐周易，一定要严令相关人员，绝对不许声张。为什么？曹横的藏画史已经表明，《绝影图》在世上流传千年，之所以不为人知，盖因曹氏子孙守口如瓶，宁可让世人认为曹将军的墨迹已绝，也不将任何信息外传，从而避免了不知多少次明抢暗盗、巧取豪夺。当年，如果他们将《绝影图》装裱起来，堂而皇之地悬挂于厅堂，张扬得举世皆知，也许就传不到今天了。俗语云："盛世藏宝，乱世藏金。"如今军阀混战，天下汹汹，岂是收藏字画的时候？《绝影图》赶在此时面世，到底是幸与不幸？也就难说了。本来，曹霸真迹的出现，将是一个爆炸性的新闻，足以轰动收藏界，甚至将改写中国美术史，鼎易轩也将因此而名声大爆，但是，这一切都显然不合时宜，为了避免招灾惹祸，至少是为了《绝影图》本身的安全，他们必须放弃一鸣惊人的机遇，而选择不露声色，让《绝影图》重归寂寥，以待时机，"斯须九重真龙出，一洗万古凡马空。"好在，此画的出现和收藏过程，在场的除了周氏兄弟和秋先生、宋二爷，再无他人，连店堂里的伙计都没有参与。下面的一个重要环节便是装裱，也必须在绝密状态下进行，有关任何信息不得对外人泄露。

用过晚膳，周鼎信步上楼，来到藏画室门外，站住了，叫了声："秋先生！"

"噢，是九爷？"随着秋儿的应声，门立即打开了。刚才，她听见门外的脚步声，就知道是谁来了，周鼎和周易兄弟两人走路的步态和轻重都是不同的。

"我是不是打扰秋先生了？"周鼎进门之前，先问一声。

"没有，"秋儿道，"这会儿，已经没什么事儿了。"

"嗯，"周鼎这才走进藏画室，背着手，看了看迎面墙上那块"一画堂"匾，脱口道，"有趣，有趣！"

"九爷是说什么有趣？"秋儿听得莫名其妙。

"我说的是，"周鼎道，"当年我写此匾，并没有料到如今真的应验了，'一画堂'果得一画，得一画而'一画堂'足矣！"

"噢，九爷说的是《绝影图》。"秋儿明白了，"当然，此画足可以一以当十，一以当百，'一画堂'名副其实了！"

"不过，"周鼎又说，"有了这幅画，'一画堂'又可以改个名字了。"

"嗯？"秋儿问，"改个什么名字呢？"

"御马监。"

"噢，是了，御马来了，这儿必是御马监。"

"那么，秋先生也就有了个官职……"

"哈，"秋儿笑了，"九爷说的，莫不是'弼马温'吧？"

"正是，"周鼎也笑了，难得的一笑，"把孙猴子的官职送给您，大不敬了！"

"哪里，哪里，"秋儿并不介意，"与孙大圣同僚为官，深感荣幸呢！"

"您不介意就好，"周鼎道，"其实，古时候掌管御马的叫太仆寺卿，历朝历代都没有'弼马温'这个官职，只当是小说家言吧，吴承恩跟孙大圣开了个玩笑！"

"不过这个玩笑也是有出处的，"秋儿说，"李时珍的《本草纲目》有载，在马厩里养只猴子，可避免马染瘟疫。"

"哦？我倒闻所未闻，"周鼎道，"秋先生好学问！既然如此，那就把《绝影图》郑重拜托给弼马温了！"

"卑职一定替您管好《绝影图》！"

"多谢了！"

"九爷何必言谢？"秋儿却又问他，"我若是管得好，九爷又如何谢我？"

"嗯？"周鼎一时被问住了，他想不出这个"谢"字除了口头说说之外还有什么表达方式，或许秋儿此言也只是开个玩笑，而他却当了真，正在为难，忽然心头一动，有了！便说，"我日前填了一首自度曲，是赞颂美猴王的，既然您也喜欢孙猴子，那就送给您吧！"

"好啊，好啊，"秋儿满心欢喜，"请九爷抄给我！"

说着，从案旁小几上那一叠鼎易轩精制的红色竖格八行信笺中取出一张，铺在案上，从水丞中舀了几勺清水，注入砚池，纤纤素手捏住那锭油烟徽墨，轻轻地研磨起来。

周鼎在案前坐下，垂睑思索，待她把墨磨浓了，从笔筒中抽出一支七紫三羊兼毫，蘸足了墨，欣然命笔，一挥而就：

金箍棒一万三千，筋斗云十万八千，火眼金睛七十二变，美猴王法力无边。

　　活泼泼率性天然，雄赳赳一往无前，管他神耶鬼耶妖耶怪耶，兴之所至打上灵霄宝殿，自名大圣齐天！

　　他一边写，秋儿一边读，待写完最后一句，又连起来读了一遍，不禁赞道："好词，好词！"

　　"不要乱夸，您倒是说说，好在哪儿？"周鼎问。这话竟与仰古堂主马骉了无差异，大抵为文为艺者总是希望听到知音之论的。

　　"向来诗无达诂，读者各有所悟，好与不好也无定规。"秋儿说，"我说好的，便是我喜欢的。"这样的说法，并非为讨人喜欢而胡乱吹捧，反倒令周鼎听得认真了。

　　秋儿继续说："记得当年读《西游记》……"话刚说了半句，又被周鼎打断了："在宫里，也可以看这种'闲书'吗？"

　　"当然不能，我是小时候在家里看的。"秋儿说，"我是父母的独女，从小被当成男孩儿养，博览群书，百无禁忌，我读《红楼梦》，阿玛也不管，那时候还是禁书呢！"

　　"令尊倒是位开明的家长。"周鼎道。

　　"不过，我并不大喜欢《红楼梦》，"秋儿却说，"觉得脂粉气太浓，大观园里的人，也活得太憋闷了。何如三国英雄的斗智斗勇，梁山好汉的豪气冲天，还有齐天大圣的自由自在！"

　　周鼎精神一振："一个女儿家，竟是这种心境，真像个男儿郎！"

　　"人为什么要读书啊？所谓'借他人酒杯，浇自家块垒'，就是要从书中寻找自己的梦想，满足自己的心愿。石头缝儿里蹦出个美猴王，无父无母，无亲无故，无牵无挂，无忧无虑，无法无天，好自在！"

　　"是啊，是啊，"周鼎听得投机，跟着说，"金箍棒、筋斗云、火眼金睛、七十二变，那是多少男孩子梦寐以求的？我幼时读《西游记》，真是读得如醉如痴，夜不能寐！"

　　"谁不是这样？读到入迷处，觉得自己都变成猴儿了。人生在世，最大的幸事，莫过于随心所欲，正如九爷所说，'活泼泼率性天然，雄赳赳一往无前'，可是又有几人能做到呢？美猴王做到了！"说起天真烂漫毫无禁忌的童年以及那时心中的偶像，秋儿眉飞色舞，心驰神往，"不过，我只喜欢《西游记》的前半部，喜欢龙宫借宝、大闹天宫的美猴王，九爷说得好，'管他神耶鬼耶妖耶怪耶，兴之所至打上灵霄宝殿，自名大圣齐天！'那是何等的痛快！可是，读到后半部就不大喜欢了。"

"嗯？"周鼎道，"为什么不喜欢？说出来听听！"

"我不喜欢西天取经的孙悟空。"秋儿说，"五行山的重压，销磨了齐天大圣的筋骨，紧箍咒的魔法，束缚了美猴王的天性，把他从顽劣的泼猴变成了驯服的奴才，和白龙马一样，为唐僧做一个取经的工具而已，一路降妖除怪，九九八十一难，都只不过是奉命行事，至于真经取得到取不到，和他又有何干系？我觉得猴儿好可怜。不要怪猪八戒时时打退堂鼓要回高老庄，我看孙悟空也不如回他的花果山，落得个自由自在！"

"说得好！"周鼎不禁脱口道，"西天取经，其实是成就了唐三藏，毁了美猴王。齐天大圣尚且如此，何况人间凡夫俗子？我年轻的时候也颇有一些'猴性'，刚刚当选国会议员的时候，雄心勃勃，以天下为己任，要做一番大事业，可是，后来……"说到这里，内心的痛处又被触动，他停顿片刻，一声叹息，"唉，后来才明白，我哪算什么政治家？只不过是政治家的工具而已！五行山下、紧箍咒里是什么滋味儿？都亲身尝到了，这时候才知道，还是回花果山水帘洞的好！"

"是啊，那是自己的家。可是，还回得去吗？"秋儿喃喃道，双眼不觉泪水盈盈。

"秋先生……"周鼎一愣，"您哭了？"

"让九爷见笑了！"秋儿拿手帕拭去脸上的泪水，说，"也真是的，《西游记》又不是言情小说，为它而哭的人怕是很少见，我是在感叹自己。我虽然不能和美猴王相比，但也有自己的'花果山'，那就是十四岁之前在父母身边的日子，不是说锦衣玉食，而是那份儿率性天然、自由自在，在自家的院子里，我就是美猴王，我就是齐天大圣。

125

可惜那样的日子太短了，十四年一晃就过去了，一入宫门深似海，突然从小姐变成了奴婢，在主子面前，只能俯首帖耳，低声下气，奴颜婢膝。虽然，我没犯过大错，没受过重罚，有时候还能得到主子的几句夸奖，但是头上一直戴着金箍，每时每刻都过得战战兢兢。我没有大闹天宫的勇气，连想也不敢想，心里只有一个'忍'字，盼着有朝一日，离开那儿，回家。可是，等到好容易熬过了十年，我却没有家了！"

仿佛又回到七年前的那个夜晚，那是她第一次向周鼎说起自己的身世，说起她在紫禁城里的十年。那时候在周鼎心中唤起的是羡慕，在他看来，能够有机会在天下收藏最富的艺术宝库里漫游并且长达十年之久，该是多么幸运！而今天，令周鼎感同身受的却是红墙之内的奴役之苦。其实，岂止她一个普普通通的宫女，就连那些卓有成就的如意馆画师和随侍皇太后的宫掖女画家，也都不过是有一技之长的仆役而已，他们日复一日地奉旨作画，根本不敢甚至已经不会在笔下体现自己的意图，他们已经不知道什么叫自由了。

"我的一首小词，引起了秋先生的伤感，真是对不起了。"周鼎说，怀着深深的同情和歉意。

"九爷说哪儿话？"秋儿忍住泪说，"是我自己多嘴，又扯起了过去的事……"

"那是七年前的事了，都过去了，不提也罢。"周鼎道，"我希望，这七年来，您在这里再也没有那样的痛，那样的苦！"

"当然！"秋儿道，"感谢九爷的厚爱，我到了这里，就像回到了家，从一个奴仆变成了主人。当初我第一次走进这间藏画室，就觉得像在做梦，好像前辈子来过这儿，又好像命里注定要落脚在这儿，我喜欢这个地方，喜欢九爷交给我做的事儿。我又没有别的本事，那就做自己喜欢的事儿，不是很好吗？现在，九爷又封给我'弼马温'这个官职，我知足了。"

"真的吗？"周鼎问。

"当然是真的，"秋儿脸上的愁苦退去了，嘴角漾起一丝狡黠的微笑，"看管天马是一件很有趣的差事，依我说，孙悟空当年也该知足了，大闹天宫，不闹也罢！"

"哦？"周鼎笑道，"确是高论！且不管孙大圣意下如何，此生得与天马为伴，我也知足了！"

藏画室里，扬起一串笑声。

此刻，藏画室的门外，默默地站着一个人，周易。

他已在此伫立多时了。藏画室是他几乎每天必来的地方，正在里面谈话的两个人，一个是他的兄长，一个是他的老师，对他来说，所谈的内容也不涉私密，本无可回避，但不知为什么，他却一个迟疑，站住了。自从七年前的那个晚上，秋儿来了，谁也没有料到，一个丫头的到来，对于琅园，对于鼎易轩，对于周鼎和周易，都会造成那么大的影响，一切都改变了。秋儿没有按照命运的安排，做一个与奴仆无异的姨太太，却成为鼎易轩的鉴赏顾问和周易的老师。而在当家太太过世之后，周鼎也并没有给她如夫人的名分或者直接明媒正娶为妻，其原因只能理解为对她的尊重。他和周易一样，把秋先生当作老师。而在周易的眼里，这位比他年长十一岁的老师更像一个姐姐。周易在老师的身边长大了，从一个稚气未脱的孩童成长为翩翩公子，书画鉴赏界的后起之秀，鼎易轩年轻的经理。作为一店之长，周易的大部分时间在鼎易轩坐镇，但每天回来，总要来见见老师，或有收获要向她报告，或遇难题要向她请教，哪怕什么都没有呢，也要聊一聊。他喜欢藏画室里的气息，喜欢在老师身边的感觉。只是他不知道，老师有没有这种感觉？

周易站在门外，进也不是，退也不是。哥哥和秋先生说的每一句话都听得清清楚楚，时而引起同感，却不能插嘴，时而忍俊不禁，又不敢笑出声来。

里面谈话的两个人，根本想不到门外还有一位忠实的旁听者。

这时，听得秋先生说："感谢九爷惠赐大作，弼马温理应回赠一首才是啊！"

又听得周鼎说："好啊，即请命笔，先睹为快！"

"不，"秋先生却说，"还没想好，不敢献丑，明天再请您看吧？"

"好吧，"周鼎道，"那我就等着，明天再领略弼马温的文采。秋先生早些歇息吧！"

听到这里，周易知道哥哥要走了，再也不敢停留，急忙闪开。

这天晚上，周易一直在好奇地猜测，秋先生回赠哥哥的，会是一首什么样的诗或词呢？这样的猜测自然是没有结果的，却又欲罢不能，竟然一夜未眠，反复背诵曹子建的《洛神赋》："余情悦其淑美兮，心振荡而不怡。无良媒以接欢兮，托微波而通辞。愿诚素之先达兮，解玉佩以要之……"

次日清晨，洗漱毕，周易直奔藏画室。此时秋先生还没有来，周易自己有钥匙，便直接开了门，抢在了她头里。他料定，既然秋先生答应第二天给哥哥看她的新作，必定会在当晚写好的。

果然，画案上摆着两张已经落了墨的鼎易轩信笺，其中一张便是周鼎的那首自度曲《美猴王赞》，另一张，则是秋先生昨夜所作了：

> 大圣官居弼马温。不恋山根，且住官门。心猿意马竟成真，
> 马也精神，猴也精神。
> 信马由缰自在身。马上清晨，月下黄昏。踏歌来去步祥云，
> 蹄也无痕，爪也无痕。
>
> 调寄《一剪梅》

周易吃了一惊，这首词轻松风趣，幽默顽皮，简直就像个猴子写的，怎会出自一位温文尔雅的女士之手？真不曾想到，秋先生身上竟还有这般童心猴气！"爪也无痕"四字，活画出猴儿足踏祥云乖巧轻捷的步态，读到此处，周易不禁笑出声来。

好在时光尚早，四旁毫无声息。

周易一时兴起，不觉技痒，便从旁取过一页信笺，蘸着砚中宿墨，挥笔写道：

龙池霹雳，慰我丹青癖。骏骨恰逢高眼，方不负，将军笔。

猴王新履职，天驹嘶画壁。应羡骅骝多幸，披长鬣，倚君侧。

　　　　　　　　　　　　　　　　调寄《霜天晓角》

　　上阕说的是，若不是秋先生慧眼识宝，曹霸神品《绝影图》说不定失之交臂，何以入藏鼎易轩？下阕再说美猴王荣任弼马温，当是天马之幸。毕竟作者气质不同，他笔下的弼马温全无泼猴之气，倒好似菩萨般温婉慈祥，"应羡骅骝多幸，披长鬣，倚君侧"，温驯的马儿披散着长长的鬣毛，偎倚在她（在周易的意识中，弼马温自然而然地是个女性）的身边，那图景犹如一幅细腻典雅的西洋油画，想想也令人陶醉。周易写毕，从头再看一遍，读到末句，脸不禁一热，这……让秋先生看到，会怎样呢？

　　他突然觉得不妥，便放下笔，抓起这张信笺，想撕掉算了。不料恰在此时，秋先生进来了。

　　"哎，别撕啊！"秋儿一眼就看见他手里的东西，"十二爷又有新作？给我看看！"

　　这一来，不但不能撕，连藏也来不及了。周易只好把那张信笺重新展开，放在案上，红着脸说："我胡乱写的，请秋先生批点……"

　　秋儿走到案前，将那首词看了一遍，说："《霜天晓角》这个词牌，各家多有所作，格律也不一致，我赞同以辛稼轩的'吴头楚尾'为准。十二爷这首写得不错，很有长进啊！"

　　"不敢当，"周易连头都不敢抬，"冒犯之处，请秋先生原谅……"

　　"什么'冒犯'？"秋儿笑道，"'弼马温'一说，本是笑谈，当不得真的！孙大圣并不像我们这么爱马，他还嫌弼马温的官儿太小，一个筋斗打出南天门了，哈哈！"

　　竟然一笑了之。让周易惴惴不安的那几个字，她却毫不在意，连提都没有提。是真的不在意吗？

　　"我倒是要请问十二爷，那幅《绝影图》什么时候才能裱好啊？"秋儿问，这确实是她所关心的。

"哦，"周易迟疑了一下，才说，"大概要一两个、两三个月吧？您知道，越是古旧、珍贵的东西，越要格外精心，也越费工夫。"

"是啊，我知道，那就慢慢儿来，别着急，我耐心等着。"秋儿说，"等装裱完毕，在这儿张挂起来，弼马温才名副其实啊！"

说是不急，其实她迫不及待地盼着那一天，到那时，秘藏千年的《绝影图》就横空出世了。

张着铜喇叭的留声机播送着莫扎特的《长笛协奏曲》，周鼎坐在书房里的沙发上，手里拿着一份《民国日报》，他习惯在读书看报的时候听着音乐。现在，他正看到一则来自天津的消息，说的是：两湖巡阅使吴佩孚于日前特派迟云鹏到天津，专程会见刚刚辞去内阁总理职务的张绍曾。张面有喜色，问迟来津何事？是不是玉帅（吴佩孚字子玉）有意劝我复职啊？迟说，此来乃为令媛婚事，并非国事。张说，小女尚幼，哪能就说得到洞房花烛？迟说，舆公（张绍曾字敬舆）误会了，并非为令媛结婚之事，乃为令媛退婚之事。说着，将所携带的张家女儿的庚帖交出，原来由迟云鹏做媒的吴、张两家的儿女婚约就此废除。张绍曾瞠目不知所对。

看到这里，周鼎哑然失笑："政治婚姻，成得快，拆得也快，就这么荒唐！"

此时，门被敲了三下。

"谁？"周鼎头也不抬地问。

"九叔，是我。"门外应声道，听得出，是苦六儿。

"嗯？你有什么事儿？"

苦六儿推门进来，躬身道："九叔，孙处长前来拜访。"

"孙处长？"周鼎想不起他说的是谁，"哪一位孙处长？"

"就是上回来过的那位，众议院办公厅联络处的孙处长，"苦六儿恭恭敬敬地说出来人的官衔，"您忘了？"

"噢，是他呀？"周鼎皱起了眉头，一想起那位孙少权，心里就泛起一股无名火，把手里的报纸"啪"地摔在桌上，"他怎么又来了？

苦六儿啊，我不是跟你说了嘛，不要和外边儿那些乱七八糟的人来往！"

"我跟他没来往，人家是上门儿来找您的！"

"找我干吗？上回我就告诉他了，我不是国会议员了，对他们的活动也没兴趣，不管开什么会，一概不参加！所以，你请他不要再打扰我，来了，也恕不接待！"

"啊？"苦六儿却并没有走，"孙处长说，他不是来请您开会……"

"那他还有何贵干？"

"欣赏书画。"

"他也配？"周鼎嗤之以鼻，"一个政客，懂什么书画？"

"孙处长说，那天他走的时候，您跟他说过：下次来，不谈政治，只看书画……"苦六儿翻眼儿瞅着他，看他怎么回答。

以其人之道，还治其人之身。周鼎还真被问住了，他确实跟孙少权说过这样的话，可当时那么说，是不想跟他谈论政治，也给他留一点儿面子，怎么倒成了他再来骚扰的理由？可笑！

"要看书画，他该到店里去啊！"

"他去过了，您不是没在嘛！"

"我不在有什么关系？十二郎在那儿，他是经理！"

"嗨，"苦六儿笑笑，"可您是专家，十二叔的分量能跟您比吗？"

周鼎心说，你小子别给我戴高帽儿，上回孙少权来，也是你引见的，我不在家，你把他带到店里去；这回，我不在店里，你又把他引到家里来，他的事儿怎么横竖都离不开你？

苦六儿还在等着他回答。

"九叔，人家孙处长是专程登门拜访您的，客人已然到了，您要是连见都不见，这……"

周鼎从鼻腔里"哼"了一声，十分不情愿，但也只能说："那就请他到客厅里坐吧！"

他下楼来到客厅，孙少权已经坐在那儿，显然是苦六儿自作主张，先把他请进客厅，才上楼禀报的。此时又见朵儿给客人奉茶上来，周鼎心中不悦，但事已至此，还能说什么？

孙少权见周鼎进来，立即站起身，满脸堆笑地伸过手去："鼎公啊，又来打扰了！"

"孙处长客气了。"周鼎礼节性地跟他握握手，直截了当地问道，"此番光临，不知有何见教？"

"不敢当，"孙少权也只好开门见山，"少权确有一事相求。"

"咱们可是有言在先……"周鼎警惕地问，"不是拉我去开会吧？"

"啊，不，不，"孙少权赶紧说，"我有一位长辈，今年六十二岁大寿，又将有升迁之喜，少权当然得送一份儿大礼……"

不等他说完，周鼎便迎头拦住："您说的，是仲珊吧？"

他给孙少权留了个面子，没有直呼曹锟之名，而称他的字。

孙少权作惊讶状："鼎公简直是诸葛亮！"

"用不着孔明先生，连阿斗都知道您要给谁送礼。"周鼎笑道，"仲珊想当总统，这已是司马昭之心，路人皆知。不过，总统是要经过选举产生的，到底当得上当不上，还难说呢！"

"曹三爷是志在必得！莲伯议长、高总长、王省长这一应人马不也在紧忙活吗？一定要保证三爷高票当选，荣登大宝！"孙少权说，那一双眼睛熠熠闪光，好似已经看见了胜利的前景。

说好了不谈政治，却又扯起了政治。

"那是你们的事儿，"周鼎听得心烦，"这些，跟我有何干系？"

"是了，是了，"孙少权赶紧把话题拉回来，"咱们不谈选举，只说送礼。您知道，曹三爷能书善画，在这方面也是行家……"

"他？"周鼎不屑地一个冷笑，"他不就会写个'一笔虎'，点几朵梅花嘛，唬唬手下的兵痞罢了，算什么行家？"

"鼎公眼高哇！"孙少权仍是不急不恼，赔着笑脸儿说，"所以我特地向您请教，给三爷庆寿该送什么呢？送一匹马好不好？"

"马？"周鼎听得一愣，他现在最为敏感的就是这个"马"字，"今年又不是马年，干吗送马？"

"马到功成嘛！"孙少权说，显然他早已心中有数。

"仲珊是属马的吗？"周鼎又问。

"不，他是属狗的。"孙少权笑笑，脸上挂着尴尬，"可我总不能送一条狗吧？"

"怎么不行？"周鼎却说，"您既然愿为他效犬马之劳，马和狗又有什么区别呢？"

"啊？"孙少权红着脸说，"鼎公这话……不是当真的吧？"

周鼎笑而不答，他在设想，如果在曹锟寿诞之日，当堂挂着一幅走狗图，将会是什么样的效果？

"我知道，鼎公是在拿我说笑，"孙少权说，"可我是诚意向您求助的，请您帮我物色一幅骏马图！"

"这事儿倒也不难，"周鼎收敛了笑容，说，"当今以画马著称的画家，当属前清贝勒载瀛，他是道光的嫡孙，宣统的皇叔，却无意政治，醉心丹青，善画翎毛花卉，尤善鞍马，您到琉璃厂走一走，保不齐就能碰上一两张，未必是鼎易轩的东西，随您买哪家的，都是同行，我不在乎。"

"当然，我知道鼎公的度量。"孙少权说，"可要是在街上随便买得着的东西，我还用求您吗？载瀛的马，我是见识过的，学的是郎世宁的路子，笔法腻腻糊糊，把马画得跟绵羊似的，不精神，我还瞧不大上！"

"嗯！"周鼎点点头。其实他也不喜欢载瀛的马，只是随便找个通俗易懂的应付一下罢了，却没想到这个孙少权不是那么好糊弄的，虽寥寥数语，已切中要害，竟与他的看法一致，周鼎当然听得顺耳，不知不觉增加了几分好感，连称呼都显得亲切了，"君谋先生的见解有点儿意思！载瀛的马，在坊间声誉颇高，我还是第一次听到这样的批评，不随流俗，好！"

"鼎公过奖！"孙少权谦逊地笑笑，"少权对于书画，其实只是个棒槌，既没有理论，过眼的东西又少，实在是没有判断能力，所以一定要仰赖鼎公，您看得上的，那才是好东西！"

"这么说来，可就难了。"周鼎思索着说，"今人画马，多数是学郎世宁而不及郎世宁；而古人所作，不要说唐人韩幹、宋人李公麟，就连元人赵孟頫的真迹都如凤毛麟角，难得一见了！"

"那么曹霸呢？韩幹的老师曹霸……"孙少权好似不经意地脱口而出，说了一半，却又停住了。

周鼎猛地一震，不知道孙少权为什么突然说起他刻意回避不愿提及的曹霸这个名字，更不知道那没有说出来的下半句话是什么。

"曹霸……"他嗫嚅着说，"您说曹霸？"

"是啊，韩幹的老师曹霸，他有真迹传世吗？"孙少权这才说出下半句话。

"没有，没有，那就更不可能有了，"周鼎赶紧说，"曹霸的东西早就失传了，现在活着的人，没有一个见过他的画。"

"不会吧？"孙少权微笑着，盯着他的眼睛，"鼎公您就亲眼见过，不是吗？"

"你……您听谁说的？"周鼎的心脏狂跳不止，连声音都打颤了。

"听谁说的，这无关紧要。"孙少权说，"重要的是，一匹绝影宝马，飞越千年，从天而降，落在了鼎易轩，这在书画界，在收藏界，都是一件大事！"

周鼎目瞪口呆。自从《绝影图》归了鼎易轩的那一刻，他就唯恐走漏风声，不知道哪天就会有慕名探宝者找上门来，却没想到来得这么快！

"这匹马，我还没见过，也不知道长什么样儿，"孙少权接着说，"这没关系，最重要的是，它出自大唐左武卫将军曹霸的笔下！"

"曹霸……跟您有何干系？"周鼎愣愣地问。

"不是跟我，"孙少权一笑，兴奋地挥舞着两手，"是跟曹三爷有干系，一笔写不出两个'曹'字。您想，曹三爷就任大总统之际，如果曹氏祖先的真迹恰好在此时现身，画的又是曹丞相的坐骑，恰好三'曹'合一，这不是天赐的贺礼吗？"

"跟曹霸认本家？只怕是连曹锟自己都没想到，您倒替他想到了！"周鼎感叹道，"连死去千年的古人都不放过，您不觉得太无耻了吗？"

"不觉得，这有何耻？"孙少权坦然应道，"自古英雄豪杰、名流高士，哪一个不为自己的姓氏增光添彩？就说我们孙家，只要提起相马的伯乐祖师孙阳，兵圣孙武，东吴霸主孙策、孙权，神医孙思邈，无不为之自豪……"

周鼎听他如数家珍，觉得好笑，便说："别忘了，当代还有个孙中山！"

"哦，对，"孙少权倒也不否认，"虽然我们政见不同，但他毕竟当过大总统，也是孙家的光荣嘛！"

周鼎心说，谁的光你都想沾！于是又说："要论官儿大的，名气大的，谁都比不过齐天大圣孙悟空！"

"没错儿，天下第一！"孙少权并不在乎认猴儿为祖，哈哈一笑，把话锋转向了对方，"再说府上周家，不也是以西汉绛侯周勃、三国名将周瑜、宋代大儒周敦颐、著名词人周邦彦为荣吗？"

"嗯。"周鼎点点头，却问他，"那又如何？这些人和曹锟有何干系？"

"数典不能忘祖嘛，人同此心，情同此理。"孙少权道，"您知道，曹三爷出身寒微，混到了今天这个份儿上，不容易，再往上走，那是要讲根基的，如果能跟三国曹魏续上渊源……"

"那就不是草根总统了？曹锟就成了龙种？"周鼎笑道。

这使他想起一件并不久远的往事。八年前，大总统袁世凯要登基做皇帝，急需一个响当当的"根基"，于是就有一位张伯桢出来帮忙，伪造了一本《袁氏世系》，硬把河南项城袁氏和广东东莞袁氏捏在一起，说袁世凯是明末督师袁崇焕的后人，甚至还和三国的袁绍、袁术攀上了关系。因此时谚讥曰："华胄遥遥不可宗，督师威望溯辽东。糊涂最是张沧海，乱替人家认祖宗。"张伯桢字子干，号沧海，是著名学者和藏书家，他当然不是"糊涂"，而是有意为之。可怜一位文人，竟做了如此下作之事。现在，眼见得历史的故伎重演，孙少权和张沧海异曲同工，更胜一筹，帮曹锟找了个大名鼎鼎的祖宗——魏武帝曹操，岂不远胜于袁绍、袁术？

"不瞒您说，这个事儿，我已然报告了曹三爷，他说了四个字：'如此甚好'！"孙少权眉目之间，忍不住的受宠若惊。

"哎呀君谋，果然是个有心人！既然领了'圣旨'，还不赶快到曹氏郡望，想办法弄一本《曹氏族谱》来？"

话说到这个地步，讽刺意味已溢于言表。

孙少权却并不在乎，依然是那么执着，而且充满自信："别人用过的法子，就不要再用了，曹霸的画岂不比《曹氏族谱》更有说服力？'将军魏武之子孙，于今为庶为清门。英雄割据虽已矣，文采风流今尚存。'这简直就是为曹三爷准备的！……"

周鼎心中一动，这正是他题在诗塘上的四句杜诗，孙少权也想到了，却把它为曹锟所用，真是挖空了心思，也不问问杜工部答应吗？

"恳请鼎公帮我这个忙儿，"孙少权一门心思只顾说下去，"钱不是问题，我这儿不惜一切代价！"

"这个忙儿我帮不了。"周鼎道，"别跟我提钱，我不缺钱，也不爱钱，真正有价值的东西，也不是钱能买到的！"

"噢，"孙少权似有所悟，"那也好商量，等曹三爷当了总统，莲伯议长就是内阁总理了，由他组阁，您觉得哪个部合适，当个次长不成问题……"

"我也不要官……"

"那您要什么？"

"我要清静！你们的事情我都没有兴趣，你们要的东西我也没有，请不要再来烦我！"

"鼎公何必把话说得这么决绝？"孙少权却不急不恼，慢悠悠地说，"子曰：'人而无信，不知其可也。'您给不给我面子倒在其次，这'诚信'二字却是君子之道，假话是说不得的。那幅《绝影图》，您总不会再藏一千年吧？总有一天会面世的，到时候，您怎么说？"

十足的小人行径，却以君子之道为武器。作为鉴赏家的周鼎，以去伪存真为职业，向来容不得一个"假"字，今天却说了假话，这还是从来没有过的事。可是，他一没偷二没抢，也没有制假售假欺骗他人，只是不愿意在不适当的时候对不适当的人公开自己的秘密，这难道有失君子之道吗？看孙少权那架势，就像他周鼎私藏了什么违禁物品，非立即交出不可似的，真是岂有此理！

一股怒气从胸中腾起，周鼎一拍沙发扶手，站了起来："孙处长莫不是要搜查吗？"

"鼎公误会了！"孙少权赶紧也站起来，"少权哪敢在府上造次？"

"我谅你也不敢！"周鼎道，"以阁下的官阶和职能，也没有这个权力！"

"是，是，"孙少权赔笑道，"少权只是出于对曹将军墨迹的仰慕之情，渴望一饱眼福，至于能否割爱转让，完全遵从鼎公意愿……"

周鼎冷笑道："敝意以为，我们的谈话可以结束了。"

"哦，"孙少权尴尬地躬了躬身，"那么，后会有期，少权告辞了！"

周鼎说："不送！"

孙少权刚走，周易回来了。他向来午饭不回家吃，要么由用人送到店里去，要么在街上吃馆子，今天因为有话要说，就匆匆赶回来了。

先到客厅里见哥哥周鼎。

"我听说孙少权来了，是不是奔那幅画来的？"

"嗯？"周鼎一愣，"你怎么猜到的？"

"店里也来了这样的主儿，仰古堂的马老板、尔雅阁的叶老板，都来看曹霸真迹！"

"啊？这两位都来了！"周鼎吃了一惊，"你给他们看了吗？"

"当然没有，"周易说，"画还没裱好呢，怎么能给人家看？"

"那你怎么跟他们说的？"

"我请他们不要听信传言，曹霸的真迹，上哪儿找去？"

"驰公、梦公，这两位是好糊弄的人吗？"周鼎沉吟道，"你驳了他们的面子，往后就不好说话了。"

"噢！"周易这才意识到事情的严重性，"可是现在……"

"现在已经广为人知，无论咱们怎么解释，也没人相信了。"

周鼎道，"没想到一点儿秘密都保不住，是谁的嘴这么快？"

"那天在场的除了您和我，就只有秋先生和宋二爷了。"周易道，"秋先生是决不会的，宋连魁呢？他广交朋友，聊起来海阔天空……"

"不要无端地疑心朋友，宋二爷是个讲义气的人！"

"可是，您并没有嘱咐他守口如瓶啊！何况，鼎易轩收了一幅稀世珍品也不是什么坏事儿，他也未必能想到要为我们保守秘密！"

"哦，这倒也是……"周鼎也含糊了，"不过，见过那幅画的人也不只是宋二爷，不是还有裱画师傅吗？这个人可靠吗？"

"绝对可靠！"周易说，"您忘了，他是个哑巴！"

周鼎还真是把这个茬儿给忘了。鼎易轩的裱画师傅姓杜，从康熙年间代代相传，到了民国，已经传了六代，老杜师傅只有一个独子，却是个哑巴，也就只好把养家糊口的手艺都传给他。如今这位小杜师傅也已经是四十多岁的人了，手艺绝佳，尤擅古画揭裱，哪怕已经脆裂破损成碎片，也能拼接完整如初，残缺部分还能根据原画的笔势、墨韵和颜色予以弥补，行话叫"接笔""全色"，做到天衣无缝。他曾正式拜师学画，有临摹古画的功夫，这个本事，是一般的裱画匠不具备的。他不是天生聋哑，七岁那年得了一场大病，嗓子就再也发不出声儿了，可是耳朵毫无问题，什么事儿都听得明明白白，只是一声不响，整日价默默地干活儿。这么一个人，要说他给外边儿通风报信，不大可能吧？

"那么，柜台上呢？"周鼎问，"曹横拿着画来的那天，在柜上当班的伙计，都可靠吗？"

"那几个人都可靠，我早就嘱咐过他们，店里的任何消息不得外泄。"周易说，"何况，那天咱们看画的时候，没有一个伙计进里屋，他们谁也没看见《绝影图》是什么样子。"

"嗯。这就怪了，"周鼎沉吟道，"到底是谁传出去的呢？"

他们把所有的人头儿都点了个遍，唯独没有想到苦六儿，因为在过往的这几天里，所有与《绝影图》有关的时刻，苦六儿都不在场，应该说，他根本不可能知道这件事儿。

夜色中，一辆"雪铁龙"轿车驶进东交民巷。驾车的人是孙少权，旁边儿的副驾座上坐着苦六儿。今天孙少权西装革履，苦六儿还是平常打扮。

"孙处长，您这又换了辆新车？"苦六儿问。

"哦，"孙少权说，"我那辆是美国'福特'，旧了，今儿开的是六爷的车，法国'雪铁龙'，最新款的。"

"六爷？"苦六儿又问，"哪位六爷？是曹三爷的六弟吗？"

"不是，"孙少权说，"可是比亲兄弟还亲呢！"

"什么样的朋友？比亲兄弟还亲，够意思！"

"三爷手下的军需处长李彦青李六爷，你不知道？"

"哟，他呀，久闻大名了，那可是曹三爷手下的红人儿！"

"嗨，说起来，这位李六爷也是草根出身，老家在山东，闯关东到了东北，正巧曹三爷奉袁世凯之命调往长春，任北洋军第三镇统制，对他有知遇之恩哪……"

"听说过，"苦六儿不等他说完，又显摆多知多懂，"是在长春的一家澡堂子里认识的吧？曹三爷来洗澡，让他赶上了，搓背、捏脚，使出浑身解数，把三爷伺候得舒舒服服。曹三爷瞅着他长得漂亮，细皮嫩肉，跟个娘们儿似的，从此就收编于手下，形影不离了。当然了，这里边儿的道道儿，不能说破……"说到这儿，投给他一个蔫儿坏的微笑。

"说什么呢？"孙少权瞪了他一眼，"坐着人家的车，嚼这样的舌头，天地良心！有些话，当着外人是决不能说的！"

"是，是，我嘴欠！"苦六儿赶紧认错儿，"往后不敢了！"

"这位李六爷、李处长可是炙手可热的人物！"孙少权接着说，"曹三爷手下的直系正规军有多少人马，你知道不知道？二十五个师。这二十五个师的军需，一律由李处长经手发放，按照不成文的惯例，每个师要扣下两万作为对老师的'孝敬'，仅此一项，李处长每个月的进项就是五十万大洋！所以，再买辆新车又算得了什么呢？"

苦六儿不由得感叹："甭管人家是怎么发的，真发起来了！嗨，人比人，气死人，本人也是六爷，这、这、这……一个天上，一个地下，没法儿比啊！"

"你也别这么丧气，"孙少权说，"跟着我好好儿干，咸鱼都有翻身的时候！赶明儿我带你去见见六爷！"

"嗯？他不是跟着曹三爷住在保定吗？"

"北京也有他的房子，常来常往。快了，等曹三爷当上总统，就都搬过来了。哎，咱们到了，下车吧！"

"这是哪儿啊？"

"六国饭店。"

"雪铁龙"停下了，苦六儿下了车，抬头仰望着这座名冠北平的顶尖儿级饭店。

这个地界儿，老地名叫御河桥。1901 年，大清光绪二十七年，一家比利时公司在御河桥东侧原来太仆寺的地盘儿建造了一座西式宾馆，两层楼高，传统欧式风格，"山"字形造型，古典庄重，类乎教会建筑。建成没两年，老板又觉得建筑风格不够豪华，设备也不够完善，又进行了一番改造。可是也没有持续多久，1905 年便又推倒重来，建成地上四层、地下一层的洋楼，有客房二百余套，住宿、餐饮、娱乐设施一应俱全，在当时的北京，已是最高的洋楼，最豪华的饭店，是各国驻华使节、达官贵人、洋商富贾聚会之所。由于是英、法、美、德、日、俄六国的商人合资兴建，故称六国饭店。这等去处，自然是苦六儿不可能涉足的。

身穿制服的门童向他们立正致意："恭迎阁下光临！"

苦六儿愣在那里，不知该怎么应对。孙少权拉了他一把："走啊，六少，请进！"

跟着孙少权进了旋转门，大厅里灯火辉煌，来来往往的多半是西洋人，那金发碧眼、肌肤似雪的贵妇美女，袒胸露背，看得苦六儿目不暇接，走过去了还一再回头。

孙少权带他进了一间餐厅，侍者马上迎上来："两位晚上好！"

"晚上好！"孙少权随口应道，对苦六儿说，"今天咱们吃法国

140

大餐。"

两人就座。侍者递上两本羊皮封面的精装菜单，孙少权接过来，苦六儿却没接，说："吃洋餐我也不在行，不用看了，孙处长点什么就吃什么。"

"这不成，"孙少权说，"你就是当了总统，吃饭也得先看菜单，这是吃西餐的规矩，哪怕是装装样子呢！"

苦六儿就接过来，打开一看，全是洋文，两眼一抹黑。

还是孙少权点菜。开胃酒和开胃小菜、面包、黄油不必说了，配以奶油浓汤，主菜点了蜗牛、鹅肝、牛排，酒是拉菲堡。

"蜗牛？"苦六儿听得膈应，"'水妞儿水妞儿，先出犄角后出头'，那东西也能吃？"

"小点声儿！"孙少权说，"这是人家最有名的菜，法国的大蜗牛，跟咱这儿的不一样！"

酒、面包、冷菜和汤上来了。苦六儿尝了一口开胃酒，一点儿也不开胃。

"开胃酒好比开锣戏，暖场子的，正戏还在后头呢。"孙少权说。

"能不能来点儿白的？"苦六儿问。

"这儿没有二锅头，想喝白的只能是白葡萄酒，可是按西餐的习惯，吃鱼才配白葡萄酒，吃肉就得配红葡萄酒。我告诉你：全世界的葡萄酒当中，法国的葡萄酒第一；法国的葡萄酒当中，波尔多地区的第一；波尔多的葡萄酒当中，拉菲堡第一。"孙少权说着，抬起下巴指指已经醒上红酒的醒酒器，"今儿我请你喝的，就是这个世界第一。"

苦六儿还敢说什么？只有客随主便。

红酒已经醒上多时了。侍者为他们斟了两杯，孙少权端起杯："请吧！"

苦六儿诚惶诚恐，端起这杯天下第一酒，喝了一口，嗯，什么味儿？酸不溜儿的，涩乎乎儿的，别听洋人瞎吹，还不抵咱的二锅头呢！心里这么想，怕露怯，也不敢说，还是咽下去了。此时的苦六儿一定想不到，若干年后此酒将风靡神州大地，盛宴之上以牛饮拉菲为时尚，未闻言其味不佳者。比起他们，苦六儿还算诚实的。

"哎，"苦六儿觉得乏味，要自个儿找乐子了，"孙处长，咱哥儿俩在这儿干喝，多没意思，出条子叫局啊！"

不必怪苦六儿下作，当时的风气如此，无论文官武将、文人骚客乃至客商行旅，会朋友、拉关系、谈买卖，往往选在八大胡同，即便下馆子吃饭，也得"叫局"，写张"条子"让跑堂儿的送去，叫某胡同某小班的某姑娘来作陪，这是常事儿。苦六儿想起那天在总统府前头，跟他瞎搭搁的那个花蝴蝶儿，当时本该在她面前露脸儿却没露成，这会儿正好把她叫过来，不在乎吃什么、喝什么，只为了让她开开眼，知道咱爷们儿是什么档次！

他正要喊"小二儿"，写"条子"，却被孙少权拦住了："别在这儿露怯了，八大胡同里的那些姑娘，一个比一个土，中国的常用字都认不得几个，更甭说洋文了，能登这儿的大雅之堂？"

苦六儿心说，这不是说我呢吗？洋文一个字儿不识！就不敢再多说话，闷下头喝自己不爱喝的酒，吃自己不爱吃的菜。

"吃西餐得守人家的规矩，不能吆五喝六地猜拳行令，不能吧唧嘴，"孙少权还在叨唠，"哎，错了，应该右手拿刀，左手拿叉！"

苦六儿手忙脚乱。七分熟的牛排，还带着血，切得费劲，咬得费牙，也不敢说，还得假装爱吃，这是个什么味儿？没想到开洋荤倒成了受洋罪！

"咱们说正事儿吧。"孙少权终于书归正传，"六少，那幅画，多亏你给我递了信儿，要不，错过了就太可惜了。可是，你们九爷他不认头哪，我跟他说《绝影图》，他根本不搭茬儿，就像压根儿没这回事儿似的。你的消息可靠吗？"

"咂，这是什么话？"苦六儿说，"我蒙谁也不能蒙您哪，绝对可靠！"

"你亲眼看见那幅画了吗？"

"这倒没有。不过，自有人亲眼见过……"

"是什么人？"

"我的哥们儿，没的说。您信我就是了。"

"不是我不信你，是时不我待啊！"孙少权叹了口气，停下刀叉，"你不看看现在是什么形势？国会议员成帮结伙地往南跑，浙江军务督办卢永祥通电欢迎国会到上海制宪，上海总商会也通过决议，不承认现在的摄政内阁，也不承认曹三爷候选总统的资格。北京这边儿呢？莲伯议长苦撑大局，不容易啊！他说了，无论政治潮流如何，决不离京，不受外界压迫，宪法会议和总统选举双方并进，全力以赴。说白了，现在就好比改朝换代打江山，等曹三爷当上了大总统，那是要论功行赏的。莲伯议长是栋梁之材，自然要委以重任，像咱们这样的马前卒，立功的机会就不多了，要是能把那幅《绝影图》弄到手，一定会讨得三爷龙颜大悦，到时候，我也决不会亏待你的！"

"这我知道……"

"那就得抓紧把事儿办好。现在，画在谁手里？"

"在杜师傅手里，正在装裱呢。三分画七分裱，这道工序很当紧，不经他的手，画是拿不出去的。"

"什么时候能裱好？"

"按他的那个精细劲儿，我估摸着，还得些日子才能完工。怎么，您打算从他那儿动手？裱画房可是防备得很严噢，每天晚上都要锁上铁门。"

"不，不，咱哪能那么干？"孙少权摆摆手，"书画本是风雅之事，不到万不得已，不能动武，只可智取，不可强攻。"

"智取？怎么智取？"苦六儿问。

"待我运筹帷幄，山人自有妙计。"孙少权笑笑，"你回去跟你的人打个招呼，随时听我的话儿。"

"好。"

"我还要告诉你，"孙少权又说，"莲伯议长说了，在当今国库空虚的情势之下，国会仍然在千方百计筹措资金，一定要保证议员的月薪、岁费、节敬、炭敬、车马费。国家再穷，百姓再苦，也不能亏待了议员！所以，今后甭管你家九爷来不来开会，反正都有他一份儿，都由你代领不就完了吗?"

"好,好!"苦六儿赶紧答应,脸上绽开了笑容,"那敢情好了,谢谢孙处长!"

"自家兄弟,谢什么?"孙少权拿餐巾擦了擦嘴,挥手叫侍者过来结账。

这儿是用法郎结账,侍者说:"九法郎四十生丁。"

孙少权从皮夹子里拿出十个法郎,大大方方地放在桌上:"不用找了!"

侍者说声:"谢谢先生!"转身离去。

苦六儿这顿饭吃得不咸不淡、半饥不饱,钱倒没少花,那可是法郎啊,比中国的钱值钱,眼睁睁地看着让洋人挣去,心里不是个滋味儿,哼,还不如省了这顿饭,把钱给我呢!

孙少权看了他一眼,说:"哎,还有一件事儿,我差点儿忘了。上回我给九爷送去五百大洋的节敬,他坚辞不受,现在,端午节都过去了,这份儿节敬还在我这儿呢,我不能老揣着,得,今儿你就代领了吧!"

"哎,好吧!"苦六儿的脸上又绽开笑容,从孙少权手里接过一张五百大洋的支票,仔细地揣在兜儿里。

该走了。两人站起身来,孙少权伸手指了指头顶的天花板,说:"这家饭店的楼顶上有个花园儿,这个季节,洋人喜欢登楼消夏,六少有兴趣上去看看吗?"

"当然有了,"苦六儿正在兴头儿上,"好啊,上去瞅瞅!"

苦六儿跟着孙少权,兴冲冲上楼。那时节还没有电梯,四层楼梯徒步爬上去,也不觉攀登之难。

楼顶平台宽阔敞亮,可容纳数百人,陈设有桌椅,点缀以花木,的确是消夏休闲的好去处。中外宾客,三三两两,或对坐小酌,或絮语交谈,或从容散步,各得其乐。苦六儿和孙少权是吃过饭的,自然不再吃喝,这里又没有熟人,只看看热闹。两人信步走到平台边缘,凭栏远望,北京城最繁华的中心地带尽收眼底,往南可以看到天坛祈年殿和永定门城楼，往西可以看到前门箭楼、正阳门、天安门和整个紫禁城，往北可以看到景山顶上的万春亭、北海琼岛的白塔和什刹海畔的钟鼓楼，甚至更远的德胜门，往东，崇文门、东便门近在眼前。在这些雄伟高大的建筑之间，是黑压压的低矮民房。当时的北京，民用电灯照明还远未普及，除了军政机关、大型商铺饭店和路灯之外，像琅园那样楼上楼下、电灯电话的宅院如凤毛麟角，百姓人家还是以油灯、烛光照明，是名副其实的"万家灯火"，在夜色中闪闪烁烁。苦六儿平生头一回登上这么高的地方，也是头一回从这样的角度观察生他养他的北京城，站在这儿要想找琅园，还有他"司阍"的那间小屋，那只不过一粒尘埃，哪看得清？真是天上人间啊！

突然，人群中发出一声尖叫，苦六儿吃了一惊，回头一看，是个外国女人，疯了似的在嚷，也不知道说的是什么，随着她的手势看去，只见西北方向突然火光冲天！楼顶上的人们顿时乱成一团，用各种语言喊叫起来，苦六儿虽然听不懂，但知道所有的人说的，甭管哪国话，都是同一个意思：火！火！

半夜里，耿虎起来给马添夜草，猛地看见东北方向火光映红了半边天——那地界儿，从六国饭店看是西北方向，从琅园看就是东北方向了。啊，怎么回事儿？耿虎什么也来不及想，扔下手里的筛子，拎起水桶，一边跑，一边喊："失火了，失火了！"

他这么一喊，厨子、花匠、丫头、婆子都起来了，慌慌地跑到院子里，问："哪儿着了？哪儿着了？"

这会儿工夫，九爷、十二爷和秋先生也都被惊醒了，匆匆忙忙地穿上衣服，跑出楼来。周鼎大声问："怎么回事儿？"

"九爷，失火了！"院子里一片声地嚷。

"哪儿啊？"

"那边儿，那边儿！不是咱家！"

"可不能这么说！"周鼎望着东北方向那熊熊火光，说，"'城门失火，殃及池鱼'啊，水火无情，你可以各扫门前雪，却不能各救自家火，大火才不管是谁家的房子呢，一阵风刮过来，挡都挡不住！快着，各人都找好家伙预备着救火！虎子，苦六儿，你们俩领头儿！"

"好嘞！"耿虎答应着，回头喊一声，"六少！"

没人应声，人群里也没有苦六儿，他"司阍"的那间门房黑着灯儿。

"混账东西！"周鼎火了，几步走到门前，抬脚踢那房门，"苦六儿！都火烧眉毛了，你还在睡大觉？"

还是没人应声。大家这才发现，看门儿的苦六儿根本不在门房。他怎么会不在呢？半夜三更的，能到哪儿去？

"这个不成器的东西！"周鼎大发雷霆，"等他回来，看我不打死他！"

琅园的左邻右舍也被大火惊动，谁也别睡觉了，都跑到街上来，伸长了脖子往东北方向看。人们的心被那场大火揪着，乱嘈嘈地议论着：瞧这火势可不小，离这么远都闻到烟味儿了，到底是哪儿？孩子们受了突如其来的刺激，倒莫名地兴奋起来，像正月十五看花灯似的。孩子们懂什么？那时候娱乐项目少得可怜，难得看个热闹。

天快亮了，东北方向已经不见火光，只飘浮着尚未散尽的黑烟。苦六儿这时候才回来。周鼎怒目圆睁，逼视着苦六儿。人们都不说话，等着看九爷怎么收拾他。

"九叔，我知道您想说什么！"没想到苦六儿倒抢先开了口，模拟着他所设想的周鼎的怒责，"苦六儿，你这个'司阍'的职责是什么？看家护院！外边儿出了那么大的事儿，你上哪儿去了？擅离职守，该当何罪？"

这大体上正是周鼎要说的话，既然被他自己说出来，也就无须再问。"你说吧！"

"九叔，您猜失火的是哪儿？"苦六儿首先设问，他料定对方不知道答案，吊足了胃口，这才说出谜底，"紫禁城！"

啊？！果然如晴天霹雳，不仅大出周鼎所料，旁边的周易、秋先生和仆人们也大吃一惊。

"你怎么知道的？"周鼎问。

"我亲眼瞅见的! 晚半晌儿我起夜,一眼瞅见东边儿着火了,怕烧到咱这儿,就赶紧跑过去看,谁知道望山跑死马,失火的地儿远着呢,在紫禁城!"

这一段儿明摆着说的是瞎话,把他跟孙少权上六国饭店开洋荤的事儿略去不提,直接跳到紫禁城。

"你跑到跟前儿了吗?"周鼎着急地问。

苦六儿的目的达到了,九叔的注意力完全被紫禁城的大火所吸引,已无心再责问他的擅离职守,下边儿说的都是真的了。

"到跟前儿了,我就在神武门外边儿!"

"那儿怎么个局势?"

"从外边儿只看见火苗子好几丈高,听着里边儿的人大哭小叫:'走水了,走水了!'"

"是这话,"秋儿脱口说,"宫里不许说'失火',叫'走水'。"

"嗯。"周鼎点点头,这也证明苦六儿所言不虚,的确是紫禁城"走水"了。

"神武门里边儿?"秋儿注意地问,"你知道是哪儿'走水'了吗?"

"听说是……建福宫!"

秋儿不禁"哎呀"一声,说:"建福宫里藏的宝贝最多,字画、珠宝、文玩,没个数儿,有好多箱子还没打开过呢!"

"可惜了!"周鼎叹息道,"这么重要的地方,怎么会'走水'呢?"

"是啊,这'水'也'走'得忒寸!"苦六儿说,"我听他们议论,说是昨儿晚半晌儿,娘娘们在建福宫瞧电影儿来着,放电影的太监手艺潮,完事儿之后没收拾利索,半夜里电线起火了。……"

"皇太后在世的时候,也出过电线起火的事儿,"秋儿说,"可这回怎么这么巧呢? 偏偏是建福宫!"

"还有个说法儿,"苦六儿接着说,"说是,建福宫里的宝贝让太监偷着弄出去不知道多少,前些日子皇上说要清点,他们怕露馅儿,干脆一把火烧了算了! 我看,这个说法儿更靠谱儿!"

"最可恨的就是这样的败类!"周鼎不禁愤然,"这些人不仅监守自盗，还以毁灭国宝来掩盖罪责，该杀！"

"是啊，真是该杀！"苦六儿说，"这回，皇上恐怕得治治太监了。"

"他自己呢？"周鼎的怒气不止一端，"一个逊位的皇帝，还霸占着紫禁城，出了这样的大事儿，他该杀不该杀？失火的时候，他干吗呢？"

"听说是，皇上当时就给京畿卫戍总司令王怀庆、京师警察厅总监薛之珩、步军统领聂宪藩打了电话，请他们派救火队来——现如今民国了，他们不归朝廷管了，就是大清天子，用人之际也得说个'请'字。救火队倒是来了，可是，宫里没有自来水，井也不多，没水怎么救火？英雄无用武之地！没办法，这才想起来紫禁城外头筒子河里有水，甭管多远了，赶紧地把所有的水管子都接起来，往里头引水！这时候建福宫已然成了火海，水管子只有一根儿，管得了什么用？"

苦六儿绘声绘色，把那场大火描述得惊心动魄，周鼎、周易和秋先生听得都绷紧了神经。

"话分两头儿，"苦六儿突然又把话题岔开，"就在大火刚起的时候，让六国饭店楼顶花园上乘凉的洋人瞅见了。"他当然不会说自己当时也在那儿呢，也瞅见了，就一笔带过，接着讲，"要说呢，人家到底是文明人，决不隔岸观火，立马儿给意大利大使馆打电话，赶紧救火啊！意大利的救火队立马儿赶来了，您猜怎么着？神武门的大门紧闭，不让进，把门儿的说：'大清向例，未奉谕旨，外人不许入神武门一步！'您瞧瞧，都什么时候了，还这么死脑筋。意大利的救火队就干等着，您说这是什么事儿？再说宫里头，内务府总管绍英急得像热锅上的蚂蚁，到处找皇上，也不知道他上哪儿去了。找了一个多钟头，才在西宫找着，可是皇上也犹犹豫豫地不敢破了祖训，让洋人进宫。嗨，八国联军那会儿不是早就进过了嘛，到这会儿了，还拿什么劲儿？到了儿，宫里开了个'御前会议'，皇上这才下了'谕旨'，准许意大利的救火队进宫，可这会儿，建福宫里的火已然没法儿救了。人家洋人有经验，赶紧地，拆房子，把周圈儿的房子都拆了，大树都砍了，免得火再往别处烧，到这会儿，才算把建福宫的火给灭下去了。但是，里

148

边儿的东西呢？没了，全没了！"

"唉！"周鼎和秋儿异口同声，感叹歔欷。

天亮了。鼎易轩的伙计们一边议论着昨晚的大火，一边忙着下门板，打扫店堂，还没开始营业，周易就进来了。

"十二爷来得早啊！"伙计们纷纷跟他打招呼。

"哦，你们忙吧！"他心不在焉地敷衍一声，既没在柜台前停留，也没进经理室，而直接去了裱画房。

裱画房在鼎易轩院子的西南把角儿。书画装裱是一个极讲技艺的行当，当年江左周嘉胄有话："良工须具补天之手，贯虱之睛，灵惠虚和，心细如发。"过手的东西又极其娇贵，对工作场所的要求也就相当严苛，"裱房恶地湿而惮风燥，喜温润而爱虚明。"所以，鼎易轩的裱画房的南墙、西墙都不开窗，以避免阳光的直射，而把窗户开在北墙，以取散射光的"虚明"。因为经常装裱珍贵字画，窗户上还装了铁栏杆，这和东墙的铁门一样，都是为了防贼。

裱画房的铁门是永远关着的，现在门没上锁，显然杜师傅已经来了。

周易拍了拍门，门就从里边儿打开了，迎面看见的不是杜师傅，而是另一张脸，他的徒弟何顺儿。周易这才突然意识到，这个地方，自己虽然常来，眼里却只有杜师傅一个人，忘了他还有这个不起眼儿的徒弟。

何顺儿望着突然到来的周易，挺吃惊的样子："哟，掌柜的，您怎么来了？"

这句话让他听得反感。作为鼎易轩的掌柜，他可以在任何时候到店里任何地方去，怎么何顺儿的话音儿里似乎有点儿不欢迎他的到来啊？此时如果来的是周鼎，就会大发雷霆：怎么着，我不该来吗？但是周易没有。

"我来瞧瞧。"他随口答道，并不想让何顺儿感觉到他的不悦，而把目光转向屋里。

裱画房的中央是一张硕大的红漆案子，上面摆着糨糊盆、棕刷子、羊毫排笔、裁刀、裁尺、镊子、锥子、砑石等一应家伙什儿，旁边堆放着种类繁多的宣纸，还有各色的绫子，四壁除了门窗之外的地方都镶着木板，行话叫"挣墙"，画裱在墙上，把它挣平。现在，挣墙上贴满了装裱中的字画，横七竖八，有的头朝下脚朝天，要看清上面的字得歪着头瞅；有的画心朝里，只能看见裱在背面的覆背纸。杜师傅正在案子上备料，瞧见掌柜的来了，没法儿打招呼，只是点点头。

周易也不跟他客气，直截了当地问他："那张画呢？"

杜师傅当然知道他问的是哪张画，转过脸，抬起下巴指了指墙上那张画心朝里的画。这幅画交到杜师傅手里这么多天，才刚刚托上一层命纸，可见上墙之前如何费工夫。

命纸虽薄，毕竟隔了一层，模模糊糊，看不清画心。周易回头看了看站在身后的何顺儿，问："顺儿，这张画，你看见了吗？"

"哦，没有，没有，那什么……我压根儿就没瞅见过。"何顺儿赶紧说，那神情，像是在为自己洗刷什么，辩白什么。

"嗯。"周易点点头，心说，一个屋里干活儿，你压根儿就没瞅见过，这怎么可能？本该实话实说，干吗编这样的瞎话？但又不去点破他，只说，"看见了也不碍事，但是要记住店里的规矩，不该跟外人说的话，不能说。要跟杜师傅学：守口如瓶！"

"哎，哎。"何顺儿连连应声，其实心里憋了好大的劲儿才没乐出来，杜师傅是哑巴，他当然守口如瓶了。

黄昏时分，裱画房结束了一天的劳作，上锁了。今天，杜师傅没有直接回家，何顺儿陪着他来到了米市胡同的便宜坊。

伙计瞧见这俩人都是一身儿短打，没当回事儿，顺嘴说了声儿："来啦？里边儿请！"

何顺儿问："孙处长到了吗？"

"噢，"伙计马上换了笑脸儿，"到了，到了，楼上雅座儿，二位爷请！"哈着腰，引着他们上楼。

孙少权已经等在那里，看见他们到了，站起身来："杜师傅，久仰，久仰啊！"

这是他们头一回见面儿，何顺儿得引见引见："师傅，这位就是众议院的孙处长，咱们老板九爷归他管啊！"

"不敢当，我哪儿管得了鼎公啊？只不过在国会当差，给议员大人们跑跑腿儿而已。"孙少权谦恭地笑笑，向杜师傅伸过手来。

杜师傅不习惯握手，朝他抱了抱拳。

宾主入座。孙少权说："请杜师傅点菜？"

这明摆着只是客气客气，杜师傅连话都不会说，怎么点？何顺儿就替师傅说："客随主便，您点，您点。"

孙少权也就不再客气。心说，杜师傅不过就是个手艺人嘛，吃过什么？见过什么？请这种人当然用不着进六国饭店，请他吃顿烤鸭就了不得了，还说不定他连便宜坊都没进来过呢！

孙少权一招手，跑堂儿的过来了："孙处长，今儿个您想吃点儿什么？"

"一只鸭子，一个火燎鸭心，一个芥末鸭掌，一个烩鸭四宝，一个芙蓉梅花鸭舌。"孙少权说这些的时候，就好像小时候倒背如流的《三字经》《百家姓》，不假思索，随口而出。

"好嘛，您这全鸭席，齐了！"

"到便宜坊，吃的就是鸭子。要是吃涮羊肉，该上东来顺儿了！"

"说得是！"跑堂儿的又问，"您还要点儿什么？"

"够了，再来一斤二锅头。"

"好嘞！"跑堂儿的答应着转身就要走。

"等等，"孙少权又叫住了他，"告诉师傅，鸭子要皮肉两吃。"

"这才是真正的吃主儿，讲究！"跑堂儿的不禁赞叹，"可着北京城，烤鸭要皮肉两吃的就两位，其中一位就是您孙处长……"

"那另一位呢？"何顺儿饶有兴致地问。

"另一位……"跑堂儿的作神秘状，压低了嗓子，"当年的袁大总统！"

何顺儿惊得张着嘴，孙少权满足地笑了。且不管跑堂儿的是否真的伺候过袁世凯吃烤鸭，也不管他这个统计数字是否准确，但奉承得很是得体，当着客人，很有面儿。

跑堂儿的一溜小跑儿，下单子去了。烤熟鸭子得会子工夫，酒和菜说话间就上来了。何顺儿自然不等孙处长动手，连忙把酒斟满了三只杯子。

孙少权端起酒来，说道："久闻杜师傅手艺非凡，京城裱褙行业的头一把刷子，今天能赏光小酌，不胜荣幸。来，我先敬您一杯！"

旁边儿的何顺儿赶紧也端起杯子，正待碰杯，却见杜师傅仍然端坐不动，就像没听见似的。不能吧？师傅虽是哑巴，耳朵并不聋，平常不这样儿啊！

"师傅，师傅……"何顺儿拿胳膊肘儿碰碰杜师傅，小声儿提醒他。

杜师傅还是没拿酒杯，但动手了，两只手比比划划的。平时在裱画房里，他就是这样跟何顺儿"说话"。当然，孙处长看不懂手语，就需要何顺儿给他当"翻译"了。

"师傅说，今儿是他的生日。"何顺儿"翻译"着师傅的手语表达的意思，刚说了这么一句，自己就觉得奇怪，"师傅，您的生日是今儿个吗？我怎么不知道？"

杜师傅不容置疑地点点头，表示没错儿，就是今天。

"那好啊！"孙少权来了情绪，"咱们正好给杜师傅祝寿，来来来，干一个！"

杜师傅还是没举杯，两手又在比划，脸色凝重，毫无笑容。

何顺儿"翻译"道："师傅说，老年成有话：儿的生日，娘的难日。照老规矩，这一天是不能吃喝的。"

"噢！"孙少权很觉意外，但又将信将疑，"这话我也听过，可是不能不让吃饭哪，有这样的规矩吗？我们东北没有，北京……好像也没有！"

杜师傅的眼神很果决，手又在比划。

"师傅说，这是杜家的家规。"何顺儿说，"师傅说了，不能陪孙处长吃饭，对不住了。你们吃你们的，孙处长有什么吩咐的，尽管说就是了。"

话说到这个份儿上，孙少权也就不能再勉强，把酒杯和何顺儿碰了碰，讪讪地说："咱们就此给杜师傅祝寿了！"干了这杯酒，又夹了一筷子芥末鸭掌，慢慢地嚼着，说，"今天借此拜晤尊颜，实在是出于对杜师傅的仰慕之情。据闻，杜师傅不但精于装裱，而且兼善绘画，能把古字画临摹得分毫不差。所以，在下有一个不情之请，请杜师傅费心临摹一幅画……"

杜师傅的目光聚拢起来，警觉地望着他，两手比了比。

"一幅什么画？"何顺儿替他问。

"一幅古画，就是您正在装裱的那幅《绝影图》。"

仿佛一声沉雷炸响，杜师傅吃了一惊。他看了看身旁的徒弟何顺儿，知道自己摊上事儿了，而且这事儿还不小。

何顺儿在旁边儿帮腔："师傅，这是您拿手的绝活儿啊，用同样的纸，把画照原样儿摹下来，再作作旧，再用同样的材料裱起来，那就跟原画一模一样儿了！"

真个不知眉眼高低，就这么样儿抢话说，也不看看师傅的脸色。不过，他这么一说，倒让杜师傅听得明明白白。这是一个精心策划的周密计划：把《绝影图》变成双胞胎，真假莫辨……

孙少权和何顺儿都在等着杜师傅的回答，杜师傅的手在比划。

"师傅说，祖师爷赏这碗饭吃，干这一行就得守这一行的规矩，造假是裱画业的大忌。他学画是为了修复古画的残缺，不是为了造假。"何顺儿一边"翻译"，一边心里打鼓，明知道孙处长不爱听，可师傅比划的就是这个意思。他偷眼瞧了瞧孙处长，那脸色不大对劲儿，就不敢再如实"翻译"了，临时胡编了个理由，"孙处长，那什么……您也别怪我师傅驳您的面子，这个活儿，他就是想应承，也应承不下来，为什么呢？临摹古画得用同样的纸，唐朝的纸咱没有啊，上哪儿弄去？"

杜师傅眨眨眼睛，对徒弟的这番话表示认可。

"这不难，"孙少权却说，"我已经托人淘换了几张古旧宣纸，就请杜师傅掌掌眼，够年头儿不？"

说着，从椅子后面拿起一个圆筒，打开来，取出一卷陈旧得发黄的宣纸，摊在杜师傅的膝盖上。

杜师傅万万没有想到他是有备而来。只好强自镇定，左手托起宣纸，凑到脸前仔细审看，右手的拇指和食指捻了捻纸边儿，又用舌头舔了舔，看看纸上洇湿的痕迹，心里便有数了。他放下纸，看看何顺儿，两手比划起来。

孙少权问："他什么意思？"

何顺儿说："师傅说，这是乾隆年间的纸，仿个郑板桥晚期的竹子还凑和，跟唐朝沾不上边儿。"

孙少权脸一沉，心说，唐朝、清朝；康熙、乾隆，你说了算？明摆着是托词！他想发作，大声呵斥此人"不识抬举"，但嘴张了张，又忍住了。他提醒自己，这姓杜的不就是一个裱画匠嘛，你骂他一顿，打他一顿，算什么本事？要紧的是让他就范，把事儿办好。想到这里，便又舒展开眉头，微笑着说道："我是外行，那就麻烦杜师傅费费心，在行儿里头踅摸踅摸，只要咱舍得花钱，我就不信买不着一张唐朝的纸！拜托了！"

谁知杜师傅还是油盐不进，又一阵比划，何顺儿"翻译"道："师傅说，我们手艺人不容易，请孙处长高抬贵手，放过我们吧，别让我们毁了信誉，砸了饭碗，往后就没法儿做人了！"

"杜师傅言重了，"孙少权决不放过他，还是执意相劝，"我哪儿能害您呢？这件事儿，只须天知、地知、您知、我知，就不必向九爷和十二爷报告了，润笔嘛，要黄的还是白的，要多少，都由您说了算，连何顺儿都有份儿！"

"师傅，您听明白了吗？"何顺儿赶紧给他帮腔，"无论是金条还是袁大头，您要多少，给多少！"

杜师傅只是微微一笑。孙少权和何顺儿都瞅着纳闷儿，天底下还真有见了金子银子都不动心的人？

"师傅，"何顺儿忍不住说，"我跟您说实话吧，这个活儿也不是给孙处长干的，孙处长的东家是谁？曹三爷啊，现如今的直鲁豫巡阅使，眼瞅着就是大总统了！"

杜师傅的手又在比划。

"他说什么？"孙少权急着问。

"唉！"何顺儿叹了口气，说，"师傅说，我一介草民，离大总统远着呢。我也不认识什么曹三爷，只知道鼎易轩的东家姓周，端人家的饭碗，挖人家的墙脚儿，这种缺德的事儿，我不能干！"

孙少权气得两眼冒烟儿。他想不到，这个口不能言的哑巴，还挺"能说会道"，比划起来一套一套的。对这种主儿，利诱不成，威逼也不成，下一步该怎么着呢？

烤鸭师傅端着带支架的托盘上来了，盘子里一只油光闪亮的鸭子。师傅手里举着明晃晃的刀子，笑容可掬地说道："各位爷，您的鸭子得了，当场给您剐，皮肉两吃！"

"还吃什么吃？"孙少权一腔怒气正没处发作，眼睛一瞪，"你再多说一句话，我让你皮肉分家！"

次日，杜师傅的裱画房就不见何顺儿的身影儿了，铁门里头的活儿都是杜师傅一个人干，旁人谁也进不去了。

何顺儿被调到柜台上，卖墨和印泥。何顺儿很是郁闷，他恨杜师傅：那个活儿您不干就不干吧，干吗把我给卖喽？瞧瞧，在裱画房学的手艺都用不上了，手艺人变成了买卖人，生生地改行了。他并不知道，这个下场已是来之不易。本来，依九爷的意思，是让他立即走人，这种内奸、家贼绝对不能留。十二爷说，毕竟是穷人家的孩子，谋个差事不容易，再给他留个后路吧，挪个窝儿试试。十二爷亲自把何顺儿带到柜台上，把不同品类的墨和印泥一一指点给他看。

"知道为什么把你搁这儿吗？"周易问。

"不知道。"何顺儿这回说的是实话。

"做买卖也是需要本事的，学着干吧。从今往后，你天天站在这儿，眼前头瞅的就是这两样儿，一个是印泥，一个是墨，好好儿地琢磨琢磨这里头的道理：近朱者赤，近墨者黑。"

何顺儿听得发愣，这是哪儿跟哪儿？

何顺儿这个人，瞅着不大机灵，其实不傻。苦六儿跟他说过："像咱们这样的聪明人，在掌柜的跟前儿就得装点儿傻。"这话说得忒地道了，何顺儿爱听。也就是说，他有时候冒点儿傻气，那是装的，"大智若愚"的意思。谁傻呀？什么话能说，什么话不能说，他心里有数儿。周易问他怎么跟孙处长认识的，他谎称是他二姨夫的表侄给引荐的，只字不提苦六儿，好汉做事好汉当，一人儿顶了。因为他知道，"城南六少周天"可不是好惹的，那可是敢下油锅的主儿，别看如今落了架，要是日后反过手来呢？再者说，人家可是东家的侄子，你咬了他，就打了东家的脸，能有好果子吃？

收工之后，何顺儿心里没着没落儿，蹓蹓跶跶来到前门外廊坊二条的爆肚冯。这家小店儿是三年前迁进来的，生意火爆得邪乎，北京人好这口儿，从教授学者、梨园名角儿到贩夫走卒，到了这儿都一样坐在粗糙的条凳上，吃得津津有味，享受齿颊之间咀嚼那脆嫩之物的快感。当然差别还是有的，穷人一般吃点儿散丹、葫芦，有钱的就要吃最嫩的肚领儿、肚仁儿和葫芦尖儿了。

一进门儿就瞧见仰古堂副经理常三儿，他也是这儿的常客。何顺儿连忙打招呼："哟，常三爷，您先来了？"

常三儿正嚼着嘴里的肚仁儿，瞅了他一眼，老半天才"嗯"了一声儿。虽是字画业的同行，但二掌柜跟小力巴儿的地位是不同的。

何顺儿凑过去坐下，点了一盘儿散丹。酒是自个儿存在柜上的二锅头，熟客都是这样儿，瓶子上标着人名儿，来了各取各的。

何顺儿斟满了两杯酒，说："常三爷，我敬您！"

常三儿也不推辞，一仰脖儿把酒喝了，脸上的冷漠就和缓了许多，说："顺儿，你们柜上新收的那件宝贝，你瞧见过没？"

"什么宝贝？"何顺儿一脸懵懂。

"大唐左武卫将军曹霸的《绝影图》呀，"常三儿点得明明白白，"你没见过？"

　　"没有。"何顺儿脸不变色心不跳，"收画是柜上的事儿，我只是裱画房的伙计，什么也不知道。"

　　"你小子，跟我来这一套！"常三儿落了一场没趣，他想教训教训这小子，可人家又不是他店里的人，管不着，只好低下头继续嚼他的爆肚儿，默默地咬牙切齿。

　　"守口如瓶"这四个字，何顺儿真的做到了。

06　猪仔议员

　　那辆双辕四轮西洋大马车停在前门外广和楼前头，周鼎和周易下了车，耿虎过去把秋先生搀下来。戏园子门口，人群熙来攘往，有挤着买票的，有相互招呼着进场的。今天的戏码儿，开锣戏《三岔口》，是武生的看家戏，没什么唱词儿，靠的是惊、险、巧、绝的打斗功夫，让大家看个热闹。正戏是《击鼓骂曹》，余叔岩的祢衡，宋连魁的曹操。这是一出老生戏，也是余叔岩的拿手戏，他扮相清秀英俊，文而不弱，武而不野，唱腔苍劲淡雅，薄云遮月，妙处只可意会难以言传；击鼓时的曲牌［夜深沉］，刚劲洒脱，庄重深沉，他那独特的击鼓雄姿和撼人心魄的鼓声琴韵，"忽如沙崩钜鹿，瓦碎长平；忽如雁唳长空，猿啼巴峡"，不知醉倒了多少戏迷。"生书熟戏"。听书要听生的，引人入胜的是环环相扣、悬念迭起的故事，说到紧要处，惊堂木一拍："欲知后事如何，且听下回分解！"这时候，无须提醒"不要走开，广告之后更精彩！"他也不会动窝儿。听戏则不然，听的不是故事，而是韵味儿。那些熟套子的戏，听了不知多少遍，都能倒背如流了，却越听越有味儿，这就是"戏迷"。可以说，今天来听戏的，十有八九是奔着余叔岩来的。就这个意义上说，扮曹操的宋连魁就属于配角了，行话叫"挎刀"。但既是"骂曹"，就不能没有曹操，再者说，那击鼓骂曹的可是大名鼎鼎、如雷贯耳的余叔岩啊，能跟他同台搭档，也绝非寻常之辈，宋连魁甘愿为他"挎刀"。

周鼎今天有兴致来听戏，其实，倒不全是陶醉于余叔岩的演技，也不仅是给宋连魁捧场，他是冲着《击鼓骂曹》这个戏码儿来的。多日来，孙少权连番骚扰，已经让他不胜其烦。也真是的，此人的功利之心怎么这么重，为了巴结草包军阀曹锟，竟然不择手段、不顾廉耻，非得夺人之爱不可！所幸的是，这一次，他那偷天换日之计也没有得逞，《绝影图》还在鼎易轩，谁也拿不走。现在，从裱画房调离了何顺儿，清除了一个隐患，周鼎就像是又打完了一仗，觉得身上累了，心也累了，想松快松快，就邀了秋先生和十二郎，一起来听余叔岩"骂曹"，骂个痛快。

他们是自己买票听戏，不用跟把门儿的道"辛苦"，也不打算到后台跟宋连魁打招呼，就这么悄悄地来，悄悄地走，省得给人家添麻烦。

刚刚上了二楼，进了预订的包厢，不承想碰到了熟人，就听得耳旁一声招呼："喔哟，这不是周议员吗？"

周鼎扭头一看，说话的坐在右首相邻的包厢，一个五十多岁的矮胖男人，戴一副金丝眼镜，身上裹着紧绷绷的西装，正笑盈盈地看着他。乍一看有些眼生，毕竟好些年不见了，也不太熟。但定睛注视了两秒钟，也就想起来了，这是上海"宝山洋服"的董事长钱宝山，也是"民元议员"，和"民六""民八"议员比起来，算老资格了。

"噢，是钱议员，久违了！"周鼎不能不打这个招呼，而且用了一个他认为很俗气的称呼。既然对方称他"周议员"，这说明人家很在乎这个头衔，所以，他也得给人家对等的回敬。

"是啊是啊，长远不见了！"钱宝山很是热情，国语混合着浓浓的上海腔，"长远不见"就是久违了的意思。看见周鼎旁边坐着一位女眷，又笑嘻嘻地问道："这位是嫂夫人对吧？兄弟钱宝山，久仰久仰！"

秋儿就红了脸，她向来不大愿意和周鼎一起出门，怕的就是遇到这种场面，叫人不尴不尬。

"非也！"周鼎连忙解释，"这位秋先生，是敝店聘请的鉴赏顾问，也是舍弟的老师，哦，这便是舍弟周易。"

"啊，啊，是我冒失了，请秋先生不要介意。"钱宝山说着，也朝周易看了一眼，点点头，算是打过了招呼，目光又转向周鼎，"周议员，这些年国会开会，怎么一直没有看见你来呀？"

这个"你"字在北京人听来十分刺耳，但明知南方人不会说"您"，也就不必跟他计较了。

"国会不是早就解散了吗？我也早就不是议员了！"周鼎笑笑，"再者说，开那些空洞无物的会，我也没有兴趣！"

"话不能这样讲！"钱宝山却说，"无论袁世凯，还是黎元洪，解散国会都是不合法的，我们坚决不承认。事实上，他们的决定也早就不算数了。我们是民选的议员，选民给我们的荣誉，为什么不要？兄弟我一直坚持到现在，逢会必到！"

"哦？现在好多议员都南下上海，那边儿的会您也参加了？"周鼎照旧对人家称"您"，这是北京人应有的礼数。

"当然喽，足不出城，在自家门口参加会议，便当煞！何乐而不为呢？"

"现在上海正热闹着呢，您怎么又来北京了？"

"唉，勿来事格，勿来事格！"钱宝山摇摇头说，"到现在为止，在上海报到的议员只不过三百多人，据说天津还有一些人要来，也不晓得哪天才能到，要想人数过半，北京这边最少也要再拉过去一百多人，谈何容易？所以，不要听章太炎他们鼓吹，上海的热闹也只是空热闹，虽然到会的都领了会费，凑不够人数也开不了国会，只开了个'移沪集会式'，还吵得一塌糊涂，'民八'议员和'民六'议员都动了手了，笔筒、墨盒乱飞，我再待在那边还有啥意思？"

"所以，您就来北京了。现在北京、上海势均力敌，都在拉人呢，谁的人多，谁的胜算大，哪怕添根儿灯草，也是帮忙儿啊！"周鼎正色说，好似在认真地思索，实则想逗逗他，"这么说，您是拥曹派？"

"啥个拥曹派？"钱宝山当然听得出，周鼎这是在拿他寻开心，也不介意，毫不掩饰地笑了笑，干脆明说，"坦白讲，钱某人爱的是真金白银，我是要钱派！不瞒你说，黎元洪逃到天津之后，我也去了天津，领了钱再去上海，上海的钱也拿到了，现在该来北京了，这里的钱等着我领，我干吗不来？不要辜负了白花花的大洋噢！"

周鼎吃了一惊，久闻上海人"门槛精"，没想到此人竟然"精"到这个地步，谁的钱都敢拿，谁输谁赢一概不问。

旁边儿的秋儿听得好笑，又不便笑，只好强忍着转过脸去，看见周易也在笑。

钱宝山倒满不在乎。这有什么？同生意场上是一样的，装什么清高？我做洋服，你卖字画，不都是为了赚钱吗？只要能卖出好价钱，管他买主是谁呢！

"爽快！"周鼎也就不加掩饰，再调侃他一番，"所以，您花曹家的钱，来听《击鼓骂曹》，也这么心安理得。"

"就是嘛，"钱宝山笑道，"管他骂谁呢，白相相嘛！"

耳旁忽然响起一阵笑声。周鼎转过脸来，见左首包厢里坐着银须飘飘的仰古堂老板马矗，淡眉细眼的尔雅阁老板叶寄尘，不知道是什么时候进来的。旁边儿还陪坐着一个面目精瘦的中年人，是马矗的女婿，听说在警察厅做事，今天没穿警服，也不引人注意。此刻，马、叶两位老板正面带笑容地交谈，脸却朝周鼎这边儿看。周鼎本能地意识到，他们刚才在议论自己，忍不住了才笑出声来。议论什么呢？不知道。但当双方的目光相接，就不免有些尴尬了。

"噢，驰公，梦公！"周鼎朝那边儿拱拱手。叶寄尘字梦如。

周易和秋儿随着欠了欠身，向他们致意。

那二位也拱拱手，马矗说："全家都来了？周议员也来听《骂曹》噢！"

话里有话。一是"全家"，暗指秋儿身份的暧昧；二是不称"鼎公"而改称"周议员"，大概是听了钱宝山和周鼎互称"议员"才故意改口，决不是什么尊称，何况又和《骂曹》相联，更寓含深义。这几层意思都似露不露，你不得不听，却又不能当面辩驳，足以让周鼎不舒服了，要不是还有钱宝山在旁边儿胡扯，真不知道还怎么坐得住。

这会儿工夫，《三岔口》差不多打完了。

钱宝山旁边儿，还有一个座位空着，那是孙少权的，这会儿他没在，满场子地转悠，跟熟人打了几个招呼之后，进了后台。

后台也热闹，穿戏装的和穿便装的搅在一起，各行其是，忙而不乱。孙少权并不是慕名来访今儿晚上最耀眼的名角儿余叔岩，他要找的是宋连魁。

宋连魁凡事都赶早不赶晚，他早就扮上了，正闭着眼睛默戏、候场。这是他多年的习惯，只要一穿上戏装，他就是戏中人了，和眼前的俗世毫无关系，任你们吵吵闹闹，他就像没听见一样。梨园行的规矩，穿上戏装就不能坐了，只能站着。他就那么站着。

孙少权抬眼就瞅见了他。他好找，只要看见勾水白脸、挂黑满髯、戴黑相貂、穿红蟒袍、着厚底靴的，准是曹操。

孙少权也是爱听戏的主儿，多少懂得一些京戏的招式，到了曹操面前，不由得肃然起敬，拱拱手说："参见丞相！"

静默之中的宋连魁早把自己当成了大汉丞相，此时被他惊动，自然是用韵白问他一声："下站何人？"

按照戏词儿，下面就该回答："姓祢名衡，乃山西平原郡孝义村人氏。"可是，孙少权不能这么说，只能自报家门："不才孙少权。"

宋连魁骤然一惊，从千年长梦之中醒来，猛地睁开眼睛，看着这位不速之客。这个人，他以前见过两次，都话不投机，不欢而散，不承想今天又碰上了。不管他心里多么厌恶，还得尊称人家的官衔："孙处长，您来了？"

"陪着国会议员来听您的戏呀！"孙少权的回答虽出乎宋连魁的意外，却也在情理之中，"当然喽，借此机会，也来看望看望宋二爷。待会儿散了戏，我请您吃夜宵儿。"

"谢谢孙处长赏光，夜宵儿就免了，不必破费。"宋连魁耐着性子说。来听戏的都是衣食父母，何况人家还是当官儿的，不能得罪，但客气话儿也就说到这儿，就想刹住了，"那，就请孙处长到包厢就座吧，我这儿说话就上场，也就没法儿陪您了。"

话虽说得委婉，但也已是明白无误地请他赶快离开后台。

孙少权却没有走的意思，他还有话说。

"宋二爷，我今儿来，也是替曹三爷传个口信儿。您知道，他老人家也爱听戏、听曲儿，等到当上大总统，还不得好好儿地乐呵乐呵？总统府的堂会上，不能少了您哪！"

"唱什么？"宋连魁说，"《骂曹》？"

"宋二爷真会说笑话儿，"孙少权笑道，"在曹府怎么能'骂曹'？换一出别的戏嘛！"

"换什么？《捉放曹》？《华容道》？《逍遥津》？我扮的这位姓曹的，反正到哪儿都挨骂，您点吧！"

"啧，啧……"孙少权咂咂嘴，"那就别唱曹操的戏了，您不是'活张飞'吗？"

"那还不是一样的事儿？张飞跟曹操是死对头，上了台，张嘴就骂'曹贼'，成吗？"

"啊……"孙少权张口结舌。

"这不结了？"宋连魁一个冷笑，"您要是觉着都不合适，那就不伺候了！"

催场的慌慌张张地跑过来："我的二爷！您怎么还在这儿闲聊呢？听见没有？祢衡已然唱到'平生志气'了，还不快着？"

宋连魁大吃一惊。就在他应付孙少权的这会儿工夫，《击鼓骂曹》已经开场了，虽然开头儿只是祢衡一人儿的戏，但是很短，几句念白几句唱，就该下场了，紧接着，曹操就得上场。现在，祢衡唱的就是那段［西皮快三眼］："平生志气运未通，似蛟龙困在浅水中。"转［西皮原板］："有朝一日春雷动，得会风云上九重。"若按照老本子唱，下面紧接着还有一段［西皮二六板］："自幼儿窗前习孔孟，壮游北海遇孔融。他将我荐与曹府用，要学孙膑下云梦。"可是别忘了，余叔岩是谁？谭鑫培之后第一须生，与梅兰芳、杨小楼齐名，这样的大蔓儿，作艺有自己的见解、自己的风格、自己的习惯，他把这段唱删去了。又有一说，说是他的师父、伶界大王谭鑫培删的，不管怎么说，反正

163

是删了，祢衡唱完前面的四句就要下场，曹操上场得提前了，要是再不动唤，就得误场了！

宋连魁的确没有工夫了，撇下孙少权，匆匆赶往上场门，四个龙套在那儿等着他呢。

孙少权落个无趣，怏怏地退出后台，穿过剧场，上楼，走进包厢。

钱宝山看见他，赶紧招呼："孙处长，快来，我给你介绍一位老朋友。"

周鼎抬头看去，见是孙少权，不禁一愣，怎么走到哪儿都躲不开这个孙少权啊？刚刚放下的烦恼又袭上心头，但在大庭广众之中，又当着钱宝山的面儿，邻座还有马矗和叶寄尘，他没法儿发作，只能强忍。

孙少权迅速地藏起脸上的晦气，作出笑容说："不用介绍，鼎公和我也已经很熟了。哎，鼎公啊，早知道您要来听戏，吩咐一声儿就是了，戏票是要由国会请客的！"

周鼎一听这话就反感，正待说"不用"，还没等开口，孙少权又望着周易和秋儿说："哦，今天易之先生也来了？那么这位就是……"

周鼎唯恐他再像钱宝山那样说出不得体的话，让秋先生难堪，赶紧打断他，说："这位……"

一向沉默寡言的周易也急了，在同一时刻说出了周鼎要说的话，并且抢在兄长的前头："这位是我的老师，鼎易轩的鉴赏顾问秋先生。"

兄弟两人此时的心情，秋儿一定是清楚的，她不说话，只是静静地听着。

"啊，知道了，知道了，"孙少权倒像是相见恨晚，"这就是传说中的秋先生，认定《绝影图》真迹的伯乐，今日得见，三生有幸！"

此时此刻，无法形容周鼎、周易和秋儿心中的厌恶：这个人背后使了那么多阴招儿，还以为别人不知道，居然还有脸提《绝影图》？就这么咋咋呼呼，让旁边儿的马矗和叶寄尘又怎么想？

戏台上，四个龙套引着曹操登场了。京胡拉起[西皮摇板]的过门儿，宋连魁唱道："三国纷纷刀兵扰，每日思想计千条。但愿狼烟一起扫，四海升平乐唐尧。"

本应该来个"碰头好"，可是却没有。要是别人扮曹操，这毫不足怪，因为架子花脸重在工架、念白、表演，而不以唱功取胜。可是宋连魁不同，他虽是架子花行当，却做、唱并重，博取净行名角儿金少山、刘永春、裘桂仙各家所长，用铜锤花脸的口鼻共鸣音"印堂聚"代替架子花脸的"炸音"，把铜锤的唱腔也移过来，还得唱出架子味儿，此即谓"架子花脸铜锤唱"，吐字行腔，雄厚浑圆，咬金嚼铁，开口便一鸣惊人。而今天出场唱完这四句，台下却反响平平。为什么？他一上场就瞧见包厢里的客人了。怎么？孙少权请来听戏的国会议员敢情是周鼎？甚至还带着周易和秋先生，欢聚一堂，他们什么时候走得这么热乎？既然一起来了，为什么刚才孙少权一个人到后台看望，而多年的老朋友周鼎却没有一起来？这里头有什么名堂？这两天听人传言，说周鼎要把刚刚到手的一幅价值连城的古画献给即将当上新总统的曹锟，难道这是真的？他的心乱了。旁边儿的马骉和叶寄尘又是怎么回事儿？三家字画店的老板一块儿来听戏，是约好的还是碰上了？唱戏的最忌讳的就是心不在戏上。有道是"戏比天大"，只要你上了戏台，就是天塌下来，也得置若罔闻，该歌的歌，该舞的舞，哪怕出了爹死娘亡的事儿，也得等戏散场了再奔丧去。可是，毕竟人非圣贤，要做到这一点谈何容易？宋连魁极力不看对面的包厢，可那几个人影儿却挥之不去，显眼地坐在那儿，好像他们还在说话儿，也不知道说些什么？

他无法摆脱这些疑问，两只脚凭借本能迈着方步，上前落座。张辽上场了，孔融也上场了，唱[西皮摇板]："祢衡先生我请到，见了丞相说根苗。"几句寒暄之后，听得一声叫板："来也！"祢衡就登场了。

祢衡深深一揖："祢衡参见丞相。"

现在该曹操问那句话了："下站何人？"

祢衡答："姓祢名衡，乃山西平原郡孝义村人氏。"

介绍人孔融插嘴说："这就是祢衡先生。"

曹操道："怕老夫不知他叫祢衡？见了老夫，这等大模大样，只行常礼，其实可恼！"

这番话惹恼了祢衡："呜呀呀！人言曹操轻贤慢士，今日一见，果然话不虚传。我进得相府，与他深施一礼，他坐在上面，昂然不动，还倒罢了，反道我礼貌不周。我乃天下名士，岂肯与奸贼低首？啊，孔大夫，你把我错荐了！"

说着说着，唱起了［西皮流水］："人言曹操多奸狡，果然亚赛秦赵高。欺君误国非正道，全凭势力压当朝。站立在丹墀微微笑，哪怕虎穴与笼牢！"

唱毕，哈哈大笑。

下边儿，曹操就该一声怒喝："为何发笑？"

不承想，宋连魁却跟着祢衡一起"哈、哈、哈"，开怀大笑。为什么？他走神儿了，听祢衡说得有理，唱得带劲，忘了自己就是曹操，不禁也跟着笑将起来。

台上台下，举座皆惊。那些老戏迷，早已经对剧情乃至念白、唱词都滚瓜烂熟，自然听得出来，不对啊，曹孟德发什么神经啊？二楼的包厢里，除了钱宝山这种不大懂京戏只看热闹的，孙少权和周鼎、周易都听得一愣，连许久一言不发的秋儿也脱口说："宋二爷这是怎么了？跟着他傻乐什么？"

眼瞅着就要有人喝倒彩、砸场子了！

突然，祢衡双眉一扬，大声喝问："为何发笑？"

他把曹操的词儿接过去了，直逼曹操。

宋连魁一个激灵，猛然醒悟，立即添上四字："我在笑你！"紧接着反问祢衡，"你——为何发笑？"

祢衡道："我笑这天地虽阔，却无一人也！"

曹操道："老夫帐下，文能安邦，武能定国，何言无人？"

戏，这就顺下来了。好个余叔岩，在濒临崩溃的刹那之间，以捷才挽救了危局，也多亏宋连魁反应机敏，配合默契，竟然把已经出现的纰漏弥补得严丝合缝，浑然天成，似乎并不是出错，而是两位名角儿独出心裁的创造，把双方唇枪舌剑、你来我往的争斗情绪表现得更为生动，比原本儿更胜一筹。

此时，全场掌声雷动，叫"好"声不绝于耳。其实这时候，祢衡嘲讽曹操帐下的文官武将都是酒囊饭袋、无用之辈的大段道白还没有说，曹操为羞辱祢衡任命他为鼓吏，祢衡借此击鼓骂曹的精彩表演都还在后头，没到该鼓掌、叫"好"的时候，可是，内行听戏，听的是门道，有道是"救场如救火"，能够勉强救得已是不易，而得此神来之笔，更是难得，今儿个来值了！

后面的戏渐入佳境。曹操大宴群臣，祢衡擂鼓三通，那鼓声如惊雷霹雳，动人心魄，余叔岩引吭高歌，骂得痛快淋漓，台下的掌声、叫"好"声排山倒海。正当满场"座儿"的情绪兴奋到了顶点，剧情急转直下，早有预谋的曹操给他派了个差事："祢衡，老夫有书信一封，命你前往荆州，顺说刘表来降。倘若刘表来降，保你官职在朝。"众文武也极力相劝："你若不去，恼了丞相，将你斩首，你家中还有妻儿老小，所靠何人？"明摆着是借刀杀人，让他去送死。面对这样的陷阱，面对功名利禄的诱惑和身家性命的威胁，一代狂士祢衡竟然未能免俗："走上前来忙告错，尊声丞相听我说：你把书信交与我，顺说刘表作定夺。"甚至还发下誓言，"顺说刘表若不妥，愿死他乡作鬼魔。"熟读《三国》的人都知道，祢衡此行有去无回，击鼓骂曹是他人生的高峰，也是跌入低谷的拐点。

《击鼓骂曹》以祢衡的妥协、曹操的胜利而结束，而宋连魁却一点儿高兴劲儿都没有。这出戏他唱了不知多少遍，今天头一回觉得怎么这么窝囊？不是因为自己忘了词儿，而是感叹祢衡窝囊！前面口口声声骂曹操是"奸贼"，怎么一转脸儿就"告错"了呢？太窝囊！前边儿祢衡的自吹自擂也不成，什么"我乃天下名士""无所不知，无所不晓"，这些话该让介绍人孔融说，哪有自个儿说的？这是什么破本子？不成，赶明儿我得找个文人雅士，帮我把本儿重写！那就找九爷周鼎吧？哦，不成，今儿瞅他那架势，没准儿也像祢衡似的降了曹贼呢！

满腹心事地回到后台，卸妆，换行头，沉着脸，谁也不理。那个时候还没有"谢幕"这一说,完了事儿就走人。

跟包的雷武说:"二爷,咱到门口儿吃碗馄饨再走吧?"

梨园行有话,"饱吹饿唱",吹奏乐器的吃饱喝足才有底气,而唱戏的讲究气走丹田,得给腹腔留有回旋余地,宋连魁上台之前从来不吃东西,这是规矩,也是习惯。雷武想,戏散了,二爷现在一定饿了。

"吃什么?"宋连魁却一瞪眼,"回家!"

"哎!"雷武答应着,伸过手去,搀他下台阶。

"甭管我,你先出去,让车子在后门儿等我。"

"好嘞,我明白!"雷武匆匆去了。他明白什么?还以为二爷怕走前门儿被戏迷缠上呢,哪知道,宋连魁是不愿意再见那个孙少权,也怕碰上周鼎,连最好的朋友都得躲着走了。

1923年的夏天炎热而冗长,在这个没有总统的国度显得特别难熬。其实,没有总统并不可怕,老百姓该干吗还得干吗,可怕的是想当总统的人太多,让老百姓不得安宁。被迫下野的黎元洪在一帮子谋士的煽动下,欲移师沪上召开国会,以图东山再起;已经当过临时大总统、非常大总统的孙文在南方仍然实力雄厚,又使黎元洪畏其锋芒,踟蹰不前。立秋过后,又过了处暑、白露,仍然暑热未减,黎元洪终于孤注一掷,乘船到了上海,郑重发表声明:"余在国会未曾有正当解释任期之前,总统地位,当然存在。余在京因不能行使职权而移津,然天津依然为暴力所包围,乃不得不转而至沪。"云云。显然仍自视为中华民国总统。在北京,还没有当上总统又比谁都更想当总统的曹锟已经心急火燎,他的四弟曹锐和众议院议长吴景濂、内务总长高凌霨、直隶省省长王承斌、山东省省长熊炳琦忙得不可开交,奔波于留京议员之间,甘石桥一百一十四号议员俱乐部夜夜灯火通明……

一出现实版的《三国演义》。早已远离政治、醉心书画的周鼎不愿意蹚这一潭浑水,但也不可能像普通百姓那样漠不关心,而以旁观者的姿态关注着这一页行将落墨的历史,琅园镂花铁门外的风声雨意,仍然牵动他的心思。孙少权已经有一阵子没来纠缠他了,是放弃了对

《绝影图》的觊觎，还是另有谋划？曾经急欲先睹为快、找上门儿来要看《绝影图》的同行和书画界名流也没有再来，或者干脆说，现在的琅园已经门可罗雀，为什么？是他为保守秘密说了假话而得罪了大家，还是人们根本不相信世上真有这么一幅《绝影图》？这一切都没有答案，面前的一片空白让他隐隐地不安。他刻意回避的，也正是他焦灼地等待的"第二只靴子"落地的声音。隐居是需要相应的气度和修养的，没有这个气度和修养而与世隔绝，则无异于作茧自缚了。

杜师傅已经默默地完成了《绝影图》的装裱，郑重地交给以命相托的十二爷。

周易特地打电话叫了耿虎，赶了马车来店里接他，因为他怀揣着这幅《绝影图》。

车子回来了，苦六儿慢悠悠地打开铁门，周易下车的那会儿工夫，他看见了十二叔双手捧着一个长条的木匣子，既然如此阵势，也就可以猜到那里面装的是什么了。

"十二叔，东西齁儿沉的，我给您拿着吧！"苦六儿伸手就去接那幅画，虽然看不见里面的东西，也想亲手摸一摸，一幅比金子还贵的画是不是热得烫手啊？

"不用！"周易拨开他的手，径直往西楼走去，顺口问了一句，"我哥在哪屋呢？"

"哦，在客厅，"苦六儿说，"今儿有客，正聊着呢。"

"噢，哪来的客？"

"听说是国会的人。"

"国会的人？"周易一听就反感，"又是那个孙处长？"

"不是，头一回来，我不认得。"

周易也就猜不出是谁了。进了西楼，经过客厅门口，门关着，他也就懒得进去跟生人打招呼，干脆过门不入，直接上楼了。

藏画室里，秋儿正在伏案书写，听见门外的脚步声，就停下笔，走去开门："十二爷，这么早就回来了？"

"秋先生,"周易举了举两手捧着的木匣,"看我给您送来了什么?"

"哦,一定是《绝影图》了。"秋儿一听就明白,盼望多日的时刻终于到了,她兴奋地伸过手去,"快,快让我看看!"

木匣放在案子上,周易拉开插板,取出一个卷着的画轴。秋儿接过去,熟练地解开扎带,然后一手拿过画叉,挑住天杆上的绳带,一手托住地杆,画叉徐徐举起,挂在墙上的画钩上,整幅画便展开了。

秋儿退后几步,凝神观看。按常理而论,如此珍贵的画作,又是由京城名店鼎易轩装裱,必取"京裱"样式,用多色绫,以锦缎作边,外饰"惊燕",浓装精饰,高贵华丽。而面前的这幅画却只用了寻常的"二色装",天头以浅驼色绫衬出由周鼎书写的诗塘,画心四周则用米色绫,地头与天头呼应,仍用浅驼色绫。三段之间以及两侧,镶以古铜色"局条",贯通全局。轴头用檀香木。整幅立轴朴素无华,疏朗清新,庄重典雅。这让看惯了清宫藏画在装裱上堆金饰玉、极尽奢华之能事的秋儿颇感意外。更让她想不到的是,最为重要的部分也就是画心《绝影图》,残破之处都原封不动,那些裂痕、残缺都凝固在平整的画面上,没有作任何修复。

"十二爷,这么个裱法儿,是杜师傅的主意,还是您的主意?"她问周易。自从七年前收下这个十三岁的孩子做学生,她就称他为"您",直到现在,这个学生已经二十岁了,仍然如此。

"我的主意。"周易答。

"为什么要这么裱?说来给我听听。"这分明是老师考问学生的口吻。

"我历来不赞成'三分画,七分裱'这样的说法儿。如果一幅画的裱工占了七分,那卖的到底是画还是裱工呢?买画的人岂不要'买椟还珠'?"周易回答得很自信,说到这里,嘴角微微一笑,"也许,豪华的装裱对那些劣等的字画有些用处,可以帮它们撑撑门面,让外行人不至于小看。但是,好画就用不着了。既然是绝影宝马,还需要用金鞍华辔来显示它的高贵吗?"

"嗯!"秋儿深以为然,她这个学生的见解的确不同凡俗。但她不想轻易地放过他，还要继续考问，"如此说来，装裱岂不是可有可无？"

"当然不是，"周易说，"装裱，意在烘云托月，彰显书画本色，而不能喧宾夺主。比如，汉乐府《陌上桑》说罗敷是美女，美在哪儿？仔细看看，'头上倭堕髻，耳中明月珠。缃绮为下裙，紫绮为下襦'。说的都是衣饰，长相和身材却不着一字，这还算美女吗？夸的是人呢，还是衣饰？"

秋儿心中一动，周易的比喻好犀利，让人无可辩驳。十二爷长大了，长成一个男子汉了，竟然探讨起美女之美这个意味深长的话题，这使秋儿不禁脸颊一热，自己头上、身上是不是也有多余的衣饰？想到这里，竟有些慌乱，一低头，目光恰恰落在刚才书写的那张信笺上，又急忙伸手去遮挡。此时此刻，她不希望十二爷看见她写的文字。

其实，周易已经看见了，自幼读书一目十行的他，读那几十个字只需一瞥。那是一首《浣溪沙》：

> 帘卷西风月上迟，此情略似去年时。闲翻箧底菊花词。
> 一去离人眉懒画，谁持铜镜照新姿？落英片片寄相思。

周易心头一阵惶惑。七年来，他还是第一次窥见秋先生如此的情感流露，温婉缠绵而又寂寥凄凉，这是为谁写的？"一去离人"的"离人"是谁？"谁持铜镜"的"谁"是谁？"落英片片寄相思"所"寄"者又是谁？在秋先生的心里，确确实实地有这么一个人存在吗？

刹那间的思绪，如闪电般一掠而过，但秋儿已经感觉到了，忙说："哦，这是咏李清照的。秋天到了，突然想到易安居士的'人比黄花瘦'，就填了这么一首词。"

显然是有意为自己解释。这么一解释，果然把一切猜测都厘清了，如果作者以李清照自况，离人就是赵明诚了，他不在家，谁为爱妻持镜画眉呢？望着遍地黄花，只剩下"一种相思，两处闲愁"！可是，秋先生为什么要以李清照自况？风华绝代的易安居士，平生所爱只在吟诗填词和文物收藏，而她的郎君赵明诚恰恰是个志趣相投的同道人，世间竟然有如此完美的天作之合！一个对诗词和收藏有着同样爱好的女子，仰慕前贤易安居士是完全正常的，甚至是必然的，而与此同时，是否也在"艳羡"上天赐给李清照的那位如意郎君呢？七年前，秋儿在完全没有自主选择权利的境遇中几乎是"误打误撞"来到琅园，并且命中注定要与九爷周鼎结为夫妻——尽管只是做"妾"而并非"正妻"，而周鼎恰恰是一个酷爱书画收藏的人，虽未必称得上诗人，却也有此雅兴，时作吟咏，这也算得上是天作之合了吧？偏偏周鼎拒不接受夫人的安排抑或是上天的安排，把秋儿摆在了这个位置，不是夫人，胜似夫人，无论在琅园还是在鼎易轩，"秋先生"都是一个至高无上的称呼，却与婚姻彻底无缘。对此，不知秋先生感到庆幸呢，还是怅然？七年来，在她的生活中，除了卷轴册页为伴，还缺少什么？前辈的诗词大家灿若星河，为什么她只对易安居士之作有如此强烈的共鸣？仅仅是那样几句解释是不够的，或者说，也许本来并不需要解释，而做了解释反而令人产生更多的遐想。

周易不知道该怎样回应她的解释，也就只好不予回应，对那首《浣溪沙》也不表示欣赏，就像根本没有刚才的那匆匆一瞥，他什么也没看见，秋先生多虑了。

犹如水面泛过一丝涟漪，瞬间了无痕迹，秋儿又恢复了平静，把目光重新投射在那幅《绝影图》上。

"我还要请问十二爷，"她重拾刚才的话题，指着画面上几处残破和断裂的痕迹，说，"这些地方，为什么没有修补？'接笔''全色'可是杜师傅的拿手绝活儿啊！"

"是我不让他补的。"周易胸有成竹，"哥哥说过，历史从来都是残缺不全的，我深以为然。失去的永远不会再有，也不可弥补，我们能够保住残存的历史，已是万幸，又何必在残缺之处妄加填补呢？既然遵从秋先生所示，将《绝影图》原样保留下来，那就要原封不动，原汁原味儿，曹霸真迹的每一笔都是曹霸的，无论由任何人再作添加，都无异于作伪了。我们没有这个资格！"

秋儿又是一个震动：这个年轻人，不仅毫无保留地接受了她的主张，而且还有所发挥。历来，中国人对修修补补特别上瘾，庙宇要"修葺一新"，佛像要"重塑金身"，连《红楼梦》未完的尾巴都要补上一条，还有什么不可以补呢？至于书画装裱，常见的是身怀绝技的匠人炫技，如何将残破不堪的原件"整旧如新"，有谁像周易这样懂得尊重历史，哪怕是残破的历史啊？

"十二爷真是长大了，长大了！"她不禁由衷赞叹。

周易心里一热，全身的血流在涌动，仿佛春笋拔节、花苞绽放，那是生命在成长，在勃发。此刻，他比任何时候都更能真切地体味这位大姐姐的爱怜和欣慰，自己已经"长大了"。

"请不要再叫我十二爷，叫我十二郎吧！"他说，声音低低的，像是耳语。

秋儿一愣："那哪儿成啊？爷就是爷，什么时候也不能乱了主仆的身份。"

"什么'主仆身份'？"周易最不爱听的就是"主仆"二字，感觉这是对秋先生的侮辱，"您在我心目中，是最尊贵的人，也是最亲近的人，"说到"亲近"二字，他的脸微微红了，赶紧又补充说，"跟我的兄长一样。哥哥叫我十二郎，请您也这样叫我吧！"

"我怎么能和九爷相提并论呢？"秋儿用一句反问作为回答，"我知道，九爷、十二爷都待我不薄，我也知道，自己该做什么，不该做什么。"她极力不让周易看出自己内心的不安，显得十分平静，想结束这场不能再进行下去的谈话了，"哦，这幅画，裱好之后九爷还没看吧？快请他过目吧！"

周易感觉得到，秋先生心里的那扇偶然敞开的窗户，已经又关上了。

"哥哥现在没空儿。我刚才从客厅外边儿经过，他正在接待客人。"

"什么客人？"

"不知道，只听说是国会的人，但不是那个孙少权。"

"那又会是谁呢？"秋儿也犯起了思索，"会不会也是来打《绝影图》的主意？"

来客是钱宝山。上次在广和楼听戏碰上了，临别的时候周鼎出于礼貌说了句"后会有期"，人家就真的来登门拜访了，总不能拒之门外。周鼎疑心他是替孙少权做说客，为《绝影图》而来，不料喝茶寒暄了半天，钱宝山却只字没提那幅画，滔滔不绝的，只是跟选举有关，跟钱有关。

"哎，周议员，上海的消息你听到没有？南下的议员在湖北会馆开会，本来黎元洪是要以大总统的身份到场的，报告他南下的宗旨，哪晓得人还没到，国民党元老张继就已经破口大骂：现在的中华民国没有大总统，国会当中的大总统席位应当撤销！这时候，黎元洪已经出了门，半路上听到这个消息，喔哟，吓得他赶紧掉头回家，不敢来开会了。你看你看，南下的船，他又上错了！"

"您北上的火车，上对了？"周鼎拿他打趣。

"当然了！"钱宝山自信满满，"搞政治，同玩股票是一样的，买哪一支，不买哪一支，什么时候买进，什么时候抛出，这里面学问大了！黎元洪气数已尽，世人皆知，追随他还有什么出路？曹三爷就不同了，这个人有本事。你看，三年前的直皖战争，他把段祺瑞赶下台；去年的直奉战争，他打得张作霖撤出关外，直系在北京独霸天下，黎元洪只是个傀儡；现在，他又逼走了黎元洪，大总统的椅子空出来了，不是他坐还能是谁？"

周鼎不屑地一笑："他即便当上了总统，又能怎么样？为了夺得权力，不择手段，这只能说明他无耻！"

钱宝山道："原来听别人也是这样讲，说他是又一个窃国大盗。其实，这么大一个国家，哪是'窃'得了的？还是要靠本事，谁有本事把对手打倒了，谁就得天下，同做生意一个样。中华民国大总统，孙中山做得，袁世凯做得，黎元洪做得，冯国璋、徐世昌也做得，为什么曹三爷就做不得？议员们私下议论，曹三爷的人品不差，手下的人都说他厚道，讲义气，够朋友。"

"恐怕是钱上出手阔绰吧？"周鼎笑道。

"那当然了，"钱宝山直言不讳，"'皇帝不差饿兵'嘛，没有粮饷，怎么打仗？这个事体，莲伯议长是明白的，所以作出了决定，切实保证议员们的月薪、岁费、节敬、炭敬、车马费……哈马啷当各种费，除此之外，今后每出席一次会议，发一百块大洋，当场兑现！"

"一百块大洋买一个人头儿，填一个座位，便宜啊！周鼎脱口道。

"哎，这只是平时的会议，"钱宝山说，"等到选举大总统的那次大会，价钱又不一样了。"

"多少钱？"周鼎似乎对此饶有兴致。

钱宝山神秘地瞟了他一眼，伸出左手，展开五指，这才说："五千块大洋！"

"哦，也不算多，"周鼎反应淡然，"五千而已！"

"喔哟，你口气好大！"钱宝山眉毛、眼睛都在动，"不当家不知柴米贵，你好好叫算一算，两院议员号称'八百罗汉'，实际还不止八百，总数是八百七十四人，每人五千，要是都来了，得花多少钱？四百多万啊，你为曹三爷想一想！"

"为他想？他会自己掏腰包吗？花的还不是国家的钱？"

"当然不是，你知道的，现在国库空虚，哪里拿得出这么多钱？"

"那，钱从哪儿来？"

"还是王省长有办法，抓了一批贩卖烟土的毒枭，狠敲他们竹杠，让他们家里人拿钱赎命，三爷的大选经费不就有了吗？"

他说的王省长，就是那位在杨村拦车夺印，为驱黎拥曹立下汗马功劳的直隶省省长王承斌，此人在京津冀乃至华北地区都是一霸。

"哈，用赃款，办脏事儿！"周鼎笑道，"可是，有钱未必能使鬼推磨，五千块钱一张票，就一定能买到手吗？八百多名议员都会为他效命？"

"说得是啊！"钱宝山右手拍在左手上，"啪"的一声响，"现在至少还有将近两百名议员，仍然待在上海不肯来北京，天津也有四十多人，还有一些人来到北京又跑掉了，也不晓得跑到啥地方去了，要凑够八百张票，难哪！不过，按照《大总统选举法》规定，到会人数超过三分之二就可以进行选举，候选人得票达到投票人数四分之三，就当选了。周议员是老议员了，这里边的规矩你是晓得的。"

"我已经多年不参加你们的会了，哪还记得这些名堂？"周鼎说。

"周议员客气了，识途老马，哪能不晓得？"钱宝山接着说，"算起来，法定的到会人数必须达到五百八十三人。如何保证这个数，莲伯议长想了很多办法。"说到这里，他不由自主地压低了声音，毕竟是两位议员在谈论国家大事，属于高度机密，不可与外人语，"这个钱，是不能给现款的，要是有人拿了钱溜了怎么办？"

"嗬，"周鼎嗤之以鼻，"又要人家投票，又拿人家当贼防？"

"防人之心不可无嘛！"钱宝山道，"所以，这五千块钱发的不是现款，而是支票。选举当天，入场之后，支票和选票同时发，等到投票之后，曹三爷当选了总统，再由开票人在支票上填写日期，加盖私章，支票才算有效，持票人就可以到大有银行、劝业银行、麦加利银行这三家之中的任何一家兑取现金了。当然喽，银行为了防止冒领，也是要验票的，怎么验？凡是支票上有'秋记''孝记''兰记''洁记'这四种标志，再盖上一个'三立斋'的骑缝章的，都没有问题，除此之外，一定是假票，概不支付的！"

周鼎一听就明白这"秋""孝""兰""洁"四个字代表着什么：交通总长吴毓麟字秋舫，直隶省省长王承斌字孝伯，直鲁豫巡阅使顾问王毓芝字兰亭，直隶省议会议长边守靖字洁卿，都是直系津保派的核心人物，曹锟阵营的干将，支票上必须打着他们的标记，那五千大洋才算数的，想挣这笔钱的人也不容易。

"这个算盘打得可是真精啊！"周鼎不禁惊叹，"钱议员，这是您给他们出的主意吧？"

"噢，不，不，"钱宝山倒不愿掠他人之美，"三爷身边有的是能人，我只不过跟着跑跑龙套罢了。"

"这么说，五千块大洋，您是拿定了？"周鼎道。

"举手之劳，为什么不拿？"钱宝山两手一摊，"曹三爷是笃定会当选的，这个顺水人情，为什么不送？好在送也不白送，钱也有了，面子也有了。哎，莲伯议长还特别交代，如果能帮他再拉几位议员到会投票，还另外有赏呢，每拉一票给辛苦费五百元！"

"噢，明白了，您今天光临舍下，就是来拉我去投票，好挣这份儿辛苦费？"

"哪里哪里？受人之托，忠人之事嘛，五百块钱小意思啦！为了这次选举，曹三爷给了莲伯议长多少辛苦费，你晓得吧？四十万大洋！连孙处长都有五万块进账！"

"门槛精"在意的是数字，周鼎关注的是人事，一场选举就是一场涉及数百人的庞大交易，处处都得用钱，而且不同的人物，价钱也是不同的。

"果然，和他们比起来，您挣这五百块辛苦费真是小意思了！"周鼎笑道，"不过很可惜，这点儿小意思，您也未必能挣得到手！"

"为啥个？"钱宝山问。

"因为您拉不动我，我是不会去投票的。周某虽不才，但还懂得自爱，一辈子受辱一次还不够吗？难道还要再受第二次？"

"啥个……啥个'受辱'？"钱宝山听不明白。

"看来，钱议员真是健忘。"周鼎一个苦笑，"民国二年的那场选举，您难道不记得了吗？"

"嗯？"钱宝山猛地有些恍惚，十年前的事，毕竟有些远了。

民国二年，1913年春，宋教仁被刺身亡，为宪政而死。杀人者谁？一时谣诼四起，风声鹤唳，幕后黑手最大的嫌疑人竟然是中华民国临时大总统袁世凯。而在南方革命党人一片讨袁声中，坐镇北京的袁世凯却不动声色，正在按部就班地推进国会的诞生。全国二十二个行省经过按人口多寡分配的名额进行选举，选出参议员二百七十四人，众议员五百九十六人，来自上海的钱宝山和来自北京的周鼎都是其中的一员。与辛亥革命时由几十名各方代表组成的临时参议院不同，这是中国有史以来第一届民选的国会，虽成立于民国二年，而选举于民国元年，史称"民元国会"，或称"老国会"。

4月8日，在宣武门外象来坊由原财政学堂改建而成的众议院，国会开幕典礼隆重举行，参议员一百七十七人、众议员五百人出席，内阁总理赵秉钧及各部总长列席，千余名中外代表人士观礼旁听，拱卫军鸣礼炮一百零八响，总统府秘书长梁士诒代表临时大总统袁世凯致辞："我中华民国第一次国会正式成立，此实四千余年历史上莫大之光荣，四万万人亿万年之幸福。世凯亦国民一分子，当与诸君子同深庆幸。""今日国会诸议员，系由国民直接选举，即系国民直接委任，从此共和国之实体藉以表现，统治权之运用亦赖以圆满进行。"致辞结束时，梁士诒高呼："中华民国万岁！民国国会万岁！"那是一个激动人心的时刻，在那一刻，周鼎真的相信，在这方土地上，民主已经随着春风到来了，这个中华民国和这个国会也真的会"万岁"。

孙中山发动的"二次革命"没有撼动袁世凯的根基，迅速地失败了，但却给了袁世凯一个绝佳的借口：时局动荡，国家不可长期无正式负责的元首，必须尽快选举总统。其中用意，自然是急于以法律手段去掉自己头衔上的"临时"二字，甚至连制定宪法都等不及了，发动十九省区军事长联名发表通电，"先举总统，后定宪法"。

10月6日，总统大选日。参、众两院七百五十九名议员参加投票，候选人达二十余名之多，这个阵容，是一年前选举临时大总统时无法相比的。尽管谁都知道，二十余名候选人中除袁世凯、黎元洪之外，其余只不过陪衬而已。其实黎元洪也是陪衬，本来，进步党提名他为候选人，他自己却表示不参加竞选，但袁世凯觉得在没有"对手"的情况下选举，面子上不大好看，还是拉了黎元洪作陪，这也是人人都看得明白的。选举按无记名方式进行。检点人数、发票、投票、唱票，这一套程序下来总要三四个小时。在漫长的等待中，无事可做的议员们难免互相搭讪。

"哎，你投了哪一位？"钱宝山问周鼎。那时候他们并不熟，在无记名投票的情况下，这样打听人家的私密是很不得体的，对方完全可以不予回答。

"袁世凯。"周鼎坦然作答。平心而论，他当时对袁世凯的印象并不差，觉得此人促成清廷退位和南北议和有功，连孙中山都甘愿将临时大总统让位于他，那么，如今"扶正"又有何不可？更何况，"二次革命"失败后，孙中山、黄兴已流亡海外，黎元洪论资历和威望也远不能和袁世凯相比，因此，正式大总统的位子非他莫属。

计票结果出来了：袁世凯得四百七十一票，黎元洪得一百五十四票，其余散票可以忽略不计。袁、黎两人的票数虽然差距很大，但谁都没有达到《大总统选举法》规定："得票满投票人数四分之三者为当选"。这个结果，不但周鼎觉得意外，连当事人袁世凯也始料不及。按时下形势，"二次革命"的失败已使国会中的第一大党国民党遭受重创；而由统一、共和、民主三党合并组成的进步党是挺袁的，况且大会主席汤化龙也是进步党的人；在开会之前，袁世凯又派梁士诒收买了百余名议员组成公民党作为他的基本"票仓"，袁世凯还有什么理由不能当选？但是，人算不如天算，无奈票匦不给袁大总统留面子！

此时天已过午，该吃饭了。突然，会场外喧声大作，数万名身着便装的"公民团"壮步囊囊，蜂拥而至，密匝匝将会场团团围住，甚至蹿房越脊，居高临下，呼声震天："不选出称意的总统，谁也休想出门！"那些人虽然身着便装，却脚蹬马靴，腰间的手枪隐隐可见，步伐训练有素，呼号众口一辞，这哪里是什么"公民团"？分明是化了装的军警！袁世凯手下的兵，虽未必有抵御外侮之力，对付手无寸铁的议员还是绰绰有余的！

大会主席汤化龙宣布进行第二次投票。议员们面面相觑：既然以枪口相逼，何必还要投票？干脆以武力夺权不就得了？反正中国历史上的改朝换代都是这么干的，再干一次又何妨，不必披上"民选"的外衣了吧？

刹那间，袁大总统在周鼎心中原本不算太差的形象崩塌了，这一次，他谁也不选，弃权了。

又是好几个小时的忙碌，计票结果是：袁世凯得四百九十七票，黎元洪得一百六十二票，仍然是谁也没有达到法定票数。

窗外天色已暗，已经苦干一天的议员饥肠辘辘，口干舌燥，还要挑灯夜战，不得越雷池一步，重重包围的"公民团"严防死守，厉声呼喊："不选出袁大总统，饿死活该！"

大会主席汤化龙只好从《大总统选举法》当中再找办法。办法还是有的，选举法规定："当两次投票无人当选时，就第二次得票较多者二名决选之，以得票超过投票人总数之半者为当选。"也就是说，不必强求袁世凯得票达到四分之三了，只要过半就可当选。这简直就是专为袁世凯准备的，似乎当初立法的时候就已经预见了这一隐患，事先开好了一服解药。

于是进行第三次投票。周鼎仍然弃权。

到了晚上将近十点，第三次投票有了结果：袁世凯得五百零七票，总算勉强过关了。没有人再关注黎元洪得票多少，那已经无关紧要了，会场外"公民团"的山呼海啸压倒一切："袁大总统万岁！"这也意味着，从早晨八点钟被囚禁于此十几个小时的议员们终于可以获释了。

退场的时候，周鼎和钱宝山又一次擦肩而过，他们互相对望了一眼，已经没有力气再说些什么。

正是那次选举，使周鼎对民国式的"民主共和"失去了信心，愤然挂冠而去，从此不再参加国会的任何活动。四天之后的10月10日，袁大总统宣誓就职，意味深长的是，作为民国的总统，宣誓地点却不在国会而特意选在紫禁城保和殿，已经透露出觊觎九五之尊的勃勃野心。是日京城，阴云压空，秋雨淅沥，满街悬挂的五色国旗低首垂泪，中华民国的第一个国庆日，天怒人怨鬼神泣！

十年前往事，两人都还记得，只是记忆的痛处有所不同。

"喔哟，那次选举，真真苦透苦透，饿煞人嘞！"钱宝山感受的是平生鲜遇的肠胃之苦。

"士可杀而不可辱！"在周鼎的记忆中，那是终生难忘的奇耻大辱，"难道受辱于袁世凯还嫌不足，还要再受曹锟之辱吗？"

"话也不能这样讲，"钱宝山道，"袁世凯那样做，的确太过分了，但是他早就死了呀，现在要选的是曹三爷！人与人不同噢，曹三爷对待下面人蛮和气的，像外交部长顾维钧那样见过洋世面的人都对他服服帖帖，总归是有道理的。何况还有……"

"何况还有五千大洋赏金！"周鼎替他说出了下半句话，"那您就去领赏好了！"

"周议员，你不要拿我寻开心，"钱宝山也听得出其中的揶揄意味，"我讲的不光是钱，还有人情。孙处长那边是有交代的……"

"交代什么？无非是请您做说客，拉我去投票。"周鼎道，"您就告诉他：此人不识抬举，算了吧！"

"哪里有这么简单啊？"钱宝山却说，"听孙处长讲，你这里有一匹好马……"

"马？"周鼎不禁一惊。尽管钱宝山语焉不详，这位精于服装生意而对书画外行的商人未必拎得清孙少权所说的是一匹真马还是一幅画，但在他听来，指向则是明白无误的。

"我只记得你有一辆马车，马是什么样子倒没有在意，"钱宝山继续说，"总而言之孙处长非常中意，他打算买下来，献给曹大总统……"

"他还在打这匹马的主意？"

"是呀是呀，事体总归有个商量，给孙处长一点面子嘛！要么去开会投票，要么卖掉这匹马，你想想看，哪样划算呢？"

岂有此理！周鼎勃然大怒。投票、卖马，皆非他所愿，怎么现在倒成了非此即彼的选择呢？

"哪样都不划算！"客厅的大门突然被推开了，站在门外的是十二爷周易，这位一向温文尔雅的书生此时却冷若冰霜，说道，"无论周家的人还是马，都是不卖的，钱议员不必再费唇舌了！"

"哦……"钱宝山尴尬地立起身来，他知道，自己的使命肯定是完不成了，"我是好心来帮忙，你们这样不肯通融，会有麻烦的！"

1923 年 10 月 5 日，又逢总统大选日。历史没有完全重合，比十年前选举袁世凯的 10 月 6 日还提前了一天，因为曹锟已经定下了日子：一定要在"双十节"举行总统就职典礼，入主新华宫。还没有经过选举就铁定自己是总统了，堂堂中华民国竟有这等咄咄怪事，好在十年前就有过了，也就见怪不怪。对于这场选举，不管人们是厌恶是期盼还是漠不关心，这一天终于到来了。早在头天晚上，各路巡警就催促家家户户在门口悬挂国旗，以示"普天同庆"，次日清晨一看，满街都是红黄蓝白黑的五色旗了。

崇文门外花儿市上三条把口的一座小院儿，平平常常的如意门，没有什么特别之处，只是门扇上的一副木雕阴刻楹联，显出与众不同："梨园羯鼓，菊部清音。"

宋连魁一大早就起来了，这是他多年的习惯，不管有没有日场的戏，都要早起，洗漱完毕练功、吊嗓子。宋连魁父母都已亡故，到现在二十好几了还没成家，这个小院儿就他和跟包的雷武俩人住。此刻，他正坐在上房前头石榴树底下喝茶，雷武在旁边儿给他读报。其实也不是照本宣科地读，而是拣好看的、好玩儿的，讲个大概齐意思，"说报"而已。

"嚯，这个有意思！"雷武说话一惊一乍，"国会议员把曹锟给告了！"

"嗯？"宋连魁也来了兴趣，"那不正好是'击鼓骂曹'吗？说说！怎么个茬儿？"

"说的是，中华民国众议院的这位议员，姓邵名瑞彭，浙江淳安人氏，"雷武像说书似的讲起了故事，"前两天儿，他冷不丁收到了一张五千大洋的支票。……"

"哪儿来的？"宋连魁饶有兴致地问。

"众议院议长吴景濂给的。"雷武有问便有答，两人跟说相声似的。

"哟，他要买什么？"

"买票！"

"什么票？"

"选票，请他在总统大选之日，务必投曹三爷一票。"

"啊？"宋连魁吃了一惊，"有这样的事儿？"

"您瞅，白纸黑字儿，支票都印到报纸上了！"雷武把报纸递到他脸前头，接着往下说，"支票是经他的老乡转过来的，这位邵议员也觉着纳罕，敢情选票还能花钱买啊？可他当时没说什么，就接下来了，赶紧地乔装改扮，奔了天津，把支票交给报社，照相制版，大白天下，还向法院递了状子，状告曹锟收买议员，贿选总统！"

"这位爷们儿有种！"宋连魁瞅着报纸上的照片，"要不是他这一告，我还不知道呢，天底下不光听戏买票，敢情当总统也得买票！"

"那可不？票价还不便宜，有五千的，还有八千的、一万的呢，一票难求，曹三爷舍得花钱！他说了：又有钱又有名儿，就能当总统！"

"噗！"宋连魁忍不住乐了，喷出一片水雾。

"要是这么着，"雷武接着说，"那就选梅兰芳得了，他可是又有钱又有蔓儿，比曹三傻子更有资格当总统！"

"梅老板稀罕这个吗？哎，别逗了……"宋连魁忽然敛起笑容，若有所思。他想起了近日没有走动的琅园，想起了多年的老朋友周鼎，上回在戏园子里瞅见他和孙少权……会不会跟这场交易沾上边儿？

在同一时刻，琅园的餐厅里，同一期报纸正拿在周鼎的手里，三个人也在谈论着同一个话题。

"邵瑞彭？"周易停下了筷子问，"是不是表字次公的那位北京大学教授？"

"正是，"周鼎道，"当年我和次公也曾有文字之交……"

"是啊，我也只记得此人擅诗词，"周易随口背诵出邵瑞彭的半阕《蝶恋花》，"'忍把千金酬一笑？毕竟相思，不似相逢好。锦字无凭南雁杳，美人家在长干道。'绮罗香泽，尽得花间遗风，没想到他会做出如此惊人之举。"

"十二郎只知其一，不知其二。"周鼎却说，"次公不仅擅婉约，更兼擅豪放，岂不闻他的那首《木兰花慢·邺城怀古》：'平畴，落日下荒丘，慷慨看吴钩。问倾泪移盘，沉沙折戟，谁记恩仇？回头，汉家宫阙，剩鸳鸯瓦冷雉媒秋。欲唤南来王粲，为君重赋《登楼》。'何其苍凉悲壮？能出此语者，方为大丈夫，我自愧弗如！"

"您说的是填词？"周易问。

"跟他比什么填词啊？"周鼎道，"我说的是为人处世，次公以一介书生而敢于挑战重兵在握的军阀，了不起，岂是我辈可比？"

"那倒不见得！"周易两眼炯炯放光，"哥哥也是宁折不弯的汉子，如果您接到这张支票，会怎么做？"

"我？"周鼎一愣，他根本没有想过，自己和那张支票还有何相干。

"哎呀，十二爷！"一直闷声不响的秋儿突然说话了，"您这不是激他吗？以他的脾气，当面去骂曹锟也毫不含糊，可那又能得什么好儿？这些日子，咱家的事儿就够九爷烦的了，还要再去惹事儿吗？"

一番话，让兄弟俩都为之心动。"咱家的事儿"，这脱口而出的一句话，是何等亲切？七年来一直处于西席客位的秋先生，其实已经把自己看作周家的人了。当这个家面临恶风险浪的时候，她不是旁观者，不是以公平正义的标准去衡量是非曲直，鼓动一位血性汉子去做轰动天下的壮举以彪炳千秋，而第一反应却是如何保护琅园的一家之主不受闪失，这是只有当家太太才能想到的。

周易的心立时被融化了。他想起待他如母亲的嫂子，七年前已经过世了，如果嫂子还在，她一定会护着哥哥，不让他去冒一点儿风险。现在，嫂子不在了，但哥哥还有人护着，哥哥并不孤单……

"还是秋先生想得周到！"这句话，发自周易的心里。

周鼎心中的冲天豪气，刹那间化成一声叹息："唉，廉颇老矣，我已经不是冲锋陷阵的年纪了，何况，我已经跟孙少权、钱宝山把话说到那种程度，他们也不会再来打扰我了，请秋先生放心吧！"

钱宝山一早就从甘石桥议员俱乐部出发了，坐孙少权的车，一起奔众议院。

本来，他是住在六国饭店的，那天，他刚走出房间，突然从隔壁屋里出来一个五大三粗的汉子，低声问："是钱议员不？请借一步说话。"

一听就是东北口音。钱宝山一时摸不着头脑，既不敢跟着他走，也不愿意把他带进自己的房间，就在楼道里站定了，说："先生有什么事，就在此地讲吧！"

那人从怀里掏出一个信封，递过去，说："这儿有一封信，您先瞅瞅。"

信封没有封口，钱宝山伸手取出来一张纸，竟然不是信，而是一张支票。

"这……"钱宝山吃了一惊。

"我是张大帅的人。"那人不掖不藏，挑明了说，"曹锟这个瘪犊子、下三滥，想当总统，咱爷们儿能服气吗？决不能！不就是花钱买票吗？他出五千，我出八千……"

钱宝山不觉瞟了一眼支票，那上面的的确确写着"大洋捌仟圆整"。这一瞟，心就乱了。

"你的意思……"他试探地问，"是要我投张大帅的票吗？"

"不，不强人所难，"那人却说，"只要你别投曹锟的票，随便写个人名儿，哪怕投张废票呢，行不？"

钱宝山不能不动心。八千块，比那边给的还多，丢了，实在舍不得。可是，那边也不好得罪啊！哎，要不然就两边的钱都拿，到时候反正是无记名投票，谁也弄不清他到底投给谁了。哦，不行，自己现在已经被曹营的人死死盯住了，不敢跟他们要花头。可是张作霖那边的人也不是好惹的，能让你白拿这八千块吗？

正在迟疑不决，肩膀被人从背后拍了一巴掌："钱议员，在这儿会朋友呢？"

听声音就是孙少权，他怎么突然到这儿来了？

钱宝山猛地回过头来，一时尴尬地不知道该怎么介绍旁边的这位尚不知姓名的"朋友"。

孙少权也不问，只朝他手里的那张支票瞟了一眼，便明白了八九分，只当没看见，对钱宝山说："钱议员，我是来帮您搬家的！"

"搬家？"钱宝山莫名其妙。

"还是住到议员俱乐部去吧，办什么事儿都方便！"

孙少权连个商量也没有，简直是强迫他搬家。钱宝山一时不知说什么才好，这工夫，那个东北人说了声"失陪"，飞快地消失了。钱宝山手里的那张支票，除了塞进自家袋袋里厢，再也没有更好的办法了。

从那天起，他住进了甘石桥议员俱乐部。

老年间，甘石桥确曾有座桥，但不叫甘石桥。那时候处决犯人，都要押到菜市口砍头，这座桥是必经之途，家属给死刑犯送"断头饭"，也是在这座桥头，因此，老百姓把它叫作"赶尸桥"。民国了，杀人另找地方，不在菜市口砍头了，当局嫌"赶尸桥"难听，改成了"甘石桥"，雅则雅矣，只是没了"讲儿"，正好也让人们忘记那晦气的历史。就说今天吧，从甘石桥开过的汽车，就不是"赶尸"，而是赶去参加一桩天大的喜事：总统大选。当然不止孙少权这一辆车，据说总共一百八十辆，都是去接送议员的，一人一辆还不够呢，得来回反复折腾。

街头一派肃然，北自西单牌楼，南至宣武门外大街，五步一岗，十步一哨，军警士兵荷枪实弹，保安队来往巡逻，连城墙上都架了机枪，站满了兵，如临大敌。孙少权的车开到象坊桥国会街，被持枪的士兵拦住了。

"干什么？"孙少权喝问。

"例行检查。"士兵回答。

"混账！也不看看是谁来了？"孙少权火了，"我是国会的联络处长，这位是议员，没看见都有出席证吗？还查什么查？"

"报告长官，上峰有令，凡入场人员，一律要接受检查，请下车！"士兵板着脸，毫不通融。

孙少权无奈，这项命令是国会制定的，不能不遵守，只好招呼钱宝山也下车，一起接受检查。谁知这士兵还当了真，把两人身上都搜了个遍，连胳肢窝、裤裆里都要摸一摸，兜儿的一盒香烟也得掏出来看一看，像对待犯人似的，令人脸上无光，心里窝火，却也只能忍了。

在他们前前后后入场的议员和相关人员，也都在接受检查，还有女警专为女士搜身，倒也安排得周到。按照《大总统选举法》规定，选举还必须有一定数量的旁听人员，没有不行，外人来了又不放心，只能安排自己的人，让军警穿上便服去旁听，当然，也得个个搜身才能入场。前面那一排白色的帐篷，便是为军警休息准备的。

帐篷后面，就是众议院大楼了，每次国会大会都在这里召开，因此通称为国会议场。这幢灰砖灰瓦、中西参半的建筑，坐北朝南，高二层，正门高三层，再加以三角形的山墙和坡顶，巍然如山，在民国初期已称得上雄伟庄严，是决定国家大事的最高机关。大楼的后面还有一座二层小楼，楼上有椭圆形式办公室，故有"圆楼"之称，是议长们开会的地方。

孙少权和钱宝山走进国会议场。

会场早就布置好了，北墙正中是主席台，主席台后面呈"八"字形悬挂着两面五色国旗，两边儿雁翅般排开两排席位，是专为内阁总理和各部总长准备的。与主席台相对应的是议员席，呈扇面形一排排展开。主席台高出地面好多，两侧有台阶可以上下，从议员席向前望去，如众星捧月之势。楼上的南、东、西三面为旁听席，好似剧场里的包厢。

现在时间还早，会场里面没几个议员，工作人员倒有不少，有等着议员签到的，有准备做会议记录的，有负责维持秩序的，还有一些人负责杂务，在桌椅间走来走去，一份份摆放文件，把不尽完美的地方再拾掇拾掇。

一阵脚步声，在几名官员的簇拥下，走进来一位西装革履、胸前挂着好几枚勋章的人物，这便是经常被孙少权挂在嘴上的众议院议长吴景濂，字莲伯，号述唐，因生得脑袋奇大，还有个欠雅的绰号"吴大头"。本来，选举总统是参、众两院的事儿，可巧参议院议长王家襄刚刚辞职，位子空着，本次会议的主席便毫无疑义地属于吴景濂了。

看见他来了，孙少权赶紧跑到跟前去，一脸的恭敬："议长，您这么早就来了？"

"不早来怎么行？"吴景濂毫无笑容，眼睛扫了扫两边儿，"会场上稀稀拉拉的，像什么样子？十点钟能保证开会吗？"

"还有一个多钟头呢，这会儿，好多议员正在往这儿赶，我看来得及，您甭担心！"他嘴里这么说，眼看着空落落的会场，也觉得底气不足，连忙回头拉了钱宝山一把，"哦，议长您看，我把这位钱议员请来了！"

钱宝山正眼巴巴地等着议长接见他，听了这句话，更是迫不及待，上前握住吴景濂的手："议长，好堵优图！"还没忘了卖弄洋泾浜英语，"在下钱宝山，就是做'宝山洋服'的钱宝山，啥辰光为你量身定做一套礼服好不啦？"

吴景濂其实是认得他的，刚想说句勉励的话，没想到此人竟然把广告做到国会来了，就无心跟他闲扯了，随口说："以后再说，以后再说。"注意力还在孙少权身上，"君谋啊，像钱议员这样认真开会的，还要再多请几位来！"

"是，我这就去！"孙少权答应着，就准备往外走，还得再接人去，回头又看了钱宝山一眼，说，"钱议员，您也辛苦一趟吧，我再给您安排一辆车子，咱们兵分两路，请您务必把朋友和同乡当中的议员多拉几个来！"

"好格，好格！"钱宝山满口答应，因为他只能答应，别无选择。再者说，去也不白去，不是说好了拉来一个给五百块辛苦费嘛，他岂能放弃？

二人匆匆去了。国会街上车辆往来穿梭，干的都是这个营生，刚送来一位议员，赶紧再去接另一位，还有不少签了到的议员也像钱宝山一样转身又出发，再去拉别人，要不然，凑不够人数，选举就无法进行，扣住几个"人质"有什么用？养兵千日，用兵一时，大家辛苦辛苦吧！本来规定的"许进不许出"只好不算数了，"二进宫""三进宫"的有的是，站岗搜身的士兵工作量翻了好几番，也不胜其烦，反复搜了几遍之后，生脸儿变成了熟脸儿，还用得着每一次都把人家浑身搜遍吗？不信谁身上真会藏着炸弹！

孙少权跑了两趟，把好话说尽，又请来了两位"祖宗"，把他们送进会场，掏出怀表一看，已经是十一点四十分。会场里的人虽然比刚才多了，但位子还空着大半。

他正要去看签到簿，忽听得一声断喝："君谋！"

不用说，如此颐指气使的只能是议长吴景濂。

他赶紧转过身去，看见吴景濂正从主席台那边儿走过来，自己的腰就不知不觉弯下来，说："议长，我回来了，这边儿怎么样了？"

"怎么样了？你没看见吗？'八百罗汉'来了还不到一半儿呢，这会怎么开？"

"是啊是啊，"孙少权一边擦着满头大汗，一边随着他说，"这会怎么开？"

"你问我呢，还是我问你？"吴景濂吼道，"再去找人哪！"

"议长，实在是找不出人来了，人家不愿意投三爷的票，给钱都不干，咱总不能把人家绑来吧？"

"不用绑，也不强求他们投三爷的票，只要能来就行，五千块钱照给！"

"啊？为什么？花钱买冤家？"

"你是死脑筋？冤家要是肯来，也比凑不够人数强！现在到会的人数达不到三分之二，根本投不了票！你看看，这些议员都已经等了两三个钟头了，还让人家等到什么时候？"

"明白了，只要您发话就行！"

"不是我发话，我已经打电话请示了三爷，这是他的意思，你大胆去办吧！"

孙少权水也顾不上喝一口，掉头就往外走，迎面碰上钱宝山，他也是满头大汗，气喘吁吁，陪着两名议员进了大门。

"孙处长，人我给你请来了，又是两位噢！"钱宝山向他交差，人数报得清清楚楚。

"好，钱议员辛苦了，您二位也辛苦了！"孙少权只能跟他们打个最简短的招呼，便接着说，"钱议员，还得麻烦您再跑一趟，请您的老朋友周议员务必赏光！"

"哪个周议员？"钱宝山怀疑自己听错了，"你讲的是鼎易轩的周鼎吗？"

"是啊，"孙少权道，"您不是跟他很熟吗？"

"喔哟，快不要提他了，"钱宝山说起来还心有余痛，"那个人，一点面子也不讲，让人下不来台……"

"这次不一样了，"孙少权没有工夫听他发牢骚，拦住他，作实质性的交代，"您跟他说，五千块钱照给，至于投票……"

"不要讲了！"钱宝山又把他的话打断，一听这说话的腔调就不由得想起张大帅手下，让他的肚肠都翻滚不安，这样的生意再也不想做了，"我宁愿给你五千块，请你饶了我吧，那个地方我是不会再去的，决不！"

铁公鸡都肯拔毛了，宁愿倒找五千块也不愿意再丢那份儿脸，话说到这个地步，孙少权也就不能再勉强了，只好说："算了，您再去找别的熟人吧，他那个地方，我亲自去！"

周鼎正在吃饭。周易去店里了，中午照例不回来吃饭，只有秋儿和周鼎共进午餐。厨子端上来热气腾腾的清蒸螃蟹，餐桌上早已摆好了"蟹八件"。哪八件？锤、镦、钳、铲、匙、叉、刮、针，这是行家吃螃蟹专用的工具，吃也是一门艺术，讲究！民国年间，交通运输远不如后世便捷，北京人要吃到螃蟹这样的应时鲜货，实属不易。那时节有"南蟹北蟹"之说，南蟹指的是阳澄湖大闸蟹，北蟹则来自天津卫旁边儿一个叫"胜芳"的小镇，每当秋深蟹肥时，北京八大楼之一的正阳楼便派专人前往胜芳采购，火速运回北京，隆重飨客，当然价格也是吓人的，非富贵者不敢问津。今天的这些蟹，便是朵儿派人到正阳楼买来活蟹，让厨子在家里蒸的，图的是出锅即食，新鲜。周鼎一向嗜蟹，面对此等美味，自当把酒品鲜。可是今天他却没有胃口，看见蒸熟了、端上餐桌仍然捆着爪子的螃蟹，觉得可怜得很，不禁想起那些被金钱捆住手脚的议员，现在正在给他们的买主投票呢。想到这里，面前的螃蟹就吃不下去了，而那一坛绍兴花雕倒喝了不少，已有些醉意。

"九爷，您空腹喝这么多酒，不好吧？"秋儿有些担心，伸手去拿开酒坛。

周鼎却护住坛子，笑笑说："没事儿，这酒淡得很，'会须一饮三百杯'！"

秋儿也无心吃蟹，在一旁忧郁地望着周鼎，怕他是真的醉了。她知道周鼎心里有苦，有痛，却无处排遣，还忍心再拦他借酒消愁吗？

这时，苦六儿来到了餐厅。

"九叔，有客人来了。"他禀报的对象只限于周鼎，而不包括秋先生，因为他心里清楚谁是一家之主。

"嗯？"应声的却是秋儿，"这个钟点儿，什么人来了？"

"是众议院的孙处长。"苦六儿说。

"他又来了？莫非还是为了……"秋儿皱起了眉头，立即想到《绝影图》，可苦六儿就在身旁，她没有说出来，就停住了，转而一想，又说，"噢，今天是总统大选日，他是来拉九爷去投票！九爷是不会去的，就回了他吧，别见了！"

"是吗？"苦六儿却站着不动，"九叔是这个意思吗？"

"不，"周鼎果然不是这个意思，扶着餐桌站起来，"我倒要会会他，有话要说！"

秋儿无奈，赶紧上前搀住他，周鼎却推开她的手，自己往门外走去，他不愿意显露丝毫的醉态，更不愿意由秋先生搀扶着在客人面前出现。

孙少权正在客厅里心急火燎地等着他。见他来了，连忙站起身来："鼎公，对不起，又打扰了！"

"不必客套了，"周鼎不想跟他周旋，便开门见山，"有什么话，就坐下说吧！"

"有两件事要报告鼎公，"孙少权看得出他那驾云般的步态，心里倒踏实下来，说，"其中一悲一喜，公欲闻者，孰为先后？"

没想到他来这一套。这番话，若是放在下个世纪的电视剧中，已是用滥了的台词，半老不少的男女忸忸怩怩："一个好消息，一个坏消息，先听哪一个？"而在1923年10月5日的中午十二点三十分由孙少权处长说出口，则尚属超前性的创造。

"所悲者何？"周鼎问。他料定没什么好事儿，所以愿意先听坏消息。

"今天大选，曹三爷要当总统了！"孙少权说。

"嗯？"周鼎觉得奇怪，"这在你们看来是件喜事儿，悲从何来？"

"因为您不喜欢，岂不可悲？"孙少权朝他微微一笑。这小子还真会逗闷子，拿正话反着说。

"那么，所喜者何？"周鼎又问，等着听更八不沾边的坏消息。

"众议院议员任期延长案公布了，您看报了吗？"

"什么？"周鼎没听明白。显然，他没注意到报纸上的这条消息。

"哦，是这么回事儿，"孙少权耐心地给他解释，"上个月九号，众议院通过了一项决议，昨天由内阁公布生效，今天见报了。这项决议的内容是：议员职务应俟下次选举完成，依法开会之前一日解除之。意思也就是说，本届国会议员的任期无限延长……"

"无限延长？要是一万年还没选出下一届国会呢？"

"本届国会就是万年国会，您这位议员也就……"

"也就万岁万万岁了？"周鼎大笑，因为这个事儿确实可笑。不过，听到这些，他心里倒暗暗感到欣慰，因为孙少权所说的两件事儿，无论好也罢，坏也罢，毕竟没有一个字儿提到《绝影图》，也许那件事儿就不再提了。

"您说的这两件事儿，其实是一件事儿，"笑过之后，周鼎敛容道，"无非为了堵住反对派之口，用法律手段把议员的任期合法化，然后再让贿选的总统合法化！现在，邵瑞彭已经把五千大洋的支票登了报了，举国都在议论这桩贿选丑闻，您当我不知道吗？"

"话也不能这么说，"孙少权道，"什么叫贿选？无非是候选人给投票人一些好处，其实，这种情况中外皆然啊，您是留过洋的，美国人想当总统不花钱吗？英国人想当首相不花钱吗？中国的议会政治还是从外国学来的呢！"

"学了什么？"周鼎反唇相讥，"人家的长处没学到，倒学了个贿选，怎么好东西换个地方就变坏了呢？真是'橘生淮南则为橘，生于淮北则为枳'！"

"鼎公言重了！"孙少权道，"中国从君主专制到民主共和，从世袭王位到选举总统，毕竟前进了一步；从拿枪逼着您投票到花钱请您投票，又前进了一步嘛！再者说，曹三爷此举，只是向议员表达善意，表示对投票人的尊重，说明您投的票值钱，并没有说非选他不可，拿了钱也可以不投他的票，投票人有充分的自由，这还算贿选吗？"

"嗯？"周鼎听到这里，倒觉得新鲜了。他本来以为，曹锟的大洋和袁世凯的枪口是一样的：非我莫属。却不料曹锟还敢于与他人竞选："曹仲珊有这个雅量？"

"当然了！"孙少权道，"邵瑞彭在报纸上公开骂曹三爷，曹三爷也没抓他、没关他嘛，由此可见三爷的雅量，民国政治的清明！"

"清明不清明，不要自吹，由投票人说了算！"周鼎道。

"说得太对了！"孙少权赶紧接下去，"就拿邵瑞彭来说吧，尽管我跟邵议员的政见不同，但我也佩服他的勇气，他的磊落，公开登报，跟曹三爷叫板！可是，话又说回来，我并不赞成他的做法，骂完了跑了，你跑什么？作为一名议员，为什么要逃避自己的责任，在外边儿瞎嚷嚷，不到会议上投票？这是你的权利，也是你的义务，有种你就投反对票嘛，谁敢拦着你？"

周鼎的心被刺痛了。这小子指桑骂槐、含沙射影，说谁呢？

孙少权说到关键处，两眼盯着周鼎的眼睛："鼎公，您也拥有神圣的一票啊，不赞成曹三爷没关系，爱投谁投谁，这是您的权利！"

"我？"周鼎猛地一震。兜了好几个圈子的话题，无可回避地触及了自己。

"您总不至于连邵瑞彭那点儿胆量都没有吧？"孙少权索性直指他的要害处。

"谁说的？"周鼎那颗怦怦跳动的心脏受不了啦，一股热血就要喷射出来，"廉颇虽老，尚可一战！虎子，备车！"

这一声壮喝，震动了琅园，管家朵儿和一应仆役人等都慌了神儿，车夫耿虎拿着马鞭子跑过来，不知该如何是好，九爷这话，听还是不听呢？

"虎子哥，听见没有？"苦六儿在一旁催促，"九叔让你备车呢，快着吧！"

秋儿什么都不顾了，冲上前拦住周鼎，说："九爷，您不能去啊！"

"我意已决，无须多言！"周鼎瞪着血红的眼珠，一把推开她，昂然朝大门走去，脚下，已是掩饰不住的踉跄。

前往庄严的国会议场，他竟然连衣服也没换，还穿着刚才吃饭时的那件长衫。

半个小时以后，周鼎的双辕四轮马车来到了国会议场。还有三三两两的议员在入场，选举已到了十万火急的当口，门外的搜身检查也就免了。孙少权陪着周鼎长驱直入，会场里两排西装笔挺的工作人员夹道恭迎，盼星星盼月亮似的，座位上那些久等的议员们也纷纷回头瞩望这位救星，连议长吴景濂都特地走过来，握了握他的手，说声："谢谢！"好似他帮了议会的大忙。奇怪，他是来"搅局"的，怎么还谢他呢？那一坛绍兴花雕在胃里散发着威力，使他对这个并不复杂的问题想不明白了。

钱宝山看见周鼎来了，心里不是个滋味儿，要是早知道周鼎会来，他一定不辞辛苦地去接一趟，而不会白白地损失五百块大洋的。心里这么想，却不知不觉地站了起来，指着身旁的空座位，朝周鼎喊道："来，周议员，这边坐！"

只为这声喊，让他日后想吃后悔药都没处买去。

那时的议会会场，远不如后来的正规，何况当时的人员组成经过多次变动，已是相当繁杂混乱，当天的票又是花钱买的，谁来谁不来也没有准谱儿，难以事先规定座位。周鼎久不来议会开会，见人都觉得眼生，既然钱宝山招呼，签到之后便坐到他旁边儿。

吴景濂登台摇铃，宣布："本次会议，应出席八百七十四人，实际出席五百九十人，符合法定人数，现在开会。全体起立，唱国歌！"

已经等了一个上午，人困马乏、饥肠辘辘的议员们哪儿还有唱歌的力气？懒洋洋地站起来，跟着哼哼唧唧："卿云烂兮，糺缦缦兮。日月光华，旦复旦兮！"

歌词采自《卿云歌》，本是舜禅位于禹时与百官同唱的歌，如今把让贤的歌放在抢权时唱，真是别有意趣。唱着这支歌，周鼎恍然回到了十年前，也是这个地方，也是这般陈设，也是这些人，唱着同一首歌，做着同样的事。那一次已经痛心疾首，发誓永不再来，怎么今番又来了呢？

两点整，选举正式开始。十六名监票人由抓阄儿产生，阄匦是预先做好了封存在后面的"圆楼"里的，里面写的什么，外人不得而知。抓阄儿的结果，十六名监票人当中有十四名是拥护曹锟的"大选派"，其余的那两名又恰巧没有出席，事情就更好办了。

大会秘书依次向每位议员发放选票。

钱宝山拿到了选票，才真正意识到该给出钱的人出力了。可他把两边儿的钱都拿了，好比一个姑娘许了两个主儿，该怎么好？这个困扰他许久的难题，到了跟前还是没个主意，左顾右盼，手中的那支笔，哆哆嗦嗦就是落不下去。

周鼎持票在手，连看也懒得看，挥笔写就四个大字："誓不降曹"。他要让全中国、全世界的人都知道，并不是所有的议员都被曹锟收买了，还有人反对，有人在伸张正义。写完了这四个字，他已经行使了自己的权利和义务，公开表明了自己的政治态度，终于吐出了积瘀于胸中已久的闷气，感到好久没有体验的痛快淋漓！周鼎掷笔于案，起身要去投票，一股倦意袭来，面前的会场、国旗、吊灯、座席都在旋转，两腿软绵绵迈不动脚，正是"我醉欲眠君且去"，一眼瞥见旁边的钱宝山，顺势把选票往前一推，说了声："钱议员，请代劳……"便伏案昏昏睡去，完全不知道自己那神圣的一票是怎么投到票匦里的，也根本不管那十四名由抓阄儿产生的检票员如何紧张地验票、计票。像十年前的那次选举一样，这个过程拖沓而漫长，盼着曹锟当选的，等得焦躁不安；只想拿了钱快点走人的，则等得穷极无聊。

一阵铃声把梦中的周鼎议员惊醒，他愣了愣神，才明白过来自己是在国会议场。掏出怀表看了看，已经是下午四点钟。

主席台前，监票人开始唱票："本次选举，共发出选票五百九十张，收回五百八十三张，按得票多少为序，名次如下：曹锟四百八十票，孙文三十四票，唐继尧二十票，岑春煊八票，段祺瑞七票，吴佩孚五票，王家襄两票，陈炯明两票，陆荣廷两票，吴景濂一票，陈三立一票，张绍曾一票，张作霖一票，陈遐龄一票，唐绍仪一票，汪兆铭一票，王士珍一票，谷钟秀一票，谭延闿一票，卢永祥一票，李烈钧一票，高锡一票，符鼎升一票，姚桐豫一票，胡景翼一票，欧阳武一票，严修一票……"

各得一票者竟有如此一长串。其中，既有吴景濂这样的拥曹派首领，又有曹锟的死对头张作霖、卢永祥；既有前内阁总理唐绍仪、张绍曾，又有辛亥革命元老李烈钧；既有"北洋三杰"之首王士珍、"湖湘三杰"之一谭延闿，又有"最后一位古典诗人"并且也是"湖湘三杰"之一陈三立、"南开校父"严修这样的社会名流；还有以"精卫"为笔名的汪兆铭，早年因谋刺摄政王载沣而暴得大名，此时是国民党骨干，风头正劲……这每一个名字，都是当今响当当的人物，诚所谓"全明星豪华阵容"。但毕竟每人只得一票，谁也不能与曹锟抗衡，倒为他的"闪亮登场"做了陪衬，四百八十比一，差距如此之大，自是那五千至一万大洋所起的作用。但是，曹锟的那四百八十票是否达到了总票数的四分之三，仓促之间，人们靠心算还是弄不清楚的，瞧那边儿，文书席上工作人员正在打算盘呢。

"此外，另有废票十二张。"监票人说，显然唱票到此结束了。

却不料，恰恰是这句话造成了悬念，引起了人们的好奇：什么叫废票？上面选的是什么人？为什么不公布？这么一来，反而结束不了啦。

"我反对！"周鼎醉眼迷离，拍案而起。刚才念到的所有的名字都和他那张票无关，而他写的"誓不降曹"却不见踪影，这让他不服，朝着主席台喊道："所有的选票都应当一视同仁！"

"对，都要公布，念出来听听嘛！"会场里不少人在附和。他们未必是有意"搅局"，或许只是觉得，如果能挖出点儿花边儿新闻来也挺好玩儿的，会开得太沉闷了，这也算一种娱乐。

监票人为难地看着吴景濂，那意思是：议长，怎么办？

"念！"吴景濂不想让此事拖延会议了，果断地作了决定，念了算了。

"十二张废票当中，有孙美瑶一票……"

监票人刚念了一个名字，会场立即哗然。这孙美瑶何许人也？正是前不久发生在山东的临城劫车案的主犯，江洋大盗也被提名当总统了，开什么玩笑？

"还有'五千元'一票，'三立斋'三票……"

又是哄堂大笑！这哪是人名儿？"五千元"是曹锟贿赂议员的支票金额，"三立斋"是盖在支票上的骑缝章，哪把壶不开专提哪把壶，这不是拿曹大帅开涮吗？

"其余的废票，字迹不清，难以辨认，不再宣读。"

唱票终于结束，什么花样儿的选票都有了，就是没有"誓不降曹"，为什么？难道说真是周鼎的醉写"字迹不清，难以辨认"，还是根本没有被投到票匦里去？不管是哪种情况，结果都是一样，他周鼎的声音就只有自己听到，根本就没有传达出去，现在就是喊破嗓子也没用了。既然如此，今天到此还有什么意义？岂不只是为贿选凑足了人数，成全了曹锟？刹那间，他的醉意全无，这才意识到自己错了，完完全全地错了！

他看看坐在旁边儿的钱宝山，可巧钱宝山也在看着他，眼神闪闪烁烁，他这边一有动静儿，就赶紧转过脸去，做出一本正经地开会的样子。

大会主席吴景濂巴不得让大家赶快忘掉乱七八糟的"废票"插曲，高声宣布："本次选举，投票总数为五百九十票，曹锟得票四百八十票，超过总票数的四分之三，按照《大总统选举法》，当选中华民国第三任大总统！”

为什么曹锟当选的不是第五任而是第三任大总统？这里要给读者一个交代。辛亥革命后，孙文于 1912 年 1 月 1 日就任临时大总统，而正式首任大总统则是于 1913 年 10 月 10 日上任的袁世凯。袁世凯死后，黎元洪以副总统继任大总统，其后冯国璋又以副总统代理大总统，以及黎元洪于 1922 年复任大总统以完成剩余任期，都不够正式，第二任大总统应是于 1918 年 10 月 10 日上任的徐世昌，曹锟则是第三任了。

吴景濂话音未落，马上就有人领掌，会场里于是响起了稀里哗啦的掌声，夹杂着不大整齐的呼喊：“曹大总统万岁！”

一片欢腾之中，周鼎愤然走出了国会议场。耿虎赶紧跑过来，正要搀着他上车，突然，镁光灯一闪，晃得他看不清路，只好站住了。周鼎定睛看时，一个手持照相机的人挡在他面前，躬着腰，像个螳螂似的。

“怎么，又是你？”他认出了那个人。

“周议员还记得我？没错儿，是我。”

“你是什么人？”

“《时闻报》记者，姓史名鉴，草字春秋，这也是我的笔名。”

“‘史春秋’？这三个字，你担得起吗？我问你，新闻记者是干什么的？”

“新鲜，您倒采访起我来了，”史春秋却反问他，“您说是干什么的？”

“记录历史的人！”周鼎正色说。

“哈，承蒙您抬举了！”史春秋笑笑，“不敢当，您说的那是太史公，我只不过凭着手快腿快，混碗饭吃！”

“你在践踏历史！”周鼎斥道。

“践踏历史？真是罪莫大焉！”史春秋作惊讶状，“只是在下不知怎么践踏了历史？”

“忘了？”周鼎容不得这种油腔滑调，“多谢你赐我‘也曾到场’

四个字！”

“这四个字怎么了？”史春秋不服，“我是造谣了，还是撒谎了？那天的倒黎大会，您难道没到场吗？今天的总统大选，您不是也到场了吗？黎元洪走了，曹锟来了，送旧迎新，您当然不会缺席的，何况还有五千块大洋的收入！”

“胡说八道！”周鼎怒不可遏，“你把我当成了什么人？”

“我哪知道您是什么人？记者只管客观报道，”史春秋指着手里的照相机，“这里边儿已经拍下了您的尊容，明天见报！”

他的身后，冲破了警戒线的人群正朝着广场上涌来。

“岂有此理？”周鼎怒吼道，“我没有拿曹锟的钱，更不可能投他的票，我投的是反对票！”

“是吗？”史春秋狡黠地一笑，“据我所知，五千九百张支票都已经发出去了，谁知道您拿没拿？您又凭什么证明自己投的是什么票？”

“我凭自己的良心！”周鼎拍着胸脯说。

“谁信啊？政客的良心都让狗吃了！”人群中传出愤怒的呐喊，“打倒猪仔议员！抓住他，别让他跑了！”

“猪仔”一词，本是指那些跟牲口似的被贩卖、被驱使的契约劳工，不料而今，堂堂国会议员们却惨获此称号，包括率先步出投票大厅的周鼎，民众认定此人必是为了五千块大洋，把自个儿卖了！

说时迟，那时快，一些碎砖烂瓦、枯枝败叶从头顶上飞过来，一些人甚至直接扑过来，要动手了！

“干什么？谁是猪仔议员？”耿虎大吼一声，冲上去护住周鼎，喊道，“我们九爷是清白的，看你们谁敢胡来？”

琅园的门房里，苦六儿睡醒了午觉，喝足了酽茶，没事儿可做，半躺在床上，又拿出那张支票来反复把玩。这是孙少权中午来的时候带过来的，他知道周鼎不会要，就交给了苦六儿，好歹送进了琅园，将来周鼎要是不认头，纵使全身有十六张嘴也说不清。苦六儿自然来者不拒，欣然接受，反正这也不是头一回了，只不过这回的数目大了点儿。苦六儿最爱钱，钱真是个好东西。瞧这张支票，"伍仟圆整"这四个字，每个字都沉甸甸的，多有分量。旁边盖着个"洁记"的戳儿，边儿上还有半拉"三立斋"的骑缝戳儿，真讲究。

"嘿，跟报纸上登的那张一模一样儿！"他不禁赞出声来，又翻过去，看着背面，"瞧瞧，这儿还写着个'周'字，没错儿，就是咱的了！"

正在苦六儿志得意满之时，不承想秋儿出现在门房的门外。一个下午，她都在西楼等着周鼎回来，等得坐立不安，就到前面来看看。院子的大门锁着，门房的门却开着，不经意间的一瞥，让她撞见了这番景象。

"六少，您拿的那是什么？"她一惊，忍不住问，"莫不是……支票？"

"啊？！"苦六儿冷不防被吓了一跳，赶紧坐起来，定了定神，说，"是又怎么着？不是又怎么着？"

"哎呀！"秋儿跌足道，"果然是这么回事儿，你背着九爷，把曹锟的支票接过来了！你胆子也忒大了，这不是要九爷的命吗？"

一股怒火从苦六儿心头升起。这个秋儿，自从七年前进了琅园，就是他的死对头，害得他当众挨了九叔一巴掌，一辈子都洗不去的耻辱。恨只恨九叔太宠她了，一个娘们儿家，坐什么"西席"，当什么"鉴赏顾问"，高高在上，人五人六！谁承想，七年后他苦六儿走背字儿，进琅园当了个"司阍"，掉在她的眼儿里了。这些日子，六少关着九叔的面子，没敢惹这个娘们儿，嘿，她倒蹬鼻子上脸，上门儿来找茬儿了！

"少跟我'你我他仨'的！"苦六儿翻翻眼儿说，"这支票我就收下了，管得着吗？也不问问自个儿，你算老几？告诉你，做人要知趣儿，今儿这事儿，最好是只当没瞅见，跟谁也别说，要不然……"

"要不然"怎么样，苦六儿并没有说出来，尽可以供人想象，秋儿当然不至于听不明白。在整个琅园，敢跟她这么说话的，只有苦六儿一个人，而她，竟然忍了。因为她无法儿回答苦六儿，在琅园，她算老几。

镂花铁门被拍响了，是周易回来了。苦六儿赶紧去开门，周易一眼看见站在旁边的秋儿，就急切地问："秋先生，我哥呢？"

"九爷他……"秋儿几乎哭出声来，"九爷他去国会了……"

"啊？！您怎么能让他去？"周易又气又急。他还是第一次跟秋先生这么说话，学生竟然对老师发火了。

"十二爷，"秋儿的眼泪终于忍不住了，"我能拦得住他吗？我……我是什么人哪？"

07　刺客

选举的第二天，各报都在显著位置报道了曹锟当选总统的特大新闻，只是由于立场不同，笔致有异，或极力鼓噪，歌功颂德；或嬉笑怒骂，冷嘲热讽。

宋连魁已经洗漱完毕，泡上一壶酽茶，一边啜饮，一边听雷武给他"说报"。

首当其冲的新闻当然是曹锟当选总统，宋连魁一听就烦。本来，广和楼今儿晚上又是他和余叔岩的《击鼓骂曹》，刚挂出去水牌儿，巡警就找上门儿来，不让唱，管事儿的问为什么，巡警说："也不瞧瞧这是什么日子口儿？曹大总统刚上台，你们就'骂曹'，想造反啊？"管事儿的这才恍然大悟，俯首听命，赶紧换了戏码儿，改《大登殿》了。

"这个挨骂的货！"宋连魁骂道，"花钱买总统，丢人现眼还不让骂，你能堵住天下人的嘴吗？不听这个了，念念别的吧！"

"别的……今儿的报上净是说曹锟的事儿，"雷武两眼搜索着说，"哎，这个有意思！说的是学界怪才辜鸿铭，接了吴景濂派人送去的五千块钱大洋，当天晚半晌儿就坐火车奔天津卫花天酒地去了，根本没来投票！曹锟手下的人找他算账，问他为什么拿了钱不办事儿，嘿，他也不答话，抡起拐棍儿就打，愣把人家打跑了！"

"哈哈，好嘛！"宋连魁听得开心，"这比《击鼓骂曹》还带劲，文戏武唱了！”

"哟，这儿有张照片儿，"雷武又是一惊一乍，"旁边儿一辆大马车，前边儿的人是……这不是周九爷吗？"

"嗯？"宋连魁撂下茶碗，一把抢过那张报纸，定睛看登在上面的照片，一群人正从国会议场里出来，走在最前面的正是周鼎，看样子好像一边走还一边在说话，旁边儿还有他那辆马车，没错儿，就是他。照片下面的说明文字，写的是："10月5日，曹锟当选中华民国大总统，图为国会议员投票后陆续步出会场。"

宋连魁腾地心头火起。这个周鼎，真的为区区五千块钱卖身投靠曹锟了？也就是说，曹锟登上总统宝座，是包括周鼎在内的"猪仔议员"们抬上去的？这样的事儿，想想都令人恶心，不像是周鼎这样清高的人做得出来的，可是有照片为证，你不信也得信。不成，得去当面问问他，要是果真如此，就从此一刀两断，永远不认这样的朋友！

他连早点也不吃了，起身奔卧房换了件大褂儿，说："我出去一趟！"

雷武说："二爷等等，我还没换衣裳呢！"

"你甭去了！"宋连魁一分钟也不能再等，"噔、噔、噔"自个儿出门了。

他从街上拦住一辆洋车，一跨腿坐了上去。

"先生，您上哪儿？"拉车的问。

"宣武门外头，琉璃厂后身儿，琅园。"他答。

"好嘞！"拉车的答应一声，撒开一双长腿，就上了路。

车子从宋连魁所在的花儿市大街往西，沿着东打磨厂、西打磨厂，奔西而去。

正当他们横穿前门大街的当口儿，突然，车子旁边一个人影儿一闪而过，虽然只是眼睛余光里的一丝浮光掠影，宋连魁却觉得似曾相识，不禁扭过头去，那人已经往北走过去了，看不见面目，只是一个背影。嗯？宋连魁心中一动，那不是三个月前在鼎易轩碰见的亳州曹横吗？尽管已经不再是当时的装束，换掉了破旧长衫，摘去了竹编斗笠，而今是身穿长袍马褂，头戴青呢礼帽，一副士绅模样，但气质却没变，走路的姿势没变，尤其是极富个性的连鬓浓须没变，人在瞬间唤起的视觉记忆往往是出奇地准确，宋连魁确信自己没有看错，不由得朝那个背影喊道："曹先生！"

那人没有回头，仍然往前走去。

宋连魁心想，也难怪，天下姓曹的千千万万，你喊一个"曹先生"，谁知道是哪一个呢？于是提高了嗓门儿，再喊一声："无忌先生！"

那人还是毫无反应。是刻意回避呢，还是真没听见？不知道。怎么办？按理说，不管此人是不是曹横，都和宋连魁没多大关系。是又怎么样？充其量就是在鼎易轩的一面之交，人家和周鼎的交易早就做完了，钱货两清，这里头没有宋连魁的什么事儿。可是，正是那次一面之交，给他留下至为深刻的印象，此人铁铸铜浇似的脸庞，箭镞刀锋般的目光，还有那掷地有声的言辞，都让他感到一种久违的震撼和亲切。为什么"久违"？戏台上的宋连魁生活在《三国》和《水浒》的世界，而在现实生活中，那个英雄辈出的世界早已远去了，曹横的出现让他看到了活生生的英雄豪杰——至少是一条好汉，可惜的是，那次匆匆一见之后，曹横便消失得无影无踪，连周鼎都遗憾没有留下他的地址，担心以后再也无缘相见了。大千世界，茫茫人海，两个全无联系纽带的人相逢的概率几乎为零，此刻竟然出现了，宋连魁不应该抓住它吗？这已经不是为了周鼎，而是为了自己，他一定要见到这个曹横，心里有话要对他说……

"别走了！"他突然喊道，"拐弯儿！"

拉车的没有准备，一个趔趄，差点儿摔个跟头。

"往哪儿拐？"

"往北，追那个人！"

拉车的赶紧拐弯儿往前追，宋连魁抬头盯着前面的人群。那个像是曹横的背影儿走得还挺快，远远地望去，他好像从前门箭楼跟前儿往西一拐，进了前门西站。

洋车追到站前，宋连魁跳下车来，就往里跑。

"哎，先生，"拉车的急了，一把拽住他，"您还没给钱呢！"

宋连魁没工夫跟他啰唆，伸手往兜儿里一摸，掏出一块银元。拉车的不敢接，这么大的数儿，他找不开啊。宋连魁一把塞给他："甭找了！"拉车的乐傻了，拉这么一趟就挣一块大洋，够买二十斤大米的了！

车夫接过大洋，宋连魁抽身就走，可就这么点儿工夫儿，抬头再看前面，已经不见那人踪影，想必已经进站了。他这是要离开北京回亳州？快着，要是让他走了，往后就真的没机会再见面了。

宋连魁一步都没停，赶紧追到车站。票房窗口，一些人正挤着买票，宋连魁扫了一眼，没有曹横，就快步往里追。那会儿坐火车是先上车后检票，进站没人管。前门西站正式发售站台票是1931年以后的事儿，当时还没有这一说，送人的、接站的进进出出没人阻拦，也不怕谁钻空子蹭票白坐车，因为上车补票还得加收百分之五十的费用，等于是罚款，明摆着不合算。铁路初创时期，也有它的章法——这是题外话了。

宋连魁匆匆进站。月台上，一列火车正在上客，火车头"呼哧呼哧"地喘着粗气，蓄势待发。送行的人或是帮着乘客提箱拎包，鱼贯登车，或是站在车窗外，跟已经就座的亲人道别。宋连魁先把车下的人瞧了个遍，再到车上，把每一排座位、每一节车厢都查过了，比检票的还仔细，也没有看到曹横的影子。汽笛长鸣，火车就要开动了，宋连魁这才下了车，心里还在纳闷儿：怪了，这人哪儿去了？

他怏怏而归，跟那些送客的一起走出车站。想起还有一档子事儿没办呢，正待雇辆洋车去琅园，偶然抬头，却发现那个正要追寻的身影出现在他的前头！他不再呼喊，紧走几步追上前去，一把抓住那人的衣袖："无忌先生！"

那人猛地回过头来，青面虬髯，果然是曹横。

"干什么？"曹横横眉怒目，疾言厉色，"我和你无冤无仇，老是跟着我，到底要干什么？"

原来他刚才并不是没听见有人叫他，而是故意要甩掉宋连魁，这就不免令人恼火了。

"无忌先生，您怎么能这么说话？"宋连魁道，"我们虽是一面之交，也算认识了，可巧今儿又碰上了，我还当是故友重逢呢，没想到您倒躲着我，这倒是为什么？即便咱们够不上朋友，总也不至于是仇人，难道我宋连魁就不值得您搭理吗？"

"宋二爷多心了。"曹横的口吻缓和了一些，但脸上仍然不见笑色，"我不是在躲二爷，实在是家里有件大事，还没有办完，朋友之间的礼仪来往，都无力顾及了，请二爷见谅！"

说完，转身又要走。

"等等，"宋连魁这个人听不得别人有难处，又动了古道热肠，拦住他说，"有什么难处，尽管说！刚才您到车站来，是要出门儿啊，还是来接站？"

"都不是。"曹横道，"二爷也不必问了，自家的事，自家去办就是。"

"您真要憋死我啊？这可不够朋友！"宋连魁不悦，"本来，我有几句要紧的话要跟您说，得，我也别说了！"

"噢，宋二爷有何见教？"曹横倒不愿作罢，要问问他了。

"昨天，曹锟靠贿选当上了大总统……"

宋连魁刚说到这儿，就被曹横打断了："这件事儿，全中国的人都知道了，就不劳二爷相告了！"

"您这脾气，怎么比我还急？听我说完嘛！"宋连魁道，"您知道九爷周鼎去给曹锟投票了吗？照片儿都登到报纸上了！"

"是吗？"曹横这才一愣，"这个，我倒没在意……"

"要不是看见报纸上的照片儿，我也不信。"宋连魁道，"这些日子，众议院的那个叫孙少权的处长跟他来来往往，坊间传言不断，看来都是真的了，您的那幅《绝影图》恐怕也保不住了。"

"《绝影图》？"曹横大吃一惊，"《绝影图》怎么了？……"

"敢情您什么都不知道？"宋连魁靠前一步，压低声音说，"听说，他还要把那幅《绝影图》献给曹锟，作为就职大总统的贺礼……"

"什么？"曹横勃然大怒，"真想不到，周鼎竟是如此趋炎附势的小人！"

"唉，恐怕也是被逼无奈，"宋连魁道，"想必是，孙少权巴结曹锟，拿这幅画来证明他是正宗的魏武子孙吧？官府想要的东西，你不给成吗？看来，胳膊到底没拧过大腿，九爷还是服了软儿了！"

"岂有此理！"曹横怒不可遏，"曹氏传家之宝，怎能落入贼子之手？这件事，他周鼎做不得主！走，请二爷带我去找他！"

琅园的镂花铁门紧闭，上面横七竖八地贴着一些标语，互相覆盖，残缺不全，显然是贴了撕，撕了又贴，来此抗议的人不止一拨儿了。门垛子上还贴着一副对联：

五千块买一头猪仔，其中有你；
四亿人供八百票奴，此外无他。

联语对仗工巧，言辞犀利，看来不像是市井草民所为，必出自激进文人之手，锋芒直刺"猪仔"和"票奴"，极具战斗力，但不分青红皂白地将八百名议员一网打尽，又未免失之偏颇，须知国会的历次会议，出席人数从未达到八百之数，无论哪个候选人也从未全票当选，有人弃权，也有人投反对票，他们总不该受此之辱吧？但当此举国激愤之际，又有谁为他们辩解呢？

两辆洋车在大门外停下了，下来两位客人，一是宋连魁，一是曹横。看到门前这番景象，就知道周鼎现在已是何等处境了。

"周鼎，出来！"曹横朝着铁门喊道。

这一声吼，惊动了琅园的"司阍"苦六儿。从昨天下午到现在，已经来了好几拨儿人，又是贴标语，又是呼口号，堵着门大骂周鼎，话说得都非常难听，那个阵势，就跟三个月前大闹总统府似的。看着外边儿气势汹汹的人群，车夫耿虎气得嗷嗷叫，把厨子、花匠都喊出来，抢着马鞭子、菜刀、花锄，要跟人家拼命，让苦六儿给拦住了：

别介，哥儿几个！众怒不可犯，咱们可不是人家的对手，好汉不吃眼前亏，只能忍着，躲过风头儿再说！苦六儿明白，眼下的事儿跟大闹黎元洪的总统府可不一样，那次，他城南六少周天是挑事儿的，唯恐天下不乱，闹得越大越好；而这回，他成了看门儿的了，一攻一守，完全颠倒了位置，怕的就是出了乱子，要是让这帮子暴民进了院子，又打又砸又抢，甚至杀人放火都保不齐，那可怎么得了？他作为"司阍"，当然要坚守职责，紧锁铁门，任凭外边儿怎么骂阵，都装聋作哑，不出头，不应声，不理睬。这会儿，外边儿好容易清静了，又听见有人咋呼，动静儿还不小，他从门房探头一瞧，咦，却没见成群结队的暴民，铁门外头只有俩人，其中的一个还是他的熟人宋连魁。苦六儿这胆儿就壮了，扯着嗓子冲着外头嚷了声："这是谁啊？周家九爷的名讳是随便儿叫的吗？"

"少废话！"曹横连看都不看他一眼，只冲着铁门说，"快叫周鼎出来！"

苦六儿不认识这个人，望着那铁塔似的身影，冷若冰霜的神色，也不免发怵，这是谁啊？这么横！摸不透人家的底细，他就不敢再耍横，转过脸瞅着旁边儿的宋连魁，试探地问："怎么个意思？今儿个唱的是哪一出？"

对他没个称呼，但也没有直呼其名，正是不卑不亢、不热不凉的尺度。他不知道宋连魁干吗来了，挺熟的人，突然摆出这么个架势，让人琢磨不透。所以，对他不能太客气，又不能太不客气，就问这么一句："唱的是哪一出？"既切中"戏子"的本行，又暗嘲他逢场作戏、翻脸无情。苦六儿虽然读书不多，心眼儿却不少，还是挺会说话的。

宋连魁倒不好接茬儿了。他既不想在这儿跟苦六儿谈论《绝影图》，也不好向苦六儿介绍曹横，因此也就不便说明今天的来意。毕竟琅园是常来常往的地方，他不可能像曹横那样指名道姓地呼叫"周鼎出来"，嗫嚅片刻，还是采取了尽可能温和的说法："这位朋友找九爷有事儿，请九爷出来见个面儿吧！"

"出来？"苦六儿翻眼瞅瞅他，"哼，他出不来了！"

"噢，九爷怎么了？"宋连魁问。

"病了，"苦六儿说，"昨儿开会回来就病倒了！"

"哦？"宋连魁心中暗笑。开会回来就病了，怎么这么巧？分明是个托词，但这一套对付外人倒也罢了，不应该把老朋友也拒之门外。"他病了？我正好去看看他！"

"免了吧！"苦六儿却不给这个面子，冷冷地说，"九叔养病期间，概不会客！"

"放肆！"曹横不禁喝道，"你这恶奴，怎么做得了主人的主？"

"骂谁呢？谁是恶奴？"苦六儿急了，叉起腰嚷道，"本人是琅园的六少！"

这时，听到吵嚷的耿虎从马棚里奔了出来："六少，这是怎么了？"没等苦六儿回答，他已经瞧见了铁门外的宋连魁，"哟，是宋二爷！"又一看旁边儿的那位黑铁塔似的虬髯客，也曾在送秋先生到鼎易轩那天见过一面，连忙又说，"还有曹爷，您也来了？"

曹爷？苦六儿心里"咯噔"一声。这些日子，他跟着孙少权东奔西跑，都是为那个高高在上的曹锟效劳，虽说直到现在也没见过曹锟一面，可他听说曹家兄弟子侄众多，个个都是炙手可热的人物，不知道面前的这位曹爷是哪一位？可是得罪不起啊！

一个"曹"字，把闻"曹"色变的苦六儿给吓着了，愣在那儿，不知如何是好。

"快着，请二位爷进来呀！"耿虎看他傻愣着，赶紧催促他。

"哎，"苦六儿这才回过神儿来，把手里的钥匙扔给耿虎，"我去通报一声儿！"转脸就要往西楼跑。

荷花池旁的甬道上，周易正快步走来。刚才的那一声"周鼎出来"，连西楼都听得见，他不知道外边儿来了什么人物，赶紧过来看看。

"宋二爷，无忌先生，原来是你们二位！"气喘吁吁的周易来到门前，拱手一揖，一开口，两眼就涌出了泪花，"想不到在这个时候，能见到你们！"

钥匙在耿虎手里，他已经打开了镂花铁门，说："二位爷，请进！"

宋连魁拉着曹横往里走，曹横却纹丝不动，铁青着脸说："不必进去了，话就在这里说！"

"无忌先生，您这是……"周易愣住了。自从曹横留下《绝影图》，匆匆离去，周氏兄弟再也难寻其踪影，引为至憾，而今曹横不期而至，却不料竟是这般情势，令人实在无法理解！他只好转而问宋连魁："二爷，这到底是怎么回事儿？"

"哦……"宋连魁欲言又止，他对周鼎的满腹怒气正要一吐为快，但是，那些话能站在门外说吗？说了又有什么用？"这儿不是说话的地方，无忌先生，咱们先进去吧！"

周易当然听得出话外有音，但不知客为何来，既然人家来了，他就必须待之以礼，恭恭敬敬地说声："二位请！"

曹横昂然而入，宋连魁也随之进了门。

苦六儿赶紧再把铁门关上，小声儿问旁边儿的耿虎："这位曹爷，什么来头儿？"

"哦，"耿虎话到嘴边儿，却又拐了个弯儿，说，"不知道，只听说他姓曹。"

周易引着客人往西楼走去。宋连魁一边走，一边在琢磨待会儿怎么说，每走一步都别别扭扭。曹横则昂首阔步，好似关云长单刀赴会。此时，三个人都找不出一句合适的话来，只听得脚步声踢踏响。

进了西楼客厅，周易请客人落座，又朝门外喊道："上茶！"

"不必客套了，我们又不是来喝茶的！"曹横一口回绝，话说得毫不客气，"现在总可以把令兄请出来了吧？"

"实在抱歉，"周易躬身道，"家兄卧病在床，不能奉陪了，您二位有什么话，就请跟我说吧！"

"哼，"曹横一个冷笑，"仕途遇到麻烦，便称病谢客，闭门不出，这已是历朝历代的政治人物的惯伎，不新鲜了。上次见面，还听他义正辞严地痛斥三傻子，不承想转脸却去给人家投票，做了'猪仔议员'，没脸见我们了吧？"

周易听到"猪仔议员"这四个字，胸中陡然升起一股怒火，正待解释，宋连魁又说话了。

"说得是啊！九爷不是早就脱离政治，不参加国会的任何会议了吗？干吗又去掺和这场选举？现如今曹锟的名声，戗风臭十里，躲还来不及，他还往跟前儿凑，损了一世清名，可惜啊！"宋连魁说起来痛心疾首。

"那是他咎由自取！"曹横义愤填膺，"可惜的是我看错了人，把《绝影图》托付给这样一个伪君子，让祖传之宝落入三傻子之手！"

"什么？《绝影图》落入曹锟之手？"周易大吃一惊，如闻天外奇谈，"荒唐！您这是听谁说的？"

曹横看看宋连魁，这句话是宋连魁告诉他的。宋连魁也在看他，两人的目光正好相遇，不免有些尴尬。

"外边儿在这么传，"宋连魁解释说，"那天，仰古堂的马老板、尔雅阁的叶老板来听戏，聊天儿的时候我听了这么一耳朵，说是曹锟答应了九爷，一匹马换一个次长……"

"无耻谰言！"周易愤怒了，"这样的谣言，你们也能相信？请随我去见家兄，让他告诉你们真相！"

卧房里，周鼎闭目躺在床上，脸色暗淡，眼窝塌陷，两腮松弛，已经不是数月前神采奕奕的周鼎，也不是昨天乘着几分醉意登车赴会的周鼎了。

装裱精美的《绝影图》就挂在墙上，那是周鼎睁眼就能看到的地方。

秋儿坐在床边的椅子上。自从周鼎病倒，她就一直随侍在侧，家里虽有朵儿和丫头婆子们随时听候使唤，但她不放心，吃药、饮水，样样都要亲力亲为。见客人来了，秋儿站起身来，向他们躬身致意，轻轻地叫了声："无忌先生，宋二爷！"

曹横默默地注视着无声无息的周鼎，注视着墙上的《绝影图》，这是他第一次看到装裱之后的《绝影图》。它并没有离去，安然无恙地挂在京城最优秀的收藏家的床头。曹横不能不相信自己的眼睛，谣言不攻自破。现在，昏睡中的周鼎已经说不出话来。

"这……"宋连魁吃惊地看着这一切，"画还在，人倒病倒了，这是怎么回事儿？"

"二位请坐，"周易道，"待我实情相告。"

听了周易述说原委，曹横和宋连魁只有惭愧和钦佩。

"鼎公高风亮节，令横汗颜！"曹横连连感叹。

"敢在总统大选日喝倒彩，九爷就是当今祢衡，击鼓骂曹啊！"宋连魁三句话不离本行，也顾不得旁边儿坐着个曹横了。

"嗨，"周易道，"其实家兄也明明知道，自己这一票根本不可能阻止曹锟当选，但他要让世人知道，天下还有公理在，有正义在！哪怕八百人当中只有这一张反对票，也可以表明：在中国，民主还没有灭绝！何况反对的、弃权的并不止他一个，还有一百多人呢！只是万万没想到，他一出国会大门就被当成了'猪仔议员'，遭到了围攻，家兄是个性情刚烈的人，怎么受得了这样的侮辱？当时一怒之下就昏倒了，幸亏车子就在跟前，虎子赶紧把他送到协和医院……"

"他得的是什么病啊？"

"急性脑缺血。"

"要紧吗？"

"当然要紧，要不是抢救得及时，就没命了！"

"为什么不住院？"宋连魁问。

"莫理循大夫也这么说。他说，你这次捡回来一条命，可不能再冒险了，一定要住院治疗。可是哥哥不肯，一定要回家来，说死也要死在家里……"

曹横听着他们两人的对话，脸色凝重得像个铅块。鼎易轩主的生命安危也正是《绝影图》的命运所系，又使他隐隐地感到不安，未来的一切，谁又能够预测呢？

曹横默默地退出了卧房，向周易和宋连魁深深一揖："请二位原谅我的造次，愿苍天护佑鼎公，横告辞了！"

"好容易见着一面，又要走啊？"宋连魁感到意外。

"该走了。"曹横淡然一笑，只说了这三个字。

"等等，无忌先生，"周易说，"上次分手的时候，先生就没有留下地址，家兄欲见先生而不可得，盼得好苦！这次请一定把府上的地址留下，等家兄醒来，我也好向他报告。"

"不必了，"曹横道，"若苍天佑我，当有相见之日。不然，留之何用？"

这等偈语谶言般的说词，让人听得玄虚无着。

"嗯？上次见先生，听您说家有大难，不知道现在是否已经得以排解？"周易又问。

"谢谢易之先生还记得舍下这件家事，"曹横道，"现在，事情已有眉目，我将勉力为之，就不劳先生挂牵了。二位保重，横就此别过！"

周易和宋连魁送他走出镂花铁门。临别之际，周易再次挽留他在琅园小住几日，待周鼎病体好些，叙叙别后之情。曹横婉拒，说他实在有刻不容缓的急事要去办，恕不能久留以照顾鼎公了。周易又让耿虎驾车送他，曹横也执意不受，揖别而去。

一个来无踪去无影的人，就像他突然到来一样，又突然消失了，没有留下任何可供找寻的线索。

苦六儿慢慢地关上铁门，从镂花空隙里看着那个身影消失在远处，心里在想：这位曹爷果然厉害，十二叔对他那么毕恭毕敬，此人绝非寻常之辈，他到底是谁呢？

莫理循大夫又来了，他不理会街上那些闹哄哄的人群嚷嚷些什么，也不在意琅园门口贴了些什么，只记着周鼎是他的病人，是他的朋友，每天都按照约定的时间出诊。他对昏睡中的周鼎做了检查，嘱咐家属准时给药，才告辞出来。他有自己的汽车，不劳周家接送。宋连魁一直陪在旁边，直到和周易一起把莫理循大夫送走，才说："我也该走了。十二爷，您就多费心照顾九爷吧，改日我再来看他。"

"等等，"周易说，"我让虎子驾车送您！"

"不必，我这个人，用不了那么大的阵势，"宋连魁说，"街上招手就是洋车，我离家近，省事儿！"

周易拗不过他，只好随他，帮他叫了一辆洋车，宋连魁跨上车，挥手而去。

从琉璃厂到崇文门外的花儿市大街，原没有多远的路，拉车的跑得飞快，说话间就到了。

"哎，前边儿，瞅见前边儿的那座火神庙没有？从那儿拐弯儿。"他指点着车夫，刚说到这儿，突然发现火神庙外边儿一个人影儿，一闪进了庙门。那是谁？不就是刚分手没一个时辰的曹横吗？怪了，这个曹横，嘴里说家有大难，像是十万火急的事儿，得赶紧办，可从初次见面儿到如今，已经三个来月了，他怎么还没走呢？这些日子，他在北京都干些什么？现在又到火神庙来干什么？

"得嘞，甭走了，就这儿下吧！"他喝住了奔跑中的车夫，从衣裳兜儿里掏出十几个铜子儿，连数也没数就递过去，眼睛直直地望着火神庙，往前走。

西花儿市大街的这座火神庙，正式的名称为敕建火德真君庙，始建于明隆庆二年，清乾隆四十一年重修，很有些年头儿了。庙里主祀南方火德真君，配祀北方真武大帝。火神是管什么的？自然是管火的，人们祀奉火神，求的是防火禳灾，其职能有点儿像如今的消防局。可是，曹横一个外乡人，在北京无家无业，有什么火灾之虞？也到这儿来拜火神，就让人不可思议了。

宋连魁心里寻思着，脚步已经迈进了火神庙。说来惭愧，他在花儿市住了也有十好几年了，出来进去，天天看见这座火神庙，却从来没有想到这十几年居家平安仰赖了火德真君的护佑，也从来没有进庙上过一炷香，今天只是因为可巧儿碰上了曹横，他才头一回踏进这座庙门。

如今的火德真君庙已不复当初的辉煌，年久失修，墙破瓦残，荒草萋萋。毕竟火灾不是经常发生的，人们不大可能像一日三餐那样念念不忘火德真君，祭祀也就不那么殷勤，所以这里的香火也并不兴旺。

宋连魁进得庙来，院子里竟然空无一人。他踏着台阶进了大殿，却也只看见色彩驳落的火德真君的泥塑像，而没有香客。复又退出，站在台阶上左顾右盼，不知刚才进来的曹横到哪里去了。

这时，西配殿里走出了一个人，身着道袍，须发皆白，头顶梳着一个像古人那样的发髻，看他的装束和年纪，恐怕是这里的住持了。

"无量观！"住持拱手一揖，"善信请了！"

"善信"是道家对信众的称呼，善男信女的意思，相当于佛家所称的"施主"，但比较含蓄，表示彼此的关系不在于物质的布施，而是共同的信仰。

"道长请了！"宋连魁赶紧还礼。

"善信要订做斋醮吗？请问是许愿还是还愿？"住持问。显然这里的香火过于惨淡了，见有客来，便迫不及待地要招揽业务。

"哦，不，"宋连魁根本没有想到这一层，被他这么一问，倒不好意思了，仿佛亏欠了人家什么，"我……我是来找人的。"

"找人？"住持不解，"这里除了贫道，再没有别人，善信是要找谁呢？"

"是我的一位朋友，刚才明明看见他进了庙，可是我来到里边儿，倒找不着他了，不知……"

"噢，"住持不等他说完，已经听明白了，便说，"您说的是曹先生吧？他住在后院儿，是这儿的客人。"抬手指了指院子的东北角。

客人？宋连魁听得纳罕，寺庙是祭祀神灵的地方，怎么住了客人呢？唉，想必是仅靠香火钱不足以维持，只好以出租房屋来增加一些收入了，也是可叹！

他谢过了住持，往大殿和东配殿之间的空隙中走去。这里是前后两院的通道，因为后院的大殿还供奉着真武大帝，若有香客来祭祀，必从这里走。但现在这里却装上了一道门，因为香客实在稀少，而且后院已经住了客人，自然要图个清静。

宋连魁来到门前，伸手拍了拍，叫道："请问，曹先生在吗？"

没有人应声。他便尝试着推了推，没想到，门是虚掩着的，轻轻地一推便开了，一点儿声息也没有。于是抬腿走了进去。没承想，就在这一刹那间，他感到后背突然被一个冰冷坚硬的什么东西顶住，匆忙中判断，那该是枪口了。怎么会置身于枪口之下呢？这种遭遇是他平生未曾经历的，实在出乎意料。他不敢动弹，也不敢转身，那样很可能会送了命。他只能慢慢地举起双手，头也不回地轻轻问一声："不才无意冒犯，不知得罪了哪家好汉？"

他听见身后的关门声，显然是持枪者把后院的门关上了，现在，他已经完全处于对方的掌控之中。

"在下行不更名，坐不改姓：曹横。"身后传来他所熟悉的语声，只是冰冷坚硬，像那枪口一样。

"果然是无忌先生！"宋连魁放心了，但是仍然不敢轻举妄动，向身后的人发问，"您……您怎么这样对待朋友？"

"你也配称为朋友？"曹横厉声道，"当面说得满口仁义道德，可是背后却又来跟踪我！你到底是什么人？官府派你来，要干什么？"

"您这是说的哪里话？"宋连魁莫名其妙，"我一个唱戏的，跟官府有什么相干？又干吗要跟踪您？我家就住在花儿市，回家必须经过这儿，刚才偶然看见先生，觉得奇怪，才跟着进来了，先生为什么这样对待我？我倒要请问先生，您怎么会住在这儿呢？"

曹横被问住了，把枪收了起来，红了脸说："原来如此！对不住宋二爷，横又鲁莽了！"

宋连魁放下举得麻木的双手，转过身来，望着曹横，他的疑问还没有得到解答。

"无忌先生，您不是说，府上有急事儿要办吗？怎么到现在还留在北京，而且住在这么个地方？"

曹横不语。

"先生莫不是有什么难处，不好开口？"宋连魁道，"我这个人，最见不得别人为难，说出来，不碍事，也许我能帮帮您！咱们好歹也算是朋友一场，我不能袖手旁观哪！"

一番话，使曹横疑虑冰释，感叹道："难得二爷这般古道热肠！

这里不是说话的地方，咱们到里边谈！"

宋连魁随着曹横，进了西配殿。此殿三开间，一明两暗，中间是厅，迎门一桌两椅，当是曹横平日吃饭、喝茶、待客的地方——既然对来访者以手枪防卫，想必平时也无客可待。南北的两间，都界以木雕隔扇，南面的那间，门开着，看得出是卧房，北面的那间却关着门，就不知道做什么用了。

两人坐定，曹横说要沏茶，宋连魁拦住说："免了！我只问您，府上到底出了什么事儿？"

曹横迟疑片刻，说："出了个家贼！"

"家贼？"宋连魁似乎听懂了，又不甚明白，"是偷了府上的财物，还是夺了田产？"

"都不是，"曹横道，"是因为他败坏了家族的荣誉，辱没了祖先的名声，已引起人神共愤，民怨沸腾！"

"噢，他惹了这么大的事儿？看起来还是个人物，您说的是……"

"三傻子！"

"三……三傻子？您说的是曹锟？"宋连魁吃了一惊，这个家贼的来头儿还真不小，"昨天刚刚当选的大总统曹锟？"

"就是此人，我只称他三傻子，他不配姓曹！"

宋连魁总算听明白了，曹横风风火火地从亳州跑到北京来，花三个月的工夫来办的"家事"到底是什么。只因为这个"曹"姓太过显赫，他们的"家事"也成了国事，"家贼"也成了国贼。可是，曹锟操纵国会，贿选总统，毕竟是国家大事，人家手握着国家政权，掌控着北洋军队，以你曹横一己之力又怎能奈何于他？

"您要怎么办？"他问曹横。

"清理门户！"曹横从牙缝里挤出这句话，虽然声音不高，但杀气腾腾，令人不寒而栗。

"啊？杀了他？！"宋连魁大吃一惊，脊背上的汗毛都倒竖起来。尽管他一向不齿曹锟其人的卑鄙行径，与周鼎、周易等好友议论起来便义愤填膺，却从来没有动过杀人的念头，这正是清谈和实干的不同。

"您……您是革命党？"他问曹横。

"不是。"曹横明确回答，不像是在掩饰什么。

"那么，是下台总统黎元洪的人？要报夺位之仇？"

"也不是。"

"是'东北王'张大帅的部下？"

"那就更不是了。"

"嗯？"宋连魁屡猜不中，费了心思，"我明白了，您是安徽人，想必和段……"

"不，"不等他把话说完，曹横就拦住说，"我和皖系军阀段祺瑞也毫无干系，我只代表我自己。"

"就您一个人？"

"一个人。我这么做，从小处说，是为家族雪耻；往大处说，是为国锄奸，为民除害！"

"一个人，要办这么大的事儿？"宋连魁觉得不可思议。

"成大事者，不在人多人少，而在于敢与不敢。没有这个胆量，虽有百万大军犹难免一败；若是有胆，虽千万人，吾往矣！古之专诸刺王僚，要离刺庆忌，聂政刺侠累，荆轲刺秦王，都是如此，他们敢，我为什么不敢？"曹横毫无惧色，说起那些先行者，仿佛他们不是以身赴死，而是去完成一项名垂千古的业绩，两眼闪烁着跃跃欲试的冲动。

宋连魁自愧弗如。这些典故，他不但耳熟能详，而且有的还曾经演过，但演戏毕竟是演戏，他自己何曾像那些英雄豪杰一样拔剑而起，为国家、为民众做一件惊天动地的大事？现在，面前的这位曹横就要去做了，这让他羡慕，让他景仰。时势造英雄，英雄造时势，历史就是这么走过来的，如果曹横此举成功，让一代枭雄曹锟死于他手，那么在将来的史书上，曹横就将成为像专诸、要离、聂政、荆轲那样的英雄，起码也可以与刺杀清末宗社党首领良弼的烈士彭家珍齐名，而他宋连魁呢，如果将来的人们还记得他，充其量也只不过是一代名伶罢了，人生的分量就差得远了！

"不过……"宋连魁仍有疑虑，"曹锟贿选总统，这么下三滥的事儿愣让他办成了，这说明什么？在中国，君主专制还没绝根儿，民主共和也没成气候，还是谁的拳头硬谁坐天下。就算您杀了一个曹锟，还会冒出来什么张锟、李锟，用的还是这种手段，您又该怎么着呢？"

"不然，"曹横却说，"天下之事，今非昔比，辛亥年即便没有武昌起义，清廷也会被迫虚君立宪；民国既立，无论是张勋复辟还是袁世凯称帝都只能以失败告终，盖因民主共和已成为世界潮流，顺之者昌，逆之者亡，君主专制行不通了。我杀三傻子，不仅要置他一人于死地，而且也给步他后尘者一个当头棒喝：民主共和不可侮，凡弄权窃国者，必遭此下场！"

"看起来，您是决心要这么做了？"宋连魁感到，面对这样一个以专诸、要离、聂政、荆轲为榜样的人，任何劝说都是毫无意义的。

"当然，"曹横的嘴角微微一扬，那是他信心的表露，"这是早已决定的，只待实施了。"

"怎么实施？"宋连魁问。话一出口，立即又后悔了，这是人家极端秘密的事情，他怎么能贸然打听？而这样一件即将惊动北京乃至惊动中国和世界的大事，他该知道吗？知道了又有什么好处？

"承蒙二爷动问，横当以实相告。"曹横却并不避讳，坦然道，"一来，二爷既然敢做我的朋友，便值得我信赖；二来呢，我做的这件事儿，注定是九死一生，如若有去无回，也正好请二爷做个见证，某年某月某日，有这么一个人，做了这么一件事儿。好吗？"

"啊？！"宋连魁像遭了电击，倏然立起身来。

"正好，我要请你看一看，"曹横也站起来，抬手指着北面关着门的那间屋，"二爷请随我来！"

宋连魁不知道让他看什么，便随着走过去。曹横推开那扇门，等他进来，复又关上。宋连魁举目看时，这间屋子既不像卧房，也不像书房，靠墙堆放着一些木箱、柳条筐和麻袋之类的杂物，像个仓库。屋中间摆着一张长条木桌，散乱地摆着锤子、钳子、锉刀，还有一些洋机械上用的螺钉、螺母、改锥，又像是个五金杂项手艺人的作坊。

"无忌先生，您这是……"宋连魁一头雾水。

曹横俯下身去，打开墙边的一只木箱，取出一枚像甜瓜大小的东西，铁色，黑中发亮。看他托起来的手劲儿，这东西想必颇有些分量。他小心地把这东西放在桌上，然后说："这是我自己造的炸弹，用的是洋材料炸药，叫'梯恩梯'，威力甚大。在十步以内，只需这一颗，足可以让三傻子粉身碎骨！"

"啊？！"宋连魁心里慌慌地乱跳，"自己造的？能成吗？"

"已经成了。"曹横道，"我带到西山没人的地方试过，扔一个响一个，在山沟里炸出来一个个大坑，连石头都炸得粉碎。"

"哦？"宋连魁望着那威力无穷的"铁瓜"，不禁毛骨悚然，"它……要是一不留神，冷不丁炸了呢？"

"放心，不会的，"曹横指着那"铁瓜"的"瓜蒂"部位说，"这里有一个机关，只有把炸弹摔在地上，或者受到猛烈冲击，触动这个机关，才会爆炸。"

"哦……"宋连魁虽听他这么说，心中还是惴惴不安，"可炸弹毕竟是炸弹，您怎么单单选在火神庙做？这地方可是人烟稠密的闹市啊！"

"北京泱泱国都，何处不是闹市？"曹横不以为然，"而此处却极少有人打扰，难得的闹中取静，所以被我看中。更为重要的是，这里可是火德真君庙啊，有火神护佑，我试制炸弹反复无数次，没有一次失手！"

看他那虔诚的神态，宋连魁觉得不可思议："无忌先生，您使得了洋枪，做得了洋式炸弹，是讲究'科学'的新派人士，也信鬼神吗？"

"嗯？"曹横没有回答，却反问了一句，"世间若无鬼神，何谈天诛地灭？"神色肃穆，目光凛然，不容置辩。因为他所论的，其实并不是科学与迷信，而是人间的正义与邪恶。

宋连魁无言以对。其实，如果抛开庙宇里泥塑的神像是否灵验之类的表层话题而直指人心，他自己难道不敬畏"天道"，不相信"得道多助，失道寡助"吗？这正是古往今来的英雄豪杰、志士仁人所秉持的信仰。

"您准备什么时候动手？"他问。或许，这又是不该问的。

"还要再等几天。"曹横却并不回避，"现在三傻子还在保定，这两天，他的府邸'光园'里热闹得很，为庆祝他当选总统，天天宴饮，夜夜笙歌，先让他热闹几天吧！10月10号，他将进京宣誓就职，我就在那天动手，让他这个总统当不成！"

"啊？！"宋连魁虽然已有精神准备，听到这么一个巨大的秘密，也不禁骇然，"在就职仪式上？"

"不，那就太晚了，要抢在前头。"曹横成竹在胸，"10月10号，早上七八点钟，他坐的火车将到达前门西站，那里也就是他的人生终点站了！到那天，请二爷留心外面的动静，您这儿离前门不远，要是听到'轰隆'一声巨响，那就是我的事儿成了！"

曹横说起来那么坦然，那么镇定，好像已经看到了成功的前景，届时，他将如愿以偿。而宋连魁却没有一丝庆幸之感，心猛地一沉，重如铅块。他知道，如果到时候真的听到"轰隆"一声巨响，那就意味着，粉身碎骨的不仅是曹锟，曹横也将同归于尽，天下哪有活着回来的刺客？屈指算来，离动手的日子只剩下三天多一点儿的时间了，这也是曹横留在世上的最后时光，那么，作为连核心机密都毫无戒备地坦诚相告的朋友，他应该为曹横做些什么呢？行刺的时间、地点都已经定了，炸弹有了，万事俱备，只欠东风，他什么忙也帮不上了。一件将改变历史的大事在他眼前发生，而他却不能助一臂之力。想到这里，他不免感到遗憾，自己枉活一世，竟是这般无用。

"壮士多加保重吧，愿您缜密行事，确保万无一失！"他缓缓地移步，觉得自己的两条腿也变得沉重了，"舍下就住在花儿市上三条，把口儿的那座院子就是，离这儿几步远，没想到，咱们早就成了邻居，直到今天才碰上一面，也是天意啊！那么，就请壮士到舍下坐坐，咱们对饮几杯，如何？"

话说得平静甚至有些轻松，但曹横应该能感觉得到他内心的悲怆，这是为他以酒饯行啊！当荆轲就要上路之际，高渐离只需白衣白冠，击筑相送于易水之滨，此外，一切都不需要了。

"蒙二爷不弃，谢了！"曹横拱手一揖。

当晚，两人在宋宅豪饮通宵，一醉方休。

10月10日，中华民国的"双十节"，新任总统的就职典礼选在国庆日进行，更显得庄严隆重，颇有一些"朕即国家"的味道。

凌晨，蒙眬的曙光中，一列火车从保定启程，开往北京。这是总统的专列，由七节花车、五节头等车和十一节普通车厢组成，总计二十三节，分别乘坐着刚刚当选的大总统曹锟和随行的文官武将，以及担负着警卫重任的总统侍卫队。昨天，众议院议长吴景濂专程赶赴保定，代表参众两院将总统当选证书授予曹锟。别看曹锟贿选惹得全国民怨沸腾，可总统毕竟是总统啊，自从开天辟地以来，保定头一回出总统，也是一件了不得的大事，谁见过这样的阵势？一时万人空巷，争睹大总统丰采，给足了曹锟面子，曹锟也为保定府挣足了面子。

专列一声长鸣，告别了依依不舍的乡亲们，在军警林立的铁路上行进。

北京正阳门西站，早已被军警严密封锁，断绝交通。新扎起的五彩牌坊上镶着大红的标语"薄海腾欢""普天同庆"。月台上彩灯闪闪，彩旗飘飘，候车大厅的大门前，军政要员们雁翅般排开，恭候总统驾临，他们之中有：内阁摄政、内务总长高凌霨，陆军上将、河南督军冯玉祥，陆军上将、京畿卫戍总司令王怀庆，陆军上将、京兆尹刘梦庚，海军轮机中将、交通总长吴毓麟，陆军上将、直隶省省长王承斌，外交总长顾维钧，司法总长程克，京师警察厅总监薛之珩，以及曹锟的七弟、有"马桶将军"之称的曹瑛。还有众议院办公厅联络处处长孙少权。若是论官阶，此次活动明确规定"只限定实缺简任以上各官，其余概不准入"，他在这儿根本排不上号，因为沾了吴景濂的光，也硬挤进来，眼巴巴地挨在后边儿，不肯放过接近总统的机会。

在他们的身后和两侧，站满了服色一律的铁路工作人员。

候车大厅旁边的停车场，早已将车辆尽行调离，空地上整齐地排列着发射礼炮用的山炮，严格地按照规矩，整整一百零八门。

炮手已经各就各位。

清晨七时三十五分，军警高鸣预备号，报告总统专列已至西便门。

七时四十分，总统专列驶进正阳门西站。恭候的人群立即响起热烈的掌声，只听得一声"预备，放！"，一百零八门山炮同时发射，虽然只是没有弹头的空弹，那"轰隆"一声巨响也惊天动地。

花儿市上三条把口儿的小院儿里，宋连魁呆呆地站在廊檐下，正等着这"轰隆"一响，自然是听得真真儿的，心说，成了，曹锟准没命了！毕竟这是天大的事儿啊，他无论怎么让自个儿沉住气，也还是慌得不行，把手捂在胸口上，像是怕那颗狂跳的心脏从嗓子里蹦出来。

正在这时候，忽然又"轰隆"一声。怎么？扔一颗炸弹还不算完，敢情曹横又扔了一颗？刚这么想着，又是一声，又是一声……怎么扔起来没完了？每一响间隔的时间还挺匀称！他屏住气数下去，竟然"轰隆"了二十一回！

正阳门西站的礼炮鸣了二十一响，按照国际惯例，这是国家元首应该享受的待遇，曹锟花了一千三百五十六万大洋买来的，自然是一响都不能少！

鸣礼炮毕，专列停稳了。车门打开，首先冲下来的是总统侍卫队，荷枪实弹的"御林军"们迅速散开，排列在专列两侧，将整列火车包围得铁桶也似，并且从总统花车的车门排开两路纵队，沿着红地毯一直通往候车室大门，辟出一条由钢枪和刺刀拱卫的通道，这时，哪怕天上飞下来一只鸟儿，要想接近总统，也必将被击毙无疑。

随行的官员走下头等车厢，由吴景濂打头，排列在总统的花车门前，等候总统下车。前来迎接总统的高凌霨、冯玉祥、吴毓麟、王怀庆、顾维钧、程克等人则鱼贯登车，隆重接驾，排在最后的孙少权早已把脖子伸得老长。

总统公开亮相的时刻就要到了。几分钟之后，曹锟将出现在花车的门口，随后将步下花车，踏上月台上那条由总统侍卫队的刀枪构筑的通道。这是刺客下手的最佳时机。但这条路并不长，当然不会走很久，每一秒都非常珍贵。如果错过了，再找机会就难了。现在，曹横在哪儿？他准备好了吗？

曹横就在现场。候车大厅的大门正中，面对着通往花车的红地毯上，伫立着一个身材魁梧、青面虬髯的汉子，一身笔挺的铁路制服，双手捧着一个黑漆描金托盘，上面摆着一只乌亮的瓷坛，鲜红的封口完好，坛腰上菱形的贴纸写着一个斗大的"酒"字。酒坛前，摆着一只玲珑剔透的白玉酒杯。他是谁？在场的人当中没有一个认识他，却都一望而知，毫无疑问，这是向总统敬酒的。至于他姓甚名谁，哪儿派来的，并不重要，官员和军人一看他那身制服就知道这是车站的人，而车站的人恰恰相反，却认为一定是总统府派来的高级保镖，穿这身铁路制服只是作掩护罢了，像御前带刀护卫展昭那样的人物，还不是变幻莫测？世界上的事儿奇就奇在，有时候，竟然所有的人都想错了。出其不意，攻其不备，他处在最显眼的地方，反倒是最安全也最易于下手的地方。这是他经过反复"踩点儿"才确定的方案，从这儿到月台有五十步，他连每走一步的长度都规划好了。

总统花车上有动静了，他听到一串爽朗的笑声，随后又听见说话声："谢谢你们来接我，大家辛苦了！请吧，大家请！"

这个人一定是曹锟。他虽然没见过曹锟，但从这说话的语气和天津口音也听得出，不可能是别人。

"大总统请！"这是好多人的声音，显得有些杂乱。

曹锟该出来了。

曹横的眼睛紧盯着花车门口。突然听得"咚"的一声闷响，是礼炮又响了，还是他们先动手了？如果是那样，可就糟了，自己将不战而败，徒留笑柄！不，不是，是自己的心脏在狂跳，仿佛要蹦出胸膛！一阵耻辱感油然而生，自己竟是如此不堪！他想起当年荆轲刺秦，手捧樊於期头函，在列阵森严的秦兵逼视下踏上层层台阶，面见千古一帝秦始皇，该需要何等的胆量？也难怪随往的秦舞阳临阵"色变振恐"

了，此人虽逞匹夫之勇十三岁就曾杀过人，却不曾见过大世面，终归小家子气！曹横，你不是秦舞阳，而是魏武子孙，你"色变振恐"了吗？没有！此时"不动如山"，片刻之后将"动如雷震"，全世界都在等待你沉寂之中的爆发！

不知道等了多久，终于，他看见了一双锃亮的马靴，看见了镶着金线的蓝色制服，这必是曹锟无疑了。

他毫不犹豫，迈动脚步，坚定地踏着红地毯，向前走去。没有人拦他，因为所有的人都认为敬酒是迎接总统的一项仪式，是向新任总统表达崇高的敬意。有这个仪式吗？肯定是有的吧，官员和军人以为这是车站的惯例，车站的人认定这是总统府的规矩，谁都不怀疑他，他顺利地在戒备森严的通道上行进。按照他早已烂熟于胸的计划，五十步的路程，他将在走到二十五步的时候与曹锟相遇。到那时，他会停下来，立定，高声说："向总统敬酒！"极度兴奋的曹锟必定毫无戒备，会欣然拿起酒杯，等曹横开坛倒酒，这也就是该他下手的时候了，只须将酒坛猛地一摔，满坛的炸弹便会立即爆炸，其冲击力将掀翻月台上的顶棚，更不要说曹锟的血肉之躯，到那时，他曹横也就和曹锟同归于尽了。

一步，两步，三步……当他越来越接近目标的时候，却发现自己犯了一个致命的错误：起步早了！总统花车上首先下来的人，那个穿着锃亮的马靴和镶着金线制服的人，其实并不是曹锟，嘴上没有胡子，年岁也不大，白白净净，细皮嫩肉，恍惚间有些女人气。曹横猛然想起传说中曹锟的断袖之癖，此人莫非就是他不离须臾的嬖人李彦青吗？猜得不错，此人正是总统府收支处处长兼北京钱局督办，并且刚刚授予陆军上将军衔的李彦青，是个为曹横所不屑一顾的人，虽称不上冤家，却不幸狭路相逢！

怎么办？曹横向自己发问。退回去，已经不可能了，他现在只有两个选择，要么就地立定，等待曹锟走过来；要么继续前进，以便更早一些接近曹锟。他相信，既然由李彦青在前面开道，曹锟随后也就会跟上来了。

时间不给他反复权衡的余地，在紧张的思索中，他的脚步并没有停止，实际上，他选择了后一个方案：继续前进。

他往前又迈了两步，迎面而来的李彦青同时也又迈了两步，两人相遇了。而此时，曹锟却刚刚走下花车，紫棠色面皮，金鱼眼，两撇标志性的胡子，头顶缀着金缨的大壳帽，胸前斜披着大红绶带，挂满了勋章，两旁由周梦贤、曹士杰这两位新授衔的陆军中将搀扶，身后紧跟着总统侍卫队长王连峰。这才是曹横行刺的目标！曹锟一下车便被等候在车前的文武官员簇拥起来，新任大总统最为陶醉的就是这种被万众拥戴的感觉，微笑着和他们一一握手……

曹横的后背被汗水湿透！曹锟没有在预定的时间走过来，现在，面对着李彦青，他该怎么办？

他站住了，并没有改变原来的计划，照旧说："向总统敬酒！"

他料定，李彦青不可能为总统挡驾，一定会让开路，放他走过去，那么，一切都将照计划进行。

但是，他想错了。李彦青并没有让路，而是微微一笑，说："好，交给我吧！"说着，一双手就伸了过来。

糟糕！曹横完全不了解总统身边的这个红人，而天天为总统"捏脚"的李彦青却连曹锟身上的每个关节都摸透了，他谙熟曹锟所有的好恶和规矩，也当然知道，总统入口的东西，事先要经过怎样严格的检验。

酒坛怎么能交给他？此刻的曹横，恨不能一拳击倒这只拦路虎！

"我要向总统敬酒！"他再一次固执地重申，那语气，那神情，不容置辩。

"交给我吧！"李彦青也没有改口，还是那句话，脸上也仍然挂着微笑。只是他那双手并没有强行去接酒坛，而是向旁边瞥了一眼，说，"来人，接酒！"

随即，总统侍卫队里被他瞥了一眼的战士应声出列，伸手来接酒坛。肩佩陆军上将军衔的李彦青，在"御林军"面前说话还是占地方的。

一切都出乎曹横预料，李彦青把他的计划完全打乱了。他再一次面临抉择：进还是退？如果现在破釜沉舟，就地将酒坛摔碎，距离曹锟尚远，不足以毙其性命，只能炸死一个微不足道的李彦青和几名"御林军"，还要搭上自己的性命，未免太不值得。可是，不如此，他又能怎样呢？难道就此向李彦青"缴械"吗？在计算机远没有发明的时代，曹横的头脑一秒钟之内经过了上万次运算，很不幸，他最终还是选择了后者，任凭"御林军"把酒坛捧走了。至于他们将把酒坛带到什么地方去，会不会当众开坛请总统品尝，到那时发现了里面的一窝炸弹又是如何反应，就不得而知了。反正只要他们在搬送途中不摔不碰，酒坛就不会爆炸，也不至于误伤他人性命。

曹锟终于过足了以大总统身份初入京城、群"臣"接驾的瘾，在文臣武将们的簇拥下，踏着红地毯走过来了，可惜曹横手中已经没有制敌的武器，只能悄然闪到一旁，淹没在穿着铁路制服的人群里，眼睁睁地看着那个辱没了曹氏祖先的贼子从死亡中逃脱。

曹锟在总统侍卫队的严密保护下，穿过了候车大厅，步出车站北门，登上了早已等候在此的总统座驾，在威武雄壮的骑兵卫队护送下，经正阳门，朝中南海进发，刚刚铺上黄土的街道扬起一路烟尘。

望着那远去的马队，曹横发出一声只有自己听得见的叹息。

当年，张子房使力士以铁椎击始皇而不中，也曾在博浪沙中发出这样的叹息。

骑兵卫队直驱新华门，进入中南海。

九时整，总统就职仪式在怀仁堂举行。曹锟手按昨天刚刚由议会通过的《中华民国宪法》，也是中国有史以来第一部宪法，郑重宣誓："余誓以至诚，谨守宪法，执行中华民国总统之职！"

然后，宣读总统宣言：

> 锟军人也，于政治初无经验，今依全国人民托付之重，出而谋一国福利，然深思熟虑，不胜兢惕。所私幸者，国家之成立，以法治为根基；总统之职务，以守法为要义。历任总统，皆系一时之彦，以国家根本大法未立，无所依据，未

竟其施。锟就任之时，适在大法告成之际，此后庶政举措，一一皆有遵循，私心窃幸遭际远过于前人也。当此国事未宁，民生凋困，财政竭蹶，军事未戢之时，瞻前顾后，诚不敢谓有必达之能力。然不畏艰难，出于素性，所以答我父老昆季者，惟此至诚而已。

这份冠冕堂皇的宣言，当然不会出自"曹三傻子"的手笔，而是由总统府秘书长王毓芝代拟的，就是协助曹锟贿选时的直鲁豫巡阅使顾问王毓芝，字兰亭，连贿选支票上都打着"兰记"的标志，现在已是总统府秘书长了，在这份文稿中，他将一个靠贿选登台的草包军阀打扮成了不畏艰难、至诚为国为民的英雄，"以法治国"的先驱，真是妙笔生花。

宣誓完毕，曹锟正式成为中华民国第三任总统。现场见证这一历史时刻的，有陆军、海军多名将军，内阁各部总长、次长，国会正副议长和部分议员，外国使节以及中外记者，逊清皇室也派了代表赍书致贺。当然，他们之中没有曹横的身影，他不可能出现在这里，同样的办法也不可能使用第二次。

宋连魁如坐针毡。当二十一声"轰隆"响过之后，他也就猜到了那是迎接总统的礼炮，而不是爆炸声。如果曹横的行刺成功，车站发生爆炸，一定会升起浓烟，在这儿是看得见的，北京人本来就爱风风火火地起哄架秧子，街上那还不炸了窝？人们一定会奔走相告：出事儿了，出大事儿了，连总统都被炸死了！可是现在，街道上平静如常，并没有任何骚乱的迹象。他猜想，曹横的事儿恐怕没成，也不知道现在怎么样了。会不会事儿没办成，自个儿倒被抓住了？那可就是死罪了！

半天的工夫，他的心就这么悬着。到了晌午时分，雷武问他吃什么，他说什么也不想吃。雷武给他煮了一碗牛肉丝浇汁子面，他挑了两筷子，就再也吃不下去了。

雷武没法子，自个儿跑到院子里，"噌、噌、噌"爬上那棵老槐树，坐在树杈上待着。这是他闲暇时常待的地方，像手掌般岔开的树杈好似一把躺椅，他喜欢靠在这儿，从高处看着蛛网似的胡同和连绵房舍，看着街口那座年深日久的火神庙，猜想着每个院子里各自都有什么样的故事。现在，他没这个心思了，只望着天空发愣。他知道二爷在惦念什么。雷武跟了宋连魁五六年了，俩人的情分早就超越主仆关系，而变成亦师亦友。雷武没有唱戏的天分，只能给二爷当跟包的，打打杂儿而已，但是，他有一身好筋骨，跟了二爷之后，也就拜他为师，日日习武，五六年下来，拳脚已颇见功夫。现而今，眼见得二爷遇到了难处，该雷武为他出力的时候了，却又只能干着急，不知道从何处下手。

　　他正在毫无头绪地乱寻思，突然，眼前闪过一个黑影，好像是从墙外飞过来的。这还了得？雷武毫不迟疑，纵身一跳，泰山压顶般扑下来，伸手抓住那人的脖颈，喝道："什么人？"

　　那人没提防树上有人，猛一回头，见是雷武，也不反抗，束手就擒。雷武这才看清了，此人竟是曹横。一身灰布短打，模样儿像个拉洋车的，不留神还真认不出来。

　　"曹先生？"雷武大吃一惊，松开了手，"您……怎么有门不走，跳墙过来？"

　　"也是迫不得已，免得让街坊看见，给你们省点儿麻烦。"曹横低声道，"小兄弟，你家主人在吗？"

　　"在啊，正在为您着急呢，快着！"客套话都来不及说了，雷武拉着他就往里走。

　　上房的廊子下，宋连魁还在那儿发愣，猛然看见曹横进来，还以为是见了鬼！

　　"无忌先生！是您吗？您活着回来了？"他一把抱住曹横，急切地追问，让对方连答话的空儿都没有，"您要办的事儿，成没成啊？"

　　"唉！"曹横闷闷地叹了口气，抬眼瞟了瞟院墙，欲言又止。

　　"快，进屋说！"雷武赶紧拉着他往里走。

　　三个人一起进了上房，宋连魁请曹横落座，就又急着问："说吧，怎么着了倒是？"

"长话短说吧，没成！"曹横的回答简短至极，他不想再详述细说失败的故事，也没有这个工夫，"惭愧啊！我没能伤三傻子一根汗毛，让他全须全尾地进了总统府，到这个钟点，宣誓就职仪式恐怕都已经完成了！"

"噢……"宋连魁这一声，说不上是意外，也说不上是吃惊，因为事先他已经预料到了曹横的失败，现在最真切的感受其实是扫兴，本来可以惊天动地的一场义举竟然这样无声无息地自生自灭了，甚至连一点儿精彩的情节都没有，真是可惜！

"唉，谋事在人，成事在天，又可奈何？当年张良、荆轲刺秦，不是也都没成吗？"宋连魁感叹道，"可惜您花了那么大的功夫准备，为这个，还舍了传家之宝《绝影图》！"

"不，可惜的是大事未成，而不是《绝影图》。"曹横却说，"二爷当真以为我是为钱而卖马吗？这几个月的筹备，固然需要一大笔花销，但那匹马却不是什么人出钱都可以买走的，三个月前我遍访京城，为它寻找一个好归宿，既然已经交给一流的鉴藏大家，就再无后顾之忧，可以放手做我的事了，即便粉身碎骨，《绝影图》也仍然流传世上，安然无虞，还有什么可惜呢？"

"啊……"这番话，使宋连魁感到一股荡涤心胸的浩然之气，再看曹横，全无失败者的颓唐落寞，只有继而再战的义无反顾，"怎么？事情到了这个地步，无忌先生还不肯收手吗？"

"当然，"曹横道，"此贼不除，有辱祖先，有负国人，横既然已经出手，就不会收回！"

"可是，机不可失，时不再来啊！"宋连魁道，"先生纵有此志，哪还有机会呢？"

"有！"

"什么时候？"

"今天晚上有一场庆贺三傻子当选总统的堂会……"

"在总统府吗？"

"不，在南长街的升平署。这是一个好机会，我决不放过！"曹横两眼闪着刀锋似的寒光，"只是，需要二爷的帮助！"

"我？"宋连魁一愣，"怎么帮您？"

"只要把我带进去，别的就不用管了！"

"可是……"宋连魁为难了，"无忌先生，这个忙，我可就帮不上了，人家没请我啊！前些天，那个孙处长倒跟我提来着，说等曹三爷当选了大总统，得热闹热闹，约我去捧个场，当时就让我一口回绝了……"

"不要紧，"曹横却说，"还有机会。"

"哪还有什么机会？"宋连魁哑着嘴说，"我总不能上赶着再去找人家吧？"

"不用，有人会来找您的，"曹横道，"今天晚上有杨小楼、梅兰芳的《霸王别姬》，可是杨小楼得了急病，去不了啦！"

"嗯？"宋连魁听得纳闷儿，"杨先生怎么偏偏在这个时候病了呢？"

"我让他病的，不然，您怎么上场呢？"曹横淡然一笑，"放心，也没什么大病，只不过嗓子不在家。"

这是句行话，"嗓子不在家"就是嗓子出了毛病，唱不了戏了。

"啊？您可别毁了他的嗓子！"

"不至于，我用的药量有限，过了今天明天，就没事了。"

宋连魁一时默然。他不能不佩服，这位横行无忌的曹横果然神通广大，总统他也敢杀，西楚霸王他说换就换，神了！

在一旁侍立的雷武，一直不敢轻易插嘴，听到这里，不禁心里一沉，说："哟，曹爷！敢情您要在堂会上扔炸弹？那里边儿可全是角儿，连我们二爷也在内，'轰隆'一声就全玩儿完了！"

说得也是。太史公《刺客列传》记载了那么多次血淋淋的杀戮，无论当时的刺客还是后世的读者，关注的都只在于是否命中目标，有谁在乎过现场他人的死活？看来，在今晚的堂会上，只要曹横一动手，送命的也就绝不止曹锟一个人了。

"这个请放心，"曹横早已料到他会提出这个问题，从容答道，"堂会上人挤人，我怎么能扔炸弹？那里不仅有高官，还有满场的名伶，不管伤了哪一个，我都会成为千古罪人！"

"那您使什么家伙？"雷武问，"挺子，还是暗青子？"

他说的是江湖暗语，"挺子"指匕首，"暗青子"则是飞镖之类的暗器。

"不，我用的是这个，"曹横从腰间掏出一支精巧的手枪，就是在火神庙亮出过的那一支，珍惜地抚摸着，"美国造，'勃朗宁'，今年刚出的最新款式，射程五十米，可以连发七弹，其实一枪就够了！放心吧，我只杀一个三傻子，不会伤及无辜！"

"噢，真够意思！"雷武乐了，他跟着宋连魁习武这些年，刀枪剑戟斧钺钩叉十八般武艺都尝试过，就是没玩过这洋玩意儿，打心眼儿里觉得稀罕，"成！今儿晚上咱们就一块儿去，让我也见识见识您的枪法！"

他倒痛快，没等主人开口，先替二爷答应了。

宋连魁却没说话，陷入了沉思。为"贿选总统"捧场献艺，本是他极不情愿的，可是，面对着义士曹横的临阵求援，他又无法拒绝。他尝恨自己出生得太晚，无缘结识像专诸、要离、聂政、荆轲那样为了一个"义"字而舍身赴死的英雄，而现在，周而复始的历史旋转到此，让他与当代的荆轲邂逅，并且邀他同往，他难道能说得出一个"不"字吗？

"二爷不必为难，"曹横见他久久不语，说道，"如果您觉得给他唱戏有损自己的名节，也不强求！"

这番话，正打在他的心上。就在三天前，他还怒气冲冲地找上门去，在琅园痛责给曹锟投票的"猪仔议员"，三天后自个儿要是去给曹锟唱堂会，那算个什么事儿？梨园行虽是"贱业"，但做人不能自贱，总得讲个名节，哪能这么不顾脸儿啊？可……可话又说回来，你以为你是谁啊？在政客、军阀的眼里，唱戏的就是供人家花钱买乐儿的"戏子"，当初西太后在宫里办堂会，点了谁，谁敢不去？大清完了，到了民国，不也是如此吗？谭鑫培是怎么死的？不就是因为被警察逼着，抱病给段祺瑞和陆荣廷唱了一出《洪羊洞》，回来就窝憋死了吗？那可是伶界大王谭鑫培啊，连他都躲不过去，你宋连魁又能怎么着？再者说，今儿晚上又不是你一个人唱，还有梅兰芳等名角儿，不是都得去吗？

他在那儿思来想去，心急如火的曹横却等不得了。

"真对不起，打扰了！"曹横站起身来，拱手告辞。

"不，先生留步，"宋连魁一把抓住曹横，"我有话说……"

正在这时，外面响起了拍门环的声音，紧接着有人叫喊："宋二爷在家吗？"

"嗯？"宋连魁一个激灵，不知道此刻来的不速之客是何许人也，忙说，"无忌先生暂且回避一下，雷武，你去看看是谁来了。"

雷武赶紧跑过去，拉开门闩，打开大门，门外站着一位先生，身穿长袍马褂，戴着茶色养目镜，斯斯文文的，好像在戏园子里见过一回。

"先生，请问您是……"

"我是众议院的孙少权，有急事儿拜见宋二爷！"

"哦……请稍等，我去给您通报一声儿。"

雷武长了个心眼儿，没有马上带他进门，而是先把客人挡在门外，给二爷一个准备。

"啊？"宋连魁听说孙少权来了，不禁吃了一惊，心说，曹横猜得真准，该来的人还就真来了！"快，快请他进来！"

世间的事儿就是这么颠来倒去。这个孙少权，本是他极不待见的，几次碰面儿，都是带答不理，谁承想，今天倒巴不得人家来了，要不然，曹横的事儿岂不要落空吗？

上房客厅里已经不见曹横的身影，客人坐的那把椅子正虚席以待。

雷武引着孙少权直奔客厅，因为心里有急事儿，孙少权走得很快，也就不那么斯文了。

"孙处长光临寒舍，不胜荣幸！"宋连魁迎了上去，说些纯属应酬的客套话，"请坐！哎，您是怎么找到我这儿的？"

"好找，"孙少权笑道，"是大门上的那副门联告诉我的，'梨园羯鼓，菊部清音'，整个花儿市大街没有第二家，住在这儿的，不是您，还能是谁呢？"

"孙处长有学问。"宋连魁也给他个面子，吩咐雷武说，"上茶！"

"谢谢，不必了！"孙少权摆摆手，"今儿工夫紧，咱们书归正传。"

"嗯？孙处长有何见教？"宋连魁明知道他为何而来，偏偏还要盘盘道。

"今儿是什么日子？您知道哇！晚上在升平署有一场堂会，庆贺曹大总统就任之喜，特来请您……"孙少权说到这儿，自个儿都觉得肝儿颤，那天在广和楼已经被撅过一回了，今儿再提，就怕人家还是不赏脸。

"哟，给曹大总统唱堂会，宋某受宠若惊啊！"宋连魁嘴里这么说，脸上却不见笑容，"都请了哪些角儿啊？"

"噢，有琴雪芳的《麻姑献寿》，金少梅的《贵妃醉酒》，金如意、玉芙蓉的《打杠子》，余叔岩、尚小云的《御碑亭》，程砚秋、筱翠花的《樊江关》，王凤卿、裘桂仙的《鱼肠剑》……"孙少权如数家珍，报出一个个如雷贯耳的名字，然后才说，"压轴戏是您和梅兰芳先生的《霸王别姬》！"

"跟梅老板配戏，真给我面子！"宋连魁眉毛一扬，"不过，请人唱戏，可没有这么个请法儿，老话儿说，三天为'请'，头天为'叫'，当天为'提溜'，刚才您说的这些名角儿，都是这么当天提溜的？"

"哦，不，不，"孙少权连忙解释说，"戏码儿是早就安排好的，请柬也早都送去了，就差您这一份儿……"

"柿子拣软的捏，就我一人儿好提溜？"宋连魁立即抓住把柄，得理不让人。

"不敢，不敢！"孙少权也觉得难堪，但是，再难开口的话也得觍着脸说，"您……您说得对，到这会儿才来请您，实在是失敬了，也实在是迫不得已！其实，早先定的戏码儿，是梅老板跟杨小楼配戏……"

没等他说完，宋连魁就拦住了："那不正好嘛，崇林社的两位头牌，珠联璧合！"

"嗨，"孙少权却说，"谁能料到，杨先生事到临头得了急病，嗓子不在家，实在是没法儿唱啊！"

"所以，这才来抓伕，拉我去'爆余儿'？"宋连魁当然知道杨小楼的嗓子怎么了，孙少权又是为什么来请他，但还是不依不饶，因为看着这小子受折磨的那副窘态，觉得解气，过瘾。梨园行话，临开戏角儿没到场，现找人顶缺儿，叫"爆余儿"。你这么对待宋二爷，成吗？

"哎哟，我的二爷！"孙少权无奈地叹息，"您让我怎么说呢？不是怕您不肯赏脸，没敢惊动您，才请的杨小楼吗？可这会儿，杨小楼又不成了，这戏码儿是总统过了目的，又不能改，您说怎么办？"

"好办！"宋连魁说，"唱架子花的又不止我一人儿，不是还有郝寿臣吗？郝先生唱得比我好，蔓儿也比我大，请他去！"

"要是他在，不就没事儿了吗？"孙少权懊恼地一拍巴掌，"真是无巧不成书，郝寿臣没在北京，回老家香河了。都这早晚儿了，再去找他，也来不及了！"

"哦？"宋连魁寻思着，突然灵机一动，"戏码儿上不是有一出《鱼肠剑》吗？那里边儿的专诸就是架子花，那就来一个代一个，让他一人儿唱两出，不就成了嘛！"

"嗨，他要是能成，我还找您干吗？"孙少权为难地说，"《鱼肠剑》看的是王凤卿的伍子胥、裘桂仙的姬僚，扮专诸的是个票友，戏不多，还能凑合，要是再唱《霸王别姬》，怕是拿不下来……"

"谁啊？"

"我表姐夫，他……他不是就想借这个机会见见总统嘛！"

"哼，这样的人您也敢用？"

"'千生万旦，一净难求'啊！"

"敢情是谁都不成了，才轮到我！"宋连魁这回是真生气了，"我要是不去呢？"

"别介，二爷！"孙少权急得都快哭了，"您要是不去，这场堂会就砸了，莲伯议长还不得宰了我？救场如救火，您这是救我一命啊，我……我这儿给您跪下了！"

说着，格棱瓣儿一软，就要下跪。

"哎哟，不敢当！"宋连魁伸手拦住他，"不年不节的，何必行此大礼？我答应您就是了！"

"那您就是我的救命恩人，谢谢了！"孙少权这才站起身来，凑到宋连魁身边儿，压低声音说，"不瞒您说，跟总统当差，真是脑袋别在裤腰带上，说不定哪天就丢了。哎，就说今儿早晨吧，在火车站迎接总统的时候，车站上的人献了一坛子酒，幸亏李处长心细，当时没给总统喝，事后打开一看，您猜怎么着？"

"怎么着？"宋连魁真不知道，这些事情，曹横还没有来得及告诉他。

"酒坛子里头根本没有酒，而是五颗炸弹！"孙少权现在说起来还心有余悸，"要是当时炸了，遇难的就不光总统了，恐怕连我也……唉，咱们也就见不着了！"

"哦？是这么回事儿！"宋连魁喃喃说道。他这句话的意思，是孙少权无论如何也猜不透的。

"好了，现在没事儿了，军火专家把炸弹给拆了，警察厅正在火车站追查刺客呢。二爷，这可是国家机密，咱哪儿说哪儿了，您千万别往外传。"

宋连魁点点头："明白。"

宾主之间的这番对话，立在雕花隔扇后面的那个人从头到尾听得真真切切。

孙少权看了一眼怀表，他该走了。临走，从怀里掏出一个大红折帖，双手递过去："这是请柬，您收着。晚上六点整，我派车来接您。二爷辛苦！不过，包银也是相当丰厚的，到时候由莲伯议长亲自奉送……"

"你们的规矩，我懂，"宋连魁笑笑，"连投票都给钱，戏还能白唱？不过，我宋某人还真不是为钱去的！"

"二爷，您这就答应了？"雷武在一旁说，好似并不乐意，"六点钟，

236

也忒急茬儿了，行头都来不及准备！"

"不碍事的，"孙少权忙说，"我还忘了说了，《霸王别姬》的盔箱、衣箱都由梅老板那边儿出，底包也是梅老板的，您呢，只要给二爷带上贴身儿的行头就成了。您辛苦！"

晚上六点整，接角儿的汽车到了。宋连魁头戴礼帽，身穿长袍马褂，昂然步出家门。左右两个跟包的，雷武搀着二爷，曹横提着靴包。何谓"靴包"？通常，角儿出堂会，必带衣箱。这回承蒙梅老板关照，用的是人家的底包，只须带些贴身衣物，无论大小形制，或箱或袋，皆统称"靴包"，也就是简易的衣箱。曹横提的是一只皮箱，那里边儿装的，不仅是宋连魁的行头，还有他曹横的"行头"呢。此时的曹横已经剃去胡须，脸上又略施脂粉，穿起长衫，往日的猛戾之气不见了，倒像个白面书生，纵是熟悉他的人，乍一看恐怕也未必认得出来。宋连魁则亲自拿着那份儿请柬，这张入门券是今天最要紧的东西。

孙少权没有亲自来接，他这会儿不定忙成什么样儿呢，哪有这工夫？只派了个司机来。其实这样最好，司机谁也不认识，奉命拉一趟活儿而已，管他张三李四，上车走人。

三个人一起登上汽车，驶向今晚将有"精彩演出"的那座戏台。

升平署在南长街南口路西，挨着中南海。为什么今晚的堂会不在曹大总统居住和办公的中南海，却要在升平署举行？这是有讲究的。有清一朝，自康熙年间就成立了专管宫廷戏剧演出的机构，名为南府，隶属于内务府。乾隆时，南府规模又有所扩大。道光七年，改南府为升平署，仍主持宫内演出事务。远的不说，人们都有所耳闻的西太后召艺人进宫听差，都是由升平署招呼的。这情景，一直持续到宣统三年，辛亥革命把清朝推翻，溥仪小朝廷退缩到禁宫之内，这宫门之外的升平署自然也就被封了。但封归封，里面的戏楼、剧本、档案、行头都保存完好，哪儿还有比这儿更现成的地方？更重要的是，过去这儿是伺候皇上、皇太后听戏的地方，现如今在这儿给初登大宝的总统办个堂会，不是正好吗？这番用心，只可意会，不可言传。

升平署大门外已经停满了汽车、马车，显然唱戏的和听戏的都到了不少了。围墙外密密麻麻站的全是兵。

司机停下车，说："宋先生，对不住，这院子进不了车，劳您驾下来走几步吧？"

"成，你歇着吧！"宋连魁爽快地答应一声，下了车，雷武搀着宋连魁，曹横提着靴包，一起朝升平署大门走去。

把门的士兵立正敬礼，接过宋连魁手里的请柬，仔细看过，再恭恭敬敬地递回来，说声："请！"

三个人顺利进入戒备森严的现场，今晚的行动实现了第一步。

升平署是一座四合院儿，虽然并不算太大，但设计得十分精致而实用。主体建筑是一座戏楼，坐南朝北，方形重檐歇山顶，台口四根红漆柱，两侧还各有两根立柱。前、左、右三面敞开，以供演出时观赏。舞台的上场门设计为城门形，下场门则似宫门，寓意"出将、入相"。后面是七开间卷棚顶建筑，与舞台相连，这便是供演出人员化妆、候场、歇息的后台了。与戏楼相对的，是一座勾连搭式大殿，坐北朝南，前面开轩，当年这是专供帝王、后妃看戏的地方。大殿两侧，各有五间配殿，与大殿以游廊相连。戏楼的右前方，一棵枝桠嵯峨的枫树，这个季节，枫叶已经开始由绿转红了。

大殿和东西配殿的开轩之下摆满了一排排蒙着绣花红缎桌围的"官座儿"，文官武将，冠盖云集，一些人还把太太和小姐带来了。最爱凑热闹的钱宝山议员自然也没有缺席。今天是个好日子，大家到这里来，当然不只是为了听戏，更重要的是要借此机会向新总统表达拥戴和忠诚。这么多人都来了，而为曹锟登上总统宝座立下大功的吴景濂却不在，此刻，他正在总统府陪着曹锟吃晚饭，待总统酒足饭饱，适当的时候，再由他陪着来这儿听戏。现在这儿最忙的是孙少权，正在这些官座儿之间穿梭。他的官阶不高，自然不可能在前排就座，但实际上也坐不住了，今天的堂会虽然名义上由议长吴景濂主持，具体事务都是他来操办的，得好好儿地露露脸儿，让所有的人都看得见他。

何况，他身为众议院的联络处处长，也决不可能放弃这个联络官场的绝好机会！

宋连魁唱堂会，从来不拜官，进门直奔后台，那儿才是他该待的地方。他进来的时候，孙少权正在大殿忙活呢，根本没看见他，当然也不会注意到他的跟包。这其实正是宋连魁和曹横最希望的。

后台又是另一番景象，满眼当代名伶，一片星光灿烂。彼此都是熟人，免不了要寒暄一番。宋连魁一向谦逊，在同行面前以晚辈自居，一个个作揖打躬，说些客气话，特别是对于艺业如日中天的梅兰芳，更是敬重有加，他带来的"场面随手"、一应人等，也都道了"辛苦"。

梅兰芳温文尔雅，彬彬有礼，对他说："连魁，今晚多谢您提携了！"

"梅老板说哪儿话？"宋连魁忙说，"能为您挎刀，才是连魁的荣幸呢！"

"您客气！"梅兰芳敛容道，"应这么个差事，难为您了。"

听得出，他对唱这场堂会也并不情愿。宋连魁不便接茬儿，两人就把《霸王别姬》的几个紧要处的唱腔和身段切磋了一番，跟梅兰芳的琴师徐兰沅也见了面，这才进了化妆间。宋连魁一向赶早不赶晚，虽然时间尚早，也开始勾脸了。

宋连魁"化妆"，曹横也在"化装"，刚才提进来的那个箱子里，也有他的"行头"。不知不觉间，那个白面书生似的跟包不见了，变成了另外一个人。

晚上七点整，三通锣鼓之后，演出开始。按照惯例，堂会的开锣戏总是《跳加官》，取"加官进爵"之意，给主人和嘉宾讨个吉利，而且每当一位高官显贵进场，无论戏唱到哪儿，都得暂停，加演一段儿《跳加官》以表敬意。可是，唯独为皇上、皇太后唱堂会不在此例，因为真龙天子已是至尊之位，再无官可加了，于是升平署管事儿的就想出个变通的法子，改为《跳灵官》。民国四年，国务卿徐世昌在东单五牌楼胡同办堂会庆寿，竟然也套用了皇家的办法，命伶人演《跳灵官》，不知是为了迎合袁世凯称帝的野心，还是他自己想过一把皇帝瘾，也没有说破。不过这一来倒成了先例，今天为曹大总统举办的堂会也跳起了"灵官",似乎也颇为应景。不过因为现在总统并不在场，"灵官"跳得也不大带劲，走走过场就下去了。其实台下的人也没几个认真地听戏，堂会就是个联欢会，自然是熟人聚会的好时机，不熟悉的也借此搭讪攀扯，乱哄哄交头接耳，连台上的唱词儿都听不清了，像《麻姑献寿》《贵妃醉酒》这样以歌舞为主的戏，也都成了人们聊天儿的陪衬，着实委屈了名伶琴雪芳和金少梅。直到金如意、玉芙蓉的《打杠子》登场，人们才眼前一亮，把目光聚到台上了。他们两人，一个武丑，一个花旦，近年来声名鹊起，搭档珠联璧合，被誉为"金童玉女"。《打杠子》是一出短小的折子戏，说的是赌徒张三输得精光，受舅舅指点，做了强盗，去黑松林"打杠子"——劫道谋财，第一回就碰上了个毫无抵抗能力的村妇，打劫本来稳操胜券，却不料反倒被村妇以智谋制服，打了他的杠子。金如意生得体态肥硕，圆头大耳，弥勒佛一般，表演诙谐风趣，而又身段灵巧，把子功超群，当是扮演强盗张三的不二人选。玉芙蓉年轻貌美，嗓音清脆，伶牙俐齿，又恰好扮演无力抗暴、招人怜惜的村妇。可是谁能想到，今天他们两人竟然都是反串，玉芙蓉的强盗张三，金如意的村妇，一出场，观者就大跌眼镜，我的妈，怎么全吃错药了？那玉芙蓉以柔媚的女儿之身，强作凶悍之相，已令人捧腹，而肥牛般的金如意穿起红袄绿裙，再捏着嗓子摹拟女人的忸怩之态，更让人笑破了肚皮！及至演到村妇反败为胜，痛打强盗，金如意不再忸怩作态，突然之间现出"强盗"本相，亮出武丑的看家功夫，把那根"杠子"舞得如花样百出，又着实出乎观者预料，一时叫"好"声不绝，博得一个满堂彩！

官座儿后面，孙少权也拍着巴掌，跟着高声叫"好"。今天的堂会是他操办的，角儿都是他请来的，得到大家好评，他脸上也有光彩。但是，他的心思并不在听戏上，而是惦记着总统什么时候来。说到底，这场堂会是为谁办的？给谁看的？还不都是想在总统那儿讨个好儿吗？总统上任了，下一步就开始组阁，要是他老人家开了恩，赏了脸，把内阁总理的位置给了吴景濂，往后就不能再叫"莲伯议长"，得改口叫"吴总理"了，到时候，吴总理怎么着也不会忘了小兄弟少权的犬马之劳吧？能给个什么官儿呢？总得比现在这个处长要大点儿吧？

宋连魁的心思也不在戏上。无论是前面演过了的，台上正在演的，还是排在后面的，包括他和梅兰芳合演的《霸王别姬》，都不重要，重要的是曹锟什么时候来，那才是今晚最重要的"角儿"，只要他一登场，水牌儿上的一切都不算数了，这个地方将上演一出震动全国的"戏"！想到这里，他的心脏竟然跳得有些慌乱。他曾经那么多次扮演将帅，从来也没有体会到出征前的紧张，如此不平静地候场还是第一次。他回头看了看，身后只有雷武，曹横不知道上哪儿去了。

鼓乐声中，你方唱罢我登台，不知不觉已经改朝换代好几回，轮到《鱼肠剑》了。这《鱼肠剑》说的就是专诸扮成厨子，藏剑于鱼腹，在宴会上刺杀吴王姬僚的故事，因为这是一场成功的刺杀，剧情比《荆轲刺秦》还要精彩。

现在，戏正演到高潮处，吴王姬僚道："传肴人走上！"

一声"来也！"，由孙少权的表姐夫扮演的专诸登场了，此人虽不似传说中的专诸那般高额凹眼、虎背熊腰，但勾上脸谱，挂上髯口，穿上行头，也看得过去，难得这个露脸儿的机会，票友就怕别人说自己不专业，铆足了劲儿唱［西皮快板］："三皇五帝夏商周，盖世英雄不到头。命中有来终须有，命里无来莫强求。鱼中暗藏剑一口，要把王僚一笔勾！手捧鲜鱼朝上走……"

鱼都端上来了，眼瞅着就要拔出剑来，埋伏在周围的甲兵也将一拥而上，正所谓千钧一发！偏偏就在这时，好似晴空起霹雳，只听得一声高叫："曹大总统到！"

专诸、王僚都傻眼了，转脸看去，在两列持枪卫士的严密护卫之下，一位身着金碧辉煌的制服的大人物正朝戏楼走来，这当然就是中华民国的大总统曹锟了，官座儿上的文武官员、各界人士顿时都站起身来，"稀里哗啦"地鼓掌，谁还有心思看戏？管事儿的赶紧招呼："快着，换，跳灵官！跳灵官！"

刺王僚刚刺了半截儿的一行人就此打住，被赶下台去，跳灵官的花脸又赶紧上场，这时孙少权连忙跑上前去，挥着手说："甭跳了，

甭跳了，请大总统上台训话！"

大总统笑容可掬，由高凌霨、吴景濂、冯玉祥、王承斌等一干高官陪同，李彦青不离左右，王连峰随身护卫，登上了戏台。在后台候场的宋连魁知道，曹锟一到，他和梅兰芳的《霸王别姬》就不用演了，马上该看曹横的了，要是顺利，今晚上就是曹锟"别姬"的日子！哎，曹横呢？曹横在哪儿呢？

曹锟上了台并没有"训话"，因为该说的话在就职典礼上都已经说了，身为大总统，应该"金口玉言"，不能车轱辘话来回说；而且他本不善言辞，手里又没有稿子，现编词儿，说什么？但是他兴致很高，在台上从东走到西，向台下频频招手。这个姿态，正是拍照留影的好时机，刚才戏唱了那么半天也没见一个记者拍照，这会儿却突然之间不知道从哪儿冒出来那么多记者来，都举着照相机，挤到台前抢镜头，准备明天发头版头条，镁光灯一闪一闪，一时间烟雾腾腾。

宋连魁从"出将"门里往外瞧。挤在戏台前面的记者群里，《时闻报》记者史春秋最显眼，端着照相机，螳螂似的跳来跳去。此时，宋连魁的注意力并不在他身上，而发现了另一个人，头戴鸭舌帽，身穿皮夹克，脸上还戴着一副金丝眼镜，手里也捧着个照相机，还真像个记者。这是谁啊？是曹横吗？转眼之间，他怎么变成这样儿了？

此人正是曹横。密谋多日的刺杀行动必须在今天完成，既然上午已经失利，晚上就是他最后的机会，只能成功，再无退路。照相机是一个极好的掩护，他以记者的面目出现，无论怎么往前挤，尽最大可能去靠近目标，都不会引起别人的怀疑。而当他选择到了最佳角度的时候，将以迅雷不及掩耳的速度拔枪射击，几乎可以保证命中目标，何况他的弹夹里装着七颗子弹呢！

他已经把枪口瞄准了曹锟。此刻，现场所有的人都在望着曹锟，谁也不会看他一眼，不会注意到他手中举着的那把"勃朗宁"。真是天赐良机，他的扳机可以扣响了……

突然，他的眼前出现了一个黑影儿，挡住了视线。曹横屏住气，等那个影子过去，可是那家伙刚从镜头前闪过去，却又蹿上了戏台，挤到曹锟的身边。他太碍事儿，曹横想等他让开了再动手……

这个人哪舍得让开？作为今天这场堂会的策划者和操办人，孙少权等候已久的也正是这个时机，为的是——不仅可以面见总统，而且他还有大动作！

"诸位雅静，雅静！"孙少权说话了，那时候没有麦克风，得使劲儿嚷。他知道自己官儿小，也不敢多说，等场子安静了，赶紧把人们的注意力引向他的顶头上司："现在请莲伯议长致辞！"

"各位来宾！"吴景濂马上接过去，高声说，"大总统亲临盛会，景濂和诸位一样，不胜荣幸！借此机会，景濂谨代表众议院同侪，向大总统敬献一份至尊至贵的贺礼！"

说到这里，他转过脸去，向孙少权瞟了一眼。直到这时，人们也才注意到，孙少权的手里握着一只长条形的木匣。正兴高采烈的曹锟和一干要员以及满场的观众都被吊足了胃口，不知道那到底是一件什么宝物。

孙少权拉开木匣上的插板，取出一个卷轴。把空木匣交给总统身旁的卫士，然后解开卷轴上的扎带，握住天杆，望望吴景濂说："麻烦莲伯议长帮忙抻一下。"

瞧瞧，一个小小的处长竟然当众支使议长。可这是为总统效劳，在总统面前，所有的人都是奴才。吴景濂伸手托住地杆上的两个轴头，把画轴缓缓拉开……

宋连魁站在上场门后头，只能看见画轴的背面，不知道那是一幅什么画。但是，只凭那天杆、地杆上的紫檀木轴头，他已经觉得眼熟！

紧靠在台前的曹横看得清清楚楚，天杆下面，是浅驼色绫的天头，衬出一方白纸黑字的诗塘，写的是杜甫《丹青引·赠曹将军霸》的开篇："将军魏武之子孙……"

轴头在转动，画面在展开，诗塘下面就是由米色绫做隔水的画心了，端端正正地裱着他再熟悉不过的《绝影图》！曹横的心脏都要停止跳动了，这是怎么回事儿？三天前，他还亲眼看见这幅画挂在周鼎的卧房，现在怎么拿在这个人的手里，献到了曹锟的面前？看来，周氏兄弟到底还是没有顶住官府的逼迫，把画交出来了？或者正如外界的传言，是周氏兄弟巴结权贵，拱手奉献的？是啊，既然投票都去了，献画还有什么奇怪的？不能只听周易的一面之词啊！

上场门后头，宋连魁也蒙了：九爷和十二爷，怎么办了这样的事儿？

"诸位请看，这是一幅惊世名画《绝影图》，图中所绘，是一匹西域进献的天马，乃大汉丞相、魏太祖武皇帝曹公孟德的坐骑绝影！"吴景濂兴奋得满脸放光，当着曹大总统的面儿提到曹氏先人，自然是格外尊崇，"谁画的？中国有史以来画马第一大家，孟德公的嫡传子孙、大唐左武卫将军——曹霸！"

"啊！"在场所有的人异口同声，发出这一声惊叹。不是因为这幅画，也不是因为这个名字，对于许多人来说，也许既不懂书画又没有什么兴趣，甚至根本没听说过曹霸其人，震动他们的是这几个显赫的头衔，及其祖先曹操的巨大声威，还有这幅千年古画所潜在的经济价值。

后排官座儿上，钱宝山不禁感叹："乖乖！就是这匹马？算他有本事，总算搞到手了！"

"这位曹将军，正是我们曹大总统的祖先，魏武子孙，世代英豪啊！"吴景濂终于画龙点睛，道出了主题，"如此镇国之宝，埋没民间千年有余，而在大总统就任之日重现天下，乃曹公之德，国之祥瑞，天意乎？天意乎！"

人群中爆发出热烈的掌声和欢呼声。"天意"这东西可信吗？从鱼肚子里扯出个写着"陈胜王"的布条子都有人信，何况事关魏武子孙。尽管在当今人们的心目中，曹操是个勾着水白脸的乱世奸雄，但凭着他那番霸业，那副气势，凡一出场也无不令人望而生畏，如今面前站着的是他的嫡传子孙，而且身居总统大位，这还了得？最为激动的当然是曹锟本人，他做梦也没有想到年代久远的祖先为他积下了如此阴德，而且恰恰在他登上国家权力巅峰之际，灵光乍现。他双手颤抖着，伸向那幅神圣的画卷："我的祖宗，我的祖宗啊！"

"放手，你不配！"台下突然大喝一声。

喝声震动了全场，所有的人都把目光投向一个人，身穿皮夹克，头戴鸭舌帽，脸上戴一副金丝眼镜。他手中的枪已经不需要再用照相机掩护，正明晃晃亮出来，指向当今中国的头号人物曹锟。

曹锟傻眼了。他不认得眼前的这个人，也不知道发生了什么事：介是谁？敢介么样儿对总统说话？

现在，正是扣动扳机的最佳时机，只需一枪，就将在中国历史上创造一项纪录：新总统就职当日即被击毙！但是，《绝影图》的突然出现，彻底阻止了这项纪录的诞生。曹横的心乱了。他决不怀疑周氏兄弟的人品，却又无法解释眼前的事实，也没有机会去了解事情的真相，迫在眉睫要做的是，扣响扳机，打死曹锟！可是，此刻曹锟的身边却正展开着那幅《绝影图》，霸公唯一的传世真迹，曹氏家族最重要的收藏，为捍卫家族荣誉而作出的最大牺牲，如今却出现在它最不该出现的地方，只要他的枪一响，那幅画就会和家族败类三傻子一起化为灰烬。那样，他也就成了千古罪人！

他犹豫了。这一丝犹豫，也许还不足一秒，但是，在历史的关键时刻，决不会给任何人哪怕只有一秒的等待。"有刺客！"曹锟的失声惊呼刚刚出口，总统侍卫队的枪就已经响了，一颗子弹击中曹横的右臂，他猛地一个颤抖，手中的勃朗宁险些脱落。他迅速扔掉左手拿着的照相机，紧紧地捂住右臂的伤口。鲜血从指缝中四散迸射，满脸满身一片殷红，他成了一个血人！鲜血模糊了他的双眼，一片红光中，他仿佛看见了孟德公的坐骑绝影，身中数箭浑身是血，在血泊中奋力挣扎。绝影是无敌的，魏武子孙永不言败！他使出全身的力气，纵身一跃，登上了戏台。此时，曹锟已经不见踪影，戏台上空无一人，只挺立着铁塔般的曹横。他手中的勃朗宁终于响了，可惜已经无法命中目标。戏台下，团团包围的总统侍卫队万弹齐发，如飞蝗似的朝他射来，那座被鲜血染红的铁塔，晃了几晃，轰然倒塌！

突然，电灯全灭了，戏楼上下一片黑暗，只听见炒豆般的枪声、散乱的脚步声和女人凄厉的呼喊………

08 盗御马

"二爷，二爷！"黑暗中，雷武的声音。

"雷武，我在这儿呢！"宋连魁答道。

"二爷，快走！"雷武摸着黑儿，一把抓住他的胳膊，拉着他就要往外跑。

"不成，"宋连魁说，"谁走，咱也不能走，只能在这儿待着！"

他说对了。此时的升平署，正是一片混乱，无论什么文官武将、贵妇名媛，面临突发事件也都丢了矜持、忘了斯文，百十号人拼了命往外涌，犹如洪水暴发，惊涛拍岸，而大门却被死死地关住了。今天的堂会，总统侍卫队出动了一个营的兵力警戒现场，里里外外，站岗的比听戏的还多，不承想仍然发生了刺杀总统案，这还了得？现在，第一要务就是关闭现场，在缉拿住凶犯之前，谁也别想走！

曹锟已经脱离险境。就在他惊呼"有刺客"的同时，侍卫长王连峰就扑了过去，以自己的身体作掩护，挡住可能射过来的子弹。而曹横的枪还没来得及打响，他要袭击的目标就已经由一干高官簇拥着，奔下戏台，瞬间消失了。升平署的地下有一条暗道，直通紫禁城，这是当年专为皇帝和皇太后准备的，他们来听戏，不走地面而从地下来回，真正是神不知鬼不觉，图的就是安全。稀奇吗？不稀奇，当年大宋徽宗皇帝幽会京城名妓李师师，走的就是地下通道，这个办法古已有之。升平署这个不为世人所知的秘密，被孙少权访得了，正因为如此，他才敢于在升平署为总统办堂会，哪想到还是出了岔子，大岔子！孙少权一边跟在总统后边儿跑，一边后悔，唉，这可怎么办？

吴景濂正搀着曹锟往前跑，无意间一回头，看见身后跟着个孙少权，不由得一股怒气上来："你干的好事！唱什么不好，偏弄个《鱼肠剑》，把刺客都招来了！"

"是，是，"孙少权一边呼哧带喘地跑着，一边认错儿，"是我考虑不周……"

"咦，"吴景濂发现他两手空空，又问，"你刚才拿的那幅画呢？"

"画？《绝影图》？"孙少权一时蒙了，支岔着两只手，张大了嘴巴，"画呢？"

"你问谁？"吴景濂急了，"怎么，你没拿着？搁哪儿了？"

孙少权极力回忆着，就在十几分钟之前，他当面向总统敬献大唐左武卫将军曹霸的《绝影图》，可是，谁能料到，画刚刚展开就出了乱子，在一片枪声中，他和一众官员护着总统逃跑，可是那幅画呢？搁哪儿了？或是交给谁了？想不起来，实在想不起来！

密集的汗珠从脑门儿上拱出来，孙少权的脑袋空空如也，从一场黄粱美梦中醒来，突然发现自己什么都没有了。不，不但梦想成空，恐怕还要获罪！

"还不赶快回去找，跟着我们瞎跑什么？"吴景濂喝道。

"是，是……"孙少权答应着，掉头就往回跑。

升平署里，那场枪战已经结束。电灯重新亮了，离戏楼只有十几步远的地方，躺着一具尸首，身上千疮百孔，地下一摊血。有戴着白手套的军人在察看尸首，一群记者围着拍照，他们本来是来拍总统的，没想到今天最抢镜的不是总统，而是刺客。官座儿上早就没有人了，一些人围在这具尸首旁边，喊喊喳喳地议论着，男人们猜测这刺客的来历，女人胆儿小，想看又不敢看，往前挤过去，看一眼又赶紧往后缩，小声嚷嚷着："吓死人喽，吓死人喽！"看过的人则急着离开这个瘆人的血腥之地，院子里拥挤得像一锅滚开的粥，无奈大门仍然紧闭，谁也走不了。他们之中不乏高官要员，刚才被突然的枪响给吓着了，现在惊魂稍定，不禁摆起谱儿来，这时就有一位佩中将军衔的军人高声嚷道："开门，开门！让你们管事儿的出来！"

"报告长官，"一名佩少校军衔的军人立正敬礼，答道，"现在正在检查现场，不能开门放人。"

"你是谁？"将军问。

"报告长官，"旁边的一名士兵抢着说，"这是我们营长！"

"混账！一个小小的少校营长，威风什么？谁给你这么大的权力？刺客已经被当场击毙，你还关着我们干什么？难不成我们都是刺客的同党？要不是今天陪总统听戏，我没带枪，哼，老子就一枪崩了你！"

有将军带头，一时群情激愤，汹汹地嚷道："再不开门就打死他，打死他！"一起朝着营长涌过来，大有赤手空拳将他打死之势。

"慢着，慢着！"营长招架不住了，"报告长官，现场检查完毕，马上开门放人！"

守门的士兵就要去拉门闩，却忽听得戏楼旁边一声喊："等等，先别开门！"

人们猛然回过头来，看看此刻敢犯众怒的人是谁？竟是刚才在戏台上大出风头，向总统献画的孙少权。

"孙处长，孙处长！"人群中有人在喊，那是众议院议员钱宝山。

孙少权现在哪有心思理他？只当没听见，神色慌张地先看了一眼躺在地上的那具尸首，然后跳上戏台，眼睛四处搜寻着。戏台上空无一人，除了唱戏时候摆的一桌两椅，只有那个空空的木匣，《绝影图》却无影无踪了。

"画呢？画呢？"他失声惨叫，"那可是献给总统的画，那可是千年古画！哪儿去了？"

没有人回答他。

"说呀，你们……谁看见了？谁拿走了？交出来！"他血红的眼睛横扫着台下的人群，喊道，"总统的东西也敢偷，胆大包天啊？交出来，交出来！"

"说谁呢？说谁呢？"这回台下有反应了，轰地激起一片声浪，像是炸弹爆裂。

"你个王八羔子说谁呢？"还是那位出头的将军，怒气冲天，昂首骂道，"睁开你的狗眼珠子瞧瞧，今儿到场的，哪个是贼？老子空着两手来听戏，连皮包都没带，难道还能在裤裆里藏你的什么宝贝不成？你小子来搜啊！"

老将军这一席话，引得台下众人一片声儿乱糟糟地附和，喊得最响的是钱宝山，把自己的西服口袋翻过来，拎在手里："来搜啊，来搜啊，看我袋袋里厢有什么？"

孙少权听得一愣，对啊，听戏的都没带家伙什儿，即便偷了东西也没处藏，更没法儿往外带啊，倒是那些唱戏的，可都带着行头来的，那衣箱里头……

想到这里，他突然醒悟，赶紧朝台下鞠了一躬，说："对不起各位，兄弟出语唐突，冒犯了！我……我到后台找去！"

这句话的意思谁都能听懂，听戏的就不招惹了，重点的搜查对象应该是那班"戏子"！他匆匆从"入相"门进了后台，而戏台前、院子里原本闹着要离开这儿的那些人，现在倒又不急着走了，跟着挤过来，要看看后台将要发生什么。那些靠抢新闻吃饭的记者更是闻风而动，从人缝儿里死命往前挤。

与台前的乱糟糟完全不同，后台又是一番景象：梅兰芳、余叔岩、尚小云、程砚秋、筱翠花、王凤卿、裘桂仙、金如意、玉芙蓉，还有事到临头被拉来"救场如救火"的宋连魁，一个都不少。唱过了的已经卸了妆，化好妆没来得及上场的，装扮齐整地等在那儿。宋连魁的戏在后头，刚刚勾好脸，身上还穿着自家衣裳。要不是刚才那场枪战，他该穿戴霸王的行头，也就不能再坐着了。

后台像是什么都没有发生。这让前来"搜查"的孙少权吃了一惊，他不知道这班"戏子"何以如此镇定。只有在《鱼肠剑》中扮专诸的那位票友表姐夫沉不住气,见了他就像见了救星,慌忙跑过来说:"兄弟,你可来了!"

孙少权没心思搭理他,朝着那些名角儿满满地作了个揖,说:"我来晚了,让诸位受惊了!难得,出了这么大的事儿,大师们都这么稳得住场子,真是'泰山崩于前而色不变'啊!"

"梨园行的规矩,戏比天大。"梅兰芳答话了,还是那么温文尔雅,气定神闲,"既然应了这场堂会,甭管出了什么事儿,也不能半截儿晾台。这下边儿的戏,唱还是不唱,就等着您发话呢!"

"可敬,诸位的戏德着实可敬。"孙少权道,"今天出了这么大的事儿,戏是没法儿再唱了,只能到此为止。不过呢,"说到这里,他略作迟疑,还是把难以启齿的话说了出来,"还有一件事儿,要请诸位帮我个忙。刚才,大家也都看见了,曹大总统到场的时候,我和莲伯议长献给他一幅画……"

没等他把话说完,著名武丑金如意就接上茬儿了:"一幅什么画?我们在后台,什么也没看见!"

"那是大唐左武卫将军曹霸的真迹《绝影图》啊!神品,国宝,价值连城!"孙少权说起来就无限惋惜,"可是,就在那个时候,突然出了刺客,枪响之后,画就不见了!"

"枪一响就没了,变戏法儿啊?"金如意哑然失笑,"那就再开一枪,把它变回来!"

"金先生,我可没跟您开玩笑!"孙少权语气里已在发怒了,"我敢断定,这幅画没丢,就在这升平署之内,戏楼之上!前台我已然查过了,只是还没看后台,这儿,箱啊柜的可不少,保不齐那匹马就跑到哪个旮旯里了,所以不得不请诸位委屈一下,帮我找找,找着了,也好给大总统一个交代!"

话说到这个份儿上,已经再明白不过了。

"您是说,我们这些人是贼,偷了您的东西?"宋连魁按捺不住,"噌"地站了起来。那些角儿们也面露愠色,他们什么时候受过这个?

"我可没那么说，"孙少权道，"我只是说，这儿怕是藏着贼呢，窝着赃呢！"

"谁？"宋连魁问。

"管他是谁，看看就知道了！"孙少权毫不客气，宋连魁现在不但没用了，还在这儿挡横儿，那他可就不像今儿上午那么谦恭了。

"这么说，您是要翻我们的箱？"

"怎么，翻不得吗？"

两人你来我往，剑拔弩张，眼瞅着就要动手。旁边儿，雷武眼珠子瞪得斗大，拳头攥得"咯嘣咯嘣"响，只要孙少权敢动二爷的衣箱，他就不客气了。

"说得也是，"梅兰芳又发话了，无论气氛已是多么紧张，他还是春风秋月般温润清朗，"人家丢了东西，咱们就在跟前儿，这瓜田李下的，难免沾了嫌疑。孙处长要翻，就让他翻吧！"

宋连魁皱起了眉头，他没想到梅老板会这么说。为什么这么说？

"可是有句话得说在前头，"梅兰芳的话还没说完，又接着慢声细语地往下说，"要是翻出来，水落石出，固然是好；但设若翻不出来呢？"

"翻不出来？"孙少权根本不相信这个可能，"翻不出来我认栽！"

"只怕您栽不起！"宋连魁昂然说道，他明白了，梅兰芳刚才甩了个"包袱"，正好由他来抖开，"您道这衣箱只是个装东西的寻常物件儿吗？不，它是祖师爷赏给梨园行的饭碗，我们的身家性命，什么时候开箱，什么时候封箱，由什么人点箱，都规矩森严，任何人不得冒犯。刚才梅老板跟您客气，您还真敢翻箱？您可知道，翻箱，那就是砸人饭碗、掘人祖坟，让人家往后还怎么在江湖上行走？孙处长，在您眼里，也许我们只是些'戏子'，可在这三丈戏台之上，我们也是出将入相，封王拜帅，打得了天下，坐得了江山，哪怕是前朝的皇上，当今的总统，也只能在台下看戏，到了台上，那就得依我们的规矩！今儿个的堂会是为新总统而唱，我们是总统请来的客人，孙处长翻我们的箱，那就是打总统的脸！刚才梅老板说了，翻出来，水落石出，固然是好；但设若翻不出来呢？下边儿的话，梅老板没说，您自个儿说，这个面儿，您裁得起吗？您再瞅瞅今儿到场的这些角儿，哪一位不是响当当的人物？得罪了他们，就得罪了梨园行，得罪了天下的戏迷，那可是千千万万人哪，唾沫星子能把人淹死，请问，您得罪得起吗？"

"说得好！"外边儿响起了一片叫好声，那是一些围到戏台旁边儿、挤到台上来的戏迷，今天的戏没听过瘾，这会儿来找补了，使劲儿捧自己喜欢的角儿，为他们助威。

孙少权不由得一个激灵，他望着面前那一张张熟悉的脸，梅兰芳、余叔岩、尚小云、程砚秋、筱翠花、王凤卿、裘桂仙、金如意、玉芙蓉……一个个都是"万人迷"的当红名角儿，在老百姓的眼里，他们可比总统还红，哪个惹得起？你站在当街骂总统兴许没事儿，可要是对梅兰芳说三道四，就有人跟你理论了，不信试试！惹了他们，就是惹了天下人！孙少权愣愣地看着这些名角儿，而这些名角儿也在看着孙少权，等待他的回答，让他不敢直视。

"哦，对不起……"孙少权不敢再嘴硬了，"刚才的话，是兄弟急糊涂了，多有得罪，请诸位见谅！现在，戏是唱不成了，天儿也晚了，就请诸位回府歇息……"他尴尬地转脸看看宋连魁，"宋二爷辛苦了，您请便。"

"不，没那么方便，"宋连魁却说，"怎么把我接来的，还得怎么送回去！"

"那是，那是，"孙少权哈着腰说，"我马上安排车子。"

十分钟后，车来了，宋连魁已经卸完了脸上的妆，雷武提着靴包，一起从容走下戏楼，竟然没有人注意，来的时候俩跟包的，这会儿只剩一个了。

戏楼前头，人群已经散去，那具尸首也已经被挪走了，只留下一摊紫黑的血迹。宋连魁从旁边走过，不忍低头去看，却仍然闻到了血腥的气息。

汽车把他们送到家，已经是后半夜了。关上大门，再关上屋门，顾不上点灯，两人抱头痛哭，良久无语。刚才在升平署，在汽车上，他们都是在强撑着，回到家就撑不住了，宋连魁疲惫不堪地瘫倒在床上，连起来的力气都没有了。

雷武摸着桌子上的洋火，点着了油灯。

"无忌先生，无忌先生……"宋连魁眼含着泪水，念叨着，"一个活人，和咱们一块儿出的门，就这么没了，再也回不来了！"

"可惜啊！"雷武感叹道，"那么好的机会，让他给错过了，出手太慢！也不知道他是怎么回事儿？"

"怎么回事儿？还不是因为那幅画儿？"宋连魁道，"知道什么叫'投鼠忌器'吗？"

"知道，舍不得孩子套不了狼！"

"意思也差不多。他怕毁了自家的宝贝，就下不了手了，这也难怪。可惜的是，他事儿没办成，还把自个儿的命都送了，画儿也没保住！"

"二爷，画儿保住了，在咱手里呢！"

"什么？"宋连魁一愣，当是雷武在说胡话，"你说什么？"

"真的！"雷武指着"靴包"说。

"什么意思？"宋连魁被他弄糊涂了。

"怎么？"雷武也糊涂了，"刚才在升平署，您死活不让孙少权翻箱，不知道这里边儿藏着什么吗？"

"藏着什么？"宋连魁莫名其妙，"除了行头还有什么？难道说……"

"哎哟我的爷，您还真不知道？"

雷武说着，过去把那只皮箱搬过来，打开了，里面装的都是今晚带出去的贴身衣物，但是现在，在这些行头上面，果然多了一个卷轴，松松散散没有卷紧，连扎带也没系上，显然是匆忙之中装进来的。

雷武拿着卷轴站起身来，"哗啦"就展开了，他不是书画行里的人，动手没那么斯文。

宋连魁一个鲤鱼打挺，坐了起来，两眼紧盯着面前的那幅卷轴，紫檀木轴头，二色装，诗塘是周鼎抄录的四句杜诗，画心是曹霸的《绝影图》，三天前他还在周鼎的卧房里亲眼看见过，一点儿都没错儿！而在三天后，它却出现在孙少权的手里，并且当面献给曹锟，这里面到底是怎么一回事儿，他实在不明白。也许，正是因为这幅画的突然出现，就像荆轲刺秦时御医夏无且迎面扔过来的那个药囊，打乱了事先的精心部署，误了大事，曹横谋划已久的一搏也以惨败告终！这些，都已经发生，无可挽回，让宋连魁难以置信的是，这幅《绝影图》竟然进了自己的衣箱，并且随着他来到了家里！

宋连魁惊出了一身冷汗。刚才他在升平署舌战孙少权，完全是出于艺人的自尊，却哪里想到，这《绝影图》果真就藏在自个儿的衣箱里？要是事先知道，无论是怎样的戏剧天才，也做不到那么理直气壮！

"雷武，这是怎么回事儿？"他愣愣地问，"这东西……是你搁里头的？"

"是。"雷武卷着画轴说。

"什么时候？"

"就在枪响的时候，戏台上的人都跑光了，只剩下这幅画……"

"电闸也是你拉的？"

"是，趁那会儿谁也看不见，我把画一把抓过来了。"

"你……你真是胆大包天啊！就没想到人家会搜查吗？"宋连魁抹着脸上的汗，想起刚才的情景，还止不住心惊肉跳。

"没有，"雷武说，"我那会儿只想着，不能让曹先生送了命再搭上这件宝贝，一定得把这幅画抢出来，不能落到他们的手里！等到那家伙要翻箱的时候，我才知道麻烦大了……"

"要是翻出来，咱俩都是死罪！"

"那就是命里该着，陪曹先生一块儿走吧，谁让咱交了这么个朋友呢？"雷武说着说着，悲从中来，泪如泉涌，"那天在咱家，你们俩喝了一夜的酒，说了一夜的话儿，您给他唱'风萧萧兮易水寒，壮士一去兮不复还',我都听哭了。雷武不才,平生最佩服英雄好汉,可那都是戏台上的英雄,书场里的好汉,这回才见了真的,我才知道,世上还真有替天行道的英雄!曹先生没把咱们当外人,咱也得对得起朋友……"他把画轴小心翼翼地卷好,双手捧在胸前,"二爷,今天咱们能逃过一劫,没跟曹先生一块儿上断头台,给他保住了《绝影图》,这是天意啊!"

"天意?谁知道天意是什么?"宋连魁却一片茫然,"今天孙少权没翻咱的箱,那是情势所迫,'局'在那儿了,可这能算完吗?《绝影图》不见了,吴景濂能答应吗?曹锟能答应吗?难道他们就此善罢甘休,不找了吗?"

"噢……"雷武也含糊了。

中南海新华宫,也是一个难眠之夜。新任大总统在就职当天就遭遇刺杀,险些丢了性命,这是什么样的恶兆?还有那幅天赐珍宝《绝影图》,刚看了一眼就不知去向,损失惨重无比!当着一众高官的面,曹锟大骂众议院议长吴景濂、内务总长高凌霨和京师警察厅总监薛之珩"白吃饱儿"——天津话,什么意思?说文雅一点儿就是"尸位素餐",往通俗了说就是吃饱了饭不干活儿,饭桶。这仨人,都曾为曹锟倒黎、贿选冲锋陷阵,如今落下个"白吃饱儿",当众受辱却不能辩解。薛之珩是治安的最高长官,而京师警察厅在内务总长高凌霨治下,自然脱不了干系;众议院议长吴景濂不仅是升平署堂会的主办人,而且《绝影图》也是以众议院的名义敬献总统的,事情搞成这个样子,不骂他们骂谁?

总统命令:着吴景濂协同薛之珩办理此案,限十日之内缉捕凶犯同党,追回失窃古画,不得有误!

花儿市上三条的小院儿里,宋连魁和雷武一夜没能合眼,不知道什么时候,天已经亮了。

突然,大门被凿得"咣咣"响。

"他们追来了？这么快！"宋连魁一步跳下床，"你去看看，是什么人？不，等等，得先把画藏起来！"

他抄起桌上的那卷画轴，哆哆嗦嗦地进了里屋。雷武跑去开门，也两腿打颤。门一开才知道，是送报纸的。

"报丧呢？送个报纸凿什么门？"雷武火了，朝送报纸的吼道，"塞门缝儿里不就得了？"

"先生，今儿有号外，您得添点儿钱！"送报纸的说。

"什么？号外不都是白给的吗？"

"先生，我都给您送上门儿了，赏个跑腿儿的辛苦钱吧！"

雷武无心再多说，连忙从兜儿里掏出两大枚，一把接过报纸，关上大门，赶紧往里跑。

《时闻报》号外摊开在上房当门的八仙桌上，"记者史春秋"的署名瞅着刺眼，也顾不得了，两人四只眼睛急匆匆扫过每一个字：

有声有色，升平署活现华容道
无影无踪，窦尔敦惊飞御马监

刚看了标题，雷武就说："哦，说的就是升平署的事儿——哎，这也不对啊，《华容道》《盗御马》，昨儿晚半晌儿，根本就没有这两出戏！"

"你懂什么？"宋连魁道，"人家说的是，当年赤壁之战，曹操从华容道死里逃生；昨儿这场堂会，曹锟本来必死无疑，可他竟然活着逃出了升平署，这不是活脱脱又一个华容道吗？看总统的笑话，又不明说，骂人不吐脏字儿，这人倒有点儿学问。哎，窦尔敦盗御马，说的就是你啊，快，看看他是怎么写的！"

两人继续往下看：

本报讯（记者史春秋）昨晚在升平署举行新任总统就职庆祝堂会，梅兰芳等一应名伶应邀献艺。孰料中途突有刺客袭击总统，总统侍卫队出手快捷，迅速将其击毙，总统侥幸脱险，观剧人士亦无伤亡。经法医检验，刺客系男性，年约三十五六岁，身份不详。虽携带照相机，以记者面目出现，然各报馆均查无此人。另，昨在堂会上由参议院吴景濂议长展示一幅千年古画《绝影图》，据称系魏武帝曹操嫡传子孙、当今曹大总统之祖先、大唐左武卫将军曹霸所作。图中所绘，乃曹操之坐骑绝影。按曹霸为古今画马第一人，其遗作无一传世，若经考证此画确为曹霸真迹，则中国画史将改写，且必将惊动世界也！惜乎此画初现真容，随即被刺客惊动现场，事后寻察，已杳无踪迹。由此推测，刺客之举，或非为刺杀总统，而意在夺此画耶？现刺客已死，画却失踪，莫非另有高人乘乱盗取，也未可知。据悉，总统已责成警方立案侦办，限期缉捕凶犯同党，追回失窃古画，云云。

这则新闻还配了两张照片，一张是戏台上，高官们簇拥着曹锟，吴景濂和孙少权一左一右，为他展开那幅卷轴，正是枪声响起之前的一刹那。另一张是刺客陈尸戏楼旁，头戴鸭舌帽，身穿皮夹克，已经遍体鳞伤，血肉模糊。一副金丝眼镜跌落在旁边，脸上沾着血污，剃去了那标志性的络腮胡子，脸上又伪装了肤色，先前的那个威猛汉子已经不见了，只有那双眼睛，猎鹰般的眼睛，仍然没有闭上，好像还在盯着他死也不肯放弃的目标。如果不是特别熟悉的人，不，即便是熟人看到这张照片，也未必会认出他就是一去不回的曹横。但是宋连魁和雷武认得他，昨天晚上他就是这副扮相，穿戴着这身行头，演出了悲壮惨烈的一折，也从此消失了。

曹横没能成为英雄，却沦为罪犯，《绝影图》的真正主人却成了夺宝大盗，快速行进的历史在急转弯的关键时刻神经错乱了。明天一早，不，现在已经是"明天"了，全中国的人很快都会知道，三傻子曹锟有惊无险坐上了总统宝座，曹氏传家宝《绝影图》惊现人间却又神秘失踪，警方布下天罗地网，正在紧急侦办。这么说，宋连魁和雷武冒着杀头的危险抢回来这幅画，等于抱来了一颗炸弹！

两人面面相觑，这又该如何是好？

昨夜升平署的枪声，震动了北京城，天子脚下的小民心系着天下大事，三年前的直皖战争，去年的直奉战争，枪炮声犹在耳，现在不知道又是谁跟谁干起来了？所以今天早上的这份儿号外，就满街疯抢。

周易和秋儿彻夜守在周鼎的卧房，昨夜的枪声自然是听到的，不过对于他们来说，那是太遥远的事了，无非是军阀之间谁跟谁又打起来了吧，任凭仆人们叽叽咕咕地议论，也顾不上打听了，还有什么能比一家之主周鼎的命更要紧呢？

客厅里的电话一大早就响个不停，随它响去，周易也无心去接。一会儿，管家朵儿气喘吁吁跑来了："十二爷，电话！"

"哪儿来的？"

"仰古堂的马老板。"

"噢。"周易一听是仰古堂的老板马骉，心里便犯难。马老板是书画业的前辈，一向高傲自负，跟他对话得格外留神。何况，前些日子他到店里来看《绝影图》遭拒，要是再说起这事儿，该如何应答？就摆了摆手："你跟他说我没在家，我就不接了。"

"这恐怕不成，"朵儿说，"他已经打来两回了，我刚才说您还没醒呢，这会儿要说没在家，谁信？"

周易不得已去接电话。

"易之，你们是怎么回事儿啊？"电话里，马骉一张嘴就是责问，"好东西不肯示人，倒也罢了，没想到是献给大总统的！献就献吧，别弄得这么悬，还动武了！老夫实在是不明白，你们到底是要名、要利，还是要玩儿人命？"

"您说的这是什么？"周易好像在听一个外星人说话，完全听不懂，"驰公……"

"算了，甭装了，报纸都出号外了，还当我不识字啊？"两边儿完全对不上茬儿，人家不耐烦了，不等他解释，把电话挂了。

周易倒是要问清楚，正要再打过去，电话铃又响了。他赶紧拿起话筒："喂，驰公！"

"什么驰公？是我。"来电话的不是马矗，而是尔雅阁的老板叶寄尘。"我说易之，您这一手厉害，文的出手，武的收回来，领教了！"

"什么什么？"周易还是一头雾水，"梦公啊，您说的，我一点儿也听不懂……"

"对，就得这样儿，一问三不知，"叶寄尘好似十分谅解他的大智若愚，"现在是什么时候？警察厅正追查呢，只要东西在就成，小心着吧！"

电话又挂断了。

周易简直要疯了！他们都说些什么？猛然想起刚才马矗说了句"报纸都出号外了"，撂下手里的话筒，朝外面喊道："苦六儿，把今天的报纸拿来！"

"哎！"苦六儿在门房答应着，一溜小跑儿进了客厅，把一撂报纸递给他。

《京报》《晨报》《顺天时报》《时闻报》都在第一版刊登了曹锟从保定进京就职中华民国第三任总统的新闻，纵然各报立场不同，有捧的，有骂的，但基本事实大体一致，周易都翻遍了，也没有发现和自己有什么关系，这才又想起马矗说的是"报纸都出号外了"，扭过脸问苦六儿："不是还有号外吗？"

"哦，我落下了……"苦六儿小声儿说，似乎颇不情愿。

"快拿来！"周易朝他吼道。

"哎。"苦六儿答应着，连忙跑出去。

他刚才说的当然是瞎话。昨晚的堂会，他虽然没资格参加，但他的心却拴在升平署，等着莲伯议长的好消息，远处传来的枪声又把心搅乱了。今儿一早收到的报纸，正刊都是升平署出事儿之前就已经印好的，后来发生的枪战只能出号外，当这份儿登载着今天最重大新闻的号外送到时，苦六儿怎么可能不看，又怎么可能"落下"呢？刺杀案和盗宝案，哪一件都是惊天大案，更甭说同时发生，这还得了？

苦六儿把号外送来了。

周易一目十行，草草看了一遍，浑身的汗毛都参起来了！他做梦也不会想到，昨天晚上竟然出了这么大的事儿！这个刺杀总统未遂反被击毙的人是谁？这幅曹霸所作的《绝影图》又是怎么回事儿？他和兄长周鼎不惜巨资购进的、迄今为止最重要的收藏品，大唐左武卫将军曹霸唯一的传世真迹《绝影图》，一直挂在兄长的卧房里，怎么会同时出现在升平署？难道世上还有第二幅吗？他仔细地看着号外上的照片，献画的那张是大合影，拿在吴景濂和孙少权手里的卷轴斜侧着展开，占不了多大地方，再加上闪光灯的干扰，画面白花花一片，也看不清楚。再看那张刺客的照片，无论装束和相貌，都觉得陌生，只是那双死后仍然圆睁着的眼睛，似乎曾经在哪儿见过，却又一时想不起来。

"这份儿号外，为什么刚才不给我看？"他怒而拍案。

"我……我真是落下了，"苦六儿说，"瞧瞧，一张报纸把您气成这样儿，还不如不看呢！"

周易没工夫跟他啰唆，大叫一声："虎子，给我备车！"

"好嘞！"院子里，耿虎赶紧答应，忙着备车。

几分钟后，两匹马已经套好，周易上了车，苦六儿把大门打开，那辆双辕四轮马车驶出了院子。正在这时，却听到一声喊："马车等等！"

周易一愣，抬头一看，原来是街上巡逻的两个警察正朝他走来。他不明白，警察让他停车，要干什么？

"二位，这是什么意思？"周易莫名其妙。

"执行公务！"警察板着脸说，"车上装的什么东西？得看看！"

"搜查吗？"周易不由心生反感，"我从自己家出来，坐自己的车，凭什么要搜查？"

"嗨，"警察见这位不大好惹，换了口气说话，"这也是为了您的安全！昨儿黑间，听见枪响了没？这年头儿不大安生，要是有人携带着快枪、炸弹上街，悬不悬？"说着，走到车前，把脑袋探到车厢里边，眼珠子骨碌碌转了一圈儿,还伸手把车座周边儿都摸了摸,这才退出来,摆摆手说,"得嘞,走吧!"

周易还想再说什么,张了张嘴,忍了。此时若是换了周鼎,一定会大发雷霆,说不定还要到警察厅去论论曲直,但周易毕竟不是周鼎,与人交往,他一贯宽容忍让,轻易不动肝火,何况此时他正有急事要办,哪里顾得上和这两个吃粮当差的警察纠缠?

"虎子,咱们走!"

"去哪儿?"

"琉璃厂!"

琉璃厂街上也和往日的气氛大有不同,有不少警察在巡逻,左顾右盼,东张西望,像鹰犬在搜寻猎物。

马车停在鼎易轩门前。周易刚刚跳下车,一名警察就走了过来,伸着脖子往车厢里边儿瞅。

"干什么?"周易很恼火,"又要搜查吗?"

"执行公务。"警察回答的还是那句话。

"这叫什么公务?出门搜查一回,进店还得再搜查一回,搜吧,看看这车里有什么!"

"没什么。"警察看了看,转身走了。

周易忍着一腔怒气,进了店堂。自从周鼎病倒,他就一直在家陪着,没再到店里来,伙计们这会儿突然见到他,都不禁一愣,忙不迭地鞠躬哈腰:"十二爷,您来了?"

周易没心思搭理他们,黑着脸,迳直朝裱画房走去,嘴里说:"我找杜师傅!"

"杜师傅?……杜师傅没来。"

"没来?"周易站住了,"为什么没来?"

伙计们都不言语,互相观望着,眼神闪闪烁烁。周易觉得蹊跷,往里边儿一瞧,柜台后边儿站着何顺儿,他明明看见掌柜的来了,却缩在那儿假装不知道,周易偏要问他:"顺儿,你师傅怎么没来?"

何顺儿翻眼儿瞧瞧他，那意思是说，你都把我赶出裱画房了，他就不是我师傅了，问我干吗？但毕竟是面对掌柜的，他不敢那么顶撞，垂下头说："杜师傅好几天都没来了。"

"好几天都没来了？"周易一愣，"为什么？"

"不知道。"何顺儿一句话都不肯多说。

"是不是出了什么事儿啊？你带我到他家看看！"周易说着，就往外走。

何顺儿虽然极不情愿，却又不敢不去，只好放下手里的苏州姜思序堂印泥、漳州八宝印泥、杭州西泠印泥，带他去找杜师傅。

杜师傅就住在琉璃厂，鼎易轩旁边儿不远的胡同里，不用坐车，走着就到了。一个不起眼的小院儿，大门没闩，虚掩着，一推就开了。

周易叫了声："杜师傅！"

里边儿应声走出个老头儿，说："又是找姓杜的？他搬走了，这院子倒给我了！"

"啊？"周易吃了一惊，"搬哪儿去了？"

"不知道。"

"这是什么时候的事儿？"

"昨儿才搬利索，"老头儿说，"这不，我今儿来归置归置，怎么着也得四白落地，见见新不是？"

周易往里看看，果然爆土攘烟地正折腾呢，他没心思再听老头儿叨唠抹灰、刷墙的事儿了，转脸就往外走，问何顺儿："告诉我，杜师傅搬走的事儿，你当真不知道吗？"

"我知道……"何顺儿低下了头。

"知道为什么不说？"

"我不能说……"何顺儿眼泪汪汪地看着他，"十二爷，您就饶了我吧！"

"何顺儿啊，"周易真不知道怎么说他才好，"我已经饶了你一回了，你办了那样的事儿，我都没砸你的饭碗，给你留一条活路，却没料到你还在骗我！"

"十二爷，我知道，您和九爷都待我不薄，我也不是成心骗您，实在是没法子……"何顺儿抹着泪说。

"我没工夫听你哭哭啼啼，现在最要紧的是找到杜师傅！告诉我，他到哪儿去了？"

"不知道……"

"你跟他最后一次见面儿，是什么时候？"

"昨儿晚上，他比划着跟我说，他这一走，一辈子再也不回北京了。"

"去哪儿了？"

"我真不知道……"

"那他为什么走，你总得知道吧？你和他，到底都瞒着我干了什么？说！"

何顺儿被逼进了死胡同，不说不行了。唉，对不起了师傅，谁让您先卖了我呢，就别怪我卖您了！

孙少权在便宜坊请客的第二天，傍晚，杜师傅像往常一样收工回家，拍拍大门，告诉娘，他回来了。门没闩，他推门进去，没人应声，也没见老娘慌着跑出来，说："儿子饿了吧？饭都得了，快着！"

这很反常。他心里一动，赶紧进屋，娘屋里没人，他屋里也没人。奇怪，娘上哪去了？上街买菜？跟街坊串门儿？都不像。再看看厨房，空锅冷灶，毫无烟火气息。他慌了！杜师傅虽然不会说话，却是个聪明人，心里有数，立即意识到发生了什么事儿。昨天，便宜坊的烤鸭他一口没尝，跟孙处长说，今儿是自己的生日，也是母难之日，以禁食而尽孝。孙处长当时好像很感动，但心里头信不信，不知道。其实，昨天并不是他的生日，他是撒了个谎，怕的是吃人家的嘴短，既然一筷子没动，下边的事儿就可以一口回绝了，不留后患。他以为自己的这件事儿办得很漂亮。可是他错了，别以为不吃烤鸭就可以不干活儿了，既然派到你头上，你就非干不可，人家自有办法，让你乖乖地就范。正是他为不吃烤鸭找的那个借口，让孙处长看出了他是个孝子，也看到了他的软肋：在心里头把老娘看得比什么都重。这不，人家动手了，老娘不见了，昨天的母难之日是假的，今天倒真成了真的，杜师傅的心都被摘走了！

他知道是谁劫了老娘，既没跟街坊打听，也没上警察局报案，迳直去找自己的徒弟何顺儿。何顺儿说："师傅，掌柜的把我撵出了裱画房，您的事儿我再也不敢管了。"杜师傅说，一日为师，终身如父，你不能不管！我老娘要是有个好歹，我就得死，你就忍心看着我死吗？当然，这些话都是比划着说的，说着说着，眼泪巴嚓地就要下跪。何顺儿不落忍，赶紧扶起师傅，答应替他传话，求见孙处长。可是，此一时也，彼一时也，你以为孙处长会天天请你吃烤鸭？现在要见他一面，难了，传过话来说：放心吧，老太太没事儿，在这儿住着呢，好吃好喝好待承，就是见不着儿子。什么时候来接她？完了活儿吧，一手交货，一手领人。

杜师傅知道人家要的是什么。他心里清楚，造假是裱画业的大忌，不能欺师灭祖，坏了规矩；他比谁都明白，鼎易轩是他的恩主，杜家祖孙六代端人家的饭碗，不能见利忘义，背主求荣。可是，昨天刚刚说过的这些话，现在都得吞回去，不是为钱，是为了老娘啊，在这个世界上，还有什么能比他的老娘更重要？罢、罢、罢，为了老娘，脸面不要了，信誉不要了，他别无选择，只有使出家传绝技，照原样再造一幅《绝影图》。

这是一项十分繁复的工程。首先是画要原样儿复制。曹霸此画，用的不是绢，而是纸。现如今，唐朝的纸上哪儿找去？确实比登天还难，杜师傅跟孙少权说的是真话。但是，他肚子里的真话却没全说。《绝影图》那幅画用的是白麻纸，唐朝的白麻纸虽然找不着了，可是制作白麻纸的工艺却没有绝迹，在安徽和陕西都有传承，杜师傅这儿还存着几张清朝的白麻纸呢，为的是修补古字画用，没想到，现在倒用在这儿了。当然，纸虽然是白麻纸，但毕竟是清朝产的，还显得太新了，要仿唐画，还得染色做旧，让人一眼看去就是一张千年旧纸。有了纸，还得在上面替唐朝人画一张画。古往今来，画马名家众多，曹霸无疑是天下第一，况且这幅画不设色，全用白描技法，每一根线条都清晰地呈现，没有任何"藏拙"的余地，此等功力，岂是一名裱画匠人所能企及的？杜师傅只能尽力而为，亦步亦趋，极力追摹，好在原画尚有破损、残缺之处，把这些都做得很像，就更"唬人"了。诗塘里的四句杜诗和周鼎落款怎么办？他不可能请周鼎再写一遍，只能复制，用透明的蜡纸蒙在周鼎的手迹上，以极细的毛笔沿边线双勾出笔画的轮廓，再把线稿拓到宣纸上，然后在线内填墨，这是最接近原作的摹法，行内称之为"勾填"，今天人们还能看到的《兰亭序》摹本，当年便是这么复制的。周鼎在落款之后还盖了两方印，当然也不可能再去求他盖章，只能造假，杜师傅学过仿古治印，不难。最后一道工序是装裱，这对杜师傅来说就是小菜儿一碟儿了，原来用什么材料还用什么材料，照样再裱一遍，好在何顺儿走后，裱画房里只有他一个人，没人知道这里边儿的秘密。等到两轴画都完工，挂在一块儿，还真像一对儿双胞胎，如果不是行家，也难辨真假。一件活儿，杜师傅干了两遍，假的比真的还费工夫，三个多月，紧赶慢赶，这就是他迟迟才向东家交差的原因，让周鼎、周易和秋儿等得心焦。当然，这边儿交差的同时，那边儿也向孙少权交了差。孙少权并没有食言，真的放了他老娘，但娘儿俩已经没法儿再待在北京了，他怎么面对鼎易轩的主人？怎么面对琉璃厂的同行？只能三十六计走为上！等到孙少权在总统就任之日隆重登台奉献《绝影图》，等到一张号外向世人宣布此画的出现随即又神秘失踪，杜师傅也已经从居住了六代的古都北京消失了。

这就是何顺儿所能告诉他的惊天秘密，在总统面前惊鸿一瞥并且随着枪声不翼而飞的《绝影图》，其实是杜师傅的"作品"！杜师傅，这个一向"守口如瓶"的老实人，竟然置行规、店规和家规于不顾，做出了这等恶行，秘藏千年的《绝影图》在正式面世之前就被盗取了真容并且抢先亮相，不管它流传到什么地方，都将在收藏界、书画界、史学界把水搅浑，从此，鼎易轩所藏的《绝影图》不再是独一无二的，其真伪之争也许会延续未来的千年！

"你呀，你这个吃里扒外的东西！"周易愤怒了，一把抓住何顺儿的衣裳领子，盯着他那双闪闪烁烁的眼睛，"这些，为什么早不告诉我？"

"我不能说。"何顺儿知道十二爷是真急了，要不然这么一个斯文的人不会跟他动手。他当然不能还手，也不挣巴，仰着脖子说，"我瞅着师傅可怜。他也知道，应那个活儿缺德，可要是不应人家，老太太就回不来了，我不能害了老太太，害了师傅！自古以来，人常说'忠孝不能两全'，这话没错儿，搁谁身上都过不去，那是他亲娘啊，谁不是人生父母养？能舍吗？别怪我师傅，他没法子，为了老娘，连不是人的事儿都干了。他知道没脸见您，走了！"

周易的手松开了。他没想到，杜师傅十恶不赦的罪行，竟然被何顺儿这么几句话就给开脱了。是啊，谁能舍得了亲娘？徐庶为了母亲而违心进曹营，杨四郎冒着杀身之险而闯关探母，打动了多少人心？周易自幼丧母，没有亲身体验过母亲的舐犊之情，但从小熟读孟郊的《游子吟》，却也从文字之中产生出无尽的想象，母亲，那是一个多么完美、多么温暖的形象？如果上天赐给他与母亲团聚的机会，他将会毫不犹豫地舍弃一切！

"我不怪他，"周易已经在心里原谅了杜师傅，但事情到了这个地步，仍然是他无法接受的，"可是，他应该跟我说啊，要是早说……"

"那又能怎么着？"何顺儿却不以为然，"师傅不是早就跟您说了吗？他以为，把我卖了就撇清了自个儿，结果呢？您不是也没保住他吗？还是栽到人家手里了！"

"那是因为，后来的事儿我根本不知道！"周易争辩道。

"您就是知道了，也没用！"何顺儿针锋相对，张嘴就给他堵回去，"我师傅又不傻，他心里会盘算啊：一边儿是东家，一边儿是大总统，哪边儿轻，哪边儿重？盘算来盘算去，他只能得罪您了！"

好小子，居然出言不逊，当面贬损掌柜的，这在过去是不可想象的。现在，既然他和师傅背后办的事儿都已经败露，料想自个儿的下场也不会比师傅好到哪儿去，话也敢放胆儿说了。

"什么'大总统'？"这让周易难以忍耐，"还不是孙少权狐假虎威、狗仗人势？"

"您说得太对了！"何顺儿立即对他的这句话给予肯定的点评，"人家就是'狐假虎威''狗仗人势'！别看他本身不咋的，不过是狐狸一只、走狗一条，可人家的后台厉害，有威可借，有势可仗，所以谁都不怕，不光敢惹杜师傅这样的手艺人，连九爷、十二爷这样的名流也敢惹——听了我这话，您可别不服，也别生气，人家敢欺负咱，说明咱不是人家的对手，只能认头。说句难听话，您还得谢谢人家孙处长，只拿走了摹本，把《绝影图》的真迹给您留下了！"

何顺儿索性说个痛快，把自从进入鼎易轩以来没说过的话全说了，也许以后就再没有这样的机会。周易强忍怒气，听着这些狂言妄语，句句刺耳扎心，却又无可辩驳，因为这都是自己心里也明白却不愿意说出口的。但他没有想到，何顺儿这么一个小伙计，竟像老江湖似的说出这么一番颇为世故的人生道理。

"嗯，你还挺能说的。"他点点头，"鼎易轩那么多师傅、伙计，还没有一个敢跟我这么说话的，是不是因为你背后有了靠山，有威可借、有势可仗了？"

"哦，不……"何顺儿连忙说，"我跟人家挨得上吗？连杜师傅都走人了，我算老几？"

"还算有自知之明。"周易道，"你是想，反正已经得罪了掌柜的，这回准得砸了饭碗，既然该走人了，临走也别说软话了！"

"嗯，"何顺儿被他说中了，"既然您看穿了，我也不瞒您，就是这么想的……"

"你错了！"周易却说，"按你犯的错儿，鼎易轩解雇你十回都够了，可是你今天说了实话，我就不能撵你走了，要不然，往后谁还敢说实话？还有，你刚才说的一句话，动了我的心，知道是哪句话吗？"

"啊？"何顺儿一脸茫然，"哪句话？"

"谁不是人生父母养？能舍吗？"周易重复着何顺儿自己都没有特别在意的话，"我知道，你也有爹娘，也得挣钱养家糊口，我得给你一条活路，你留下吧，杜师傅的裱画房，你接着做！"

"啊？！"何顺儿愣了，他做梦也想不到今天的谈话是这个结果，"十二爷，谢谢您了！"

"不用谢，往后要做老实人，不能再犯糊涂。"周易叮嘱道，又说，"我还要问你，那幅《绝影图》的摹本，是你给孙少权送去的吗？"

"不是，"何顺儿说，"我只在便宜坊见过他一面，后来的事儿，都是通过旁人传话。"

"什么人？"

"我跟您说过，是我二姨夫的表侄，我的一个朋友。"

"一个什么朋友？我能见见他吗？"

"哦，不，不能……"何顺儿不再像刚才那样镇定，神色慌乱了。

"这个人是谁？"周易追问道。

"我不能说……十二爷，反正事儿都过去了，甭管他是谁，都碍不着您了，您就别问了！"

这倒让周易颇感意外，何顺儿掌握的秘密并没有和盘托出，而且到了这个份儿上仍然守口如瓶。可叹，自己看人的本事还不如看画，竟然连这么个小伙计都看不透！

"我要是非问不可呢？"一向宽容的周易也不免执拗起来，仍然追问不止，"那个人到底是谁？"

"你们说的，不会是我吧？"旁边儿突然有人搭茬儿。

周易和何顺儿都一愣，猛抬头，正朝他们走过来的是苦六儿。

何顺儿张口结舌，傻眼了。

"苦六儿？"周易觉得奇怪，"你怎么来了？这儿有你什么事儿啊？"

"来找您啊，十二叔！"苦六儿的回答顺理成章，"我先到店里找您，店里的人说，您到杜师傅家来了……"

"找我什么事儿？"周易打断了他的话，急着问。

"九叔醒了，要见您！"

"哦？"周易什么也不顾了，掉头就走，"回家！"

听得外面车马声，管家朵儿慌慌地迎出来："十二爷，您怎么才回来？快着吧，九爷都等急了！"

周易也顾不上跟她多说，跳下车，急匆匆朝西楼跑去。

卧房里，周鼎仰卧在床上，塌陷的眼睛半闭着，似醒非醒，似睡非睡。从投票那天他突然病倒，到现在不过短短的四五天工夫，那位气宇轩昂、神采飞扬的绅士不见了，变成了一个虚弱不堪的病人。

一串急切的脚步声传来，他吃力地睁开眼睛。

"九爷，想必是十二爷回来了！"守护在旁边的秋儿说。

话音未落，周易已经进门了。

"哥，您醒了？觉着好点儿了吗？药吃了吗？"气喘吁吁的周易恨不得一口气问遍他所关心的一切。

周鼎皱着眉头，烦躁地摇了摇头。

"这些，都不用您管了，"秋儿说，"九爷要跟您说事儿。"

这正是周鼎的意思。他不耐烦那些婆婆妈妈的问候，急于要知道琅园外面的情形。当周易的目光触到床上的一摞报纸和那份号外，就立即意识到，外面发生的事情哥哥已经知道了，再瞒着他已经毫无意义。他把询问的目光转向秋儿，"秋先生……"

"是我念给他听的。"秋儿说，"他说他昨儿晚上听见了枪响，所以一睁眼就问外边儿出了什么事儿，我得说实话。九爷虽然病着，可心里清楚着呢。"

"十二郎，你刚才干什么去了？"周鼎的声音不高，但字字清晰。

"我……我去查一件事儿。"周易尽量把话说得含糊些。

"一件什么事儿？"周鼎却咄咄逼人，仍旧像当年管教幼小的弟弟一样，不容许他说一句谎话，也不容忍语焉不详。

"我查清了，昨天晚上出现在升平署堂会上的那幅《绝影图》摹本，是杜师傅做的。"

"啊？！"周鼎那双黯淡的眼球突然燃起怒火，"这个忘恩负义的杜——他叫杜什么来着？"他不愿意再称那个人"杜师傅"了。

"杜宇。"周易答道。

“哼，真可惜了这个名字！杜宇他……他怎么能做出这种事儿？你把他叫来，看他还有脸见我吗？”

“哥哥息怒，一定要息怒！”周易连忙俯下身去，用手轻轻地抚着哥哥的胸膛，“我怕的就是您重怒伤身。杜宇也是迫不得已，他自知没脸见您，已经跑了！”

“跑了？他就是跑到天边儿，也要……”周鼎气得说不出话来。

“找到他又能怎么样？”周易说，“《绝影图》摹本已经不在他的手里了，失踪了！”

“失踪了？是啊，失踪了……”周鼎喃喃地重复着这三个字。

“奇怪啊，在那么戒备森严的地方，怎么会失踪了呢？您看，报纸上这么说，”周易拿起床头的那份儿号外，找出其中的一个段落，“‘惜乎此画初现真容，随即被刺客惊动现场，事后寻察，已杳无踪迹。由此推测，刺客之举，或非为刺杀总统，而意在夺此画耶？现刺客已死，画却失踪，莫非另有高人乘乱盗取，也未可知。’这就是说，当场至少有两个人，一人行刺，一人盗画，虽然官方打死了刺客，但是画却失踪了，这说明盗画行动成功了。”

“如此手段，倒也高明，”周鼎半闭着眼睛，缓缓说道，“而且为一幅画不惜舍生赴死，堪称勇者。只是拿走的并非真迹，仅一幅赝品而已，可惜了！”

这番话说得好没立场，对盗画的人既是佩服又是惋惜，这正是画痴的思维。可是，反过来想，设若人家偷了真迹去，他难道就不可惜吗？

“九爷先不要替人家可惜了，”秋儿道，“可怕的是，那幅赝品已经被当成了真迹，报纸上说，总统府已责成警方立案侦办……”

“对呀，”周易说，“现在街上遍是警察，行人的车辆行李都要检查，我今天一出门，马车就被查了，到了店门口又查一次，刚才回家，还要再查一次，好像我成了嫌犯！”

“他们要查的，就是那幅赝品！”秋儿道，“十二爷，这么要紧的话，您怎么不早说？现在弄假成真，《绝影图》的真迹就危险了，要是被他们看见……”说着，她站起身来，伸手去拿画竿，要取下挂在墙上的《绝影图》。

"不，"周鼎却说，"他们贼喊捉贼，我们一没偷，二没抢，何惧之有？用不着藏着掖着，就挂在这儿，看他们敢来抢吗？只要我还有一口气，人在，马在，死了带到棺材里去！"

此言既出，秋儿和周易都不禁骇然。这几天，周鼎的突然病倒，已经使这个家庭遭遇到天塌地陷般的震撼，而他自己居然想到了"死"，只这一个字，就足以把周易和秋儿击垮了。

"哥，您说什么呢？"周易道，"这点儿病算什么？一定能治好。听秋先生一句话，这幅画先取下来，等您好了，再慢慢儿看。"

周鼎吃力地转过脖子，看着墙上的《绝影图》，点了点头，说："取下来可以，不要拿走，就放在我的枕头边儿上。人在，马在。"

秋儿不愿意再逆着他的意愿了，默默地举起画竿，把画取下来，轻轻地卷成轴，系上扎带，然后，放在周鼎的枕头旁边。

周易、秋儿和朵儿都在卧房里陪着九爷，客厅倒成了最安静的地方。

苦六儿瞅瞅四周没人，悄悄地进了客厅。昨天晚上的枪声，今天一早号外上的新闻，还有十二叔急着寻找杜师傅的举动，让他应接不暇，惴惴不安，实在是绷不住了。

他拿起电话话筒，要通了孙少权办公室的号码……

孙少权刚从户部街京师警察厅回来。

总统命令众议院议长吴景濂协同京师警察厅总监薛之珩办案，毫无刑侦经验的吴景濂怎么"协同"？他所能做的，就是派孙少权去"协同"，把千钧重担都压在你肩上，谁让你吃饱了撑的，拍马屁拍出了一匹"绝影"，惹了这么大的祸！按你犯的事儿，杀头都不为过，我现在不办你，就是要你把那幅《绝影图》再找回来，换你的命！

薛之珩把这个案子交给了司法处处长丁浩元。不是冤家不聚头，孙少权跟这个丁浩元曾经有过一面半面之缘。当初在东厂胡同总统府前头闹事儿时候，他先到鹞儿胡同找了警察厅侦缉大队总部，请他们派几个便衣警察帮忙维持秩序，见的就是时任大队长的丁浩元，正一人儿喝闷酒，对他说："没听说警察都罢岗了吗？连大总统都不伺候了，你算老几？"当时的总统是黎元洪，不伺候也有功。如今换了新总统，丁浩元从侦缉大队长升到司法处处长，刑事、侦查、违警处分等事项都归他管。

丁处长上任后接的第一桩案子就是升平署惊天大案。

"当警察的怎么就这么贱？"丁浩元毫无受宠若惊之感，还满腹牢骚，"升平署堂会是由总统侍卫队负责安全保卫的，一个营的兵力，里里外外、台上台下全是兵，他们是干什么吃的？听戏没有警察的份儿，出了事儿却要我们接着，喊！这么大的北京城，要在十天之内抓住刺客的同党，还要找出一幅画，那不是大海捞针吗？"

"丁处长，所以要仰仗您了！"孙少权比他着急，但不能跟他戗茬儿，先给他戴个高帽儿，再往下说，"事到如今，只能死马当作活马医了……"

刚说到这儿，丁浩元脸色变了，打断了他："这是怎么说话呢？"

孙少权愕然，不知是怎么冒犯了他。

"哦，"丁浩元这才说，"你不知道也不怪你。在我们家是不准说什么'死马''活马'这种话的，因为我老丈人姓马，老爷子性子暴，那是有名儿的……"

"尊翁是……"

"仰古堂的老板马也驰，你没听说过？"

"噢，久仰！"孙少权立即作如雷贯耳状，"那可是琉璃厂泰斗啊，执书画界牛耳！"其实，前些日子在广和楼听戏的时候，仰古堂老板马骉、尔雅阁老板叶寄尘就坐在旁边儿的包厢，他都不认识，周鼎也没介绍。当时丁浩元也在，只是没穿警服，并不显眼，孙少权更不会注意，就算又见了半面儿吧。哪想到如今落得陪着他"协同"办案，连人家的老丈人也得惧三分。"哦，不，"孙少权立即改口，"马没死，刺客死了。既然已经死了，就算他还有什么同党，有天大的本事，也没有再接近总统的机会了，还怕什么？现在要紧的是那匹马……"

"嗯，"丁浩元眉毛一扬，两眼盯着他，"你跟我说句透底的话，那匹马，到底什么来路？"这口气，像审贼似的。

"来路？"这个词儿让孙少权听得膈应，但他得忍住，"那是曹氏后人家藏的珍品，我从鼎易轩淘换来的，花了这个数！"他摊开右手的五指，一脸的凝重。

"真的假的？"丁浩元嘴角翘了翘。

"鼎易轩的东西还能有假？"孙少权最听不得这个"假"字，"那上面儿有周鼎的亲笔题字啊！周鼎是什么人物，您家老爷子还不清楚吗？"

"我听他说了，鼎易轩得了件宝贝，可是没见过。"丁浩元仍然以怀疑一切的眼光盯着他，"我也纳闷儿，像周鼎那么个爱画如命的人，怎么能舍得出手让给你了呢？"

"哟，我还真没那么大面子！"孙少权赶紧说，"人家冲的是我背后的莲伯议长，议长背后还有大总统，别说转让，就是白要，他能不给吗？您别忘了，周鼎是我们众议院的议员，就因为投了曹大总统一票，都背上'猪仔议员'的骂名了，损失何止一幅画？"

"这倒也是。"丁浩元道，"哎，你说，盗画的会是什么人呢？"那神情，像是要考考他。

"要么是爱画的人，要么是爱财的人，反正这两样儿得占一样儿。"孙少权不假思索，答道。

"嗯。"丁浩元点点头。

"还得武艺高强，神出鬼没。"孙少权又补充说，"要不然，怎么能在那么多人的眼皮子底下把画盗走，又怎么能出得了'御林军'重重把守的升平署呢？"

"这倒另说了，"丁浩元道，"主犯未必亲自作案，出手盗画的，也许是受人雇用，重赏之下必有勇夫。"

"言之有理。"孙少权点点头。

"那么，"丁浩元又说，"此人为谁所用呢？"

"爱财的人，到处都有；爱画又爱财的人，琉璃厂有；舍财而爱画的人，琅园有。"孙少权对答如流，"所以，我才向警察厅建议，侦查的重点，一是琉璃厂，一是琅园。"

"追查书画嘛，自然重点在书画界，难免得罪熟人，也不得已而为之。"丁浩元道，虽然他老丈人也在书画界，这话却不能不说，以示决不以公徇私，但接下去又说，"琅园恐怕就没戏了吧？难不成，周鼎已然出手的东西，还会再雇人偷回来？"

"保不齐。"孙少权说，"连您这位神探都认为他不会这么干，人家偏就这么干了，把明里失去的东西，再暗里收回来，物归原主了。"

"是吗？"丁浩元笑道，他压根儿就瞧不起这个外行，竟然还在他面前显摆多知多懂！"想象力不错，《狄公案》《施公案》没少看吧？"

孙少权张了张嘴，没再解释。他心里盘算的东西，那是不能说的。

"说正经的。"丁浩元敛容道，好像在此之前说的话都不正经似的，"这个案子，根据现场踏勘，初步判断，至少有两人协同作案，一人持枪掩护，为了一幅画，不惜制造血案，另一人趁机实施盗窃。结果掩护者被击毙，盗画者成功脱逃，此人既是刺客的同党，也是《绝影图》的现在持有者……"

"也许正好相反呢？"孙少权忍不住说，"说不定这俩人并不是一伙儿的，刺客的行动失败，倒让盗画的白捡了这么个机会……"

"'无巧不成书'？这么巧？"丁浩元脸一沉，这个孙少权处处跟他唱反调，不像是来协同办案，倒像来捣乱的，"不是一伙儿的，能配合得这么默契？什么时候总统上台，什么时候献画，什么时候掏枪，什么时候关灯，都分秒不差，这也太巧了吧？好像都是事先安排好了的！"

"您这话……什么意思？"孙少权一愣。

"我的意思是，"丁浩元眼睛一亮，幸亏孙少权的提醒，让他的思路又有所展开，"要做到这样儿，除非有内鬼！"

孙少权像被敲了当头一棒，心说，你干脆说我是内鬼得了。

"这么着吧，"丁浩元却没再接着敲打他，只说，"升平署堂会你发了多少请柬，到了多少人，给我一份儿来宾名单。"

"噢，那我得回去查查底子，明儿一早给您。"孙少权巴不得早点儿离开这儿，倒不是为这个名单，他心里有事儿，得赶快去办。

马骉正在自家书房里读帖。

马府是两进院子，外带一个东跨院儿，进了大门，影壁右首东墙上，绿地儿黑字写着"东壁图书"的便是院门儿。这儿是马骉的私密空间，有卧房，有书房，还有客房，好友知己可以留宿，做竟夜长谈。

叶寄尘来了，手里拿着一个用报纸裹着的纸卷儿。

"哟，梦公！"马骉放下手里的字帖，连忙起身，"梦公请坐！"又朝门外喊道："上茶！"

"不喝茶！"叶寄尘阴沉着脸，也不坐，挥舞着那个纸卷儿，像要跟谁打架似的。

"您这是怎么了？"马骉不知就里，问道。

"跟警察生气呢！"叶寄尘扬起手里的纸卷儿，"这也要检查，那也要检查，我犯了什么法了？"

马骉这才明白他生的哪门子气，便说："是啊是啊，他们做得也忒过分了！这不，我连家门儿都不出了，省得让人家搜身！"

"忒过分！"叶寄尘更加不依不饶，"您家姑爷不是在警察厅做事吗？您跟他说，士可杀不可辱！"

"说得是，"马骉苦笑一笑，好似在替女婿赔不是，"坐下消消气儿。哎，您拿的这是什么？是不是贵号又收了好东西，让我开开眼？"

"哪儿呀，"叶寄尘这才坐下来，把纸卷儿放在书案上，"这是我自个儿写的一幅字，特为拿来请您斧正的！"

"哦？"马骉连忙趋前，"待我好好儿拜读！"

他拿起纸卷儿，打开外面裹着的报纸，里面是一张未经装裱的四尺三裁条幅，显然是刚刚写就，上书七个行草大字："一洗万古凡马空"。这七个字，马骉一望而知它的出处，乃是杜子美《丹青引·赠曹将军霸》中的经典名句。叶寄尘书此请他"斧正"，当是借以恭维马老先生"此马非凡马",前无古人,雄视当今,书画业同行唯马首是瞻,倒也巧妙得很。马骉向来对溢美之词来者不拒,若是在往日,必是欣然领受,而在今天,他却只看了一眼,就不禁惊呼:"哎呀!"

"驰公不必过誉,我是来听您批评的。"叶寄尘赶紧表示受宠若惊、虚怀若谷,书画界往来都是这样的,人家越夸你,你越要谦虚。

其实,震惊马骉的,并不是这幅字的艺术水平,而是它的内容,看到它,就立即想起《丹青引·赠曹将军霸》,想起那幅失之交臂的《绝影图》!当时,如果仰古堂柜上的伙计稍微机灵点儿,如果常三儿稍微尽心点儿,如果他马骉就在场,《绝影图》就没有别人的份儿了,以后的一切故事都没有了!

"梦公,字是好字,可您这是扎我的心啊,《绝影图》已经不知去向了!"马骉放下卷轴,发出凄凉的哀叹。

"驰公,"叶寄尘却不以为然,笑眯眯另有一番见解,"《绝影图》失窃,也未必是坏事儿。设若没有这场失窃,它就注定归了曹仲珊,秘藏总统府,你我也就无缘得见了……"

"现在也无缘得见啊!"马骉说。

"不,"叶寄尘说,"现在它重又流落民间,既不属于鼎易轩,也不属于官方,人人皆可寻而得之,未来鹿死谁手,尚未可知。"

"嗯,"马骉不禁心中为之一动,这个老家伙,善于从背面儿看事论事,让他于绝望中似乎又看到了一丝希望,"梦公言之有理!"

正说到这儿,丁浩元进门了。他今天下班儿没直接回家,先到老丈人家来看看,叫了声"爸",又朝叶寄尘一哈腰儿:"梦公也在这儿啊?"

叶寄尘见他进来,立即变了一副面孔:"丁处长,我们在合计着向你请愿呢!"

"梦公,'请愿'?"丁浩元不知这是怎么个茬儿。

"请求你们高抬贵手,饶了我们!"叶寄尘说,"本来是鼎易轩一家惹的事儿,凭什么把我们大家伙儿都当贼防?"

"这我可不敢当!"丁浩元自个儿找了个空椅子坐下,做出笑脸儿，"您说，总统差点儿被刺，千年古画被盗，这事儿还不大吗？我们也是奉命办案，大海捞针，难免惊扰民众，这就要请父老们多多体谅了！"

"你还甭跟我们打官腔儿，"马矗并不给他的女婿留面子，"你干的这个行当，搁在大清朝就是个'捕快'，跟奴仆娼优一类的贱业，神气什么？"

"如今不是大清朝，是民国了，我的爹！"丁浩元道，"不是有个名人说过嘛，'没有警察，法律就是一纸空文。'我们是为国家执法，保百姓平安。要是国家没有我们这些操'贱业'的警察守护着，您二位能这么悠闲地品书论画吗？"

马矗一个冷笑："这么说，我们还托了你的福了？"

"不敢，小婿不才，一向仰仗岳父大人的荫庇提携。"丁浩元表示了足够的谦卑，这才接着往下说，"眼下的这个案子，要是能在我手里破了，还要请您和梦公鼎力相助呢！"

马矗和叶寄尘只当是个笑话，不约而同地说："我们能帮你什么忙儿？"

"借您二位的法眼，做个鉴定啊！"丁浩元说得很认真，"那可是千年一遇的珍品，二位不想亲自过目吗？"

那二位听得眼睛都直了。

孙少权回到众议院联络处办公室，正好接到了苦六儿打来的电话。

"哎哟，可打通了！孙处长，怎么回事儿怎么回事儿啊这是？"苦六儿因为心里着急，话说得语无伦次，"为那幅画，咱们费了那么大的劲儿，不容易啊，怎么让人家抢走了呢？现在杜师傅也跑了，怎么办？"

如果没有昨天的意外，《绝影图》已经成功地献给了总统，孙少权对苦六儿这个小人物就不会有太大兴趣了。可是现在不同，莲伯议长说了那样的狠话，等于把他架到火上烤，他得找个替死鬼。

"六少，我正要找你！"他迫不及待。

"不成，"苦六儿却说，"这会儿我出不去！"

"嗯，那就晚上见，"他只好答应，"我还是在那个地方等你。"

"好，晚半晌儿见，孙处长！"

苦六儿挂上了电话，刚刚舒了口气，却看见朵儿进了客厅。

"是六少？"朵儿似乎有些意外，"您刚才给谁打电话呢？"

"哦，没有……"苦六儿的瞎话张嘴就来，"刚才我接了个电话，是找电灯公司的，说他们的电灯泡儿瘪了，让快去修，嗨，打错了！朵儿，你盯着我干吗？"

毕竟是周家六少，他并不买这位管家的账，还把她当丫鬟。

"哪儿呀，我是路过，听见客厅里边儿有人说话儿，就进来了。"朵儿说着，特地把手里的托盘往前举了举，"给十二爷送点儿吃的去，他一早就出去了，到这会儿才回来，还什么都没吃呢！"

苦六儿看看她手里托着的食盘，上面是两个烧饼，一碟酱牛肉，一碗鸡蛋羹，嗯，真是送饭来了，说的倒也是实话。他不再和朵儿磨牙，出了客厅，回他的门房去了。

朵儿送完饭，没直接回东楼，绕弯儿到了马房。耿虎正拿着一把大梳子，给马梳鬃毛，见朵儿进来，忙问："哟，管家，有什么吩咐？"

"你别损我，什么'吩咐'不'吩咐'的？"朵儿说，"虎子哥，我跟你说个事儿……"

"什么事儿？"

"刚才我路过客厅，听见苦六儿正在里边儿打电话，可巧，只听见最后一句，'晚半晌儿见，孙处长！'，他就把电话挂了。瞧他那个样儿，好像是在做什么背人的事儿……"

"孙处长？不就是众议院的那个孙少权吗？"耿虎一听，就一肚子气，"哼，要不是他硬拉着九爷去投票，招来那么大的麻烦，九爷怎么会病成这样儿！还有那匹马……"

"马？"朵儿听得一愣，望着身边的两匹马，"哪匹马？"

"算了，你不知道，就不说了。"耿虎说，"反正是，这个人把九爷害惨了！苦六儿跟他的交情可不一般，上回在总统府前头，他撺掇着苦六儿差点儿下了油锅！昨儿晚半晌儿升平署出了那么大的乱子，今儿他要见苦六儿，说不定又要捏咕什么损招儿，咱们得提防着！"

黄昏时分，朵儿伺候主人吃了晚饭，回到东楼厨房外面的小餐厅，仆人们也该开饭了。苦六儿只草草地划拉了几口，就撂下碗，回门房去了。不是他没胃口，烙饼摊鸡蛋，绿豆汤，都是他爱吃的，可是晚上还要去见孙少权，人家免不了要请他吃饭，他得留着肚子。等到车夫、花匠、丫头、婆子们都吃完饭，各自回房，天也黑了，苦六儿换了身干净衣裳，锁上大门走人。他这个人，最耐不得寂寞，在门房一耗就是溜溜儿一天，简直像是坐牢。到了晚上，又没什么事儿，还不出去松宽松宽？何况今天他还有个重要的约会。

刚出大门，在胡同里蹓跶的警察就朝他走过来了，低声喝问："什么人？"

"哦，我……"苦六儿听得后脊梁发麻，腿肚子转筋，赶紧说。其实这个回答一点儿用也没有，谁认得这个"我"是谁？

"干什么的？"警察又问。

"我……我就住在这儿，这是我家，"他答非所问，"晚半晌儿出去遛遛。"

警察已经走到他跟前，打量了他一番，见他随身没携带什么东西，也就不再盘问了，挥挥手放他走人。苦六儿虚惊一场，又壮起了胆子，头一歪，走了，嘴里小声儿嘟囔着："谅你也不敢把六少怎么样！"

苦六儿前脚刚走，耿虎后脚就从马房出来了。管家朵儿给了他大门的钥匙，他开开门，出了琅园，再把锁锁上。瞧瞧苦六儿往东走了，他也向东跟过去。巡逻的警察走过来看了看他，却没有盘问，因为他两手空空，似乎也无须盘问，即使问起来，回答大概跟前边儿那个人差不多。

苦六儿已经走到胡同东口，路灯下，一辆黑色的小汽车已经停在那儿，这是孙少权的"福特"。

苦六儿把脸贴近了，拍拍车窗玻璃："孙处长，我来了！"

孙少权说："上车！"

"哎！"苦六儿答应着，挺熟练地拉开车门，上了副驾驶座儿，"孙处长，今儿上哪儿？"

"还惦记着吃六国饭店呢？"孙少权白了他一眼。

"西餐没意思，上正阳楼吧？"苦六儿不知好歹，还挑拣上了。

"呸！"孙少权不给他好脸儿，"老子今天可没那个兴致了，有话就在车上说吧！"

苦六儿没答话，伸手一拉，"嘭"关上了车门。

随着那"嘭"的一声，站在黑影里的耿虎也心里一震，车里的人说的话，全听不见了。不过，苦六儿刚才叫的"孙处长"，他听得清清楚楚，胡同里虽暗，但车里有灯，从那模模糊糊的人影儿，他也能认出来，那就是在东厂胡同见过、在琅园也见过的孙少权。他不明白，这大晚半晌儿的，孙少权急着找苦六儿干吗？可惜，车门关着，什么也听不见。他不甘心就此罢休，想多等一会儿，车门总有开的时候，兴许能听到一句半句的。这么想着，就不再往前靠，回头望望旁边儿的一家门洞儿，就往后退了几步，站在那黑糊糊的影子里，免得让车上的人看见。他只顾瞧着前边儿，没提防身后突然拍下来一只手，一把抓住他的肩膀！

他吃了一惊，一个反扑，抓住那只手，猛地回过头来，低声喝问："谁？"

那人一愣："嗯？是你？"

他认出来了，那人是宋连魁的跟包的雷武。

"雷武，你怎么在这儿？干吗来了？"他问雷武。

"虎子哥，你怎么在这儿？干吗来了？"雷武也问他。

……

汽车里，孙少权问苦六儿："你找我什么事儿？"

"我……"苦六儿咽了咽唾沫，压住自己的食欲，只好闲言少叙书归正传，他肚子里也确实有太多的话要跟孙少权说，可是刚一张嘴，就改主意了，反问他，"您找我什么事儿？"

这小子鬼，他知道，谁开口求人，谁就陷于被动，不如先慎着，让对方先说。

"这还用问？当然是那幅画的事儿，"孙少权皱着眉头说，"没想到这件事儿办砸了！六少，你还得帮忙啊！"

"怎么帮？"苦六儿眼一瞪，"我能办的都办到了，是您把到手的马给弄丢了，现在就是想再弄一幅，也找不着杜师傅了，这个忙，我帮不了！"

"你还别这么说，要办成这件事儿，还非你不可！"孙少权那神情，俨然临危授命。

"怎么？让我去逮那个盗画的人？"苦六儿面有难色，"连警察都找不着他，我哪儿逮去？那是神探的活儿，我可干不了！"

"我没让你当神探，"孙少权道，"长话短说吧，警察厅怀疑，从升平署偷走那幅画的，是琅园的人。"他把自己臆造的说法愣加在丁浩元的头上了，以增加说服力。

"哪儿能啊？"苦六儿听得好笑，"您瞅瞅，琅园除了我，还有哪块料身上有功夫？时间上也不对茬儿，升平署昨儿晚上出的事儿，我十二叔是今儿早晨看了那份儿号外才知道的，他也是直到今儿个，才知道杜师傅伪造了《绝影图》，昨儿盗画的人肯定跟他八不沾边。"

"嗯。"孙少权不能不认可这个分析，本来就是这么回事儿。

"再者说，"苦六儿又说，"只有把您献给总统的那幅《绝影图》当成真迹的人，才会拼了命去偷，可是，《绝影图》的真迹在琅园，别人不知道，九叔、十二叔不知道吗？他们干吗还要去偷那张假的呢？"

"你说的都对。"孙少权说，"可是，盗马贼这个罪名，还必须扣到他们头上。"

"为什么？"苦六儿问他。

"因为，从大总统到莲伯议长，到全北京城、全中国，但凡识字儿、会看报纸的人，都把那张失窃的《绝影图》当成了曹霸真迹，在世界上独一无二，根本不知道它还有个摹本。所以，只要这幅画出现在琅园，就可以认定必是偷来的无疑，还有什么话说？"

"嗯，您这招儿真够损的，这不是贼喊捉贼吗？"苦六儿撇撇嘴，"那就赶紧地，派警察去抄家吧，画就挂在我九叔屋里，一抄一个准儿！"

"抄家？"孙少权一个冷笑，"那哪儿成？不，决不能抄家！"

"为什么？"苦六儿觉得奇怪，"曹三爷已然当上大总统了，那就是当今皇上，干脆下一道圣旨，抄！"

"抄不得！"孙少权说，"现在毕竟是民国了，没有皇上，也没有皇权了，昨天通过的宪法已经规定，公民的私人财产不容侵犯，也就是说，即便以总统之尊，也没有权力夺他人所爱。这是其一。其二呢，周鼎是国会议员、社会名流，要想动他，得慎之又慎，弄得不好，会授人以柄，给政府落下恶名。其三，咱们还得留个后手儿，防止他们反咬一口，说我献给总统的那幅画是假的。"

"这倒是，"苦六儿也含糊了，"那，您说怎么办？"

"不能明抢，只能——"孙少权拖了个长音儿，这才从牙缝儿里、舌尖儿上吐出一个字，"偷！"

"偷？"苦六儿听得纳罕，"谁去偷？"

"你！"孙少权两眼逼视着他。

"我？"苦六儿吓了一跳，"不成不成，我可没练过剪绺掰包儿的功夫！"

他说的是江湖暗语，"剪绺掰包"就是偷盗财物。

孙少权听不太懂，猜也猜得出那是什么意思，就说："这不需要什么功夫，要的只是机会。你想啊，假如生人进了琅园，只要被一个人看见，立马儿就露馅儿；你就不一样了，你是周家的六少，院子里哪儿都能去，最不容易引起别人怀疑，下手的机会也就最多，只要瞅准了，趁没人注意，把东西拿出来，就大功告成了！"

"说得轻巧！"苦六儿咋舌道，"我就是拿到了东西，也出不了大门儿啊，外边儿有警察堵着呢！"

"你真傻还是假傻呀？"孙少权"嗤"的一声冷笑，"警察查的就是这样儿东西，那是我们的人！你只要把东西送出琅园，跟警察说一声"送孙处长"，就保证能交到我手里。"

"嗯，我试试。"苦六儿闷着头应了一声，拉开车门，下了车。

"等等！"孙少权跟着也下了车，拦住他说，"不是试试，是必须成功，不许失败。有把握吗？"

"把握……"苦六儿寻思着，突然说，"这得看您的价儿码。我要是办成了，您给我什么好处？"

"好处？"见他临到上阵又拿搪，孙少权沉下脸来，"这几个月，你得到的好处还少吗？周议员的月薪、节敬、会议出席费全是你代领的，连出席总统选举会的五千块支票都归了你，可你连一件事儿都没办利索，还欠着我的呢！"

"谁欠谁的？"苦六儿一瞪眼，"那匹马值多少钱？我九叔花了五万大洋，您给的这点儿钱，连个零头儿都不够！说吧，再给多少？"

"这……"孙少权没想到碰上这么难缠的，但用人之际，又不能一口回绝，只好说，"事成之后，什么都好商量，要钱，真金白银点给你；想当官儿，我给你在国会里谋个差事。"

"当真？"苦六儿听得两眼放光。他有生以来二十多年，糟践的钱已经数不胜数，倒是还没当过官儿，要是能过过官儿瘾也挺有意思。

"当真，君子无戏言，我说话算数儿。"孙少权一字一顿地说，"可你得先把东西给我，越快越好。我看，今天晚上就动手吧！"

"今儿晚半晌儿？"苦六儿咂咂嘴，"这可不是手到擒来的事儿，您也忒急了吧？"

"是莲伯议长催得急，要是逾期拿不到，他能剥了我的皮！要不就明天晚上，最晚不能超过后天晚上，东西到手，马上来找我！"

"成，您赔好儿吧，"苦六儿终于下了决心，"六少豁出去了！"
两人就此分手。

苦六儿转过身，突然，眼前闪过一个人影儿。苦六儿一愣，喊了一声："谁呀？"那人影儿已经没入黑暗之中，不见了。不管他，苦六儿大步往回走去，他要去办一件大事儿了，不再像刚才出来的时候那么左顾右盼，心慌意乱，竟不知不觉地昂首挺胸起来，仿佛丹田之间升起一股侠气。

他回到门房，躺在床上，像烙饼似的来回翻身，就是睡不着。孙处长交给他的这个活儿，比起以前的几次都难多了。城南六少行走江湖这么多年，坑蒙拐骗的事儿没少干，唯独未曾涉足偷盗，想不到如今也要试上一把了。唉，谁让他应了孙处长呢，受人之托，忠人之事，君子一言，驷马难追，就是再难，也得硬着头皮往前闯了。正因为初试锋芒，没有足够的经验，他得事先谋划好了，免得到时候砸锅。这一夜，他没睡安稳。

但是，就在当晚，有一个他想不到的人，去了他想去却没敢去的地方——九爷的卧房。

"十二爷！十二爷……"耿虎推开门，压低了声音叫着。

正坐在周鼎床前闭目养神的周易突然睁开眼睛。车夫半夜三更来到主人的卧房，这还是从来没有过的。

"虎子？这么晚了，你来干什么？"

"我有急事儿！"耿虎说。

这时，刚刚打了一个盹儿的秋儿也被惊醒了，注意地看着耿虎。

"刚才，我看见苦六儿跟孙少权在胡同里见面儿……"

"哦？"周易听得蹊跷，他实在想不到，苦六儿怎么至今还和孙少权有连扯？俩人三更半夜地在外边儿见面，又是为了什么？

"还有，宋二爷跟包的雷武来了，有天大的事儿要跟您说！"

"啊？"又一个出乎预料，周易赶紧说，"还不快让他进来！"

"不成，门口儿有警察，他不能来……"

虽然不知道发生了什么事，周易已经感到莫名的沉重，看了一眼沉睡中的周鼎，站起身来："咱们换个地方说话，秋先生，请您也一起来吧？"

他们进了书房。

耿虎的密报让周易和秋儿惊骇不已。尽管在此之前，他们已经得知了裱画师傅杜宇的作伪和潜逃，并且认定由吴景濂和孙少权献给曹锟的正是杜宇的那幅伪作，但并不知道苦六儿在这件事情中所起的作用，更不可能想到，那个单枪挑战总统侍卫队的刺客，那位倒在血泊中死不瞑目的英雄，竟然是《绝影图》的主人，魏武帝曹操的嫡传子孙曹横，可是在号外上看到那张照片时，他们竟然都没有认出来！

　　"惭愧啊！当初他曾经说过，转让这幅祖上真迹，是因为家有大难，我和哥哥以为他只是缺钱，却根本没有想到他要去干的是这么一件大事，他是为国赴难哪！惭愧，惭愧，英雄就在面前，我们竟浑然不觉，只知道花钱买人家的宝贝，却不知道，他那一番雄心壮举哪是钱可以计算的？和英雄相比，我们岂不是太鄙俗了？"周易喃喃说道，两眼望着空中，仿佛又看到了铁面虬髯的曹横，昂首挺立，巍然如山，而山峰之下，自己的文弱之躯显得多么渺小！"也怪我用人失察，没想到老实巴交、一声不响的杜宇也会弄虚作假，那一幅赝品不但骗了曹锟，也骗了曹横，要不然，他怎么会临阵迟疑，错失良机呢？唉，'出师未捷身先死'，无忌兄，可惜了！恨我无能，连为您收尸、安葬都做不到了！"

　　说到痛心处，周易两行热泪潸然而下，缓缓地拱起双手，朝着空中深深一揖，瘦削的肩胛扭曲着，颤动着，不能自已。

　　"十二爷，您要节哀啊！"秋儿在他的背后轻声说，"无忌先生已经去了，而我们活着的人，处境仍然凶险，时局紧急，我们连痛哭一场的工夫都没有了！"

　　周易转过身来，注视着秋儿那双严峻的眼睛。

　　秋儿继续说："宋二爷和雷武冒死抢出来那幅画，却不知道它是赝品，为此敢于赌上自己的性命！现在警察四处追查《绝影图》，其实，孙少权的心思已经不在追回赝品，而是要盗走真迹，以此掩盖他以赝品冒充真迹欺骗总统的罪责。看来，他们已经迫不及待，如果不出变故，也许明天就会下手，一旦《绝影图》真迹被盗，归于曹锟之手，无忌先生将死不瞑目！到那个时候，我们对九爷怎么交代？他病成这样儿，还一直说'人在，马在'，要是发现马不在了，他会怎样？"

"那岂不要了他的命吗？"周易道，"秋先生，您说，现在该怎么办？"

"这件事千万不能让九爷知道。天下没有万全之策，让我想一想……"秋儿眉头微蹙，陷入苦苦的思索，忽然眼睛一闪，"事到如今，只有将计就计……"

又是一个清晨。

周易匆匆吃过早饭，就出了西楼，朝大门走去。今天，他必须避开一切耳目，独自去办一件机密之事。

"十二叔要出去？"苦六儿跟他打个招呼，也借此探听一下他的行踪。

"嗯。"周易只应了这么一声，一个字都不多说。

"那，您怎么不坐车？"苦六儿又问。

"门口不是设了岗吗？"周易瞥了一眼巡逻的警察，"两袖清风，也免得麻烦！"他摊开空空如也的两手，轻轻一甩，出了大门，走了。

苦六儿不知道他要去哪儿。既然手里什么都没拿，想必是去鼎易轩吧？不，不对，他并没有去琉璃厂方向，而是顺着胡同往东走了。望着周易远去的背影儿，苦六儿心里忽然一动，嗯，甭管他上哪儿了，这会儿，九叔屋里是不是没有旁人了？正好，先去踩踩道儿。

他关上镂花铁门，从门房拿了一摞报纸，迳直进了西楼。

周鼎卧房的门关着，他没敲门，也没言声儿，抬手试着推了推，里边儿没插闩，轻轻地一推就开了。迎面看见的是秋儿，她正俯身在茶几旁边，收拾药瓶、水碗。周鼎仰卧在床上，闭着眼睛，也不知是睡着了，还是在昏迷中。

秋儿听见响动，警觉地回过头来，正好和苦六儿四目相对。

"六少？"秋儿不能不感到诧异，对于这间卧房而言，专管看大门的"司阍"苦六儿实在是个稀客，她只记得九爷从协和医院回来那天，大家七手八脚地把他抬起来，其中好像也有苦六儿，后来就再也没见他来过了，"您……有什么事儿吗？"

且不管苦六儿在她心目中的地位如何，她一直称他为"六少"，并且保持着敬称"您"。

"哦……"苦六儿一时不知道该说什么，他原本以为这屋里除了九叔就没别人，猛地瞧见秋儿在，倒有些慌乱了。窘迫之际，他突然想到一个堂而皇之的话题："我想问问，九叔好点儿了吗？"

"这几天，按时吃莫大夫的药，好多了。看起来，再过几天，就能下床活动活动了。"秋儿回答，说的都是实话。

"那敢情太好了！"苦六儿敷衍着，两眼滴溜溜往墙上扫射，猛然心头一震，怎么？原来挂在墙上的那幅《绝影图》哪儿去了？

看他那副神情，秋儿忍不住问："六少要找什么？"

"没……没有，"苦六儿的目光从墙上闪开，落到周鼎的床上，不经意间看见枕头旁边放着一个画轴，顿时明白了，"没找什么，我是给九叔送报纸来了。"

"报纸？"秋儿不悦地看了他一眼，"九爷正病着，让他好好歇着吧，还看什么报纸？"

"不，我要看，"躺在病床上的周鼎突然说话了，虽然声音不高，却很清晰，"外面都发生了什么事？我都不知道，一天不看新闻，就与世隔绝了。"

"噢，"秋儿无奈，只好从苦六儿手里接过报纸，随意抽出一份，看看头版的新闻，"您别费眼了，我给您念几个标题就行了。孙中山在广州发表宣言，反对曹锟贿选，发出'讨曹令'；上海各团体举行国民讨曹大会，吁请各省军民长官出师讨曹……"

"全民共讨之，太好了！"周鼎枯槁的脸上浮现出难得的笑容，"毕竟民意不可侮啊，看来，曹锟这个花钱买来的总统，当不了太久了！"

这些新闻，这个话题，与苦六儿正在干的营生南辕北辙，当然是他不爱听的，要不是为上这儿来找个借口，他才不急着送这些报纸呢。

他心绪不宁地回到门房，周易坐着一辆洋车回来了。这个钟点儿不早不晚，说不准是从哪儿回来，苦六儿也不便问。

孙少权已经把一份儿升平署堂会的来宾名单交给了丁浩元。这份儿名单，丁浩元不看则已，一看就傻了眼。满眼是部长、将军，官阶都比他高，岂可轻易"传唤""问话"？何况，高官的身旁还有夫人、少爷、小姐、秘书、司机，你送上一份儿请柬，人家来一大家子，这都是事先不好确定、事后也难以统计的，没个准数儿。要想从这些人当中找出"内鬼"，似乎不如选择海底捞针更轻松一些。

丁浩元一早就把侦缉队撒出去，一家家登门拜访，调查取证，结果十之八九被骂了回来。在升平署堂会上曾大骂总统侍卫队少校营长和孙少权的那位将军就再次发威："抓刺客抓到我家来了？我要杀大总统？为什么？为一张画？笑话！凭我和仲珊的交情，就是要他的坐骑他能不给吗？别说是一张画，'墙上画马不能骑'，滚你娘的！"

竟一无所获。直到黄昏时分，侦缉队才从甘石桥议员俱乐部请来了一位架子小，又肯纡尊降贵前来接受问话的，此人便是众议院议员、上海宝山洋服公司董事长钱宝山。他此次来京，投票选了总统，参加了就职仪式，在升平署听戏还受了惊吓，蹭足了热度还不肯走，又赶上京师警察厅有请。

钱宝山在上海没少跟警察打交道，花了不少银子，保得店面平安。但在北京还是头一回进警察厅，难免发怵。虽然他有个国会议员的头衔，但那是虚的，老底子只是个商人，平民而已，本能地怕官。进了司法处办公室，意外地发现了熟人孙少权，好似在险路攀登中抓住了一根树枝："咦，孙处长也在这里啊？"

孙少权忙说："莲伯议长让我协同丁处长办案，噢，这位是丁处长。"

钱宝山赶紧作揖打拱："丁处长，久仰久仰！宝山初次登门，不知有何指教？"

"钱议员请坐。"丁浩元等他坐定，秘书也上了茶，便单刀直入，说起正题，"钱议员，前天晚上的升平署堂会，您是亲身经历的，让您受惊了。"

"哎，国家的事体嘛，应该应该。"钱宝山脸上做出一丝笑容，想显示为国担当的胸怀，又不大自然。

"我们正在侦办此案，刺客的身份，失踪古画的去向，都在调查之中。"丁浩元接着说，"以钱议员的精明，当时在现场，有没有发现什么不同寻常之处？"

　　"哎，"钱宝山第一反应就是转脸看着孙少权，"孙处长也在现场的呀，在台上统领全局，比我清楚啊！"

　　"我现在要听您说。"丁浩元不让他推搡攀扯，"当时那么大动静儿，没看到什么可疑的人和事儿吗？好好儿想想，实话实说，您该知道，做伪证是要负法律责任的！"

　　"晓得格，晓得格。"钱宝山唯唯诺诺，想想跟他一起听戏的都是高官，敢得罪谁啊？还是拉上孙少权，说："我觉得孙处长是对的，他把搜查的重点放在戏台上，放在后台……"

　　"嗯？"丁浩元一愣，望着孙少权，"你还搜查了后台？"

　　"哦……"孙少权不置可否。他确实有过搜查的行动，却又没有完成，这件事儿本来不想提的，却不料被钱宝山捅出来了。

　　"我说老孙啊，"丁浩元直到这时才发现孙少权给他的那份儿名单有问题，"怎么这上边儿只有听戏的来宾，唱戏的一个没写？"

　　"唱戏的，算来宾吗？"孙少权反问。其实，他是有意省略了那些献艺的伶人名单，也就免得再提搜查后台那个荏儿了。

　　"废话！"丁浩元简直是在训斥他了，"没人唱戏，听戏的来干吗？说说吧，搜查后台是怎么回事儿？"

　　孙少权刚要开口，丁浩元却用下巴指了指钱宝山："让他说！"

　　"好格。"钱宝山说，"当时，孙处长直奔后台，我想，对呀，整个升平署哪里最有可能藏东西？也只有后台了。面对梅兰芳、余叔岩等嘎许多红透天的大牌，孙处长毫不客气，要打开衣箱搜查……"

　　"结果呢？"丁浩元问。

　　"吭没结果。"钱宝山说，"有个涂了满脸花的，死活不让搜……"

　　"唱花脸的？谁呀？"丁浩元问。

　　"宋连魁。"孙少权只好替他说。

　　"哦？"丁浩元心里一动，他听过宋连魁的戏，也知道这个角儿爱逛琉璃厂，却没料到他会搅和到这个案子里去，正要听听详情，"后来怎么着了？"

"就吭没搜嘛。"钱宝山说。

"完了？"丁浩元吃惊地瞪大眼睛。

"完了。"钱宝山实话实说，"孙处长还派了汽车，送他回家。"

孙少权心里暗暗叫苦：这个"赤佬"，我怎么惹了你了？怕你说什么，你偏说什么，我就是浑身是嘴也说不清了！

丁浩元气得眼冒金星，要不是眼前坐着个钱宝山，他能把桌子掀了，把吐沫啐在孙少权脸上，可是他忍住了，只说了句："多谢钱议员了，送客！"

钱宝山走了。丁浩元转脸盯着孙少权："那个唱花脸的是你亲爹？你是搜查他还是掩护他？这件事儿，要是钱宝山不说，你还想瞒到什么时候？"

孙少权一腔子血冲到脑门儿上，他好歹也是个处长，什么时候受过这种侮辱？连亲爹都被提溜出来了。可是，明明自己有短儿，而且现在人家的地盘儿上，他敢跟人家对骂吗？嘴张了几张，说出来的还是软话："丁处长，您听我解释，那个宋连魁，是我求着人家来救场的，他怎么可能偷咱的画呢？"

本来，他对宋连魁也未必这么信任，此刻却只能为之辩护了。

"我要听宋连魁亲自解释！"丁浩元厉声喝道，"他住哪儿？"

"哦，"孙少权赶紧说，"花儿市上三条，把口儿的那个院子就是。"

丁浩元朝门口大吼一声："通知侦缉大队，立即派几个人来，跟我走！"

"现在就去搜捕他？"孙少权一愣，想阻止已是不可能，只好说，"当面问清楚也好，走吧！"

"你就不用去了。"丁浩元冷冷地说。

孙少权被晾这儿了，也被弄蒙了。钱宝山突然插了一杠子，是无意中说漏了嘴，还是有意为之？要命的是，丁浩元立即抓住了这条线索，并且立即行动，谁知道会是个什么结果？万一从宋连魁家里搜出了《绝影图》，案子倒是破了，他孙少权可也就完了。

琅园的用人们开晚饭的时候，小餐厅里比往常多了一锅炖牛肉，一坛二锅头。管家朵儿说："这些天，因为九爷的病，大伙儿的心都悬着，吃饭也不香，觉也睡不踏实，都辛苦了。难得今儿九爷见好，十二爷高兴，吩咐犒劳各位，大家吃好喝好，晚半晌儿睡个好觉！"

这番话说得大家心里熨熨帖帖。耿虎和花匠、厨子猜拳行令，不亦乐乎，那些丫头、婆子虽然不会喝酒，也跟着抿一口，高兴嘛！席间，朵儿一再给耿虎斟酒，连声说："虎子哥辛苦，多喝点儿！"这话让苦六儿听得牙碜，要是搁在往常，一定得说两句：他辛苦什么？还天天坐马车呢，辛苦的是马，又不是他。可是今天，苦六儿心里有事儿，顾不上这些了，巴不得那帮家伙都多喝点儿，他们自个儿把自个儿灌醉，也省得给六少绊手绊脚，这样的机会，打着灯笼都找不着，今儿赶上了，真是天助我也！

酒足饭饱，尽兴而散，天已晚了，人们该睡了。而苦六儿等的就是这个时候，他该开始行动了。回到门房，他从枕头底下摸出那把纯钢匕首，拔刀出鞘，伸出右手拇指试试刀刃，"嗡嗡"如蜂鸣，让人兴奋不已。好刀！这是他三年前请一位铸剑高手打造的，据说吹毛得过，削铁如泥，他都试过了，只是还没见过血，可惜空有利器，也不免寂寞。今儿晚上的活儿有点儿悬，就带上它壮胆儿吧。临出房门，他又犹豫：在自家院子里带着刀，冲谁啊？万一被人发现，还真没法儿说。于是从腰间把匕首解下来，又搁到枕头下去，空手出了门房。

时值阴历九月初三，西南天际的上弦月只露出银钩似的一线月牙儿，院子里一片黢黑，只有西楼里还亮着几点灯光。晚风吹来，莲池里的荷叶摇来摆去，飒飒作响。想到由自己主演的一折人生戏剧即将开始，苦六儿的耳畔仿佛响起窦尔敦的那段 [二黄散板]："乔装改扮下山岗，山洼一带扎营房。我趁着月无光大胆前闯，盗不回御马我难回山岗！……"嗯，这是宋连魁的拿手戏，他呀，可惜只能在戏台上瞎比划，今儿个，六少我倒要做一回真英雄！

一辆加长改造的"福特"在花儿市大街火神庙旁边儿停下了，当时的警车就是这个模样儿。从车上跳下来七八个侦缉队员，还有他们的长官丁浩元。那个时候的侦缉队，并不像后来的电视剧里那样，黑警服，大盖帽，腰里挎着"盒子"，而是头戴青呢礼帽，身上一色儿的灰大褂儿，用的是日本进口的洋布，被称为"洋灰"，以区别于步军统领衙门用正定土布做的"土灰"，京畿军政司法处用天津北洋织布局产品做的"国灰"。外出执勤时一般也不带枪，而暗藏袖箭、白灰、黄土，因为他们的对手非贼即匪，靠的是搏斗擒拿功夫，冷不防以白灰、黄土迷住对方眼睛，甩出袖箭，暗器伤人。今天的集体行动，"灰大褂儿"们带齐了家伙，还额外配备了短枪，簇拥着警装威严的丁处长，来到花儿市大街。为避免打草惊蛇，警车没有鸣笛，而且他们提前下了车，悄悄地向目标靠近。

夜色迷离。花儿市上三条把口儿的小院儿里没有灯光，大门的门环上挂着一把铜锁。

"怎么回事儿？家里没人？"

"兴许是他今儿晚上有戏吧？哎呀，忘了看报纸上的戏码儿了！"

"灰大褂儿"们七嘴八舌。有一位甚至已经抬起了腿，准备破门而入了。

"等等！"丁浩元低声喝道，"只会踹门就不配当警察了。兵不厌诈，谁知道里面有没有人？里面藏着什么？小心点儿，把门开开！"

"是！"刚才要踹门的那位"灰大褂儿"应声收回了脚，从兜儿里掏出个耳挖勺儿似的小玩意儿，轻轻一捅，那锁就开了。

"你留在这儿守着门，"丁浩元命令道，"咱们进去！"

一行人进了院子，点着了随身带来的蜡烛，分头搜查。各屋都没有锁门，也没有人，看来似乎并无防备，谁知道是不是空城计呢？

丁浩元首先冲进上房，迎门就看见墙上挂着一幅山水中堂，一望而知跟《绝影图》毫无关系。

"处长，在这儿呢！"一名"灰大褂儿"像发现了新大陆。八仙桌旁边儿，靠墙放着一只青花瓷缸，里边斜插着几幅卷轴。

"那么贵重的东西，不可能放在这儿。"丁浩元连看都不看，"快着，找衣箱！"他最关心的，是在升平署后台宋连魁死活不让打开的衣箱。

衣箱很快就找着了，就在上房东间宋连魁的卧房里，这证明他今天晚上没出去唱戏。那么，他上哪儿去了？不管了，先找东西要紧。衣箱没上锁，轻松地就打开了，令人期待的、本应该就在里面装着的那幅卷轴却不见踪影。想想也是，如果《绝影图》真是为宋连魁所盗，装在这只衣箱里带回来，他会在两天之后还放在原处，等着警方来搜查吗？这连傻子都明白，丁处长这么聪明的人，不该没想到。那么，东西藏哪儿了？外边儿查得那么紧，恐怕他还没来得及转移出去，还在这座小院儿里。找，接着找，衣柜里，床底下，房梁上，任何一个犄角旮旯都不放过，连跟包的住的东厢房和专门存放行头的西厢房都搜遍了，也没有看见绝影马的一根毫毛。"灰大褂儿"们的十八般武艺，都没用上。

迈出上房房门之前，丁浩元回头再望一眼，目光停留在那幅山水中堂上，刚才进门第一眼就看见了，并没有在意，此时却有了兴趣，说："把画取下来！"

旁边儿的"灰大褂儿"一边取一边纳闷儿，这幅画里哪有马啊？可是，这句话还没说出来，却惊喜地发现，原来挂画的地方，后边儿有一个壁龛，安着精致的木门。

"处长，您瞧！您可真有眼光啊！"

"嗯。"丁浩元心里有底了，幸亏临走看了这儿一眼，不然就亏大发了，"把它打开！"

所有的人都围过来，眼瞅着壁龛的门打开了，里边儿只有一个纸卷儿。这肯定就是《绝影图》了，"灰大褂儿"们的辛苦总算有了圆满的结局！

纸卷儿打开了，里边儿卷着的不是画轴，而是一张黑白照片，是从晚清画师沈蓉圃所作的一幅工笔重彩画《同光十三绝》翻拍的，上面画着清朝同治、光绪年间的十三位戏曲名伶，个个都是响当当的角儿。一张照片也值得这么珍藏？那是！在梨园行，对这十三位老前辈是奉若神明的，如果换个时间，换个地点，由一群戏迷来观赏，一一辨认着哪位是程长庚，哪位是谭鑫培，哪位是杨月楼，哪位是刘赶三……绝对不亚于日后的影迷们追逐电影明星的狂热，可是此刻警察们的反应却是失望！

无奈之余，他们只好把先前没正眼瞧的瓷缸里的那几轴画打开来看看，不过是梅兰竹菊之类，既然与马无关，也就引不起丝毫兴趣。

丁浩元长吁一口气。晚了，案发二十四小时之后才来搜查，还想有所收获，这本身就很可笑。谁知道《绝影图》现在哪儿？此时此刻，那个唱花脸的宋连魁又在哪儿？干什么去了？

"把现场恢复原状，"他无奈地发出撤退的命令，"收队！"

琅园。

苦六儿蹑手蹑脚，进了西楼，顺着楼道往里走，在周鼎的卧房门外停下了。他要弄清楚屋里有几个人，什么时候能有个空当。

这时，突然听到周易在说话："秋先生，这几天，您日夜陪在这儿，也实在太累了。哥哥今天明显见好，这会儿他也睡着了，您回去歇一歇吧，这儿有我一人儿就成。"

"也好。"秋儿并没有推辞，大概她也实在是疲倦得力不可支了，便说，"那就有劳十二爷了，夜里九爷醒了，记着给他吃药。"

接着就是秋儿的脚步声。苦六儿赶紧闪开，在暗处看着秋儿从楼道拐过去，上了二楼，想必是进了自己的卧房。她陪着九爷熬了那么多天，肯定人困马乏，该歇会儿了。

下边儿，就看十二爷的了。苦六儿不信他能溜溜儿一宿连个盹儿都不打，等着吧。苦六儿不怕熬夜，小时候熬鹰练出来的功夫，为了消磨鹰的野性，三天三夜不让它睡觉，人熬鹰，鹰也熬人，三天三夜都不带合眼的，越熬越精神。

就这么熬着，熬着，不觉夜已深了，周鼎的卧房里毫无声息，想必陪护的周易也睡着了。苦六儿试着靠近房门，打算趁机动手了。还没有进门，不料却听到一声轻轻的咳嗽，接着，是一串脚步声，当然不会是卧病的周鼎，只能是周易。他要干什么？是要给病人吃药，还是他自己要喝水？显然都不是，因为脚步声越来越近，好像朝房门走过来了，他要出来？苦六儿赶紧退回去，从暗处盯着房门，看他出来干什么。

周易出了周鼎的房门，往前走几步，进了自己的卧房。苦六儿纳闷儿，他要干什么呢？回自己屋去睡觉吗？不，不至于，九叔这边儿没人守着，他怎么能放心睡大觉？一定是回屋换换衣裳什么的……

苦六儿突然心中一动！现在屋里除了睡梦中的周鼎，再没有任何人，多好的机会？还愣着干什么？至于周易能给他留多少时间，那就说不好了，也许马上就回来，也许还得耽误点儿工夫，谁也无法预料，只能凭着七分胆量、三分运气，冒险往里闯，跳河一闭眼，好歹就是它了！

说时迟，那时快，苦六儿疾步上前，"噌、噌、噌"蹿到了周鼎床前。侧卧着的周鼎毫无动静，只能听见他均匀的呼吸。苦六儿一挽袖子，伸手去取枕边的那幅卷轴，却不觉一惊，枕头旁边儿什么也没有！嗯？是不是搁在另一边？他壮着胆子，扒拉开裹在周鼎肩膀旁边的被角，看看他脑后的枕头旁，还是没有！

苦六儿愣了。屋里亮着灯，他不会看错，《绝影图》呢？早晨还看见就在九叔的枕头旁边儿搁着，哪儿去了？九叔不是总说"人在马在"吗，怎么人在马不在了？难道十二叔把画收起来，藏在什么严实的地方了？要是那样儿，让他上哪儿找去？难道他能在这儿翻箱倒柜？就算是他有这个胆儿，十二叔也不会给他留这么大的工夫！

"人在，马在……"静卧中的周鼎发出含混的梦呓，让苦六儿听得心惊肉跳。

突然，周鼎转过身来。刹那间，苦六儿如雷击顶，灵魂出壳！我的娘，这不正是林教头误入白虎节堂吗？

周鼎翻了个身，并没有醒，又沉沉睡去。万幸啊，苦六儿不假思索，拔腿就往外跑，恨不能一步逃出虎口！

刚刚跑出周鼎的房门，苦六儿还没有来得及喘一口气，眼前猛地飞过一个黑影儿，像疾风中飘落的一片树叶，像飞掠而过直击猎物的一只苍鹰，不，都不是，那是一个人！他不禁一个激灵：嗯？半夜三更，在琅园里，九叔的卧房门口，怎么会出现这么一个人？这是个什么人？片刻的恐惧之后，陡然升起的是愤怒，仓皇奔逃的苦六儿刹那之间变得大义凛然：这是琅园，有六少在，哪容得左道旁门来撒野？

　　苦六儿顺着楼道朝前追去，那黑影儿跑得飞快，转眼已出了西楼，从荷塘旁向西跑去，显然是怕撞上警察，不敢走大门，想从西边儿溜走。仓促之间，挥臂奋足之际，苦六儿影影绰绰地看见，那人手里仿佛还拿着一件东西——什么东西？长短不满三尺，粗细不盈一握，好似一根棍子，那么，是此人随身使用的武器，还是从琅园偷走的东西？不，不是武器，到这个时候了，什么武器还不抢开了打，夹在胳膊底下干吗？这么说，那就是一件偷来的东西。什么东西值得这么冒险来偷？啊，他突然想到，那恐怕是一轴画！琅园最值钱的东西是画，而最值得偷的一幅画，不就是镇宅之宝《绝影图》吗？这么巧？城南六少正在做的就是这件事！怪不得刚才在九叔的床头找不到这个卷轴，原来让这家伙抢在前头，拿到了手里！那么，这是个什么人？是为取人钱财而入室偷盗的蟊贼，还是受人指使前来完成什么使命的细作？想到这儿，苦六儿惊出了一身冷汗，难道说此人也是孙少权派来的？他是来接应我吗？不对，不对，要是来接应我，他又何必抢在我前头先下手为强？明摆着，这是要把我甩开，将来在总统面前论功行赏，那就根本没我什么事儿了。孙少权啊孙少权，你上楼抽梯、过河拆桥、卸磨杀驴，够狠的！我让你狠，六少也不是好惹的！

　　满腔的怒气勃然喷发，化作一股强劲的冲力，狗急了跳墙，兔子急了咬人，连苦六儿自个儿都想不到他能发挥出如此水平，竟然追上了那飞人般的黑影儿。就近了看，那人身穿黑衣，头戴黑帽，面蒙黑纱，只露出两只眼睛，在黑暗中幽幽地闪烁，根本看不清面目。管他是谁，苦六儿最惦记的，是那人手里攥着的画轴。他记得小时候奉命读书，学过一句话叫"欲擒故纵"，也不知道是谁说的，这会儿正好用上，假装不理会画轴，瞅冷子一个扫堂腿，把那人绊得一个趔趄，拿着画轴的胳膊不觉一扬，手中的画正好"递"到苦六儿脸前，苦六儿不失时机，伸手抓住画轴，使劲一拽，连人带画都被他拽了过来，眼瞅着就要摔倒。苦六儿心说，我还以为来人是个江洋大盗，想必武艺高强，谁知道这么没功夫，连六少的这点儿小把戏都对付不了，今儿个现眼吧你！他这边儿正在心中窃喜，却不料蒙面人只是虚虚地一晃，并未真正摔倒，而就在苦六儿躲闪之际，那人左手握住画轴，腾出右手，朝着苦六儿连击三拳，一拳打在肩胛，一拳打在后背，一拳打在腰眼，疼得他眼冒金星，两手一松，画轴轻易被人家夺回。苦六儿摔倒在地，咬着牙暗暗骂道，这个挨千刀儿的孙少权，难道你派人抢我的功劳还不算完，非得要我的命吗？不成，六少跟你拼到底了！

　　眼瞅着已经抓在手里的《绝影图》又被夺走，苦六儿仿佛心肝儿都被摘去了，暗暗发狠，非追回来不可，顾不得疼痛，从地下翻身爬起来，朝那人追去。奇怪的是，已经得势的蒙面人并不急于逃走，反而摆好了架势等苦六儿追上来，似乎觉得刚才的这一回合打得不够过瘾，愿意再给苦六儿一个机会，试试身手。这不明摆着是要戏弄他吗？苦六儿被激怒了，腾地扑了上去！那人却不等他近身，飞起一脚，踢得他一个趔趄，就势抓住他的胳膊，一个大背挎，把他像车轱辘似的抡了一圈儿，重重地摔在地上，不待他翻身，又踏上一脚，让苦六儿动弹不得。这一套动作，蒙面人耍得得心应手，轻松自如，好似猫儿玩弄耗子于股掌之中，也是一番享受。此刻胜负已定，蒙面人手执画轴，指点着苦六儿的额头，好似在问他感受如何，那黑纱裹着的面目虽不可见，想必带着轻蔑的笑容。奇耻大辱！他真后悔，不该把那把匕首搁下，要不然，现在能要了这家伙的命！

　　蒙面人双肩在颤抖，似乎在嘲笑苦六儿的无能，而又克制着，不让自己发出声音。也许，他这一招儿玩得太过了，他太轻敌了，没有防备已被置于死地的苦六儿还能绝地反击，突然脖子一扭，像蛇似的昂起头来，一口咬在他的脚面上！蒙面人猛地一震，苦六儿的战术显然出乎他的意料。武林中格斗，固然什么招儿都可以使，张嘴咬人也不犯忌，但江湖人讲究的是，咬胳膊咬腿咬耳朵咬鼻子都可以，唯独不能咬脚，那是下三滥的招数，为人所不齿。出其不意，攻其不备，正是苦六儿的这一咬，蒙面人的脚一抖，给了苦六儿咸鱼翻身的机会，飞速伸出两手，死死地抓住那个卷轴不放，蒙面人也不能自拔，一时形成鹬蚌相争之势……

"有贼！有贼！抓贼啊！"突然喊声四起，院子里响起散乱的脚步声，苦六儿听得出来，那是耿虎和花匠、厨子的声音，其中还夹杂着女声，想必是朵儿和丫头、婆子们了。没想到，这一番无声的打斗，倒把他们都惊动了。苦六儿心说，你们来干吗？这儿有你们什么事儿？这不是要坏我的买卖吗？

转眼间，这些人都跑到了跟前，一个个手里拿着家伙，有拿杠子的，有拿铁锨的，还有的拿着明晃晃的菜刀，嗷嗷叫着往上闯，都是要拼命的架势！

正在争夺画轴的两个人被包围了，蒙面人眼看寡不敌众，终于松了手，丢开画轴，纵身一跳，逃出了包围圈。众人穷追不舍，把那人逼到墙边，再无路可退。众人发声喊，正待上前活捉他，岂料蒙面人一个旱地拔葱，腾空而起，眨眼间飞越围墙，没入黑夜之中，连些许声响也没留下。

众人感叹不已，称这人好身手。苦六儿手里捧着画轴，想逃走已经不可能了，一时愣在那里，不知如何是好。

众人把苦六儿围起来，耿虎好似挺纳闷儿，歪着头问："六少，您这是……？"他刻意地用了个敬称"您"字。

"我，我……"苦六儿觉得自己的舌头突然变短了，"我这不是在抓贼嘛！"

"噢，是吗？"耿虎笑笑，打趣道，"比我们来得都早，我还以为您跟贼是一伙儿的呢，差点儿把您给打喽！"

众人哄堂大笑。

"你……这是什么话？"苦六儿愈发急了，"我怎么能是贼？"

"那你手里拿的是什么？"这回是朵儿问他。

"《绝影图》啊！"苦六儿脱口而出，话还没落地，他就后悔了……

"你怎么知道是《绝影图》？"耿虎追问道，这也正是苦六儿所后悔的。

"哦……"苦六儿突然觉得自己落入了什么圈套，好像这些人都在等着看他的笑话。不，他不能输。"琅园里，最值得偷的不就是《绝影图》吗？"他总算找补回来了，而且找补得滴水不漏。

就在这时，西楼里走出了两个人：周易和秋儿。

转眼间，周易和秋儿已经来到众人跟前。

周易朝苦六儿伸出手去，握住他手里的那个画轴的一端。

"没错，就是这幅《绝影图》！"尽管画面并没有打开，黑夜里也看不清楚装裱的材质和样式，但凭着熟悉的手感，周易仍然准确地辨认出那沉甸甸的紫檀木轴头、覆背纸温润如玉的砑光和刚柔相济的锦边儿，都有与众不同之处。"你也知道这幅画的价值。这是琅园的镇宅之宝，也是鼎易轩的镇店之宝，甚至可以称为无价国宝！"周易说着，着力一拉，把画轴从苦六儿的手里抽回。

苦六儿听着他连说三个"宝"，每个字都扎在心尖儿上。可是，这拼了命才拿到手的宝贝，又乖乖儿地交出去了，这一交，还能再拿回来吗？不，经过今儿晚上的这番打草惊蛇，九叔、十二叔必定要把东西藏得更严实了，要再想偷出来，难了！

突然，远处传来凄厉的呼喊："马呢？我的马！我的马……"

这是九爷的声音，他醒了。

卧房里，画轴重新回到了枕边，周鼎手抚着画轴，看着站在床前的周易和秋儿，看着挤在他们身后的耿虎、朵儿、苦六儿以及花匠、厨子、丫头、婆子们，实在难以想象刚才发生的那一场激烈的搏斗。

"人在，马在！辛苦大家了，谢谢！"周鼎憔悴的脸上浮现出欣慰的笑容，《绝影图》的失而复得使他心情大好，甚至饶有兴致地问，"告诉我，是谁发现了盗马贼的？"

"是我呀，九叔！"苦六儿抢先说，"我晚半晌儿起夜，听着西楼这边儿有动静，就追过来了，这时候，就听见'噌'的一声，从西楼飞出来一个黑影儿，手里还拿着一个画轴！好小子，敢偷我们家的东西？有本少爷在，看你往哪儿走？我一挽袖子就冲上去，跟他过了几招儿，三下五除二，就夺回了这件宝贝，把他打跑了！"

"吹吧你！"耿虎忍不住说，"那人功夫了得，要不是我们围上来，你哪是人家的对手，早被他打趴下了！"

"就是，就是！"朵儿说，旁边儿的丫头、婆子们也跟着嚷，"贼是我们大伙儿打跑的！"

"大伙儿都不容易！不过，头功还是苦六儿的。"周鼎微笑道。他没有想到，仅仅学过一点儿花拳绣腿皮毛功夫的苦六儿还办了一件大事儿："我要犒赏你！说说，想要什么？"

众人一阵骚动，可谁也不敢说什么。

苦六儿乐了。孙处长那头儿得不着的好处，九叔这头儿给他补上，也总算没白忙活！

"真的假的？"苦六儿翻眼瞅瞅周鼎，怕的是九叔在跟他开玩笑。

"当然是真的，"周鼎道，"我什么时候诓过你？说过的话都算数！"

"好，君子无戏言，那我就说了噢？"苦六儿讨得了承诺，这才说，"您可别拿仁瓜俩枣的打发我，我要的是真货色！"

"你到底要什么？说出来嘛！"周鼎有些不耐烦了。

"我说……"苦六儿两眼瞅着他，"九叔您也知道，小侄儿我都二十好几了，还没成家呢，求您开开恩，把朵儿赏给我吧！"

真正是语出惊人！朵儿的脑袋"轰"地爆裂，眼前一片空白，她想跳起脚来骂这个不要脸的苦六儿，不知怎么却喊不出声儿，只说了个"你……你……"就愣在那儿了。旁边儿那些丫头、婆子们傻傻地看着苦六儿，她们做梦也不曾想到，已经沦落到看门狗地步的六少还有如此的花心和贼胆儿，竟然敢打管家的主意！手执锄头、菜刀的花匠、厨子躲在人群后边儿，只看热闹不言声儿。只有耿虎这条热血汉子满不吝，一步跨上前，挡在朵儿的前头，两条浓眉拧成疙瘩，血红的眼珠瞪着苦六儿，说："你想抢走她？甭打算！"

"什么叫'抢'啊？"苦六儿一点儿都不怕他，冷笑一声说，"朵儿是我们周家的家生丫头，把她赏给谁，这是周家的事儿，你算哪棵葱？"

周易和秋儿不禁对视了一眼。尽管他们从来不曾高估苦六儿，还是感到意外，琅园的"司阍"至今仍然把自己看作高居于其他"奴仆"之上的主人，竟然能提出如此匪夷所思的要求，谁知道他的野心还有多大？

"苦六儿！"周鼎喝道。他后悔刚才的话许得太满了，本以为这小子顶多张嘴要点儿钱花，哪儿能想到苦六儿要的是活人？"什么'家生丫头'？如今是民国了，没有那一说了，人人生而平等，这婚姻大事，勉强不得，你说了不算，我说了也不算，得问问朵儿姑娘愿意不愿意？"

"我不愿意！"朵儿终于吐出了憋在胸口的闷气，"我就是一辈子不嫁人也瞅不上他这样儿的！什么东西？"

"嗨嗨嗨，骂谁呢？"苦六儿脸上挂不住了，毕竟是周家六少，怎么能让一个丫头当着众人的面儿这么寒碜，"什么东西？你说是什么东西？"

"吃里扒外的坏东西！"朵儿不给他留一点儿面子，指着他的鼻子说，"你也不想想，自个儿是怎么样儿进的琅园？那会儿，你混得都要下油锅了，是九爷把你救出来的！可你呢？"这么一开口，满肚子的话就留不住了，"这些日子，你背地里都干了些什么事儿？国会的什么薪水啦，节敬啦，会议出席费啦，还有参加总统选举大会的五千块大洋，全都归你了！敢情什么钱你都敢拿？……"

如同炸响了一声惊雷，把大家都震蒙了！朵儿说得没错儿，秋儿曾经亲眼看见苦六儿手里的那张五千元支票，耿虎曾经亲耳听见孙少权历数苦六儿从他那儿得的好处，并且报告了十二爷和秋先生……可是，他们所看到的、听到的、想到的、猜到的，这一切现在都不能说，尤其是当着重病之中的九爷，绝不能说！耿虎万不该跟朵儿多嘴，这个傻丫头只有一个心眼儿，肚子里藏不住半句话！

"朵儿，你别说了！"这句话，几乎同时出自周易、秋儿和耿虎之口，但是，已经晚了！

"苦六儿！"周鼎腾地从床边坐起来，一把抓住苦六儿的衣裳前襟，凌厉之势好似雄鹰搏兔，完全不像个病人，"苦六儿，这些，都是真的吗？"

"九叔……"苦六儿的脸色煞白，两腿一软，"噗嗵"跪在了地上，"九叔，您听我说……"

还说什么？不敢否认就是承认了。这么说，朵儿所说的都是真的，苦六儿在外边儿偷偷摸摸不知干了些什么事儿，都是打着周鼎的名义！他周鼎是什么人？一条顶天立地的汉子，他发誓不做军阀的走狗，不与政客为伍，不向强权屈节，不吃嗟来之食，他珍爱自己的名誉胜过眼睛，犹如一位雕刻家，终其一生为自己打造一座雕像，精雕细刻，力臻完美。现在也许是接近完成的时候了吧，却猝不及防，被藏在身边儿的宵小之徒损毁了！

突然之间，周鼎那一双暴怒的眼睛失去了光彩，紧抓住苦六儿衣襟的两只手无力地松开了，高大的身躯没有了支撑，软瘫瘫地倒了下去……

"哥！"周易惊叫一声，猛扑上去，抱住了兄长。

"九爷，九爷！"众人一片声地喊叫，手足无措，卧房里乱成一团。

慌乱之中，只有秋儿知道现在最该干的是什么，她奔向周鼎的床头柜，一边拿起救急的药瓶，一边喊道："朵儿，快去给莫大夫打电话！"

09　灰飞烟灭

莫理循大夫的汽车赶到了琅园门前。

苦六儿慌忙打开了镂花铁门，在街上巡逻的警察呼地跑过来，拦住说："等等，车子得接受检查！"

大卫·莫理循从汽车上下来。这位黄头发、黄胡子的美国大夫，生就一副抑郁的面孔，好像时时都在专注地思考什么问题。

"为什么？"莫理循会说中国话，只是发音不大标准，带着洋味儿，"我是医生，现在病人正在危险之中，等着我去抢救！"

"对不起，"看在他是洋人的份儿上，警察嘴上客气，手里的那点儿权力却舍不得松动，"上峰有令，车辆行李必须接受检查，我们只能照办。"

"简直不可思议！"莫理循摊开两手，"我的车上除了医疗设备和药品，再没有其他东西，检查，有什么必要？"

"当然有必要喽！"对于这个不懂得如何"通融"却又指望别人通融的洋人，警察只好动手了。

西楼的周鼎卧房里，周易和秋儿守在床前，朵儿、耿虎和一干用人都挤在门旁，紧盯着那张病床。谁也不敢说话，只是焦急地等着莫理循大夫到来。

周鼎仰卧在床上，眼帘低垂，嘴唇紧闭，只有鼻翼轻轻地翕动，表明他还是一个活着的人。

其实周鼎和他们一样焦急。他心里什么都明白，只是说不出；他想动动手，眨眨眼睛，给他们一点儿示意，也做不到，心说，完了，这回是真完了。他记得刚才发生的一切。他清楚，把他击倒的并不是苦六儿，区区苦六儿算得了什么，只是个导火索而已，而把他逼向死亡的，是这个世界。当"誓不降曹"的斗士被污蔑为"猪仔议员"，却欲诉无门，呐喊无声，是他哑了，还是整个世界都聋了？"万马齐喑"竟然成了当今中华民国的写照，悲哀啊！他倒下了，手不能动，口不能言，就这么等死吗？"老骥伏枥，志在千里"，他这匹伏枥的老马还有纵情腾跃于千里征途的那一天吗？远离战场的战马还算是马吗？战马就该上战场，哪怕战死沙场，还要马革裹尸！马，马……他突然记起自己有一匹马，战死在沙场的英雄战马绝影，魏武坐骑，曹霸真迹，鼎易轩的镇店之宝，上天对他的最高赐予，猛士曹横留给他的最后纪念，也是今生今世让他活下去的唯一动力。现在，这幅画就放在枕边，带着他的体温，伴着他的呼吸。他想把画拿在手里，揣在怀里，可是，手却伸不出去……

"九爷的手指头动了！"秋儿突然惊喜地叫道。

真的？真的！众人唰地拥过来，紧盯着周鼎的右手，那只手仍然平静地放在身边，仔细看，手指却在轻轻地抖动。这可是个好征兆，九爷醒了，九爷有救了！一家人的心都提溜起来，连眼睛都不敢眨，盯着那只手，等着更大的动静，但是没有等到，牵动着每个人心的那只手，却再也没有抖动。

莫理循大夫终于赶来了。警察检查了他所有的器械才放行，却又不许汽车进门，他只好自己提着器械，步行到西楼。

莫理循跑进周鼎的卧房，步履踉跄地扑在老朋友的床前，抓住周鼎的手腕，发现已经没有了脉搏。他急忙把听诊器塞进周鼎的胸前。

"莫大夫，我哥他怎么样？"周易极力压低声音，唯恐干扰了他的听诊。

莫理循仍然一动不动，一言不发，像一尊雕塑。

"莫大夫，您说话呀！"秋儿沉不住气了，声音在打颤，"他……他不要紧的吧？"

莫理循缓缓地抽出听诊器："我来晚了，他的生命已经结束了！"

石破天惊，把众人都震蒙了！九爷怎么能死？琅园怎么能没有九爷？几天前，周鼎病来如山倒，家里人心就蒙了阴影，最怕的就是听到那个随时可能到来而且迟早会到来的噩耗，而当噩耗真的到来的时候，却不敢相信这是真的！他死了吗？半个钟头之前还自己从病床上坐起来，大声喊话，怎么现在就死了呢？一个人的生命竟然如此脆弱！

"哥！"周易弱弱地一声呼唤，刹那间，他觉得自己重新成为一个孤儿，"哥，您不能死啊！"

"九爷，九爷！"卧房内外突然爆发出嘈杂的哭声！直到这时，围在周鼎周围的这些人才真正意识到，他已经死了！他们现在面对的已经不再是那个一言九鼎的一家之主，也不再是那个昏睡在床上的病人，而是他的遗体，永远不会再醒来！

"我很难过，"莫理循大夫慢慢地站起身来，双眼含着泪水，"请问，你们为什么不早一些给我打电话？"

"您不知道……"周易失神地喃喃道，"您不知道我们这儿发生了什么事！"突然，他脖子一扬，厉声喝道，"苦六儿！"

"哎……"苦六儿在人群里应了一声，刚才陪莫大夫进了西楼，他就没敢靠前，缩在后头。

"你过来！"周易喊道。

苦六儿胆怯地望望他，只好磨磨蹭蹭走过来。

"我哥死了，死了！"周易的两眼在冒火，嗓子也在冒火，"我哥死在你手里，是你害死了他！"

"十二叔，我哪儿敢？"苦六儿的声音在打颤，瞟了一眼旁边儿的朵儿，说，"明明是……是被朵儿气死的嘛！"

"什么？你……你怎么能……"朵儿的嗓子被泪水噎住了。她没读过书，说不出"你怎么能这么无耻"这样义正辞严的话来。

"混账！你还要再把我也气死吗？"周易吼道。这个斯斯文文的书生，有生以来还是第一次这样发怒，胸中像是装满了火药，突然引爆了，他抡起胳膊，要迎头痛击面前那个不知廉耻的东西！但是，手举到半空，却又停住了，他从没打过人，"噼里叭啦"去抽打别人的脸，还真下不去手，只剩下无处发泄的愤恨，"你这个孽障！当初我哥真不该收留你，滚，从这个家滚出去！"

苦六儿做好了挨打的准备，那一巴掌却没有挨上，虽是侥幸逃脱，但面子丢尽了，到了这个地步，似乎他也只有"滚"出琅园这一条路了，捂着脸怏怏离去。可是，就这么走了，也实在太栽面儿，一边走着，还回头看上一眼，发个狠，说："滚就滚，韩信能忍胯下之辱，你们等着，你们等着！"至于让人家等的是什么，眼下连他自己也不知道。

"这个祸害总算走了！"耿虎望着苦六儿的背影儿，终于吐出了憋了好久的一口恶气。

秋儿也在望着那个背影儿，却没说话，心重如铅。周家的事儿，哪能像耿虎想得那么简单？难道说苦六儿走了，事情就完了吗？

时间在瞬间静止了，仿佛身处空寂无声的宇宙洪荒。不知过了多久，也许仅仅一刹那，秋儿清醒了。一回头，她看见周易半跪在周鼎床前，手拉着哥哥的手。虽然看不见他的脸，也听不见他的哭声，但看见那抽动的肩背，就足以感知那是怎样的悲痛欲绝了。这个刚刚二十岁的青年，其实还像个孩子，他虽然身居鼎易轩经理之位，但一直在兄长周鼎的庇护之下，大树底下好乘凉。现在，这棵大树突然倒了，他还能仰仗谁呢？鼎易轩和琅园的两副重担都落在他肩上了，他支撑得住吗？

"十二爷！"朵儿在周易身后叫道，"九爷走了，您现在是一家之主，不能光顾着难过，得领着全家往前走。眼下最当紧的，是怎么发送九爷？"

"啊？"周易转过脸来，愣愣地看着秋儿，"发送？"突然听到这个阴森森的词儿，让他难以接受。

"我知道您舍不得把九爷送走，咱家的每个人，谁心里不都是这样儿？"朵儿说到这里，已是珠泪涟涟，泣不成声，"可是，九爷已然走了，我们就是再想留他，也留不住了，要让他入土为安哪！"

"是啊，是得入土为安！"旁边儿，丫头、婆子们都哭得跟泪人儿似的，也七嘴八舌地说，"出殡是件大事儿，十二爷，您发话吧！"

"哦……"周易一脸茫然。他是个孤儿，未曾经历父母的丧仪；七年前周鼎夫人去世，他虽然亲身经历，披麻戴孝，像儿子一样为老嫂送终，但那时他毕竟只有十三岁，在别人的摆布之下扮演了一个角色而已，不可能统揽全局。现在，哥哥的丧仪要听他的了，他该说什么？"这些事儿，我不大懂，请你们大家……"抬眼望着那些上了年纪的花匠和厨子、婆子们，"特别是你们老几位说说，该怎么办？"

"九爷的后事，可不能含糊，"花匠先说了，"照老礼儿办呗！"

"是啊，"站在他旁边儿的婆子也说，带着哭腔儿，"要说咱北京出殡的老礼儿，那讲究可就多了……"

深更半夜，苦六儿来到了小麻线胡同。街上空空荡荡，已经没有了拉洋车的，好在路也不远，他是走着来的。小麻线胡同的名称虽不起眼，却卧虎藏龙，众议院议长吴景濂的公馆就在这儿，孙少权为了请示汇报方便，也住在附近。苦六儿当然不敢打扰吴议长，他是来找孙处长的，如今成了丧家之犬，除了投奔孙少权，也无处可去。

孙家他是来过的。但这个钟点儿叫人家的门，心里实在发怵，但又有什么法子呢？只能壮起胆子，拍了拍门钹。门开了一条缝，一个黑影儿在里边儿问："嗯？你找谁？"

苦六儿赶紧说："我找孙处长，劳您驾……"

不等他说完，那人又问："你是谁啊？"

半夜叫门，人家问清楚姓甚名谁也是应该的。

"我姓周，'城南六少'周天。"苦六儿自报家门，而且郑重其事地报了个全名儿，还找补一句，"来过……"

"噢。"那人反应却很平淡，似乎毫无印象，对"城南六少"之称也未作如雷贯耳之状，显然属于孤陋寡闻之辈，"孙处长没在家！"

说完，"嘭"地把门关上了。

这让苦六儿很没面子。哼，你不也就是个"司阍"嘛，装什么大尾巴狼？大晚半晌儿的，说孙处长不在家睡觉，谁信？

其实，孙少权真没在家，他到总统府军需处长兼庶务处长李彦青府上去了。如果放在以往，出了什么事儿，遇到什么难处，他首先求救的对象都是他的恩公，也是他的顶头上司众议院议长吴景濂，可是，莲伯议长已经因为升平署案吃了挂落儿，今天又从议会那边儿传来消息，大总统突然宣布由高凌霨代理内阁总理，这个时候去见莲伯议长，合适吗？孙少权比谁都清楚，内阁总理这个位子，吴景濂觊觎已久了，这几个月来，他玩儿了命地赶黎元洪下台，帮曹锟贿选，并不是因为他和黎元洪有什么过往冤仇，也不是认定曹锟乃治世明君，要辅佐他成就一番事业，而是为了事成之后，在他手下弄个内阁总理当当，这个要求不过分吧？而且，由于莲伯议长运作及时，就在曹锟当选之后，报纸上立即登出了旅沪十六省区统一促进会致总统的电文，呼吁由吴景濂组阁，此事看来已是水到渠成，谁能料到曹大总统竟然过河拆桥？为什么？孙少权问谁去？敢问吗？还用问吗？

他不敢再去打扰吴景濂，从箱底翻出一棵从家乡带来的百年老山参，前去拜望李彦青。李六爷是总统近臣，日睹天颜，什么话都可以说，到了褃节儿上，兴许能保他一条命。

李彦青住在礼士胡同，当初这儿叫"驴市胡同"，是买卖牲口的地方，文人嫌其欠雅，取谐音改为"礼士胡同"，那是宣统年间的事儿。胡同西头儿，一座大宅院儿，门前照壁上镶着一块横石，上刻"刘石庵先生故居"，乾隆重臣刘墉字石庵，这儿曾是他住过的地方，现在归了李处长了。

孙少权已是这儿的常客，"司阍"招呼过后，带他直奔餐厅，见李六爷。李彦青没穿军装，一身白绸睡衣睡裤，正在吃饭。

"六爷，怎么这时候才吃饭？"孙少权问。

"嗨，晚饭早吃过了，没吃饱。"李彦青说，"你们吴议长请客……"

"噢！"孙少权吃了一惊，没想到莲伯议长跟他在同一天动的同一门心思，走的同一条路子。

"他不是总惦记着内阁总理的位子嘛，"李彦青有一搭无一搭地说，像是闲聊天儿，"现在，这个位子已然让人家坐上了，他还不算完，跟我说：高凌霨凭什么当总理？要不是总统绕过议会直接任命他，拿到众议院表决肯定通不过！"

"那可不！"孙少权也忍不住说，"大总统得了天下，论功行赏，内阁总理的位子本该是莲伯议长的！"

"各人都盯着自个儿的功劳簿，谁服谁呀？"李彦青瞥了他一眼，"再者说，吴议长刚在升平署堂会上惹了那么大的烂儿，还跟人家争什么？"

一句话点到软肋上，孙少权心里"咯噔"一声，就不敢再言语了。

李彦青却跟没事儿人似的，扯起了闲篇儿："他请客，我也不好不去。可是，上哪儿不好，偏偏上北京饭店，吃西餐。你说，蜗牛、鹅肝、奶汁牛扒，有什么吃头儿？你一不是洋人，二没在外国镀过金，装什么蒜？土鳖冒洋气儿！"

孙少权心说，这不也是说我吗？我也到六国饭店冒过几回洋气儿！

"我看，哪一样儿也比不上俺们老家的黄焖羊肉。这不，在外头没吃饱，回来再找补一顿儿！"李彦青边吃边说，他吃的就是让厨子按老家山东临邑口味儿做的黄焖羊肉。

孙少权哪有心思听这些，只盼着他少说点儿，快吃，吃完了好谈正事儿。

这时候，电话铃响了。随即，就有老妈子慌慌地跑进餐厅，说："六爷，总统府来电话了，说大总统要'木鱼儿'，让您快着去呢！"

"噢！"李彦青赶紧撂下碗，嘴里还嚼着东西，就往外跑！

孙少权差点儿乐出来，什么"木鱼儿"啊，那是大总统要"沐浴"，该李彦青大显身手了。这钟点儿召他进宫，看来明日君王不早朝了。得嘞，什么话也说不上了，大人物搓背捏脚的事儿都比小人物的命重要！

汽车喇叭两声"嘀嘀"，孙宅关着的院门应声打开了，"司阍"迎了出来，叫声："处长回来了？"

等在门旁的苦六儿一回头，果然是孙少权的汽车回来了。

"孙处长！"苦六儿一开口就是哭腔儿，像是在外边儿受了委屈的孩子回来见了爹娘似的。

"你来了？"孙少权下了车，由"司阍"搀着往里走，回过头来招呼苦六儿，"有话到里边儿说！"这回，看门儿的不敢拦他了。

匆匆进屋，落座，孙少权问："东西到手了吧？"

此刻，孙少权关心的只有那幅关系到他生死存亡的《绝影图》。不管丁浩元那边儿搜查的结果如何，琅园的这幅真迹必须拿到手。有了真迹，还怕假货吗？到那时候，再把造假的罪责推给裱画师傅，洗清自己，也来得及吧？

"没有……"苦六儿哑着嗓子说。

"没拿到？"孙少权顿时瞪圆了眼，太阳穴上青筋暴起，那是极度的失望和恼怒，"没拿到，你来干什么？报丧啊？"

"报丧……还真让您说着了，"苦六儿哭丧着脸说，"我九叔死了！"

"什么？周鼎死了？"孙少权大吃一惊，"他、他怎么能死啊？"

"谁都有一死，他怎么不能死？"苦六儿倒不以为然，"周家门儿里这一辈儿，死得只剩下他们哥儿俩，现在轮到他了！"

"嗯，"孙少权寻思着，又说，"死了也好。"

"怎么？"苦六儿听得纳罕，"人家死了人，您还叫'好'，我倒是头一回听说。"

"人死了，省得咱们去封口了。"孙少权道，"从他手里买画的事儿，就由我说了算了。"

浓墨泼染的天幕下，琅园正在经历有史以来最沉重的一个夜晚。上上下下所有的人都聚集在周鼎的卧房，那个心脏停止跳动的人，把活人的心都扯住了。

　　那几位老仆人很是尽心，把他们知道的、想得起来的"老礼儿"都说到了。周易仔细地听完了，说："承教了。你们先下去吧，让我先静一静。待会儿，有事儿再叫你们。"

　　众人默默地退下了。秋儿也站起来，朝房门走去。

　　"秋先生，您请留步！"周易叫住她。

　　秋儿迟疑地站住了。

　　"您请过来，坐在哥哥的身边。"

　　秋儿就走过来，坐在床边的椅子上。这些天来，她一直是这样守护周鼎的。旁边的另一把椅子，是属于周易的。

　　"现在，这儿只剩下哥哥、您和我三个人了。"周易也坐下了，刹那间，他感觉好像往日的生活在继续。不，哥哥已经不能开口说话了，连躺在病床上和他对谈的机会都没有了。"过去，这个家有哥哥在，有您在，什么事儿该怎么做，都有人告诉我，我只要照办就行了。现在，哥哥走了，往后我一切都听您的了。"

　　"这……这怎么行？"秋儿惊异地望着他，"请十二爷千万不要这么说，我算什么？"

　　"您是我的老师。学生有疑难，当然要向老师请教。"周易说，"哥哥的丧仪该怎么办？请秋先生指教！"

　　"不敢当！"秋儿忙说，"我出身旗人，对汉人的丧葬习俗，并不熟悉。刚才他们老几位不是都说了吗？"

　　这个理由当然是成立的，但周易感觉得到，这不是她所思所想的全部。刚才仆人们说了那么多，而秋先生一直缄口不语，不是没有话说，而是心有疑虑：九爷一走，自己在这个家处于什么位置？她说的话还像过去那样举足轻重吗？

　　正因为如此，周易更要郑重地向她请教。

　　"是，该说的，他们都说了，"周易道，"现在要决断的，是我们该怎么做。"

"嗯。"秋儿应了一声，却并不回答，看着周易那双眼睛，说，"看来，十二爷已经有主意了？您先说说看！"

"我有生以来只经过一桩丧事，就是七年前嫂子过世，丧仪好像是完全按'老礼儿'办的，因为嫂子是个传统女性，哥哥尊重她的意愿。还有一层原因……"周易说到这里，略一迟疑，停住了。

"那就是因为我，"秋儿并不回避这个颇为难堪、轻易不愿重提的话题，接下去说，"九爷没有让太太如愿，伤了她的心，还要了她的命，九爷总觉得亏欠了她，所以，把那场丧仪办得很隆重。"

往事好像就在眼前，尤其是在九爷周鼎的遗体旁说起这件事，更让人伤感！

"可是，哥哥和嫂子毕竟不一样，"周易把话题从沉重的往事拉回现实，"哥哥是经历过欧风美雨的新派人物，生前不爱穿长袍马褂儿，也从来没见他戴过瓜皮帽儿，难道愿意死后穿上那身儿'寿衣'，被打扮成前朝遗老的样子吗？还有那些繁琐的祭拜，和尚、道士念经，摆宴请客，响器班吹吹打打，热闹得跟过节似的，哥哥若是在天有灵，他能喜欢吗？"

秋儿点点头。

"所以，"周易继续说，"我想废了这'老礼儿'！"

"传统丧仪，繁文缛节，确有许多不合时宜、不近人情之处。"秋儿沉吟道，"但毕竟千百年相延成习，在世人心中是一件大事，十二爷打算把'老礼儿'全废了吗？"

"哦，当然也不是全废，是改良。"周易道，"我记得前几年在报纸上看到，胡适之先生的母亲去世，他就改良了丧仪，来宾吊唁只须焚香一炷，除挽联之外，锡箔、冥纸、绸缎一概谢绝。和尚、道士也没请，如果请了，他就不是胡适之了。不过，他还是披麻戴孝为母亲送葬，但在胳膊上多戴了一条黑纱。事后，他自己解释说，'我还是脱不了旧风俗的无形的势力——我还是怕人说话！'"

"这样取乎中庸，倒是恰到好处。"秋儿这才说出自己的主张，"依我之见，九爷的丧仪也应如此，既要革除旧日的一些陋习，又要办得隆重、庄严，在世人面前尽显逝者的哀荣。九爷之殁，不仅是琅园的一件大事，也是京城书画收藏界的一大损失，世上只有一位九爷，我们为他送葬也只此一次，不可有丝毫的草率、轻慢，也决不容许外界的任何干扰！九爷病重的时候，外面已经黑云压城，现在九爷不在了，人家岂不要破门而入了吗？我们没有御敌的法宝，只能把这场丧仪办得声势浩大，让世人瞩目，让不怀好意的人不敢轻举妄动，'死诸葛吓走活司马'！我的意思，十二爷明白吗？"

"明白，"周易心中有数了，"谢谢秋先生指点！这场仗，由您指挥，请发话吧！"

"不，"秋儿却说，"我一个女人家，怎么当得了这个重任？从现在开始，十二爷就得独当一面了。此外，我再向您举荐一个人，请他做九爷丧仪的总提调……"

"谁？"

"他既是您的朋友，又通达人情世故……"

"您说的是宋二爷！"

深夜，花儿市上三条把口儿那座小院的铜锁打开了，雷武收起钥匙，和宋连魁一起进了门，再把门闩上。

两人进了上房，雷武划着了洋火，点着了油灯。这个钟点儿才回家，宋连魁有些累了，刚想坐下歇歇腿儿，却又倏地站了起来："雷武，你不觉得家里有什么不一样吗？"

"嗯？"雷武愣愣地端详着这间再熟悉不过的房子，一切都和他们出门时候一模一样儿，"怎么了？您看出什么了？"

"不是看，是闻出来的。"宋连魁深吸一口气，"咱家平常不点蜡烛，哪来的洋蜡味儿？"

"噢，是洋蜡味儿。"雷武耸耸鼻子，"真的，这……这是怎么回事儿？"

"有人来过了，"宋连魁说，"来找那幅《绝影图》。"

"啊？！"雷武惊得汗毛都立起来了。

侦缉队的"灰大褂儿"们确实训练有素，搜查过后竟然能把现场复原到不露痕迹，却不慎留下了气味儿，也是败笔。

琅园的仆人们齐聚在西楼客厅里，一个个眼含着泪，等待十二爷吩咐。从现在起，他开始发号施令了。

"虎子、朵儿，天亮之后，你们俩先到石头胡同'大北'照相馆，放大一张九爷的照片，五十英寸的，配好框子。再到大栅栏'瑞蚨祥'，黑、白绸子各买二十四，白布十匹。再到东交民巷，意大利大使馆旁边儿有一家洋装店，按九爷的尺寸买一件衬衣，一套西服，一双皮鞋，都是他常穿的那种样式，你们知道。"

耿虎和朵儿同声称"是"。

周易又对花匠交代："你去订一口棺材。知道哪家最好吗？"

"宣武门里绒线胡同的'福寿'椐厂，"花匠说，"离咱这儿也近。"

"好吧，就那儿了，挑最好的，明天送到。"周易又问，"棚匠，哪家最好？"

"南城土地庙的'山海'棚铺。"花匠答。

"好，那你就去吧，让他们明天上午把棚搭好。捎带着把'烧活儿'也交给他们办，记住，不要纸人、纸马、纸车……"

"啊？"不光是花匠，连耿虎、朵儿他们也觉得不解。

"那旗、罗、伞、扇呢？金瓜、钺斧、朝天镫呢？"耿虎问。

"不要！"周易答。

"还有那些'松活儿'呢？"花匠又问。他说的是用松枝扎成的亭、狮、鹤、鹿，"讲究的还得有活鹰、活狗、活骆驼！也不要吗？"

"都不要，听我的！"周易说得斩钉截铁，不容置疑。显然，他不是在跟他们商量，而是直接发布自己的指令："不要那些花里胡哨的东西。订做五十个花圈，两千朵白纸花，要是一家来不及，就多找几家。"

"是！"花匠不敢再持异议，肃然领命，尽管这项差事和他的本行一点儿关系也没有，"十二爷您赚好儿吧，我一定办利索。"

"所有的东西都要买最好的，不讲价钱，人家要多少给多少。往后，想给九爷花钱，也没有地方花了。"周易这番话是对大家说的，然后转过脸，又望着厨子说，"我们不必大宴宾客，但九爷的生前好友总是要在这儿吃饭的，你要安排好，我就不细说了！"

"那是当然，不用十二爷费心！"厨子说。

"其余的人留在家里，该归置的归置，该打扫的打扫。凡是九爷的遗物，都要保存好，一本书、一张纸片儿都不许丢。墙上字画都照旧挂着，那都是九爷最爱的东西，用不着遮挡。"周易对那些丫头、婆子也作了交代。

"十二爷……"最早领了命的耿虎似乎还有话说。

"嗯？还有什么不清楚吗？"周易问他。

"您别忘了，咱们还得请和尚、道士……"

"免了！"

"免了？那……响器班呢？"

"也免了！"周易道，"这又不是过节，用不着那些唢呐铙钹吹吹打打！"

"噢……"耿虎听他这口气，自然不敢再多说，不过还是不踏实，"那……就一点儿响声儿都没有？"

"不，"周易自有主意，"我准备请莫理循大夫帮忙雇一个西洋乐队，用哥哥最喜欢的曲子为他送行。"

"什么曲子？"秋儿不禁问道。

"《送别》。"

"李叔同的《送别》？"秋儿有些意外，"中国曲子，洋人能吹好吗？"

"先生有所不知，"周易说，"哥哥告诉过我，这首歌本来是美国作曲家奥德威写的，叫《梦见家和母亲》，李叔同略作改编，填进了新词，所以算是一首中西合璧的歌。"

"噢，承教。"秋儿颔首道。身为师长，她也有不如弟子的时候。

"现在，正好请美国朋友演奏这首曲子，献给哥哥，秋先生以为如何？"

"甚好，十二爷想得周到。"

该交代的都交代了。这些，当然和仆人们期待的"老礼儿"相距甚远，但也由不得他们了。

"都去忙吧，"周易最后说，"把九爷发送好，就靠大伙儿了！"

大家正要散去，耿虎又说："十二爷，咱家大门口有警察堵着呢，进进出出都得检查，怎么办？"

"不怕，我去跟他们说！"周易昂然道，"我就不信，他们家没有父母？他们的父母就不死、不出殡？"

众人不禁心头一震。在琅园这么多年，还是头一回听见十二爷这么说话。大难当头，十二爷变了！

苦六儿带来的消息，顷刻间把孙少权的精心盘算全打乱了。苦六儿当然不会实话实说，他把一切阴错阳差通通推到那个蒙面人身上，可是，毕竟《绝影图》没拿到手，这个铁的事实无论如何也绕不过去，这就足够让孙少权恨得咬断牙根，连宰他的心都有了。

"你说的那个蒙面大盗，是什么人？"他问苦六儿。

"您还问我？我正要问您呢，"苦六儿满腹怨气，"不是您派来的吗？他不在外边儿接应，倒跑到里头来跟我作对，又抢又夺，这到底是怎么回事儿啊？"

"这不是我们的人。"孙少权肯定地说，"凡是我们派去的，无论警察还是便衣，只能在外边儿守着，不会跳墙进院子。看起来，惦记《绝影图》的不止咱一家。前天的升平署堂会上，人家已经露了一手，来无踪去无影，盗走了《绝影图》。可为什么这次还会再来呢？要么，是他看出来那一幅有假，此番来取真货；要么，此盗非彼盗，而是另有来路，显然知根知底，前来探囊取物，却不料跟你撞上了——"说到这里，他突然失声叫道，"哎呀，不好！"

"怎么了，孙处长？"苦六儿被他吓了一跳。

"不怕贼偷，就怕贼惦记。"孙少权道，"《绝影图》有这么多人惦记着，只怕真迹难保！周鼎一死，琅园势必大乱，正好给了盗贼下手的好时机！"

"那咱也趁这个时候下手啊，"苦六儿说，"赶紧的，您还不派人抄他的家？"

"亏得你还姓周，能出这样儿的主意！"孙少权嗤之以鼻，"在人家出殡的时候上门儿抄家，也太缺德了吧？大面儿上亮不过去啊！"

"您说该怎么着？"苦六儿说，"那就站在旁边儿看热闹，撒手不管了？"

"当然不能，"孙少权道，"对琅园的这桩丧事，我们一不能趁火打劫，二不能袖手旁观，相反，还要出面保护……"

"保护？"

"对，保护。治丧期间，琅园人来人往可就多了，必须对出入人员严密监视，我马上就报告京师警察厅，警力还要加强，必须确保《绝影图》不流出琅园。当然了，里边儿还得有个内线卧底……"

"卧底？谁啊？"

"你啊！"

"我？我已然被赶出琅园了！"

"赶出来，你再回去嘛！"

"这……"苦六儿为难了，"怎么还能回得去啊？"

"外行了不是？"孙少权微微一笑，"世上有两种人是来者不拒的：一是贺喜的，一是吊丧的。娶媳妇、生孩子的时候，有人来了，哪怕是要饭的上门儿，只要说一声儿'恭喜恭喜'，你就不能轰人家走，好歹得给他喝杯喜酒。出殡的时候，纵使是几辈子的仇人，赶上你家的丧事儿，他哭着来了，这仇就算解了。看过《卧龙吊孝》吧？诸葛亮三气周瑜，活活儿地把人家给气死了，还猫哭耗子假慈悲，哭得一把鼻涕一把泪，东吴的人也没把他轰出去啊！更何况，你是周家的人！"

言之有理。苦六儿说不过他，但还是面有难色。

孙少权拍拍他的肩膀："去吧，浪子回头金不换，好好儿地发送你九叔吧！"

天亮了。今天的《京报》登出了一份《讣告》，是凌晨时分周易打电话紧急口述给报馆的，总算赶在报纸开印之前排上了。讣曰：

> 先兄周公讳鼎不幸于中华民国十二年十月十二日晚十时三十分病殁，终年五十三岁。择于十月十四日大殓，十月十五日开吊，十月十六日发引。遵照逝者生前意愿，丧仪拟革除旧习之繁文缛节，如蒙生前友好赐吊，除挽联、挽幛外，敬辞礼金、纸箔、祭品，免三跪九叩，而以鞠躬致哀为宜。专此讣闻。

> 周易泣涕敬启

这张报纸拿在宋连魁的手里。

"啊？！"宋连魁如闻晴天霹雳，"这……这是怎么个话儿说的！一夜之间……"他万万没有想到，这一夜之间竟然天翻地覆，九爷周鼎没了！胸中的千言万语，此时都涌到喉头，却说不出来了，使足了劲，大吼一声，"雷武，走！"

丁浩元走进办公室，发现孙少权已经先到了，正坐在里边儿等着他。这让他不悦，有"鹊巢鸠占"之感。

"丁处长，"孙少权倏地立起身来，"昨儿晚上辛苦了！东西拿到了？"说这番话的时候，心跳到了嗓子眼儿。

丁浩元没说话，板着脸坐到自己的座位上。

"人抓来了？"孙少权不知道他的葫芦里卖的什么药，又试着问。

"没证据抓什么人？"丁浩元突然一声吼，"看我笑话儿？"

孙少权心里的一块石头落了地。丁浩元的搜捕行动毫无收获，对办案人员来说无疑是个坏消息，而孙少权却暗暗庆幸，宋连魁安全了，他也就安全了。自己竟然和一个彼此都不信任的人共进退，想想都觉得奇怪。

"哪儿的话？"他的脸上泛起了笑容，"我还得谢谢您呢！"

"谢我什么？"丁浩元一瞪眼，他对这种片儿汤话很是反感。

"谢谢您为我洗刷了掩护逃犯的罪名！"孙少权现在理直气壮了，"要不然……"

"这话就别提了，"丁浩元不无尴尬地打断了他，赶紧转移话题，指了指桌子上那一摞刚送来的报纸，"今天的报纸看了吗？周鼎死了！"

"在报纸出来之前，我就知道周鼎死了。"孙少权不慌不忙，"我还知道，昨儿晚上琅园有蒙面人翻墙盗宝未遂，要抢的就是那幅《绝影图》……"

"什么？"丁浩元一惊，"那幅《绝影图》还真在琅园？"

"我的眼线亲眼所见。"孙少权毫不含糊。

"这么说，升平署的盗宝飞贼果然为琅园所用！"丁浩元的语气变了。这番话，孙少权在昨天说，还被他耻笑，一夜之间却被证实了，这让丁处长身上的傲气不觉有所收敛："老孙，还真让你蒙准了。"

"丁处长过奖。"孙少权忙说。

"想不到，周鼎在死之前还办了这么一件大事，把自己的所爱又收回去了！"丁浩元的语气不乏赞叹之意，"好，《绝影图》和刺客同党都有着落了！大总统限我们十天破案，现在刚过了三天，案情已经明朗……"

孙少权舒了一口气。他已经成功地把升平署失踪的《绝影图》赝品和琅园珍藏的真迹混为一谈，把由他编造的故事变成了事实并为警方认定，那幅假画就无关紧要了，最好是永远也找不到，也就永远没有了真相。

"蒙面人，琅园，《绝影图》……"丁浩元思索着说，"虽然这次盗窃并没有成功，却给我们提供了一个极其重要的线索。老孙，你说说，这个蒙面大盗会是什么人呢？"他不得不认真地倾听孙少权的见解。

"我想，"孙少权好似已有准备，从容应答，"应该是知情人，既熟悉琅园，又对《绝影图》非常感兴趣的人……"

丁浩元心里又不舒服了。照这么说，琉璃厂开字画店的都够这两个条件，他的老丈人马骉及其好友叶寄尘岂不也包括在内？

"你就明说吧，你怀疑谁？"他问。

"隔皮猜瓜，不知道什么瓤儿，谁都有可能，"孙少权先给他一个宽泛得没边儿的漫天撒网，让他嘀咕去，然后才点到具体的人名儿，"比如钱宝山……"

"钱宝山？"丁浩元吃惊地嚷起来，觉得这家伙简直在发神经，"你说的是那个众议院议员钱宝山？"

"没错儿，就是他。"孙少权说。

"老孙，"丁浩元的脸一沉，"你可别因为人家说了几句话，委屈了你，就挟私报复！"

"挟私报复？"孙少权"嗤"地一笑，"我孙少权是那样的人吗？我说他可疑，是因为他确有可疑之处！"

"他一个上海人，来到北京两眼一抹黑……"

"别忘了，他可是老资格的民元议员，来北京开过多少次会，数也数不清了，跟周鼎同僚，也去过琅园，不能说不熟悉吧？"

"甭管多熟悉，就凭他，小矮个儿，罗汉肚儿，还能当蒙面大盗，翻墙越脊？别逗了！"

"没跟您逗，"孙少权正色道，"他还用自个儿翻墙？不会雇个武功高手吗？这可是您说的，盗画的贼人必是受人雇用，重赏之下必有勇夫。"

"我是说过，可是，"丁浩元仍然不服，"钱宝山是个做洋服的，裁缝出身，对书画一窍不通，他下这么大功夫偷一张画干什么？"

"他爱的是钱啊，只要是值钱的东西，他都爱！甭管是谁的钱，他都要！"孙少权回答得干脆、响亮，"就在总统选举投票之前，我在六国饭店亲眼看见一个东北口音的人跟他搭搁，好像还递给他一张支票……"

"噢，有这事儿？"丁浩元一愣，犯起了寻思，"东北口音？选举之前我们接到情报，奉系派了不少人在北京活动，收买议员，让他们别投曹三爷的票。你碰见的兴许就是奉系的人。钱宝山这个饕餮鬼，胃口不小啊，直奉通吃！"

"就是啊，这样的人，还有什么钱不敢要，什么事儿不敢干呢？"

"嗨，你就该当场取证！"

"我又不是警察，没有办案的权力，怎么取证？"孙少权两手一摊，"只能眼睁睁地看着那个人跑了。"

"跑得了和尚跑不了庙。"丁浩元咬咬嘴唇，"钱宝山现在住哪儿？"

"甘石桥议员俱乐部，开完会没走的议员还住在那儿。"

"马上派人盯住他。按银行规定，现金支票必须在十天之内兑现，那么，他回上海之前一定会去银行，我们把北京城的银行挨个儿排查，一定要找出这张支票！"

"丁处长英明！"孙少权赶紧予以肯定。现在，他们已经达成了共识，把上海宝山洋服的董事长列为重要嫌疑人。

"至于琅园那边儿，"丁浩元刚想作指示，却又停下了，征询意见似的望着孙少权，"老孙，你看……"

"但凭丁处长吩咐。"孙少权取得了一定的发言权，但也不敢僭越，仍然保持着必要的谦恭。

"甭管那个蒙面人是谁，《绝影图》并没被盗走，它还在琅园。严密监视他们的一举一动，《绝影图》即使长了翅膀，也决不能让它飞出这个院子！"

"是。"孙少权立即表示赞成，又试着说，"如果您同意，我想不必等到正式开吊，今天就去看看。"

"好。"丁浩元微微一笑，"周鼎死了，我们的机会来了！"

孙少权的汽车离琅园老远就停下了，先让蹭车的苦六儿下去，免得被人看见，再继续往前开，直到琅园门前。这里已经门庭若市。大门两旁的垛子上各挂着一盏白纸灯笼，上书斗大的"丧"字，向外界宣布周鼎的死讯，即使没有看到报纸上的讣告的人，也都一望而知。周家是南城的名门望族，鼎易轩是琉璃厂数一数二的名店，周鼎是书画收藏和鉴赏界举足轻重的名家，再加上最近有关他的传言不断，无论人们对他钦佩也罢，嫉妒也罢，猜疑也罢，非议也罢，都不可能不被他的辞世所牵动，哪怕不为交情，不为礼仪，只为了满足好奇心呢，也得借机来打听打听。北京人爱瞧热闹，谁家办红白喜事，就如同搞一场公益性的演出，不但极具观赏性，而且为公众平添了评头论足的丰富谈资。更何况，琅园的丧事又要搞什么"改良"，添上西洋景，新鲜！怎么能不看呢？

孙少权看着这乱哄哄的场面，皱起了眉头。下了车，朝旁边儿巡逻的警察招了招手："过来，过来！"

警察犹犹豫豫地走过来，见站在汽车前的这位爷没穿警服，没佩警徽，一时弄不清是何品级，只好含含糊糊地打个招呼："长官有什么吩咐？"

"瞧瞧，这儿都成了庙会了！"孙少权指着进进出出的人群说，"人越多，越乱，越要加强警戒，决不可懈怠啊！"

"是！"警察说，"报告长官，今儿早上厅里已然紧急加派了警力，院里院外，严密监视，不放过任何形迹可疑的人。"

"好！"孙少权表示嘉许。他毕竟没干过警察，只能装装样子，点到为止。

这会儿工夫，苦六儿到了。向来紧闭的镂花铁门现在大敞着，人们进进出出，毫无障碍。苦六儿兜儿里还装着琅园的钥匙呢，没想到用不着了，这倒让他这个"司阍"感到有些扫兴。但大院并不是无人看管，左右各站着一个人，身穿白布孝服，垂首肃立。这俩人，一个是车夫耿虎，一个是伙计何顺儿。店主去世，鼎易轩自然要暂停营业，柜上的伙计都到琅园来为丧事跑腿儿打杂儿，何顺儿领的差事是跟耿虎一起站在门口送走迎来，总提调交代了：凡是为九爷的事儿进这个院子的，甭管是谁，也甭管认识不认识，都得恭恭敬敬地迎接，跟人家说：瞧把您给惊动了，难得您惦念着九爷，您请进！等人家要走了，还得说：谢谢您了，您走好，改日再到府上拜谢！见有人来，耿虎和何顺儿本能地又说起重复了无数遍的那番话："瞧把您给惊动了，难得您惦念着九爷！……"还没说完，一抬头，来人竟然是昨儿晚上把九爷活活气死，又被十二爷赶出家门的苦六儿！

两人都吃了一惊，不知道该说什么。何顺儿傻傻地叫了一声"六少"，耿虎说："你……你怎么又回来了？"

"我怎么就不能回来？这儿是我家！"苦六儿理直气壮，"我九叔死了，出殡指望谁？上阵不靠父子兵，难道还能靠你们这些外姓家奴不成？"

几句话，噎得耿虎嗓子冒烟儿，吐不出来又咽不下去。

苦六儿刚进去，孙少权到了。这个人跟琅园纠缠了半年工夫，结下了不解之仇，现在九爷都死了，他怎么还不算完？何顺儿最怕见到的就是他，吓得低下头，连大气也不敢出了。

"孙处长，您来了？"耿虎再不情愿，也得打这个招呼。

"嗯。"孙少权矜持地点点头，"今天特来向鼎公表示哀悼之意，并且也借此慰问易之先生！"说着，迈步就要进门。

"哦，"耿虎忙拦住说，"请孙处长等等，我去通报一声儿。"

"通报？"孙少权面有不悦，"这还用通报？"

"孙处长是贵客，不能怠慢！"耿虎道，"不瞒长官说，这会儿，我们十二爷正在给九爷洗身子，换装裹，也不方便待客，所以他特为委托了宋二爷替他接待贵客。"

"哪个宋二爷？你说的是宋连魁吧？"孙少权听得莫名其妙，怎么这个架子花脸，哪儿哪儿都绕不开他啊？

此刻，总提调宋连魁正站在院子里的莲花池旁边，和一群精壮汉子说话。这些人是由他出面请来的正阳武馆的武师，个个生龙活虎，身手矫健。宋连魁本是好武之人，在武林之中广交朋友，与正阳武馆的这些武师情同手足，这次他为琅园请求出援，自然是招之即来。

"弟兄们辛苦了！"宋连魁拱手道，"这次周家出殡，有劳诸位出手相助，就是要保个万无一失。遇到歹人寻衅，咱们以守为攻，人不犯我，我不犯人，不到万不得已，决不先动手。但是，一旦事情危急，人若犯我，我必犯人！诸位明白了吗？"

"明白！"武师们回答，又有人问，"那么，对手是什么人？"

"甭管他是谁！"宋连魁说。

话刚说到这里，耿虎气喘吁吁地跑来了："宋二爷！有……有贵客！"

宋连魁一抬头，孙少权已经来到他跟前儿了。四目相对的一瞬间，宋连魁似乎又突然闻到了昨天晚上的那股洋蜡味儿，虽然他并不知道这跟孙少权有没有关系，有什么关系。

"诸位请自便，我得照应照应客人。"宋连魁匆匆地向武师们拱拱手，转过身来，"孙处长，咱们又见面儿了！"尽管他极力以礼相待，脸上也仍然不大自然。

孙少权心说，万幸昨儿晚上我没跟着去抄你家，丁浩元也没撞上你，要不然，今儿还怎么见面儿呢？

"是啊，没想到是在这个时候、这个地点见面儿，就没法儿说'幸会'了！"孙少权的嘴角做出一丝微笑，他想说点儿幽默的话打破尴尬，但毕竟不合时宜，话一出口就更尴尬了，那点儿笑意一闪也就戛然而止。

"是想不到，"宋连魁立即接住这个荏儿，沉着脸说，"谁也不知道谁什么时候死，也不知道下一个该轮到谁了！"

"是啊，是啊，"孙少权敛容道，看看旁边那些虎视眈眈的武师，浑身不自在，"哦，宋二爷，能不能请借一步说话？"

"嗯。"宋连魁纵是一千个不情愿，也不能拒绝他，"孙处长，这边儿请！"说着，引着孙少权往西楼走去。

院子里，棚匠正在忙着搭灵棚。北京的棚匠，做活儿是一绝，漫说一个寻常的丧棚，即便是仿古的亭台楼阁，也做得玲珑剔透、惟妙惟肖。尤其难得的是全用杉篙搭建而成，通体不用一个钉子，也不缠一根铁丝，地上不挖一个坑，旁边的建筑不伤一片瓦。而且这活儿还干得飞快，须臾之间平地起高楼，今天一早花匠去南城土地庙的"山海"

棚铺请来的人，到这会儿，灵棚已经搭出个雏形了。

灵棚的北边，一张长长的条案，上面堆放着成匹的黑白两色的绸子，朵儿和丫头、婆子们正忙着裁剪，按照周易的吩咐，这些绸子将做成团花和帐幔，悬挂在棚子上。她们都身穿孝服，眼里噙着流不干的泪水。这些人，没有一个是姓周的，可是在琅园生活得太久了，长的几十年，短的也有十来年，朵儿干脆就是在琅园出生的，她们早已经把自己当成周家的人，现在一家之主走了，比死了自己的爹娘还让她们动心，一边做活儿，一边哭：往后，再也看不到九爷身穿洋服走下马车，手拄拐杖走进院子的神气，再也听不到他那声若洪钟的高谈阔论，琅园的日子该怎么过啊？

"哟嗬，你们都忙着呢？"一声招呼，苦六儿突然出现在她们面前。

朵儿和丫头、婆子们都惊呆了。琅园的这匹害群之马，人人恨得牙根儿疼，可就是因为他姓周，谁也不敢惹，还得叫他"六少"。昨儿晚上，大伙儿亲眼看见，就是他生生地把九爷气死了，把文质彬彬的十二爷逼急了，一怒之下把他赶出门去，解了大伙儿的恨，可谁能想到，他又回来了！

"哎呀！"朵儿大叫一声，瞪大眼睛看着他，好似突然碰见了毒蛇猛兽，手一哆嗦，剪子"当啷"掉在地上，"你……你怎么又回来了？你要干什么？"

"新鲜！这个日子口儿，你说我该干什么？"苦六儿不屑于跟她啰唆，"快着，给我弄身儿孝服！"

"什么？你还给九爷穿孝服？"朵儿仿佛听他在说梦话。

"那怎么着？"苦六儿比谁都理直气壮，"我是他侄儿！要论亲的近的，你们这些外姓家奴能跟我比吗？"

朵儿心里"咯噔"一声，"外姓家奴"这四个字一出口，就把她的管家身份压得黯淡无光，脸"唰"地青了，嘴唇都在哆嗦："不成，你不能穿孝服，十二爷不让！"

"是他不让，还是你不让啊？丫头，不要自作主张，你没这个资格！"苦六儿一个冷笑，"谁都知道周家人丁不旺，九叔膝下无子，十二叔到现在还是光棍儿一条，你也不想想，出殡的时候，送葬的人就他一个光杆儿司令，后辈连个亲的近的都没有，只跟着你们这些丫鬟、老妈子、车夫、厨子、花匠，脸面上好看吗？"

宋连魁陪着孙少权进了西楼，走进客厅。

客厅的迎门墙上，已经挂上了周鼎的大幅照片，这是今天早上刚刚请照相馆放大的。一个大活人，突然变成了一张扁平的黑白照片，看着觉得挺瘆得慌的，孙少权情不自禁地站住了脚，弯腰鞠了三个躬，成为前来吊唁的第一位宾客。

二人默默落座，一身孝服的丫头奉上茶来。在这种时候，客人未必有闲心品茶，但作为东道主，却仍然没有免了这道礼仪，茶该上还得上。琅园的主人虽然过世了，但时钟并没有停摆，这里的生活还在继续。

"唉！"孙少权一声叹息，把目光从那幅周鼎的黑白遗照上移开，说，"就在几天之前，我还坐在这儿和鼎公对谈，谁想到转眼间他就作古了，您看您看，真是世事无常，令人感慨万千啊！"

"难得孙处长这么重情谊，敬朋友，"宋连魁道，"我受十二爷的委托，代表他谢谢您！家里出了这么大的事儿，他虽然痛不欲生，也还得强撑着料理九爷的后事，千头万绪，都得他做主，也实在是忙不过来，招待不周，还请孙处长多担待！"

"别客气，"孙少权当头拦住这个话茬儿，"就是因为他忙不过来，我才来帮他嘛！"

"不，不，九爷的后事，有这里这些人搭把手就成了，哪能让您跟着受累？"宋连魁忙说，"再者说，该办的事儿都安排妥当了，您公务繁忙，就不劳您驾了。"

话说得客客气气，但实质上是拒绝他的任何帮助，三言两语就要打发他走人。

"宋二爷见外了，"孙少权却并不退却，自有他的说辞，"别说公务繁忙，我就是再忙，这件事儿也不能不管。鼎公是我们的国会议员，他的丧仪理应由国会来办，这当然就是我的公务喽！麻烦您开个单子，把丧仪各项事务详细罗列，所需一切费用，全部由国会开销！"

啊？宋连魁不由得一愣。他原以为，孙少权此番到来只不过是虚情假意地走个过场，没想到人家却打着国会的旗号，要把这场丧仪大包大揽了！天下哪有对出殡这么上瘾的，他到底是要干什么？

"不敢当！"客厅门口，响起一个低沉的声音，却字字掷地有声。

宋连魁和孙少权猛然抬头，这是周易，他头戴孝帽，身穿孝衣，腰系麻丝，完全是一副孝子的装束。他对传统丧仪做了诸多改良，但孝服不改，事兄如父，愿意为哥哥披麻戴孝。

"易之先生！"孙少权不禁肃然起立。

"谢谢孙处长的厚爱。"周易继续说，"只是家兄无缘领受，我作为他的遗属，也不能接受。且不说周家还没有穷到买不起一副棺材的地步，即便真的买不起，宁可向朋友告贷，也不用官府的一文钱。家兄生也如此，死也如此！"

"不用官府的一文钱？"孙少权嘴角一挑，翻眼瞅着他，"这话说得未免太绝对了吧？"

"我知道您要说什么。"周易道，"我也知道，您手里有一沓单据，从今年六月到十月国会议员的薪水，端午节、中秋节的节敬，会议出席费，还有那张五千块大洋的支票，都有家兄领取的签名。可您应该知道，以书画鉴定为职业的鼎易轩，鉴别某人签名的真伪并不是什么难事儿，那就请您拿出来吧！"

"这……"孙少权从来没想到过这一点，张开的嘴合不上了。

"别着急，我只是说说而已，不用看了。"周易却又给他松了绑，"甭管那笔钱是什么人冒领的，我已经吩咐鼎易轩的账房，给众议院汇去一万大洋，比那些零零碎碎的数目只多不少，一两天就能收到，这笔账就此清了，家兄也就可以入土为安了。"

"易之先生，这……"孙少权万万没想到今天的见面竟会是这样的结果，要办的事儿没办成，要花的钱没花出去，反倒收回了一万大洋，这叫个什么事儿？他难道是来要这点儿钱的吗？

"孙处长，"周易显然无意再跟他多说了，"我重孝在身，礼节不周，请多担待。您公务繁忙，也不便久留，烦劳宋二爷替我送一送！"说着，拱手一揖，等于下了逐客令。

孙少权不能不走了，宋连魁在一旁等着他。

送走了这个冤家对头，周易仿佛经历一场大战，厚重的孝服里面汗津津的，两腿也感到酸痛，这些天来他没日没夜地照顾哥哥，昨晚又经变故，一夜没睡，他太累了，伸手扶住客厅的门框，正想靠在这儿歇息一会儿，突然听到身后一阵呼哧带喘的哭泣声，回头一看，竟是苦六儿，也穿着一身孝服，跪在台阶下面。

"你？"周易一见这个丧门星，胸膛都要爆炸了，"你怎么又回来了？"

"谢谢您呀，十二叔，替我把账还上了！"苦六儿一脸的感恩戴德，"这样儿，我就跟人家两清了，再也不怕他了！"

"我不是为你还账！"周易怒喝道，"在这个世界上，我谁也不欠，这样做，是为了洗清周家的耻辱！'周鼎'这两个字，容不得任何人仿冒、作伪，我要让它还原、保真，干干净净地留在这个世上！"

"是，是！十二叔，侄儿知道错了，下次再也不敢了！"

"哪还有下次？这个家再也不能容你！滚出去，永世别再回来！"

"不能啊，十二叔！九叔还没出殡，我怎么能走呢？我得给他老人家送终啊！"

"你不配！他就是被你气死的，你还有脸送他？滚，赶快滚！"

"十二叔啊，"苦六儿哭得一把鼻涕一把泪，跪在地上磕头如捣蒜，"侄儿不孝，侄儿有罪，可您总得给我一个在九叔坟前悔罪的机会吧？要不然，我这辈子就再没机会对九叔说声儿'对不起'了！十二叔，求您了！"

世间万物，最硬的是人心，最软的也是人心，哪怕在两军对垒的战场上，当处于劣势的对手缴械乞降的时候，胜利者也难免会有恻隐之心。现在，周易就在暗暗地问自己：这的确是他最后向九叔悔罪的机会了，让他跟着送葬，也不至于再惹什么事儿吧？

"嗯。"他没有再拒绝苦六儿的要求，但给予了明确的限制，"只给你三天，出完殡，立即走人！"

10月14日，周鼎咽气的第三天。人死三朝，谓之初祭，在老北京的传统丧仪中，这是一个重要的日子，称为"接三"，也叫"送三"，"接"是为亡人招魂，"送"是为亡人送行，意思是相关的。这一天的最大看点是晚间"放焰口"，祈祷亡人顺利通过鬼门关，和尚身披袈裟，手执法器，吹吹打打，念几部经，唱几首曲儿，为平时没什么娱乐的人们添点儿兴致，《叹骷髅》《挂金索》都是常备曲目，观者听得兴起，和尚唱得卖劲儿，连《小放牛》《锔大缸》也都是可以唱的。这些，和周鼎之死有什么关系？与此时的琅园的悲痛氛围又岂止天壤之别？因此，理所当然地都被周易取消了，纵然左邻右舍不免感到失落，那也顾不得了。

但是，另一项重要程序必须在"接三"之前进行，那便是早已在《讣告》中定下的日子，今天入殓。入殓，把亡人的遗体移放进棺木，是丧仪的重要环节。丁浩元交代孙少权，让眼线盯住周鼎入殓这一关。以往，利用棺材倒卖金银、药品、军火，乃至偷运活人，都是有先例的。现在，琅园已经被严密封锁，周易若要转移《绝影图》，极有可能放进棺材里带出去，决不能让他得逞！孙少权唯唯，他已经做好了准备，也在等待着这个时机。

周鼎的遗体安卧在床上，不是从杠房赁来的灵床或者叫"吉祥板儿"，他是在自己的床上咽气的，根本不可能也没有必要再移到什么灵床上了。昨天，周易亲自给哥哥擦洗了全身，剪了指甲，修了胡须，从里到外，为他换上全新的衣服，都是他平时所习惯的样式，所喜欢的颜色，此外没有任何多余的修饰，一切都是他的本色。现在，他躺在自己的床上，和以往没有任何区别，像是安详地睡着了。不，这里不是他的长眠之地，他该走了，从今天开始换一个地方，那里才是他永久的床铺。

入殓的时候到了。琅园所有的人都肃立在床前，也没有站满这间屋子，这个时候才觉得家里太冷清了。况且这里除了周易和苦六儿之外，再没有一个姓周的，而且几乎全是仆人。当然还有秋先生，但她纵然享有和主人一样的尊重，也仅止客卿而已，毕竟不是主人。

在场的还有宋连魁，他不但是亡人的生前友好，而且是此次丧仪的总提调。他的跟包的雷武，自然也如影随形地跟着来了，和琅园里的仆人一样，跑前跑后，任凭驱使。

宋连魁和雷武臂缠黑纱，琅园的人一律身穿孝服，包括秋儿。中国传统的丧服有着严格的规定，嫡亲子女和已故儿子留下的"承孙"服披麻戴孝的"斩衰"，此后依血缘的渐远而渐减为"齐衰""大功""小功""缌麻"，共五个等级，谓之"五服"。按照这个等级，周家没有一个人够得上"斩衰"，何况与周鼎没有任何血缘关系的仆人和秋儿了。然而，正像十二爷为哥哥充当"孝子"一样，仆人们也早已把自己当作周家的儿女，甘愿披麻戴孝为九爷送终。秋儿，作为琅园最为特殊的人物，她本来只须以宾客的身份，胸前佩一朵白花，完全不必穿孝，但她执意不肯。七年来，尽管周氏兄弟始终对她尊重如师，而她自己却一直自认为晚辈，视周鼎为兄长，为导师，执弟子礼，毫无疑问，在九爷辞世之际，她也必须白衣白冠，为他送行。

"十二爷，给九爷入殓吧！"宋连魁说。

周易默默地走向床边。

"十二叔，还有我呢！"苦六儿赶紧跟过去，一边说着，一边就要动手。

"别动！"周易低声说。他站在床边，回过头来看着苦六儿。他知道，按照习俗，亡人入殓的时候应该由长子抱头，长媳抱脚，次子和女儿抱腰，严格地说，他和苦六儿都不是合适的人选。但是，哥哥没有留下一个儿女，这件事情由谁来做呢？只能由兄弟子侄代行此项责任和义务了，他作为弟弟，当仁不让，无可推托，愿意像儿子一样，为哥哥尽孝，为哥哥送终。但是苦六儿不行，是他气死了哥哥，难道还能让他染指哥哥的遗体吗？

苦六儿缩回了手。他心里不忿儿，十二叔这是什么意思？都到这时候了，除了使唤血脉相连的侄儿，您还能指望谁？

"我自己来！"周易说。虽然声音不高，但语气决绝，眼神凌厉，不容置辩。

"您自己来？"苦六儿绝望了，这是接近九叔棺木的最后机会，失去了就再也没有了！

"您自己来？"在场的几乎所有的人不约而同地发出了这样的疑问。他们有理由担心，以九爷魁伟的身躯，气质文弱的十二爷要独自一人把他抱起来，安放在棺木里，他有这个力气吗？

周易并不回答，在哥哥的床前静穆片刻，俯下身去，向前伸出两臂，一手托住哥哥的肩颈，一手托住哥哥的双腿，缓缓地抬起来。奇怪的是，他居然没有感到过分的沉重，为什么？或许是一个星期以来的卧病消耗了哥哥的心神气血，使他的体重大大减轻，或许是哥哥尚未远去的灵魂心疼小弟，不忍心让他承担太多的沉重吧？

他托着哥哥的遗体，缓缓迈步，步出房门，步出西楼。棺木已经备好，停放在灵棚下。一步一步，周易走得很慢，他心里清楚，这次送哥哥出门，是最后一次了，注定有去无回，每迈出一步，哥哥也就离家远了一步，那就慢一些，再慢一些，何必急于走完它呢？

人们跟在他的身后，眼望着这一对生死相依的兄弟的背影。他们多想伸过手去扶一把，助十二爷一臂之力？但终究没有这样去做，因为自知没有这个资格。

楼前的灵棚早已搭建完毕，布置就绪，顶部和左、右、后三面以白幔封闭，前面及四周缀着黑白两色的绸花。灵棚正中，摆放着一副棺木，以昂贵的金丝楠木制成，在民间丧葬中，除了难得一见的阴沉木，这已是最豪华的规格了。周易并不崇尚厚葬，古往今来，眼见得有多少帝后陵寝、豪门墓葬沦为盗墓贼淘宝之窟；他也不相信人生真的还有什么后世，埋在地下的"房子"的好坏对于失去生命的躯体还有什么意义？他为哥哥置办最好的棺木，完全是出于手足之情，为了哥哥在人间最后的尊严。

现在，棺木还没有加盖，四名杠夫侍立旁边。棺木左侧，预先铺设了三级木制台阶，这是为家属将逝者入殓准备的。棺木前方是一张祭案，摆放着香烛和果品。

棺木的后面，灵棚正中的布幔前，悬挂着周鼎的大幅黑白遗像。两旁，摆满了花圈。棺木的两侧，分别肃立着十名武师，身穿黑衣，头扎黑巾，像两道铁打的屏风。

周易终于走完了那步步断肠的路程，托着哥哥的遗体，来到灵棚之下的棺木前。随行的众人排成一列，肃立在他的身后。

周易踏着木制台阶，一步步登上去，从高处俯瞰着哥哥将长眠的归宿。棺木内部没有遵从习俗用红绸吊上里子，没有"铺金盖银"，也没有绣花的头枕、脚枕，而是按照逝者的习惯，铺着厚厚的软垫，蒙上洁白的床单，摆着以白布为套的天鹅绒枕头，一切都和他生前一样。周易的双手缓缓下落，让哥哥先落脚，后落头，最后稳稳地仰卧在棺木之中，这将是他永久不变的姿势，长眠无期。他的嘴里没有依古训"含殓"，塞进装着米或茶叶的红包，没有"左手金右手银"地握着钱币，却在右臂旁放着与他相伴至死的"司的克"。他的腿并不跛，随身携带手杖只是一种风度，他喜欢这个风度。

终于到了离别的时候。宋连魁喊道："盖棺！"

"九叔！"苦六儿突然哭喊着，扑上前去，"让我再看九叔一眼！"

人们都吃了一惊，这个祸害，怎么临了临了儿还要捣乱？

"站住！"宋连魁一把抓住他的胳膊，低声喝道，"谁要是惊扰了亡灵，我就让他陪葬！"紧接着，再高喊一声："盖棺！"

侍立在一旁的杠夫递上棺木的"子盖"，周易接过来，把它覆盖在哥哥身上。杠夫抬过大盖，扣在棺木上，落下钉子……

"哥哥！"周易再也忍耐不住，一声长啸，扑倒在棺木前面。他的身旁，是匍伏在地的一片白衣白冠，和撕心裂肺的哀哭。

人们都集中在院子里，西楼客厅空无一人。

苦六儿悄悄地走进来，拿起电话，要通了京师警察厅司法处："劳驾，我找孙处长……"

京师警察厅司法处办公室。

孙少权挂上了电话，向丁浩元报告："丁处长，周鼎已经入殓。"

"那幅画呢？放进棺材里了吗？"丁浩元急着问。

"还不知道……"孙少权道。

"不知道？"丁浩元很恼火，"不知道还报告什么？这算什么眼线？没长眼睛？白白耽误了获取情报的最佳时机！"

"他们实在是防范太严了，"孙少权解释说，"整个入殓过程都是周易一人所为，不许任何人上前，宋连魁死活不让……"

"又是那个宋连魁！"丁浩元一听到这个名字就极其反感。

"不过……"孙少权还有话说。

"'不过'什么？"丁浩元最不喜欢的就是没辙找辙的辩解。

"您不觉得，这也可以理解为欲盖弥彰吗？"孙少权却向他反问。

"嗯？老孙，你倒是善于逆向思维！"丁浩元眼睛一闪，点了点头，"此地无银三百两？越是掩饰，越是说明其中藏着不可告人的秘密！"

"丁处长高见！"孙少权赶紧把高帽儿戴给他。

"高见有什么用？"丁浩元仍然沉着脸，"人家已经盖棺了，怎么办？"

"不要紧，"孙少权说，"现在离周鼎出殡还有两天，在棺材抬出周家大院之前，我们还有机会……"

10月15日，琅园举行开吊仪式。其实，自从报纸上登出《讣告》，就已经不断有人前来吊唁了，周鼎已故夫人的娘家人，周家出了五服的族内旁系，久已不大来往的姑舅远亲，还有低头不见抬头见的左邻右舍，都来过了，今天则是举行正式仪式，接受来宾的吊唁。按照周易的主张，灵堂不设带有陈腐气息的"神主"牌，自然也就不必恭请什么前清状元朱笔"点主"，倒是由莫理循大夫从美国驻华大使馆请来了一支军乐队，那些高鼻蓝眼的乐手和他们携带的洋式乐器，在眼下的北京城还是少见的，自然比和尚、道士念经更加吸引看客的兴致。

仪式庄严而简洁。由宋连魁司仪，周易率领家人在周鼎灵前叩拜，上香，反复者三，礼成。周易虽然申明前来吊唁的宾客免三跪九叩，但他自己和家人却没有免，他要用祖宗传下来的最隆重的礼节，向哥哥表达最深切的爱。为叩拜伴奏的，却又不是传统的唢呐、锣鼓，而是另类的吹吹打打——由美国军乐队演奏的《梦见家和母亲》，尽管长笛、短笛、萨克斯管吹出的只是曲调而没有歌词，但中国人已经熟记了李叔同填词的《送别》：

　　　　长亭外，古道边，芳草碧连天。
　　　　晚风拂柳笛声残，夕阳山外山。
　　　　天之涯，海之角，知交半零落。
　　　　一瓢浊酒尽余欢，今宵别梦寒！

　　　　长亭外，古道边，芳草碧连天。
　　　　问君此去几时回，来时莫徘徊。
　　　　天之涯，海之角，知交半零落。
　　　　人生难得是欢聚，唯有别离多。

　　笛声悠悠，如泣如诉，听者为之歔欷。只是美国的演奏者未必明白，感动中国人的并不是《梦见家和母亲》，而是"今宵别梦寒"。

　　首先来吊唁的是莫理循大夫，和他一起来的还有他在协和医院的一些同事和助手，有男的，也有女的，有美国人，也有中国人，都身穿深色礼服，来到灵棚前，在签到册上一一签字，长案上早已备好黑纱和白花，管接待的丫头、伙计给男宾的左臂戴上黑纱，女宾的胸前缀上白花，在《送别》的乐曲声中，他们肃立于周鼎灵前，行三鞠躬礼，然后绕行棺木一周，与逝者家属一一握手，表达哀悼和慰问之意。这庄重而又简洁的洋式礼仪，等于给后来人做了个示范，不用叩拜，不用哀哭，也无需礼金，省事省时又省钱，何乐而不为呢？

　　毕竟，周鼎是字画行业和收藏界的重要人物，琉璃厂的大大小小几百家字画店、南纸店、文房四宝店，都来了人，向业内泰斗致祭。北京城里的画家、文人，凡与周鼎有过交往的，也都有所表示，整整一天的时间，从早到晚，吊唁的人群络绎不绝。但是，只要稍具头脑的人都可以感到，这些表示大多是礼仪性的，琉璃厂几家大字号的老板，还有那些颇具名头的画家、学问家，都是派了子弟或是手下人来，本人并没有露面儿，说是"年事已高""近染微恙"，不过托词罢了。尤其反常的是，以往凡遇有婚葬之事，正是字画行业、文人圈子显露文采的时机，红事的贺诗、贺幛，白事的挽诗、挽联，必定层出不穷，争奇斗胜，事过之后，主家还要汇集成册，刊刻付梓，留作永久纪念。按说，像周鼎这么一个重量级人物的丧仪，挽联还不得挂满了灵棚，挂满了院子？不，现在却寥寥可数。其中一副是尔雅阁老板叶寄尘写的，让他儿子送了来：

　　天国是家，与君他日重论画；
　　人间如寄，留我此时暂抚琴。

　　这意思是说，人生只是短暂的一瞬，无论是谁，迟早都要死的，天国才是永久的归宿。现在轮到你了，你就先去吧，等我也到了那一天，再去找你，谈书论画，继续生前未竟的课题。现在，既然老天不让我走，我就再耽搁一些时日，侍弄丹青之余调丝竹以自娱，也还有事可做。他说的"抚琴"可不是附庸风雅，梦公确有一架古琴，名曰"啸月"，几十年来指弦相伴。联语从容淡定，视死如归。问题是，你坦然面对的不是自己的死而是人家的死，味道就不同了，好像人家死逢其时、死得其所。一条街上的同行，几十年的朋友，突然死了，临别送上这么几句话，竟然看不出悲痛惋惜之意，似乎也太超然了吧？

　　还有一副是仰古堂老板马骉写的，打发二掌柜常三儿送了来：

　　河南湖北天津卫，
　　伯乐秦琼窦尔敦。

上联是三个地名，下联是三个人名，互不搭界，驴唇不对马嘴。尽管上款题着"九鼎周公千古"，可这些与周鼎又有什么关系呢？仰古堂的人送来的时候，周易完全不知道上面写的是什么，就连声道谢，命家人挂上。因为按照常规，前来吊唁的宾客敬送挽联，无论写些什么，主家都不便"审查"，也断无拒绝之理。及至挂了灵棚，看了这莫名其妙的十四个字，周易这才心里一沉：马老板用心了。

　　一副怪联引得人们驻足观看，好似元宵节猜灯谜：什么意思？周鼎生前走南闯北，足迹遍天下，还曾远涉重洋游历欧美，为什么只提到河南、湖北、天津这两省一市？那三个古人名和他又有何干系？百思不解，议论纷纷。于是有高人出来释疑解惑，说，上联的三个地名，背后藏着三个人名：河南项城袁世凯、湖北黄陂黎元洪、天津曹锟这三位大总统。周鼎作为国会议员，已是经历这三个时代的三朝元老，仕途升沉，人生荣辱，尽在其中。设若他当初不当这个国会议员，又何至于在天命之年遽然长逝？下联的三个人名，讲的则是三个故事：伯乐相马、秦琼卖马、窦尔敦盗御马，这和近来坊间有关《绝影图》扑朔迷离的种种传闻岂不是暗暗契合吗？毕竟是马骉手笔，联中无一"马"字，却在"马"字上作足了文章，周鼎晚年的得意之藏和丧命之源，都是这个"马"字，不亦悲乎？如此一说，振聋发聩，一片感叹嘘欷，围观挽联的人越发多了，倒使得原本不够热闹的丧仪热闹了起来。

　　明天便是周鼎下葬的日子，今晚是他在家停留的最后一夜，也是亲人送别之前的最后一夜，彻夜相守，谓之"伴宿"。若按照传统习俗，是把伴宿当作丧事的正日子的，吹奏鼓乐，僧道诵经，宴宾客，纳礼金，送库烧纸活，要忙活整整一天，晚餐之后才进入"伴宿"，由亲属守候灵前，陪伴亡人度过这最后一晚。夜半子时，举行"辞灵"仪式，吹鼓手奏哀乐，亲属祭灵，由孝子完成"扫材土""嵌棺""撿罐"等一系列程序，然后落钉封棺。这个仪式，原是为由于种种原因迟到的亲属准备的，所以在"接三"入殓时只钉下两颗钉子，待辞灵之时见过亡人最后一面，才落下预留的两颗钉子，将棺盖四角封死，从此阴阳两隔，永无重逢之日。此后，便是参灵、发引。

周鼎的丧仪，开吊与发引两日相连，其中并无间隔，实际上已将伴宿当日的种种繁文缛节通通免去，直接进入伴宿之夜。那么，经周易"改良"之后的伴宿会是什么样子，这一夜将发生什么事，外人就无从预料，也无从得知了。

入夜，前来吊唁和观看的人们都已散去，鼎易轩的伙计们也各自回家，明天一早再来为九爷送行。正阳武馆的二十名武师，已安排在客房歇息。琅园复归于寂静。东西楼灯火通明，为的是让九爷临走前再好好儿地看看这个家，认准回家的路。按照总提调宋连魁的吩咐，雷武和耿虎随着他四处巡逻，其余的人，除办理必需的杂事之外，陪着十二爷守灵。灵棚下，高悬于棚顶的一百瓦白炽灯泡照着周鼎灵柩，祭案上燃着香烛，两侧跪坐着周易、秋儿、朵儿、花匠、厨子以及丫头、婆子们，还有苦六儿和何顺儿。苦六儿是撵都撵不走的，好在明天一过，他想留也留不下了。何顺儿本来也该像柜上的伙计们一样，先回家去，明天再来送葬，可他抹着泪说："九爷对我有恩，就让我在这儿陪他最后一宿吧！"这句话让十二爷听得不忍，也就依了他。

镂花铁门没有关闭，琅园头一次夜不闭户，这是在向九爷表明，家门永远向他敞开着。

大门外，胡同里，全是警察，躺的躺，坐的坐，很不像样子。值勤的时间久了，警察也是人。但他们不敢睡觉，手里握着"汉阳造"步枪，随时都在待命。

紧挨着琉璃厂大街的胡同口，停着两辆小汽车，"福特"里坐的是众议院联络处处长孙少权，"雪佛莱"里坐的是京师警察厅司法处处长丁浩元，另外还有两辆"道奇"巡逻车。今晚他们的人马将彻夜不眠，严防死守琅园唯一的出入口，尤其是盯紧那口棺材，丁浩元和孙少权越来越相信，无价之宝《绝影图》就藏在那里边儿。所以，今晚的辞灵就变得至关重要，他们的眼线将利用盖棺落钉之前的机会，看清棺内的陪葬品，只要其中有一幅画轴，必是最珍贵也是周鼎最为看重的《绝影图》无疑，此时，只要眼线发出信号，守候在门外的警察便立即进入，当场缴获被盗赃物，有真凭实据在，无须再投鼠忌器。而且时值深夜，没有闲杂人等干扰，也不会造成很大动静儿。

琉璃厂之夜阒寂无人，静得可以听得见路旁草棵里蛐蛐儿的低鸣。车窗后面，两双眼睛盯着琅园的灯光，等待着最后的机会。

这一夜，还有一个人辗转难眠，仰古堂老板马骉。他的强劲对手周鼎明天就要葬入坟墓，这让他感到解脱竞争压力的释然，也感到失去对手的寂寞。周鼎死后留下的悬案，又勾起他无法遏止的兴趣，那幅与他失之交臂的《绝影图》究竟在哪儿？从他女婿透露的情况来判断，似乎证实了他的老朋友叶寄尘的猜测，也许周鼎真的把那幅画"文的出手，武的收回来"了？这么说，画一定在琅园，明天出殡会出现什么情况？那幅画是被转移出去还是继续深藏？如果这个案子真的在他女婿手里破了，画到了丁浩元手里，首先过目的就是他马也驰了。哦，想得远了……

琅园，灵棚下香烟缭绕，烛光摇曳。棺木两侧，默默地跪坐着白衣白冠的琅园主仆。处于"孝子"位置的周易是这场丧事的主角儿，保证兄长的丧仪圆满完成，入土为安，保证《绝影图》真迹安全无虞，双重的重任都落在这个年仅二十岁的青年肩上，幸而他的身边还有宋二爷和秋先生，为他拾遗补缺，排忧解难。现在，他和秋先生近在咫尺，却不再交谈，只在心底默念秋先生的交代，一遍又一遍。秋先生说：无忌先生以命相托，九爷至死不舍，《绝影图》也。一画存大义，一马见龙魂。如果《绝影图》在我们手中失去，而归于曹锟者流，你我则罪不容赦，死后也无颜见二公于地下！秋先生说：九爷的丧仪，是琅园的巨痛，也是保全《绝影图》最后的机会。秋先生还说：请十二爷切记"曲则全，枉则直"的道理，必要时以屈求伸，不可意气用事，尤其涉及无忌先生刺曹一事，须隐忍不发，以免株连其家族妻儿……

在棺木的另一侧，苦六儿早已跪得腿酸脚麻，心里七上八下。今天晚上，他这个隐藏在琅园里的卧底将执行一项重大任务，在众目睽瞑之下探明《绝影图》是否藏在周鼎的棺木中，确认之后，只要他哭喊一声："九叔，您一路走好啊！"便大功告成。说起来，这比起上次盗画未遂还与蒙面人打斗要省劲儿多了，可他却紧张得不行，因为他这一嗓子将招来荷枪实弹的警察，当场没收《绝影图》，说不定还得抓走十二叔，这事儿就闹大了，他和琅园也就撕破脸儿了！值得吗？这会不会坏了城南六少的名誉？毕竟六少也是读过几天书的人，"本是同根生，相煎何太急"？不，不必多虑，"自古忠孝不能两全"，英雄豪杰们也常这么说，六少帮警察厅做事，为国会当差，替大总统卖命，就是为国尽忠啊，何况事成之后还有……那些先甭说了，眼眉前儿最要紧的是，外头有那么多警察围着，孙处长、丁处长的眼睛盯着，他就是想说声儿"老子不干了"都不成了，想想上回在总统府前头，孙处长逼着他下油锅，这一回要是孬了，还不得要了他的命？

苦六儿横下心要闯这一关，可是总觉着哪儿哪儿都不对劲儿。一是这场丧事根本没有响器班，请的是洋吹鼓手，这会儿也不在，辞灵的时候还奏什么乐？二是"搛罐"虽不必大摆宴席，好歹总得有几个九叔平日爱吃的菜，还有专用的罐子、筷子、盖罐子的苹果，也没见厨子有什么准备。三是跪在棺材旁边儿的拢共就这几个人，姓周的只有他和周易叔侄二人，那祭灵盖棺的仪式也太寒碜了点儿吧？到时候就听他一人儿嚷嚷了："九叔，您一路走好啊！"哦，不对，抬棺的杠夫明儿早上才来，待会儿谁管盖棺落钉啊？

"当，当，当……"西楼客厅里的挂钟敲了十一响，夜深人静，在院子里的灵棚下也听得清清楚楚。

"十二叔，"苦六儿坐不住了，小声儿说，"已然进了子时了，该动唤动唤了，这辞灵……"

周易纹丝不动，只说："有总提调在，肃静。"

苦六儿抬头望望，正好巡逻的宋连魁从前面走过，淡淡的月光下，如铁塔一般。再看看旁边儿的人，都一动不动，好像根本没听见刚才的一问一答。他也不敢再言语，怀揣着七十二个不明白，继续跪坐，猜测十二叔这到底是什么意思？

挂钟敲响了十二点，苦六儿无论如何不能再等了："十二叔，都子时二刻了！"

"住口！"周易低声喝道，"你再说一句话，就不必等到明天，立即滚出去！"

琉璃厂街口，孙少权已经不在"福特"车里，上了"雪佛莱"，凑在了丁浩元旁边儿。

丁浩元掏出怀表，看了看，啧有烦言："瞧瞧，都十二点了，怎么一点儿动静儿都没有？你那个眼线怎么回事儿？"

"恐怕是还没得手，"孙少权心里也打鼓，"这得怪那个周易，不按常规出牌，他这一'改良'，弄得没谱儿了。再等等！"

"等到什么时候？"丁浩元早就不耐烦了，"贻误了战机，这个责任就大了，算谁的？"

"算谁的？"孙少权最看不惯他这副遇事先推责的嘴脸，"要是扑了空呢？那责任算谁的？"

"你说算谁的？"丁浩元一瞪眼，"你提供的什么狗屁情报？半夜三更的，我们这是干吗呢？陪你玩儿呢？告诉你，今儿晚上无论如何，就是冒险，也得行动！"

"丁处长……"孙少权自知失言，不该跟他论理，毕竟人家坐的是正位，横竖都占理，自己是来"协同"的，只能低声下气，好言相劝："别着急，再等等吧？只要棺材还没抬走，咱们就还有机会！"

天亮了，琅园从死寂中苏醒了，随着宋连魁一声"各位辛苦了，招呼着！"，开始了最繁忙的一天。送葬的远亲近邻都来了，北京风俗有"空口不送殡"之说，厨子跑得脚不连地，伺候他们吃喝。这工夫，杠房的杠夫就进了棚，杠夫头儿打着清脆的"响尺"，率领手下人给棺木"拴活绳儿"，做好了抬棺的准备。今天的活儿，是十六抬"小请"，出了院门再换三十六抬"大杠"，在这人口稠密的胡同里，已是很大的气派。正阳武馆的武师已经穿戴整齐，各就各位。美国军乐队也带着洋鼓洋号来了，"呜里哇啦"地忙着调音。总提调宋连魁已经几个昼夜没有合眼了，样样事务都需要他过问、认可，虽然繁杂、劳累，也尽在把控之中。难以捉摸的是门外的那些警察，大军压境，虎视眈眈，不知道唱的是哪一出，也不知道未来的几个时辰将要发生什么事。

镂花铁门外，来自不同方向的人群在涌动，兴冲冲地往前走，那架势，与其说是参加丧仪，不如说是来赶庙会，看热闹。有爱听戏的，听说这场丧仪由国剧名伶宋连魁任总提调，等于白听一场堂会，不能不来！琉璃厂街上的那些同行，已经派人来吊唁过了的，这时候又心有不安，不知道自己对待此事的分寸掌握得是否得当，又过来再看看，以便见机行事，该回避就回避，该找补再找补。

丁浩元和孙少权坐在"雪佛莱"里，默默地看着车窗外熙熙攘攘的人群。丁浩元窝着一肚子火儿，原定的计划就这么泡汤了？下一步该怎么办？

忽听得旁边儿有人招呼："姑少爷，您忙着呢？"

丁浩元一看，一辆洋车正朝这边儿靠过来，车上坐着仰古堂的副经理常三儿。别看他只是个二掌柜，也别看他在马老板面前跟一条狗似的，家里还养着包月洋车，谱儿不小。丁浩元有一搭无一搭地也招呼他一声："常三爷，您也来了？"

"替老爷子送送老朋友。"常三儿道，又凑近了些，低声说，"老爷子知道您在这儿，让我捎句话儿，替他道一声儿'辛苦'！"

"噢，谢了。"丁浩元答应着，常三儿的车往前走了。

孙少权突然指着前边儿，说："丁处长，您看！"

丁浩元抬眼看去，哟，人群里有一些人挥舞着小旗儿，高举着横幅，上面写着："反对贿选总统，打倒军阀政客！""猪仔议员死有余辜！""辜负人民意愿，死无葬身之地！"冷不丁杀出这么一彪人马，显然是有组织的。一个星期之前，总统选举闹得民怨沸腾，全国各地风声鹤唳，这儿游行示威，那儿砸房子打人，连琅园也未能幸免，墙上的标语至今还留着残迹。这几天好容易平静一点儿，瞧瞧，因为周家出殡又闹起来了。这些情绪失控的暴民，说不定会闹出多大的动静儿，要是砸了"猪仔议员"的丧仪，不也是打了总统的脸吗？丁浩元和孙少权做梦也想不到，守着琅园干坐了一宿，等来的却是这么一出！

"不成！"丁浩元一把推开车门，跳下了车，"一定要严加防范！"

孙少权也跟着下了车。丁浩元立即进入临战状态，迅速指挥警察列队开进现场。本来说派警察"保护"周鼎的丧仪，那只是个幌子，这下子倒假戏真做了。

怀着各自不同的心理的人群涌进了琅园，扇面似的围着灵棚，把院子填得满满的，而且迤逦蜿蜒到铁门以外的胡同里。不知情的人，乍一看当会感叹这场丧仪的规模巨大，竟有这么多人来为逝者送葬，但若是仔细看去，就会发现那些标语上的文字毫无歌颂和哀悼之意，而是气势汹汹来声讨死者的。这样的阵势，与其说是送葬，倒不如说更像若干年后人们所熟悉的批斗大会了。

莫理循大夫早早地就到了，他身穿黑色礼服，神色庄重地站在前排，不认识他的人还以为是美国军乐队的指挥。他的旁边，有几位穿长袍马褂的，是琉璃厂邻近商铺派来的代表，仰古堂的二掌柜常三儿也在。人群中，自然少不了一帮子捧着照相机的记者跑来跑去，其中一位长胳膊长腿儿，戴一副高度近视眼镜，像个螳螂似的，便是《时闻报》记者史春秋了。他知道，瞧今天这阵势，肯定有新闻价值。

丁浩元和孙少权走进院子，两双眼睛巡视着人群。突然，孙少权发现了一个熟悉的身影："那不是钱宝山吗？"

人群的前列，靠近灵棚的地方，站着一个穿西装的胖子，确是钱宝山。本来，周家的这桩丧事，他这个外地人来不来都无所谓，但他却非来不可。自从经过了警察厅"问话"，他突然感觉被打入冷宫似的遭人嫌，旁边好像总有人盯着，虽然没戴脚镣手铐，每迈一步都战战兢兢。今天他壮着胆子出来了，要借此机会在人前露个面，表明钱宝山还没有蹲班房。到场之后，和周易寒暄了几句，听说周鼎入殓穿的是西装却又不是"宝山洋服"，心里就不是滋味，好像人家抢了他的生意。转脸看见那风起云涌的人群，白纸黑字声讨"猪仔议员"的标语，脸都吓黄了，真后悔不该来，自己可是拿了曹大总统五千大洋的、货真价实的"猪仔议员"，要是被那些抗议者认出来，还不剥了他的皮？但既然来了，也没处躲，只好战战兢兢地站在人群里，盼着这场仪式快点结束。

"咦，"孙少权警惕地盯着钱宝山，"他不是被控制了吗？怎么跑出来了？"

"软禁嘛，又不是关禁闭。"丁浩元说，"放心，有人盯着他呢。"

"他来干什么？不光是来吊丧吧？"

"当然。如果他真是盗贼，上次的盗窃没有成功，那今天就是最后的机会，他就不会放过。说不定，现在人群里就埋伏着他的人呢！我已经交代手下了，决不能让他们得手，发现可疑人物，立即抓捕！"

"嗯。"孙少权不由得看看四周，心情也紧张起来。丁处长已经完全接受了他的判断，把这个钱宝山作为劲敌对待了。

"支票的事儿，查得怎么样了？"孙少权问。

"噢，已经查清楚了。"丁浩元说，"你知道，你们国会发给议员的支票，指定在三家银行兑现，麦加利是其中之一。我们发现，钱宝山在麦加利银行兑现了两张支票，一张五千的，就是你们国会给的那张，这本在意料之中；另一张八千的，由一家企业签发的，经查实，这家企业有奉系军阀的背景，果然是张大帅给的！你说这个钱宝山，'门槛精'也有冒傻气的时候，都不知道换个地方，两张支票在一家银行兑现，他省事儿了，我们也省事儿了！"胜利者的心态溢于言表，说着说着，他笑了。

孙少权默然。这么重要的情报，丁浩元竟然没在第一时间向他通报。要是我不主动打听，你就不提了吗？功劳全是你一个人的了。

"走！"丁浩元完全没有觉察他的不快，把手一挥，大步向前走去。

荷枪实弹的警察分列在人群的两侧，呈夹击之势。丁浩元和孙少权站在人群的最后，背靠院墙，可纵观全局。他们的身份实在特殊，来吊丧的？不像；来保护琅园的？又不大情愿；还是来侦查办案、弹压暴民的？也不能明说。

灵棚下，肃穆庄严，布幔低垂，正面悬挂着周鼎遗像，两旁缀着黑白两色的团花。金丝楠木的棺木安放正中，棺木前的祭案上摆着香炉和烛台，祭案的前面则是一尊古朴敦实的青铜鼎，盛满的炭火烧得正旺。棺木两侧，跪着两排白衣白冠的身影，躬身俯首，看不清面目。他们身后，是黑衣黑巾铁打屏风似的二十名武师。

上午九时整，丧仪准时开始，这正是北京风俗"辰时发引"。

总提调宋连魁从灵棚左侧走上前来。他身穿青布长衫，左臂戴黑纱，在祭案前站定。

站在前排的钱宝山和他打个照面，不由得暗暗叫苦，冤家路窄，怎么在这里又碰上他了呢？但愿那天在警察厅说的那番话，没有传到他耳朵里去。

宋连魁根本没有注意这个胖子，目光炯炯巡视着纵列在两侧的警察和远远地站在后面的孙少权、丁浩元，不惊不惧，缓缓说道："周公讳鼎丧仪现在开始！"

声音深沉而宏亮，连站在最后一排的人都能感到耳膜金属般的震动。

"嗬，名角儿登场了！"丁浩元低声说，听不出是褒是贬。

"'活张飞''活曹操'上这儿喊丧来了，"孙少权不知眉眼高低，接茬儿说，"可惜了！"

丁浩元白了他一眼，射出一道冷光。

孙少权就闭上了嘴。这时节，宋连魁发出了口令："肃立！"

身穿孝服的家属已经站在棺木两旁，垂首肃立。而灵棚外的人群中，真正听从号令肃立的人，大概只有莫理循大夫等几个人了。

宋连魁又发出口令："奏哀乐！"

美国军乐团管弦和鸣，《送别》的旋律悲壮而深沉，以不同于唢呐铙钹的异样音响镇住了场子。出殡竟然可以用这样的家伙什儿，奏这样的曲子？北京城的老少爷们儿还是头一回见识。

"主祭就位！"

周易向前两步，立在棺木前方正中位置。

"参灵！"

周易带领所有的家属向灵柩行三鞠躬礼。

"上香献祭!"

周易在灵前上香,并奉献鲜花和果品。

院子内外,手持小旗儿、高举横幅的人群表现了极大的克制,没有骚动,也没有喧嚷,但这似乎也只是暂时的平静,酝酿着巨大的风暴,不知道什么时候将突然喷发。

丧仪继续进行,宋连魁高声道:"宣读祭文!"

这是整个仪式最重要的部分,按照惯例,祭文通常由孝子宣读,向来宾介绍亡人生平事迹、杰出成就和种种美德,宣读者声情并茂,涕泗交流,听的人也感动得一塌糊涂。祭文若写得好,不仅可以告慰亡人,也为孝子传播美名,留下佳话,因此,丧家都极为看重此事,即便不善言辞的人,也会重金礼聘有学问的人代笔,这似乎也是中国丧葬文化的一大特色。

现在,为周鼎读祭文的唯一人选只能是周易了,为了哥哥,一切本应由儿子做的事都由他来做了。写好的祭文早已摆放在祭案上,他捧起来,缓缓地读出:

> 呜呼吾兄,遽然而逝。
> 百身莫赎,仰天泣涕。
> 吾幼失怙,赖兄扶持。
> 育我教我,如父如师。
> ⋯⋯

祭文很长,周易倾尽才力,也倾尽情感,蘸着泪水写成这篇文字,要在世人面前展示一个真实的周鼎,还他一个公道,为他的在天之灵一抒不平之气。

然而,祭文刚刚读了这几句,就被突然而起的一个声音打断了:"猪仔议员死有余辜!"

丁浩元和孙少权都吃了一惊,虽然他们早已料到会有人闹事儿,却不料来得这么快！紧接着，就像风暴掠过海面，人群中发出浪涛般的吼声，这气势逼似几十年之后的批斗大会，逝者成了被批判、被诅咒的对象！

最不该发生的事情竟然发生了，周易只觉得自己的心脏骤然停跳！丧葬是人生的最后一站，天下最不道德的行为莫过于闹丧，将搅扰得亡灵不得安宁，家属颜面尽失，而如此不幸，竟然让哥哥摊上了，让琅园摊上了！他听见身旁的宋连魁低声骂了一句"混账！"；他听见一阵孝服摩挲的骚动声，拳头紧攥的"咯嘣"声。连耿虎、花匠、厨子都不能容忍了，怎么着，无冤无仇凭什么闹丧啊？大不了，跟你们拼了！

"都别出声儿，听十二爷的！"这是秋儿的声音，虽然低得近乎耳语，却像命令一样震慑住灵棚下的每个人。她比谁都清楚年轻的十二爷周易肩头所承受的压力，而又无人可以分担，可以替代，只能放手让他一搏了。

仅仅一刹那，周易停跳的心脏又继续跳动，怦然作响。他放下手里的祭文，巡视着沸腾的人群，深深一揖，说道："诸位父老，诸位来宾，承蒙出席家兄的丧仪，无论您出于怎样的来意，我都要谢谢您，真诚地道谢！今天是家兄的人生终点，盖棺论定之日，历史将给他的一生以公正的评价，请诸位做个见证。现在，我首先要请教诸位：家兄因何而死？"

这突然的提问出乎人们意料，场上没有任何人回答。

"他的死，就死在'猪仔议员'这四个字上！"周易毫不回避，自己高声说出答案。

孙少权心里"咯噔"一声，怀疑自己是不是听错了。场上一阵骚动，无论心怀何种念头的人，谁都不会想到，"猪仔议员"这个耻辱的称号会从周鼎的胞弟嘴里说出来。

"何谓'猪仔议员'？是那些为金钱所收买、为权势所利用的票奴！而家兄不是，过去不是，现在也不是！"周易昂然说道，"民国元年，临时大总统孙中山让位于袁世凯，由临时参议院履行选举手续，那时候，民选的众议院还没有产生，国会还没有正式成立。民国二年，家兄当选为众议院议员，袁世凯为了去掉'临时'二字，用枪口威逼着议员投票给他，最终得以当选正式大总统，当时多少人屈节以降？可是其中并没有家兄，他宁可弃权，也不肯向枪口屈服！

"正是因为那次屈辱的选举，使家兄对政治厌倦了。他本来以为，民主共和将把中国引向文明昌盛，而亲眼看到的'民国'实质上却仍然是军阀专制独裁的帝国，议员只能俯首听命、任人驱使，那么，这样的议员不做也罢！他从此不再参加国会的会议，潜心于书画收藏。袁大总统不是他选出来的，更不要说三年之后的复辟帝制，还有黎元洪、冯国璋、徐世昌次第登台，黎元洪二度回銮又黯然下野，这些也都和他毫无关系！家兄不是政治家，也不愿意成为政客之间权力绞杀的工具和牺牲品，而选择了独善其身的逃避，纵不能力挽狂澜，终不肯同流合污，这也无可非议吧？"

"不对，他今年又出来投票了！"人群中有人在呼喊。

"是的，"周易并不否认，却紧接着问，"可你们知道他在票上写的是什么？"

"是什么？"没有亲临现场的老百姓自然是不知道的。

"他写的是'誓不降曹'！"周易昂然说道。

人群中轰然掀起一股声浪，这是他们根本没想到的！

"这是真的吗？"场上有人喊道，"你有什么证据？"

"我拿不出证据。"周易坦然回答，"我又不是国会的人，无权检查票匦，何况过去了这么多天，纵使票匦里有鬼，也不可能留下痕迹。"

说到这里，他的目光落在了人群中的钱宝山身上，忽然心中一动，想起哥哥在昏迷之中曾经含含糊糊地说过："钱议员，请代劳……"代劳什么呢？当时听不明白，现在似乎明白了，于是说道："不过，今天的来宾当中，有一位钱宝山先生，他也是国会议员，如果钱议员愿意，就请做个见证！"

随着周易手指的方向，无数双眼睛投向了钱宝山，这位上海服装大亨恨不得找个地缝儿钻进去！错了错了，今天不该来！十月的天气已觉秋凉，而钱宝山的脊背却汗水淋漓……

孙少权和丁浩元都不禁紧张起来，谁知道这家伙会说些什么？现在要想堵住他的嘴，已经不可能了。

"钱议员，"周易问他，"投票那天，您在现场吗？"

"哦，"钱宝山抬起蜡黄的脸，要想说"不"，实在没法儿撒这个谎，只好实话实说，"是的，我就坐在他旁边。"

"家兄投票也是请您代劳的？"周易接着问。这么问，虽然是出于猜测，也只有冒险了。

"哦……"钱宝山的舌头不听使唤了，他瞪大眼睛，望着汹涌的人群，仿佛又回到了国会选举的现场……

那是一次艰难的选择。本来，拿了曹三爷的五千大洋就已经自认票奴，理所应当投人家一票，什么政治操守，什么个人尊严都不管不顾了，可是千不该万不该，他不该又接了张大帅的八千大洋，把自己推到了二虎相争的坚牙利爪之间，想要两不得罪，难了！那个五大三粗的家伙的声音在耳畔回响："只要你别投曹锟的票，随便写个人名儿，哪怕投张废票呢，行？"不行！他现在坐在曹三爷控制下的国会座席上，旁边有无数眼睛盯着，他怎么敢造次？曹三爷是笃定当选的，到那时候，他这个国会议员还当得成吗？往后的日子还怎么混？没有足够的政治智慧还要玩儿政治，找死啊！

正在绝望之际，他听到了周鼎醉意蒙眬的呼唤："钱议员，请代劳……"

他本无心管别人的闲事，不经意地瞥了一眼，却意外地发现，自己不可能做的事，周鼎已经办到了，那是一张完全合乎奉系要求的选票！他突然兴奋起来，飞快地填写完自己的那张选票，然后和周鼎的那张叠在一起，向票匦走去。当他把票投进票匦，长长地舒了一口气，总算解脱了，他亲手投了两张选票，该写的都写上了，无记名投票又不用署名，谁知道哪一张是他的？这个买卖人从心里觉得，两边儿的账他都不欠了。

参加丧仪的人，所有的眼睛都盯着钱宝山，等待他的回答，周鼎的那张选票，是你代投的吗？

钱宝山做梦也没想到，这件隐秘的往事还会有当众被追问的这一天，他能怎么办？只好说："是呀，那天他老酒吃多嘞，立也立不稳，要我帮他投票，我就顺便……"

这个回答，颇让孙少权和丁浩元感到意外，周鼎的那张票，竟然是钱宝山替他投的！为什么？难道他们在政治上还有交易？案情越来越复杂了！

"好，谢谢钱议员替家兄投了那张票！"周易紧追不放，问他，"那就请您告诉大家，上面写的是什么？"

糟糕！孙少权和丁浩元心里都在打鼓，这家伙，可别随着他们胡说啊！

"说！写的是什么？"周围的人们已经等得不耐烦了，发出炸雷般的吼声。

钱宝山看看那些箭镞似的眼睛，恨不得咬断自己的舌头！他知道这些人想听什么，也知道今天在场的孙处长、丁处长最怕听到什么，可是，他也不能装聋作哑，总得说话呀，要不然……

"那上面写的是，写的是……"他被逼到了死胡同，终于用尽最大气力，吐出了那四个听着都挺吓人的字，"誓不降曹。"

好个钱宝山，果然是个吃里扒外的双面妖孽！孙少权手里要是有枪，恨不得一枪崩了他！丁浩元右手正握在腰间的"自来得"毛瑟手枪上，也在作如是想。当然，枪是不能开的，面对如此激昂的人群，若是枪声一响，场面将无法收拾。

"誓不降曹！"

"誓不降曹！"

丧仪现场人声鼎沸，声讨"猪仔议员"的标语不见了，一场闹丧踢馆砸场子的行动变成了反曹示威集会，情势突变，孙少权和丁浩元也赶紧脑筋急转弯！如此规模的人群聚集在一起，呼喊反对现任总统的口号，这还得了？可又无法干涉，四个月前孙少权带着大队人马到总统府前大骂黎元洪，不就是这么干的吗？风水轮流转，现在轮到骂曹锟了，何况就在曹大总统当选之后，国会通过了《中华民国宪法》，明确规定，"中华民国人民有集会、结社之自由""有言论、著作及刊行之自由"，等于给了老百姓骂总统的自由一个法律保障，你怎么管？此刻，他们两人最想知道的是，钱宝山在自己的那张选票上写了什么？如果也是"誓不降曹"，必将给这帮暴民助长威风，如果他写的是"曹锟"，那就当场坐实了"猪仔议员"，这些丧失理智的人还不把他活活儿地打死？

"请问钱议员，"果然有人向他发问，"你在选票上写的是啥呀？"

怕什么，偏偏问什么，钱宝山心上像被扎了一刀！惶然一瞥，向他提问的竟然是在六国饭店见过一面的那位五大三粗的"朋友"，怪不得带着东北口音。

一声问，众人和，几百双眼睛盯着他，发出海浪般的呼喊："写的是什么？"

"我……我……"钱宝山的舌头已经没用了，他说什么？永藏在心中的那个只有天知地知的秘密，怎么能在这里说呢？

"说，你说！写的是什么？"无数的人都在追问。

人群像浪潮似的涌动着，呼啸着，向他逼过来，没个回答是不行的，汹涌的人群能把他踩死踏烂！

钱宝山脸色苍白，汗流如注，绝望地一声哀号，突然仰面跌倒，不省人事！

周易惊呼："钱议员！"

糟糕，要出人命？孙少权吓了一跳，甭管他多么不待见这个钱宝山，也甭管此人身上背着多大的嫌疑，可人家总还是由他联络的国会议员，不能眼看着死在这儿！

"丁处长，"他连忙提醒丁浩元，"咱们得管哪……"

丁浩元朝身旁的警察一挥手："赶快送医院！"

几名警察冲上前去，七手八脚抬走了昏迷之中的钱宝山。院子里，骚乱之后又渐渐恢复平静。

"各位来宾！"周易不失时机，继续发言，"感谢钱议员为家兄作证，让诸位看清了家兄到底是怎样一个人。那么，为什么一个誓不降曹的人，竟被污以'猪仔议员'的恶名？"他又一次发问，向在场的每一个人发问。没有人回答，而他自己是有准备的，从衣袋中从容抽出一份报纸，打开来，展示在众人面前，"都是拜这份报纸所赐！"

场上又是一阵骚动，人们伸长脖子看这张报纸，虽然远距离看不清上面的文字，那版式却是熟悉的，在曹锟当选总统的新闻旁边，刊登的就是周鼎步出国会议场的照片，也正是这张报纸，给读者造成了强烈印象：周鼎毫无疑问是拥戴曹锟上位的"猪仔议员"！

"我要告诉诸位，"周易继续说，"这篇报道的作者，《时闻报》记者史春秋先生今天也来到了现场……"

话还没有说完，已经被人们的喊声打断：

"谁是史春秋？"

"他在哪儿呢？"

人群中，那个像螳螂似的记者慌了，不安地躲躲闪闪，旁边的人立即发现了他，他想躲开，却陷于人群之中，寸步难移，有人甚至上前抓住了他……

眼看要打起来！站在前排的常三儿连忙往后退了退，心说，眼瞅着刚摞倒一位国会议员，现在轮到这位记者了，鼎易轩少主周易还挺厉害！

"请不要动手！"周易喊道，"来的都是客，要以礼相待。请问史春秋先生：家兄已经明确告诉你，他既没有接受曹锟的贿金，也没有投曹锟的票，你为什么还要发表那样的新闻？"

"我……"史春秋刚要开口，抬眼看见旁边的孙少权正盯着他。

"说！说！"人们在催促他。

"我说，"史春秋终于下了决心，"我错了！很惭愧，直到今天我才认识了鼎公，他不是那样的人，他有骨气、有担当，是个英雄！"

"不，他不是英雄，"周易却说，"家兄只是凭着自己的良心，说了真话。我也不希望你把他捧为英雄，只需要还他一个清白。我还要奉劝史先生：今天的新闻，明天就成为历史。作为一名记者，要为自己所写的每一个字负责。"

"是，多谢指教！"史春秋俯首道，"鼎公生前也曾这样教导我，可惜我当时……我对不起鼎公，今天借此机会，向他当面谢罪！"

言毕，向灵棚走去。到棺木前站定，深深地鞠躬。

人群轰动了，不少人也朝前挤过来……

史春秋这个突如其来的举动，把局势搅乱了。

总提调宋连魁连忙展开双臂，上前阻拦："请大家安静，回到原地！"

人群愈加纷乱，有人在高喊："我们要瞻仰遗容！"随之引起一连串的响应，"瞻仰遗容"的呼声水涨船高。

丁浩元已经不能容忍！转眼之间，一个"猪仔议员"变成了"誓不降曹"的英雄，这些暴民还要声势浩大地瞻仰他的遗容，这成何体统？曹大总统的颜面何在？京师警察厅的威严何在？倏地，他拔出腰间的二十响"自来得"毛瑟手枪，不见血也要让他们听听响儿！可是，却在同一瞬间，他的手被孙少权摁住了，那意思是：现在需要的不是弹压民众，而是利用民意，我们苦等了一夜的机会，终于来了！只要能打开棺盖，只要在里面发现了《绝影图》，那就是我们的了！当然，如果另有强人欲图此事，也将在这时动手，不怕，他们能抢得过警察吗？聪明人只需要这么一点拨！

"宋二爷！"孙少权顾不得尴尬，主动上前搭讪，"虽然人各有志，政见不同，但民意还是要尊重的。民众要求瞻仰鼎公遗容，这有何不可嘛！"

宋连魁心说，你带着警察到这儿"尊重民意"来了？我还不知道你怀揣的那点儿狼心狗肺！他抱了抱拳，说道："孙处长，各位父老乡邻，九爷的遗体已然入殓封棺，实在不便再开棺瞻仰，请诸位体谅！"

这时，灵棚下，苦六儿却嚷起来："还没辞灵呢，我要见九叔最后一面！"这是在告诉孙少权，丧仪到现在还缺一个"辞灵"。

"对嘛，"孙少权立即接过去，"伴宿、辞灵之后才能封棺，应该让大家见鼎公最后一面嘛！"

周围一片附和之声。苦六儿蠢蠢欲动，朵儿忍不住说："你当面气死九爷还不够啊？那就是最后一面！"

苦六儿正要争辩，周易说话了。

"感谢诸位对家兄的盛情！"周易向众人深鞠一躬，然后说，"众所周知，传统丧仪中，入殓的时候棺木只落两颗钉，为的是等迟来的亲人会齐之后，再行辞灵、封棺。家兄咽气的时候，家里的人都在跟前，也就无须再等了，入殓之后即行封棺。现在即将发引，断不能重新开棺、惊扰亡灵了，敬请海涵！"

一番话，使嘈杂纷乱的场面安静下来。

"对不起，周先生，是我们太冒昧了！"史春秋说着，和一些涌到前头的人自觉地后退。

"慢着！"一直板着脸一言不发的丁浩元却突然开口，"我要是非瞻仰遗容不可呢？"

这个凶煞神般的警察站在那儿好久了，那一身儿警服和腰间的"盒子炮"，显鼻子显眼，周易和宋连魁却一直佯作视而不见，此时他一鸣惊人，就不能不予理睬了。

"哦，怪我眼拙，"周易端详着那张见棱见角的瘦脸，"这位是……"

不用丁浩元自报家门，孙少权赶紧介绍说："这是京师警察厅司法处丁处长……"

"哟，失敬！"宋连魁抢在周易之前，先说。他似乎感觉到，三天前闻到的那股洋蜡味儿又飘过来了。

"噢，"孙少权又补充说，"他……他是仰古堂马老板的爱婿，跟鼎易轩是多年世交！"

站在人群里的常三儿听到"仰古堂"这三个字就惊得一哆嗦，怕的是让人瞅见再拿他说事，赶紧往后缩了缩。

"多年世交？可没见怎么走动。"宋连魁沉着脸说，"今儿个，丁处长全副披挂，还带着兵器吊孝来了？依我看，您不像是瞻仰遗容，倒像是要开棺验尸！"

一句话，震动了全场！

"我就是要开棺验尸！你又能怎么样？"丁浩元干脆直言不讳。刚才周易的推托，宋连魁的抵制，足以让他在心里认定，《绝影图》此刻就藏在周鼎的棺木之中，丧家越是不肯开棺，越是证明这个猜测决不会错。现在当众开棺是最佳时机，拿到真凭实据，就不畏人言！

"不成！"宋连魁说得斩钉截铁，"甭说您一个处长，就是大总统来了，那也不成！我们一没贪赃，二没犯法，凭什么开棺验尸？"

好一个唱花脸的，敢跟警察来这一套！

"开棺才能验尸，证据就在棺材里！"丁浩元大喝一声，"动手！"

"死诸葛"并没有吓走"活司马"。丁浩元一声令下，分列在人群两边的警察呼啦啦跑过来，扑向周鼎的棺木！说时迟那时快，挺立在棺木两旁的二十名武师"唰"地迎过来，齐齐地在灵棚前站定，犹如一道铜墙铁壁。朵儿和耿虎用双手护住棺木，丫头、婆子们吓得瑟瑟发抖，灵棚下死寂一般，只听见急促的呼吸声。秋儿默默地关注着眼前的一切，把希望都寄托在十二爷和宋二爷身上了。

院子里的一干众人的脑子不够用了，这到底是怎么一回事儿？敢情警察才是来砸场子的？

"丁处长，不必了！"周易依然稳稳地站在灵棚前，从容不迫，"您如此大动干戈，不就是为了一幅画吗？"

一句话，直击丁浩元和孙少权的心脏！周易竟然这么直截了当，他是什么意思？不战而降？院子里的一干众人则听得发蒙，一幅画？一幅什么画？

"画在这儿。"周易说着，俯身从棺木前的祭案上拿起一只木匣。

丁浩元和孙少权万万没有想到，他们穷追死打的目标根本没有藏在棺材里，就放在眼前的祭案上！全场无数双眼睛都投向了那只木匣……

周易抽去木匣的盖板，从中取出一幅卷轴，握在手里，说："这幅画，是鼎易轩最重要的收藏，家兄生前的最爱，魏武帝曹操的嫡传子孙、大唐左武卫将军曹霸唯一的传世之作《绝影图》……"

《绝影图》？！有了升平署刺杀案的惊天新闻在先，即使对书画外行的人听到这三个字也足以如雷贯耳，这是鼎易轩主第一次向世人公开宣称拥有这幅稀世珍品。周易解开系着卷轴的扎带，一手握住天杆，一手托住地杆，画轴徐徐展开，诗塘的题字过后，便是画心，一匹腾啸千年的绝影马立时活现在人们面前。无法形容此时数百双眼睛的惊艳和人群潮水般的涌动，数月来坊间关于《绝影图》现身的传闻，数日前升平署堂会上的惊鸿一瞥，已经使曹霸这个年代久远的历史人物突然变得如当红明星般耀眼，现在，在人们根本想不到的时间、地点，它竟然出现了，纵然观画的绝大部分凡夫俗子根本看不出此画妙在何处，但至少知道它价值连城，更何况，毕竟还有人读过诗圣杜甫专为曹霸而写的名篇，早已期待得望眼欲穿，真个是"斯须九重真龙出，一洗万古凡马空"了！

人群中，常三儿被惊呆了。本来，他今天来这一趟是替驰公跑腿儿，哪想到竟然亲眼见到了《绝影图》，这是多大的造化，连老爷子都没捞着！多年经营字画生意，他养成了一个习惯，见着好东西，眼睛就像钩子，非把它钩到手不可！可是现在，哪轮到他做这样的奢望，只能远远地过过眼瘾罢了。

孙少权紧盯着那幅画，虽然相距丈余，也看得清清楚楚，紫檀木天杆、轴头、上隔水、诗塘、画心，尤其是那匹追风踏月的绝影马，一切都是那么熟悉，和他在升平署献给总统的那一幅毫无二致！

"就是这幅画！"他喊道，"这就是在升平署失窃的《绝影图》！"

平地一声雷，人群沸腾了！这到底是怎么回事儿？眼前的这幅《绝影图》是偷来的？堂堂的鼎易轩主会干这种狗窃鼠盗之事？那么，出现在升平署堂会上的《绝影图》又是从哪儿来的？要真是从鼎易轩出去的，干吗又要偷回来？

"荒唐！"周易向孙少权投以轻蔑的一瞥，从容地卷起画轴，举在胸前，"这样的稀世珍品，家兄会怎么对待？自然是藏之秘阁，既不可能出手转让，也绝不可能馈赠他人。《绝影图》真迹入藏鼎易轩不足半年，从未示人，也从未出过家门，因此，我要奉告诸位，"他望着黑压压的人群，一字一顿地郑重宣布，"除此之外，无论在任何地方出现、由任何人持有相似的画作只能是仿制的赝品！"

人群一片哗然！怎么？千年难得一见的《绝影图》，竟然不止一幅？

"啊？"丁浩元猛地转过脸，吃惊地看着身边的孙少权，"老孙，你献给总统的是张假画？"

几百双眼睛"唰"地都射向孙少权。

"不！"孙少权喊道，干裂的嗓子哑哑的，"献给总统的画怎么会……怎么会是假的？"

"你再说一遍，"丁浩元追问，"那幅画是哪儿来的？"

"是……"孙少权瞟了一眼身旁的棺木，依然是铁嘴钢牙，"是从鼎公手里买的，不信你问……"

"你让我问死人啊？"丁浩元怒喝道。

"孙处长，不要再自欺欺人了！"周易厉声说，"自从《绝影图》进入鼎易轩，你就心生觊觎，要把它夺走，作为庆贺曹大总统就职的献礼。为此，你曾三顾茅庐，恳求家兄割爱，却屡遭拒绝，于是，你只好弄虚作假，拿一幅高仿的赝品去邀功请赏。你以为，那幅假画的来历我不知道吗？还需要请出证人当面对质吗？来人！"

灵棚下，应声走出来一个人，一身孝服，神情哀切。

"孙处长还认得他吧？"周易问，"这是裱画师杜宇的徒弟何顺儿。"

啊？何顺儿！孙少权瞠目结舌。

"孙处长要的那幅画，是我师傅仿的。"何顺儿垂着头说，"孙处长催得紧，我师傅也是没办法，为了老娘……"说着说着，眼泪就下来了。

丁浩元大吃一惊！

"可惜啊，孙处长！"周易继续说，"赝品做得再真，毕竟是一幅假画，你担心谎话被揭穿，在升平署堂会上又监守自盗，贼喊捉贼，伪造了一场失窃案！"

丁浩元一声怒喝："老孙，你这可是欺君之罪！"

"不，不是这样儿的！"孙少权惊恐地呼喊。他没有想到，本来处于劣势的周易绝地反击，竟然出此绝招儿，把一场真真儿的失窃案说成了监守自盗，把盗马贼的帽子扣在了他孙少权的头上，却又让他有口难辩！

"你当然不敢承认！"周易不给他喘息的机会，步步紧逼，"为了掩盖自己撒下的弥天大谎，你以破案为名，把整条琉璃厂大街都闹得不得安宁，甚至指使鸡鸣狗盗之徒，潜入本宅，妄图窃取《绝影图》真迹！……"

听他说到这儿，站在棺木旁边的苦六儿把头耷拉到怀里，连气也不敢出，心想，完了，十二叔这回准得把我提溜出来了。不，他多虑了，周易并没提他的名儿，一笔带过："可是你没有得逞，《绝影图》至今安然无恙。所以，你现在只好来明抢了！"

丁浩元越听越沉重，一把抓住孙少权："姓孙的，你还有多少事儿瞒着我？"

"丁处长，您听我说……"

"甭说了！回去跟总监说去，跟议长说去，跟国务总理说去，跟大总统说去！"丁浩元一口气把所有的主子都数了一遍，哪一个都足够把孙少权的胆儿吓破，抬手一挥，"把他铐到车里，带回去再审！"

身旁的两名警察忽地扑过来，"咔嚓"给孙少权铐上了铐子，推搡着他，跟跟跄跄押了出去。事情来得太突然，这个为曹锟贿选总统奔忙已久的马前卒戏剧性地倒台实在出人意料，当他被自己人铐起来带走的时候，让愤怒的人群感到"你也有今天"的快意。

望着孙少权被押走的跟跄背影，苦六儿的心都碎了。他并不喜欢这个差点儿把他推进油锅的家伙，心疼的是他们之间的交易，谁能想到姓孙的会垮得这么快？他这一垮，原来答应苦六儿的什么升官发财、真金白银，全玩儿完了！

除掉了一个丧门星，丧仪继续进行。

"宣布周鼎先生遗嘱！"宋连魁高声喊道。

一双双眼睛聚焦于周易。谁都知道，周鼎几十年致力于书画收藏，他留下的遗产数量之大、价值之高无法估计，遗嘱也将是惊人的。而宣布遗嘱的人选，毫无疑问，只能是他的继承人周易了。

"家兄一生阅画无数，而他最为珍爱的是最后一件藏品，可以说，一画堂所有的藏品的价值总和，都不及这一件，它就是这幅《绝影图》。"周易的话出人意料地简短，开门见山，直奔主题，"他临终留下的遗言是：人在，马在，死了带到棺材里去！"

人群中发出海啸般的惊叹，这就是周鼎的遗嘱？他竟然要以《绝影图》殉葬？丁浩元不禁看了一眼灵棚下的棺木，怎么，他现在要放进去吗？

"中国书画，数千年来屡遭天灾人祸，大量损毁，幸存至今的已如凤毛麟角。一千二百年前，唐太宗李世民临终留下遗诏，要头枕平生最为得意的收藏，王羲之的《兰亭序》。于是，埋葬太宗的昭陵封闭之日，也就是天下第一行书《兰亭序》绝世之时，和他的尸骨一起埋入地下，化归尘土，留下千古遗恨，也令后人痛惜千年！今天，我又将步其后尘，把大唐左武卫将军曹霸唯一的传世之作《绝影图》为家兄殉葬！对此，我内心万分地不忍，却又不能违背家兄的遗嘱！"

周易深深地叹息。人们屏住了呼吸，心脏跳到了嗓子眼儿上。

"我何尝不想把它留下来？这幅画是鼎易轩藏品的巅峰之作，在家兄人生的最后阶段，给了他无限的慰藉；也正是这幅画，使鼎易轩陷入灭顶之灾，也将家兄置于死地，如果把它留在人间，不知道还会招来多少争斗和厮杀？眼见得，家兄的遗体还没有下葬，就险些蒙受开棺验尸之辱，如果将《绝影图》装进棺材、埋进坟墓，岂不是为那些盗墓贼留下可乘之机？"

"啊？"丁浩元不禁惊呼，"你要怎么着？"

"天马行空，自有通天之路。就让家兄的最爱，随他而去吧！"周易突然转身，把手中的卷轴投入棺木前头的青铜鼎中！

"住手！"丁浩元疯狂地一声大喝，但是已经晚了！

青铜鼎中，熊熊火舌舔食着这张屈指算来应是千年高龄的白麻纸，将它熔化，将它吞没，将它化作一缕青烟，蛰伏于亳州曹宅十个世纪之久的绝影马，在人间匆匆一现，赢得了京城少数有幸一睹丰采的观者惊叹之后，又迅速地消失了！三百年前，明末的大收藏家吴洪裕就曾经唱了这么一出，在临终前命家人将他最爱的藏品、元代山水巨匠黄公望的《富春山居图》焚烧殉葬，画已经投入了火炉，又被不忍看名画焚毁的侄儿从火中抢出，当时画已经被烧毁中间一段，幸而还有残余两截，这便是今人所能见到的《剩山图》和《无用师卷》。相比黄公望，曹霸未免太不幸了，连最后的作品也没有留下，从此在人间了无痕迹，只留下一个寂寞的虚名。

人们目瞪口呆，祭案前的青铜鼎原来是为焚画而设！在此之前，他们已经领略了周易对丧事的种种怪异改革，不烧纸钱、纸车、纸人、纸马、纸桥、纸房子，但谁能想到，他偏偏烧了最不该烧的无价之宝《绝影图》？从誓不降曹到一掷万金，周氏兄弟的心胸，到底有多大啊！

完了！不管人们惊叹也罢，痛惜也罢，天下第一马从此不复存在，不但丁浩元的行动落空，即便此时人群中还潜伏着无论何等强悍的盗马贼，也已经无所作为了。丁浩元的眼泪夺眶而出！当然，他不是哭周鼎，也不是哭《绝影图》，而是哭自己：回去怎么交代？十来年的仕途恐怕走到头儿了！

也许没有人注意，在人群中并不显眼的常三儿也哭了，不是为仰古堂的姑少爷，而是为那匹马。他万万没有想到，刚才的匆匆一瞥竟是永别！不过，他还算幸运的，比他更渴望一睹《绝影图》丰采的驰公，再也没有机会亲自过目了！

"拿下！"丁浩元大叫一声，极度的悲哀化作了仇恨，把"自来得"手枪指向周易，"还不给我拿下？"

警察们闻风而动，向周易冲去，然而却被一道由血肉之躯筑成的围墙挡住了，那是正阳武馆的二十名武师，有他们在，谁也休想踏进灵棚，哪怕是一只飞鸟！

"哗啦……"警察们举起了"汉阳造"，一起指向周易。

"你们凭什么抓人？"宋连魁上前一步，挡在了周易前面。

"他、他……"丁浩元一时说不出个罪名,想了想,突然理直气壮起来,"他涉嫌妨害公务,该抓!"

"什么妨害公务?"宋连魁不服,"是你们妨害了人家的家务!出殡犯法吗?"

"我们在执行公务,妨害公务就是犯法!"丁浩元一把推开他,"把人带走!"

"灵堂重地,谁敢造次?"宋连魁厉声喝道。

"得啦!"丁浩元把嘴一撇,"真把自个儿当活张飞?这儿不是当阳桥,谁听你的?"

"我是这场丧事的总提调,"宋连魁却说,"'现官不如现管',你的官职再大,在这儿也得听我的!我们的丧事还没办完呢,让你的人往后撤,请给亡人一份儿尊重,也给自个儿积点儿阴德!"

丁浩元握着手枪的手停在了半空,"阴德"二字让他听了心跳。说来也怪,当了十几年的警察,他已经不记得抓捕过多少嫌犯,其中不乏凶猛暴戾之徒,当场搏杀也是常有的事儿,从来也没有怕过,想不到今天会怕一个死人!是啊,赶在人家出殡的时候抓人是有点儿缺德,谁知道日后会遭什么报应?

"丁处长请等一等,"周易不卑不亢,平静地看着他,"等我送走了家兄,我跟您走!岂不闻自古以来,逝者为大?"

人群中也在呼喊:"逝者为大!逝者为大!……"

死人惹不起,众怒又难犯,丁浩元举着的枪口垂下了。那些虎视眈眈的警察,也收起了"汉阳造",从灵棚前闪开了。

宋连魁一声"起灵!"杠夫头儿打起响尺,三十六抬的"大杠"先由十六名"小请"抬起,周易面朝棺木,缓步后退,棺木后面跟着家人和仆人。人群自觉闪开了一条路,让棺木前行。乐声响起,《送别》的旋律浑厚苍凉,回响在古都小巷的青砖黛瓦之间。

棺木徐徐前行,它的后边儿,跟着黑压压的人群。不断地又有人从路边儿加入到送葬的行列中来,越聚越多,队伍越来越大。这场丧仪,没有旗、罗、伞、扇、金瓜、钺斧、朝天镫的仪仗,没有松枝扎成的亭、狮、鹤、鹿，没有活鹰、活狗、活骆驼，也没有把纸钱撒得几丈高的"一撮毛"绝技表演，更没有诵经的和尚、道士，却出奇地盛大而悲壮，特别是还有警车开道，有军乐队奏乐，简直如国葬般隆重，以致成为北京城的一件大事，长久地留在人们的记忆里。

10　别亦难

马骉正在东跨院儿书房里和老朋友叶寄尘一起喝茶、闲聊。

日已西斜，去出席周鼎丧仪的常三儿还没回来，让人等得心烦，马骉便揽过叶寄尘的手臂，为他诊脉。驰公在精研书画之余，还涉猎医术，马府的长幼眷属凡有头疼脑热历来无须上医院。当然，他也特别愿意在人前显摆这项业余爱好。

"梦公，少安毋躁！"他安抚叶寄尘。

"人家出殡，我着什么急？"叶寄尘若无其事地笑笑。

"您瞧，脉象显示，寸脉、关脉沉而涩，说明您焦躁不安嘛！"

说话间，常三儿回来了。

"你怎么到这会儿才回来？"马骉急着问。

"二位爷，我已然是紧赶紧了！"常三儿连呼哧带喘，"您不知道，出大事儿了，周易把那幅《绝影图》给烧了，我亲眼瞅见的！"

"听说了。街上传得沸沸扬扬，气得我摔了一个元青花茶碗！周易这个混账东西，冲这，他就不配做收藏家！"马骉说起来还忿忿然，"你怎么着？完了事儿不回来，还陪着棺材送到坟地？"

"我不是不放心姑少爷嘛！"常三儿说，"画没抄着，要是再抓不着人，空手儿回去怎么交差啊？"

"是啊，是啊，"马骉当然也为他的姑爷着急，"你快说说，后来怎么着了？"

老妈子进来，送上一碗盖碗儿茶。常三儿这才坐下来，端起茶碗，也顾不得烫，吸溜了一口，说："要说，姑少爷真是给周家留足了面子……"

陶然亭湖西岸，松柏苍苍，杨柳依依。土丘的缓坡上筑起了一座新坟，周鼎永久的归宿。坟前立着刚刚赶制完工的石碑，上面刻着：

生于清同治九年卒于中华民国十二年
先兄周公讳鼎之墓
弟易敬立

这里并不是周氏祖茔地，但周鼎生前多次说过他喜爱这个散淡闲适、清雅脱俗的地方，愿死后长眠于此，周易满足了兄长的遗愿。一抔黄土隔开了两个世界，周易率领琅园的老老少少再次叩拜，他们的身后，自愿来送行的人们也深深地三鞠躬，向逝者做最后的告别。

丁浩元已经等得不耐烦了，低声命令："动手！"

便有两名警察奔上前去，一左一右把周易夹在中间，掏出明晃晃的手铐子。

全场都震动了！尽管明知这是不可避免的，但真到了这一步，还是令人心惊胆战。

"二爷，他们真要抓人啊？"雷武说着，就要往前冲。

宋连魁一把抓住他，说："当然是真抓，要不，把警车开这儿来干什么？"

"不成！"旁边儿的耿虎大喊一声，冲上前去，"在出殡的时候抓人，这不是趁火打劫吗？你们没人味儿！"

一呼百应，送葬的人们忽地涌过来。正阳武馆的武师们也闻风而动，飞步上前。本来，他们的使命是护送周鼎的灵柩，现在灵柩入土，使命已经完成，不承想活人又遇险，能袖手旁观吗？愤怒的人群把警察和周易一起团团围住，《时闻报》记者史春秋高喊着："周易无罪！反迫害，反镇压！"

宋连魁不再沉默，展开两手，向人群挥舞着："静一静！大家静一静，我有话说！"

人群如沸水，如何能静得下来？突然，丁浩元举起"自来得"手枪，"啪"地朝天开了一枪，刹那间鸦雀无声。

丁浩元把手枪重新插回枪套，眼睛瞄着史春秋，说："记者先生，您应该是发现新闻的人，而不是制造新闻的人。"再看看宋连魁，"总提调先生，您的差事做完了，说话也不管用了。现在，我倒想听听周易先生怎么说。"

所有的目光都投向周易。

周易说话了："各位父老兄弟、亲朋好友，感谢大家的抬爱！你们不愿意让我坐牢，我也不想坐牢，可是我已然答应了丁处长，出完殡任凭处置，咱得信守承诺！对不起了诸位，在下先走一步了！"

说完，从容地伸出双手，戴上铐子，上了警车。

谁见过这个阵势？当年汪兆铭"慷慨歌燕市，从容作楚囚"，只是说说罢了，而周易真正做到了。人群静静的，没有骚动，没有吵嚷，看着警车开走了，后面还跟着徒步奔走的警察队伍。

长笛呜咽，萨克斯管悲鸣，《梦见家和母亲》的旋律又响起来，这一次是为周易送别。

莫理循大夫默默地朝着警车开走的方向鞠了一躬。在送走了两位中国朋友之后，他准备回家了，《梦见家和母亲》召唤着他。

叶寄尘端着茶碗却忘了喝，感叹道："嗯，您还别说，周易这小子，年岁不大，倒还像条汉子！"

马矗没有附和，却说："这手铐子，怕是不戴也不成吧？嗨，这哥儿俩，一个死了，一个坐牢，鼎易轩此番休矣！"

"是啊，当时人人都觉得鼎易轩完了，可是谁料想……"常三儿又喝了一口茶，说，"冷不丁地苦六儿站出来了，朝大伙儿作了个罗圈揖，说：承蒙各位父老兄弟、亲朋好友来为我九叔送行，让他入土为安。这些天，总提调宋二爷辛苦了，正阳武馆的师傅们辛苦了，大家都辛苦了！说到这儿，瞅瞅那些吹打洋鼓洋号的洋人，又找补一句：噢，还有美国朋友也辛苦了，我周天在这儿谢谢各位！现在，我九叔不在了，十二叔又吃了官司，天可怜见我这个苦孩子！从今儿往后，无论家里店里，都还要仰仗各位照应扶持，拜托了！说着说着，眼泪巴嚓，一揖到底，嘿，您瞧瞧！"

马矗和叶寄尘这一惊非同小可。

叶寄尘说："听听这话说的，名为谢客，实则辞客，连总提调也别再掺和周家的事儿了。从今往后，城南六少重出江湖了，连鼎易轩都是他的了！"

"他也配？"马矗不屑地从白须中喷出这三个字。

周易被押送前门大街路西鹞儿胡同京师警察厅侦缉大队总部。

这个地方，论起资历，它比京师警察厅的年头儿还老，清代曾是都察院中城正指挥衙门，光绪三十一年，朝廷设立内外城巡警厅的时候，内城总厅厅址在南兵马司，外城总厅厅址就在鹞儿胡同。民国二年，两巡警厅合并为京师警察厅，才将厅址设在前门内户部街，原千步廊东侧的吏部官署旧址，而鹞儿胡同的外城总厅厅址则作为侦缉大队总部保留下来。

这儿是丁浩元的老地盘儿，从穿灰大褂儿的侦缉队到穿警服的警察、警卫、狱警，乃至文员、司机、伙夫都如同他的家奴，随意驱使，唯命是从。抓到重要的嫌犯，关在这里，他才放心。

负责押解的警察把周易交给一名狱警。此人年约二十七八，生得虎背熊腰，浓眉大眼，一脸壮疙瘩。两眼盯着周易，把姓名、年龄、职业、住所一一核实，这才收下。他带着周易穿过长长的过道儿，两旁的牢房里挤满了嫌犯，一个个蓬头垢面，破衣烂衫，扒着铁栅栏，眼巴巴地望着他。这里是暂押室。侦缉队不是监狱，从理论上讲没有牢房，但抓来的未经审判的嫌犯，也需要关押，所以就叫暂押室。其实还是牢房。

周易被带到一个八尺见方的单人小号儿，与那些十几个人的大号子隔开，兴许是看他身子单薄，不是那些狗窃鼠盗之徒的对手。

"你就住这儿，规矩都写在墙上那张纸上了，自个儿看看。"狱警交代完了，拿出钥匙，打开他的手铐。

"噢，谢谢您了！"周易觉得这句客气话儿恐怕不能省，就又问了一句，"请问警官贵姓？"

"这你就不必知道了。"狱警阴沉着脸，转身走出小号儿，锁上牢门，走了。

旁边儿大号子里有人多嘴，朝他喊道："他叫焦洪，阎王殿前的勾死鬼儿啊！"

周易听得心里一沉，不知道自己是否得罪了这位"勾死鬼儿"。他平生第一次踏进牢狱之门，一切都是陌生的，仅有的一点儿关于坐牢的知识也是从书上读到的，记得武松被发配到孟州牢城营，狱友便告诉他，新来的囚徒，一百杀威棒是免不了的，若有人情书信，或是使些银两，便打得轻些。周易是从哥哥的丧仪上被抓来的，事发突然，无从使用这些手段，便只好等着这一百杀威棒了。

等来等去，却又迟迟不见动静。眼见得旁边儿号子里有人被拉去过堂，回来时已是鼻青眼肿，血迹斑斑，唯独对他手下留情，不知是何用意。

在这儿，他也没见到孙少权。

琅园没有了周易，好比一国无主。从坟地回来，大家聚集在院子里，不知道该如何是好。九爷的丧事其实还不算完，按照老礼儿，从下葬三天"圆坟"到百日孝子脱白孝，礼数儿还多着呢，这些，十二爷都没来得及交代，宋二爷也走了，该听谁的？还有鼎易轩的生意，丧事完了也得开张，谁说了算？

"朵儿，"耿虎说，"你是管家，十二爷不在，我们都听你的！"

"不成不成，"朵儿一开口就没底气，"我哪儿有这能耐？以往，我只是管管柴米油盐、针头线脑儿的小事儿，家里的大事儿可做不了主。我看，还是秋先生来当这个家吧！"说着，抬眼望着秋儿，"您又有学问，又有心路，连九爷、十二爷都把您当师傅！"

秋儿不应，只是一声叹息。

"嗨，说什么呢？"苦六儿不爱听了，"周家的人还没死绝呢！有六少在，轮得到外姓人在这儿骑锅夹灶吗？"

众人都一愣，尽管他们平日里都称苦六儿"六少"，心里头却把他看成跟自己一样的下人，不就是一个看门儿的"司阍"嘛！谁能想到，这个被逐出家门的奴才还能再回来？要怨就怨十二爷心太软，不该容他回来送葬，到了这会儿，还有谁能把他再赶走？没看见刚才在坟地作揖打躬的架势？那是"孝子谢客"，他还真把自个儿当成琅园的新主子了！

"你？"耿虎斜着眼儿瞅瞅他，"就你？"

"怎么着？不服？"苦六儿挺起胸脯，两手抱着胳膊肘儿，"可着这个院子挨个儿数数，你们这些人，有一个姓周的吗？别忘了，在这儿，姓周的说了算！九叔走了，十二叔坐牢了，这份儿家业就该当我赡受！"

"是吗？"耿虎一个冷笑，"九爷虽然不在了，可十二爷还在呀，现在他遭了难了，大家伙儿都为他着急，你呢？是不是盼着他回不来啊？"

这话正打在苦六儿的心尖儿上，他就是这么想的！

"呸！你这个丧门星，张嘴就没好话！"苦六儿当然不认这个账，他得把这盆污水反过来扣到对方头上，"你才盼着主人回不来呢，你们这些奴才好无法无天！告诉你，别做梦，琅园可是有主儿的，十二叔一天不回来，我就当一天家；他要是十年不回来，我就当十年家！"

"啊，十年？"朵儿不由得脱口道，"你打算得可够长远的！"

"你当家？"耿虎梗着脖子说，"那我就一天都不干了！"

"不干？"苦六儿等的就是这句话，"那就走人啊！千里马不易得，马夫、车把式可有的是，还缺你？"

"走就走！"耿虎转身朝着马房走去，他要收拾自己的东西，离开琅园。

花匠、厨子和那些丫头、婆子们都目瞪口呆，敢情琅园这就改朝换代了？新主子一上台就裁人、砸饭碗？

"虎子哥，"朵儿凄凄地喊着，朝耿虎追过去，"要走，我跟你一块儿走！"

"朵儿！"苦六儿威严地喝住她，"谁走都成，你不能走！"

"为什么？"朵儿站住了。

"就因为你是琅园的家生丫头！"苦六儿厉声说，"这辈子只能给周家当牛做马，活着是周家的人，死了是周家的鬼！"

朵儿不言语了。又是"家生丫头"这四个字！九爷、十二爷在的时候，这么多年都没人提起，但没人提起并不等于不存在，就像一块石头悬在她的头顶，虽然看不见、摸不着，但是她却时时感到这块石头的沉重。就在这短短的几天中，苦六儿已经两次当众点明她的"家生丫头"身份，第一次还有九爷为她撑腰，可这一次呢，没有九爷，也没有十二爷，她也就没有力量抵挡那泰山压顶般的巨石了。

绝望中的朵儿回头望着秋先生。秋儿面色苍白，紧闭的嘴唇在颤抖，却什么也没有说。

秋先生的沉默，让花匠、厨子、丫头、婆子们心里更加沉重。他们心里都有数儿，就凭苦六儿这么一块料，突然从"司阍"变成了当家的，谁服啊？可是，琅园毕竟是周家的产业，如今在这个院子里，除了他，还真找不出一个姓周的了。唉，他们都是外姓人，挣钱养家糊口不易，不能像耿虎那样跟苦六儿闹翻了走人，也不愿意像朵儿那样撞了南墙再服软儿，眼下只有一条道儿，就是忍，连秋先生都忍了，他们还能怎么着？

"嗯，知道喇叭是铜的了，这就好。"苦六儿巡视着这些人，对他们的臣服表示满意，虽然明知其中还有很大成分的敢怒不敢言，但初战告捷已经让他喜出望外了，"从今往后，各人该干吗还干吗，干得好了，都不会短了你们工钱；不想干的就走人，我这儿也不强留！"

众人都不说话，也没有挪动脚步。这时，苦六儿身后响起一个声音："六少都发话了，都愣着干什么？还不该干吗干吗去！"

苦六儿一听声儿就知道这是何顺儿。本来，鼎易轩的伙计，凡是去送葬的，都从坟地直接回家了，连苦六儿都没注意到何顺儿跟着回到了琅园。刚才这几句话，算是给苦六儿助了威，也给了众人一个台阶儿。

苦六儿连看都没看何顺儿一眼，扯下自己身上的孝帽、孝服，往地上一扔，朝西楼走去。

西楼底层的客厅，过去是九爷、十二爷会见客人的地方，苦六儿现在既然已经成了主人，当然就该在这儿发号施令了。坐在柔软的英式古典沙发上，他嚷道："上茶！"

没有人答应。等了好一会儿，苦六儿正准备发火，客厅的门开了，进来了一个人，是何顺儿，端着个茶盘，上面是一碗盖碗儿茶。

"是你？"苦六儿一愣，"你怎么还不走，想干吗呀？"

"今儿是什么日子？"何顺儿放下茶碗，笑嘻嘻地坐在他旁边儿，"咱们得庆贺庆贺！"

"什么日子？"苦六儿却冷着脸说，"周家出殡的日子！把丧事当喜事儿办？你个没良心的！"

"得了，"何顺儿说，"跟我就甭来这假招子了，六少从今儿起登基掌权了，这不是你做梦都想的好事儿吗？这半年来，咱们打下这片江山，不容易啊！"

"谁跟你'咱们'？你还有脸请功？"苦六儿冷笑道，"杜师傅把一身的手艺都传给了你，你却卖了他，还敢当众作证，你个欺师灭祖的东西，在江湖上为人不齿！"

"得了吧！"何顺儿不怕他揭短，却接过茬儿来扒他的皮，"你连自个儿本家的叔都敢坑，害得他们死的死，坐牢的坐牢，你个六亲不认、卖主求荣的忤逆之辈，比欺师灭祖也强不到哪儿去吧？"

无耻对无耻，打了个平手。苦六儿不得不让他一步，问："说吧，你要什么？"

"现在还不是我讨封的时候，"何顺儿并没有顺竿儿爬，狮子大开口，却说，"我还怕你的江山坐不稳呢！"

苦六儿把脸一沉："这话儿怎么讲？"

"且听我慢慢道来。"何顺儿这才说，"先说家里。走了个车把式耿虎，你别在意，借这个机会杀鸡吓猴儿，立下规矩也是好事儿。朵儿和花匠、厨子、丫头、婆子们都翻不起大浪，要紧的是那位秋先生，这个人是字画行里的人尖子，鼎易轩没有她，就倒了字号；可要让她真心服你，听你使唤，凭什么？再说外头。孙少权倒台了，你没了靠山；那张画已然化成了灰，你没了资本。官府要捏软柿子，还不是一句话的事儿？十二爷虽然被抓走了，可是还没定罪，没判刑，说不定哪天咸鱼翻身，他又回来了，你往哪儿搁？"

没想到平日里寡言少语的何顺儿还这么能说，而且句句打在点子上，把苦六儿那颗胀鼓鼓的心又说蔫儿了，问他："你说，我该怎么办？"

"先说眼眉前儿最当紧的，"何顺儿说，"你们周家，今儿这场殡出得风光，九爷成了反曹的英雄，十二爷临危不惧，从容就擒，也算条好汉。你瞧坟地上乱哄哄的劲头儿，要不是丁处长打那一枪，那帮闹事儿的都要劫法场了！闹得最邪性的是那个记者史春秋，干脆说'周易无罪'！"

苦六儿听得心烦，打断了他的话："这我都知道，你到底想说什么？"

"我想说的是，"何顺儿本来就已经到了点题的时候，"要是周易无罪，那咱们就有罪了，给孙少权造假画，诓骗大总统，这是多大的罪？你的江山还坐得成吗？等明儿一早，报纸一出来，你瞧着吧，满世界都是'周易无罪'！"

"怕什么？北京的报纸又不止这一家！"

"他的调门儿最高啊！"

"报纸也不是法院的判决书！"苦六儿嘴上不服，心里已经发虚了。

"那可是民心民意啊，我的六少！你看这些年军阀混战，直系、皖系、奉系，甭管是谁打谁，都是先在报纸上嚷嚷个六够，说自己是正义之师，吊民伐罪，争的就是民心呀！现今的社会，报纸就是喉舌——"何顺儿说着，张开了嘴，伸手指着自己的喉咙，"'喉舌'，懂不懂？"

"这我还不懂？"苦六儿也没好气儿，"你说该怎么办吧？"

"听我的，"何顺儿自有他的主意，"咱们得会会那个史春秋，不能让他信性儿乱写！"

今天的晚饭，朵儿和秋儿都没来吃。

没有了九爷、没有了十二爷的琅园，再不见了秋先生，空旷得瘆人。秋先生上哪儿去了？

藏画室的窗户亮着灯，秋先生在这儿，她一定在这儿，现在的琅园，能留住秋先生的地方，也只有这儿了。

朵儿敲了敲门，里面没问"谁啊？"似乎猜到了来的人是朵儿，只听见几声脚步响，门开了，秋先生一把抱住了她。朵儿好像扑进了亲娘的怀里，恸哭不已："秋先生……"

"哭吧，哭吧！"秋儿抚着她的肩胛，让她哭，让她呻吟，把心里的委屈都吐出来。

她扶着朵儿到画案旁坐下，给她倒上一杯水，然后说："朵儿姑娘，有句话，我一直没敢问你，苦六儿一再欺负你，你能告诉我，他说的'家生丫头'是怎么回事儿吗？"

朵儿抬起泪眼，望着她视若亲娘的秋先生："不是我有意瞒您，这事儿，琅园的老人儿都知道，可当着我的面儿，谁都不愿意说。要不是……"她想说，要不是苦六儿一而再地揭她的伤疤，刺她的痛处，也许永远都不会向秋先生说起那桩往事，可是现在，她却不得不说了。

那是在二十年前，光绪二十九年，立春都过了，还下了一场大雪。大清早，琅园的"司阍"开门扫雪，看见大门外头，雪地里躺着一个人，一个女人，问她是谁，也不应声儿，一动不动，怕是冻僵了，也不知是沿街要饭的，还是从外乡来到北京投亲靠友，落了难了。看门儿的不知如何是好，赶紧禀报太太。当时老太爷已经过世，九爷游历欧洲还没回来，家里的一切由太太做主，说：还等什么？救人要紧！丫头、婆子们一齐动手，把那女人抬进用人房里，给她掐人中，搓手，灌米汤，那女人终于"啊"的一声，醒了过来，丫头、婆子们刚说要舒口气，猛地看见那女人下身全是血，敢情她还怀着身孕，这是要生了！怎么办？找接生婆是来不及了，上岁数的婆子们都经过事儿，就这么七手八脚，把孩子接下来了。是个女孩儿，她娘吃食跟不上，这孩子发育得慢，小得可怜，像个不起眼的花骨朵儿，太太就给她起了个名儿，叫"朵儿"。朵儿的娘生下她就死了，这孩子是在丫头、婆子们当中长大的，她不知道亲娘长什么样儿，也不知道亲爹是谁。

那一年，琅园先后添了两个小生命，周易和朵儿。可是，同年不同命，从降生到人间那一刻起，他们就有了各自的身份，一个是十二爷，一个是家生丫头。

说起埋藏在心底的往事，就像搅动了五脏六腑，朵儿哭成了泪人儿。其实这些并不是她的亲身记忆，而是来自前辈们的叙说。二十年过去，当年的婆子有的已经过世，当年的丫头成了婆子，朵儿的故事在她们当中一直传下来，只是谁也说不清朵儿的根基到底在哪儿，她的身世也就成了一个永远解不开的谜。

"朵儿姑娘，你的命好苦！"秋儿给她擦去脸上的泪水，"不过，你娘把你带到琅园，也是不幸当中的万幸，要不然，你早就没命了。这儿的人都疼你，太太、九爷、十二爷都没有贱遇你。九爷不是说了嘛，如今是民国了，人人生而平等，什么'家生丫头'？没有那一说了！"

她这么一说，朵儿哭得更厉害了，甚至带有几分怨气："这些话，您怎么不当着那个人的面儿说？"

秋儿又沉默了。今天下午苦六儿当众奚落朵儿的时候，她并没有挺身而出，这正是她的耻辱。

"对不起了，朵儿姑娘，请你原谅我的软弱，因为我……也有我的禁忌，在我的头顶也悬着一块巨石。"最不愿意回忆的往事偏偏又要说起，秋儿的心脏像冰一样冷，"还记得吗？七年前，是你把我送到这间藏画室里来见九爷，当时我的身份是什么？是……是'小妾'，和奴仆一样的小妾，这个身份并不比'家生丫头'好听多少。只是因为我遇见的是九爷，他让我换了一条命，给了我做人的脸面。我心里明白，这一切都是九爷给我的。现在九爷过世了，十二爷也不在家，我还能以什么身份，说什么话，管什么事儿？如果我顶撞了苦六儿，下一个当众受辱的就该是我了！"

"秋先生，您也这么怕他？"朵儿的心凉了。

"不，"秋儿说，"不是怕一个无赖、嘎杂子，而是爱惜自己。我不能像耿虎那样跟他鱼死网破，说走就走，这个家还有很多事儿，十二爷没回来，我不能走，无论多难，都得忍着……"

"忍着？"朵儿的声儿在打颤，"忍不了啊，秋先生！"

"忍不了也得忍，"秋儿看看她，"你不是已经在忍了吗？"

《时闻报》馆后院儿的上房西耳房，是史春秋的工作室，撰写新闻、冲印照片都在这里。从坟地回来，他激动不已，连饭也顾不上吃，先是拉上帘子把照片冲印出来，接着便伏案写稿，决意以自己的笔墨，塑造出一位反曹英雄、国民表率。然而他又感到遗憾，对于另一位反曹英雄，只身勇闯升平署向总统开枪的那位刺客，他几乎一无所知，只拍了一张死后躺在血泊中的照片，至于姓甚名谁，何方人氏，还都是未解之谜。他翻出这张照片，反复端详着，突然想起就在升平署刺杀案的同一天，在正阳门西火车站还曾有人预谋了另一场刺杀，只不过刺杀未遂，事后才知道当场献给总统的酒坛里装的全是炸弹，虽然次日的报纸上未见报道。但那天他也曾在现场采访，也拍了照片——嗯？那些照片呢？

他从海量的新闻照片里好一通翻找，找到了。当时拍摄的照片不止一张，其中一张上可以看到端着酒坛等待敬献总统的人，可惜是个全景，看不清楚。史春秋是个急性子人，想做的事儿就马上做，立即找出底片，拉上帘子，把照片局部放大。当那个端酒坛的人的头像放大到两英寸时，已经可以清楚地看到，此人一身铁路制服，年纪在三十五六岁上下，面色黝黑，浓须连鬓，剑眉高挑，目光如炬。现在可以断定，这就是以献酒的名义谋杀总统的人了，可惜天不作美，没有成全他的壮举，这位英雄的名字也就泯灭了。史春秋心中升起深深的遗憾：一天之内的两起谋杀都没有成功，也都没有留下刺客的姓名，这两者之间有没有联系？他不禁把在升平署拍的那张照片又拿出来，放在一起，试图寻找先前遗漏的信息。端详良久，他隐约发现，这两张照片上的人虽然装束不同，而且一人白面无须，一人青面虬髯，但是眼睛、鼻子、嘴巴却非常相像，而这些则是无论怎么化妆都难以改变的。尤其是死不瞑目的刺客那双寒光闪闪的眼睛，和手捧酒坛的人逼视前方的眼睛更是惊人地相似。此刻，他突然省悟：莫非这其实是同一个人？对，就是一个人！在同一天里两次行刺，一次不成，二次再试，至死方休！那么，这个人是谁？

门房来了："史先生，有客人找您！"

"客人？"史春秋一愣，突然之间脑子转不过弯儿来，"什么客人？"

来人是苦六儿和何顺儿，就跟在门房后面，手里还提溜着东西，挺巴结地伸着脖子先打招呼："史记者，您忙着呢？"

"哦，城南六少啊？"史春秋跟苦六儿也算旧相识了，从东厂胡同总统府前采访就打过交道，何况今天在周鼎丧仪上又刚刚见过面，"这位是……"他看着何顺儿有点儿眼生。

"鼎易轩的裱画师傅，他叫何顺儿。"苦六儿连忙引见。

"啊，何师傅！"史春秋似乎想起来了，今天丧仪上为周易出面作证的就是他，"幸会，幸会！"

门房退出去了。史春秋尚不知客来何意，问道："二位光临，有什么事儿吗？"

"今儿个，史记者来采访我九叔出殡，辛苦了，我们是特为向您道谢的！"苦六儿说着，把手里提的酒瓶子递过去，何顺儿也把手里提的食盒放在桌子上。

"太客气了！"史春秋很是感动，"采访新闻是记者的本分，不用感谢，更何况采访到了特别有价值的好新闻，还是我的造化呢！"

既然人家是来犒劳记者的，他正好还没吃饭，也就不客气，动手去开那个食盒。何顺儿赶紧抢在前头，打开食盒，一样样儿拿出来：一碟儿月盛斋酱牛肉，一碟儿李记白水羊头，一只德州扒鸡，四样儿稻香村点心：贵妃酥、枣泥饼、绿豆糕、萨其玛。苦六儿也已经打开了酒瓶，仁和老店的菊花白，给他倒了满满的一杯。这几样儿吃的喝的，论价钱虽然没有太大破费，却都是颇具口碑的名牌儿，而且也是史春秋喜欢的，肚子也饿了，便不再矜持，撕下一条鸡腿来，大快朵颐。

"你们坐啊，"他边吃边说，"说来惭愧，当初我误会了鼎公，直到今天才认识到他是一位反曹的英雄！你家十二爷也了不起啊，年纪轻轻，昂然大丈夫！我一定要为他呼吁，为他奔走，敦促官府把他无罪释放！你们放心，我说到做到！"

苦六儿和何顺儿心里都"咯噔"一声，他们怕的就是周易无罪释放，还放心？越听越不放心了！

"那什么……"何顺儿呲着嘴，说，"史记者，报纸明儿一早就得出来，天儿这么晚了，这稿子哪来得及写啊？"

"来得及，"史春秋却不慌不忙，"我的稿子都是连夜赶出来，误不了！"

"那也忒辛苦了！"苦六儿也不能全指望何顺儿，接茬儿说，"我家出殡又不算什么大新闻，这事儿过去了就算完了，让亡人安心吧，也就甭在报纸上再翻腾来翻腾去的了。"

"嗯？"史春秋听得有点岔音儿，停止了咀嚼，"你家十二爷被抓走了，这事儿怎么能算完呢？听你们的意思，是不想让我发这篇稿子？为什么？"

苦六儿和何顺儿你看看我，我看看你，也找不出合适的词儿来，总不能明说十二爷被抓走活该，但愿他永远都别回来吧？

"我是说……"苦六儿挖空心思找个借口，"丁处长今儿都说了，十二爷'涉嫌'犯了那个什么罪……"

何顺儿替他说全了："妨害公务罪！"

"就是嘛，"苦六儿接着说，"咱要是愣说'无罪'，这不是跟官府作对吗？胳膊哪拧得过大腿啊？"

"嗨！"史春秋似乎听明白了，"'妨害公务罪'这个罪名可大可小，小到街头摆摊儿的小贩儿挡了警察的道儿，大到拿着刀枪棍棒跟官府玩儿命，都可以算妨害公务。怎么，害怕了？这哪像城南六少办事儿？当初你可是'拼着一身剐，敢把皇帝拉下马'，连油锅都敢下，'赴鼎镬以明志'啊！"

苦六儿被他噎住了，这是哪儿跟哪儿啊？一肚子的话不能明说，又不敢看他，耷拉下眼皮儿瞅着桌面儿，目光落在那张青面虬髯的照片上，就没话搭拉话儿："咦，谁呀这是？"

"见过这个人吗？"史春秋顺便问他。

"这……"苦六儿再仔细瞅瞅，还真有点儿印象，记得九叔病倒之后，宋连魁带着一个人来过琅园，耿虎叫了他一声"曹爷"，就是这般模样儿，"这不是曹爷吗？"

"哪个曹爷？"何顺儿也凑过来看，这一看，他也认识，"哟，还真是曹爷！"

"哦？"史春秋顾不上吃喝了，"快说说，这个曹爷是谁？"

"就是《绝影图》的原主儿曹横啊！"何顺儿说。

"什么？！"史春秋简直怀疑自己的耳朵出了毛病，"《绝影图》的原主儿？"

"是吗？"苦六儿也是头一回听说，"你怎么没告诉我？"

"你也没问过我。"何顺儿回忆着当时的情形，"那天，他把画卖给了鼎易轩，走的时候，九爷、十二爷、秋先生都出来送他，可巧儿我从裱画房出来，到库房去拿东西，碰上了，瞅了他一眼。当时我也不知道这是谁，后来听说他叫曹横，从安徽亳州来的……"

"他长什么样儿？"史春秋紧追着问，恨不能掌握更多的细节。

"就是这个样儿！"何顺儿指着照片说，"那天他穿着一件旧大褂儿，头上戴着斗笠，虽然穿戴不一样，可这张脸我认得，就是他！"

"太好了！"史春秋兴奋地吼起来，"我发现了一个大新闻！你们知道他是谁吗？他就是在升平署向总统开枪的刺客，一位大英雄！"

苦六儿和何顺儿惊得魂飞天外，老半天回不过神儿来！敢情今儿这一趟没白来？得了个天大的好消息，刺客竟然是《绝影图》的原主，那，十二爷周易就脱不了干系，他还能指望无罪释放吗？

次日，北京各报对周家的丧仪都有所报道，篇幅长短不一，其中最引人瞩目的是《时闻报》，在头版以整版篇幅刊发了史春秋的长篇通讯，不仅报道了周易焚毁千年古画《绝影图》为兄长殉葬，孙少权弄虚作假东窗事发被捕，而且雪洗了周鼎"猪仔议员"的污名，还其"誓不降曹"的英雄面目。当然，这些内容，凡是采访了周鼎丧仪的记者也会有所涉及，但是，史春秋的独家报道则是绝无仅有的：在正阳门火车站和升平署堂会上两次刺曹未遂慷慨赴死的刺客，正是《绝影图》的主人、魏武帝曹操的嫡传子孙、安徽亳州曹横！有名有姓，言之凿凿，并且配发了刺客的两幅头像，毋庸置疑。文章的题目也十分响亮：《反曹刺曹，并世双雄》。

一张报纸震动朝野！大街小巷都在传阅，凡是识字的人都在议论：这可是百年不遇的大案、奇案！

花儿市上三条把口儿的小院儿里，一宿没睡的宋连魁披着晨雾，在那棵古槐下舞剑销愁。雷武拿着报纸飞奔过来："二爷，史春秋的文章，《反曹刺曹，并世双雄》！"

刚说到这儿，宋连魁大叫一声："好！北京城还有说真话的人！"手里的那把剑，"嗖"地挥下来，削去了一根树枝！

琅园里，秋儿也彻夜未眠，早晨第一件事就是让朵儿去门房拿报纸，匆匆看了《时闻报》的头版，不禁脱口道："哎呀，亳州曹氏危矣！"

朵儿没听明白："您说什么？"

丁浩元手捧报纸，感觉那像一把刀，自己的脑袋要掉了！他后悔啊，昨天既然抓了周易和孙少权，为什么不连夜审问？以至于如此重大的案情，他竟然丝毫不知，让新闻记者抢在了头里，错了错了错了！总监怪罪下来，大总统怪罪下来，还有活路儿吗？现在唯一能做的事是赶快补救，他希望，甭管什么原因吧，但愿大总统和总监今天都起得晚，还没有来得及看那张报纸，给他留点儿空，突击审讯孙少权，然后把审讯笔录写上昨天的日期，兴许能抵点儿过失！他连早饭都没吃，开着那辆"雪佛莱"，直奔鹩儿胡同。

"提审孙少权！"他大吼一声，直奔预审室。

孙少权从暂押室里被押出来，戴着脚镣手铐，一左一右两名狱警，一手持枪，一手架着他的胳膊。从暂押室到预审室，警察排成两道人墙，严密封锁，如临大敌，好像他们面对的是飞天大盗、铁血杀手，随时可能逃脱牢笼或者出手伤人。孙少权昨晚在暂押室待了一夜，突然变得这么让人恐惧，自己都觉得奇怪。

预审室里陈列着各种刑具：染着血迹的皮鞭，烧在炉火中的烙铁，竹签儿、辣椒水、老虎凳，还有从外国引进的电椅……阴森森如同地狱变相。孙少权坐在审讯椅上，手和脚都被铐上了，动弹不得，胸脯再箍上绳子，腰也不能弯，免得他撞脑袋寻死。两名壮汉行刑官立在身后，随时准备施展拳脚。

丁浩元亲自审问，书记官坐在一旁，等待笔录。昨天还是同僚，面对面办公，和这阵势相比已是天壤之别了。

"丁处长，"孙少权憋着一肚子委屈，迫不及待地先开口了，"对待我，您用不着这样儿，什么话不能好好儿说？我一个文弱书生……"

"文弱书生？"丁浩元冷笑一声，"谋杀总统的刺客同党！过去还真是小瞧你了，中华民国的天，被你们捅了个窟窿！"

"谋杀总统？"孙少权一听这个罪名就吓得哆嗦，"我哪有那个胆儿？"

"算了，做都做了，还不敢担当？"丁浩元没工夫跟他磨牙，直击要害，"说！你跟曹横是怎么认识的？"

"曹横？"孙少权头一回听说这个名字，一脸的懵懂，暂押室里没报纸，他完全不知道今天早上爆炸性的新闻，"曹横是谁？"

"装！"丁浩元见得多了，才不信这一套呢，"你还挺能装的，不去唱戏真是可惜了。你和曹横也想来一出《荆轲刺秦》？以献督亢地图之名，行刺杀总统之实……"

当年荆轲刺秦，秦舞阳同行，随身携带的便是一幅督亢地图。督亢，燕国膏腴之地也，以此献给秦王，先讨得他的欢心，"图穷而匕首现"，再行刺杀之实，这是荆轲精心布下的险局，虽然临场发生意外，功败垂成，却留下了千古佳话。可笑的是，荆轲的英雄行为，岂是孙少权可比的？要说他献图是为了配合曹横行刺，真是太抬举他了！

"您说的这是什么呀？"孙少权越听越糊涂，"哪儿来的督亢地图啊？我献给总统的是一幅画！"

"你的行为更恶劣！"丁浩元一拍桌子，"人家荆轲献的督亢地图好歹还是真的，你献的那幅画可是假货，拿这个当幌子，掩护曹横向总统开枪！"

丁浩元振振有词。尽管升平署堂会他并不在场，但作为一名老警察，根据现在掌握的材料进行推断，他似乎已经清晰地看到了当时的情景。

"我掩护谁？"孙少权扯着嗓子大叫，"我根本不认识他是谁，我冤枉啊！"

"进了这儿没有不喊冤的，一会儿你就认识他了！"丁浩元准备速战速决，一声怒喝，"大刑伺候！"

这一嗓子，没把孙少权的三魂七魄惊散！旁边儿那两位膀大腰圆的壮汉应了声"是！"，就要抄家伙动手了。

正在这时，急匆匆进来一名警察，说："处长，总监来电话请您过去，挺急的！"

丁浩元顿时脸色煞白，站起脚来就走了，这边儿的事儿连一句话都没交代。那两名准备行刑的壮汉该怎么办？军令如山，既然长官说了"大刑伺候"，没说停止，那就照打不误！于是孙少权到阴曹地府走了一遭，受尽酷刑也仍然说不出到底怎么和曹横认识的，他的的确确是今天早晨才听说这个人名儿，还是丁浩元告诉他的！

丁浩元赶到京师警察厅，总监薛之珩和奉总统之命协同办案的众议院议长吴景濂都在等着他。薛之珩已经急得满头大汗，连帽子都戴不住了："快，给总统写报告！"

丁浩元傻眼了。昨儿刚抓了孙少权和周易这两个嫌疑人，连审讯记录都没有，这报告怎么写？只能按照《时闻报》上透露的信息，敷衍成篇，勉强写满两页纸，盖上京师警察厅的大印，跟着两位上司上了车，直奔中南海。当然，如果案子办得顺利，去中南海请功，薛之珩就未必愿意让吴景濂分一杯羹，也未必肯带着丁浩元这个小小的司长去见大总统了。

新华宫延庆楼，大总统还没上班，薛之珩把报告递给了总统府秘书长王毓芝，王秘书长说声"等着！"，就进去了，这三个人就等着，等得心焦，在总统府柔软的沙发上如坐针毡。

不知等了多久，听得有脚步声传来，三个人连忙站起来，伸长了脖子迎接总统。随着王秘书长出来的却是眉清目秀的李彦青，说："总统正在批阅文件，你们再等等！"好似太监总管传圣上口谕。按理说，李彦青的职务是总统府收支处长兼庶务处长，这些事儿不归他管，但既已约定俗成，总统府的什么事儿他都可以插手，人们也就见怪不怪。

李彦青说完又进去了，过了一盏茶的工夫，这才又陪着总统出来。薛之珩、吴景濂和丁浩元又像弹簧似的站起来，惶惶然叫了声："大总统！"

曹锟满脸怒气，在总统宝座上坐定，骂了声："白吃饱儿！"他并不认识小小的司长丁浩元，但已经认定了薛之珩、吴景濂这两个曾经的功臣是饭桶，一点儿面子都不给了。按说，案子办砸了，警察厅的上级机关内务部部长高凌霨也难辞其咎，但他现在已经代理国务总理，给他留点儿脸，没有提溜来训话。

"我把升平署大案交给你们去办，真是瞎了眼了！吴大头！"他不像以往那样称吴景濂的表字莲伯而直呼其绰号"吴大头"，足以表示对他的憎恶，"你的亲信竟然是刺客的同党！那么，你呢？"

"景濂知罪！"吴景濂战战兢兢，垂首躬身，"景濂用人失察，致使大总统遇险，愿受任何处罚！但景濂与刺客毫无瓜葛，请总统明鉴！"

"查！"曹锟这句话是对薛之珩说的了，"彻查刺客同党，无论查到谁，概不姑息！"

"是！"薛之珩唯唯诺诺，"卑职一定竭尽全力，彻查此案！"

"竭尽全力？"曹锟鼻子里"哼"了一声，"连案情报告都是从报纸上抄的，你们就介么样儿'竭尽全力'？"

说着，朝身旁伸出了手。这时，薛之珩、吴景濂和丁浩元才注意到，李彦青手里拿着一份折起来的报纸，他把报纸递过去，曹锟接过来，展开了，正是当天的《时闻报》。看见这张熟悉的报纸，三个人腿肚子都抽筋儿了。

"案发当天，本总统限令你们十日之内破案，今天是第六天，案子破了，提前破了！"曹锟说得斩钉截铁，却丝毫没有祝捷的意思，"但不是你们破的，让一个新闻记者抢在了前头！虽然他的文章对我颇为不恭，但是，他告诉了我，要杀我的人到底是谁，要不然，我脑袋掉了都不知道是怎么掉的！你们呢？吃着国家的俸禄，还不如一个摇笔杆子的新闻记者，脸往哪儿搁？臊不臊啊？"

肃立听训的三个人，虽然官阶高低不等，这训斥却人人有份儿，垂着头，不敢仰视。

"卑职愧对大总统的栽培！"薛之珩作为警察厅总监，职责所系，不得不表示个态度，"现在，刺客同党周易、孙少权均已抓捕在押；刺客曹横已死，拟急速派员赴安徽亳州调查取证，肃清其余党……"

正说到紧要处，总统侍卫队长王连峰突然大步走进来，立正，敬礼："报告大总统，新华门外有客人求见！"

"嘛客人？"曹锟满腹怒气正没处撒，"不知道总统府是嘛地界儿？

把介里当成县衙门，击鼓喊冤来了？轰出去！"

"大总统，"王连峰却没有退下，解释说，"来客说，有要事面陈总统，是关于升平署案情的……"

"啊？"曹锟一听"升平署"仨字儿便心惊肉跳，"莫非又是刺客不成？"

"不会吧？"王连峰却说，"是个女人，三十来岁，文文静静的，不像是动武之人。"

"嗯？"曹锟听得云里雾里，越发不得要领，不过，既然来的是个女人，他那份儿防备意识倒是放下了，好奇之心却滋长起来，说，"传她进来！"

"是！"王连峰立正、敬礼，退下了。

这边厢，薛之珩和吴景濂面面相觑，他们的案情报告被中途打断，总统突然要见女客，不知此时该回避呢，还是继续留在这儿？

总统觉察到他们的心思，摆摆手说："既然和案情有关，你们就一块儿听听。"

说话间，王连峰带着客人进来了，是秋儿。在场的只有丁浩元见过她，那是在周鼎的丧仪上，她披麻戴孝，满面愁云，并没有留下鲜明的印象。现在，她一身素白衣裙，庄重清雅，不知不觉间为众人瞩目。丁浩元无论如何也不明白，此时此刻，她怎么会出现在这儿？来干什么？甚至连秋儿自己也没想到，在离开紫禁城七年之后，她还会再次踏进宫门，拜见中国的最高统治者，而这里早已物是人非。

秋儿在大厅站定，朝着总统宝座躬身说道："民女拜见大总统阁下！"

"嗯。"曹锟点点头，对这个彬彬有礼的女人印象颇佳，他向来怜香惜玉，不忍让人家站着问话，便说，"请坐！"

于是便有人搬来一只绣墩，置于秋儿身侧。此刻，连吴景濂、薛之珩这等高官都肃立一旁，秋儿的待遇可谓超规格。秋儿也不谦让，说声："谢大总统赐座！"便坐了下去。

"请问介位姐姐，尊姓大名，何方人氏？"大总统开始问话了。

天津人讲礼数，跟女性打交道，没弄清对方身份之前，无论老幼，先尊称一声姐姐。

"民女单名一个秋字，京师人氏，忝为鼎易轩鉴赏顾问。"秋儿回答。

"噢，"曹锟作斯文状，"锟虽一介武夫，亦不辞挥毫泼墨之癖，尝闻京师书画界有一位鉴赏大家秋先生，想必就是足下了？久仰！"

秋儿连忙欠欠身："不敢当！"

"秋先生既然是鼎易轩的人，某便知来意了。"曹锟并没有在书画之好上继续兜圈子，而是及时地书归正传，说他要说的话，"你是为周易而来！"

"非也。"秋儿却说，"周易虽然身陷囹圄，但一息尚存，还有机会自证清白；而曹横已死，不复能言，我为曹横而来！"

此言既出，举座皆惊！"曹横"，这两个字今天早晨刚刚现于报端便"倾城倾国"，令人闻之色变！曹横是谁？是怀抱炸弹走向总统专列的杀手，是单枪勇闯升平署的刺客，是功败垂成死不瞑目的厉鬼，是险些要了曹大总统性命的死敌！而在这位女子口中，却如同故旧亲朋，那么，她又是什么人？

"曹横？"曹锟这一惊非同小可，"你……你是刺客的同党？"

"嗵啦"一声，从曹锟身后的屏风左右各蹿出一队卫士，呈雁翅般合围，手枪的枪口一齐指向秋儿。"御林军"总是无处不在，随时准备以死护主。

秋儿却不惊不惧，平静地说："大总统抬举我了！我一个女人家，手无缚鸡之力，哪做得了行凶杀人之事？设若真是刺客同党，又岂能两手空空到总统府自投罗网？"

曹锟的脸上有些尴尬，如此简单的道理似乎用不着别人点拨，只因有了前车之鉴，才草木皆兵了。他说了声："退下！""御林军"便又迅速消失了。

"你到底跟曹横是嘛关系？"他干脆直截了当，提出最为前提也是最为根本的问题。

"鼎易轩做的是书画生意，自然是买卖关系。"秋儿说道，"我和曹横非亲非故，平生只见过两面。第一次是在店里，认识了这位魏武帝的嫡传子孙，从他手里买下了一幅画，大唐左武卫将军曹霸唯一的传世之作……"

听到这里，曹锟两眼放光，打断了她的话，抢着说："就是那幅《绝影图》，我见过！"

"不，您没见过，"秋儿平静地说，"您看见的只是一幅赝品，您被孙处长骗了。"

一点儿面子都没留，说的倒是实情。曹锟脸色铁青，却也发作不得，只有在心里恨那个千刀万剐的孙少权。

"第二次见面是在琅园，"秋儿继续说，"鼎公从国会投票回来，就病倒了。第二天，曹横来了，不是来探望，而是兴师问罪，因为他听说，鼎公把那幅《绝影图》献给您了。"

"造谣！纯粹是造谣！"曹锟忿然，"周鼎嘛时候献给我画了？哎，就算他真的献给我了，又何罪之有？难道我贵为总统，还不配吗？"

"还真让您说准了，"秋儿道，"曹横就是这么说的，您不配！"

这句话，让在场的官员都吓了一跳，这个女人吃了熊心豹子胆，敢说总统"不配"？简直是找死！

"嘛？你说嘛？"曹锟果然雷霆暴怒，"我不配？"

"大总统息怒，曹横就是这么说的。既然大总统不耻下问，我当然应该如实转达，相信大总统也有听得下去的雅量。"秋儿先将他一军，让他无法拒绝逆耳之言，然后说，"其实曹横所说，也非妄言。收藏乃君子之道，不为谋取一己之利，只为对世间文明的一份挚爱，而去搜罗，去寻觅。一幅书画，一件器物，如大海捞针，沙里淘金，虽片纸只字、残篇断简也视若珍宝，不离不弃。收藏界有句话叫'以德养藏'，藏家与藏品的关系，如同心灵相通的知己，生死相依的亲人，他要用一生去呵护自己的所爱，哪怕为此抛弃功名利禄、富贵荣华甚至牺牲性命都在所不惜……"说到这里，她突然一个停顿，望着听得入神的曹锟，冷不防问道，"大总统，这些，您做得到吗？"

曹锟愣住了。功名利禄、荣华富贵正是他一生的追求，让他抛弃这一切，做一个痴迷于书画的收藏家，大总统扪心自问，这怎么可能呢？秋儿运用了一个小小的技巧，绕了一个不大的圈子，就让他无言以对，而这一沉默，正是秋儿所要的答案：您不配！

"哦……"曹锟咂摸着秋儿的这番话，很不是滋味儿，又不便发作，不禁问道，"这个曹横，既然把祖传的《绝影图》视若性命，为嘛又肯出手转让呢？"

问得好！立在一侧旁听的丁浩元心说，这也正是我想知道的。

"据说，那是因为家有大难，急需一笔资金，办一件大事。"秋儿答道。

"嘛大难？嘛大事？"曹锟急着问。

"他没有说，我们当然也无从知晓。"秋儿说，"直到今天早上，看了报纸，我才知道，不光升平署的枪支，还有正阳门车站的炸弹……"

"都是从这里来的！"曹锟怒吼道，"他要杀我，你们给他钱，购买枪支弹药，敢说不是同党？"

屏风背后，"御林军"们又"唰"地跳出来，枪口一齐指向秋儿。

秋儿依旧平静如初，连看也没看那些指向她的枪口，垂着眼睑说："大总统过奖了！即便曹横可比荆轲，我辈也不配做高渐离，周鼎不配，周易不配，秋儿就更不配了。因为我们付出的五万大洋只是为了买画，钱货两清，交易完成，至于这笔钱此后做何用处，则全然不知，也无从参与。如果说这也有罪，岂不是货币也有罪，发行货币的国家银行也有罪，连政府也成了刺客同党？"

这一番巧言诡辩，差点儿让旁听的那几个人忍不住笑出声儿来，秋儿所说虽然可笑，却也在理，曹锟总不至于愚蠢到查办银行行长吧？他烦躁地摆摆手，那些尽职尽责的"御林军"又立即消失得无影无踪。

"我说姐姐，"曹锟的脸一沉，这个女人让他急不得，恼不得，软不得，硬不得，"你巧舌如簧，能言善辩，可惜生为女儿身，要不然，到外交部混个事由儿，恐怕能力不在陆徵祥、顾维钧以下！"把她夸够了，再找个无可辩驳的理由，让她走人。"刚才你说，你为曹横而来，难不成你还有嘛理由为这个杀人凶犯开脱罪责吗？"

秋儿并不退避，再将他一军："曹横一案，当由有司衙门公断，岂是草民百姓说了算的？"

曹锟也不松口："我就是要听你说！"

"大总统若要征询民意，"秋儿道，"在下以为，此事近看、远观是大不相同的。"

"嘛？"曹锟听得奇怪，"介又不是拉洋片、耍猴儿，嘛近看、远看的？"

"就近了看，"秋儿这才说，"这就是一桩杀人案，明火执仗，取人性命，为法律所不容。"

"嗯。"曹锟点点头。

"可是，如果退远了看呢？"秋儿突然话锋一转，"再过五年、十年、五十年、一百年，乃至千秋万代，当这件事落到史书上，会怎么写呢？"

"嗯？"曹锟被问得一愣，这个问题他从来没有想过，"怎么写？你说怎么写？"

"后人论史，必然要问前因后果，"秋儿道，"中华民国第三任大总统就职当天遇刺，到底是为什么？"

"为嘛？"曹锟也很纳闷儿，"介人我根本不认识，前世无冤，今世无仇，他为嘛要杀我？"

"这个问题，我们已经无法向他本人询问。"秋儿道，"不过仍然有踪迹可查。将来治史的人翻阅故纸堆，一定会发现，民国十二年，总统大选的前前后后，有一些怪事儿，比如，选票是有价儿的，每张五千大洋……"

曹锟的脸色顿时涨得青紫，眼珠子都努了出来，两撇小胡子颤抖不止。贿选总统是他今年的头等大事，也是头等大忌，还没有人敢于当着他的面儿谈论这个话题，这是第一次，直刺心中最痛处。不等秋儿说完，已经怒不可遏，喝道："放肆！你……你竟然……"

话只说了半句便卡住了，因为这件事儿实在摆不到台面儿上。

"我竟然胆敢触碰国家机密？"秋儿却并不顾忌，继续说下去，"既然机密已经泄露，便不成其为机密，何况是国会里的人泄露的，还把支票的照片都登在报纸上了，想辟谣都难。时代不同了，而今民智已开，既然民选总统，就应该公平、公正，出了这样的事儿，难免民怨沸腾，起而反抗，曹横便是反抗最激烈者。我并不赞成这种江湖游侠式的暗杀行为，但是，民心、民意、民主毕竟是时代潮流所向，曹横挺立潮头，为民主而死，千秋万代之后的史册上，也许会写到他，说不定会成为像荆轲那样的英雄！"

"嘛千秋万代？嘛史册？嘛英雄？不要，都不要！"曹锟挥舞着两个拳头，咆哮道，"我都六十多了，还有嘛千秋万代？看不到那一天了，也不能让他当嘛英雄！介个曹横，我要把他碎尸万段，踏平亳州，诛他九族！"

薛之珩、吴景濂、丁浩元和在场的总统府秘书长王毓芝、总统府收支处长李彦青、总统侍卫队长王连峰都绷紧了神经，总统要有大动作了！

"你信不信？"曹锟的一双金鱼眼紧盯着秋儿。这并不是征询她的反馈，而是宣示无可置疑的总统权威。

"我信，我当然信。"秋儿毫不迟疑地回答，"以您的实力和魄力，说得出，就做得到，亳州在段合肥的地盘儿上，为此再打一场直皖战争也在所不惜！不过，"秋儿要说的，是最后一句，"只怕是师出无名！"

"嘛？"在曹锟听来，这个女人简直在说胡话，"我是国家元首、三军统帅，讨伐逆贼只须一声令下，怎么能说师出无名？"

秋儿等的就是他这句问话，从容答道："大总统应该记得，早在大清光绪三十一年就废除了族刑连坐；如今已是民国，依民国法律行事，纵使曹横杀了人，也只是一人偿命，而不累及他人。何况曹横行刺未遂，自身已死，大总统若要兴师讨伐，南征亳州，杀其妻儿老小，株连九族，于法无据，恐为天下人所耻笑！"

"耻笑？我被天下人耻笑？"曹锟青紫色的脸上又泛起一波红晕，身为大总统，两次差点儿被杀，却又没法儿报复，还要承受"耻笑"这个侮辱性的字眼儿，他感到委屈，介是嘛道理？天下还有比介更窝囊的总统吗?

"是的。"秋儿给他一个肯定的答复,接着,以更加肯定的语气说,"我还要提醒大总统,曹横,他姓曹!"

在场所有的人都听得一愣,曹横,当然姓曹,这还用得着你提醒吗?

"嗯?"曹锟似乎听出弦外有音,"你介话,嘛意思?"

"举世皆知,亳州是天下曹氏的郡望,魏武帝孟德公的家乡,"秋儿神色庄重,还特地用了"孟德公"的敬称而不直呼曹操其名,以示尊重,"曹横是孟德公的嫡传子孙,和大总统本是一家人!"

曹锟脸上的肌肉僵住了,在场的一众官员面面相觑,《百家姓》上寻常一个姓氏,怎么经这个女人一讲就另有一番意思呢?那个刺客姓什么不好,偏偏姓曹,一笔写不出两个"曹"字!

"我不清楚府上的长幼辈分排序,您和曹横,或为祖孙,或为叔侄,或为兄弟,总而言之,是一条血脉的魏武子孙。"秋儿继续说,"曹家人行刺曹家人,这样的消息传遍天下,已经让曹大总统很没面子了,如果您还要自相残杀,伤及无辜,恐为宗族所不容,也为令祖在天之灵所不容。请大总统三思!"

曹锟沉默了。这个女人说的话很不中听,分明是在告诉他,连曹家人都反了,你已经众叛亲离,还不自知吗?满朝文武,没有一个人敢这么说。但仔细想想,她说的虽然逆耳,又好似忠言。贿选总统使曹锟登上权力的顶点,也铸成了一生最大的耻辱,在心上留下一块揭不去、抹不平的伤疤,如果这时候再大开杀戒,而且杀的还是曹家人,岂不是自寻绝路吗?曹锟祖籍山东宁津县曹塘村,出生于天津大沽口,和亳州那个陌生地方并无关联,也不认识那些曹姓人,但在世人眼里,那都是他的"江东父老"啊,如何能轻易下手?

大厅一片沉寂,在场的官员,谁也不知道总统在想什么,将要说什么。他们一向靠揣摸上意混迹官场,却少有揣摸准确的时候,所以最好的办法是等待,等上头发话,甭管说什么,都是最正确的。

"松坪!"曹锟说话了,叫的是薛之珩的字,语气不像刚才那样严厉了，"曹横遗体现在何处？"

"报告总统，"薛之珩赶紧说，"因为还没有结案，刺客遗体一直没有处置，还在协和医院太平间。"

"嗯。"曹锟轻轻地舒了一口气，转脸看看身旁的李彦青，说，"着人置办一口棺材，把他葬了吧！"

"是，"李彦青躬身答道，"我这就去安排。"说完，转身去了。

交代完毕，曹锟把目光投向秋儿，说："秋先生，承教了。"

"大总统英明！"秋儿立起身来，朝曹锟鞠了一躬，"民女告辞！"

她转过身，缓缓走去。在一旁陪同送她出门的是一身戎装的总统侍卫队长王连峰，大皮靴一路"咔咔"作响。

肃立在总统宝座前的王毓芝、薛之珩、吴景濂和丁浩元都看得呆了，这些人无论官阶高低，都可谓阅人无数，却从来没有经历过今天这样的场面，这个女人在中南海延庆楼当着曹大总统的面唱了一出女版的《击鼓骂曹》，竟然还能全身而退，简直是令人难以置信的奇迹！

客人走了。薛之珩抬眼望着曹锟，试探地问："大总统，就这么放她走了？"

曹锟的两撇胡子抖了抖："不放她走，你还想抓回来当小老婆？"

"不，不……"薛之珩顿时红了脸，解释说，"大总统放得好。那么，卑职请示大总统，这案子，是不是就可以结了？"

他这么一说，处于同一境地的吴景濂和丁浩元也顿时感到，多日来压在肩上的重负轻松了不少。

"嘛？结案？"曹锟两眼一瞪，眉毛竖了起来，"你们一个星期嘛也没干，还想结案？脑子长到脚后跟上了？"

大总统突然翻脸，这三位又傻眼了。

"曹横是死了，我没办法惩罚那个死鬼，可是周易并没死，孙少权也没死！"曹锟怒吼道，"他们都是曹横的同党、共犯，差点儿要了我的命，还毁了我曹氏祖传的千年珍品《绝影图》！你说，这个案子能结吗？"

鹞儿胡同，侦缉大队预审室里，孙少权已经遍体鳞伤，奄奄一息，那两名壮汉行刑官还在尽职尽责地折磨这具肉体。直到丁浩元闯进来，喊了一声："停！"他们才敢歇手。

"蠢驴！饭桶！"丁浩元大发雷霆，"你们这是审讯还是杀人？要杀人只需要一颗枪子儿，还用得着这么费劲吗？把他打死了，上哪儿要口供去？"

两名壮汉这才恍然大悟，赶紧抄家伙，拎着水桶准备往孙少权身上浇……

"快去叫狱医！"丁浩元怒吼。

狱医来了，咂着嘴，弯下腰来收拾这一堆血肉模糊。把别人破坏了的人体组织修修补补，这是他的职业。由于消毒药水的刺激，孙少权醒了，呻吟着，微微睁开了眼睛。

"丁浩元，你个瘪犊子！"他用家乡土话骂道，"你……杀人不眨眼，我要见莲伯议长，告你！"

"哈，向谁告我？吴大头？"丁浩元使用了这么一个轻蔑的称呼，足以表示他对堂堂国会众议院议长的不屑，"你告去吧，他在总统那儿已然失宠了，还顾得上你？"

"那……我要见六爷！"孙少权又想求救于李彦青。

"李处长更没工夫理你了，"丁浩元道，"他在为曹横料理后事，没想到吧？你瞧，人家曹横到底是总统的本家，还能赏一口棺材。你就不一样了，谋杀总统的死罪，只能一人儿扛了！"

孙少权"啊"了一声，又昏死过去。

那辆"雪佛莱"停在马矗的家门口，丁浩元下了车，拖着疲惫的双腿走进老丈人家。

马矗正戴着老花镜在东跨院儿书房里看报，还是早上那份儿《时闻报》，史春秋的那篇文章，他看了好几遍，还在琢磨。这案子事关他的对手鼎易轩和千年古画《绝影图》，而且由他的女婿经办，就不能不引起他的特别关注。

听得丁浩元叫了声"爸",马矗放下报纸,问:"案子怎么着了?"

"我今儿进了趟总统府……"

"果然惊动了总统!"马矗连忙吩咐看座、上茶,招呼丁浩元,"坐下说!"

秋儿回到琅园,是花匠给她开的门。苦六儿做了主人,再住门房就跌份儿了。可是,西楼里九叔、十二叔的卧房他一时也不敢占用,就让打杂儿的丫头把东楼里九婶儿住过的那间屋腾出来,虽然九叔一向不住那儿,却是名正言顺的主人房,空了七年了,正好由他入主。当然,"司阍"这个岗位也就空出来了,就由花匠兼管。

琅园一片萧索,荷塘里的荷花凋谢殆尽,只剩下暗淡的残叶静静地伫立。秋儿踏着甬路,朝西楼走去。她累了,只想到一个无人打扰的地方,属于她的地方,求得片刻的安宁和喘息。

"秋先生!"花匠在后面叫她。

"师傅,"她站住脚,回过头来,"您……"

"哦……"花匠好像有话要说,张了张嘴,却说,"没事儿,您慢点儿!"

"哎。"她听得出其中的关切,眼睛不觉湿润了,"谢谢您!"

她走进西楼,踏着楼梯上楼,直奔藏画室。这里是她最早认识九爷的地方,是她七年来磨砺智慧、栖息心灵的地方,现在的琅园,也只有这里可以停泊她孤独的身心了。

茶凉了,马矗和丁浩元都忘了喝。

"这个女子敢闯总统府,面谏曹仲珊,好胆识,有卿相之才!"马矗喃喃说道。如此不吝溢美之词赞扬别人,对他来说还是极其少有的。"仲珊能听从她的劝告,安葬刺客,不伤族类,如此以德报怨,也殊为难得!"

"是啊,这是我们万万没想到的。"丁浩元道,"不过,总统也不是对谁都菩萨心肠,他把这个仇都搁到周易、孙少权身上了,恨之入骨,责令我们严办。我们还能怎么着？最好是赶快移送检察院，要杀要剐都是他们的事儿了！"

"这便是仲珊的不足了。"马矗淡淡一笑，"毕竟一介武夫，只知道杀人，解恨，快意恩仇，却不明白，那周易、孙少权固然死不足惜，可是杀了他们，又能如何？当下，还有比杀人重要百倍的大事，怎么给忘了呢？"

"什么大事？"丁浩元问。

"找那幅千年古画《绝影图》！"马矗答。

"《绝影图》？"丁浩元一愣，老丈人怎么糊涂了？"那不是让周易一把火给烧了吗？"

"可是还有一幅摹本在！"马矗一点儿也不糊涂，两眼炯炯放光，"鼎易轩的裱画师杜宇，有六代传承的手艺，临摹古画的功夫很是了得。《绝影图》的真迹虽然不在了，可他的摹本毕竟是照着原画对临的，下真迹一等啊，其价值仍然不可估量！好比《兰亭序》，谁见过真迹？传世的各种藏本全是摹本，就是因为真迹不在了，赝品都成了宝贝！"

"哦？"丁浩元若有所悟，盯着马矗的那双眼睛，仿佛从黑暗中突然闪耀出两颗明珠，"您是说……"

"总统把它给忘了，咱们把它找回来，一定要找回来！"马矗说。

丁浩元茅塞顿开，真切地感到老丈人不简单。善于发现他人遗落的明珠，这才是高人。

秋儿站在藏画室门前，哆哆嗦嗦地掏出钥匙，却发现，门上的黄铜大锁不见了！怎么回事儿？藏画室的钥匙只有三把，也就是说，只有九爷、十二爷和秋儿三个人可以开这把锁，现在他们都不在，难道还有谁——不，现在连锁都被砸了，有人破门而入了，是谁？谁在里边儿？

她一把推开门，迫不及待地冲进去！里边儿果然有人，是苦六儿，正坐在画案前的那把明式官帽椅上，悠闲地翻阅案上的书籍。一腔怒火油然而起！那把椅子是九爷坐过、十二爷坐过并且永久地属于秋儿的，这间房子是她和艺术之神交谈的密室，怎么能够容忍这样一个痞子、混混儿、嘎杂子来糟践？

"你？你凭什么砸我的锁，开我的门，进我的屋？"她喊道。

苦六儿并没有因为秋儿的突然出现而惊慌失措，他现在已经不再是那个看门房、送报纸的"司阍"，而是主人了，还怕谁？哪儿不能进？其实，刚才花匠师傅的欲言又止已经在提醒秋儿，只是她当时没有在意。

"你的？"苦六儿慢悠悠地抬起眼睛，两腮漾起微笑，"在琅园，连一棵小草儿、一块砖头都是周家的，哪有你的锁、你的门、你的屋？"

"当初，是九爷把这间藏画室交到我手里的！"

"那是老皇历了！现在这个家，我说了算，打今儿起，这儿不归你管了！"

秋儿的肩膀一颤。她没想到这么快，苦六儿就来夺权了，而夺权的第一个目标就是藏画室，一个对书画一窍不通的嘎杂子倒挺有心计！这儿是琅园的心脏，九爷周鼎一生最重要的收藏几乎都集中在这里。七年前，她受九爷所托，接过了藏画室的钥匙，成为这儿的守护者，七年来，她过手了每一件藏品，耙梳剔抉，去伪存真，为鼎易轩主周氏兄弟留下了满库宝藏，也把自己融进故纸陈墨之中，成为"一画堂"的一部分。现在，这不可分割的生命肌体突然被切断了！

"我怎么能把藏画室交给你？这儿的每一幅字画……"

"我知道，"苦六儿不等她说完，就抢过去说，"这儿的每一幅字画都值大价钱，就是把整个琅园都卖了，也不抵这一间房子里的东西值钱！"

字字沾满了铜臭。在他看来，世间最宝贵的东西就是钱，衡量一切的价值就是钱。毫无疑问，藏画室要是落到他的手里，用不了多久就会被倒腾个精光，变卖成他吃喝嫖赌的资本，那些珍贵的藏品就会像风扫落叶一样四处飘散，被鼎易轩的对手收入囊中，甚至会廉价出现在鬼市和地摊儿上，再也没有人把它们收拢起来，九爷、十二爷和秋儿多年的心血将付之东流！一想到这些，那颗心就像被撕裂了，她不能容忍这样的凌辱！

"想霸占一画堂，你不配！"她喊道。

"我不配？你配？"苦六儿一个冷笑，"你是谁啊？以为自个儿还是鼎易轩的鉴赏顾问？下聘书的人已然死了，你'顾'不了也'问'不成了。还想接茬儿当十二叔的老师？学生蹲监狱了，你也该下课了。现如今，你什么也不是了，刨到根儿上，你就是当年我九叔花钱买来的一个小妾！"

悬在半空的那块巨石终于砸了下来！"小妾"这两个字，从苦六儿嘴里说出来轻如鸿毛，落在秋儿的头上却好似泰山压顶，她一个踉跄，险些跌倒。

苦六儿很享受这样的刺激，看了她一眼，接着说："妾是什么？是小老婆，是奴才，跟刷锅洗碗、铺床叠被的丫头、婆子们一样，都是奴才！哎，要是你真当了我的九婶儿，能给九叔生下一男半女，到如今母凭子贵，兴许还能有你说话的地方，可惜啊，你在琅园白混了七年，我九叔连跟你圆房都没有，人老珠黄的小妾，连奴才都不如，还在这儿神气什么？"

苦六儿滔滔不绝，一口气说了一大套，似乎还没尽兴，而秋儿已经脸色煞白，四肢冰凉！

"你……你欺人太甚！"她颤抖的嘴唇里，艰难地吐出这几个字。

"是我欺人太甚，还是你老奴欺主啊？"苦六儿沉着脸说，那神气，俨然一家之主，"我说什么了？只不过说了几句实话罢了。你是什么变的，难道自个儿不知道？"

秋儿被问住了。苦六儿说得其实没错，而最真实的却又是最不能触碰的。七年前，她就是作为小妾被买进了琅园，妾就是奴仆，只是因为九爷怜才，才没有把她当奴仆使用，而尊为西席，聘为鉴赏顾问，让她拥有了尊严，也经历了从奴仆变身贵宾的尴尬。七年来，她摆脱了这种尴尬；享受了来自九爷、十二爷以及书画同行的尊重和投身艺术鉴赏的乐趣，在仆人们的眼里，她和九爷、十二爷一样都是琅园的主人，这是她今生今世从来没有过的舒心岁月。但是，当她的恩主周鼎溘然长逝，她的学生周易身陷囹圄，这一切都变了。九爷、十二爷在的时候，她在琅园几乎是一言九鼎，即使在九爷治丧期间，因为有十二爷在，也仍然无人质疑她的地位。而现在，没有了这两个人，她突然什么都不是了，什么都没有了，曾经属于她的一切都消失了，仿佛被扒光了衣服，在寒风中孑然孤立！

苦六儿自幼顽劣，他有一个特殊的爱好，把捉来的小生灵活活地剥皮，他剥过兔子、耗子、蛤蟆、蝎拉虎子，看着那些赤裸的肉体痛苦地抽搐、挣扎，他感到极大的乐趣。现在，秋儿是他的又一个活体实验品！

秋儿已经身心俱疲，她极力支撑着双腿，不让自己倒下去。

藏画室的门敞着，一阵凌乱的脚步声，朵儿和丫头、婆子们都来了，不知道这儿发生了什么事儿。

"秋先生，您怎么了？"朵儿问。

秋儿回转身，望着这些和她同命相怜的女人，她没做解释，也不想解释，只说："我没事儿，你们回去吧！"

她关上了房门，转过身来。"周天！"她这样称呼他，既没有尊称"六少"，也没有直呼其乳名"苦六儿"，凛然说道，"我和你无冤无仇，井水不犯河水，你为什么要这样对待我？"

"哈！"苦六儿笑笑，心说，冤有头，债有主，别跟我装傻了！七年前，不就是因为你，让我当众挨了九叔一巴掌，被赶出琅园吗？现在我做了这里的主人，终于可以报这一箭之仇了！当然，他不会把话就这么明说："说什么呢？六少是鼠肚鸡肠的人吗？我跟你没仇儿，可是，既然当家主事了，就不能不管一管家规门风……"

"家规门风？"秋儿听得莫名其妙，"我怎么了？"

"这话，得问你自个儿了。"苦六儿侧眼瞧着她，"要是实在想不起来，我这儿有样儿东西，给你提个醒儿。"说着，伸手拉开画案的抽屉。

"住手！"秋儿像遭了抢，"你怎么能动我的东西？"

"我就是动了！"苦六儿毫不理会，一把从抽屉里拿出一叠纸，"六少我今天不但要动，还要说道说道这些东西！"

秋儿大吃一惊，拿在苦六儿手里的，是一叠写满了字的信笺，那是她和九爷、十二爷唱和的诗词手稿！她不禁心头火起，疯了似的扑过去，要把信笺抢回来，苦六儿早有防备，只用左手一挡，就把她拦住了。

"你别抢，"苦六儿挥挥手里的信笺，"抢走了也没用，这些东西，我已然看过了。"

"啊？！"秋儿像是心上被扎了一刀，从未示人的手稿被人偷窥，而且偷窥者又是一个如此粗鄙的小人，简直是难以容忍的侮辱！"你不懂！那是……"

"也忒小瞧人了吧？你怎么知道我不懂？"苦六儿又是一笑，"论学问，我当然不如九叔、十二叔，也不如你，可你别忘了，六少我也是世家子弟，好歹读过几年书的。"

秋儿这才想起，大观园里的纨绔子弟，就连最不济的薛蟠也识得几个字，吟得几句歪诗。

苦六儿翻动着手中的信笺，抽出一页，念道："帘卷西风月上迟，此情略似去年时。闲翻箧底菊花词。一去离人眉懒画，谁持铜镜照新姿？落英片片寄相思。"

念得虽不甚流畅，倒也一字不差。秋儿听得心怦怦跳。

苦六儿念罢，抬眼瞅着秋儿："告诉我，这首艳词，是写给谁的？"

"你胡说！"秋儿的声音嘶哑了，"这首《浣溪沙》是咏李清照的，通篇说的都是李清照……"

"哎，这就叫'借他人酒杯，浇自己块垒'，把抹不开面子的话，借旁人的嘴说出来。"苦六儿却饶有兴致地就此展开辩论，"'落英片片寄相思'，我就是再没学问，也懂得'相思'这两个字是什么意思吧？李清照有个如意郎君赵明诚，相思就有了着落，你呢？七年前来到琅园，虽说是做姜，可也算是嫁进来的，哪想到碰到九叔这样儿的正人君子，柳下惠坐怀不乱，一不成亲，二不圆房，把你给晾起来了，一个年纪轻轻的女人，就这么孤雁儿似的耗了七年，能不犯'相思'吗？

哎，你'思'的是谁啊？"

秋儿的嘴唇颤抖着，无言以对。七年来，尽管在琅园生活得优雅舒适，在她内心深处却也仍然埋藏着一份儿孤寂凄苦，上天再造了一个"赵明诚"，而她却没有成为"李清照"，恐怕也是天意吧？这份儿孤寂，这份儿凄苦，埋藏得是那样深，以至于连自己都意识不到或者说不愿意正视，难道由这首《浣溪沙》泄露了什么信息吗？

"这点儿意思，我也是看了这个才知道的，"苦六儿朝她挤挤眼儿，"敢情，你向我九叔邀宠不成，改打我十二叔的主意了？"

"什么？"秋儿目瞪口呆，"你……你怎么能说这样的话？"

"我有证据，"苦六儿从容地翻弄着信笺，从中又抽出一张，放在最上面，"就是这首《霜天晓角》，是你从九叔手里接过了那幅天价的《绝影图》之后，官封弼马温，十二叔写给你的，瞧瞧，最后这几句多精彩，'应羡骅骝多幸，披长鬣，倚君侧'。说来惭愧，这个'鬣'字有点儿眼生，还多亏朋友指点——我现在也有顾问了……"

"啊？"秋儿一惊，"你还拿给别人看了？"

"哦，没有，"苦六儿赶紧说，"我只是问他这个'鬣'字儿，原来就是鬃毛哇，明白了，这意思就是说，这匹马好艳福，都让人眼红了，我多想变成一匹马，披着长长的鬃毛，偎在你身旁蹭痒痒！"

"你……你……"秋儿说不出话来，只有嘴唇在抖。她怎么能料到，当初她和十二爷之间的师友唱和，有朝一日会落入苦六儿之手，做这番歪解？在她眼里，十二爷还是个孩子，他们之间，像师徒更像姐弟，在这首词里，一个自幼没有享受过母爱的孩子，只不过借马儿和牧人的关系，抒发了对于像姐姐一样的老师的依恋之情，也无须遮遮掩掩，奇怪的是，经苦六儿这么一"翻译"，却变得轻佻粗俗，令人不忍卒听！

"我就纳了闷儿了，"苦六儿摇头晃脑，越说越来劲，"一个半老徐娘，究竟用了什么手段，能把我十二叔勾引得这么神魂颠倒？"

"无耻！"秋儿已经无法表达自己的屈辱和愤怒，"你真无耻！"

"我无耻还是你无耻？"苦六儿却反问她，"本来，你是十二叔的嫂子，后来成了他的老师，哎，甭管是嫂子偷小叔子，还是老师勾引学生，都是乱伦啊，伤风败俗，丢人现眼，在琅园这样的规矩人家，怎么能容？"

"苦六儿！"秋儿突然喊出了为她不齿的那个贱名儿，"你这么样儿糟践我，糟践九爷和十二爷，到底要干什么？"

"越来越没规矩，真是不中留了！"苦六儿的眉毛拧成疙瘩，咬着牙说，"我不干别的，就是要你离开这间藏画室，离开琅园！"

"我要是不答应呢？"秋儿针锋相对。

"我还怕你不答应？"苦六儿满不在乎，摇晃着手里的那一叠信笺，"那我就把它抖露出去，白纸黑字会说话啊，像这样的风流韵事，可是小报花边儿新闻记者、鸳鸯蝴蝶派小说作家求之不得的，再妙笔生花地渲染一番，登出去绝对轰动！"

秋儿愣住了。她知道苦六儿无耻，但没有料到会无耻到如此程度，竟然要动用社会舆论来围剿她。不敢想象，在小报花边儿新闻记者和鸳鸯蝴蝶派小说家的笔下，自己会是个什么形象？一定会把她当过宫女，又被卖身为妾的历史翻腾出来，再把她描绘成一个荡妇，勾引小她十多岁的十二爷，给九爷戴绿帽子。最可怕的是，他们还可能把诗词手稿的影印件登在报纸上作为佐证，诗无达诂，他们更可以任意编造，信口开河。到那时，还有谁能替她辩解？

"说话呀！"苦六儿在催她，"你觉得，我这个主意怎么样啊？"

秋儿没有说话。回首自己三十二年的生命，虽然有苦难，有坎坷，但没有污秽，活得清清白白。她感谢命运的赐予，让她有缘结识了九爷周鼎和十二爷周易，度过了亦师亦友的七个春秋，在这个世界上，他们是她最亲近的人。现在，这一切都结束了，他们两人，一个长眠地下，一个身陷囹圄。而她，连苟活于世都不可得，一股污泥浊水迎面泼来，令她猝不及防。不，她决不接受这样的污蔑，也决不能让九爷和十二爷的清名受损！而作为交换条件，她必须离开琅园，她生命中最后的家园，和藏画室里日日摩挲的一件件藏品，和七年的岁月，永远地告别！

一时间，仿佛天地万物都不存在了，秋儿的头脑空空如也，面前只有一个苦六儿。她仔细地看看这个人，好像第一次认识。直到现在，她才知道了苦六儿的厉害，一个不读书、不做事的嘎杂子，却胸中自有韬略，稳操胜券！

"我答应你，"秋儿终于妥协了，刚刚只身赴总统府舌战曹锟并以胜利告终的她，却敌不过一个嘎杂子，"把我的东西还给我！"她只想争得这点儿权利。

"好！"苦六儿笑了，"人在江湖立足，靠的是'信''义'二字，六少我说到做到，成全你！"

他把手里的信笺像扇面一样展开，伸手从衣兜里掏出一盒洋火，抽出一根，飞快地划着了……

秋儿忽地被惊醒，本能地伸出两手，要去抢救那几页信笺，却又停住了。她知道，那是抢不过来的，注定留不住的东西，就不要强留了。也许，为了九爷和十二爷的清名，付之一炬是最好的结果！

苦六儿手里的洋火点燃了信笺，一团火焰轰然升起，那信笺瞬间便燃尽，化作片片纸灰，缓缓地飘落。

秋儿望着那火焰，那纸灰，又想起了在周鼎的丧仪上，那青铜鼎中焚化成灰的《绝影图》，火焰，纸灰，宿命般地在脑际盘桓。

"这是你的，拿去吧！"苦六儿指着那纸灰说。

第二天一早，朵儿就去拍秋儿卧房的门。拍了半天没人应。秋先生睡得这么沉吗？以前不这样儿啊。她试着推了推，门并没闩，一推就开了。她轻轻地再叫声："秋先生！"还是没人应。这时候，她才仔细地看了看，也才知道屋里根本没有人。秋先生上哪儿去了？她退出来，再到藏画室去看看，发现门锁着。她不知道锁已经被苦六儿换了，但里面没有人则是可以肯定的。她好纳闷儿，大早起来，秋先生不在自个儿屋，也不在藏画室，还能上哪儿去呢？

她一路喊着"秋先生"，到处找，不要说丫头、婆子们，连刚刚翻身做了主人的苦六儿都被惊动了，说："她真走了？"

丫头、婆子们把各屋都找了个遍，花匠、厨子把竹林、荷塘、墙根儿、树棵子都翻了个遍，也没有找着秋儿。

"都是你！"朵儿红着眼，冲苦六儿嚷嚷，"昨儿你都说什么了，把她逼死了！"

这个"死"字一说出口，朵儿自己都被吓了一跳。真的吗？可别！

"啊？我说什么了？就那么几句话，她至于去死？"苦六儿不禁倒吸了一口凉气，难不成她真的寻了短见？

事儿闹大了。苦六儿一个电话打到店里去，叫何顺儿过来商量商量，他现在所倚重的，也只有何顺儿了。

何顺儿来了，指着他的脑门儿一通臭骂："蠢货！你拿那几首诗词，把她逼走了？"

"咦，这不是你出的主意吗？"

"我让你抓住她的把柄，为的是拴住她，没想到你竟然把她逼走了！小人！你这个鼠肚鸡肠的小人，白衣秀士王伦！秋先生在鼎易轩是什么位置？那是卧龙、凤雏，有了她，就保住了琉璃厂的半壁江山！你把她逼走了，不就是自毁栋梁吗？"

"事后诸葛亮！"苦六儿不服，"她本事再大，不肯在我手下俯首称臣，又有什么用？这不也是你说的吗？"

"我说要把她逼走了吗？"何顺儿嚷道，"这样儿的人才，宁可让她像徐庶在曹营，终身不献一策，也不能放她走，为旁人所用！这些年，琉璃厂那么多字号，哪一家不惦记着把她挖走？现在倒好，你把她赶出去，等于拱手让人，谁家运气好，捡了这个便宜，那就如虎添翼了！"

"哎呀！"苦六儿这才回过味儿来，跌足道，"怎么能让她跑了呢？再给我仔细地找，活要见人，死要见尸！"

琉璃厂有一点儿动静，很快就风传一条街。仰古堂柜台上的伙计们又在嘀咕了。

常三儿走进了经理室："驰公，鼎易轩的那个女顾问，跑了，他们的人正在满世界找她呢！"

"啊？跑了？"马矗怅然若失，仿佛自己的心爱之物突然不见了。早在七年前，在聘任秋儿为鼎易轩鉴赏顾问的仪式上，年逾古稀的马老先生就曾为这位女顾问的风姿绰约、谈吐不凡而心动，艳羡周鼎好福气，青梅煮酒，红袖添香，英雄美人好情致。但这个念头只能藏在心里，因为那是属于周鼎的。作为同行和对手，他深知，凡是周鼎看上的东西，别人就甭想染指。但是现在不同了，周鼎已经不在了，过去根本不可能实现的事儿，如今则变得有可能了。这么一想，他又喜出望外："跑了好啊，我们也快去找！抢在他们头里，找着了就是我们的了！"天上掉下来的这个馅儿饼，眼瞅着要砸到他头上，他实在没有理由拒绝。何况他还有别人不具备的优势，可以动用警察，全城搜索。

他现在觉得，操类似"捕快"之"贱业"的女婿，不那么贱了。看来，对于女婿的仕途，他还得支持一把，从藏品中拿出几幅，送给各路长官。当然，对这些外行，不必动用真迹，高仿就可以了。

11 真相

周鼎逝后第七日，民间习俗谓之"头七"，是对逝者的第一个祭奠日。宋连魁和雷武带着香烛、纸钱、果品，来到陶然亭。湖西岸的新坟前，已经有人先到了，正躬着身子摆放祭品。

"是史记者！"雷武脱口说道。

那人听见了，回过头来，果然是《时闻报》记者史春秋。

"宋二爷，你们来了？"史春秋像是故友重逢，很是动情，"我知道您今天会来的，鼎公地下有知，也会为有您这样的朋友感到欣慰！"

"这话该我说，"宋连魁道，"感谢史记者，您那篇文章，把事实公之于众，还英雄本来面目，了不起啊！"

"不敢当！"史春秋摆摆手说，"文章见报之后，差点儿惹了大祸！大总统雷霆震怒，发誓要扫平亳州，灭曹横九族！他这个军阀，敢这么说，就敢这么做！您说，我这不是帮了倒忙吗？幸亏鼎易轩的秋顾问挺身而出，说服总统，安葬了曹横遗体，也不再株连遗属……"

宋连魁和雷武闻所未闻，大吃一惊！

"啊？"宋连魁一把抓住史春秋的腕子，"有这样的事儿？这消息可靠吗？"

"绝对可靠！"史春秋道，"总统府秘书长王毓芝当天就兴师问罪，派人到报社，把我们主编狠狠地敲打了一通，这些话都是他透露的——

当然，这是绝密，不允许报道。"

"噢，"宋连魁不能不信了，"秋先生可是办了一件惊天动地的大事！"转念一想，又说，"这几天，也不知道琅园怎么样了？"

"还能怎么样？"雷武冷冷地说，"今儿是九爷的头七，都没见他们一个人来！"

一辆洋车踽踽而行。拉车的身穿灰布对襟褂儿，外套号坎儿，黑裤子，白带子扎裤腿儿，白布袜子黑布鞋，北京城的洋车夫都是这副打扮儿，而这位是个新手。他是耿虎。苦六儿的一句话让他负气出走，看似偶然，却是必然，当初是他把苦六儿捆绑了抓进琅园，如今没有了九爷和十二爷，苦六儿能善待他吗？他又怎么能甘居于苦六儿的奴役之下？琅园已经不是他待得下去的地方，不管朵儿走不走，他都得走了。耿虎在北京无亲无故，离开了琅园，再无立锥之地，只有一身的力气，他从车厂赁了一辆洋车，奔跑在大街小巷。也许他命中注定这辈子只能做车夫，车换了，由双辕四轮西洋大马车换成了靠双脚拉着两个轱辘跑的东洋胶皮车，身份却没变，还是车夫。

车座儿上没有客人，摆着一个黄纸包，里面装着香烛、纸钱和果品，还有一坛九爷最爱喝的绍兴花雕。为了准备这些东西，他把这几天拉座儿的钱都花光了。

洋车从琉璃厂拐进胡同口，在琅园门前停下了。多么熟悉的地方，如今却以外人的身份来访，想想就要掉泪。

他拍了拍镂花铁门。马上，花匠跑来开门，一见他，愁苦的脸上就绽开了笑容："哟，虎子啊！"

"您……"耿虎看着他，竟一时不知说什么好。

"噢，"花匠可有话说了，"你瞧，如今六少主事了，这看门儿的差事就交给我了。你不在，马车也没人赶了，可那两匹马还得喂草料啊，也是我的事儿了，噢哟，这又踢又咬的，我哪儿招呼得了啊？你回来就好了！回来好，回来好！"

"我不回来！"耿虎却说，"今儿只是打这儿路过。"

"啊？"花匠很失望，"这是怎么了？你走了，秋先生也走了，这个家，人越来越少了！"

"什么？秋先生也走了？"耿虎还是第一次听到这个消息，"她上哪儿了？"

"谁知道啊？"花匠说，"六少打发人满世界去找，也没找着！"

耿虎听他老是"六少"这"六少"那，心里就膈应，说："没找着好，走了就别回来！"

"又说气话！这儿是你们的家，忘得了吗？"花匠却不急不恼，"这会儿六少没在家，快进来吧，咱们好好儿聊聊！"

"不了，"耿虎站在门外，一步不动，"这个门，我出来了就不会再进去。劳您驾，把朵儿叫出来，我有话跟她说！"

此刻，西楼的客厅里，朵儿跪在周鼎的大幅遗像前，默默地发呆。香炉里，三炷沉香吐出淡蓝色的青烟，丝丝缕缕缠绕着，像理不清、剪不断的一团乱麻。她的心正经受着有生以来最痛苦的煎熬。本来，她就是个艰难地活在世上的苦孩子，侥幸的是，在头顶有一棵大树护佑着她，为她遮风避雨。谁能料到有一天这棵大树会突然消失，九爷的死，十二爷的被抓，耿虎和秋先生的先后出走，把这棵大树的枝枝桠桠全都砍去了。也许，在每一刀砍下来之前，她都有机会逃避，逃出这个将吞没她的琅园，而一块"家生丫头"的巨石碾碎了她的心，她的胆儿，让她选择了放弃，终于，在秋先生走后的第二天晚上，苦六儿向她下手了，所有的障碍都已经扫除，一个"家生丫头"毫无还手之力，城南六少轻而易举地把"生米"煮成了"熟饭"。就在几天前，当他说出"把朵儿赏给我吧！"这句狂语，还只是招人耻笑的梦话，谁能料到，如此之快就变成了现实！

今天是九爷的"头七"，仆人们要上坟，要烧纸，苦六儿说，十二爷已然"革新"了丧仪，那些老礼儿都不必讲了，竟然什么都不让办，任何祭祀都没有。朵儿这回没听他的，自己在西楼客厅设坛祭拜，她要把这颗破碎的心捧给九爷看，要把咽在腔子里的话说给九爷听！

花匠走了进来，叫了声："管家！"

朵儿没应声。

"朵儿姑娘，"花匠这回换了个称呼，说，"虎子来了！"

"虎子哥？"朵儿猛地回过头来，"他回来了？"

好像在黑屋里看到了一丝亮光，被幽禁的死囚听到了亲人的呼唤，哦，是虎子哥来接她了，她得救了！刹那间，朵儿的眼眶中涌满了泪水，她撑着已经跪得麻木的双腿，要站起来，去迎接她的虎子哥！但是，那双腿还没等站起来就又倒下了！

花匠赶紧去扶她："朵儿姑娘，你这是怎么了？"

"您告诉虎子哥，"朵儿噙在眼眶中的泪珠儿滚落下来，"告诉他，朵儿死了，让他走吧！"

"这……这是怎么个话儿说的？"花匠听不明白，"朵儿姑娘，为什么呀？"

"我没脸见他了，我不配……"朵儿泪眼望着客厅大门，就像是在面对着耿虎，喃喃地说，"告诉他，今儿是九爷的头七，他要是想九爷，就去坟地看看，也替我们给九爷烧炷香。没准儿，还能在那儿碰上秋先生呢！"

陶然亭湖西岸，周鼎的新坟前，已经摆好了祭品，点燃了香烛。宋连魁和雷武、耿虎、史春秋并排肃立，三跪九叩，行华夏大礼。在他们中间，并没有秋先生的身影。她在哪儿？谁也不知道。

秋风掠过湖面，岸边的芦苇飒飒作响。

耿虎捧起那坛绍兴花雕，倒入酒杯。宋连魁举杯，把酒洒在坟前的黄土上，一杯一杯复一杯。"九爷，且饮酒，杯莫停……"他呼唤着亡友，泪流满面。

雷武摊开纸钱，史春秋划着洋火儿，把它们点燃。那一个个圆形的纸片，其实毫无价值，而在祭奠者的眼中，却是与亡灵沟通的神秘媒介，因为除此之外，再也没有和逝者交流的途径。火焰在风中飘动，纸钱的灰烬打着旋儿，在空中飘散。

酒坛空了，四个人面对那座新坟，默默无语。他们相信，自己的献祭，九爷都收到了。

"九爷，"一向话语不多的耿虎说话了，"我知道您最牵挂的是十二爷，他这会儿……"说到这儿，嗓子就被噎住了，哽咽了好一阵，才说出来，"他这会儿正关在监狱里呢，我发誓，一定要把十二爷救出来！"

一句话，正扎在大家的心上，此刻他们都在惦念着同一个人。

"把他救出来……"宋连魁重复着这句话，觉得有千钧重量。周易被捕之后，虽然他想方设法，上下打点，疏通关节，往里面送点儿吃喝，却从来没有被允许进去探监，十二爷怎么样了？有没有受皮肉之苦？官府又是准备怎么惩治他？这些都不清楚。要想把他救出来，谈何容易？

"现在要救十二爷，怕是难了！"史春秋道，"本来，鼎公抵制贿选，誓不降曹，是很得人心的，十二爷'妨害公务'的罪名也可大可小，可是，他焚毁《绝影图》犯了大忌，那毕竟是千年古物，无价珍宝，被他付之一炬，伤了文化人的神经！今天，我们报社收到了一封由十几位著名画家、学者联名的公开信，挑头儿的是文物学家李石曾，书画家陈一村、陆子樵、王洵等都签了名，他们说，周易毁坏千年古物，罪不可赦，敦促政府依法严惩！您看，这不是帮了政府的忙吗？"

啊？！三个人都吃了一惊，那些画家、学者过去大都是鼎易轩的座上客，没想到突然翻脸了！

"这可怎么办？"耿虎问。雷武在一旁也急了。

"难哪！"史春秋咂咂嘴，"报社刚刚挨了总统府秘书长王毓芝的剋，主编正想戴罪立功，要立即发表这封公开信，让我给拦下了，要求再核实核实情况，拖一拖……"

"拖也不是办法。"宋连魁思索着说，"这个事儿，您拦不住。这封信，就是你们不发，别的报社也会发，而且这样对您也不利。倒不如让它发去，借助于这些文化人的影响，督促政府查明真相，让真相证明周易无罪！"

两名警察踏着青石台阶走进鼎易轩店堂，柜上的伙计们吓了一跳，刚刚经历了由警察押送的丧仪，看见警察就发怵。

"周天儿呢？"警察进门儿就问。

伙计们一愣，没反应过来。往日，他们没把琅园那个看门儿的当回事儿，也没叫过他的真名，当面儿叫"六少"，背后叫"苦六儿"，乍一听"周天儿"还真不知道说的是谁。有胆儿大的，试着问："您说的是……"

"小名儿叫苦六儿的！"警察说，"他在哪儿？"

"噢，他呀？"伙计明白了，赶紧说，"在经理室，您里边儿请！"

经理室的门被推开了，办公桌两旁，面对面儿坐着两个人，苦六儿和何顺儿。过去，这是九爷周鼎和十二爷周易的座位，现在改朝换代了。匆匆上位，苦六儿还不敢一步登天，先把总经理的位子空着，自封为经理，提拔何顺儿当副经理，因为除了何顺儿，他也实在没有什么亲信。新官儿上任，沐猴而冠，突然有人闯入，苦六儿正要摆谱儿，却看见来的是警察，心里一惊，半张着嘴没说出话来。

"谁是周天儿？"警察问。

"我，我是……"苦六儿的声儿都变了。

"你呢？"警察又问何顺儿。

"我？副经理何顺。"何顺儿连忙回答，还没忘了亮明自己的职务，心里琢磨着，要是苦六儿出了事儿，他这个"副"字很快就可以去掉了。

"嗯。"警察说，"你们俩，跟我们走一趟吧！"

这俩人慌了。苦六儿说："我……我是警察厅的眼线，凭什么抓我？"

"那什么，那什么，"何顺儿也抢着说，"你们抓孙少权的时候，我可是作过证的，有功之臣哪！"

警察不予理睬，只说："有什么话，都到警察厅说去。走吧！"

警察押着他们走出了经理室，走出了大堂，伙计们也不敢问，眼瞅着连椅子还没坐热的经理、副经理就这么走人了，心里暗暗道声"活该"！

鼎易轩门口，早已挤满了人，左邻右舍的字画店，这几天尽看鼎易轩的热闹了，没想到今儿又有新鲜的，瞧瞧，一次逮走俩！

前门内户部街，京师警察厅，司法处长丁浩元的办公室。

"报告处长，周天儿、何顺儿带到！"

丁浩元挥挥手，两名警察退下了。

来到没有了孙少权的京师警察厅，苦六儿和何顺儿就像进了阴曹地府，迎面瞅着警容威严的丁浩元，如同见了十殿阎君，不由得腿肚子转筋，胳棱瓣儿发软，"噗嗵"跪倒在地！

"姑少爷！"何顺儿声音颤颤地叫了一声，他是依照仰古堂老板马矗家的辈分叫的，以表示亲切和尊重，这个关系扯得有点儿绕弯子。

"别介，"丁浩元不买这个账，"这个称呼我担不起。不沾亲不带故，咱公事公办。"

"哦，丁处长，"何顺儿赶紧改口，"我……我冤枉啊！我本来不认识孙少权，是他引荐的！"说到这里，指了指身旁的苦六儿。

苦六儿心说，这小子真不地道，还没怎么着呢，先把我卖了！赶紧接茬儿说："说什么呢？我也就是让你跟姓孙的见了一面儿，后面的事儿都是你和杜师傅做的。你冤？我就更冤了！"

"嗯？"丁浩元眉毛一扬，"按照你们的说法，是孙少权找了周天儿，周天儿找了何顺儿，何顺儿找了杜宇，让他做了一幅假画，事实很清楚啊，谁冤枉你们了？"

俩人你看我，我看你，是这么回事儿。

"用一幅假画欺骗总统，而且以此掩护刺客，谋杀总统，这是多大的罪？知道吗？"

俩人脸色煞白，上牙磕下牙，打得"咔咔"响，大睁着两眼，话都说不出来了。

"死罪！"丁浩元嘴里猛地蹦出这两个字，像两颗枪子儿射出了膛，吓得那俩小子一哆嗦！他微微一笑，像是在欣赏这俩家伙的熊样儿，看够了，才说："瞧瞧，堂堂'城南六少'也不过如此！其实，这件事，罪在孙少权，你们都是被他胁迫，不得已而为之。我们办案的规矩是，首恶必办，胁从不问——当然，问还是要问的，瞧瞧你们的手腕子，戴手铐子了吗？"

两人听得似懂非懂，看看自己的手腕子，的确光溜溜什么都没有。这意味着什么呢？

"今天请你们来，既不是逮捕，也不是审讯，就是要问问话，谈谈案情，不要紧张。"丁浩元等他们紧张够了，现眼现够了，才说，"坐吧！"

苦六儿和何顺儿如同得了赦令，一个"请"字让他们瞬间恢复了底气，骨碌爬起来，各找座位，心里也不免嘀咕，嗨，刚才忒沉不住气了，让这孙子见笑了。

丁浩元当然不会就此"胁从不问"，恩威并施，是要把他们收入帐下，为己所用。

"谢丁处长恩典！"苦六儿立即又昂扬起来，"一切但凭丁处长吩咐！"

"愿效犬马之劳！"何顺儿也不甘落后，赶紧表忠心。

"现在最当紧的是，"丁浩元下令了，"把升平署堂会上失窃的那幅《绝影图》找回来！"

"啊？"何顺儿很是意外，"丁处长，那幅画是……是一幅假画啊！"

"假画怎么了？假画就不值得一找了吗？"丁浩元不以为然，"莫非，你有本事把真迹找回来？"

"这……"何顺儿后悔不该多嘴，"已经烧了的真迹上哪儿找去？"

"说得是。"丁浩元并没有开玩笑，正色道，"既然真迹已经被周易焚毁，那么，那幅假画就有了非凡的价值，下真迹一等啊！"刚从老丈人那儿蔫来的一点儿学问，马上就用上了，"更何况，在升平署堂会上失窃的那幅《绝影图》，还不一定就是赝品！"

何顺儿和苦六儿都一愣，苦六儿问："处长，这话怎么讲？"

"我先问你们，"丁浩元说，"当初从杜师傅裱画房拿出来的

《绝影图》，一共有几幅？"

"两幅。"何顺儿答道，"一幅是原画，一幅是杜师傅仿的，前后花了三个月的工夫，裱得一模一样儿，这都是我亲眼见的！"

"后来呢？"丁浩元又问。

"后来都送走了，一幅交给九爷周鼎，另一幅……"何顺儿本想说交给孙处长了，可现如今巴不得跟那个家伙撇得干干净净，话到舌尖儿又吸溜回去，换了个含糊的说法儿，"另一幅就是……就是升平署堂会上丢了的那一幅啊！"

"那你知道不知道，"丁浩元还要追问，"这两幅哪个是真迹，哪个是赝品？"

"这还用说？当然是……"何顺儿本以为这是个不成问题的问题，真迹是九爷周鼎拿来让他裱的，装裱完毕必然物归原主，而孙少权拿走的那一幅则是杜师傅偷偷摸摸地仿制的，要说偷梁换柱，他怕是没那个胆儿。可是，现在丁处长既然提出了两幅画的真伪之辨，他就不得不再仔细回想，是啊是啊，当时杜师傅把两幅《绝影图》一起装裱，因为仿得太像了，以他何顺儿的眼力，还真看不出哪个是真，哪个是假。那么，有没有可能杜师傅屈服于孙少权的势力，把真迹给了他，而用赝品应付周鼎、周易兄弟呢？想到这里，何顺儿的后背渗出了一层冷汗："不，这还真不好说……"

"你也说不准？"丁浩元似乎很兴奋，虽然何顺儿的回答模棱两可，但还是留下了希望，"也就是说，升平署失窃的那幅《绝影图》有可能是真迹？如果是这样，它就是独一无二的！"

"不，我还是说不准……"何顺儿又吞吞吐吐，"这个事儿，心里最有数儿的是杜师傅。"

"这位杜师傅，住哪儿啊？"丁浩元问。

"在……"何顺儿打了个迟疑。当初杜师傅不告而辞，十二爷周易就曾向他追问行踪，他推说不知道，可现在"问话"的是警察厅司法处长，他还敢撒谎吗？只好说："回河北老家了。"

"好，你写下他的地址，我们马上派人去问话。"丁浩元高声喊道，"来人！"

"哦，不成，"何顺儿却说，"这事儿得我去。"

"为什么？"

"我师傅是个哑巴，他比划的，别人看不懂，我得给他翻译。"何顺儿很得意他的这一手绝活儿，有机会建功立业了。

"那你赶快去一趟，我派两个人，跟你一块儿去。"

"不成，"何顺儿又说，"我师傅胆儿小，看见警察，还不吓坏了？什么也问不出来了。还是我自个儿去吧！"

丁浩元沉吟不语。这可是办案哪，何顺儿又不是警察，派他一个人去，这合适吗？

被晾在一旁的苦六儿，瞧着何顺儿只想吃独食的那股子贪劲儿，心里早就酸酸的，如今没有了靠山，就得赶紧地在新主子面前显勤儿，于是见缝儿插针，说："要不，我跟他一块儿去吧？"

"也好。"丁浩元批准了，"不过，我还是要派人跟着，这也是为了你们的安全。至于和杜师傅交涉，主要靠你们俩了。"

二人得令而去。出发之前，苦六儿特地回去一趟，让琅园和鼎易轩的人都知道，别等着看他的笑话，城南六少没事儿，这不，还领了官差了。

太行山麓，易水河畔，一片竹篱茅舍，仿佛文人画家笔下随意点染的景物。而生活在这里的人并不像隐居乡间的陶渊明、王摩诘那么满怀诗意，他们喝的是河水，做饭烧柴火，睡觉睡土炕，耕地牛拉犁，日出而作，日入而息，以沿袭千百年的原始方式，土里刨食。这里是杜宇的老家，鼎易轩传承六代、名满京城的裱画师，在经历了毁灭性的变故之后，又回到了祖先居住的地方，投靠在乡下务农的叔伯兄弟。

乡间土路上行走着一行四人，两名警察和苦六儿、何顺儿，那架势仿佛俩解差押着俩犯人。下了火车，他们就直奔这个小山村来了。

形容枯槁的杜师傅躺在炕上，闭着双眼，气若游丝。一场大祸从天而降，为人至孝的杜宇，为了保全老娘，违背了祖训、行规、店规，毁了名誉，砸了饭碗，连北京的家都不要了，却仍然没能如愿，在仓皇出逃的途中，老母亲惊慌劳顿，感染风寒，不治而亡。致命的打击也摧垮了他，就此一病不起，常常咳得鲜血淋漓。刚刚四十多岁的他，觉得自己的生命似乎走到了尽头，人间的罪也该受完了。

忽听得小侄女儿跑过来说："大爷，有客咧，北京来的！"

北京？杜师傅听到这两个字，好像是远在天边儿的一个地方。那儿留着他四十多年生命的痕迹，留着他事业的辉煌，也留着他一生的耻辱，那是他永远不愿意回去的地方，也是他永远忘不了的地方，怎么，那儿又有人来了，谁呀？

"师傅，是我，我来看您了！"何顺儿朝着他奔过来。

后边儿，跟着苦六儿。怕吓着杜师傅，就没让那两名警察进来，在屋门外等着。

屋里很暗，从门口进来的何顺儿背着光，杜师傅看不清他的脸。但是，何顺儿的声音他再熟悉不过，再者说，可着这个世界上，不加姓氏而直接称他"师傅"的，除了他的徒弟，还能有谁呢？

几百里的间隔被一步跨越，杜师傅伸出枯树老根似的手，抓住何顺儿的胳膊，像是抓住了远行归来的儿子。

顺儿，你怎么到这会儿才来看我？他想这么说，但是说不出来，只能抽出手，比比划划。

"师傅，我……"何顺儿没法儿解释，只能答非所问，把话岔开，"我这不是来了嘛，瞧，还有六少也来看您了，他现在是鼎易轩的经理了。"

苦六儿于是凑上前去，叫了声："杜师傅！"

杜师傅吃惊地望着他，伸出两手，比划着，那意思是：你怎么成了经理？九爷呢？十二爷呢？

何顺儿赶紧给他解释："九爷过世了，十二爷他……惹了点儿麻烦，现在鼎易轩由六少管事儿了。"

杜师傅的两眼刹那间涌满了泪水，他知道，鼎易轩完了，跟他一起完了！

"师傅,您也别忒难过了,"何顺儿赶紧跟他打岔,"您瞧,我和六少还给您带来了北京烤鸭呢,便宜坊的!"说着,把手里的一个鼓鼓囊囊的油纸包提起来给杜师傅看。

杜师傅眼含热泪,盯着那只沉甸甸的油纸包,脑际闪现的却是几个月前在北京的便宜坊,孙少权请客,也是吃烤鸭,一切灾难都是从那里开始⋯⋯

何顺儿不知眉眼高低,接茬儿说:"上回在便宜坊,正赶上您的生日,师奶的受难日,也没吃好⋯⋯"说到这里,他突然想起还没看见师奶呢,忙问,"师奶她老人家身子骨还硬朗吧?"

杜师傅突然沉下脸,一把把油纸包推开,两手比划着说:我老娘走了,没命受你的孝敬,你拿回去吧!

"师傅,您别客气,收下吧!"何顺儿又央求道,把油纸包塞在炕头,"要不然,我们回去也不好交差!"

"交差"二字引起了杜师傅的警觉,他皱起了眉头,眯缝着一双布满血丝的眼睛,比划着说:敢情你是带着官差来的?什么差事?

"师傅,"何顺儿见既然说到了这儿,就干脆进入正题,"其实就问您一句话:您裱的那两幅《绝影图》,哪幅是真,哪幅是假?这个事儿,没有人比您更清楚了吧?"

杜师傅没有回答,那双疲惫的老眼眯缝着,盯着何顺儿,似乎在说:清楚不清楚又能怎么着?你们到底要干什么?

"我的师傅啊,"何顺儿只好掰开揉碎地跟他说,"孙处长拿去的那幅《绝影图》,让高人盗走了;家里的那幅呢,九爷出殡那天,被十二爷给烧了⋯⋯"

杜师傅猛地两眼一闪,迸裂了两朵火花。

何顺儿继续说:"要是烧了的那幅是真迹,丢了的那幅就下真迹一等;要是烧了的那幅是赝品,丢了的那幅就是真迹。"这话说得有点儿像绕口令,"现在,上峰有令,无论如何要把丢了的那幅找回来,活要见马,死要见尸!师傅,您得帮帮我啊!"

杜师傅似乎听明白了,却仍然没有回答,那双老树根一样的手,握成拳头，放在胸前，没有动静。这个沉默了一生的人，连手语都放弃了，选择了彻底的沉默。

"师傅，您说句话呀！"何顺儿在催促。

杜师傅仍然置若罔闻，不再作任何回应。他并不知道害得他家破人亡的孙少权已经倒台，也不清楚何顺儿现在是为谁"当差"，但已经决计不再屈服于任何势力，做良心所不容的事了。

"老东西，你到底说不说？"苦六儿急了，一步抢在何顺儿前面，"别敬酒不吃吃罚酒！你再不说，我们就不客气了！"

真是逼着哑巴说话！

突然，杜师傅从炕上坐了起来，一把抓起床头的那只油纸包，用尽全身力气，朝门外扔了出去！烤熟的鸭子，飞了！

两名警察匆匆跑进来，不知道屋里出了什么事儿。

耗尽心力的杜师傅倒在炕上，大睁着眼睛，大张着嘴，胸前一摊血。枯树根似的拳头紧握着，却再也没有动静。啼血已尽，杜宇无声。

丁浩元匆匆走进老丈人马骉的东跨院儿书房。茶几上摆开楚河汉界，常三儿正在陪老爷子下棋。

"爸，周天儿和何顺儿回来了！"丁浩元向他报告。

"哦？"举棋不定的马骉猛然抬起头来，急于听他所盼望的结果，话到舌尖儿却又打住了，"瞧你莽莽撞撞的，没看见我在排兵布阵吗？"他瞥了一眼对弈的常三儿，"得，让他搅了兴头，这棋也没心思下了，就不耽误你的工夫了，回柜上忙去吧！"

"哎。"常三儿答应着，知趣地站起来。他知道，老板这是跟姑少爷有话说，多嫌他这个外人。朝丁浩元哈一哈腰，说声"姑少爷您坐！"就匆匆走了。

丁浩元在他空出的那把椅子上坐下来。

"杜宇怎么说？"马骉急切地问。

"杜宇说，那幅摹本，他使出了浑身解数，摹得惟妙惟肖，又用同样的材料装裱，挂在一块儿，简直是一模一样儿，连他都分不出来了！"

"嘁！"马矗一个冷笑，"你信吗？"

"啊？"丁浩元不知他这是何意，特地再说一句，"这可是杜师傅当面跟他们说的！"

"你听见了？"马矗满脸的不屑，"第一，杜宇不会说话，全靠何顺儿'翻译'，他说什么是什么，这有什么谱儿？第二，你不在现场，人家耍什么花活，你哪知道？所以，这两块料说什么都毫无价值。你派去的那俩警察呢？没长眼睛、没长耳朵吗？他们怎么说？"

"他们……"丁浩元打了个嗬儿，想解释一下当时两名警察没在屋里，又担心越描越黑，就干脆撒个省事儿的谎，"他们也这么说。"

"哼！"马矗嗤之以鼻，"谁信，我也不信！以杜宇的本事，他能把一幅画临摹得乱真，但这只能乱别人，乱不了他自己。双胞胎长得再像，当妈的也能分清老大老二；杜宇自己画的画，怎么能认不出来呢？你当警察也有些年头儿了，怎么连这样儿的瞎话都信？用你们的行话，这叫伪证！"

丁浩元的脸臊红了，他对于书画确是外行，在老丈人面前只有受训的份儿，哪敢还嘴？

"还不赶快把杜宇抓来，亲自审问？"老丈人下令了，好像他是警察厅的长官。

"他死了！"丁浩元一脸的无奈。

"唉呀！"马矗在茶案上猛击一掌，茶碗跳了两跳，差点儿又摔得粉碎，"可惜了，鼎易轩的能人，又少了一个！这样的人，怎么能让他死了呢？"

"爸，人死不能复生……"丁浩元也深感遗憾，诚心诚意地向他请教，"您说，我现在该怎么办？"

"庸才啊，指望你能做什么？"马矗感叹道。沉思片刻，才说："你想一想，假如杜宇慑于权势，把真迹给了孙少权，把摹本给了鼎易轩，就算是能骗过初出茅庐的周易，可他能骗得了老谋深算的周鼎吗？骗得了那位经多见广的秋顾问吗？"

"哦，是啊……"丁浩元思索着，老丈人言之有理，可是……"可是周鼎死了，秋顾问失踪了，我问谁去？"

"可是周易还在！他既没死，也没跑，就在你手里！"马矗几乎在咆哮，"现在你知道该怎么办了吧？"

"明白了，"丁浩元道，"我回去就提审周易，我相信，重刑之下，没有勇夫！"

"愚蠢！"马矗却说，"士可杀而不可辱，对文人轻易不要动武，这是最笨的办法，也未必有效。如果文天祥能打服，也就没有《正气歌》了。有本事，以攻心为上，不战而屈人之兵，善之善者也！"

鹞儿胡同，侦缉大队的牢房里，周易已被关押多日。

隔壁大号子的嫌犯差不多提审了个遍，身上都打得稀烂，也没有轮到周易，就剩他还穿着囹圄衣裳，好像行刑官把他忘了。一日三餐的牢饭，极其粗劣，难以下咽，周易却额外有些小吃送进来，驴打滚儿、艾窝窝之类，有时甚至还能给瓶儿酒，给只烧鸡。那些狱友好生奇怪，都是犯了事儿的人，怎么不一样待承？周易终于也忍不住，跟那狱警焦洪说："承蒙焦警官如此厚待……"

话没说完，焦洪便拦住说："甭谢我，要谢就谢'白给蔓儿'。"

他说的是江湖暗语。周易哪懂得这一套，愣愣地看着他。

焦洪于是说："姓宋的！"

周易这才悟过来，"白给"说的是个"送"字，谐音"宋"，"白给蔓儿"指的是姓宋的。顿时，心里滚过一阵热浪，家破人亡之际，幸有好友宋连魁不离不弃。又转脸看看旁边儿的号子，担心自己的特殊待遇会引起那些人不满，说："要是他们……"

焦洪仍然阴沉着脸，只说了一个字："敢？！"

忽一日，暂押室又来了一名嫌犯。这本是平常事，牢房里的人员都是流动的，所不同的是，新来的这一位是抬着进来的，身上血肉模糊，显然是受过酷刑才送到这儿来的。更奇的是，这个人没被塞进大号子，而是送进了关押周易的这间小号儿，也就是说，从现在起将成为他的狱友，他有了伴儿了。

他不可能不关注这个将和他朝夕相处的人。这人大约三十多岁，身穿一件灰布长衫，脚穿皮鞋，都已经破破烂烂；头发散乱，脸上血迹斑斑，看不清面目。周易有生以来没有见过这般惨相，心中升起本能的同情。他不认识这个人，但无论这是谁，犯了什么罪，由法律去惩治他就是了，为什么还要如此残忍地宰割一个生命？他把自己睡觉的地方让出来，多铺一些干草，费死了劲把这个失去知觉死沉死沉的人拖上去，躺平了。他想起医院里处理外伤都是用酒精消毒，这里没有酒精，但是有酒啊，他没舍得喝完的白酒，还有半瓶儿，正好用上。他掏出手绢儿，沾上酒，试着擦拭那人脸上的血迹，酒刺激着伤口，每擦一下，那人都痛苦地呻吟。

渐渐地，那人脸上血迹擦净了。他端详着这张脸，觉得似曾相识。再仔细看，这张脸……如果中分头梳得整齐些，鼻梁上再架上一副茶色养目镜，就再熟悉不过了，这不是众议院联络处处长孙少权吗？

孙少权，鼎易轩的仇人。尽管周易此时还不知道杜师傅已死，也不知道秋先生失踪，但周鼎之死，杜师傅出走，他本人锒铛入狱，就足以将孙少权恨之入骨，是他，毁了鼎易轩的一切！当初孙少权权势在手，步步紧逼，欲置周氏兄弟于死地，而如今，他作茧自缚，成了一具苟延残喘的皮囊，而且就躺在仇人的脚下，周易若要报这杀兄毁家之仇，只需举手之劳！

然而，他做不到。有生以来，他没有加害过任何生命，哪怕一只飞蛾，一只知了，也不曾捕捉、玩弄，何况是一个人！孙少权已经为自己的恶行付出了代价，此时此刻，他的灵魂在为此忏悔吧？

周易静静地守着这个人。夜间牢房里不熄灯，他就这么坐在旁边儿，守着。这一夜是注定睡不着了。

天亮了，牢房里如死尸般横躺竖卧的人们又活了，开始无限次重复的又一天。狱警送来牢饭，照例是泔水一般的馊米汤和不知用什么废料做的黑糊糊的窝头。大号子里的那些老油子，一边骂骂咧咧，一边还得梗着脖子往下咽，有什么办法？总不能饿死！小号儿这边儿，却额外有一瓦罐儿豆浆，几根儿油条，当然也是宋连魁送进来的。这本来是北京人早点常吃的寻常之物，但在监狱里就成了难得一见的珍馐美味，让那些饿死鬼羡慕不已。

昏睡了一夜的孙少权也有了些许动静儿，嚅动着干裂的嘴唇，传达出生命的本能要求，表明他渴极了也饿极了。那一罐儿冒着热气的豆浆简直是雪中送炭，周易用汤匙扣着，一勺一勺地喂给他喝，又把油条掰成碎瓣儿，在豆浆里泡软了，塞到他的嘴里，饥渴已久的孙少权甘之如饴，好似一个婴儿在吸吮母亲的乳汁。良久，他轻轻地打了一个嗝儿，缓缓地睁开了干涩的双眼。

他看到的是鼎易轩少主周易。倒退半年，他和这个年轻人素不相识，无冤无仇，只因为那幅《绝影图》的出现，他们成了你死我活的对手，几番较量，几番争斗，谁曾料到，最后却殊途同归，狭路相逢在牢狱之中。更令他想不到的是，把濒临死亡的他唤醒的，给即将枯死的禾苗洒下甘露的，竟然是他的仇人。

"啊，易之先生……"他吃力地喊出来，声音哑哑的。

"你醒了？"周易感到了一丝欣慰，救人一命，不管是什么人，总是令人欣慰的，"你身子虚弱，就别说话了。"

"易之先生……"孙少权还是要说，双眼充满感激，也充满羞愧，"多谢您的不弃之恩！这半年来，我悔不该……唉！我对不起鼎公，对不起您，没脸见您！而您却不计前嫌，以德报怨，真君子啊！"

周易不习惯被人千恩万谢，也没想到像孙少权这样一个得势时狐假虎威、巧取豪夺，把坏事做绝的恶人、小人，失势时还能痛心疾首地自省过错，他本来想用"人非圣贤，孰能无过"之类的话来宽慰他，但没有说出口，因为并非所有的过错都能宽恕。

"我并没有原谅你。"周易正色道，"你要为自己的行为付出代价，认罪伏法。"

"我知罪，我知罪……"孙少权可怜巴巴地说，"当初，我只是想从鼎公手里把那幅《绝影图》买下来，献给总统就职典礼，可是鼎公死活不肯放手，我已然在莲伯议长面前把大话说在了头里，怎么办？只好找杜师傅帮忙，做一幅高仿，出此下策也是万般无奈，犯了欺君之罪，我认！可是谁又能料到，偏偏我献画的时候遇上了刺客，还丢了画，您说我是监守自盗，丁处长说我是刺客的同党，以献督亢地图之名，行刺杀总统之实，这可就太冤了，我跳到黄河都洗不清了！这个罪名我可不认，要求他们查明真相！"说着，委屈地抽泣起来，鼻涕眼泪稀里哗啦。

旁边儿大号子里的那些小偷儿小摸儿听得傻眼了，总统、议长、刺客，哪个不让人心惊肉跳？敢情这两位是朝廷的钦犯？怪不得人家住小号儿，吃小灶儿，阶下囚也分三六九等！

周易觉得好笑。他万万没有想到，孙少权竟然会有这一天，在他面前哭哭啼啼地大诉委屈。他当然知道，《绝影图》的摹本在升平署失窃与孙少权无关，但在周鼎丧仪上，正是他周易当面指斥孙少权监守自盗，让此人有口难辩。兵不厌诈，不如此怎么能击败强敌？他也当然知道，孙少权和曹横刺曹也毫无关系，但他仍然很欣赏司法处长丁浩元奇妙的想象力，把那场刺杀和荆轲、秦舞阳以献督亢地图掩护刺杀秦王的著名历史事件联系起来，这无形中大大抬高了孙少权的档次，也大大加重了孙少权的罪名，虽子虚乌有，也咎由自取！

"真相？"周易重复着这两个字。一向谎话连篇、欺诈成性的孙少权现在倒要追寻真相，让他感到滑稽："家兄留学欧洲时，曾听他的老师，一位史学家讲过，'真相只有一个，而亲历者的复述却五花八门。真相在发生之后便消失了，永远无法复原'。这话，就像是对你我说的。各人心里都有一个真相，你要的那个真相，恐怕是找不到了！"

"我知道……"孙少权沮丧地叹息着，"无论治史也罢，断案也罢，历来都是强者说了算。我算什么？只不过是政客手中的一枚棋子，棋都输了，留着我还有何用？谁会为我洗冤脱罪？早晚是个死，可是我……我不甘心就这么窝憋到死，一声儿不吭地掉了脑袋，还想在死之前找个人说说心里话儿，有幸在这儿遇见了您，易之先生！"

"你说……"周易没有拒绝他。孙少权的所作所为，不但对周家罪孽深重，对官府也是大逆不道，判他个死刑也说不定，也许这是他最后的遗言，想说什么，就由他吧。

"我这辈子，就这样儿了。"孙少权说，"可是您不一样啊，您还这么年轻，摊上这个事儿……唉，都是我害了您！"说着，又是眼泪汪汪，痛苦地摇着脑袋，一副后悔不及的样子，"丁处长说您犯了妨害公务罪，不知道这是多大的罪？我听说，一些书画家、学者还联名发表公开信，为首的是文物学家李石曾，还有书画家陈一村、陆子樵、王洵等，他们说您不该毁坏千年古物，罪不容赦，敦促政府依法严惩！您看您看，这又是一个罪名，厉害啊！"

周易吃了一惊。自从被关进来，他就与外界隔绝，看不到报纸，得不到任何消息，现在从孙少权口里才知道，自己的案情已经相当严重，不但开罪于官方，而且受到了社会舆论的谴责！这让他遭受了重重的一击，而又有口莫辩。

"要我说呀，您也真是的，"孙少权泪眼望着他，"您手里的那张真迹，干吗要烧了它？无论如何，那是无价之宝啊！"

"世间还有更甚于无价之宝者，那便是尊严！"周易凛然道，"记得手捧和氏璧的蔺相如吗？面对强秦，他敢将自己的头颅与璧俱碎于柱！"

"这话，听起来慷慨激昂，其实只是外交辞令。"孙少权却说，嘴角颤动着，艰难地做出一丝微笑。

"你这话又怎么讲？"周易反问他。

"蔺相如是政治家，他把政治的成败看得高于一切，和氏之璧只不过是政治争斗的一个工具，只要政治需要，完璧又如何？玉碎又如何？在那种时候，他绝不会想到曾经两次断足、三番献宝的卞和，不会想到精雕细琢的玉工，也不会怜惜和氏之璧这件稀世珍宝本身！而您和鼎公是鉴赏家、收藏家，对艺术珍品的挚爱，甚于自己的生命，要您亲手毁掉今生今世最重要的收藏，就像亲手拿刀剜自己的心，我实在不敢想象，那是怎样的痛？您怎么能下得去手？"

孙少权的声音很轻，说得很慢，但每个字都打在周易的心上。这样的话，只可能从同行挚友那里听到，怎么可能出自孙少权这样一个流氓政客和无耻市侩之口？也许是命运在改变人，此一时，彼一时，过去不可能，现在变得可能了。"人之将死，其言也善"，在政治攀援中摔得头破血流体无完肤气息奄奄的孙少权终于能够体味鉴赏家、收藏家的心了，虽然晚了点儿，也是可贵的，这使周易不禁一阵感动。

"你终于说出这样的话了，能够将心比心，难得！"周易望着他那双渴求理解和沟通的眼睛，不忍拂了这番诚意，心里一热，说，"俗语云，'人心都是肉长的'，爱画的人，心上除了血肉，还有满满的痴情，怎么能亲手剐却心头肉？人们常见，出殡的时候烧纸人、纸马、纸车、纸钱，有谁见过烧真物件儿的吗？"

"哦？"孙少权两眼陡然放光，"这就对了！您是说……？"

刹那之间，周易惊醒了，那颗滚热的心顿时冷若冰霜。愚蠢啊，他怎能如此轻信这么一个人？他错了！

"您说呀，"孙少权灼热的目光充满期待，"请告诉我，您心中的真相！"

"真相就是，"周易并不回避，对视着那双眼睛，答道，"世上真有这样一个人，在哥哥的丧仪上，没有烧纸人、纸马、纸车、纸钱，却烧了一幅稀世珍品的真迹，那就是我！"

"这不是真相！"孙少权一个冷笑，他可着嗓子朝外面嚷道，"来人！放我出去，我要见丁处长！"

旁边大号子里的那些市井豪强看得呆了：嗬，这位爷，浑身都打烂了，还能唱这么一出苦肉计，活活儿的当今黄盖啊！

马府东跨院儿书房里，马骉发出一声似怜似叹的歔欷。"恻隐之心，妇人之仁，人性的两大弱点，他全占了。"仰古堂主如此评说周易，"古之三十六计之中，苦肉计最为残酷，但也最容易实施，专骗那些心软的人。孙少权之于周易，有杀兄之仇、夺宝之恨，怎么能因为他挨了一顿痛打、说了几句软话就引为知己呢？周易呀周易，毕竟太年轻了！"

　　孙少权的苦肉计在一定程度上证实了马矗的推断：周易当众烧毁的那幅《绝影图》未必就是真迹。但孙少权这个蠢材并没有把握好时机，在关键时刻被周易看破，功亏一篑，还是没有探出真相。丁浩元要对周易用刑，再次被马矗制止："你以为他会招吗？试想，二人相搏，谁会让同样的破绽重复出现，等着你去打？"一生都只和文房四宝打交道的老丈人却张口就是兵法战术，仿佛沙场老将、武林高手，让丁浩元不能不言听计从。那么，下一步翁欲何为？恐怕马老先生自己也不清楚，翁婿二人仍然面临一个未解的悬念：周易烧毁的那幅画到底是真是假？如果是真迹，他怎会烧得如此果决？如果是赝品，那么，这幅赝品从何而来？真迹又到哪里去了？

　　丁浩元的思绪循环往复，又回到了原点：升平署的盗马贼，到底是什么人？

　　他想起了一个人，那个直奉通吃的上海阔佬钱宝山。表面看来，此人矮矮胖胖，说话轻声细语，似乎和"盗马贼"三个字很难联系得起来，可也正是他，升平署案发之后第一个向警方提供线索，告发嫌疑人，表现得非比寻常，为什么？谁知道那家伙身上还藏着多少秘密？现在，该见他一面了。

　　协和医院内科病房里，钱宝山度日如年。那天警察把他送来抢救，大夫说是精神极度紧张造成的休克，打了一针，缓过来就没事儿了，却又不让出院，迈出病房半步都有"灰大褂儿"拦着。问他们这是为什么，也不做任何解释。钱宝山把一大摊子生意扔在上海，自己跑到北京受这样的罪，真要急疯了！殊不知，这还是因为他的国会议员身份才被"优待"的，要是换了别人，早就抓去蹲班房了。

　　丁浩元的突然到来，让钱宝山又惊又惧，不晓得是不是要判刑了，会不会杀头？

　　"丁处长，我知罪！"他一把抓住丁浩元的双手，"我不该替周议员投那样的票，周鼎是乱臣贼子！"

"你呢？"丁浩元甩开他的手，厉声喝道，"你自己投的是什么票？"

这本是在周鼎丧仪上众目睽睽逼着他回答的一个问题，而他却没有回答，为此激起了众怒，要不是他当场晕倒，被人打死也说不定，现在，无论如何也拖不过去了。

"我？我当然投的是曹大总统的票！"他回答得相当干脆，这儿又没外人，怕什么？话音未落，脸上勉强挤出来的笑容又僵住了——

窗外，突然闪过一个人影，黑纱蒙着大半张脸，只露出两只眼睛，寒光一闪，就不见了。

丁浩元也吃了一惊："那是什么人？你的手下吗？"

"哦，不，"钱宝山的声音在打颤，"那是张大帅的人，虽然只看见两只眼睛，我也认得他，他是来找我算账的！"

"算账就算嘛，"丁浩元故意说得很轻松，"你把八千块大洋还给人家，不就完了吗？"

"哪有这么简单？他是来要我命的！丁处长，你要救我啊！我把钱给你，曹三爷的五千，张大帅的八千，都给你！"说着，又抓住丁浩元的双手，弯着腰就要下跪。

这正是丁浩元要的效果。总统选举过去了多日，当天谁投了什么票已经不重要了，而此事给钱宝山造成的恐惧和无助，恰好为丁浩元所用。

"我不要这点儿小钱儿，我要的东西价值连城。"丁浩元明确告诉他，"既然你希望我帮你，就要跟我说实话。"

"我听你的，保证句句讲实话。"钱宝山求之不得，含泪答应。

"请坐吧，我们慢慢儿谈。"

两人坐定，丁浩元说："有人告发你，说升平署失窃的那幅画，是你指使人盗走的……"

话还没说完，钱宝山就急了："啥个？啥个？"

"画到手之后，发现不真，又翻墙进了琅园，去盗真迹……"

还是不等他说完，钱宝山就跳起脚来，嚷道："瞎三话四！我钱宝山做裁缝几十年，一针一线赚铜钿，要那一幅画做啥用场？为啥要去做贼骨头？"

"为了钱！"丁浩元冷眼看着他，"就靠你一针一线地缝衣裳，就是缝上十年，缝上一辈子，装满一列一列的车皮，也抵不上那一幅画的价值！"

"喔哟！"钱宝山惊得吐了吐舌头，第一次听说书画生意的行情，一张纸竟然值得了这样的天价，自己赚那点儿辛苦钱根本不能相比，"洋盘"了。但这惊叹也仅仅是惊叹，接着却说："一人一行，敲锣卖糖，别人家的铜钿我不眼热，别人家的宝贝我也不牵记！"越说越激动，他不禁嚷起来，"咦，我哪能去偷人家的画？啥人讲的？平白无故冤枉煞人嘞！"

丁浩元静静地看着他，觉得这似乎不像装的。一个裁缝出身的土财主，既没受过特务训练，又没学过唱戏，哪来的装傻充愣的本事？本来嘛，对钱宝山的怀疑是孙少权提出来的，现在，孙少权已经垮台了，他的怀疑本身就值得怀疑了，无端地指控别人，莫不是为了撇清自己，或者是掩护什么人？

"案情弄清楚之前，对任何人都可以怀疑。"丁浩元说，又反问钱宝山，"你不是也告发过别人吗？"

钱宝山知道，这说的是他在升平署案发生后曾经告发宋连魁。

"那是因为他可疑。"他现在说起来仍然觉得理直气壮，"当时在升平署嘎许多人，听戏的没有一个人带包，偷了东西往哪里藏？但是唱戏的人都带了箱子来的，是不是应该好好叫查一查？哎，侬讲怪不怪，连梅兰芳梅老板都答应了，就是那个涂了花脸的死活不让查，孙处长就吭没查，事情也就不了了之。丁处长，假使当时你在场，你查不查？一定查，也一定水落石出了！"

丁浩元被触到了痛处。案发时他根本不在场，第三天才去搜查嫌疑人住所，一无所获是顺理成章的，哪儿还有水落石出？现在，孙少权留下的这一团乱麻，还得让他撕巴！

"你可以回上海了。"他对钱宝山说。这个决定太突然，没等那人反应过来，他已经起身出门了，朝蹲守的"灰大褂儿"嚷了一声：

"撒！"

至于他们走后会不会有人来取钱宝山的性命，他就不管了。

回到京师警察厅，丁浩元立即召见周天。

接到丁处长打来的电话，苦六儿赶紧说："是，处长，我这就去！"

何顺儿"噌"地站起来，也要一块儿去，苦六儿却说："丁处长又没叫你，你去干什么？就留下看店吧！"

何顺儿讪讪地坐下来，觉得这把还没坐热的副经理的椅子并不那么舒服了。苦六儿这个人，用得着人朝前，用不着人朝后，好处一点儿都不让你沾边儿啊！

苦六儿一个人走进了京师警察厅司法处长的办公室。

"现在该问你了。"丁浩元开门见山，"你说的，10月12号，也就是周鼎死的那天晚上，琅园进了一名蒙面大盗……"

"没错儿，"苦六儿没等他说完，就抢过话茬儿，"就是让我给打跑的！"

"你不吹牛能死吗？"丁浩元打断了他，"问你什么回答什么！"

这种对话方式，不像听取"卧底"的汇报，倒更像审讯。自从孙处长出事儿，就再也没有像当初那样跟着头儿坐车子、下馆子、拿票子的待遇了。

苦六儿觉得身子一紧，便住了嘴。

"说说，那个人什么模样儿？"

"一身黑衣裳，头戴黑帽子，脸上还蒙着黑纱，只露着俩眼，黑灯瞎火的，看不清模样儿。"

这样的回答跟没回答差不多。

"你是怎么跟他遭遇上的？"

"不瞒您说，"苦六儿有些不好意思，"我那天奉孙处长——哦，孙少权之命，也是去偷那幅《绝影图》的，不巧让那个人抢先一步，把画拿在手里了。我怎么能放他走？飞步上前，追了上去！……"

说好的不吹牛，还是忍不住吹了起来，吹得绘声绘色。

"那人武功如何？"丁浩元又问。

"武功嘛，"苦六儿本想把那人贬得稀松平常，可转念一想，不对，强中更有强中手，只有力克强敌，方显英雄本色，于是说，"武功很是了得！一开头儿，我还小瞧了他，一个扫堂腿差点儿把他扫趴下，伸手就抓住了他攥着的画轴，没想到他这是欲擒故纵，趁我从他左手里抢画的时机，抢起右手，朝我猛打三拳，一拳打在肩胛，一拳打在后背，一拳打在腰眼，那个狠啊，鲁提辖三拳打死镇关西也不过如此！"

"噢，这么厉害？"丁浩元听得入神，"那……画呢？"

"画又被他抢回去了！"苦六儿接着说，"我哪能放他走？爬起来，玩儿命地往前追！嘿，您猜怎么着？"

"怎么着？"

"他倒不跑了，站在那儿等着我！"

"什么意思？"

"要玩儿我啊！城南六少哪受过这个？我飞步上前，要报这三拳之仇，谁知道，冷不防他突然踢过来一脚，趁我往旁边儿一闪，又抓住我的胳膊，一个大背挎，把我抢在地上，再往肚子踩上一脚，肠子都快挤出来了！"

"嗯，果然厉害！"丁浩元关心的不是故事，而是结果，"这么说，你被他打败了？"

"哦，不，"苦六儿发现自己有些失言，赶紧往回找补，"我……我一个鹞子翻身，一把抓住了他手里的画轴，抢回来了！这时候，琅园里的用人都起来了，嗷嗷叫，追着打，那个家伙无心恋战，纵身跳过墙去，逃走了！"

"是吗？"丁浩元微微一笑，说，"周天儿，你没说实话。站起来！"

苦六儿茫然地站了起来："我……"

丁浩元让他离开桌椅，突然飞起一脚，把他踢倒，然后抬脚踩在他的肚子上，喝道："起来呀，我看你怎么'鹞子翻身'？"

躺在地上的苦六儿，像翻了盖儿的螃蟹，手忙脚乱，却无法挣脱。别看丁浩元一身精瘦，功夫和力气还是有一些的，苦六儿不是对手，只好哀求道："丁处长，您就饶了我吧，我说实话！"

丁浩元的脚一松，苦六儿就地一滚，爬起身来，臊眉耷眼地不敢抬头。

"说吧！"丁浩元命令他。

"嗨！"苦六儿一个尴尬的苦笑，"人到了穷途末路，也不是没有自救的办法，就是寒碜点儿。"

"什么办法？"丁浩元穷追不舍。

"上不了台面儿的办法，江湖上不用的。"苦六儿不能不实话实说，"我被他踩在地上，手、脚都使不上劲儿，只能用嘴了，把脖子一伸，死命地咬住他的脚面子！他猛地一哆嗦，我就得手了……"

丁浩元哈哈大笑。谙熟格斗擒拿基本功的老警察，对于市井混混儿嘎杂子的拳脚路数，却还是头一回领教。

突然，那笑容消失了，他若有所悟："这么说，他脚上有伤？"

"可不？要不是隔着袜子，我能撕下他一块肉来！"苦六儿缓过点劲儿来，又开始吹牛了。

"左脚还是右脚？"丁浩元问得仔细。

"左脚，没错儿，就是左脚！"苦六儿回答得肯定。

"好！"丁浩元一拍巴掌，"那就是说，凡是左脚有伤，而且是牙咬伤的人，就有作案嫌疑，抓！"

"处长英明！"苦六儿马上表示佩服，"这么说我咬这一口还立了功了！"正在兴头儿上，又一寻思，说，"哦，北京城有百十万人口，您怎么抓？能一个个让人家脱鞋脱袜子验脚吗？"

丁浩元不说话。他当然不会用那样的笨办法去满城验脚，兴师动众地验完了，要是逮不着真犯，岂不闹了国际笑话？何况他也没有那个规模的警力。要紧的是缩小搜索范围，把目标投射在那些武艺高强，而又和文玩字画业多少有关联的人身上。这么一想，果然范围大大缩小，一个人突然出现在他的脑际，唱花脸的宋连魁。此人虽不是武林中人，倒也有些功夫，而且他和琅园关系密切，在周鼎丧仪中屡屡和警察作对，绝对不是善茬儿。升平署失窃，他的嫌疑最大，钱宝山对他的指控虽然没有实证，却也无法排除。案发第三天侦缉队搜查他家，虽然一无所获，却留下疑点重重：那天晚上他并没有戏，却不在家，上哪儿去了？干吗去了？

花儿市上三条把口儿的小院儿里，宋连魁和雷武已经装束停当，准备出门。他们这是要去鹞儿胡同探监，虽然未必能见得着周易，至少能给他送点儿吃的用的。侦缉大队总部暂押室的狱警焦洪，早年曾在正阳武馆习武，和宋连魁是朋友，凭着这份儿交情，已经行了诸多方便，每和他见一面，总觉得心里踏实一点儿。

恰在此时，门环被拍响了。

雷武赶紧跑过去，问了声："谁啊？"

没听到外边儿应声儿，大门已经被推开了，忽地进来两名警察。雷武自然不敢阻拦，却不能不问："您这是……？"

"公事，要面见宋二爷！"警察说着，脚不停步，朝里边儿走去。

迎面碰上宋连魁。

"什么事儿？"宋连魁问。

"您就是宋二爷吧？总统府有请，跟我们走一趟！"走在前边儿的警察说。

宋连魁一时莫名其妙。他身无官职，只是一名艺人，总统府"请"他有何公干？除了唱堂会，也没有别的可能了。一想到"堂会"这两个字，升平署的那场劫难就仿佛重现，额头冒出一层冷汗，忙说："实在对不住，我这几天受了点儿风寒，怕是唱不了戏了……"

警察打断了他的话，说："不用唱戏。"

"那，'请'我去干什么？"宋连魁愈加不明白，除了唱戏，总统府里还有什么事儿他能插得上手？限于他与官场接触甚少，甚至都没有想到，总统府文有文案，武有侍卫，外出公干怎么会派警察来？

"我们也不清楚，"警察不做任何解释，只说，"您到了就知道了。走吧！"

催得这么急，立等着他上路。宋连魁知道不去也不行了，转念一想，那总统府既然秋先生去得，我怎么就去不得？眼下十二爷的案子正没个头绪，若是趁这个机会能说上几句话，兴许还有转机。想到这里，不但不怕了，反倒还有些巴不得："好，走吧！"

"这就走啊？"雷武为难地对警察说，"家里……还有事儿呢！"

"你不用去，"警察说，"又不是去唱戏，就不带跟包的了。"

"那……"宋连魁想了想，对雷武说，"我跟他们走。十二爷那儿，你一人儿去吧，给他买点儿吃的。眼瞅着秋凉了，也得添几件衣裳。"

"哎。"雷武答应着，送他们出去。

汽车就等在门口，宋连魁和警察都上了车，"嘀嘀"，一溜烟儿开走了。

雷武望着远去的烟尘，不知道二爷此去是吉是凶，什么时候才能回来。

汽车驶出胡同，上了大街。车里连司机总共四个人，俩警察一左一右陪着宋连魁，说是"请"，倒有些像押解。车窗上挂着帘儿，外面的什么都看不见，开头儿还听着车马喧嚣，市井吆喝，渐渐地安静了下来，窗外传来鸟鸣鸡啼之声，想必已经出了城了。既然是"总统府有请"，干吗往乡下跑？望着身边儿董超薛霸似的两个警察，也不便问。

车子走了好一阵子，终于停了下来。警察先下了车，说了声："到了，下来吧！"

宋连魁下了车，看看周围，好像来到了一个大园子，树木荫郁，山影迷离，掩映着亭台楼阁。

警察带着他进了一道月亮门，眼前别有洞天，古木奇石环绕下，一片清澈的湖水，却不见人迹。宋连魁不免疑惑，转脸再看那两名警察，却已不知去向。待要转身返回，忽听得一声爽朗的招呼："宋二爷，老夫已在此恭候多时了！"

宋连魁抬头看时，只见从湖畔假山石后走出一个人来，身穿一件类似日本和服的袍子，赤足踏着木屐，走起路来踢踏作响。宋连魁不禁一愣。再往上看，那张脸银须飘飘，鹤发童颜，原是很熟悉的人，仰古堂主马骉。奇怪呀！

"驰公，怎么在这儿碰见您了？"他问。

"不是碰见，是我请您来的。"马骉答，笑容可掬。

"啊？"这个老实人还是没弄明白，"不是说总统府……"

"知道这是什么地方吗？"马骉先不回答他的提问，却说，"小汤山，明清两代的皇家温泉行宫，乾隆皇帝曾有诗咏道：'温泉浴罢娇无力，扶起身边有念奴。'慈禧太后也曾在此玉体留香。如今江山易主，这里是曹大总统的温泉别墅了。"

听到这里，宋连魁似乎明白了这个地方和总统府的关系，但还是纳闷儿，平常没听说曹锟跟马骉有什么往来，何至于给这么大的面子？又何至于大老远地"请"他宋连魁到这儿来？

"您知道，"马骉显然猜透了他的心思，解释道，"仲珊有两大嗜好，一是书画，一是国剧，今日略有闲暇，约了你我，在此切磋一番笔墨与皮黄，雅兴难得啊！"听这口气，仿佛与曹大总统有袍泽之谊、金兰之交，"现在，东道主还未到，你我先在此泡泡温泉——日本人称之为'泡汤'，倒有几分古意，嗯，岂不快哉？"

宋连魁这才明白了马骉为什么穿了这么一身行头，原来是准备下水。抬眼看看面前的那片湖水，又觉察刚才未曾注意到的细节，水面中有多处泉眼汩汩喷涌，略似济南的趵突泉，所不同的是水面上还有雾气蒸腾，想必是地热蒸发所致，比趵突泉更胜一筹。这就是一向有所耳闻尚不曾亲眼一见的小汤山温泉。

"宋二爷，就请更衣吧！"马骉转身指了指身后，原来那太湖石后的山洞之中，是为"泡汤"准备的更衣室。

宋连魁仍然在犹豫。想到自己和曹锟相距天壤，和马骉也没有这么亲密的交情，今日突然在光天化日之下，脱光了衣裳一起"泡汤"，总觉得浑身不自在。

"哎呀，"马骉笑道，"又不是女流之辈，何必这么忸忸怩怩！有道是'赤条条来去无牵挂'，我都不怕，您怕什么？"

马骉作为长辈，把话说到这个地步，宋连魁就不能不依了，便走进山洞去更衣。马骉并不急于下水，仍然在岸上等他。

些许工夫，宋连魁出来了，也是身穿大袖宽袍，足踏响蹂木屐。据有识之士考据，这副打扮并不是模仿日本，其实更具魏晋风度，当年竹林七贤之首嵇康服用"五石散"之后，出去漫步"行散"，大抵就是这个样子。此是闲话不表——

却说等在岸边的老人家马骉，此时不看别处，眼睛紧盯着宋连魁的一双脚，只见他左脚的脚面上，靠近踝骨处，有一片紫红色的伤痕，断断续续，呈月牙状排开，一望而知是被牙齿咬伤，虽然已经结痂，但仍然十分清晰……

马骉笑了，扬起双手，响亮地拍了三下。

突然之间，刚才失踪的那两名警察又出现了，端着盒子炮，一步步逼向宋连魁。宋连魁什么都明白了，却什么都来不及了。

雷武提着食盒，挎着包袱，来到鹞儿胡同侦缉大队总部，向把门儿的警察递了"门包"，见到了一脑门子官司的焦洪，拜托的话还没来得及说，焦洪抢先说："眼下最当紧的不是十二爷的吃喝了，你家二爷也进来了！"

"啊？！"雷武如闻晴天霹雳。

侦缉大队总部预审室里，宋连魁已是阶下囚，坐在审讯椅上，手腕、脚腕都被扣住。他的身旁，摆满了刑具，背后的墙上，暗红色的血迹斑斑，是先前的受审者遗留下来的。周易还没有体验过的地方，宋连魁倒先进来了，这是谁都不曾料到的。

丁浩元坐在他的对面，开门见山地说道："没想到，跟宋二爷用这种方式见面。咱们虽然不算太熟，但我岳父跟您是朋友，喜欢听您的戏，您的蔓儿大，见您一面也不容易。今天呢，本来是请您'泡汤'

的，不料足下之'足下'露了马脚，结果真泡汤了！"

此时的丁浩元稳操胜券，气定神闲，不由得模仿起他老丈人的腔调儿，耍两句文字游戏，而在宋连魁这里却唤不起丝毫的幽默感，只为自己的疏忽而懊恼。马矗、丁浩元的布局不可谓不周密，大老远地折腾一趟小汤山，就是为了不露声色、进退有据地验一验他的脚，而他却百密一疏，不慎"失足"了！

见他没有反应，丁浩元又说："本月12号晚上，我曾经到府上拜访，可是您不在——"说到这里，他伸出右手的食指，指向宋连魁，"千万别说您唱戏去了，我查过了，那天您没戏。那么，您干吗去了？"

宋连魁鼻子里立即泛起了一股洋蜡味儿，那天晚上回到家里闻到的就是这个味儿。果然他没有猜错，那个时候，他的家，他的行踪，就已经在警察的监视之下了。

还是得不到回答，丁浩元再次提问："您脚上的伤，就是那天晚上落下的吧？告诉我，这伤是怎么来的？"

宋连魁感到，丁浩元不是在诈他，而是抓住了他的把柄，继续沉默已经毫无意义，心中的话便脱口而出："被狗咬的！"

"你骂谁是狗？"突然响起一声吼，预审室的门被推开了，怒冲冲闯进来一个人，是苦六儿。

"我骂的就是你，琅园的看门狗！"对于他的到场，宋连魁并不觉得意外，有些话，他早就想一吐为快了，"不知廉耻的东西，我的脚，你也下得去嘴？我真后悔没把你一脚踢死！"

一层薄薄的窗户纸就这么捅开了，那个翻墙越脊、来去无踪、把苦六儿耍了个六够才撒手而去的"蒙面大盗"，原来不是别人，正是苦六儿幼时的发小儿，今年六月又在油锅前救他一命的宋连魁，如今终于撒下蒙面的黑纱，以仇人的身份相见了。

"你还敢骂我？"苦六儿被激怒了，忽地冲上前去，"看我怎么收拾你？"

宋连魁本能地要应战，可手、脚都被扣住了，动弹不得！

"周天儿，住手！"丁浩元喝住苦六儿，"你们的恩怨与本案无关，这儿不是你公报私仇的地方！"

苦六儿不敢造次，只好怏怏地后退。

丁浩元两眼盯着宋连魁："我所感兴趣的是，宋连魁先生根本不用我动刑，就已经供认，自己就是 10 月 12 号晚上出现在琅园的那个蒙面大盗！"

宋连魁心头好恼！"供认""大盗"这样的字眼儿头一回加在自己的头上，这是绝对不能忍受的奇耻大辱！

"这就是说，你对自己所犯入室盗窃罪供认不讳。"丁浩元再次强调，而且唯恐不够刺激，还详加阐释，"虽然你盗窃未遂，但是性质严重，不同于寻常所见的小偷儿小摸儿，因为你盗窃的目标是一件价值连城的千年古物，大唐左武卫将军曹霸的唯一传世真迹《绝影图》！"

"不，不！"宋连魁发出怒吼，扭动的身躯把审讯椅扭得"嘎嘎"作响，"那不是盗窃！"

"不是盗窃？"丁浩元一声冷笑，"翻墙入室去偷人家的东西，赃物在手被逮个正着，不是盗窃是什么？"

"那不是偷，不是抢，"宋连魁喊道，"是还，是物归原主！"

"什么？"这在苦六儿听来，简直是胡搅蛮缠，"你'物归原主'？那是我从你手里夺回来的！"

"那是我赏给你的！"宋连魁不禁笑道，"要是我不松手，就凭你那点儿功夫，夺得到手吗？别忘了那三拳一脚，让你好生受用，要不然，也不至于在我脚上下嘴！"

"你……你放肆！"苦六儿脸上挂不住了，在"公堂"之上被一个囚犯揭短辱骂，实在不能容忍，奔过去抓起墙上的鞭子！

"退下！你别打岔！"丁浩元喝道。此时此刻，他所需要的并不是从肉体上摧残宋连魁，而是听取有用的口供，这口供刚刚听出点儿门道，不能让苦六儿这个嘎杂子搅和了。

苦六儿讪讪地后退，丁浩元继续审讯。

"宋连魁，你是说，10 月 12 号那天晚上，你手里拿的那幅画，不是从琅园偷的，反倒是从外边儿带进来的？"

"是。"宋连魁答道。

"那么，那幅画是怎么到了你手的？"丁浩元立即追问。

这是一个无法回避，却又极难回答的问题。升平署事发以来，宋连魁就知道早晚要面对他人的提问，已经在心里演练过无数次，都没有找到一个完美的答案。

"我……我捡的。"他只好这样回答，"既然是老朋友丢了的东西，就给他们送回来。"

"啪"的一声，丁浩元怒而拍案："捡的？谁会把无价珍宝扔在那儿让你捡？拿我当三岁顽童吗？宋连魁，你也是七尺男儿，国剧名伶，有头有脸的人物，在戏台上扮的都是英雄好汉，好意思说这样一文不值的瞎话？"

"老子就是捡的！"宋连魁被激怒了，梗着脖子喊道，"我一没偷，二没抢，只不过把朋友丢了的东西，替他捡回来！"

"可惜！你'捡'的地方不是大街，不是小巷，而是升平署戏台！"丁浩元目光炯炯，"看来，钱宝山说得一点儿不错，当时你为什么死护着衣箱不让搜查？就因为那里边儿藏着《绝影图》！"困惑好久的一个疑问终于有了答案，这让他兴奋不已，"哈哈，你就是那个惊了总统大驾、轰动全国的盗马贼！"

"谁是贼？"宋连魁大怒，"孙少权为了一幅《绝影图》，坑蒙拐骗、巧取豪夺，不是贼吗？你们京师警察厅的薛总监，连圆明园遗址的石料都不放过，老祖宗留下的东西，已然被洋人糟蹋成那个样子，他还要再劫掠一番，不是贼吗？你们的曹大总统，花钱买票上位，窃取国家权柄，不是贼吗？怎么？你们都不是，老百姓倒成了贼，这世界还有讲理的地方吗？"

丁浩元的两眼在冒火，站在两旁的两名彪形大汉也跃跃欲试，按捺不住了。

"好！"丁浩元为他喝一声彩，"天不怕，地不怕，谁都敢骂，这才有点儿'活张飞'的意思！可这儿不是戏台子，单凭你骂总统、骂总监的这几句话，就已经罪不可赦！"他有意避开了宋连魁骂孙少权，那个人已经没法儿提了，但这并不影响严惩宋连魁，"给我打！"

长官一声令下，皮鞭像活蛇似的舞动起来，血花随之飞溅！

"报告！"预审室的门突然被推开了，两名警察跌跌撞撞地冲进来，他们手里还扭押着一个人，"处长，有人投案自首！"

那个人是雷武，疯也似的嚷道："那幅画是我拿的，没有二爷的事儿，你们别打他！"

所有的人都大吃一惊！

"嗬，忠仆救主来了！"丁浩元一挥手，行刑官停了下来，"可惜啊，你来晚了一步，你家二爷已然招了，他说画是他拿的，让我相信谁呢？看来，你们俩都脱不了干系！铐上！"

"哗啦！"铁铐锁住了雷武的双手。

"雷武，你混账！"在皮鞭下一声不吭的宋连魁，此时发出了痛彻肺腑的呼号。

焦洪把宋连魁和雷武关在一个小号儿里，不避"串供"之嫌，也免得遭受狱霸牢头儿的欺凌，这已是他最大的权限了。宋连魁睁开眼，发现自己躺在牢房里，至于是什么时候离开预审室，又怎么来到这儿的，已经根本不记得了。

"二爷，二爷……"雷武轻轻地叫着他，支起胳膊，向他爬过来。

他吃力地扭过头去，看见雷武脸上、身上都血迹斑斑。

"你呀！坐牢也要扎堆儿？本来，你留在外边儿还有个照应，干吗往这儿挤啊？"

"还不是怕您受罪？"雷武把手伸过去，戗起他的脖子，"本来事儿就是我干的，我一人做事一人当！"

"傻小子，咱俩还分得清你我吗？我没能替得了你，你也替不了我，现在让人家一锅儿端了。"宋连魁喘息着，"我不怪你，今天，我也和你一样混账，犯了大错！……"

"什么大错？"雷武一愣。

"不该只图一时痛快，说了实话，这就害苦了十二爷了！"

"怎么？"雷武没听明白。

"雷武，你可真傻啊！"宋连魁痛苦地闭上双眼，一声长叹。

宋连魁和雷武相继入狱，周易与外界的联系突然断了。

又到了开饭时候，焦洪来送饭，照例是泔水一般的馊米汤和不知用什么废料做的黑糊糊的窝头。没有了外援，也就没有了以往的特殊待遇。焦洪总不可能自己掏钱给嫌犯买吃的，要是那样，他自己的饭碗也就端不成了。

"凑合着吃吧，没人送饭了。"临走，他轻轻地说了这么一声儿。

周易立即明白，宋连魁出事儿了。

仰古堂主马骉仰卧在东跨院儿书房里的那把红木躺椅上，半闭着眼睛，手捻着白须，听取女婿丁浩元的汇报，比小汤山"泡汤"还舒坦。

"爸，拿下宋连魁，全靠您的运筹帷幄，出奇制胜！"丁浩元不吝溢美，说的也是真话，"现在，嫌犯已经全部捉拿归案，按照上头的要求，这案子可以交差了。"

"恭喜你啊，"马骉嘴里这么说，脸上却没有一丝笑意，翻眼儿看看他，"把这几个人交上去，就能为你换来加官晋爵了！"

丁浩元心里"咯噔"一声。他当然听得出其中的意思，老丈人爱收藏如江山，除此之外什么都是浮云。以往丁浩元办案，老丈人连听都懒得听，这回则不然，一匹绝影马牵住了他的心，丁浩元等于是替他办案了。

"爸，加官晋爵也比不了那件千年珍宝啊，东西还没到咱手里，我在您这儿，就交不了差！"

"嗯。"马骉这才点点头，"那，你该怎么办？"

"您放心，人在我手里，画就跑不了，一定要审个水落石出。"丁浩元端起茶杯，抿了一口茶，思索着说，"宋连魁在这个案子中所起的作用，超出了我的想象。他拼死从升平署盗宝，又冒险穿过警察的封锁，翻墙送到琅园，这说明他要抢救的东西至关重要，孙少权拿到升平署的那幅《绝影图》是真迹！"

"倒也未必。"马矗却说。

"为什么？"丁浩元问。

"如果说升平署失窃的《绝影图》是真迹，那么，鼎易轩收藏的那一幅便是赝品了？这不可能。"马矗说，"我跟你说过，就算杜宇有这个能耐，他也没这个胆儿，因为周氏兄弟和那个秋顾问都是骗不了的。我倒更愿意相信周易在周鼎丧仪上的说法儿，《绝影图》真迹在琅园，除此之外，甭管在什么地方、由什么人持有相似的画作只能是仿制的赝品！你不是当面听他说的吗？"

"是。"丁浩元说，"可我又不明白，如果真是那样，宋连魁怎么会为了一幅假画，去冒那么大的风险？"

"这只能说明，他当时并不知情。"马矗道，"宋连魁虽然是鼎易轩的常客，周氏兄弟的好友，但对于书画，他是个外行。何况在升平署堂会那样乱哄哄的场合，远远地匆匆一瞥，他能辨得出真假吗？一定是把那幅画当成真迹了。此人任侠尚义，为了抢救朋友的宝物，他连性命都豁出去了！"

"嗯，也许是吧？"丁浩元仍然将信将疑，"可从后来的情形来看，又不太像，他蒙面翻墙，和周天儿打斗，倒更像是一场玩儿闹，似乎故意要把周天儿戏弄一番，手里的画轴像棍棒似的耍来耍去，如果真是无价之宝，他会这样儿吗？"

"你说得在理。"马矗道，"不过，从盗宝升平署，到翻墙琅园，隔了两天两夜，这中间又发生了什么？焉知两家没有联络？"

"哦，"丁浩元若有所悟，"周天儿的证词中有一些细节，我差点儿忘了：就在升平署失窃的第二天，也就是宋连魁蒙面翻墙的前一天晚上，孙少权找周天儿密谋盗取琅园的《绝影图》真迹，当时，胡同里突然闪过一个人影儿，不知道是谁，周天儿也没有太在意，现在想想，如果那是个不相干的人，他何必躲闪？而如果他和周、宋两家之中任何一家有关，又听到了什么？要干什么？会对以后的事情有什么影响？还有，第二天一早，周易就出了门，没有坐马车，也没去鼎易轩，那么，他到哪儿去了？干什么去了？"

"这就对了。"马矗道，"尽管警方戒备森严，人家还是该听的听了，该做的做了。知己知彼，百战不殆。宋连魁冒死从升平署抢出来的《绝影图》原来只是杜宇仿制的赝品，这本是一大败笔，可是，人家却将计就计，弄假成真！10月12号晚上蒙面翻墙只不过是一出戏，目的就是要把这件赝品送进琅园，而且还要亲手交给苦六儿，让他相信，这就是藏在周鼎身边儿寸步不离的真迹，并且借他的嘴传信儿给警方。有了这件赝品，真迹就安全了。"

"嗯。"丁浩元连连点头，"听您分析案情，就跟亲眼所见似的，线索清晰，逻辑严密，令人信服。真没想到，您作为一位书画鉴赏家……"

"书画鉴赏家就不会判案吗？"马矗不以为然，微微一笑，"每当我面对一件书画作品，特别是年代已久的古物，就像在判一个案子，作伪的人用挖款儿、拼接、做旧等方法，移花接木，改头换面，以假乱真，我要做的，就是去伪存真，排除一切假象，探清它的本来面目。你看，这不是和你们判案一样的道理吗？"

"岳父高论，小婿如醍醐灌顶！"丁浩元不得不佩服。本来，翁婿二人的行当相距十万八千里，多年来的关系寡淡无趣，不料由这个案子突然成了知音。"看来，周易、宋连魁也不是寻常之辈，布下如此之阵，只有您才能破局！"

"非也！"马矗却说，"宋连魁是个戏子，他在戏台上说的、唱的，都是别人写好了的，放言'今天下英雄，唯使君与操耳'的，是曹操，而不是宋连魁。周易乳臭未干，阅历尚浅。此二人均不具备如此智慧。但是，他们背后还有一位军师，那便是既无羽扇也不纶巾的秋顾问了，此人既然有舌战大总统之勇之智，还有什么做不成呢？"

"哎呀！我怎么把这个人忘了？"丁浩元失声叫道。

说"忘了"其实并不准确，秋儿与曹大总统的那一番雄辩，他是亲眼所见，亲耳所闻，并且眼睁睁地看着她全身而退，而根本没有想到把她拘捕审讯。那是因为，在她面前，连曹大总统似乎都显得理亏，从总统到警察厅总监都没有拘捕她的意思，轮得到一个小小的处长越权行事吗？现在，那个女顾问突然成了案情的关键人物，抓住她，所有的疑问都将有了答案，可是，可是……

"我已经寻找她多日了，可惜啊，至今杳如黄鹤！"马骉的感叹充满深深的遗憾。与丁浩元急于抓捕嫌犯又有所不同，他痛惜的是人才难得。"聪明啊！当你们警察厅满世界搜查升平署失窃的《绝影图》时，人家已经轻松巧妙地把它收回了。天下人都不会想到，世上竟然有两幅《绝影图》，这一真一假，都在琅园。而当周易把《绝影图》投入熊熊烈火，把你们惊呆了，吓傻了，连你这位神探都没想过它是真是假！"

"当时真没想到，"丁浩元面有愧色，作为一名职业警察，被老丈人这般教训，并不是那么舒服的，"现在都清楚了，这一切都是那个女人的主意，她带走了所有的秘密！"

"她既然出走，就不会轻易让你们找到。"马骉说这话的时候，心里甚至莫名其妙地希望她走得远些，藏得严实些，别让人找到，"不过，琅园的秘密，她并没有全部带走，还有知情人在……"

"谁？"丁浩元一愣。

"周易。"马骉道。

"噢。"丁浩元本以为老丈人又有什么惊人发现，原来只是一名在押的嫌犯。

"你要知道，"马骉继续说，"那个女人只是出谋划策，事儿都是周易做的，他什么不知道？在周鼎的丧仪上，他堂而皇之地当众焚毁一幅赝品，这就说明，《绝影图》真迹已经安置妥当了。到底藏哪儿了？我相信，知晓这个秘密的，只有两个人，一个是秋顾问，一个是周易。"

"嗯？"丁浩元好似豁然开朗，"这个好办哪，随时可以提审周易！只是，"他犹豫了一下，问，"现在可以用刑了吗？您不是说过，对待文人……"

"都这个时候了，还管他文人武人？"马骉从躺椅上倏地坐起来，两眼圆睁，闪烁着从未见过的凶光，"不为我所用，必为我所杀！"

一个"杀"字出口，使丁浩元脊梁骨发麻，十几年的老岳父，好像刚刚认识。

书房门外，屏息静听的常三儿吃了一惊，无声地张大了嘴巴。

廊坊二条爆肚冯的店堂里，何顺儿又在就着二锅头，咀嚼着永远嚼不烂却又舍不掉的脆嫩之物。爆肚儿的讲究，一是食材，所谓"爆肚儿十三吃"，每个部位的脆嫩程度都有所不同；二是作料，香菜、葱花儿、芝麻酱、韭菜花儿、酱豆腐、蒜泥……样样儿都不能少，辣椒油还是现炸的。不过此时的何顺儿，心思却不在享用美食上，他甚至还吃出了淡淡的苦味儿。回想这半年来，过的是什么日子？天上掉下来一匹绝影马，搅进了升平署刺杀案，乱枪打死了刺客曹横，害死了九爷和杜师傅，还把十二爷送进了大牢，琅园家破人亡！这些，本来都没有他的事儿，可就是因为他答应了苦六儿，为孙少权见杜师傅牵了一回线，就再也摆脱不了啦。现如今，他和苦六儿像两条狗似的让丁处长牵着绳子走，苦六儿还处处压他一头！嗨，要是当初对苦六儿说一声"不"，那不就什么事儿都没有了吗？

听得背后有人咳嗽了一声儿，何顺儿一回头，是常三儿。

"哟，常三爷！"他赶紧打招呼。

"哦，何经理，早来了？"常三儿不能再像过去那样称呼他"顺儿"了，人家现在已然是鼎易轩的副经理，跟他一样的二掌柜，得刮目相看了。

何顺儿受宠若惊，羞涩地笑笑，在老前辈面前，不敢充大，忙说："您别这么称呼，我这个副经理还不是丫鬟拿钥匙，当家不主事？"

"彼此，彼此！"常三儿说这话的时候，眼角弯起了几道鱼尾纹。

常三儿点了一盘儿肚仁儿，一盘儿蘑菇头，新开一瓶儿仁和老店的菊花白，邀何顺儿共餐同饮，显示了长者的友善和钱财的优势。

何顺儿连忙斟酒、敬酒，说："往后，还得请常三爷多多指点！"

"客气！"常三儿说，"在琉璃厂，鼎易轩和仰古堂，两大百年老店，双峰插天；鼎公和驰公，伯牙子期，惺惺相惜。到了这一辈儿，你和六少又跟我们姑少爷走得很近，就更是一家人了。"

何顺儿心说，得啦，什么一家人？九爷在世的时候，他和马骉谁服过谁？如今鼎易轩遭了难，让马骉的姑爷丁浩元捏在手里了，就算是你们赢了吧！

常三儿见他不言语，又问："哎，你们的案子办得怎么样了？"

这是何顺儿最不愿意提的事儿。丁处长是仰古堂的乘龙快婿，案子的事儿你们不比我门儿清？还用问我？心里这么想，可也不能再像当初那样"守口如瓶"了，就说："那什么，我就跟六少一块儿去了趟河北，后来的事儿，他也不想让我插手了，生怕我在丁处长面前抢了他的风头！"

"是吗？"常三儿好似有些意外，"按说，你们六少是江湖中人，不该这样对待自家兄弟啊！"

"谁是谁兄弟？"三杯酒下肚，何顺儿的话就有些多了，"苦六儿这个人，九爷、十二爷都是他叔啊，都毁在他手里！鼎易轩只剩下一个能人秋先生，还被他挤对走了，您说，他还能容得下谁？"

"嗯。"常三儿点了点头，"看来，你也得活泛活泛点心眼儿了。"

"怎么个意思？"何顺儿翻翻眼儿，"您想让我'跳槽'到仰古堂啊？"

"别这么说，这话忒难听，窑姐儿才'跳槽'呢。"常三儿说，"仰古堂不缺一个裱画师，你来了也显不出能耐。可你留在鼎易轩，那就不一样了，明白'身在曹营心在汉'的道理吗？"

"明白，不就是吃里扒外嘛！"何顺儿心领神会，胳膊肘儿往外拐，他也不是头一回了，"端鼎易轩的饭碗，给仰古堂办事儿？说吧，让我干什么？"

"驰公现在对姑少爷手里的案子这么上心，你知道这是为什么吗？"常三儿抬眼扫了扫周围，压低了声音，说，"他才不在乎什么升平署刺杀案，周鼎、周易、宋连魁和孙少权的死活，这些和他有何干系？他关心的只是那幅画，大唐左武卫将军曹霸的《绝影图》！你知道吗？

当初曹霸的后人曹横拿着这幅画，首先投奔的是仰古堂，因为阴错阳差，失之交臂，让鼎易轩捡了便宜。如果早早地归了仰古堂，哪还有后来的那些麻烦！驰公心里一直不忿儿，那幅画本来应该是我们的！哎，就好像自己的东西被别人抢走了，他非得要再夺回来！"

"爱画的人都这样儿，九爷也是这脾气。"何顺儿说，"可是现在……"

"现在，案情已经明朗，"常三儿说，"大体可以断定，曹霸的《绝影图》原作和杜师傅的摹本，都在琅园，周鼎出殡那天，我亲眼看见周易烧毁的那幅，十有八九是假的，烧毁假的就是为了掩护真迹！"

"呲！"何顺儿吃了一惊，"我的三爷，您怎么这么明白？"

"哦。"常三儿颔首一笑，领受了这份儿过誉，并不解释他这番话其实是从马老板那儿趸来的，又接着说，"那么，真迹呢？藏在什么地方了？找到真迹那才算破案！眼下，案子到了褙节儿上了，驰公和姑少爷紧盯的就是这幅画，谁要是能把它找出来，那简直是只手擎天之功！"

何顺儿终于听明白了，常三儿这个老家伙肯放下架子跟他交朋友，原来是有求于他。可这件事儿太难了，大海捞针跟它比起来，都是个轻松的活儿。也正因为实在太难，常三儿才找到何顺儿，不仅仅因为他是鼎易轩的"老"人儿，对琅园也熟门熟路，更重要的是，如今他在鼎易轩的地位仅次于苦六儿，而又跟苦六儿不一条心，除了他，还能找到更合适的人选吗？

"如果能找到这幅画，"何顺儿说这句话的时候，自己都觉得在说梦话，好在只是"如果"，不妨表表忠心，"我立马儿交给丁处长！"

"警察又不懂画，交给他干什么？"常三儿几乎不假思索地说。菊花白在胃里发挥了作用，嘴上的门户就不大好控制了。

何顺儿暗暗吃了一惊，没想到仰古堂的姑少爷在常三儿眼里其实只是个草包。他又不明白，警察厅交办的案子，破了案，东西不交给警察，给谁啊？

常三儿看他欠点拨，接着说："已然当众烧毁的东西，找不着是正常的，找得着倒是见了鬼了，何必多此一举？"

何顺儿努力让自己的思路跟上去，又听明白了一层，原来，丁处长不是在为曹大总统破案，而是在为老丈人破案。《绝影图》即使找着了，也不会交给曹锟了。

"明白，明白，"何顺儿极力忍住脑袋的眩晕，作出窥透玄机的精明状，"肥水不流外人田，东西当然就归马老板了！"

常三儿放下酒杯，眯着眼睛，端详着何顺儿自作聪明的傻样儿，说出了两个字："非也！"

何顺儿又糊涂了："啊？"

"想知道为什么吗？"常三儿微笑着先卖个关子，尽管他眼中的何顺儿已经由一个变成两个而且晃动不已，也仍然要向对方显示自己的清醒和睿智，"要是东西归了驰公，顶多赏你仨核桃俩枣儿，得不到多大好处！"

"为什么？"何顺儿还是不明白。

"驰公是收藏家。收藏家和商人的区别在哪儿？真正的收藏家，爱宝，识宝，善于以最低的价钱，买最好的东西，而且只进不出——好东西到了他手里，就到了终点站，不卖了，也就不再升值，没有赚头儿。而商人则不同，买是为了卖，为了赚钱，遇到好东西，赶上好机会，价钱翻上十倍、百倍、千倍都说不定。跟这样的买主儿合作，他舍得出大价钱！"仰古堂二掌柜兴致来了，犹如讲堂课徒，滔滔不绝，说到收尾，却又是一顿，再次向何顺儿发问，"你说，这东西该给谁？"

何顺儿如梦方醒！

"敢情，常三爷也是身在曹营心在汉？"

"彼此，彼此！"常三儿笑得灿烂。

"您说的那位买主儿，是谁啊？"何顺儿实在忍不住这份儿好奇心，他想知道，让仰古堂的二掌柜不惜背叛主人，跟他做这笔大买卖的，到底是什么人？

"这个……可不能说。"尽管常三儿的舌头已经不大听使唤，仍然相信自己没醉，还记得封口呢。可是要忍住也不那么容易，还是把嘴贴着何顺儿的耳朵，说，"这个人你认识……"

"谁？"

"就是梦公。"

何顺儿张大了嘴巴，没出声儿。他实在想不到，尔雅阁老板叶寄尘，那位淡眉细眼、一团和气的长者，马骉的老友，竟然是一个无情的竞争者。

"他可是驰公最好的朋友啊！"愣了一阵，他才说。

"李渊还是李世民的亲爹呢！"常三儿说。

何顺儿突然觉得活着有了使命感：为自身的利益而战。什么主仆关系，什么朋友情谊，在利益之争中都可以背叛，只要自己能成功，一切都不在乎。眼下，他只要能办成一件事儿，就会一夜暴富，再也不用在苦六儿手底下听喝儿了。世界上的一切都是为有钱人准备的，以后的日子将怎么过？凭他的想象力，一时还想不出来。

他向库丁要来了库房的钥匙和库存清册，说是要查库，作为副经理，他有这个权力，名正言顺地长驱直入，没有任何人敢于阻拦。

库房是为门市服务的。日常收购来的字画，在送去装裱之前，先在这里暂存。已经装裱完毕的作品，也存放在这里，轮流挂出店堂，待价而沽。当然，如果在营业中发现了出类拔萃的字画，那就不会放在这儿了，而是入藏琅园的藏画室，所以，像《绝影图》这样的无价珍宝，想在这儿找到，几乎是不可能的。但是，凡事都不是绝对的，诸葛亮的空城计，曹操的七十二疑冢，都不合常规，周易既然要藏《绝影图》，他会藏在一个人人都能想到的地方吗？反过来说，人人都认为最不可能的地方，也许倒是最安全的呢！

何顺儿不让库丁陪同，独自进库察看。这儿是他常来的地方，自打在裱画房做学徒起，取件儿、送件儿都是他跑腿儿，熟悉这儿的格局。前边儿的几个柜子放的都是刚刚收上来还没有来得及装裱的字画，或是单薄的纸卷儿，或是破旧的卷轴，一眼就看得出，这儿没戏。他的目光一扫而过，走过去，仔细地察看后面的柜子，这儿摆放的都是最近装裱完成的字画，多数出自他手，即使有些是由徒弟做的，也经过他的指点。作为裱画师，他熟悉自己的每一件活儿，尺寸、用料和装裱风格，都不相同，不用把画轴展开，他都记得画面的内容。而他要找的，是一件既不同于素净淡雅的"苏裱"，又不同于富丽堂皇的"京裱"的"二色装"，镶着紫檀木轴头的卷轴，那是他亲眼看着杜师傅装裱完成的，他熟悉每一处细节，如果混藏在这些卷轴之中，他一眼就能认出来。

一个柜子一个柜子地看过去，一个卷轴一个卷轴地摸一遍，一直到了库房的尽头，都没有发现《绝影图》的踪影。难道是真的没有吗？还是刚才的察看有所疏漏？他不甘心，想从头开始，再查一遍，突然，脑后响起了一个声音："别找了，这儿没有你想要的东西！"

他一愣，脱口嚷道："谁？"

脑后立即有人应声儿："我。"

他猛地回过头去，就像见了鬼，苦六儿和库丁就站在身后，四只眼睛正盯着他！也许是他刚才"大海捞针"过于投入，或是这二位练过轻功，走起路来脚底无声，已经到了跟前他竟然没有感到任何动静。

"啊，"何顺儿不知道该怎么给自己找辙，"我……"

"何副经理查库辛苦了，"苦六儿脸上挂着得胜者的微笑，"存货和账目有什么差错吗？"

"哦，没有……"何顺儿有资格回答的，也只有这两个字了。

苦六儿却还没完，说："我这儿还有一把钥匙，是琅园藏画室的，你是不是也去查一查啊？"

说着，真的从衣兜儿里掏出一把钥匙。

"哦……"何顺儿连话都说不出来了。那是他做梦都想拿到的钥匙。

"拿着！"苦六儿手里的那把钥匙在何顺儿脸前晃悠着，"不过呢，丁处长的人已然去过了。你再去瞅瞅？"

那把钥匙"当啷"掉在地上，何顺儿登时像是踩进了冰窟窿！没想到丁浩元下手这么快，这么狠。显然，他们并没有在琅园藏画室找到《绝影图》，但九爷、十二爷的藏品也被洗劫一空了！

早晨，狱警焦洪又来送饭，在周易的小号儿里搁下泔水一般的馊米汤和不知用什么废料做的黑糊糊的窝头。临走的时候，似乎不经意地丢下了一个纸团儿，周易顾不上吃饭，一把捡起了纸团儿，展开来，是一份儿当天的《时闻报》，在头版的显著位置，刊登着一篇文章：《为周易辩》，署名："本报记者史春秋"。

他心里一阵感动，没有想到，向来并无交情的这位记者，在危难之际能够为他挺身而出，仗义执言。

他一目十行，急切地拜读这篇文章。

文章说，著名书画鉴赏家、鼎易轩主周鼎先生不幸逝世及其弟周易遭警方以莫须有罪名拘捕，引起社会广泛关注。日前，文物学家李石曾，书画家陈一村、陆子樵、王洵等十余人联名发表公开信，针对周易遵照逝者遗嘱将所藏《绝影图》图轴焚烧以殉葬，称周易"毁坏千年古物，罪不可赦，敦促政府依法严惩"云云，为莫须有罪名提供了口实。

文章说，中国自古尊史崇文，重视对先贤古迹的传承与保护，但形诸文字，多为官样文章的空洞说教，而缺乏法律手段的惩戒约束。直至清宣统元年即公元1909年，始由民政部奏准颁布《保存古迹推广办法章程》，通令各省执行，要求各地督抚详查境内古迹并备案。此为中国近代以来首部文化遗产保护法规，但颁布仅两年，便随着清廷的覆灭而作废，收效甚微。公元1916年，民国五年，国民政府先后颁布《为切实保存前代古物古迹致省民政长训令》和《保存古物暂行办法》，但这些都是临时性的文件而非正式法规，不具备法律效力，对于毁坏古物的行为，也没有任何惩治条款。

文章说，纵观近年军阀混战对大量文物古迹的损毁破坏，紫禁城中的诸多藏品被盗窃外流，连圆明园遗址的石料都被挪作私用，何曾有何人受到何种惩处？而缘何独苛责周易一人？周易为其兄焚烧殉葬的是其私藏品，纵价值连城，毁之可惜，终究产权归己，依中华民国宪法，私人财产不可侵犯，又何罪之有？诸位画家、学者在公开信中"敦促政府依法严惩"，也恰恰表明了对法律的尊重，而在中华民国的法律中根本不存在"毁坏古物罪"，欲"严惩"周易，无法可依，周易无罪！

周易一口气看完了这篇奇文，喃喃说道："好一番强词夺理，难为你了！"

同样的一份儿报纸，拿在丁浩元的手里。他和史春秋也算打过交道的了，这个人的文章不可不看。谁知一看，他傻眼了，文章里说的这些章程、训令、办法，他压根儿就没听说过，更没看过，自己身为京师警察厅司法处长，竟然还不如一介草民懂法，洋洋洒洒地引经据典，甚至还敢把私用圆明园石料的薛总监拉来给周易垫背！本来，他相信，像周易这种孤傲清高的文人，往往目无官府，却非常在意社会舆论特别是来自文化界、知识界的褒贬，而那封由著名画家、学者联名发表的公开信恰逢其时，他正要借助于这一巨大压力，让周易背负"毁坏古物"的罪名，迫使其就范，谁料想，史春秋这么一"辩"，竟然把他的谋划轻易推翻，敢情在堂堂的中华民国，就没有一部法律、一条法规能治得了这个周易，简直无法无天！

电话铃响了。他拿起话筒，立即像弹簧似的站起来："总监！"

"今天的《时闻报》上那篇文章你看了吗？"薛之珩劈头问了这么一句。

"报告总监，看了。"丁浩元庆幸刚刚看过。

"警察厅门口来了一帮子人闹事，高喊周易无罪，要求释放周易，都是那篇文章煽乎起来的！我想让你出面处理一下，到处找不着你——你不在司法处，跑到侦缉大队干吗去了？"

"我正准备提审周易。"

"别审了！"

"啊？"丁浩元听得一愣，这是什么意思？

"'啊'什么'啊'？这个案子，既然主犯已死，画也烧了，他这个从犯还能审出什么来？只配一死，杀了算了！"薛之珩说得斩钉截铁。

丁浩元吓了一跳！他知道顶头上司急于结案，却没想到会这么急！

"总监，按照司法程序，现在侦查阶段还没有结束，总检察厅也没有正式批准逮捕，更没经大理院审判，怎么能说杀就杀啊？"丁浩元壮着胆子，跟他讲道理。

"说杀就杀怎么了？难道所有的案子都得按司法程序办吗？"薛之珩不容置辩，"这不是我的意思，是总统的训示！"

丁浩元又大吃一惊："总统的训示？"

"《时闻报》那篇文章，把日理万机的大总统都惊动了。"薛总监说到这里，莫名其妙地"嗨"了一声，说，"难得当年袁大公子想出了那么个办法，专印一份儿报喜不报忧的假报纸给总统看，省了多少麻烦？"

"啊？"丁浩元听得离奇，"总监，印报纸恐怕不是咱们警察厅的事儿吧？"

"我没让你去印报纸，是让你去杀人！"薛之珩这才回归正题，"刚才总统来电话问我'介个周易，怎么还没死？'，你听听，这不是下旨'斩立决'吗？"

丁浩元的脑袋"嗡"的一声，腿一颤，差点儿摔倒。他当然不是心疼周易，也不是真的担心这样做不符合司法程序，而是薛总监的指令来得太突然，打乱了老丈人的部署。《绝影图》还没到手，周易就不能死，杀了周易，就什么都得不到了。而他之所以一反常态跟薛总监扯什么司法程序，都是为了拖延时间，赢得最后的机会，谁知道急茬儿急到这个地步，一点儿空儿都不给了！

"那宋连魁呢？"他问。这当然也不是关心宋连魁，只是找个话茬儿，提醒总监，这个案子可不是一个人的事儿，能不能缓缓？

"总统没提宋连魁。"薛之珩说，"那个人……不能杀。梨园行里，富连成的社长叶春善，还有梅兰芳、杨小楼、余叔岩那些个大蔓儿都出面保他，不能杀，先关着吧。"说到这里，他加重了语气，"我现在说的是周易！周易今儿晚上必须死，不用给他预备明天的早饭了！"

"今儿晚上就得杀人？怎么杀？"丁浩元愣愣地问。

"你说怎么杀？"薛之珩对于这种愚蠢的问题嗤之以鼻，"难道你还要张皇榜？还要游街示众？"讽刺完了，还得耐着性子授意，"当然是秘密处决，设计一场意外死亡，要做得合情合理，事后还得经得起法医的检查和外界的质询。这种事儿，动静儿要小，手段要狠，行动要快。哎，这不是你们的拿手好戏吗？还用我教？"

"明白了。"丁浩元嘴里答应着，心里还犯嘀咕，说，"检察院和大理院那边儿……"

"我跟他们打个招呼就是了。都是给总统当差，得懂规矩。"总监显然不想再啰唆了，"执行吧，明天早上向我汇报。"

"是！"丁浩元心脏都快跳出来了，仿佛全身的血都涌到了脑门子上。军令如山，十万火急，他该如何下手啊？

他转过身去，发现身后站着一个人，是狱警焦洪。

"你？"他一惊，"你上这儿来干吗？"

"报告处长，"焦洪抬手敬礼，"嫌犯周易已经押到预审室。"

"噢，知道了。"

焦洪匆匆返回暂押室，走到宋连魁和雷武的号子前，隔着铁栅栏，低声说："'烂锅蔓儿'今儿晚上要'清'了！"

宋连魁大吃一惊！焦洪说的是江湖暗语，"烂锅"是粥，谐音为"周"，"烂锅蔓儿"指的是姓周的，"清"就是杀，这意思还不明白吗？

"不能吧？"他不敢相信十二爷的死就在眼前。

"上头来的'快嘴子'，这还有假？"焦洪说完，转身要走。

宋连魁愣在那儿。"快嘴子"就是电话，看来，这事儿是上司下达的急令，快刀斩乱麻，真是要命了！

"你……告诉他本人了吗？"他追着焦洪问。

"没有，"焦洪回过头说，"这话，怎么能说？我不忍心！"

"哎呀，"宋连魁两眼直勾勾地望着牢房的顶棚，"十二爷今儿晚上就没命了！"

预审室里，书记官和行刑官都已就位，周易也已经坐上那把审讯椅，双手被铐在扶手上。这是他头一回过堂，并没有惊慌，心想这大概就是那一百杀威棒吧？该来的早晚都会来，躲也躲不掉。这么一想，心里倒释然了。此时此刻，他绝不会想到，这场审讯不仅是开始，也是结束，无论他宁死不屈还是屈节求饶，都不可能改变他的命运，执掌生杀之权的人已经作出决断，今天晚上就是他的死期。

丁浩元匆匆走进来，在主审席就座。情势突变，分秒必争，他已经来不及再回家和老丈人商量，果断地决定按原计划行事，立即审讯周易。他明白，如今在总统和总监心中，周易已经无异于一具分文不值的死尸，而在他丁浩元眼里，周易却仍然是怀揣价值连城的秘密的活口，一定要抢在他死之前，审出这个秘密，这个根本用不着再向上司报告的秘密！只要做到这一步，仰古堂主马矗和爱婿丁浩元就富甲天下了！

"周先生，我们又见面了。"丁浩元极力让自己表现得平静而礼貌，"先生到此小住，本处以礼相待，没有动先生一根毫毛，知道这是为什么吗？"

这样的开场白不像是审问，倒像是友好的会谈。而周易却没有回答，只是冷冷地看着他。

"毕竟是琉璃厂的老街坊，几辈子的老世交，理当手下留情。"丁浩元只好自问自答，"按说，在令兄的丧仪上，你纠集武师，暴力抗法，妨害我们执行公务，惹了很大麻烦，依法判处，是要重罚的！我呢，这些天来，在长官面前一再为你开脱：一介书生，不懂政治的利害，不知江湖的险恶，不小心卷进了别人的案子，其实只是因为偶然从外边儿买进了一幅画……"

这简直像为被告准备的辩护词了。

周易仍然没有做出对方所期望的反应。有生以来，他和丁浩元没见过几次面，根本谈不上"交情"二字，就鼎易轩和仰古堂这两家老

450

字号的关系而论，也不足以让丁浩元赏给这么大的脸面。想到在哥哥的丧仪中丁浩元穷凶极恶的嘴脸，今天的表现实在莫名其妙。

"但是，"丁浩元的笑容消失了，对于不识好歹的对手，他也就不必再哄劝，由于时间紧迫，欲擒故纵、先礼后兵的把戏要得粗糙了点儿，三言两语之后便话锋一转，直逼他心中的目标，"但是很不巧，你买的那幅画来自升平署刺客曹横手中，这就和那场惊天血案难脱干系了！"

周易猛地一震！这是他第一次从官方的口中听到"曹横"这个名字，还不知道他们已经掌握了多少信息，又会引起多少连锁反应。

"尤其是，你千不该，万不该，不该把那幅画给烧了！"丁浩元对那位死了的刺客已无多大兴趣，他关注的是遗存在世间的《绝影图》，"你比谁都清楚，那是魏武子孙的传家宝，大唐左武卫将军曹霸的唯一传世真迹，是千年古物，是国宝！"

"我当然知道它的价值，"周易坦然作答，"但那是我的私人藏品，我有权做任何处理，即便付之一炬，也没有触犯任何法律！"有史春秋的文章在前，他学会以法律来自卫了。

"班门弄斧！"丁浩元一个冷笑，"钻法律的空子，我比你在行。就算你焚毁古物侥幸逃避法律制裁，但是我要告诉你，从曹横手里转到你手里的那幅《绝影图》，是本案的重要物证，你毁灭证据，已构成犯罪，这可是重罪！"

周易低估他了，到底是老"雷子"，整人的花样儿随时更新，"毁坏古物罪"落空了，马上换了个"毁灭证据罪"，果然欲加之罪，何患无辞！

"现在，你面前只有一条路，"丁浩元顿了顿，盯着周易的眼睛，缓缓地说，"认罪服法，把消失的物证交出来！"

周易注视着那双对视的眼睛，一言不发。

"我知道你想说什么：画已然烧成灰了，怎么交出来？"丁浩元好似看穿了他的心思，"好吧，我不逼你，倒是想向你请教。记得你在令兄的丧仪上说过，《绝影图》真迹在琅园，除此之外，无论在任何地方出现、由任何人持有相似的画作只能是仿制的赝品。是这样吗？"

"这话是我说的，"周易毫不含糊地答道，"过去这样说，现在还样说。"

"好。现已查明，升平署失窃的《绝影图》，系由你的好友宋连魁所盗，之后他又假扮蒙面大盗把画送进了琅园。"丁浩元逼视着周易，一字一顿地发出致命的一问，"请问，你既然拥有了《绝影图》的真迹，为什么还要冒着那么大的风险，费那么大的周折，再弄来一幅假画？"

周易真正沉默了。此前，他只从焦洪传递的信息中猜测到宋连魁可能被捕，而不知详情，现在看来，丁浩元似乎已经洞察了一切。难道宋二爷会屈打成招吗？不可能，那个"活张飞"是铁打的汉子，纵是粉身碎骨，也不会苟且偷生，卖友求饶。周易难以想象这期间到底发生了什么，丁浩元用什么手段掌握了那些不为外人所知的细节，但他明白了，丁浩元这么多天一直对他不审不问，就是在为今天的见面儿做准备，现在毫无疑问已经准备好了，向他发起最后的攻击，他已经被逼到绝境，没有退路了。

"你的计划很周密，把两幅《绝影图》都控制在自己手中，然后当众焚毁其中一幅，它是真是假？当时还真的蒙蔽了不少人。当然，现在连傻子都能猜到了。"丁浩元摊开两手，轻蔑地笑了起来，那笑声像鸱枭，突然又拢住笑容，说，"真相就在眼前，我要听你亲口说出来！"

"你猜对了。"周易毫不迟疑，立即作出回应，"赝品就应该焚毁，免得它流传人间，欺世盗名。所幸的是，这件赝品还有一点儿价值，那就是葬身烈火以保护真迹。你能看破，也算个明白人，只是明白得晚了点儿，我已经把该做的事儿做完了。现在可以告诉你，《绝影图》真迹并没有焚毁，安然无恙。"

"好，这就好。周先生审时度势，省了很多麻烦，咱们双方都有面子。"丁浩元轻松地舒了口气，辛苦追寻多日，终于得到了出自周易之口的确切答复，他疲惫的双眼有了光彩，盯着面前的周易，"告诉我，它藏在哪儿？"

周易却默不作声。丁浩元这才意识到，远望着成熟的葡萄高挂空中并不等于采摘到手，要征服这个年轻人也不那么容易。

"说吧！"丁浩元的手指敲击着桌面，"我刚才说过了，藏匿证据也是重罪！无论你把它藏在哪儿，事到如今，都已经藏不住了，交出来吧！"

"交出来？"周易说话了，"如果我现在把它交出来，又何必当初？如果家兄早早地把它交给孙少权，也许这幅画已经挂在曹大总统的厅堂之上，家兄也不至于为此而死，也就没你什么事儿了；如果在家兄的丧仪中我把它交给你，我也就不至于锒铛入狱了吧？但是，我和家兄都没有这样做，我们应允了曹将军后人的以命相托，代他守护这匹神龙天马，人在，马在，为它活着，也不惜为它而死！"

丁浩元紧咬着牙根，心说，好小子，你还真是曹横死党！有大总统的尚方宝剑，我成全你，今晚你死定了！但是，在你死之前，必须把东西交出来！他怒而拍案，大喝一声："大刑伺候！"

"是！"那两名壮汉早已跃跃欲试，熟练地抄起家伙，就要动手。

"停！"丁浩元突然又制止了他们，"带回暂押室！"

行刑官和书记官都傻了眼，不知道这是什么意思，堂堂的司法处长怎么这么磨叽，跟个娘们儿似的，光要嘴皮子愣是下不去手，哪有不见血就能破的案子？

他们误会了，丁处长自有他的顾忌，总监不是有指示嘛，周易之死应该是一场"意外"死亡，事后要经得起法医的检查和外界的质询，如果现在把他打个稀巴烂，明天将如何交代？

审讯周易毫无收获。丁浩元匆匆出门，去面见老丈人。事情紧急，他不得不先斩后奏，但奏还是要奏的。

"没想到事情来得这么急！"马矗听了他的报告，先是吃了一惊，沉吟片刻，又说，"周易死不足惜，但决不能让他把秘密带走。"

丁浩元道："现在只有让苦六儿出马，让他去鹞儿胡同撬开周易的嘴。"

马骉不屑地一笑:"竖子何堪此重任!"

丁浩元道:"谁都知道苦六儿不成器,可他现在是鼎易轩唯一的合法继承人……"

"我明白你的意思。"马骉道。沉思片刻,才说,"你且试试吧。恐怕不成,还要另有准备。"

他把声音压得极低,向爱婿附耳说出一番话语,惊得丁浩元张大了嘴巴。

仓促之间,事不宜迟,丁浩元便在岳父家打电话给鼎易轩,让苦六儿到侦缉大队部来一趟,现在,立刻,马上!

谁也没注意隔墙有耳,常来常往如家人的仰古堂二掌柜常三儿就在窗外,虽然没听清那番耳语,"探监"两个字倒听得真切。常三儿是何等聪明之人,立即有了主意。

仰古堂跟鼎易轩是近邻,走几步就到了。常三儿像闲逛似的踱进了鼎易轩的店堂。

"你们经理在吗?"明知道苦六儿不在,偏这么问。

柜上的伙计说:"哟,他刚出去,副经理在。"

常三儿找的就是何顺儿。

何顺儿出来了。两人就近找了个僻静处,常三儿把他知道的都告诉了何顺儿。

"哎呀!"何顺儿大吃一惊,"原来丁处长把六少叫去,是为这事儿?看起来,今儿晚半晌儿就见干见湿啊,不管十二爷是死是活,《绝影图》都没咱的份儿了,这可怎么办?"

"怎么办?"常三儿目光炯炯,"人家不是让探监吗?咱就去探监啊,抢在他头里,先下手为强!"

"冒名顶替?"

"怎么能说是冒名顶替呢?你也是鼎易轩的人啊!"

"让我去?"何顺儿这才听明白,这个活儿要落在自己头上。

"你不去，谁去？还能让我这个外人去？让年逾古稀的梦老亲自去？"常三儿咬住他就不松口，"老弟，这可是最后一战哪，能不能打赢它，全看你的了。"

"不成，不成，"何顺儿连说话都没底气了，"我这个'家属'，是个赝品哪！"

"赝品？他苦六儿也算不上正品。"常三儿不以为然，"何况你还有别人比不了的长处，这事儿还非你不可，"他抬手扳着何顺儿的肩膀，"你只要照我说的办……"耳语了一阵，末了说，"兵贵神速，快着，一定要抢在他前头！"

"要是……"何顺儿还是有点儿发怵，"要是跟六少撞上怎么办？"

"撞上？只要你抢先一步拿到《绝影图》的秘密，还怕撞上他？连大总统都不怕了！"

丁浩元回到侦缉大队，苦六儿已在门口等他了。他带着苦六儿，没进办公室，而是走进了预审室，喝道："进来，把门关上！"

苦六儿关上门，战战兢兢地走进来，眼睛扫着那些带血的刑具，心里七上八下，不知道丁处长在这儿召见他是什么用意，莫不是嫌他办事儿不力，要收拾收拾他？

"你听着！"丁浩元没工夫跟他啰唆，连句"坐下"都省了，直接给傻站着的苦六儿下达指令，"今天找你，有大事儿要办。明天一早，周易就要被带走了……"

苦六儿听得一愣，脱口而出："枪毙？"

"你倒盼着他早点儿死！"丁浩元瞥了他一眼，"不是枪毙，是转到别处去，不归我们管了。"他没有如实传达总监的密令，那个底儿是不能露的，却又要利用苦六儿这枚棋子儿，只能换个说法儿，然后问道，"你明白这意味着什么吗？"

苦六儿不懂得什么叫"意味着"，没回答，却反问他："您审得怎么样了？他招了吗？"

"他要是招了，"丁浩元说话像吃了枪药，"还用得着你吗？"

"我？"苦六儿眨眨眼，"您让我干吗？"

"现在，有一件儿硬差事要你去办……"

"什么硬差事？"苦六儿来了精神。

"抢在周易转走之前，今天晚上你去探监，叔侄俩好好儿地聊聊家常，一定要撬开他的嘴，得到《绝影图》的确实下落！"

"啊？！"苦六儿脑袋都蒙了，没想到砸到他头上的是这么件儿苦差事。他的十二叔他知道哇，要想让周易交出《绝影图》，那简直就是让扁担开花儿、豆腐发芽儿！"处长，这个活儿，我实在干不了。您这么大能耐，这么多日子都没审出来，让我一夜就撬开他的嘴，这……"

"就因为这是最后一夜，所以才非你出面不可，"丁浩元道，"因为你是他侄子，琅园唯一的合法继承人，知道自己该怎么做了吗？"

就这一句"合法继承人"把苦六儿说动了，他点了点头："嗯。"

"就这么定了，"丁浩元说，"你回去准备准备，天黑之前到这儿来。这件事儿，不许跟别人说。"

"哎。可是……"苦六儿又面有难色。

"'可是'什么？"丁浩元板着脸说，"这件事儿，干还是不干，由不得你，而且只许成功，不许失败！要是干砸了——"他顿了顿，盯着对方的眼睛，"你该知道鹞儿胡同这座院子里的弟兄们是干什么吃的！"

苦六儿不敢再推托了，但还是怯怯地问："要是他……死不吐口儿怎么办？"

"你该明白，这是最后的机会了！"丁浩元眼露凶光，"不为我所用，必为我所杀！"老丈人的教导，他已经学以致用了。

苦六儿若有所悟，哪怕宰了周易，也得让他交出《绝影图》！

临走，丁浩元又交代他："你现在的身份不同了，别再一身儿短打，跟个保镖似的，周易的好衣裳不有的是嘛，晚上穿件大褂儿来！"

"好嘞！"苦六儿已经跃跃欲试。

侦缉大队暂押室里，雷武拍打着号子的铁栅栏，扯着嗓子嚷嚷："快来人哪，警官，救命啊！"

焦洪跑过来，凶煞神似的训斥道："嚷什么？不知道这儿的规矩？禁止喧哗！"这是说给旁边儿号子里的人听的。

"焦警官，"雷武忙说，"我家二爷病了，您瞧！"

焦洪往里看去，宋连魁血迹斑斑的身子蜷缩着，躺在号子的角落里。

"我瞧瞧。"焦洪撩起挂在腰间的一串钥匙，找出其中一把，打开了牢门，走进去，俯下身来，摸摸宋连魁的额头，"不发烧啊，你什么病？"

"我没病。"宋连魁低声说，"是想请焦警官帮个忙。"

"什么事儿？"

"周易的事儿就是我的事儿，我不能见死不救！"

"大总统要他死，总监要他死，这个人没救了。"焦洪摇摇头，"再者说，你自个儿都这样儿了，还怎么救别人？"

"所以，我才得请你帮忙。"

"怎么帮忙？"

"帮我们救周易，越狱！"

听到"越狱"这两个字，焦洪惊得魂飞魄散！监狱里最大的事故莫过于犯人越狱，而狱警帮助犯人越狱，就是监守自盗，罪加一等，亏得宋连魁想得出来，让他帮这样的忙儿！

"你这是砸我的饭碗，要我的命啊！"焦洪面有难色，"魁哥，你我朋友一场，兄弟一场，就这么往死里使我吗？"

"对不起了，兄弟！"宋连魁道，"就是因为你叫我一声'哥'，咱俩是割头换命的交情，同生共死的兄弟，所以我才敢求你。你在衙门里谋生不易，端人家碗，受人家管，可人间还有天理啊，要是这碗里盛的是人血，你还喝得下去吗？"他撑着双臂坐起来，血红的眼睛逼视着焦洪，"这些日子，想必你也看了报纸，听到一些风声，知道一些案情，那曹横是舍生取义的英雄，周氏兄弟是以身护宝的志士。现在，曹横死了，周鼎死了，只剩下一个周易，人家还要杀他，就是为了从他手里抢走那幅千年古画《绝影图》，今儿晚上就要在你掌着钥匙的号子里动手，你该怎么办？甘愿给他们打下手儿、当帮凶吗？"

焦洪不敢再听他说下去了，一把抓住他的手："魁哥！"

宋连魁却非说不可："兄弟，这样的冤案你也愿意插手吗？这样的好人你也忍心去杀吗？这样伤天害理的勾当你也敢做吗？"

焦洪干瞪着眼，粗砺如麻石般的脸颊涨得紫黑，额头的青筋像蚯蚓似的扭动。

宋连魁和雷武连眼睛都不眨，注视着他。

"焦警官，"雷武等得急了，"您倒是给个痛快话儿！"

"这……这可是死罪啊！"焦洪憋了半天，才吐出这么一句话。

"没错儿，轻生死，重大义，正是大丈夫的本色，就看你敢不敢！"宋连魁的声音很轻，却字字重若千钧，"怕死的闪开吧，我们要拼一场了！"

"你们赤手空拳，怎么拼？"焦洪问。

"两个对一个，"宋连魁毫不隐瞒自己的战术，"先把你撂倒，夺过你的钥匙……"

焦洪不禁肃然。过去，他和宋连魁一起习武，只是拳脚切磋，却少有灵魂碰撞，今天才明白了，自己现在面对的是两个不可战胜、不可撼动的人。

"不劳二位了，钥匙我可以奉送。"焦洪终于狠下心来，说出了这句含在嘴里咀嚼已久的话。

"真的？"雷武喜出望外，"您答应我们了？"

"谁叫我今生投胎做了个男人？谁叫我是宋连魁的兄弟？"焦洪慨然道，脸色仍然是阴沉的，"可是，这座院子，门口儿有人站岗，里边儿有人巡逻，你们出得去吗？只怕是插翅难飞！"

"不怕！"雷武说，"我们就是拼上命，也要……"

"又瞎说！"宋连魁道，"我们要救十二爷，不是拉上他去送命！"

"可出不去，怎么办？"雷武的激情顿时从峰巅跌到谷底。

"让我再想想，"焦洪陷入紧张的思索，突然眼睛一闪，"现在只有一条路……"

宋连魁和雷武的两颗心被吊起来，大气也不敢出，眼睛紧盯着他那张嘴。

"这座院子有一个后门儿，因为常年锁着，外边儿没人站岗。"

"你有那儿的钥匙吗？"宋连魁急着问，这是最关键的。

"有。"焦洪给了他肯定的回答，"今儿晚上我值班儿。天黑以后，趁巡逻的警卫走到北头儿再折回来往南走的时候，大概有十几分钟的空当儿，你们赶紧出号子，接上周易，贴墙根儿往北走到头儿，就是后门儿，出去就是九道湾儿。"

"这太好了！"雷武仿佛已经看见了成功逃脱，"麻烦您也跟十二爷说一声儿，让他有个准备。"

"周易？"焦洪却说，"不，他是个文人，心里有事儿容易挂在脸上，先不告诉他也好。我不放心的是，你们俩都是受过刑的，体力不比往日了。周易身子单薄，怕也跑不动。外边儿又没人接应……"

"噢，有了，"雷武这回点子倒来得快，"前门外盛记车厂有个拉洋车的，叫耿虎，那也是自家兄弟，麻烦您找他一趟？"

"好。"焦洪掏出胸前的怀表看了看，"哟，真得快着了，我这就去！"

苦六儿回到琅园，一边往里走，一边跟看门儿的花匠说："快着，叫朵儿到我屋来！"

苦六儿的卧房，就是太太过去的卧房。朵儿极不情愿地走进来，不知道这个恶少又要干什么，也不敢抗拒。

"我问你，十二叔最爱吃什么？"苦六儿劈头问了这么一句。

朵儿一愣。自从九爷出殡那天十二爷被抓走，苦六儿掌了权，在这个家，十二爷这个人已经成为禁忌，没人敢提了，今天突然从苦六儿嘴里听到，只觉得吓人，他说这话是什么意思？

"警察厅允许我去探监了。"苦六儿说。虽然丁处长交代了这件事儿不许跟别人说，可这话却又不能不说，"我得给十二叔带点儿好吃的……"

苦六儿的话还没说完，朵儿的眼泪已经夺眶而出！十二爷，她日夜牵挂的十二爷，总算有消息了，她也总算有机会为十二爷尽一点儿心意了！

"你说，他最爱吃什么？"苦六儿又问。这个人，纵使说过的话全是假的，这句话倒是真的，周易平时爱吃什么，他真不知道，现在要投其所好，倒无从着手了。

"十二爷爱吃的东西……"这恰恰是朵儿最熟悉的，她如数家珍，"正阳楼的大螃蟹，东兴楼的芙蓉鸡片，泰丰楼的砂锅鱼翅……"

"得了，"苦六儿打断了她，"他关在里边儿，八大楼哪个也去不了，这些就甭提了，说说家常便饭，他最爱吃什么？"

"馅儿饼，"朵儿不假思索，"茴香馅儿的！"

"就它了，"苦六儿说，"你让厨子做去吧，赶紧的！"

"厨子可不成，这得我亲手做！"朵儿答应着，转身就走。

苦六儿忽然想起丁处长嘱咐的那句话：你现在身份不同了，别一身儿短打，跟个保镖似的。赶忙叫住朵儿："等等！"

"还有什么事儿？"朵儿回头问他。

"再给十二叔带几件儿衣裳！"

"这不用你嘱咐，"朵儿说，"十二爷出去这么多天了，身上的衣裳早该洗洗换换了。"

朵儿匆匆去了。家里没有现成的茴香，赶紧上街买，跑得脚不连地。买回来，一棵一棵地择了，洗干净，切得细细的。炒鸡蛋，切碎了，拌馅儿，揪剂儿，擀皮儿，包馅儿，每一道工序都一丝不苟，好像在完成一件艺术品。烙出来的馅儿饼，薄皮大馅儿，外焦里嫩，透着地香。数了数，整二十个，她一个不留，全装到食盒里，送到苦六儿屋里去。手里还挎着个包袱。

苦六儿正对着镜子梳头，转脸儿瞥了一眼食盒和那个包袱，说了声："好，衣裳也带上了，搁那儿吧！"

就在他转身的一刹那，朵儿看见，他腰里系着那条平时很少系的四指宽的皮带，上面还挂着一把带鞘的尖刀。

朵儿吃了一惊："你去看十二爷，干吗带刀啊？"

"哦，"苦六儿嫌她多事儿，没法儿解释，却又不得不解释，"我怕回来晚了，防身用的。"

这似乎也是个理由，朵儿将信将疑。

他让朵儿提着食盒，挎着包袱，送他到大门口。花匠从街上叫了一辆洋车，拉上苦六儿走了。

朵儿心里慌慌的，憋着一肚子话没人说，也不敢说。

"师傅，"她试着问花匠，"虎子哥来的那回，说过他在哪儿住吗？"

"好像是……"花匠回忆着，"住哪儿不知道，洋车好像是前门外盛记车厂的。"

"我得找他去！"朵儿说着就往外跑，又回过头来说，"师傅，这话，您可别跟别人说！"

花匠还没回过神儿，她已经跑远了。唉，这姑娘怕是疯了！

朵儿出门的时候没带钱，坐不了车，腿儿着跑到前门大街。一路打听，找到盛记车厂，耿虎却不在。问人家，他哪儿去了，说，刚才被警察抓走了。

啊！朵儿差点儿没坐地下，这是怎么回事儿？老天真的不给人活路！她捂着脸，一边哭，一边跑。

"咦？朵儿，你怎么到这儿来了？"旁边儿有人叫他。

一回头，是耿虎。其实光听声儿她就知道是耿虎，只是不敢相信。

"朵儿！"耿虎放下手里的车，一把抓住朵儿，十句话拼成一句问，"告诉我，你怎么了？为什么不见我？"

"先甭说我了，"朵儿比他还急，嘴唇哆嗦着，说，"不得了啦，苦六儿带着一把攮子去探监了，八成儿要出事儿！"

"哦？"耿虎一愣，"这就对了！"

"什么'对了'？"朵儿听不懂，急着问，"警察抓你干什么？"

"不是抓我，"耿虎看看左右，小声儿说，"那个警察是宋二爷的朋友，他们今儿晚半晌儿要劫牢反狱，把十二爷救出来，让我在侦缉大队后身儿的九道湾儿接应……"

"噢！"朵儿瞬间热泪涌流，"十二爷有救了，我跟你去！"

"你？"耿虎摇摇头，"这种事儿，怎么能带你去？"

"我是来帮你的，不给你添迟累！"

"你帮不了我，这是从枪口底下抢人，还不知道是死是活呢！"

"不怕！"朵儿抹着泪说，"我死活都跟你在一块儿！"

这个人是推不走了，耿虎一拍车座儿："上车！"

丁浩元运筹停当，又到警卫室、巡逻队和暂押室视察一遍，嘱咐他们：今儿晚上，在押嫌犯周易有家属来探视，要礼貌接待，体现文明司法之精神，不许阻拦，不许监听，不计时间。焦洪正好刚从前门外赶回来，听得一头雾水，丁处长这不许那不许，这是要干吗？偏偏丁处长还特别关照他："焦洪，这些天你也辛苦了，早点儿回家吧！"

焦洪赶紧说："今儿晚半晌儿我值班儿。"

"那点活儿谁不能干？不差你一个。"丁浩元说，"你妈不是病着呢吗？回去也有个照应。"

焦洪两眼一热，说："谢谢处长还惦记着我们家的事儿，我妈上个月就过世了。"

丁浩元皱了皱眉头，对这个不识好歹的家伙心生反感，却也不便改口，就说："那也是新丧啊，早点儿回去不好吗？妈不在了，还有老爹呢，往后要多顾家了。"

"处长教导得是。"焦洪鞠了个躬，"那我就先走了。"

他并没有马上走，而是去见宋连魁，把备好的三把钥匙——两把是宋连魁和周易的号子的，一把是后门儿的，都交给宋连魁，洒泪而别："哥，我不能送你们了，三位多保重！"

焦洪连警服都没换就走了。出了暂押室，出了大队部，他仍然没有回家。心里明明知道，今儿晚上这儿有天大的事儿要发生，跟他扯着干系，他怎么能走呢？奇怪的是，不知道丁处长为什么不让他值这个夜班儿，非支走他不可？是因为丁处长夜里要"清"周易，严防机密外泄，嫌他在场碍眼？还是他和宋连魁密谋的越狱行动露了马脚，引起了丁处长的怀疑？其实，不管是哪种情况，对焦洪来说，这样做都是大解脱，一个不在场证明，就是天塌下来，也砸不着你了。可是，焦洪是那种只在乎自身安危而置道义与友情于不顾的人吗？如果今晚的行动失败，周易和宋连魁、雷武在劫难逃，他又有何面目活在人间？这么一想，他就更不能走了，就在鹞儿胡同里转悠来转悠去，远远地盯着侦缉大队的大门。

太阳还没落，何顺儿就赶到了鹞儿胡同。探监总不能空着手儿去，因为是个急茬儿，来不及准备，就手儿从街边儿的铺子买了个现成的点心匣子，里面装的是京八件儿：福字饼、太师饼、寿桃饼、喜字饼、银锭饼、卷酥饼、鸡油饼、枣花饼，分别象征福星高照、高官厚禄、延年益寿、喜气洋洋、财源滚滚、金榜题名、吉庆有余，甚至还有早生贵子，跟探监的主题简直是八不沾边，也顾不得了。

侦缉大队总部门外，石狮子前头，两名警卫持枪站岗。何顺儿只到过京师警察厅，没来过这儿，自然难免发怵。没等他靠近，一名警卫已经喝问："干什么的？"

"警官，"何顺儿哆哆嗦嗦地说，"我是来探监的，请您二位行个方便。"说着，伸过手去，张开攥着的手指，手心儿里托着早就准备好了的两块银元。

警卫先不接银元，问："找谁啊？"

"鼎易轩的周易，我是他家里人。"何顺儿赶紧说，心里七上八下，生怕人家看出来他是个"赝品"。

"噢。"警卫显然心里有数儿，伸手接过了银元，当时便分给同伴儿一块，对何顺儿说，"你，跟我来！"

何顺儿没想到这么顺利，看起来，苦六儿还没到，自己已经抢在头里了。他跟着警卫进了大门，又拐了好几道弯儿，来到了暂押室。

警卫对值班儿的狱警说："找周易的。"把人交给他，转身就走了，多一句话都不说。

狱警看着何顺儿面生，因为上头有诸多"不许"，也不便问，带着他穿过长长的过道儿，去见周易。一路上，旁边儿都是监舍，何顺儿一眼看不过来，号子里边的宋连魁和雷武却看见他了，也不敢声张，心里纳闷儿：怎么是他？这个人，怎么看都不像是来救十二爷的，那么，他来干什么？既然上头决定今儿晚上要"清"周易，干吗又容许这么一个人来捣乱？

狱警带着何顺儿来到关押周易的小号儿前。

"十二爷，我来看您了！"何顺儿做出亲切的笑容，探监就得有探监的样儿。

坐在干草堆上的周易闻声抬起头来，看见何顺儿，不禁心里一热，不管何顺儿以前都做过什么，这毕竟是他入狱以来第一次看到"家"里来人。

"顺儿，你来了？"刚张口，眼睛都有些湿润了。

狱警打开了牢门，让何顺儿进了小号儿，自己就闪开了。既然丁处长不许监听，他就不能在这儿守着。

"十二爷，"何顺儿弯下腰去，抚着周易的肩膀，"早就想来看您，给您送点儿吃的，可是人家不让啊，没办法！"

"不碍事的。"周易极力让自己平静、安详，他不愿意显出苦相，让人怜悯，那样有失男人的尊严，"这些天，宋二爷没少给我送吃的，饿不着。"

这话在何顺儿听来，却是在打他的脸：宋二爷能送，你们就不能送？说瞎话呢吧？

"哦，"他只好自己找台阶儿，"我给您带来了京八件儿，您尝尝……"

说着，就动手解开捆点心匣子的纸绳儿，打开纸盒，露出那驴唇不对马嘴的"京八件儿"。

周易却只瞟了一眼，转过脸来说："谢谢你来看我。我不放心的是家里，我把家扔下了，也不知道现在是个什么样子？"

"家里的人都挺好的，"何顺儿顺嘴答道，"大伙儿该干什么还干什么。"

这么笼统的回答，很难让周易满足，他无法想象，琅园没有他周易在，还能够一切按部就班？

"秋先生好吗？"他首先关心的，是他最尊敬、最亲近的人。

"秋先生也好着呢！"何顺儿不假思索，张嘴就来。但心里也有数儿，秋先生离家出走的事儿，一个字儿也不能提。

"是吗？"周易本能地反问。他不相信，在哥哥去世，他又被捕坐牢的情况下，秋先生怎么还可能活得"好着呢"？

"哦，"何顺儿回过味儿来了，知道自己定的调门儿不对，赶紧往回找，"她就是替您着急，这些日子，茶不思，饭不想，脸上都显瘦了。"这么一说，又显得过于亲近，好像他天天跟秋先生见面儿似的。"十二爷，我今儿来看您，就是秋先生让我来的……"他压低了声音，显得谈话内容十分机密。

"哦？"周易的心立即被揪住了，全副精力都集中在两只耳朵上，急于倾听来自秋先生的信息。

何顺儿知道，正戏该开场了，没想到进行得这么快。

"秋先生就是想救您出去！"

何顺儿一开口就不同凡响，周易心中如闻惊雷！

"这个地方可是凶险无比啊，她怕您惨遭不幸，还怕您，"何顺儿说到这里，迟疑地望了周易一眼，"怕您受不了酷刑，把《绝影图》的秘密说出去……"

周易屏息静气，紧盯着何顺儿那两片嘴唇，生怕遗漏他说的每一个字。

"秋先生已然跟我交了底，九爷出殡那天，您亲手烧的是我师傅的摹本，《绝影图》真迹还在您手里。"何顺儿适时地道出这已经不是秘密的秘密，以证明自己说的话可信，接着，再把话题引向深处，"所以，秋先生想出了一个办法……"

"什么办法？"周易已经迫不及待。

"其实还是老办法，再用一回，"何顺儿说，"把《绝影图》再做一个摹本。"

"哦？"周易一愣，"谁来做？"

"我呀，"何顺儿自信地抿一抿嘴，"虽说，我比不了杜师傅的本事，可也多少得了些真传，应付外行足矣。咱用摹本跟官方交换，把您救出去，这样儿，既免了您的牢狱之灾，又保住了《绝影图》真迹，两全其美啊，真是上上策！"

周易默默地听着，这个主意，倒是他未曾想到的。

"十二爷，这个活儿可费工夫着呢，事不宜迟，得赶快动手，"何顺儿紧盯着周易，连眼皮儿也不眨，"我得用真迹当样本，您告诉我，它藏在哪儿啊？"

周易终于听懂了何顺儿的意思，没有回答，却反问一句："这是秋先生说的？"

"是啊，"何顺儿挺着胸脯说，"她当面儿交代我的！"

"她要是这么说，"周易看了何顺儿一眼，"那她就不是秋先生了！"

"什么？"何顺儿一愣，急了，"您……您这是什么意思？"

周易不语。他比谁都清楚，秋先生和他共同保守着《绝影图》的秘密，难道还会通过别人来向他打听吗？拙劣的把戏一经拆穿，谈话就没有必要再继续了。

外面一串脚步声，狱警带着苦六儿来了。果然听了丁处长的话，苦六儿不再一身儿短打，而是穿了件长衫，从朵儿给十二爷带的包袱里拿的。周易一眼就看出来了，也并不在意。当鼎易轩的现任经理和副经理在铁栅栏内外互相看见对方，惊讶的程度不亚于见了鬼！也难怪，丁处长只交代了这不许那不许，却没说来探监的人是谁，警卫就一律放行，来者不拒，人数不限，今天竟然成了周易的探视日！

"何顺儿？你怎么来了？"苦六儿喝问。

"我……"何顺儿的底气就没他那么足了，吞吞吐吐地说，"那什么，我来看看十二爷……"

这样的回答等于没回答。苦六儿不能容忍在自己的行动中被别人横插一杠子，而且抢在了他的前头。为什么何顺儿早不来，晚不来，偏偏在这个时候来？是纯属巧合，还是另有玄机？他和丁处长之间的机密，难道已经泄露？在他到来之前，何顺儿和周易是不是做了什么交易？

"你回去吧！"他以主子的气势下了逐客令，尽管在这个地方，他什么都不是。

何顺儿不能不走了。唉，今儿这一趟算是白来了，下边儿是成是败，那都是苦六儿的，没他什么事儿了。可是十二爷呢，他自个儿恐怕还不知道，甭管他舍得不舍得交出《绝影图》，都是一个死，今儿跟他见这一面儿，就是最后一面儿了。想到这些，心里一酸，说："十二爷，我走了，您可要保重啊！"

何顺儿走了。苦六儿进了小号儿，坐在周易旁边，说："叔，这些日子我可真想您啊，早就想给您送点儿吃的，可是人家不让啊！"

这话听着挺耳熟。

"刚才，何顺儿也这么说。"周易说，等于提醒他，这些空话、假话不说也罢。

苦六儿当然听得出这话的意思，尴尬地笑笑，指着那盒打开的"京八件儿"说："这是他送来的？嗨，外边儿买的东西哪有家里做的可口？"说着，连忙把手里的食盒递过去，"这是朵儿亲手给您烙的馅儿饼，茴香馅儿的！"

"哦？"周易猛地被触动，这才抬起头来，看着那只熟悉的食盒，情不自禁地伸出双手，抚住食盒，感受来自家的温暖。

苦六儿就势打开盒盖儿，露出一盘儿烙得酥黄的馅儿饼："您尝尝，趁热吃！"

瞬间，周易忘记了自己身在牢狱之中，仿佛又回到了琅园，像每天一样坐在餐桌前，看着朵儿端上饭菜，那是多么熟悉的气息……

他伸手拿了一个馅儿饼，不是出于食欲，而仅仅是情感使然，咬了一口，立即齿颊盈香，心就酥了，化了，这是家的味道！

牢房里开饭了，狱警提着饭桶，端着笸箩，来到宋连魁和雷武的号子。

今天，谁都没有心思吃饭了：眼前的这一出是怎么回事儿？何顺儿和苦六儿，一个走了，一个来了，俩人轮流探监，他们到底要干什么？

"有苦六儿在那儿挡横儿，咱们还怎么下手？"雷武的眉毛拧成疙瘩，"本来以为算计得严丝合缝儿，这一来全打乱了，干不成了！"

"不干哪儿成？"宋连魁说，"要是今儿晚上不动手，明儿一早，十二爷就没命了！"

"那就先跟苦六儿拼命，把他撂倒，再救十二爷！"雷武说。

"不成，"宋连魁却说，"咱们不能为了救人，先杀人！再说，要是闹出那么大动静儿，警察还不开枪？那就不但救不了十二爷，咱俩也都搭进去了！"

"这也不成，那也不成，您说该怎么办？"雷武急了。

宋连魁牙关紧咬，闷声不语。天赶地催，狭路相逢，谁能告诉他，该如何是好？

小号儿里，周易吃完了一个馅儿饼，舒了口气，说："好吃，谢谢朵儿姑娘！"又拿起了一个。

苦六儿心里有事儿，没有耐心看着他这么一个一个地吃下去，就因话提话儿，说："叔，刚才何顺儿来，不光是为了给您送一盒点心吧？"

一句话点到要害处，把周易从短暂的陶醉中拉回现实，刚刚泛起的温情消散了，他顿时食欲全无，重又面如阴云，心如止水，把手里的馅儿饼又放下了。

"当然，你也不是只来送馅儿饼的。"周易顺便点了他一句，决定不遮不掩，干脆把话说在明处，直指苦六儿最关心的问题，"何顺儿来问我《绝影图》真迹藏在哪儿……"

苦六儿一个惊喜，没想到十二叔这么敞快，什么事儿都不瞒他了！

周易接着说出了下半句："他还说是奉秋先生之命。"

"什么？！"苦六儿简直要跳起来，"奉秋先生之命？这怎么可能？那个人早就……"刚说了半句，他的舌头突然僵住了！

周易心头一颤，苦六儿卡住的地方正是他的痛点和难点！"秋先生早就怎么了？她怎么了？"

苦六儿没法儿回答。谁叫他急不择言呢？在双方凭借语言和智慧交锋的时刻，不慎多说一个字都可能露出破绽，何况他已经多说了两个字！

"告诉我，秋先生怎么了？"周易抓住苦六儿的两肩，逼视着那双闪闪烁烁的眼睛，不容回避地追问，"她到底怎么了？"

苦六儿不能再装聋作哑，要不然，十二叔掐死他的心都有。"秋先生……"他只好说，这句话说得艰难之极，"她已然走了……"

"走了？！"周易如雷击顶！有生以来，他生命中最重要的莫过于两个人，兄长周鼎和秋先生。秋先生之于他，早已代替了早逝的母亲，又是教他育他的老师，情同手足的姐姐。现在，他已经失去了哥哥，怎么能再失去秋先生？"她去哪儿了？"

"不知道……"苦六儿的声音在打颤，但这句话说的倒是实情。

"混账！"周易悲愤已极，两手摇晃着苦六儿的肩膀，"我不在家，谁知道你怎么兴风作浪？你这个小人，竟然连我的老师都不能容，琅园不是你的，你凭什么逼走秋先生？"

"叔，您听我说……"处于劣势的苦六儿不想被掐死，赶紧找辙，现编词儿，"天地良心，我可没逼她，都是丁处长惹的祸！为了拿到《绝影图》真迹，他这边儿逼您，那边儿也一样逼秋先生，说，再不交出来就换个地方住！您想想，一个女人家，要是进了大牢，再来个大刑伺候，她哪儿受得了啊？所以，三十六计走为上了，也是迫不得已！"

周易的两手在颤抖，仿佛看见了皮鞭之下的血肉横飞。不，不堪设想秋先生怎样忍受那样的凌辱和折磨，如果她能够摆脱鹰犬的控制，远走高飞，未尝不是另一番天地。秋先生安全了，《绝影图》也就安全了。

掐着苦六儿双肩的手松开了，周易似乎看到了希望，两行热泪涌流下来。

"叔，人已然走了，您也别难过了。"苦六儿闯过了一关，舒了口气，又接茬儿说，"不过，她这一走，丁处长可就只盯着您一人儿了，只要您不把画交出去，就甭想出这个牢门儿！要不，您就舍了吧？别为了一幅画，把命搭进去！"

周易拭去脸上的泪痕，抬眼看着他："原来，你是在为丁处长做说客！"

"您小瞧我了，我干吗给人家当枪使？"苦六儿却说，"我是瞧着您在这儿受罪，心里不落忍！您想想，咱好好儿的一个琅园，半年的工夫落到这一步，还不是因为那幅画？要是压根儿没有那幅画，也就没人惦记，杜师傅就不会死，九叔也不会死，您也不会来坐牢了，不就什么事儿都没有了？瞧瞧，那幅画就是祸根，灾星！"苦六儿说起来，恨得咬牙切齿，"干脆交出去得了，一了百了！"

"交出去？"周易轻蔑地一个冷笑，"我要是想交出去，早就交了，又何必等到今天？"

"说得是啊，"苦六儿赶紧说，"十二叔身困曹营，宁折不弯，小侄儿佩服！您别介意，刚才我是想试试您的心眼儿，讨着实底儿，我才敢说话。"

"嗯？"周易意识到他话里有话，"你要说什么？"

"据我所知，"苦六儿瞟了一眼铁栅栏外边儿，旁边儿号子里没什么动静儿，巡逻的警卫迈着大步走过去，因为有丁处长的告诫在先，对这边儿连看都不看。尽管如此，苦六儿还是压低了声音，"设若您真把《绝影图》交出去，它也未必进得了总统府。"

"什么意思？"周易没听明白。

"换句话说，在丁处长背后等着那幅画的人，并不一定就是曹大总统！"

"那是谁？"

"丁处长的老丈人，仰古堂主马骉！"

"啊？！"周易心里一沉，"你是怎么知道的？"

"自从您得了《绝影图》这件宝物，琉璃厂的字画店，哪家儿不伸长脖子惦记着？可他们都没机会，只有马老板得天独厚。以往，马老板并不怎么待见他这个当警察的姑爷，对牛弹琴，没的聊。可这些日子，丁处长差不多天天儿往老丈人家跑，您说，除了这幅画，他们还能琢磨什么？"

"这，也只是你的猜测。"周易并不深信。

"信不信由您。"苦六儿并不勉强他相信，把话题一转，"我实话跟您说了吧，今儿晚半晌儿是您在这儿住的最后一宿，明儿一早就被转走了，到那时候，想听我劝都没机会了！"

"转走？"周易吃了一惊，"转到哪儿去？"

旁边儿的号子里，宋连魁和雷武等得心急如焚，却束手无策。

"这个苦六儿，总不能在这儿待一宿吧？"雷武说。

"他待一宿，咱就陪他一宿！"宋连魁说，"甭管等到多晚，只要他一出去，咱就动手！"

雷武点点头。绝地求生，哪有铺好的路？也只能这样儿走一步是一步了。

小号儿里，苦六儿看着吃惊的周易，说："知道着急了吧？明天把您转到哪儿去，我也不知道。丁处长只告诉我，您转走之后就不归他管了，所以他命令我……"他把声音压低再压低，说，"他命令我，无论如何，今儿晚半晌儿一定要从您嘴里问出《绝影图》的下落！这个意思您还不明白吗？"

苦六儿出奇地坦率，把他和丁浩元之间的秘密和盘托出。他不需要忠于任何人，只忠于自己。这个突如其来的消息让周易震惊，他不知道"转走"意味着什么？脱离了丁浩元的管辖，他将面临严厉的惩处还是渺茫的转机？但有一点可以肯定，如果——只是如果，如果丁浩元真的拿到了《绝影图》，受益者就不会是曹锟而是马骉了。

"马骉？竟然是马骉！"周易说出这个名字的时候，自己都觉得齿冷。一直以来，仰古堂主与周氏兄弟虽然学术见解有所不同，但仍然是他们所敬重的前辈，岂料大难来时，这位银须飘飘、道貌岸然的长者却成了助纣为虐、趁火打劫之徒！"从今以后，此人不足道也！"

"我的叔，都这个时候了，就别再之乎者也了，"苦六儿拦住他说，"要紧的是，您明儿一早就被转走了，还不知道是吉是凶呢，那幅《绝影图》怎么办？"

"放心吧，我自有安排。"周易平静地说。他并不知道自己的未来，但他坚信，只要有秋先生在，《绝影图》就安全无虞。

"我哪能放心呢？"苦六儿皱起眉头，"您怎么安排的，谁都不知道，您这一走，万一有个三长两短，《绝影图》不就没下落了吗？您好歹得有个交代啊！"

"跟谁交代？"

"我啊！"

周易明白了，苦六儿今晚所有的谈话，都是为了这一个"我"字。

"用不着！"他不假思索，脱口而出，而且语调平静，并没有怒气冲冲，因为在他的意识里，这是个没有任何讨论价值的问题。

苦六儿被打了脸。在周易的眼里，他什么都不是！以他现在的身份，完全不必容忍一个阶下囚的无视，对周易破口大骂、拳打脚踢都使得，但是他没有，因为周易毕竟是他叔——不，更重要的是，他知道自己为什么而来。

"叔，我知道您瞧不上我，谁家的老家儿不是瞅着旁人家的孩子好？"他放低身段，在比他还小三岁的周易面前充起了小孩儿，"是，我小时候，学文不成习武，对书画这一行欠功夫，没有建功立业，光宗耀祖，可我再不济，也是咱自家人，我是您侄儿，您是我叔啊！"

"谁是自家人？谁是你叔？"周易愤然道，"你想一想，这半年来你都做了什么？你认贼作父，引狼入室，害得我们家破人亡，你早就不配做周氏子孙了！"

"喷，"苦六儿咂咂嘴，提起自个儿的过往历史，的确也让人臊得慌，只能硬着头皮找辙，"那还不是让人家逼的嘛，孙少权那个挨千刀儿的，也遭报应了。甭管怎么说，咱们是一条血脉，根连着根哪！您扳着手指头数一数，在鼎易轩，在琅园，除了我，您还能再找出一个姓周的吗？咱不能让传家的宝物流落到外人手里啊！"

周易定睛看着这个人，心寒彻骨。他一向认为，人性之恶是可以教化、可以改造的，而苦六儿这样一个与善为仇、不知羞耻为何物的人却给他上了一课，无论你怎样宽容，怎样忍让，怎样感化，都难以改造其一丝一毫，只能是养痈遗患，自食其果，现在竟然向他直接伸手要《绝影图》了！

天已经黑了。侦缉大队总部院子里，昏黄的路灯下，巡逻的警卫排着队，迈着"咔咔"的步伐，往北走去，走到头儿又折回来，朝南走。等他们再一次经过号子，还有十几分钟，宋连魁和雷武只有这十几分钟的宝贵时间，必须快速行动。他们出了号子，猫着腰，几乎是贴在地面上爬行，朝着关押周易的小号儿移动。

一辆洋车驶进了鹞儿胡同后身儿。这儿就是九道湾儿，因为当年曾是一条曲折多湾的河沟而得名，所以"湾"字带三点水儿。拉车的是耿虎，车上坐着朵儿。朵儿怎么也想不到这辈子会让虎子哥拉着她跑路，更没想到是来做这么一件凄惶的事儿。

"虎子哥，你看那儿！"朵儿指着前边儿一片黑乎乎的东西。

耿虎扭头一看，在街边儿的黑影儿里，停着一辆小汽车。黑着灯儿，里面好像没人。"噢，汽车啊。咱要是有辆汽车，今儿来接十二爷，多得劲？"

"得了吧，你还想开汽车！"朵儿紧张得直哆嗦，"十二爷不会出事儿吧？"

"你放心，"耿虎靠墙根儿停下车，小声儿说，"只要十二爷一出来，我立马儿拉上他就跑，这胡同儿我熟，曲溜拐弯儿的，他们追不上！"

侦缉大队的小号儿里，苦六儿端详着周易。见他不言语，心想这是被说动了，就接着说："十二叔，那幅画藏在什么地方，您告诉我一人儿就成了。我跟丁处长就说您一宿都没吐口儿，他能怎么着？明儿早上您一转走，他上哪儿查去？这事儿就了啦。您放心，东西在我手里，我保证它万无一失，将来传给我儿子、孙子，子子孙孙地传下去……"

周易像是在听痴人说梦，没想到，像苦六儿这样儿做尽了断子绝孙的坏事儿的人，一厢情愿的梦境还挺长，梦想着子子孙孙！

"等等，"周易诧异地拦住他，"你哪儿来的儿子？"

"嗨，"苦六儿有些不好意思，"不瞒您说，我跟朵儿，已然生米做成熟饭了，生儿子还不是早晚的事儿？"

"什么？！"周易好似被当胸刺了一刀！朵儿，那个无父无母的苦孩子，跟他一起长大的小妹妹，是多么需要周鼎和周易父兄般的保护，而一旦失去了这个保护，她又完全没有自卫能力！周易后悔啊，长达十数年里，他和哥哥并没有切实地为朵儿着想，真正解除"家生丫头"这个身份的沉重压力，而在苦六儿初露对朵儿的野心时，他也没有及时地出手重击，以杜绝后患，现在，苦六儿已经抢先下手了，把朵儿毁了，一切都晚了！"你这个畜生！"他倏地立起身来，抡起右臂，向苦六儿的脸上抽去！当愤怒和鄙夷凝聚于五指，文弱书生的手也如此有力，寂静的狱中之夜，这一记耳光异常地响亮！

苦六儿被打蒙了，耳朵"嗡嗡"地响，两眼冒金星儿！这是什么时候？什么地方？你敢打我？这跟七年前鼎易轩主周鼎打的那一巴掌可不一样了，一个囚犯竟然如此嚣张，找死啊你？他猛地跳起来，"唰"地从腰间拔出了那把匕首，寒光闪闪。

"你要杀人？"周易望着那把匕首。他本以为自己对苦六儿的恶已经看透，仍然感到震惊，他无论如何也不会料到，当初他和哥哥从油锅旁边儿救出来的这个人，有朝一日会对他持刀相向。

"告诉我，东西藏在什么地方？"苦六儿答非所问。他要的不是周易的性命，而是《绝影图》的踪迹，要从活着的周易口中问出来，文的不行，就来武的，一手持刀，一手抓住周易的衣襟："说！说出来，免你一死！"

铁栅栏外，寻丈之间，有两双眼睛在黑暗中闪光。

这孙子要杀人？蜷缩在墙角的雷武浑身一颤，就要冲上去，宋连魁一把抓住他，用极低的、耳语般的声音说："别慌，他不敢，吓唬人呢！"

铁栅栏里，周易毫不畏惧，直视着苦六儿，断然道："我不会把它交给你这么一个无耻小人！你就是杀了我，也不会得到！"

苦六儿被激怒了。好个不识时务的东西，你不给我，留给谁啊？我得不到的东西，别人也别想得到！"不为我所用，必为我所杀！"丁浩元跟他说的这两句话，此刻从心里冒了出来！"是你逼着我杀人！"他举起匕首，猛地朝周易的胸膛刺去！

此刻，周易清醒地知道，尽管苦六儿的武艺不精，自己也绝非他的对手，必死无疑了！人固有一死，可惜死在这么一个嘎杂子的手里，不值啊！

寒光闪闪的匕首向周易刺来！如果这一刀刺进周易的胸膛，丁浩元所期待的"意外死亡"也就顺利完成，不劳后面的兴师动众了。谁知正在这个时候，突然"啪"的一声钝响，苦六儿的手不知被什么击中，猛地一个哆嗦，紧攥着的那把匕首"当啷"落地。

奇迹出现了！宋连魁和雷武看见，小号儿外面倏地立起几个黑影儿，逆着灯光远远看去，好像都穿着警服。警察？没想到牢房的过道儿里还埋伏着警察，他们是什么时候藏在这儿的？现在才现身，要干什么？雷武身子一挺，又要往上闯，被宋连魁摁住了。情况不明，贸然行动就是送死。别忘了自个儿是什么身份，敢跟警察对着干？

片刻的迟疑之间，那几个穿警服的黑影儿已经以迅雷不及掩耳之势，拉开铁门，冲进了小号儿！

小号儿里，周易和苦六儿都吃了一惊！对于在押的嫌犯和外来的探监者来说，赫然出现在眼前的警服都具有足够的威慑力。不等他们做出反应，为首的那个黑影儿挥拳打倒了苦六儿，另一个人则勒住周易的脖子，用一团白布捂住他的口鼻……

这叫怎么一出？宋连魁和雷武眼睁睁地看着这场剧变，不知道里面到底发生了什么，也不知该如何是好。焦洪传来的口信儿说，今儿晚半晌儿"烂锅蔓儿"要"清"了，莫不是这就动手了？

不能再等了！宋连魁拍了雷武的脊梁，决心豁出去了，拼上命也要救周易！可是，那几个黑影儿的行动比他们还快，已经从小号儿里出来了，搂抱着挤成一团，往北边儿跑去，瞬间隐没在黑暗中。那个方向，也正是宋连魁他们准备逃往的后门儿。这些人到底是什么人？刚才干了什么？来不及思考，什么都顾不得了，宋连魁和雷武赶紧往小号儿跑去。

小号儿里只有一个人，身穿长衫，蜷卧在铺草之中。这当然是周易了。苦六儿呢？被那几个警察抓走了，还是跟他们一块儿跑了？

"十二爷！"宋连魁俯下身去，轻轻地叫了一声。

没有回应，显然被打晕了。昏暗的灯光下，也看不清他身上有伤没伤。现在时间紧急，没有别的路可走了，只有背着他，越狱！

宋连魁让雷武扶起周易，自己半跪在地上，要背着他走。雷武不肯，一定要自己背。宋连魁急了，低声骂道："浑小子，你筋骨嫩，不成！都什么时候了，还犟？等我死了，你来背我！"

雷武不敢再争，扶起周易，放在他的背上，两人一起使劲儿，站了起来。走！他们一人背着，一人扶着，护着昏迷中的至交好友，冲出了小号儿！临走，雷武还没忘了拿起苦六儿掉在地上的那把匕首，简直是上天的赐予，让绝境中的人有了防身武器！

正在这时，巡逻的警察迎面跑来，齐齐地端起了枪，指向他们："站住！你们要干什么？"

奇怪啊，为什么刚才那几个人来来去去没人管，而他们一动弹，警察就来了？问谁去？说什么都没有用了，宋连魁大喝一声："闪开，给二爷让路！"

雷武一步抢在他前边："二爷，你们快走，这儿由我对付！"说着，挺着手中的利刃，朝为首的警察扑过去！

没等他靠近，"啪啪啪啪……"十几支汉阳造步枪同时响了！劫牢、越狱已是重罪，你还持刀袭警，不是自带着证据找死吗？杀！子弹无情地射进三具血肉之躯，雷武立时跌倒，宋连魁两腿一软，他背上背着的人随即滚落在地。

"十二爷，对不起呀，我没能救你，倒害了你！"宋连魁从血泊中抱起他，肩背都在剧烈地抽搐，热泪洒了他满脸。而这时就着院子里的灯光却突然发现，怀抱中人并不是周易，而是苦六儿，只不过穿了一件周易的长衫！他猛然想起，苦六儿来探监的时候，好像穿的就是长衫，而且是周易常穿的那种样式，不知是偶尔为之还是刻意如此？当时他心里急，没有在意，刚才冲进周易小号儿的时候，匆忙之间，昏暗之中，也不可能看清那人的面目和许多细节，现在想想，这里头恐怕大有名堂！

"十二爷！十二爷！"他一跃而起，朝着密密麻麻的监舍，朝着黑沉沉的天空，大声呼唤。

没有应答。

"这是怎么回事儿啊？"他怒视着面前的警察，"周易呢？你们把十二爷怎么着了？"

"啪啪啪啪……"回答他的，又是一串枪声。

宋连魁应声倒地。他纵有一身武功，在钢铁制成的子弹面前，血肉之躯也仍然不堪一击。他知道自己必死无疑，但不料死得这么早，这么草率。他不怕死，二十年粉墨生涯，在戏台上扮演过多少英雄豪杰，一个个铁铮铮的汉子，不畏豪强，拔剑而起，嫉恶如仇，视死如归。只是很遗憾，他所做的这一切都是假的，曲终人散，只付于渔樵笑谈，而不可能丹心汗青，名留史册。曹横的出现突然改变了他的人生，当他看到如同专诸、要离、聂政、荆轲的一页英雄业绩即将成为现实，便毫不犹豫地挺身而出，要协助曹横，做成一件惊天动地的大事，哪怕做不成荆轲，好歹也算个高渐离，不枉来人间走一遭。谁料想，人生如戏原非戏，刺曹失败了，劫狱也失败了，他没帮了曹横，也没救了周易，到头来一事无成，人家只需几粒弹丸，就轻易取了二爷性命，死在京城狭小的一隅，无人知晓，无人喝彩，未免太无趣了！

枪声震动了等在九道湾儿的耿虎和朵儿！他们不知道里边儿出了什么事儿，但一听开枪了，事儿就一准儿败露了，谁知道十二爷是死是活？正在心里打鼓，猛地看见黑影儿里蹿出几个人，噢，那该就是宋二爷和十二爷他们了。

耿虎抄起车把，赶紧追过去，却看见，停在旁边儿的那辆汽车的灯突然亮了，那几个人影着急忙慌地上了车，"呜"地开走了。耿虎的腿就是跑得再快，也赶不上汽车轱辘！

枪声震动了在鹌儿胡同里转悠的焦洪！他一直在盯着侦缉队的大门，正琢磨着刚才那两个人分头来探监是怎么回事儿，突然听得枪响，就知道出事了！

他飞速赶回侦缉大队，正要进门，却被站岗的警卫拦住了："下班儿时间，进去干什么？"

"你说我要干什么？"焦洪怒喝道，"你们又干了什么？"他一挥手，扒拉开警卫，闯进院门。

院子里的景象触目惊心。十几名持枪警察围着血泊中的三具尸首，还有穿着白大褂儿的人在俯身察看。焦洪又不是刚入职的生瓜蛋子，当警察这些年来，血腥场面见得多了，但这次不同，他亲自参与的越狱行动成了血案，躺在血泊里的是他的兄弟，他的朋友！眼见得宋连魁、雷武、周易统统被杀，他对不起朋友，对不起换命交情的兄弟！他本能地认为，事情到了这个地步，全都毁在自己手里，要是他在场，决不至于一败涂地，他后悔啊！可是，当时丁处长几乎是命令他离开，他能不走吗？

一串"咔咔"的皮靴声，丁浩元迈着方步朝他走来，在距离三步远的地方站住了，厉声道："焦洪！你回来了？你还敢回来？"

焦洪答道："我根本就不该走！真后悔没有亲眼看着你们杀人！"

"杀了的都该杀！"丁浩元声色俱厉，"你知罪吗？"

焦洪反问他："我有什么罪？"

丁浩元高声道："你身为警察，执法犯法，里应外合，纵囚越狱，该当何罪？"

焦洪不语。丁浩元的话直指要害，似乎对他们策划的越狱行动了如指掌，所以才把他强行调离。至于那机密是如何泄露的，则不得而知，或许丁浩元什么都没有掌握，只是在诈取口供，已经无从考察，也没有考察的实际意义了，现在的事实是，要救的人都死了，下一个就轮到自己了，谁也救不了他了。

"该当何罪？"焦洪肝胆欲裂，"要论我的罪，我不该助纣为虐，非法囚禁无辜公民。我不该在值班儿的时候离岗，给了别人行凶杀人的机会。周易犯了什么罪？宋连魁、雷武犯了什么罪？三条人命就这么丢了，谁来偿还？这不正好抓我来顶缸吗？杀吧！"

"反了！"丁浩元怒吼道，"好，我成全你，我这儿正缺一个顶缸的，把他铐起来！"

旁边的警察闻风而动，焦洪本能地伸手去掏腰间的手枪，却忘了这是下班儿时间，他的佩枪已经交公了。而这一个掏枪的动作已意味着哗变，足以让他丧命。

枪响了，是丁处长手中的勃朗宁，一颗子弹命中焦洪的胸膛，他圆睁着双眼，盯着自己的顶头上司，缓缓地倒了下去。

枪声震动了沉睡中的北京城！

今晚，静候佳音的不仅是仰古堂老板马骉，还有尔雅阁主叶寄尘，在他的"梦庐"里，和密友常三儿，浅斟慢酌，气定神闲。梦公甚至还有雅兴清唱一曲 [西皮慢板]："我本是卧龙岗散淡的人……"

冷不丁枪声一响，散淡的人顷刻不散淡了，手一哆嗦，酒杯"哗啦"摔个粉碎！

"怎么……怎么还打枪了？何顺儿出师不利？你快去瞅瞅！"

"哎，我去瞅瞅！"常三儿匆匆离席，拔腿就往外跑！

鹞儿胡同侦缉大队总部暗红色的大门紧闭，带搪瓷灯罩的门灯照射下，两名警卫持枪肃立。门外，聚集着黑压压的人群，有左近的邻居，也有大老远跑过来的。不久前升平署的枪战音犹在耳，今天的枪声再一次把人们从梦中惊醒，这又是怎么了？

挤在前面的是一些记者，捧着照相机，拿着采访本，争抢着最好的位置，随时准备猎取最新消息。

"请问，刚才为什么打枪？发生了什么事儿？"《时闻报》记者史春秋向警卫提问。这也正是在场的人们都想知道的，反复嚷嚷的就是这个意思。

警卫紧绷着脸，只回答四个字："无可奉告。"

何顺儿在人群里挤来挤去，听着旁人的言论，突然，肩膀被人拍了一巴掌，他吓了一跳，回头一看，是常三儿。

"事儿办得怎么样了？"常三儿把嘴贴近他的耳朵，急切地问。他关心的是结果。

"别提了，"何顺儿说起来还心惊肉跳，"我要是晚一步出来，没准吃上枪子儿了！"

朵儿和耿虎也挤在人群中。他们在九道湾儿追不上那辆汽车，听见这边儿又在响枪，赶紧掉头回来，随着人群来到侦缉大队门口。人们七嘴八舌，谁也说不准里边儿发生了什么事，没人能告诉她，十二爷是死是活！

12 绝笔

　　周易睁开酸涩的眼睛，发现自己正躺在一张架子床上，左手平伸着，被一只绵软修长的手按住，正在为他诊脉。由那只手往上看去，他看到了一张熟悉的脸，清瘦，白皙，颔下垂着如雪的飘飘长髯。这是仰古堂主马骉。驰公通医，周易也有所耳闻。但是，自己怎么成了他的病人了？

　　"驰公！这是什么地方？我怎么在这儿？"周易莫名其妙，"发生了什么事儿？"

　　马骉该怎么回答他呢？其实，早在丁浩元提出让苦六儿探监之时，马骉就断定，要撬开周易的嘴，苦六儿绝对完不成这项使命，但这枚棋子留着也没用了——不，有用，按照马骉的计划，必须抢在周易"意外死亡"之前劫走他，牢里正好缺一个替死鬼，那么就让苦六儿充当吧。丁浩元已经交代警卫，对探视周易的来人不许阻拦，不许监听，不限时间，何况马骉派去的人还穿着警服，可以轻而易举地进入侦缉队暂押室，成功地劫走周易，而扔下一个昏迷的周天，留待丁浩元再做"意外死亡"的处理。从刚才的枪声判断，估计后续的事情已经办妥了。

　　"易之不必惊慌，且听我说。"马骉慈祥地看着他，"自从你身陷图圄，老夫甚为不安，谋划多日，今天总算把你救出来了。这儿是寒舍，你可以安心住下。"

"啊？"周易大吃一惊，这才恍惚忆起他在牢房里被人掩住口鼻的情形，原来那是为救他出狱而施用的蒙汗药。他难以想象，一向敬而远之、并无深交的仰古堂主竟然能为他劫牢，而关押他的铁牢恰恰在驰公的爱婿丁浩元掌控之中，这怎么可能？不，也许正是因为这一层翁婿关系，才使不可能的事情变得可能。不敢设想，驰公为此向丁浩元施加了多大压力，自身又担负了多少沉重？想到这些，心里愈加不安："劫牢是重罪，驰公受此连累，周易如何担待得起？"

"我也是不得已而为之。"马骉道，"你还不知道，就在今天，总统府和京师警察厅下达了密令，要在今晚将你秘密处死，也就是说，如果我不救你，明年今日将是你的周年。易之，你这是死里逃生啊！"

"感谢驰公救命之恩！"周易惊出了一身冷汗，"可是，牢里少了个周易，您如何向丁处长交代？丁处长又如何向上司交代？"

"这些，你就别管了。老夫既然担了这项沉重，当另谋万全之策。"马骉沉吟道，"贵体如此虚弱，早些歇息吧！"

周易心头又涌起难以言说的感激之情。

其实，此时的马骉还不知道，事发现场的那一出活剧已经远远地偏离了剧本……

深夜，丁浩元把电话打到什锦花园二十三号薛之珩的府邸，改头换面、掐头去尾地报告了狱警焦洪纵囚越狱、持枪哗变，已被就地正法的经过。

薛总监大发雷霆："蠢货，总统又要骂我们'白吃饱儿'了！我要你办的是周易意外死亡，宋连魁不要杀，你倒痛快，把他们全杀了，本来可以悄悄地解决的事儿闹成了大乱子，还饶上个纵囚越狱的狱警！怎么着？你觉得我们的警察形象还不够脏、不够黑吗？还需要再抹两笔？"

"啪！"电话挂断了。

侦缉大队总部的大门打开了。

丁浩元走出来，站在台阶上，郑重宣布："刚刚发生了一起凶案：

在押嫌犯周易的亲属周天，借探视之机，策动在押嫌犯宋连魁、雷武，与周易共同越狱，持刀夺枪袭警，狱警焦洪与之搏斗，以身殉职，周易、宋连魁、雷武被当场击毙，周天在逃，已报请京师警察厅，通令全国缉拿。"

片刻之间，奉命探监的苦六儿变成了劫牢反狱的主谋，纵囚越狱的焦洪则变成了以身殉职的英雄，同时也承担了所有的杀人之责。

人们一片哗然。

"十二爷！"朵儿一声恸哭，和耿虎一起向大门奔去。持枪的警卫用刺刀拦住他们。

史春秋在采访簿上飞快地书写。丁浩元所说，无疑是今晚最重要的新闻，但尽管丁浩元言之凿凿，他却难以置信。以他对相关人物的了解，南城六少周天和周易之间，一向亲情淡薄，甚至对周易怀有怨恨，和宋连魁也有过节儿，他怎么可能冒死去救周易？又怎么可能与宋连魁联手？

丁浩元宣布完毕，转身向院子里走去。站岗的警卫随之关闭大门。

"丁处长！"史春秋喊道。

就在大门即将关闭之际，丁浩元站住了，回过头来。

"请问……"史春秋刚说了两个字，就被拦住了——

"该说的我都说了，没有安排答记者提问。"丁浩元不肯多说一个字。

"那，我们作为记者，到现场拍张照片总可以吧？"史春秋问。

"可以，"丁浩元没有拒绝，"每家报馆只许进一个人，凭记者证进门。其余闲杂人等一概禁止入内！"

十多名记者随之进了侦缉大队的院子，亲眼看到血泊中横陈着四具尸首。史春秋认得出来，穿着警服的一定是狱警焦洪，旁边儿一个是宋连魁，一个是雷武，还有一个肯定是鼎易轩少主周易了。他动情地靠近，想清楚地拍摄周家十二爷的遗容，却发现，那张脸已经被捣得稀烂，不辨面目，只有那件长衫，看上去像是周易常穿的。一场越狱的枪战，参与者都死了，唯一活着的苦六儿却逃走了。怎么会是这样儿？

丁浩元彻夜未归，马骉也彻夜未眠。

黎明时分，马府的大门被拍响了。来人是常三儿。尽管马骉嘱咐了下人紧守门户，来人一律不见，也没人敢拦他，因为他是仰古堂的二掌柜，驰公最信任的人。

常三儿进了东跨院儿，进门儿就喊："驰公，出事儿了，姑少爷那边儿有人劫牢反狱！"他并没有说昨儿晚上自己就在现场，而是举着一份刚刚出版的《时闻报》号外，"不得了，杀人了，周家十二爷，宋二爷和他的跟包的，还有一个狱警，都死了，只有苦六儿跑了！"

客房里，闭目假寐的周易翻身而起，几乎跌下床来！啊，出了这么大的事儿？常三儿所说的每一个字都像枪弹一样打在他的心上！

"三儿，你嚷什么？嚷什么？"卧房里跑出了颤颤巍巍的马骉，来拦截常三儿，心里暗暗吃惊，他没想到事情会发展到这个地步，担心女婿丁浩元应付不了！

他一把抢过常三儿手里的那份儿号外，来不及回屋，匆匆扫了一眼，眼神儿不济，再让常三儿念给他听，又是吃了一惊。原来，所谓"劫牢反狱"并不是指他所策划的"抢救"周易行动，他和丁浩元都没有料到，与他们的行动同时，宋连魁和雷武也策划了一套越狱方案，天赶地催，二者竟然同时进行，配合得天衣无缝。有了那些人的参与，"抢救"周易就不再是单纯的外力介入，而成为内外勾结、里应外合的事件，形成一个有始有终、有因有果的完整链条，为马骉原先的设计续写了一个完美的结局。特别是那个不识趣的、争着抢着赶来送死的焦洪，马骉并不知道他在这出戏里扮演的是什么角色，但有了他，正好补足了整个链条的最后一环。从报纸上发布的丁浩元讲话来看，他思路清晰，逻辑严密，体现了难得的临场应变能力，却并不知道，丁浩元这点儿长进还是被薛总监骂出来的。

"好！"马骉赞叹道，正如他在泼墨挥毫妙手偶得神来之笔时那样情不自禁。

常三儿一愣："驰公，您说什么？好……"

马骉连忙改口："好一个凶讯，让老夫难以支撑了！那周易、宋连魁都是我的朋友，就这么丢了性命，可惜啊！"说这话的时候，他忘了自己还站在院子里。

"说得是啊，"常三儿说，"他们到底还是见识短浅，牢狱之灾终归是有期限的，何必冒险越狱？得，玩儿完了吧？"

客房里，周易屏息静听着这个以自己为主角而他又毫不知情的故事，虽然不甚明白事情的来龙去脉，却又不能无视一个骇人的结果：宋二爷和雷武死了，焦洪死了，甚至连周易他自己也"死"了，而这一切都发生在丁浩元的手下！他猛然想起昨天晚上苦六儿透露的信息，丁浩元密谋攫取《绝影图》的背后指使人正是他的岳父，让周易感激涕零的救命恩人，博学、儒雅、仙风道骨的长者马骉！谁能想象，在那副飘然美髯的后面，包藏着一颗怎样的祸心？

一股热血从胸中涌上来，周易跳下床，要奔出去质问马骉和常三儿，让他们说个明白！但是，刚刚迈出一步就跌倒在地，喉咙像被什么堵住，说不出话来。

马骉突然意识到，院子里可不是说话的地方，赶紧打住，对常三儿说："我起早了，还得回去补个觉，你先走吧！"

常三儿还要搀着他回屋，他不肯，硬是把常三儿搀走了，赶紧到客房去看周易，他担心刚才常三儿的闯入已经惊动了周易。

客房里，周易匍匐在地，正怒目而视地等着他。

"哎哟，怎么从床上摔下来了？来人啊！"马骉一边喊着，一边上前搀扶。

家丁闻声而至，把周易重新扶上床，随即退下。

马骉关切地俯察着周易的腿:"让我看看,伤着骨头没有?"

"这等细枝末节,不劳您费神了。"周易回绝了这番客套,直面马骉,"我有要事请教驰公,刚才听到消息,令婿杀了宋二爷和雷武?"

"哦,"马骉略显尴尬,在旁边的椅子上坐下,他不愿意正面应答,只好闪烁其词,"报纸上是这么说。"

"这就得到了您的证实。"周易的双眼充盈着泪水,又追问道,"宋二爷和雷武都是因为我而入狱,你们为什么不杀我而加害于他们?"

"请不要说'你们'如何如何,我不在其位,不谋其政,官司上的事情,许多并不知情。"马骉只好继续搪塞,并且给出搪塞的理由,"据报纸上说,因为他们密谋越狱,夺枪袭警,被就地正法。"

"这就怪了,"周易立即抓住对方的把柄,"按照你们的说法,我应该是越狱的主谋,应该先杀我才是,为什么我还活着?"

马骉听得烦躁,心说,这小子真是活得不耐烦了!"啪"地一拍椅子扶手:"那还不是因为你越狱成功了?"

"不,那只是你们劫持成功!"周易却说,并且继续追问,"下一步,丁处长是不是该追剿我了?"

"不!"马骉立即纠正他的说法,"追剿的是南城六少周天。其实他已经死在越狱案现场,但冒用了你的名字。成功越狱、逍遥法外的是你,被追剿的是一个永远也无法捕获的鬼魂。"

马骉笑眯眯地看着周易,相信他所描述的恐怖情景,将使这个涉世未深的孩子不寒而栗。

"荒唐!"周易被激怒了,喊道,"苦六儿本来是来杀我的!"

"所以他该死。"马骉说,语气极其平和,好像谈论的不是人命,而是菜市上任人挑选的鸡鸭鱼虾,"有人活,就得有人死,你的命,是用令侄周天的命换来的。此辈生性顽劣,在街面儿上一贯惹是生非,也给府上找了不少麻烦,不如让他早早地去了吧!"

周易骇然。苦六儿固然不肖,但在长者驰公的口中,一个性命如此轻松地抹去,还是令他闻之色变。此刻,他心中只有一个念头:逃出去,逃出这个杀人不眨眼的魔窟!

马骉似乎看穿了他的心思，说道："易之，现在世人皆知，你已是亡故之人，万万不可声张，老夫身上也担着责任哪！"

这番话像当头一棒，让周易明白了，自己已经是一个"死人"，一具失去真名实姓、遁世隐形的行尸走肉，从此不能在人前露面，也没有说话的地方，如果他真的能走出这座院子，也会被人们认为见了鬼！

辛苦了一夜的丁浩元前往京师警察厅，向总监薛之珩报告鹞儿胡同血案的处理结果。报告在罗列事实之后着重指出：警察的职责就是维持社会安定，焦洪不辱使命，勇斗凶犯，一人敌三，以身殉职，堪称警界楷模。当今，曹大总统初登大位，民心未定，正是需要这种威武强悍的警察形象予以震慑，建议京师警察厅予以嘉奖。

薛之珩点了点头。这么乱七八糟的一个案子，能修整出个门面来已是不易，还是总监亲自指导、点拨的结果，他不能不批准。

"可以考虑给焦洪追授个奖章。"总监又说，"可是，死了的其他人也得有个交代。周易因为那幅画的案子，已然成了名人，为社会广泛关注；宋连魁是国剧名伶，捧他的人不少。他们本来罪不至死，这么一来，怎么向社会交代？"

"总监想得周道。"丁浩元说，"越狱、袭警都是重罪，还打死了人，杀人偿命，无可推托。况且，他们都死在焦洪的手里，现在焦洪已死，冤冤相报已经没有目标了。"说到这里，已经基本上把总监的担忧消融了，却又话锋一转，"不过，为安抚民心，卑职倒是可以促请家岳马老先生出面，联络社会贤达，为死者收尸、安葬，也算仁至义尽了吧？"

薛之珩没有立即表态，沉吟一阵，才说："嗯，这倒是个办法。但是，要恩威并施，把丧仪规格压到最低，以防正不压邪。反之，焦洪要隆重安葬，表彰其以死护法之精神。"

丁浩元心里的一块石头落了地："是，总监英明。尸首不可久留，卑职这就去办！"

马骉欣然接受女婿的建议，由他出面向警方具保，认领了三具尸首，举行了简单的丧仪，其规格既不能和官方隆重举行的焦洪丧仪相比，更远远不如记忆犹新的周鼎丧仪之声势浩大。但书画界、梨园行的同仁来了不少。当初周鼎的丧仪，马骉、叶寄尘这样的老前辈都没有亲自到场，这次都来了。鼎易轩的伙计，琅园的仆人们披麻戴孝，管家朵儿，鼎易轩的副经理何顺儿，和前车夫耿虎都走在前头，为鼎易轩幼主周易送行，而根本不知道棺材里另有其人。墓地不在周家的祖坟，而选在陶然亭，周鼎的坟茔旁边。宋连魁作为好友，也带着雷武随了他们。那里本来是一片荒坡野岗，由周鼎开了个头，倒成了风雅之地。只是谁也想不到，躺在他身边的，竟然还有气死他的恶奴苦六儿。人间的鱼鲁帝虎，上天竟然也能容得。送葬的人当中没有秋先生。应该说，在这个世界上，和十二爷最亲近的人，除了九爷周鼎，就是她了，到了生死离别之日，却不见她的身影，她在哪儿？还在人间吗？

丧仪由马骉主持，由常三儿搀扶着走上前去，做了简短的讲话。这位德高望重的长者的仁厚之举，赢得了社会各界的赞誉，也稍稍平缓了民间对他的女婿丁浩元种种恶行的怨气微词。

送葬的人渐渐散尽，朵儿和耿虎、何顺儿还没有走。朵儿跪在坟前，哭一阵十二爷，哭一阵九爷，这两个和她最亲的人都埋在黄土下了，她不知道还怎么活下去？

史春秋也没有走。作为记者，他不愿错过任何有价值的新闻，何况他对于黄土之下的人们已经有了剪不断的情感。

何顺儿劝朵儿："管家，别哭了。俩东家说没就没了，谁不难过？可是，这……活人也不能跟了去，还得往前走啊！"

朵儿的心头一直萦绕着一个噩梦，她抬起泪眼，说："我不明白！出事儿那天，苦六儿着急忙慌地说要去探监……"

"探监！"刚刚听到这两个字，何顺儿就像是心头被扎了一刀，他那儿有碰不得的伤疤，脱口说，"这事儿，他跟你说了？"

"他让我给十二爷准备点儿吃的，我给他烙了茴香馅儿的馅儿饼，还带了一包袱换洗的衣裳。临走，我还看见他往腰里塞了一把攮子……"

"哎呀！"何顺儿不禁心惊肉跳，真后怕那刀尖儿没蹭着自己，"谁知道他还带着攮子呢？"

史春秋听着这话里似乎有点儿别的意思，就问他："那你知道什么？"

"哦，我……"何顺儿忙说，"我什么都不知道！"

朵儿倒没在意何顺儿，只顾说下去："我问他探监干吗带攮子去，他说，怕回来晚了，防身用。我当时就心里纳闷儿，他是去探监还是去杀人？"

何顺儿一个激灵："你是说，十二爷是他杀的？"

"要不是他杀的，他干吗跑啊？"耿虎接茬儿说。

"也是，"何顺儿想了想，说，"别人都死了，就他一人儿跑了。"

"奇怪呀，"在一旁静听的史春秋被搅动心思，他也怀揣着一连串难解的谜，"宋连魁和雷武都是练家子，尚且死在枪口之下，为什么只有周天独自逃脱？以往没见他有这么大的本事啊！再说，自从周易和宋连魁被捕以来，警方一直不准探监，为什么突然开了戒？而周天就在这一天策动周易和宋连魁、雷武越狱，怎么这么巧？而且，从周天和周易的关系来看，他有这个情感和勇气来为十二叔劫牢吗？"

"他？"耿虎鼓着两眼，满脸的不屑，"劫牢的不是他，是焦洪！"

史春秋和何顺儿都吃了一惊。

耿虎说："出事儿那天，焦洪到车厂来找我，告诉我宋二爷晚半晌儿要把十二爷救出来，让我在侦缉大队后身儿九道湾儿接应……"

史春秋又是大吃一惊，原来，所谓越狱并非讹传或臆测，而是确有预谋，确有行动："后来呢？"

"后来枪响了，"朵儿说，"有几个人从后门儿跑出来，看不清是谁，上了一辆汽车，开走了。"

史春秋震惊了。这就是他赶到侦缉大队之前的情况。看来，他看到的、听到的一切都不是偶然发生的。

"汽车？开哪儿去了？"

"不知道啊！"

史春秋陷入了沉思。焦洪身为狱警，亲自跑来找耿虎，不像是在说假话。看来，是他和周易、宋连魁、雷武一起策划了越狱行动。那么，为什么周天也在同一天来了？而且还拿着刀，他要干什么？又干了什么？是谁杀了周易、杀了宋连魁和雷武？又是谁杀了焦洪？在事发现场，为什么任何人身上都未见刀伤？为什么周易和宋连魁、雷武都身中数弹，而焦洪身上却只有一个致命的弹痕？为什么四个人当中，唯独周易脸上血肉模糊，不辨面目？

盖棺未必成定论。这一团乱麻，他要捋一捋。

侦缉大队部的大门紧闭，两名持枪的警卫面无表情地肃立两旁。

史春秋向他们走来，说："二位警官，打扰了。我是《时闻报》记者……"

没等他说完，其中的一名警卫就迎头拦住："无可奉告。"

"我只是采访一下，"史春秋说，"发生血案当天晚上，关于有人来探监的情形……"

警卫毫无通融的余地："拒绝采访。"

"为什么？"史春秋却不肯走，继续追问。

"上峰有令，对探访人员不许阻拦，不许监听，不计时间。所以我们一律不予过问，无可奉告。"

史春秋心说，得嘞，你无可奉告，我有所领教，世上竟然还有如此实在的人。道声"谢谢"，走开了。

他沿着鹞儿胡同往东走，走到头儿，再绕到后身儿的九道湾儿，这儿是侦缉大队的后门儿，按照焦洪的安排，周易和宋连魁、雷武就应该从这儿逃走，可惜没有成功。那么周天呢？他是从这儿逃走的吗？接应他的人是谁？在北京，拥有汽车的又有多少人？从警卫无意间透露的"三不"可以判断，周天探监，警方不但事先就知道，而且给予了特殊的待遇，这是出于什么目的？

人心惶惶的鼎易轩，经理室里，史春秋正在和何顺儿对谈。

"那天去探监，你们去了几个人？"史春秋问。他从警卫所说的"一律不予过问"推测，探监的可能不止一个人。

何顺儿决不会承认自己也去了，急忙说："就苦六儿自个儿去的，没别人啊！"

"不，你没说实话。"史春秋马上指出来，"从朵儿说周天带刀探监，你当时的反应来看，这件事儿你不但知情，而且还参与了。"

"没有，没有，"何顺儿不承认，"我是听来的。"

"听谁说的？"

何顺儿当然不敢把常三儿兜出来，心想反正苦六儿跑得没影儿了，干脆就说："听苦六儿说的。"

"周天儿？他怎么说？"

"他说这是帮助丁处长审案子，一定要从十二爷嘴里问出《绝影图》的下落。"

史春秋一愣："怎么还在找《绝影图》？在鼎公的丧仪上，不是已经烧了嘛，上哪儿找去？"

何顺儿笑笑："都到这会儿了，你还说这话？看来你是真不知道。"

史春秋又一愣："不知道什么？"

"人家说，瞒天瞒地，瞒不了报馆的老记。"何顺儿从容说道，"我看你这个新闻记者算白当了。不过也难怪，这个事儿，瞒着天下人，曹大总统不知道，警察总监不知道，孙少权不知道，就连丁处长也是刚刚知道……"

史春秋让他绕来绕去绕急了："你到底要说什么？"

"哎，咱有言在先，你可不能把我的话登在报上！"何顺儿既要显摆多知多懂，又要撇清自个儿。

史春秋点点头。

何顺儿这才说："说来话长，回头再跟你细聊。简短捷说就是，九爷出殡的时候，十二爷烧毁的那幅《绝影图》，是我师傅做的高仿！"

史春秋大吃一惊。

“这也就是升平署那一幅，假的！”何顺儿加重了语气。

史春秋仿佛从梦中惊醒，他一时无法理清纷乱的思绪，自从《绝影图》案发，自己跟踪采访多日，原来一直在雾里观花！

“那幅画，你见过两次，都是那幅假的。”何顺儿叹了口气，说，“见过真迹的，我师傅没了，九爷没了，十二爷没了，除了秋先生还不知死活，差不多都死了，就剩下我一人儿了。”说到这里，凄楚中夹杂着一丝骄傲。

史春秋感叹之余，接着问：“曹霸的真迹呢？到底在哪儿？”

何顺儿说：“那只能问十二爷了。”

“只有周易知道这个秘密！”史春秋用食指敲着桌面，“这就是昨儿晚上大血案的爆发之源。丁浩元让周天来探监，探的就是这个秘密。现在这个结果说明了什么呢？周易死了，周天逃了，或许，周天已经达到了目的，所以杀了周易，逃跑了。逃到哪儿去了？”

几个人的想法终于拢到一块儿了，仍然是一个问号：他逃到哪儿去了？

常三儿又来到马府，正要进东跨院儿，让人给拦住了。常三爷哪受过这个？“知道我是谁吗？”抬手就是一巴掌。

马骉听见吵吵，赶紧出来，说：“哟，三儿！你来得正好，替我去抓几服药吧？”

“抓药？”常三儿见他硬硬朗朗的，不像有病，“驰公怎么了？”

“没事儿，补补。”马骉说着，把手里的方子递给常三儿。他本来是想让别人去的，让常三儿赶上了，正好借机会打发他走。

“您睄好吧！”常三儿接过药方，走了。

给东家跑腿儿，常三儿熟门熟路。他来到仁和药铺，把方子递给掌柜的。

掌柜的问：“府上哪位贵体欠安？”

常三儿说：“驰公给自个儿开的方子。”

掌柜的看了一眼："哟，驰公怎么了？摔了个跟斗？"

常三儿一愣："没有啊，谁说的？"

"您瞧这方子，"掌柜的一一指点着，"红花、三七、马钱子……都是活血化瘀，治跌打损伤的啊！得，我再送老爷子一贴膏药吧！"

常三儿心里犯了嘀咕，驰公好不当央儿的治什么跌打损伤？这药到底是给谁吃的？怪不得这几天不大对劲儿，以往常三爷进东跨院儿平蹚，现在左拦右挡，莫非里边儿住着什么外客呢？那是谁呢？该不会是包养了个相好的吧？驰公这么大年纪了，还至于金屋藏娇吗？

他的这个疑问，很快就得到了回答。

把药送回了马府，他约了何顺儿，还是在爆肚冯见面。

"要问藏在驰公东跨院儿里的那个人是谁？"何顺儿好似说书人，先卖个关子，才说，而且说得郑重其事，"那个人就是——南城六少周天。"

"啊？苦六儿？"常三儿吃了一惊，但并不相信，"你怎么知道是他？"

"侦缉大队出事儿的时候，有人亲眼瞅见，从后门出来的人上了一辆汽车，跑了。您想想，九道湾儿的平头百姓坐得起汽车吗？停在侦缉大队后门儿的汽车，那是谁的？"

"噢！"常三儿若有所思，"怪不得，我今儿早上在马府门前瞅见有汽车轱辘的印子。不过，姑少爷常来常往，也不一定跟这事儿有关。驰公怎么能收留这么一个嘎杂子？现在全国正在通缉他！"

"因为他手里攥着那个天大的秘密：《绝影图》在哪儿。"何顺儿点出要害。

"就是，就是！"常三儿一边吸溜着嘴，一边搓着手，那是极度的嫉妒，极度的懊恼，"老奸巨猾呀，到底让他得手了！"他说的是马骉，在这场争夺战中站得最远，手却伸得最长的人。

"看起来，东西还没到驰公的手，"何顺儿琢磨着说，"要不，老爷子还这么宝贝儿似的伺候着他？咱们怎么办？三爷，您是驰公的红人儿，找机会到东跨院儿里瞜瞜，想办法见着苦六儿，跟他说，这回轮到咱们劫牢了，要把他救出去！"

"劫牢？"常三儿听见这俩字儿就吓得哆嗦，"那得玩儿命啊！"

"您还当真了？"何顺儿咂咂嘴，"就这么跟他说，把他的底细套出来。"

"不成不成！"常三儿一口回绝，"老爷子已经疑心我了，药买回来，都没让我进东跨院儿。再者说，我跟苦六儿也没什么交情，他能信我？还是你去吧！"

何顺儿知道，常三儿就是拿嘴支使人，出力的活儿从来不干，就说："我……我再想想办法。"

何顺儿找到朵儿，让她约了耿虎，一起到《时闻报》馆史春秋那儿碰面儿。

耿虎听说苦六儿有了下落，两眼冒火星子："这个狼心狗肺的贼子，竟然藏在他家里，还贼喊捉贼，全国通缉！史记者，您把他捅到报纸上去！"

史春秋也不禁愤然，把拳头砸在桌子上，却并没说"好"，思索片刻，才说："丁浩元有胆量这么做，就有力量保护他的老丈人。登报不是办法，也不是时候，因为我们只是猜测，还没拿到证据。"

"我倒有个办法。"耿虎说，"赶明儿请史记者，再邀几个同行，上门儿采访马骉，说他为亡人收尸，宽厚为怀，大仁大义，把好话说尽。这当口儿，东跨院儿防得再严，也有漏风的时候，我混在记者里头，想法儿挤进去。"

史春秋和何顺儿都说好。何顺儿又说："我打听清楚了，东跨院儿是个三合院儿，南边儿是院墙，上房是马骉的卧房，东厢房是书房，西厢房是客房，别敲门，也别言声儿，闯进去，那个人就是苦六儿……"

朵儿听得急了："那个挨千刀儿的，你们还真想救他？"

"救他？"耿虎眉毛竖起，"我要宰了他！"

"别介，"何顺儿赶紧说，"要让他在死之前，说出来《绝影图》

到底藏哪儿了。这是最要紧的！"

次日，史春秋和几名记者一窝蜂涌进马府，马矗欣然接受采访，年已耄耋之人也抵御不了这点儿荣誉的诱惑，高谈阔论"勿因善小而不为，勿因恶小而为之"的至理名言。采访现场设在垂花门前，与东跨院儿只隔着"东壁图书"的一层门板。二掌柜常三儿和马府的家丁都忙着招待客人，煞是热闹。侃侃而谈的驰公当然也要喝茶，而他专用的茶具是放在东跨院儿的，还得由下人过去取过来。真是天赐良机，早已等在旁边儿的耿虎，冷不防将身一闪，像一阵风消失在门缝儿里。

院子里没人。耿虎快步直扑西厢房，一脚踹开门扇，冲了进去，床上果然躺着一个人，面朝着墙，不知是醒是睡。耿虎屏住呼吸，伸出左手，掐住那人的脖子，右手从腰间拔出一把雪亮的短刀，低声说道："苦六儿，今儿让你死个明白！"

那人蓦然回首，却根本不是苦六儿，他看到的是一张苦苦思念的脸！

"十二爷！"耿虎愣住了，手一松，那把短刀掉在了床上。

周易低声惊呼："耿虎？"

"十二爷，您还活着？"耿虎喜极而泣，这是他做梦也想不到的。

"耿虎，你怎么到这儿来了？"周易急切地问。

"我是来杀苦六儿的，没想到能见着您！"

"嗨，苦六儿……"

周易只说了半句话，不知道该怎么对他说苦六儿的事儿，耿虎也顾不上细问，就去扶周易起来："走，我救您出去！"

"不成！"周易推开他的手，"这儿防备森严，哪出得去啊？能见你一面，我就知足了，你快走！家里也不知道什么样儿了，你要是能见着秋先生，给我带封信……"他匆匆下床，走到桌子旁边儿，正要取纸笔写信，转念又说，"来不及了！"顺手从桌上拿起一张写着字的纸片儿，递给耿虎。

耿虎看了一眼："您写的这是什么？"

"来不及给你解释了，秋先生一看就明白。你快走吧，甭管我，让人看见，就走不了了！快走！"

周易急促的喘息声，逼迫得耿虎连一分一秒都不敢耽误，难分难舍却又步履匆匆地退出了西厢房，孤立在东跨院儿中，茫然四顾，无处可躲可藏，处于随时被围攻的危险境地。出去已经不能再走院门了，猛一抬头，看见爬满青藤的南墙，耿虎旱地拔葱，纵身一跃，翻墙而去。

耿虎出了马府，等那边儿的采访结束了，和史春秋、何顺儿会齐。听说里边儿关的是周易，史春秋大感意外，何顺儿吓了一大跳，幸亏刚才进去的不是他，要不，怎么面对十二爷？又怎么解释他"探监"前后发生的一切？他撇得清吗？

耿虎把那张纸片儿拿给他们看，上面写着二十八个字：

时不利兮可奈何，横天一剑息干戈。
乌江留得乌骓在，千载萧萧唱楚歌。

"这是什么意思？"耿虎问。

史春秋说："这是一首咏史诗。'时不利兮可奈何，横天一剑息干戈。'说的是西楚霸王项羽，兵败乌江，要拔剑自刎……"

"噢，《霸王别姬》的故事……"何顺儿插嘴说。

"是。"史春秋道，"要紧的是后两句，说的是乌江亭长劝他乘船逃走，重回江东，以图东山再起。霸王不肯，说无颜见江东父老，郑重地把心爱的坐骑乌骓马托付给他，'乌江留得乌骓在，千载萧萧唱楚歌'。"

耿虎听得仍然似懂非懂："陈年古代的事儿，跟眼下有什么干系？秋先生能明白吗？"

史春秋瞥了他一眼："她只要不比你傻，一看就明白。咏古诗多是借古讽今、以古鉴今，乌骓马就是那幅《绝影图》，乌江亭长就是秋先生啊！"

"噢！"耿虎算是听懂了，又说，"可是，咱也不知道秋先生在哪儿，怎么给她看呢？"

又是一个难题。自从秋先生离家出走，就再也没露过面儿，也没听到她的任何消息，谁知道她在哪儿？

"有办法了！"史春秋眼前一亮，"我把这首诗登在报纸上，秋先生没准儿就能看着了。"

商议已定，各自散去。

何顺儿在胡同口儿被常三儿叫住，问他："东跨院儿里没动静儿啊，耿虎去了没有？"

何顺儿诡秘地一笑："耗子掉到米缸里，撞上大运了！您猜东跨院儿里住的是谁？"

"谁？"常三儿一愣。

何顺儿把嘴凑到他耳边，轻轻吐出两个字，常三儿差点儿惊掉下巴。

第二天，《时闻报》在艺文版头条登出了那首诗，史春秋还给加了个题目：《咏史》，署名：语秋。已经做得既显眼，又隐蔽。

不出半日，有客来访，朵儿、耿虎、何顺儿都来了，簇拥着一位中年女性，面无粉黛，头无簪钗，身穿一件毛蓝色旗袍，脚下青布尖口鞋，朴朴素素，常见的持家主妇模样儿。一见之下，史春秋觉得眼生，待宾主坐定，再仔细看，才发觉那竟是秋先生！

"秋先生，久违了！"史春秋不禁惊呼。其实，自鼎公丧仪之后，至今也不过半月，可是这度日如年的十几天实在是太长了。虽然以往他和秋先生并没太多接触，经历了连番煎熬之后再次相见，俨然久别重逢的故人。"这些日子，您到哪儿去了？家里人找得好苦啊！"

"只在此山中，云深不知处。"秋儿凄然一个微笑，眼里却闪着泪花。当初，她有不能不走的难处，又有不得不忍的苦处。谁也不会想到，一个嘎杂子苦六儿的存在，竟然是她自由行动的巨大障碍。

"我本来以为，陶然亭的那场丧仪，您会来的……"

"不，我不会。"秋儿说，"因为我知道，那个不惜一切手段要夺走《绝影图》的人，不达目的，是不会杀害十二爷的，其中必然有诈。我坚信十二爷还活着，我不能为活人送葬。"含在眼里的泪珠终于垂落下来。

"可当时我们都不知道！"史春秋忆起当初的情景，"我在侦缉大队现场看到，有一具尸首，看穿着像是周公子周易，可是脸上被捣得稀巴烂，看不清面目。"

"那就是苦六儿！"朵儿接过去说，"穿的就是我给十二爷带去的换洗衣裳！"

"这就对了！"秋儿道，"那个被杀死又毁容的人就是他，可惜了陶然亭那一抔黄土，他不配葬在九爷身边！"

"现在明白了，"史春秋思索着说，"那场血案中唯一活着的不是周天，而是周易。只是，他不是逃跑，而是被劫持了。秋先生真是料事如神！"

"我哪儿如神？简直如鬼！"秋儿感叹道，"这些日子，一直躲着藏着不敢出门儿，天天从报纸上寻找信息，揣测外边儿的形势，今天特别要感谢您的召唤啊！"

"您来得正是时候！"

"乌江亭长此刻不来，更待何时？"

"秋先生这次出山哪，"一直插不上嘴的何顺儿这才有了说话的机会，"就是要亲自会会仰古堂主，把十二爷救出来！"

史春秋应了声"好"，又说："单刀赴会？不成，风险难测啊，我陪您去吧？"

"有新闻的地方，就有记者在。"秋儿道，"谢谢您，我们先走了。"

从报馆出来，何顺儿心里踏实了不少。本来，他这个鼎易轩副经理是苦六儿给的，苦六儿一死，就成了风中飘摇的幌子。但他有他的护法，驰公、梦公都把他当成心腹，现在又来了重出江湖的秋先生，对他似乎也没什么疑心，走着瞧吧，即将展开的这场大战，无论谁胜谁负，都得分他一杯羹，他都是赢家！

史春秋送走了客人，回去拿上照相机、采访簿，准备早点儿出发，正在这时，主编来找他，还带着一位客人，好像见过的。

主编沉着脸，说："这位是总统府兰亭秘书长帐前的陆秘书……"

果然是见过的。总统府秘书长王毓芝字兰亭，上次因为《时闻报》发表了史春秋写的《为周易辩》，王秘书长派人训话，来的就是此人，只是训了主编，没有扩大到史春秋。这回不一样了。

主编介绍完毕，陆秘书就接下去说："史记者近来发表了不少有损政府形象的言论……"

史春秋立即反驳："我有我的言论自由，这是宪法规定的！"

"宪法？"陆秘书笑道，"按照宪法，你还有资格参选总统呢，你能去吗？选得上吗？闲言少叙，咱们谈正题吧！"

"现在？"史春秋举着手里的照相机，说，"我还得出去采访呢！"

"以国家利益为重吧，"陆秘书没商量，"请你先接受我的'采访'！"

黄昏时分，琅园的那辆双辕四轮西洋大马车出现在街头，还是耿虎驾车，高高的车厢里坐着秋顾问和管家朵儿，仿佛时光倒流，鼎易轩重现昔日辉煌，"嗒嗒"的马蹄声引得大人小孩儿追着观看。

马车停在马府门外。朵儿先下了车，再搀下秋先生。

何顺儿正站在门前等着他们。本来，在出发之前，秋儿让他也一起坐车，何顺儿觉得挤在秋先生旁边儿不大合适，就说："不啦，不啦，我腿儿着去吧！"坚持步行前往，而且比他们到得还早。

耿虎上前拍打门钹。

二进院子的上房客厅里，马戆半闭着眼睛，手里拿着一张当天的《时闻报》，正在听二掌柜常三儿禀报柜上的事儿。防人之心不可无，自从东跨院儿住了周易，他就不让常三儿沾边儿了。

"司阍"快步跑进来："老爷，有客人求见。"

"不是告诉你们，我不见客吗？"

"老爷，这个人……"

"什么人？"

"鼎易轩的那位秋顾问……"

"啊！"马飚大吃一惊。对鼎易轩的秋顾问，他艳羡已久，但突然梦想成真还是惊着他了，"她来了？"

常三儿不失时机地点他一句："驰公，此人恐怕是奔着您东跨院儿的客人来的吧？"

马飚一愣，有些尴尬，只好笑笑说："这点儿秘密，你也知道了？三儿，我倒不是有意瞒你……"

常三儿笑笑说："现在连外边儿的人都知道了，您还瞒谁？"

马飚索性站起来："得，那就干脆东跨院儿见！"

东跨院儿东厢房，马飚的书房，寻常人等难得一进的私密空间，往日只有像叶寄尘那样旗鼓相当的知己老友才有资格登堂入室。现在，鼎易轩的鉴赏顾问来了，他当然要以最高规格接待。

秋儿由朵儿搀着走进来，耿虎和何顺儿一左一右，俨然两个保镖。

秋儿向马飚微微躬身："秋儿拜见驰公！"

马飚笑眯眯地拱拱手："秋顾问光临舍下，果然蓬荜生辉，请坐！"

分宾主坐定，下人捧上茶来。

"请用茶！"马飚说着，自己也抿了一口茶，"秋顾问的才华学识，老夫仰慕已久，难得今日有此机缘畅叙一番，还请不吝赐教！"

"驰公过奖，秋儿实不敢当。"秋儿稳稳地接住，又轻轻地挡了回去，"抱歉的是，此时此地恐怕不是谈书论画的恰当时机……"

"哦？那不妨谈谈您可能感兴趣的。"马飚随机应变，"今天我在报纸上看到一首诗，"说着，随口吟出，"时不利兮可奈何，横天一剑息干戈。"

秋儿暗暗吃惊，没想到这个老东西眼这么尖，悟性这么高，竟然注意到了这首诗。她立即接了下去："乌江留得乌骓在，千载萧萧唱楚歌！"

"好，一首诗牵动了通家之好！"马矗不禁拊掌道，"我知道您迟早会来，却不料来得这么快！"

"我是来接人的，接十二爷回家！"秋儿不枝不蔓，直奔主题，"既是通家之好，还请驰公行个方便！"

"我当然知道您的来意。"马矗不慌不忙，气定神闲，"不过，在接人之前，您还欠我一声谢谢，我救了他一条命！"

"谢谢？"秋儿反问他，"谢谢您没有让十二爷替苦六儿去死吗？这也算不杀之恩？这也算救命？您和令婿杀了与书画无涉的宋二爷和雷武，杀了狱警焦洪，还有那个咎由自取的苦六儿，连杀四条人命，唯独留下一个周易，难道只为了一声'谢谢'？如果我不说'谢谢'，是不是也难逃一死？"

"秋顾问言重了！"马矗尴尬地一笑，"本来我们之间谈论的应该是《历代名画记》《石蕖宝笈》《三希堂法帖》，没想到竟然扯到杀人去了。"他深吸了一口气，再慢慢地呼出来，才接着说，"世间之事，原不是非黑即白，是非恩怨都是有来由的。二桃杀三士，谁之罪？萧翼赚兰亭，谁之罪？李斯妒杀韩非，吴道子妒杀皇甫轸，谁之罪？人生犹如大戏台，上天既然给每个人派了角儿，自然也给了他们各自行事的理由，正如《天演论》所言，物竞天择，适者生存。老夫只不过是尽我之力，谋我生存，把自个儿的戏份儿唱好，这便是使命。秋顾问，如果您认为老夫有罪，尽可去报官，老夫引颈以待，看看谁来砍我这颗头颅！"

"没有人。"秋儿道，"你们已经编织了一张足以和法网抗衡的网，虽然令婿的官儿不大，但这张网很大，从抓捕到审讯，到定罪，有司衙门，丝丝相连，环环相扣，形成了国中之国，法外之法，你们可以无法无天，为所欲为，没有人敢砍您这颗高贵的头颅！"

"过奖！"马矗又是一笑，却没有谦逊之意。面前这位连总统府都敢闯的女人，难得如此明白，她能说出这样的话，说明已经被驰公的威力所慑服，所以在得知周易的下落之后，没有报官，而是选择了上门求和，以谋私下了结，这让马矗甚感欣慰。"老夫一向好客，既然易之已经做了我的客人，就不必急于走了，您也如此……"

他还有许多话要说，却突然被打断了，院子里传来急切的叫声："秋先生！"

这一声喊，足以让秋儿撕心裂肺，是周易在呼唤她！她似乎忘记了马骉的存在，起身冲出房门，向院子奔去！

西厢房里的周易已经破门而出，声音嘶哑地呼喊着："秋先生！秋先生！"

事发突然，朵儿和耿虎、何顺儿，马骉和常三儿都连忙追出了东厢房！

形容憔悴的周易，脚步踉跄地奔过来，扑向他日夜思念的人，世界上最亲近的人。秋儿也张开双臂，向他扑过来，二人相拥而泣！谁能说清，这是姐弟之情，师徒之情，还是洛水之滨的人神之情？

旁观者马骉见不得这种亲昵之态，侧目而视，心里酸酸的，那一缕觊觎之念悄悄地退去了。要说服这个女人归顺他马骉，只能是梦想，而利用她的柔情去软化周易，则是可能的。

"秋先生，您怎么来了？"秋儿怀抱中的周易像个孩子，热泪涌流。

"得到了您的消息，我怎么能不来？"秋儿柔声说。

"不对！"周易却说，"我写那几句话，是让您做好该做的事儿，千万别来找我！"语气中流露出被误解的嗔怨。

"我是来接您的，"秋儿耳语道，"接您回家！"

"回家？"这两个字在周易听来，如同梦中呓语，"我怎么能走得了呢？除非……"

"正是如此！"马骉在一旁说，"你们现在也只有这个'除非'了。"

"除非我们把《绝影图》拱手让人？"周易转过脸来，冷眼相对。

"此言甚谬！"马骉不以为然，"何谓拱手让人？《绝影图》秘藏千年，突然面世，花落谁家，原有一万种可能，暂时归于你手，只是出于偶然。要知道，它初来京城之时，先到的是仰古堂，阴错阳差，才进了鼎易轩。塞翁失马，焉知非福？它还要回来的！"

周易一个冷笑。遗珠弃璧，那是仰古堂最提不起来的一个笑柄，不料马骉还好意思挂在嘴上。可惜他不会骂人，对于这位白发苍髯的长者，连"恬不知耻"这样的话也说不出口。

"驰公！"秋儿说话了，"天下的识宝、爱宝者，谁都想收藏冠世，做永久的收藏者、守护人，所以才有了争夺，甚至杀戮。可是，纸寿千年，而人生不满百，谁能把稀世珍品、惊天杰作都收入囊中？到手的东西，又能掌握得几时？鼎公说过：谁都不是最后的收藏者，只能做一个临时的守护者！"

"他自己就只不过是《绝影图》临时的守护者！"马骉立即接住这个话茬儿，以子之矛，攻子之盾。其实，秋儿这番话是什么意思，他还能不懂，那是说，你都这么大岁数了，为了一幅画去争夺，去杀人，值得吗？大限到来，一切都付之东流！这些，马骉心里都明镜儿似的，可是，正如烟瘾、酒瘾都难以戒断一样，他可以舍弃一切，却舍不了为此付出一生痴情的书画，当《绝影图》勾起他的无限向往，苦苦追寻，并且已经到了触手可及的迫近时机，谁还能拦得住他，劝得回他？当然要拼尽全力，去争，去夺！"说得不错，谁都不是最后的收藏者，《绝影图》不会永远在你们手里，天下第一马不入仰古堂，我死也不甘！"他喊道，八旬老翁的嗓音竟然如此嘹亮，"哪怕只能拥有一天，我也要在画幅的一角盖上自己的收藏印鉴'马骉过眼'，证明它曾经属于我！朝闻道，夕死可也！"

"你不配！"周易终于抛弃了那个仅具礼貌意义的"您"字，"书画收藏本是至雅至善、至公至仁之事，为一己私欲而抢夺、而强占、而杀戮，是收藏之耻，文明之耻！《绝影图》不容玷污，你这等恶人，一天也不配拥有！"

"哼哼！"马骉一阵冷笑。他一向以业界执牛耳者自居，若是在平日，一个黄口小儿如此出言不逊，一定会激怒他，让他大发雷霆，但今天却不会了，因为对方的一切，包括生死，尽在他的掌握之中。"'一天也不配拥有'，这话该说给你自个儿听，你已经有今儿没明儿了，一个将死之人，为什么还不放手？真不怕死吗？"

"我已经死了一次，再死一次又何妨？要杀便杀！"周易慨然道，

"你杀了周易，还有……"话说了一半儿，卡住了。

"还有谁？"马骉不失时机，立即追问，"你手下还有几员战将？放马过来！"

周易没有回答，也无须回答了。

一个寒战，秋儿意识到自己失策了。周易已被劫持，她又自投罗网，给了马骉双重的胜算，要想从他手里救出周易，难上加难了。都是因为救人心切！

"驰公息怒，"秋儿只好放低姿态，说，"秋儿和十二爷是晚辈，言语若有不周，还请海涵。秋儿不是来宣战，而是来讲和的，请驰公顾及两家百年同业之谊，也给秋儿一点儿薄面，放十二爷一条生路，我们不惜一切代价，倾家荡产也在所不惜，您开个价儿吧！"

周易诧异地看着秋儿："秋先生……"

"晚了！"马骉轻蔑地一笑，"现在，你们两人都已经在我手里，还有资格讨价还价吗？我不要你们倾家荡产，只要一幅画，大唐左武卫将军的《绝影图》。谁都知道，周易的一条小命儿值不了几个钱，而《绝影图》是无价之宝，二者绝不能相提并论，但要想求和，就没有等价交换了。"

"秋先生！"周易喊道，"我们怎么能跟他做这种交易？难道您打算放弃《绝影图》？"

"是的，"秋儿艰难地吐出这两个字，顾不得身旁有马骉在场，只好说，"为了救您，只能放弃，我们已经别无选择！"

啊？周易神色突变，不禁后退一步，闪开秋儿，面前的这个女人刹那之间变得陌生了。

耿虎、朵儿和何顺儿也都一愣，秋先生变了？在耿虎和朵儿心里，无论《绝影图》还是十二爷，当然都无比地重要，哪个也不能舍，要是只能保一个，怎么办？秋先生太难了！那，她也只能有一个选择，宁愿放弃《绝影图》，也要救十二爷，《绝影图》再金贵，它不就是一张纸吗？可十二爷……那是琅园之主的一条命啊！

躲在他们身后的何顺儿，连眼皮儿也不敢眨，瞅着局势的变化，无论风向往哪儿转，他都得跟上。

马骉暗暗吃了一惊，他万万没想到，这个"和"局来得这么快，对方的主帅阵前倒戈，突然之间使他的梦想成真！

"秋先生！"面对局势的突变，周易一声长叹，"您怎么这么糊涂啊？"

"我不糊涂，我只是想救您，救您的一条命！"秋儿清清楚楚地回答，"我当然舍不得《绝影图》。为了《绝影图》，九爷和无忌先生已经付出了性命；为了《绝影图》，我们不惜违背了九爷用它陪葬的遗愿；为了《绝影图》，您身陷囹圄，宋二爷和雷武、焦洪被杀。《绝影图》已经不仅仅是一幅画，一幅价值连城的天下第一马，而且还浸染着您至亲的兄长和肯为您赴死的朋友的血！如果还不放弃，下一个该是您了！"

"杀吧，死吧，那又如何？"周易昂然道，"我们不是任人宰割的牛羊，我们是人。人就该有人的尊严，怎么又能甘为他人刀俎之间的鱼肉，哪怕对手再强大，再凶残，牙尖爪利，权势倾天！先生，您一向以'舍生取义'教导于我，今天我们面对的是一群酷吏和恶人，他们贪赃枉法，滥杀无辜，巧取豪夺，而您却要我向他们屈膝投降，舍义而偷生，先生啊，您不觉得……"他迟疑片刻，终于说出那两个字，"可耻吗？"

"十二爷，谢谢您，学生已经可以反哺老师了。"秋儿泪流满面，这个从十三岁起就在她身边长大的孩子，说出的话让她惭愧，也让她欣慰，"我当然知道这样做可耻，可是……"她沉吟着，为自己寻找辩解之词，"还记得西汉名将李陵吗？他兵败被俘，并不是心甘情愿地投降匈奴……"

"可他终归还是降了！"

"他被强敌包围，粮尽矢绝，孤立无援……"

"那就可以降吗？他为什么不战死，不杀身成仁？如果李陵的投降情有可原，那么，苏武留胡十九年不辱汉节，还有什么意义？"

周易连发数问，让秋儿无法回答，千百年来，不仅是她，李陵苏武的赠答唱和，不知搅动了多少智者骚人的情怀……

"我不是李陵，也不是苏武，只是一个普普通通的人，一个无权无势、无家无业的女人。"秋儿还是回答了，声音不高，不是争辩，不是呼喊，而是以口对心的倾诉。按照马戛的说法，上天给每个人派了角儿，也给了他们各自行事的理由。那么她呢？有生以来，上天让她先后扮过不同的角儿，锦衣玉食的贵族小姐，如履薄冰的禁苑宫女，为人师表的琅园西席，辨伪鉴真的鼎易轩顾问，哪一个是她自己？如果她此后不必再扮演任何角色，除去了外加的服饰和妆容，该是个什么样子？又该做些什么？真是不可思议，点醒她的竟然是把她逼上绝路的人。"世界那么大，事儿那么多，我管不了，我只怜惜身边的人，我在意的人，不忍心看着您去死！"她娓娓而谈，把心里的话说给她在意的人听，"世上还有什么比人的性命更珍贵？我们的人几乎被杀光了，活着的也已经精疲力竭，危在旦夕。不，我不能再让您去死！为了救您，我们一切都可以舍弃！稀世珍宝，我们不要了；人间的公平正义、是非曲直，我们不去论了；人生的快意恩仇，我们无能为力了，我只要您活着！人生苦短，几十年不过匆匆一瞬，从现在起，就把这一瞬留给自己吧！十二郎，跟我走吧！"

"十二郎"？周易紧绷的心弦猛然一颤。师徒七年，两千五百日，头一次听到秋先生叫他"十二郎"。他自幼丧母，这样叫他的，只有父亲、兄长和如母的长嫂。现在，他们都不在了，却又听到了一个活生生的女性声音在呼唤他："十二郎，跟我走吧！"没有听错吧？叫得这么真切，这么动情，以往只能在梦里出现的情境，成了现实，这是来自洛水之滨的呼唤！

人终归是人，人心最柔软处，只在一个"情"字，情到最浓时，把那颗心融化了，"恨人神之道殊兮，怨盛年之莫当"！

"跟您走？我还能跟您回家？"周易泪眼蒙眬，似乎看到了久别的琅园、竹林、荷塘、一画堂……一阵凉意袭来，一切都不见了。他忽然想起，自己现在是替苦六儿活着，而且正在被悬赏缉拿，那个叫周易的人已经被官方宣布死亡，如果他出现在街头，会被人当成鬼魂！

"不，回不去了，我已经是个‘死’了的人，没有家了！"

"嗯，这是实在话。"马骉点点头。他感到，周易能够这么说，表明已经在认真地考虑他提出的和谈条件，事情就有了进展，可以乘胜追击了。他要作出自己的承诺，给周易和秋儿一个希望，一个归宿。"我不能让易之无家可归啊，"他朗声说道，"南洋的吕宋岛有我的至交，富甲一方，我可以把你们送到那儿，华居美食，任君享用。一个陌生的世界，无人识得西施、范蠡，二位可以自由自在，浪迹天涯，岂不是神仙过的日子？"

马骉为他们描绘了一幅世外桃源的图景。秋儿没有说话，只默默地看着周易。突然之间，她感到自己像卸去盔甲的战士，没有了束缚，没有了使命，没有了负担。从现在起，她不必再拼死抵御什么，奋力捍卫什么，悉心恪守什么，而还原为一个纯粹的人，重新做自己。说来也真是巧，七年前当命运把她抛进琅园，她第一个见到的男人并不是一家之主周鼎，而是幼弟周易，那个青涩稚嫩的童男向她表达了满满的善意，还献上了一副亲笔书写的喜联："画眉西阁张京兆，袒腹东床王右军。"那正是才子佳人最美好的境界，一个十三岁的孩子未必真正理解，竟懵懵懂懂地送给了她。七年过去了，琅园天翻地覆，物是人非，一切都改变了。从现在起，她不再是周易的老师，周易也不再是她的学生，如果他们能够活着出去，将尝试用另一种方式生活在一个陌生的世界，她会一如既往地呵护他，比过去任何时候都更加尊重他，而外来的危险、灾难都不复存在……

朵儿听得神往，说："那，十二爷就有救了，真有这么好的地方？"

常三儿瞪了她一眼："一个丫头插什么嘴？当然是真的了，驰公说话还能有假？"

"你们说话算数？"耿虎往前探着身子，盯着他追问。

"当然算数！"常三儿满打保票，"见货放人，货一到，就送客人上路！"

马骉不屑于理睬仆人的多嘴，眼睛闪过一道凛凛寒光。

仿佛利刃从心头划过，周易被那一道寒光惊醒了，一刹那，仅仅是一刹那，心中的那一丝柔情便烟消云散！

"秋先生！"他仍然这样呼唤秋儿，"秋先生，醒醒吧！您应该想到，我们献出《绝影图》之日，便是他们杀人灭口之时！"

蓦地，他从腰间抽出一把短刀，那是耿虎上次私闯东跨院儿时遗落的，使他在绝境之中竟然有了一件随身的武器。

马骉大惊，他想不到，费尽唇舌得到的是这个结果，更没想到，这个文弱书生也敢对他施加武力威胁，挥舞着那把短刀，要干什么？

"十二郎！"秋儿突然从南洋跳回数千里，惊呼道，"你要干什么？"

"秋先生！"周易逼视着她，说，"人，谁不想做回自己？谁不愿意为自己活着？而我们不能，上天不容许！因为胸中有节烈，肩上有沉重，上天不容许我们苟活！自从您进了琅园的门，就是周家的人，我宁死不降，您也决不许投降！从今往后，守住《绝影图》，就拜托您了！"

此时的周易，再也不见少年的青涩，文人的柔弱，而是一个顶天立地的血性汉子，一言九鼎的琅园之主，也是当之无愧的《绝影图》之主。如果说，过去他是兄长意志的坚决执行者，从现在开始，他就是决策者、指挥者，他的话就是命令，必须照办，不许违抗。他从来没有这样对秋先生说过话，这是第一次，也是最后一次了。

如雷击顶，如箭穿心，秋儿瞬间经历了粉身碎骨之痛，她清醒了：没有似水柔情，没有佳期如梦，这里是刀光剑影的战场。老师和学生互换了位置，一个是临危践位的统帅，一个是奉命突围的死士，使命没有完结，战士就不能卸甲，上天分派她的角色，还得继续扮演下去，把自己的戏份儿唱好！

看来，拼死决战的时刻到了，马骉大喝一声："来人！"

倏地，一群家丁不知从什么地方涌来，把周易和秋儿团团围住。

耿虎和朵儿急得嗷嗷叫，赶紧伸开胳膊，护着周易和秋儿。

周易并没有向马骉进攻，他突然弯起臂肘，把刀尖对准自己的脖颈，喊道："放秋先生走！不然，我就死在你们面前！"

马骉又是一惊！世界上敲诈勒索的手法儿五花八门，还没听说过把自己当人质的！

空气凝固了。秋儿和周易四目相对，她想大声呼喊，喉咙里却发不出声音。她想扑过去夺周易手中的刀，却不敢出手，唯恐出了偏差，伤了他的性命。朵儿吓傻了，耿虎急疯了，何顺儿浑身哆嗦，不知道该怎么办。那些马府的家丁，愣愣地看着这个身子单薄的年轻人，不敢上前。不是怕打不过他，而是怕逼得太急，他自己杀了自己，就没法儿向驰公交代了，他们只是奉命拦截而不是杀人。老谋深算的马骉也没经历过这样的阵仗，慌乱中他提醒自己：周易的身价可不比贱如蝼蚁的苦六儿，俘获周易的目的也不是取其性命，而是迫其交出秘藏的珍宝，此人决不能死！

"驰公，怎么办？"常三儿乱了方寸。

"放人。"马骉铁青着脸，说出了两个字。

家丁们让开了一条路，打开了东跨院儿门。

周易手持利刃，目光如炬，逼视着秋儿："秋先生，您赶快走，做您该做的事！快走啊！"

周易步步紧逼，秋儿和朵儿、耿虎步步后退，紧随在他们后面的，是马府的家丁，仰古堂主马骉，以及二掌柜常三儿。谁也不说话，只是默默地前行，神情肃然，步履凝重，好似被怪力乱神施了魔法，支配着他们的头脑和四肢，在举行什么神秘的仪式。这种情形，每个人都是生平第一次遇到，谁也不知道下一秒钟将会发生什么。

退出东跨院儿门，马府的大门打开了，那辆双辕四轮西洋大马车突然闪现在眼前，旁边挤满了看热闹的左邻右舍、翁媪孩童。

秋儿泪眼望着周易，步步后退，一直退到车旁。

"快走！"周易在催促她，手里的短刀寒光闪闪。

再也没有别的选择，秋儿挥泪转过身去。朵儿一边搀着她上车，一边哭着说："秋先生，咱们怎么能扔下十二爷不管啊？"

耿虎也说："秋先生，咱们不能走，您就没有别的办法了吗？"

"没有了！"秋儿说，"没听见他的命令吗？他交代的事，我必须去办，不能眼看着他死在眼前！"

她扶着朵儿的肩膀踏进车厢，猛回头匆匆一瞥，只看见风中拂动的一领青衫，就不忍再接触那一双视死如归的眼睛，低喝一声："走，快走！"

耿虎跳上驾座，一声鞭响，车轮滚动了……

空中，飘过一声凄厉的呼唤："十二郎！……"

突然，周易挺起手中的短刀，向自己的颈项刺去！大门内外，一片惊呼！

"快救人哪，"常三儿喊道，"可别让他死了！"

家丁们涌上前去，围住血泊中的周易，夺去他手中的短刀，匆匆忙为他包扎伤口，却又难以止住喷涌的鲜血，乱哄哄惊叫着："啊，没救了，没救了！"

马矗从噩梦中惊醒！周易死了？好容易得来的活口，怎么能让他死了呢？周易一死，《绝影图》的得失就只系于秋顾问一身了！那个女人已经自己送上门来，又怎么能让她走了呢？

"还不快追？"他朝那些傻愣愣的家丁喊道，"抓住那个女的！"

家丁们这才慌忙往外跑去。

"你还愣着干什么？"马矗转脸又跟常三儿说，"赶快给姑少爷打电话，让他急速派人，拦住那辆马车，抓住那个女人！"

"哎。"常三儿答应着，一转身，看见旁边儿还站着个何顺儿，这小子跟着秋儿一块儿来的，却没有跟着一块儿走。"嗯？你还不快去追？"

"啊？"何顺儿一时没听懂这话是什么意思，不知道常三儿把他看成哪头儿的了。

常三儿大吼一声："把那个女人追回来，你就立功了！"又找补一句，"快着，坐我的车！"

何顺儿心领神会，拔腿就跑。常三儿的包月车夫正在门口儿候着，何顺儿一步跨上车去："走！三爷说了，追上有赏！"

胡同里，一个人疯了似的跑过来，那是《时闻报》记者史春秋。

陆秘书的询问和训话，把他的计划打乱了。训话一结束，他就匆匆赶来，在马府的大门即将关闭的时刻，他赶到了！

他推开那两扇沉重的大门，跟跟跄跄地奔进去，这是他二十四小时之内第二次进马府，迎面看到的竟然是周易的遗体，仰卧在血泊之中，旁边丢着那把带血的短刀。

"周公子，我来晚了！"他扑上去，抚尸痛哭，"你为什么走得这么急？我们本来还有明天！"

马车在飞奔，出了胡同，驶向大街。后边儿，紧追着一群马府的家丁。何顺儿坐着常三儿的包月洋车，也玩儿命地追上去！不管是拉车的还是步行的，靠的都是爹娘给的两条腿，怎么能赶得上疾行快马？渐渐地，耿虎把他们甩得很远很远，消失得无影无踪……

常三儿的包月车夫玩儿命地奔跑。

"快点儿，你再快点儿！"何顺儿还在催他。

"你拿我当驴啊？"车夫大口喘着粗气，"没吃你没喝你，我还不伺候了！"

"别介，"何顺儿不敢得罪，赶紧讨好儿他，"不是说好了嘛，追上了有赏，那可不是小钱儿，你下半辈子都吃香的喝辣的了！"

他们终于追上了那辆双辕四轮西洋大马车，就停在正阳门西站前的广场上，刚刚从奔跑中停下来的两匹马，踢踏着蹄子，鼻子喷着白汽。何顺儿没等洋车夫停稳，就跳下车来，扑过去，一把拉开马车的车门。车厢里却空无一人。何顺儿当然不肯就此罢休，顺势上了车，巡视着四周，他们到哪儿去了？当他看到车站门口进出的人群，嗯，明白了，秋儿他们一准儿是坐火车逃跑了！

正准备下车进站，几名持枪的警察已经跑到跟前，他们是接到命令前来执行公务的，一把把何顺儿扯下来："那个女人呢？"

"女人？"何顺儿的魂儿都吓掉了，赶紧说，"我……我也不知道，正找他们呢！"

"撒谎！"警察火了，"车在，人在，你们是一伙儿的，敢说不知道？"

说着，枪托子跟捣蒜似的砸下来。何顺儿抱着自己的腿，顾不上钻心地疼，喊道："他们往车站跑了，一男两女！"

其实，秋儿他们并没有进站，丢弃马车是因为目标太大，把它停在车站前头正是为了给人以坐火车逃跑的假象。车站门口，一溜儿洋车夫正待在那儿"趴活儿"呢，耿虎很容易就找到了盛记车厂的熟人。

"哥，我有急事儿，借您的车使使。"他把兜儿里所有的钱都掏出来，往那人手里一塞，对秋儿和朵儿说："上车！"

此刻，这辆车正奔走在前门大街上。

"你带我们往哪儿去？"秋儿问耿虎。

"前门肉市，盛记车厂……"耿虎喘息着说。

"不成，车厂人多，藏不住！"

"那怎么办？"

"从前边儿拐弯儿，往东！"

前面就是鲜鱼口。耿虎猛地一个转身，车子来了个大转弯儿，驶进了鲜鱼口。这一带胡同密布，耿虎拉着洋车，一闪身进了把口儿的北孝顺胡同。

坐在车上的朵儿松了口气，说："虎子哥，看你累的！让我下来吧，我自个儿能跑！"

"那哪儿成？"耿虎浑身的衣裳都已经湿透，气喘吁吁，边跑边说，"让女人跑着逃难，我还算个男人吗？你和秋先生谁也不能下来，有我呢！"

秋儿并不争辩，她知道自己绝对跑不过耿虎，现在也不是礼让的时候，最要紧的只有一个字：快！

北孝顺胡同跑到了尽头，耿虎踏上打磨厂，越过长巷上头条、二条、三条、四条，一路向东，经过萧公堂、玉皇庙、南城坊、铁柱宫，向南拐弯儿进入翟家口胡同，再往东拐，穿过巾帽胡同，就到了崇文门大街。

"穿过大街，奔花儿市！"秋儿低声说。

耿虎心里纳闷儿，花儿市是宋二爷住的地方，秋先生这是要投奔他吗？可是，宋二爷已经……已经不在了呀！这些话，哪还有工夫细说？现在每一分一秒都关系到三个人的性命，耿虎再使一把劲儿，拉着洋车，向东穿过崇文门大街，冲进西花儿市大街。

花儿市，这条以制售绢花、绒花、玉器而远近闻名的商业街，此时已经不见日间的喧嚣，一片阒寂。两旁的店铺、民居都融进夜色中，只有街北的火神庙还亮着荧荧灯光。

"快，去火神庙！"秋儿说。

这才是秋先生要去的地方。为什么是这儿？不问了，耿虎一仰身儿，把车子在庙前停下了。

秋儿匆匆跳下车，拉着朵儿直奔庙门。不等她敲门，门就开了，等在里面的是本庙住持，"哦"了一声，说："善信回来了，快进来！"

这时，突然出现了一群警察，就像从地里冒出来的，由街口朝这边儿追过来，看见匆匆奔走的一男两女，立即冲上来，叫喊着："站住！往哪儿跑？"

一脚门里一脚门外的朵儿惊得回过头来："虎子哥……"

耿虎顾不得跟她说话了，朝着她的后背猛推一把，把她和秋先生推进庙去，然后关上庙门，伸开双臂，把住门框，哑着嗓子喊道："我看你们谁敢进来？"

警察们被他那股一夫当关万夫莫开的气势震得一愣，但也只是短短的一瞬，真枪实弹的警察岂能惧怕一个手无寸铁的车夫？"上！"他们发声喊，一拥而上，耿虎寸步不让，拳打脚踢，竟令他们不能近前。警察们被激怒了，"砰！"枪响了，也许是他们在打斗中丧失了理智，也许是上峰的命令在层层传达时走了样儿，把"只能活捉，不准开枪"这四个字给落下了，浑身是血的耿虎倒在庙门前的石阶上，警察们冲上前去，庙门被撞开了！

"元始天尊，灵宝天尊，太上老君，火德真君，真武大帝！"住持披头散发，涕泪横流，呼天抢地，他不知道哪尊神能制止这血腥的杀戮，拯救无辜的生命！

"虎子哥！……"后院传来朵儿的惨叫。

警察们冲进庙里，循声找到了大殿东面的侧门，一脚踹开，涌进了后院，他们四散开来寻找人迹，很快就发现西配殿殿门紧闭，于是毫不客气，举起枪托，一顿猛砸："开门！开门！再不开门，就开枪了！"

门当然不会开，开门就意味着受辱，意味着送命，即使面临追击者破门而入，也决不会开门迎敌！

警察们无计可施，既然已经开了杀戒，手中的枪就管不住了，"啪！啪！啪……"子弹朝着门窗飞去！

谁也不会想到，就在枪响的刹那之间，西配殿爆发出惊天动地的一连串巨响，殿顶被掀翻，四壁瞬间倒塌，熊熊烈火吞噬了敕建火德真君庙！

没有人知道火神庙西配殿爆炸的原因。唯一的知情者宋连魁，曾经到这里会见过曹横，看见他亲手制造的那些炸弹和未用完的炸药。宋二爷走了，也就带走了这个秘密，再也无人知晓。火神庙住持也不知道，他收留无家可归的人，只是出于悲悯之心，并不过问客人的私事。他不知道暂住后院的曹先生就是报纸上说的刺客曹横，曹先生外出未归，他就一直等着，并没有清理里面的东西，直到又有女善信前来投宿。他也不知道这位女善信是谁，又是因为什么引来杀身之祸。秋儿应该也不会想到，她的人生归宿，竟然和无忌先生是同一个地方，而且和宋二爷是近邻。她当然也不知道，堆放在西配殿角落里的那些"铁瓜"和药粉，是无忌先生的遗物，作为暂住的房客，她决不会触动。现在，秋先生也走了，带着太多的未解和遗恨。

一切解释不了的都只好归结为天意。大火烧了火神庙，是天意吧？上天要给人间带来什么呢？

次日，火神庙大火的消息占据了各报显著版面，《时闻报》并且出了号外，用一个整版刊登了史春秋的万字长文：《铁马冰河入梦来——〈绝影图〉案始末》。文章从曹锟贿选说起，写了曹横携祖传珍宝进京，在鼎易轩以命相托，升平署刺杀总统未遂；写了孙少权、丁浩元公权私用，为侵吞《绝影图》，草菅人命，滥杀无辜；写了马骉目无国法人伦，绑架人质，非法拘禁，为丁浩元出谋划策，杀害多人性命。一直写到火神庙轰然爆炸，鼎易轩秋顾问殒命于冲天大火，带走了最后的秘密，留下一个悲愤的疑问：《绝影图》，你在哪里？文章资料翔实，言辞犀利，毫无避讳，披露了一直为人们猜测而不知真相的种种细节。这是史春秋经过长期准备，连夜写成的，他不顾陆秘书的训示和警告，绕过主编的审查，动用了"特殊稿件"的发稿权，擅自以号外形式出版。他知道，此举可能是结束他的记者生涯的最后一搏，但他已别无选择，既然欲诉无门，那就向天捅上一刀，把那张遮天蔽日的大网撕破，把血淋淋的事实摆到光天化日之下，把审判权交给四万万人！

此文一出，朝野震动，洛阳纸贵。从升平署到鹞儿胡同，两场大血案，追踪了半年之久，找一幅找不着的画，死了那么多人，一切都扑朔迷离，而今终于揭开谜底，真正的"盗马贼"是谁？杀人凶手是谁？都有了颠覆性的答案。京师警察厅总监薛之珩雷霆震怒，立即下令逮捕丁浩元、马骉。事情到了这个地步，也只有"舍车保帅"之计可用了，难道能让这把火烧到京师警察厅，烧到总统府吗？黎元洪就是被轰下台的！

丁浩元在办公室被自己的部下抓捕归案。

当警察赶到马府时，马骉已经先走一步，自行了断，这等聪明绝顶的人决不会自等着受辱。他身穿长袍马褂儿，仰卧在东跨院儿书房的画案上，银须拂胸，平静安详。身旁还有半坛烈酒，一窝烟泡儿。警察询其家人，竟无一字遗言。后事极简，二掌柜常三儿连面儿都没露。

史春秋因违反规章制度被《时闻报》辞退。

事发第七日，由史春秋主持，在陶然亭重新为周易安葬，为秋先生、朵儿、耿虎敬立衣冠冢。他们不知道义士曹横到底葬到哪里了，借此也致以深切悼念。

两个月后，孙少权病死狱中。自从他出了事儿，在京城唯一沾亲带故的那位表姐夫就躲得远远的，再也没露面儿。临咽气之前，他向狱警哀求，想见见众议院议长吴景濂。当初，他就是奔着这位同乡前辈来到京城，在国家机器无数齿轮的缝隙中谋一口饭吃，谁料不到两年就被碾轧得粉碎。如今他有家难回，死后也只能做个游荡在他乡的孤魂野鬼，只求莲伯议长能看在世交的情面上，给他老家捎个话儿，以慰父母思念之情。狱警跟他说，议会里打得正热闹，墨盒儿、铅笔都成了武器，吴景濂的脸上都被打伤了，在北京混不下去，带着众议院的图章跑到天津去了。说来也有意思，半年前，被曹锟逼迫下台的黎元洪让如夫人裹走了印信，自己潜逃天津，吴景濂正是那场驱黎行动的急先锋，想不到转眼之间相似的故事又演了一遍，这回，携印逃跑的角色则是吴景濂本人了。

孙少权听完，长叹一声，当时气绝。他的死避免了刑事诉讼，就这样无声无息地消失了。

一年之后，一场天翻地覆的巨变震撼了北京。

1924 年 9 月 15 日，第二次直奉战争爆发。10 月 22 日午夜，率兵出古北口迎战奉军的冯玉祥突然倒戈，杀回北京，包围总统府，囚禁曹锟，逼其下台，上演了一出现实版的《捉放曹》，并驱逐溥仪出紫禁城。曹锟靠贿选登上总统宝座，只坐了一年挂零儿便骨碌碌跌了下来。曾席卷全国的抵制贿选运动，竟不如北洋政府内部的一场政变。曹锟身边的红人，四弟曹锐吞服"鹤顶红"自尽，总统府收支处长李彦青被处死，前财政总长王克敏被扣押，前代理内阁总理高凌霨逃往天津，总统府秘书长王毓芝被解职，京兆尹刘梦庚、前交通总长吴毓麟、京畿卫戍总司令王怀庆也都退居津门，前直鲁豫巡阅使署参谋长、山东省省长熊炳琦宣布下野，刚刚由京师警察厅总监改任京畿卫戍总司令部副司令的薛之珩被免职，一时间树倒猢狲散。值得一提的是，与冯玉祥共谋此次政变并且亲赴中南海"劝降"曹锟的，正是一年前奉曹锟之命在杨村对黎元洪截车夺印的王承斌。历史竟是如此刻薄，连花样儿都没换，照抄了一遍。

曹锟倒台，段祺瑞登场，任临时执政，民国政府又一次改朝换代。曾轰动一时的惊天大案，拖了一年之久，终于由大理院即当时的最高法院作出判决：丁浩元犯故意杀人罪，致多人死亡，判处死刑。似乎这纯属一起刑事案件，与政治无涉。相关的重要情节如曹横行刺总统未遂，以及千古珍品《绝影图》的复杂经历，则只字未提，好像从来没有发生过。至于涉嫌绑架罪、非法拘禁罪、故意杀人罪，致多人死亡的马矗，涉嫌渎职罪、敲诈勒索罪的孙少权，因嫌犯已经死亡，不予追究法律责任，官方也就不再向社会作任何交代，似乎他们生前都是良民、良吏。偌大的案子，居然只有丁浩元一名罪犯，似乎杀了他，就天下太平了。案子结了，那张网还在。

死囚丁浩元关押在宣武门外南下洼姚家井京师第一监狱，这是关押判了刑的罪犯的地方，与侦缉队的暂押室不同了。当年，这里曾是清朝镶蓝旗校练场，宣统二年投入十九万两白银，筹建京师模范监狱，民国元年由司法部验收，更名北京监狱，民国三年又改称京师第一监狱。那时的南下洼还是一片荒野之地，坑坑洼洼，还散落着一些无主的土坟，与此相邻的监狱，那厚重的院墙和铁门真像是鬼门关了。

丁浩元行刑那天，监狱门口挤得人山人海。似乎老百姓的记性强于官府，去年发生在升平署和鹞儿胡同的两场惊天大血案，怎么能忘了呢？如今罪犯伏法，这等爆炸新闻，怎么能不引得万人空巷？京城的文玩字画业、梨园行都来了不少人。鼎易轩和琅园的老人儿，能来的都来了。没有了九爷、十二爷和秋先生的日子，他们受了多少苦，忍着多大的痛？现在，终于等到了这一天，他们要亲眼看看，这个丧尽天良的恶魔怎么死？

行刑的时间定在午时三刻。民国之初，帝制时代的某些老传统仍然沿袭未改。清朝的规矩，依顺治二年颁行的时宪历，把一天十二时辰分为九十六刻，每个时辰八刻，初、正各四刻，每刻十五分钟。行刑时间在午时正三刻，折合成现在的计时法，就是十二点四十五分。时值隆冬季节，北风呼号，黄尘漫天，人们穿着臃肿的棉衣，踩着冰碴子，一大早就赶了来，还有一帮子记者，拿着照相机、采访本，都苦苦地等在门外。

监狱大门紧闭着。只有史春秋获准进入院子，单独采访即将伏刑的罪犯。去年被解职的史春秋因为那篇《铁马冰河入梦来》暴得大名，又被易主改版后的《时闻报》礼聘复职，现任记者部主任。

何顺儿今天没有去刑场看热闹。去年正阳门西站那场"车祸"，他捡回了一条命，却折了一条腿，吓破了胆。这一年多，他跟着苦六儿，跟着常三儿，奔波了那么久，什么也没捞着，只落得一个残疾之身，他这条丧家之犬、三姓家奴无处可去了，只好投靠什么事儿都没做成的尔雅阁。

他拄着拐杖来到叶寄尘的"梦庐"，正巧，另一条丧家之犬常三儿也在。风暴过后，一直没有显山露水的尔雅阁老板叶寄尘依然全须全尾，仿佛局外人，还是那样慈眉善目，一团和气，曾经发生的事情既然没有任何结果，那就只当没有发生吧。

何顺儿拿着刚收到的《时闻报》，上面刊登着史春秋新写的文章《一洗万古凡马空——〈绝影图〉寻踪》，读给这两位长者听。一听这题目，叶寄尘就如芒刺背，仿佛人家引用的不是杜诗，而是他的大作。常三儿心里空落落的，好像五脏六腑都被掏空了。尽管各人心里都忍着伤痛，报纸上所说的事情也已经和他们没有什么关系，但毕竟都是曾经为之神魂颠倒的人，无法遏止发自内心的强烈好奇。

京师第一监狱里，剃了光头、身穿囚服、戴着脚镣手铐的丁浩元正在吃饭，就在大门以里三丈远的石桌、石凳上。这是他今生吃的最后一顿饭，俗称断头饭。按照监狱的规矩，即将上路的人准许点菜，还可以喝酒，管够。丁浩元没有撒开了点菜，在他心目中，梁山泊式的大碗喝酒、大块吃肉，只不过是草莽英雄，而丁某人毕竟是翰墨世家子弟，不能失了身份，只点了一壶酒，几样下酒的小菜儿：松花蛋、芥末堆儿、炸花生仁儿、白水羊头肉，都是平日小酌必备。

旁边儿站着两名警察，看着他吃喝，等着把他押赴刑场。

"哟，史记者？"丁浩元看见史春秋来了，有些意外，有些受宠若惊，"多谢你来为我送行。"

"我有话要对你说，"史春秋说，"今天来了那么多记者，却只让我一个人先进来独家采访，为什么？就因为我办了一件轰动社会的大事儿！"

"什么大事儿啊？"

"募捐资金，修复花儿市火神庙。"史春秋说。他从皮包里拿出一份儿报纸，"这是今天的报纸，你看看。"

"哦？"丁浩元一听到那个断了他前程的火神庙，心里就反感，"修它干吗？"

"因为那儿很可能藏着一个巨大的秘密。"

"什么秘密？"

"我感兴趣的，你感兴趣的，许多人都感兴趣的《绝影图》。"

"啊？"丁浩元心上像被扎了一刀，猛地抬起头来，"你怎么知道藏在那儿？"

"是幸存的火神庙住持提供的线索。住持并不知道秋先生是谁，不过，他手里倒是有一幅秋先生的手迹，是秋先生托他保管的。"他指着报纸说，"你看！"

哦？丁浩元一愣，这才从史春秋手里接过报纸，那上边儿影印着一页手稿，八行信笺上，以劲秀的字体书写着一首词作：

　　绝尘龙种，无缰汗血，纵横间方觉乾坤小。瘦骨铜声、禁销得、火烧烟燎。更千年、仰天长啸。

　　前生梦醒，今生梦断，问苍茫、与谁同调？流水高山、泉台路、愿归来早。怅秋风、为先生祷！

　　　　　　　　　　　　　　　　　调寄《解佩令》

丁浩元没看明白："这上边儿一个字儿也没提《绝影图》啊！"

史春秋没想到仰古堂的姑少爷竟然胸无点墨，笑笑说："所谓'龙种''汗血'，那是宝马、良驹的代称，指的不就是《绝影图》嘛！这首词，显然是鼎公辞世时所作，秋先生痛不欲生，但为了《绝影图》，她不能死，借这首词告诉逝者，告诉世人，天下第一马并没有焚毁，还在人间。"

"这就是我们一直追寻的秘密！"丁浩元发出一声钻心的呻吟，他和马矗翁婿二人费尽心机、搭了性命、身败名裂都没办到的事儿，却让这个史春秋白白地捡了便宜，"没想到啊，最后它竟然落到你的手里！"

"不，"史春秋却说，"如果能找到《绝影图》，我也不会据为己有，而是把它捐了……"

"捐了？"丁浩元像是在听梦话，"捐给谁？"

"捐给正在筹备成立的故宫博物院。"史春秋说。

"啊？"丁浩元更加不可思议，"筹备成立故宫博物院，挑头的可是李石曾啊，去年他和一帮子人发表公开信，指责周易毁坏古物，你和他有过文字之争，怎么又和好了？还把东西捐给他？"

"不是捐给他，而是捐给国家。"史春秋说，"就保护古物而言，我们的观点其实是一致的。而今，逊清皇帝被逐出大内，还紫禁城于国民，中华民族历代艺术瑰宝，终于有了永久珍藏之所，岂不是莫大的幸事？"

"好，调子唱得很高，简直像革命党了！"丁浩元抬起醉眼，斜睨着他，"那我就不明白了，到手的东西再捐出去，你图个什么呢？"

"我当然也有所图。"史春秋并不避讳这个问题，说道，"我要的是名。一个文人，无论他多么清高，可能不贪财，不好色，不稀罕做官，却不可能不爱名。因为文字写出来，不光是给自己看的，总是希望传之久远。我虽然没有李杜苏辛之才，可我也希望自己的文字能留下来。如果天遂我愿，《绝影图》重现人间，这条足以改变中国美术史甚至震惊世界的新闻由谁来写？将非我莫属。鼎公曾教导我要做'记录历史的人'，这个称呼很庄重，很伟大，我虽渺小，但愿附国宝《绝影图》之骥尾，或许得以名世，在人间留下那么一丝浅浅的痕迹，也不负此生了。"

梦庐里，梦公被触动了肺腑，自己几十年与书画打交道，说到底只是做买卖，虽小有著述，尚无惊世之作，不料却让一名跑新闻的记者占了先机，怅然拍案叹道："时无英雄，使竖子成名！"

京师第一监狱的院子里，丁浩元瞟了一眼史春秋。

"原来你想千古留名？"他不由得一声冷笑，"可是，火神庙都已经被炸烂了，烧光了，什么纸经得起这样的大火啊？我就不信，你还能从那里头找出一幅画来！"

"是啊，开头儿我也这么想。"史春秋说，"可是在现场勘察之后发现，损毁严重的只是后院儿的西配殿，其余的房子、地面和院墙都破坏不大，谁也不知道东西到底藏在哪儿。这回修复，是全面大修，有机会仔细发掘，说不定还有夹壁墙、地窖子什么的……"

"庙里有什么，老道还不知道？"

"还真不一定知道。历史上，花儿市火神庙曾经好几次烧毁重修，住持也换了好多茬儿，地上、地下的情况，我们得慢慢儿查。拜托火德真君、真武大帝保佑吧！"

"哈，这还有什么谱儿啊？"丁浩元的嘴角儿眼梢儿都是不屑，"万一什么都找不着呢？"

"那就接着找，"史春秋并不在意一个行将毙命的人的讥刺，仍执着于既定的信念，"哪怕找它十年、二十年，我也一定要找到它，总不至于再等一千年吧？"

"一千年？"丁浩元仍然嘴不饶人，"一千年之后还有你什么事儿？"

"时辰到！"守在一旁的警察突然喊道，强行结束了这场关于未来千年的争论，他们是分秒必争。

气氛立即变得十分紧张，轮到司法处长被司法了，毫不客气，两名警察各自抓住丁浩元的一只胳膊，像老鹰抓小鸡儿似的把他提溜起来，卸去脚镣手铐，把他反剪双手，用麻绳五花大绑，让犯人没有挣扎的余地。这是行刑前必备的程序，完成得快捷、利落，如庖丁解牛般娴熟。最后又用绳子扎住犯人的裤腿，以防止他因惊恐而便溺失禁，污损路面，有碍观瞻。经过这样一番折腾，刚才吃喝时候的那点儿最后的尊严荡然无存。

丁浩元的头脑瞬间一片空白，在此之前所经历的一切，都变得虚无缥缈。再过一会儿，等到一声枪响，他这条命就随风飘散了，什么都不会留下。

监狱的大门打开了，门外是黑压压的人群。

丁浩元迈动双腿，朝前面走去。一向拿着枪杀人、吓唬人的人，今儿头一回吃枪子儿，甭管是什么滋味儿，都得受了。他不知道那些在寒风中站了许久等着看他死的人，将如何对待他。

史春秋举起照相机。他抬起头，天空飞动着泼墨般的乌云，云破处，滚过一串隆冬季节极为少见的沉雷，好似天马遥远的嘶鸣。

- ［全文完］-

后记：从《听画》到《丹青隐》

不是续篇，而是另一个故事

1990 年，我应邀在新加坡南洋艺术学院讲学，偶然听到当地美术界朋友的一句闲谈："新加坡人不是用眼睛看画，而是用耳朵听画。"这句话瞬间打动了我，《听画》的灵感乍现即在此时。回国以后，写成了十几万字的小说，这是我第一次试用五笔字型打字而非手写的文学作品。在小说中，上面那句惊人之语出自大收藏家天庐居士之口，他认为全世界大多数人其实"看"不懂艺术的价值，只是在"听"艺术品的价钱，他本人则已是一位双目失明的耄耋老人，什么也看不见了。小说写了来自中国的画家"我"与天庐居士的一夕长谈，纵论名碑、名画、名人墨宝的沧桑沉浮，两代收藏家的血泪情仇。小说以不断变换叙述者的第一人称写成，也就是说，通篇以对话组成，读者于无形中被置于"听画"的地位。这是一个危险的尝试：这些美术专业性极强、充满"行话"的对话，旁听者听得进去吗？对此，在写作的当时，我完全没有考虑。我知道，这个题材命中注定了它的"小众"性，读这部作品需要过一道门槛，那些对此没有兴趣、读不进去或者干脆说读不懂的读者，就只能舍弃了。我不愿意适应任何人的口味，只想讲自己要讲的故事，说自己要说的话，正如蚕吐出来的只能是丝，而非他物。这是我最"自我"、最"任性"的一次写作，为所欲为，不计后果。

作品完成后，交付《中国作家》杂志，受到冯牧主编，张凤珠、高洪波副主编等诸君的"激赏"，刊登在 1991 年第二期头条。出刊后得到文学界一些朋友的好评，老作家邓友梅先生以"读得如醉如痴"予以勉励。也有批评意见，著名文学评论家雷达先生就嫌个别章节述史、用典过密，但"全体来看，它本身就是一件文物气很重的艺术品""不禁要为作者的独立创造和学养功底叫一声'好'"。《听画》获 1991 年度中国作家优秀中篇小说奖。

读者的反应肯定了我的探索和追求。这证明，我所痴迷的故事，我所醉心的语言，能够引起他人的共鸣，尽管这共鸣仍然是"小众"的。事实上，任何学术领域都是相对封闭的，世界上没有一项学问可以吸引全人类的兴趣，正如再高明的调酒师也调不出一款让所有的人都可口的酒。与众不同正是你的价值所在。如果说这是一场测试，结果是积极的。

在《听画》的读者当中，有一位在出版社做编辑工作的朋友向我建议：再写一部姊妹篇吧，篇幅可以更长一些，写成长篇。

这倒提醒了我，既然已经蹚出了一条路，可以继续写下去，写自己感兴趣的、熟悉的题材，不过不是为《听画》写续篇，狗尾续貂没多大意思，要写就写另一个全新的故事。

撒一个弥天大谎，每个细节都是真实的

于是就有了本书的构思。

故事发生在民国十二年，公元 1923 年。这一年具有标志性的事件便是曹锟贿选，以每张五千大洋的票价收买"猪仔议员"，执意问鼎中华民国第三任总统。就在这样的背景之下，安徽亳州的曹横来到北京，他是魏武帝曹操的嫡传后裔，随身携带着一幅秘藏千年的传家之宝——其祖上大唐左武卫将军曹霸所作、描绘曹操坐骑的《绝影图》，

称家有大难,急于出手。曹霸是史上公认的画马第一家,作品早已失传,《绝影图》的惊现震动了鼎易轩主周鼎和京城收藏界,也引起了官场和同行的觊觎。曹横售画所得的五万大洋,并非用于家事急需,而是去办一件大事——购置枪械,刺杀曹锟。他和曹锟并没有私仇,只因为曹锟强奸民意,弄权窃国,使家族蒙羞,不配姓曹,必欲除之!小说围绕一场政治搏杀的成败和一幅千年古画的争夺,将故事次第展开,各色人物纷纷登场……

　　历史的框架是真实的,而故事和主要人物都是虚构的。曹霸的画早已失传,谁也没见过是什么样子,这是中国美术史上的巨大缺憾,但正是因为历史的残缺不全,为我们留下了虚构的空间。写历史小说的成功之处,往往不是复述已经发生的史实,而是钻历史的"空子",在史书的字里行间缝隙中展开想象。当然,历史的既定框架是不可更改的,你只能沿着已经发生的历史走向,寻找可能产生的情节,把虚构的内容嵌进真实的框架,还要让人家相信这是真的。在好莱坞流传着这样一句话:"撒一个弥天大谎,每个细节都是真实的。"真是经验之谈。为什么一些根据真人真事拍摄的电影显得很假,而虚构的故事却可以拍出真实感?诀窍就在于此。台湾作家高阳擅长历史小说,他的一大特点就是细节的真实,真实到连历史人物的饮食起居各种细枝末节都清晰可见,而又信手拈来,不是特意显摆,仿佛作者亲身经历过那个时代,或者手头秘藏着当事人的日记、流水账之类,否则怎么会熟悉到这种程度?如此状态,是写历史小说的最佳状态。汪曾祺先生有一个短篇《金冬心》,描摹清代大画家、扬州八怪之首金农的心态和生态,得心应手,淋漓尽致。余生也晚,《丹青隐》写到的民国时代,我没有亲身经历过,只能尽可能地占有历史资料,让自己进入那个年代、那种氛围之中,重新生活一次。对于写作者来说,游弋于时光隧道的"穿越"感是非常受用的。

引人入胜，浅入深出

本书的故事框架在 20 世纪 90 年代初就已经基本形成，此后的很长时间，我都在不断地为它搜集素材，构想情节，却迟迟没有动笔。我的职业是一名画家，文学创作只是"丹青余墨"，画事当前，它就得让路，不承想，这一让竟然让了二十多年，最早向我建议的那位朋友早已去世，他一直等到死，也没有看到这部稿子。直到我年过七十，心里惦记着还有一个《丹青隐》的选题没有完成，不能再拖下去，该动手了。

依然是收藏家的故事，依然以画为中心，这是《丹青隐》与《听画》的血脉相通之处。但是，毕竟间隔了二十多年，新作该怎么写？沿着当年的路子再走一遍吗？

"文化小说"的特质不变。《听画》的成功经验就在于，它并不回避绘画和收藏的专业性，而是将绘画的视觉形象转换成可读、可听的文学形象，以另一种方式打动受众的心灵。文学比其他艺术形式更容易接受，更具普遍性，不懂音乐的人也可以从白居易的《琵琶行》感受音乐的魅力，不擅舞蹈的人也会由杜甫的《观公孙大娘弟子舞剑器行》引起手舞足蹈的冲动。其实任何行业、任何学术领域都有其自身的魅力，都有的可写，展开来写，深入地写，只看你写得好不好。做学问就要深入，深入了就难免"掉书袋"。辛弃疾的词，"掉书袋"太多，增加了一般读者阅读的阻力，但如果不"掉书袋"，说些浅显通俗的大白话，那还是辛词吗？我一向认为，文学艺术的创作不同于商业运作，不应该把读者、观众当成"上帝"，不是你要什么我给什么，而是我要给你什么！作家、艺术家有责任引领、造就有文化、有品位、有思想、有情趣的读者和观众。试想，如果没有张九龄的"海上生明月，天涯共此时"，苏东坡的"但愿人长久，千里共婵娟"，亿万人在中秋之夜仰望明月时不知说点儿什么？

曲高未必和寡。文学作品毕竟是写给人看的，看的人越多，认可度越高，作者越有成就感，"凡有井水处，皆能歌柳词"并非贬义词，白居易的诗作"禁省、观寺、邮侯墙壁之上无不书，王公妾妇、牛童马走之口无不道"，也是众多作家、诗人所未能达到的。或许在很多知识分子读者心目中，李白的《静夜思》和王之涣的《登鹳雀楼》并不是唐诗中最优秀的，而这两首诗却传播得最广，为什么？就是因为找到了读者需求的最大公约数。他们的作品，文字并不深奥艰涩，而是明白晓畅，初读极易进入，读毕回味无穷，这便是：引人入胜，浅入深出。这种后劲十足的醇酒，需要高超的酿造功夫。

基于这样的认识，在《丹青隐》的创作中，我调整了策略。

首先是人物设置，不仅有收藏家鼎易轩主周鼎、周易兄弟以及仰古堂主马矗、尔雅阁主叶寄尘，还有曾深入禁宫、饱览皇家秘藏书画的秋儿，嫉恶如仇的刺客曹横，国剧名伶、架子花脸宋连魁，市井无赖苦六儿，以及投机钻营、假公济私的政客孙少权、丁浩元，哑巴裱画师杜宇及其徒弟何顺儿，等等。这样的阵容，与《听画》中清一色的文人已经大不相同，色彩和味道都"杂"得多了。

其次是故事架构，除了围绕书画收藏的言辞激辩，还安排了国会选举之战、升平署堂会刺曹、盗御马、灵前焚画、《绝影图》真假之辨、凶杀、越狱和追捕等情节，这就不仅仅是文人雅士的坐而论道，而点染了惊险、悬疑、推理的些许笔触，"文戏武唱""武戏文唱"，或许将为读者增加阅读的快感。引人入胜是硬道理。对于一部数十万字的长篇来说，你必须时时调动读者的兴趣，把它读下去，把它读完，不然，无论你有多么深刻的思想，人家也无从领会。

再说语言文字。其实，对于读者来说，一部作品最能打动他的，读后念念不忘的，恐怕未必是主题思想、人物形象、故事架构，而是语言文字的呈现。因为直接与读者接触的是语言文字，其余的一切都藏在背后。如果把"落霞与孤鹜齐飞，秋水共长天一色""无可奈何花落去，似曾相识燕归来""大江东去，浪淘尽、千古风流人物"译成白话，恐怕成不了经典；如果把同一个故事由不同的人来写，也会有天壤之别。差别就在语言文字。语言文字是作家的脸，抛头露面，一览无余，无法弄虚作假。品评一部文学作品，最终品评的是文字。当年写《听画》，故事发生在苏州的一个收藏世家，故而采取了文质彬彬的气质加吴侬软语的韵味，整个风格是协调的。《丹青隐》的故事发生在北京，就要适当地体现京味儿了。我说"适当"，是因为近年来，"京味儿"往往被理解为只是胡同儿、豆汁儿、炸酱面，不适当地简单化了。其实古都北京不仅有喧嚣的市井文化，更有深厚的宫廷文化和士大夫文化，色彩和内涵都是很丰富的。在《丹青隐》中，不同身份、不同阶层的人物都按照自己的方式说话、做事，而又彼此交集，因而呈现"多声部"的有趣融合。不仅是人物的对话，叙述语言也与此相适应，将书卷气与豪侠气、市井气、烟火气并存。书中的人物还有一些诗词和联语之作，这也是我所乐于做的事。如果，读者阅后把故事都忘了，还记得其中的诗词和联语，我也会感到欣慰。

　　《丹青隐》从动笔到完成，用了我七八年的业余时间。我习惯于晚上写作，夜深人静之时才属于文学。打开电脑，先把昨天写的看一遍，不满意的地方做些改动，甚至推倒重来，改完了再接着往下写，每晚只能写两三个小时，所以写得很慢。从最初构思算起，到最后定稿，前后跨越了三十年，反复修改不计其数，远不止"披阅十载，增删五次"了。在这么长的时间里，锲而不舍地做一件事，吸引我的，其实并不是什么宏大的主题、高深的思想，而是敲击键盘锤炼语言文字这项"游戏"的巨大魅力和无穷乐趣。做自己喜欢做的事——为所欲为，乐此不疲。

　　　　　　　癸卯榴月，记于抚剑堂书屋

链接：画里画外，众家评说

荒煤（著名作家、文学评论家）：

本书（指小说集《傲骨》——编者注）的作者王为政同志是一位颇有自己独特风格的著名画家。经常到国外举办画展和讲学，回国之后，还经常写点散文。我读得不多，总觉得他的散文充满诗情画意，心中不免想到，到底是一位画家，即使使用文字，也能给你描绘一幅具有异国风情的、丰富多彩的画面来。

前不久，他要我为他的一本书作序。出乎我意外的是，为政送来的并不是抒情散文，竟是他的一本小说集！

为政给我的印象，是一位温文尔雅的君子，言谈之间很少锋芒外露，加上我孤陋寡闻，印象中的中国画家，兼做诗人和书法家的较多，却很少写小说的。读罢为政的小说，我倒有些后悔，不该随便答应为它写序了。小说虽然只有几篇，题材不一，没有什么大主题，也没有揭露什么重要的矛盾，然而透过这些人物的肖像甚至是速写所表现的世态与心态，却不是几句泛泛之辞可以形容和概括的。对我这个年逾古稀、应该心境淡泊的老人，也难免感到心灵上的刺痛。这是我事先没有料到的。为政作为画家，画人力求神似；而当他以文字写人时，也能用质朴简明的语言，把人物的心态表现得如此细腻，真实可信，因而人物形象颇有光彩，栩栩如生，值得玩味，发人深思。

为政的文学创作虽然是在他的"画余"时间"兴之所至，偶尔为之"，但已显示了难得的才华。有此一支运用自如的传神之笔，无论画人还是写人，必有不朽之作！

吴冠中（清华大学美术学院教授、著名画家）：

王为政艺术之花的成长已经历了久长的岁月，适应着寒暑的变化，抗拒着寒暑的摧残，终于日见丰茂。他在学生时代就肯钻研，掌握了坚实的写实能力，且善思索，在创作中苦吟。正由于他兼取中、西绘画的技法，在构思和造型两方面都具实力，因而他的作品在展出中常得好评。

王为政爱抒情，在创作中，他视抒情为第一要素。今天中国艺坛呈现百花齐放的好光景，王为政的兴奋和激动是可以想见的，抒情性逐渐在他的作品中起主导作用。他长期刻苦锻炼的造型能力和围绕主题的刻意构思并非无用武之地，但造型艺术中抒情的表达更须依靠形式美的语言，画家王为政面临着新的课题。在王为政的创作历程中，明确地看到他从"营建"一步步走向抒情，逐步在探索并掌握形式美的规律。

王为政早已是北京画院的专业画家，作品常见于各种展览会和报刊，近年来在国内外多次举办个人画展，出版画集，日益引人瞩目。我作为他的启蒙老师，祝他前程无限。

邵大箴（中央美术学院教授、中国美术家协会理论委员会名誉主任）：

我对王为政是比较熟悉的，因为奚静之招生的时候是他的老师，回去以后经常回忆当时她招生的情况，在几百上千人里王为政脱颖而出，所以我对他比较关注……

王为政进入北京画院以后，长期从事人物画创作。他的作品那么多，我是一张一张认真看的，而且看了几遍，我觉得是很感动的，感觉到他确实是文学才能、艺术才能、艺术禀赋超过一般人的，从青年开始一直到现在。在画家里面，像他这样对于文学、对于古典诗词、对于写作的研究，恐怕在当今的中国人物画家、山水画家、花鸟画家里都是少有的。他的造型能力也是在当今人物画家里很特殊的，现在青年画家的人物造型能力越来越弱，浙派的画家，京派的画家，以至于全国各地的画家也在这方面做了很大努力，在强调造型的同时，用笔墨来造型，取得了很大进步，王为政和许多画家都做出了很重要的贡献。

王为政画的这些人物画，就其造型能力来讲，他和其他画家不同的地方就是他在人物形象上的刻画比较深入，古代人物、现代人物，他对这些人物都是进行了深入了解以后才进行刻画的，在造型上不是一般层面上的，而是讲究人物的内心世界，形神兼备，而且对人物理解很深入，文学性和造型的绘画性是结合在一起的，所以我看他的画非常感动。画张志新画的有很多，但是他的这张张志新非常动人，有抒情性、悲剧性，都表现出来。他的作品里有不少悲剧人物，因为人生归结起来，悲剧性是人的生命里最重要的，是人类社会里很重要的一个特征。他抓住这种悲剧性，把情节性减弱了，而人物形象的复杂性、丰富性强化了，所以我觉得他的人物画在当前是非常突出的。丁玲、冰心、鲁迅、瞿秋白都有人画过，但是他画得和别人不一样，有一种很动人的地方，这种动人的地方是别的画家所不及的。

奚静之（清华大学美术学院教授、著名美术史论家）：

我和王为政君的忘年之交已近半个世纪了，看他从一位意气风发的青年成长为一位卓越的艺术家、文学家和学者，心里由衷地高兴和喜悦。

1963 年，我和朱济辉先生受我们任教的中央工艺美术学院委派，到作为华东地区招生点的上海市负责招生工作。那一年，来自江南各地报名的学生逾千人，在通过素描、速写测验之后，还要应对"构图—

创作"的考试，试题是为一件任选的文学名著设计封面。考场上不少人在拿到试题之后感到陌生，或抓耳挠腮，或苦思冥想，直到终考钟声前勉强地交卷，只有极少数人迅捷而顺利地完成了作业。其中给我印象最深的，便是来自江苏的考生王为政的试卷。在一张卷子上，他竟然完成了两本小说的封面，上半面一幅是赵树理的《小二黑结婚》，下半面是柳青的《创业史》，构图匠心独具，选取的人物和环境与文学作品主题吻合，生动而富有装饰趣味。这位青年人的绘画与文学才赋，以及敏锐的思维和构思画面的能力使我惊喜不已，觉得一位"新科状元"出现了，他理所当然地以高分录取入中央工艺美术学院装饰绘画系学习。后来我了解到，为政是南京艺术学院附中的应届毕业生，幼年便拜师尚连璧先生学习素描，打下了坚实的造型基础，是该校同届毕业生中的佼佼者。

在中央工艺美术学院学习期间，为政不仅以纯熟的造型和构图能力出众，而且以勤奋好学和善于思考，得到老师和同学们的关注。他受业于吴冠中、李苦禅、卫天霖等艺术大师，在中西绘画领域均有造诣。1973 年他进入北京画院，专职从事中国画创作，兼擅人物、动物、山水，尤以人物见长。

为政出道很早，青年时期的《毛泽东与李四光》、表现陈毅元帅豪迈气概的《从容谈兵》以及之后为因独立思考而在"文革"期间身遭不幸的张志新绘制的画像《思想者》等现代人物创作，还有描写历史人物的《公子扶苏》《霸王与乌骓》等，在社会上有广泛影响。为政是一位对历史和现实有深刻思考的艺术家。他的一方专用于自己人物画创作的印章："千古风流人物"，表明他矢志为中外古今知识精英们树碑立传的宏大志向。近十多年，他一直沿着这个方向继续耕耘和探索，他笔下的《国学大师王国维》《弘一法师》《智者巴金》《白石老人》《苦禅先生》《爱国老人于右任》等一系列文化艺术大师的肖像，形象真实生动，倾注了他对这些前贤深深尊敬和热爱的心情。人物形象刻画没有夸张和矫饰，在平凡、淡定的神情与动作中，显示他们的个性，表现他们丰富的精神世界。

为政的人物画属于"中西融合体"类型，即借用西画的写实造型，将其与传统的笔墨语言相结合，为塑造语言有现代感的人物形象服务。写实性与写意性的结合，是为政几十年来在艺术上孜孜以求的。读他近十多年的新作，可以看出他在笔墨语言上新的拓展。他坚持传统人物"形神兼备"这一核心要求，在人物形象的内涵与丰富性上下功夫。他既重视人物的整体结构，又精心刻画细节，尤其着力于人物眼神和手的描写，传达人物内在的性格特征。而在表现语言上，由于他有书法修养，以书法用笔入画，骨线劲健有力，在长短、曲折、粗细和刚柔中，传达情趣，显示品格。在为政的人物画中，我们感受到一种刚毅、正直的气象。这种气象既是我们改革开放时代风貌赐予的，又是为政人格修养的自然流露。

　　与为政绘画成就可以比美的是他的文学才赋，他的文学作品多次获奖，出版有《中国作家经典文库·王为政卷》，小说集《听画》《傲骨》，散文集《瑞士之旅》以及反映他深厚古典文化学养的《抚剑堂诗词集》等多部作品。不用说，他在绘画和文学创作上的成功，都得益于他对人、对社会的深刻认识和丰富体验，得益于他的人文情怀和全面的文艺修养。他的绘画作品中蕴含的文学意味和他小说、散文和诗词中的视觉形象性，给我们在欣赏和阅读中带来不少愉悦和快意！

郑伯农（著名作家、诗人、文学评论家）：

　　认识为政近二十年。早就知道他是美术界的多面手，"文武昆乱不挡"，诗书画兼擅。读了他的诗词集《丹青余墨》，仍然感到惊讶。他的诗有很强的冲击力，犹如一股气浪，冲得我心潮荡漾。

　　作为中外闻名的优秀画家，为政的诗词有相当一部分是配合绘画创作出来的。我觉得他的诗和画结合得很好，水乳交融，相得益彰。前者不是后者的附属品，单独抽出来，也是能够打动人心的好诗。吴冠中先生在谈论为政的创作时说："在创作中，他视抒情为第一要素"。为政的终身伴侣霍达说，"作为画家的王为政，还深深地爱恋着文学。

在作画之余，他读书万卷，笔耕不辍""画家本色是诗人""也许，正是这种诗人气质、学者素养成就了他的绘画艺术"。我很赞成吴大师和霍女士的意见。不妨看看为政的几首作品：

从容谈笑纵横兵，铁马关山咫尺枰。
八段元戎天不死，至今犹忆喊杀声。

——七绝·题《从容谈兵》

小城月色清如许。硬弓泣，柔弦诉，幽咽泉流翻作谱。
把心揉碎，把情牵断，却向谁人吐？
风流终被风流误，未待蟾圆目双瞽，奇技惊天天也妒！
百年一曲，孤弦绝响，留与人间驻。

——青玉案·咏阿炳

上面两首，一首写大人物，一首写小人物；一首诗，一首词；一首豪放，一首婉约，都不同凡响。陈毅有三种身份：元帅、外交家、诗人。为政既不写他如何领兵，也不写他如何驾驭国际风云、如何构筑鸿篇巨著，只写他下围棋。虽然展现的只是坐在棋枰前的陈老总，虽然只有寥寥二十八个字，人物的精气神却跃然纸上。阿炳是流落街头的旷代奇才。许多人被他的乐曲所倾倒，却很少有人理解他的内心世界。为政是画家，对音乐感受之深却不在音乐专家之下。"百年一曲，孤弦绝响，留与人间驻。"这是诗的语言，也是知音者的语言。他的这首《青玉案》，是写阿炳的难得的好诗。

诗词有豪放和婉约两种风格。为政不废婉约，就其主流来讲，可以归入豪放一派。这不仅体现在作者的选材上，更体现在作者的精神气质上。从字里行间，读者可以领略到作者的大胸襟、大视野。

雷达（著名文学评论家）：

王为政的《听画》，于古画鉴赏着一"听"字，出语奇警，颇涉玄想。初读之际，以为作者受了茨威格《看不见的收藏》的启迪，读完之后，却不禁要为作者的独立创造和学养功底叫一声"好"。缺点自然也很触目，对画史、古籍、史事、掌故的铺述太密，扯得有些远，因而不免于堆砌，也就不免于冗长。但这只是就部分章节而言，全体来看，它本身就是一件文物气很重的艺术品。语言上，精雕细琢，白描的功力也很强，颇得古典小说的堂奥；内容上，可视为相对封闭自足的领域——民族文化瑰宝的领域，直接以文化为表现对象，有深湛的人文传统，自成体系；在精神上，借传奇情节，揄扬如雪的民族节操，圣徒般的艺术至上的追求。这种作品的艺术感染力，主要不是来自生活的力量，而是来自生活的精华——艺术自身的力量，所谓诗胆、文胆、情胆者。

林郁（台湾国际村文库书店董事长兼总编辑）：

在我年轻的时候，曾经迷恋余光中用右手写诗、左手写散文的那份洒脱自如的文采（甚至我认为余光中的散文写得比诗更优美）。1994年初夏，我在北京第一次和王先生见面，不觉脱口说出，他也是缪斯最钟爱的儿女，得天独厚的以右手作画、用左手从事文学创作。王先生听了，只是含蓄地笑一笑，并不多话。

以生命为代价，追求人生和艺术的完美。
一个人生的完美，一个艺术的完美，两者结合起来，才是一个人的完美。

这句话是王为政给自己的人生格言，也是他对自己的作品（不论是画作或文学创作）的严谨要求。王先生的画，我看得并不多，但我曾从他的一幅画作中，强烈地感受到，他并不止于用"手"在作画，而是用"心"在作画。这就如同他的小说《听画》《傲骨》给予人的强烈震撼！而这种巨大的震撼力量也可能带来毁灭，尔后再带来新生……

冯远（中国文联副主席、中国美术家协会名誉主席、著名画家）：

这里展出的作品，是王为政先生四五十年来创作的阶段性成果，经过相当大跨度的艺术作品，数量不多，但是可以说，件件堪称精品。

王为政先生是比较早地出道的一位优秀人物画家。如果说，在早年的人物画创作中，王为政还保持着南北兼容的绘画特质，带有鲜明的抒情性和主题性绘画时代特征，那么，几十年以后我们再看到他的一些文化人肖像系列作品，就形成了非常鲜明的个人特色，强悍的造型、苍劲的笔墨，和带有金石味道的绘画形式的追求。对于一位人物画家来说，这种艺术风格的形成，必然经过复杂的心路历程和艺术的探索过程。

非常有趣的是，早在20世纪70年代，王为政先生推出一批非常生动、憨态可掬的《小熊猫》系列，当时我就想，王为政——王为政，不会有重名吧？因为他的作品，风格、面貌差异如此之大，很难想象是出自一人之手。但事实就是如此，他的作品一方面表达了在那个时代人的精神深度，一方面表达了自然生命和对自然生活的热爱，所以，在王为政先生笔下出现了两种截然不同的风格，而这两种风格都得到了艺术界和人民群众的喜爱。多少年之后我还了解到，王为政先生天生爱好文学，创作了大量文学作品，小说、报告文学、诗歌、诗词、戏剧文学、电影文学，几百万字，这在画家当中是绝无仅有的，特别是这些作品有不少在文学界获得奖赏。对一个人物画家来说，没有对人的深刻认识，没有对社会和社会背景的深刻认识，没有对国家和社会深刻变化这样一种精神的感召，我想，王为政先生的艺术创作，他的精神状态，他最近新创作的像《二泉映月》《老夫聊发少年狂》《牧驼》这样一批大幅的作品是很难保持他那种鲜活的精神状态和勃发的艺术状态的。

尚辉（《美术》杂志主编、著名美术评论家）：

在 20 世纪 70 年代末以《李四光》组画而享誉的王为政，便是一直执着水墨写实人物画的重要代表。这套具有图传性质的通过表现地质学家李四光为祖国探寻石油资源而展开他璀璨人生的组画，不仅是"文革"后最早塑造中国知识分子形象的作品，而且也以笔墨与写实造型的完美结合而成为那个年代的优秀人物画作。在那个通过"伤痕美术"而追寻批判现实主义道路的年代，王为政又画出了《思想者》和《从容谈兵》等代表作，以此显示他对于现实主义的理解。表现张志新，几乎是伤痕美术时期的重要人物题材，而王为政创作的《思想者》，则完全通过肖像式的人物刻画来揭示张志新不畏黑暗、不屈凌辱的英勇精神。作品并没有像当时许多作品那样一味描绘这位临刑前被割断喉管的惨烈场面，而是通过黑暗围拢的脸庞来隐喻时代给予她的悲剧。画家着力于黑暗中张志新那样一双炯炯发光的眼神刻画，那是在那个时代鲜见的只有坚持真理的知识分子才能闪烁出的思想之光。而在"文革"中惨遭迫害的陈毅，也是伤痕美术中多次被描绘的人物，但《从容谈兵》却通过对元帅下围棋那种大度、洒脱、幽默的个性形象塑造，让人们回味陈毅当年运筹帷幄、指挥若定的精神风貌。作者并没有直接表现这位元帅如何在"文革"时期惨遭荼毒，而是设计了墨镜与抽烟动作，在这人物悲剧命运的氛围中回放他个性的豁达大度，更加深刻地诠释了陈毅一生光明磊落、豪爽的人物形象，尤其是大气的性格心理。

这些作品或许已揭示了王为政人物画在人物表现方面的某些定位。譬如，他偏爱刻画知识分子形象，而且，这些人大都不同程度地体现了在逆境中勇执己见、不畏强暴并因此而遭受磨难的悲剧命运。这是否也揭示了画家对于被表现人物的夹杂着某种鲜明的自我判断的主观性选择？而这种选择，既体现了画家对于被表现人物思想个性的熟悉，也体现了画家和被表现对象之间形成的某种思想情感上的共鸣？在艺术语言上，画家着重于人物面部与手部的刻画，造型精准细微，甚至于显示出画家极为扎实的素描功底；但画家也十分讲究笔墨的灵变与洒脱，这主要体现在人物体态与一些背景的铺陈上，并通过疏放有度的大笔头湿墨呈现中国画特有的笔意墨蕴。

如果说他的第一个创作高峰期主要运用擦笔造型、湿笔写意的话，那么，他的第二个高峰期则主要借鉴了传统山水画的皴擦笔法，用以增强形象的塑造感，这种如石凿斧劈般的用笔，不仅为画家提供了体面造型的便利，而且也使形象产生了凝重、涩滞、深沉的审美感受。这种笔墨既是画家艺术个性的自觉追求，也是画家自己人生阅历的语言映射。他用骨法用笔勾勒、以枯苍老辣之墨去刻画的那些人，在某种意义上，也是他自己人文精神的呈现。所谓枯笔渴墨，所谓郁结凝重，都是在激情燃烧、风流倜傥的青春韶华之后的一种岁月沉淀与境界升华。从这种角度看，他对于笔墨个性的追求也是他自我精神的一种观照。

王明明（北京画院院长、著名画家）：

为政是一位学者型国画家，他不仅在人物画、动物画、山水画方面成就卓著，而且在文学、历史、戏剧诸领域都有很深的造诣，著述颇丰。

为政最擅长人物画。在过去的几十年中，他一直在研究"人"，用各种手段来塑造"人"。1977年，他应上海人民美术出版社之约，创作了中国画组画《我国卓越的科学家李四光》，其中《毛泽东与李四光》《周恩来与李四光》曾由新华社发通稿，一夜之间出现在全国几乎所有的报纸上而家喻户晓。之后的一段时间，他创作了大量以革命领袖和历史人物为题材的人物画，深受人们的喜爱，奠定了他在中国画坛的地位。

正因为注重文化积淀，广泛吸收相关学科的营养，开拓了胸襟与眼界，使他创作历史人物画时得心应手，也使他的作品饱含中国的哲学思想、人文精神、审美取向和价值观念。读为政的画，你能感受到画里画外特有的文化气息和思想内涵。更为难得的是，为政擅作旧体诗词，他常在画作上题写自己创作的诗作，这在当今的画家中已极为罕见。

袁武（北京画院常务副院长、著名画家）：

为政先生的《从容谈兵》是我当时很欣赏的作品范画。这幅创作巧妙地表现了陈老总生活中特有的一个情景"下棋"，而构图却一实一虚地对比，舍弃下棋的对手，几乎是正面角度写画了陈毅元帅的形象。那元帅的气概，那淡定自若的神情，跃然纸上，既没有纯粹画像的呆板照片式构图，也没有简单地为画下棋而过于生活化的场景。更令我敬佩的是人物特征描绘得准确传神，国画技法却又挥写得自由精湛！为政先生的造型功底确实是很扎实深厚的，他所表现的人物形象不是磨出来的，更不是抄照片，而是写出来的，是有笔有墨的表达和呈现。如《毛泽东和李四光》《今日得宽余》《智者巴金》等一批优秀的肖像作品。谈到笔墨，让我最先想到的是为政先生的《公子扶苏》这件作品。水墨交融一气呵成的浓墨披风，笔墨是在节奏中气贯而下的，真正应了古人的"气韵生动"的美学理念。其实人物画的难度不是造型，中国画的难度也不是笔墨，真正的难度是将造型与笔墨完美地结合，顺畅地表现。在当今人物画家中，为政先生很早就解决了这个问题。

陈履生（国家博物馆副馆长、著名美术评论家）：

王为政是一位具有浓郁文学气质的国画家，这位将最敏感的青少年岁月洒落在沸腾的20世纪60年代的完美主义者，不仅积淀了文学、戏曲和音乐的功底和灵性，而且还陶冶了中西绘画方面的才情和学智。他画的画虽然在传统水墨画的范畴之内，可是，个中却融汇着中西艺术的基因，而在题材方面的自由发挥，则成就了这位难得的多面手。

以人物画为主的王为政，在戴着镣铐和枷锁跳舞的时代，曾经有几幅主题性创作为他获得了最初的声名。而在解脱了镣铐和枷锁之后，他的人物画创作又进入了一个新的阶段。自2003年以来，他逐一为近现代的文化名人作肖像，形成了"千古风流人物"系列，并一直持续到现在，还将延续到将来。他利用这样的契机，为我们社会的精英和脊梁作画传，将包括思想史、社会史、文化史、艺术史和文学史等学科门类再一次做了一个现实的串联，从而构建了一个系统化的文化工程。

梁江（中国美术馆副馆长、著名美术评论家）：

王为政先生比较低调，平时很少出来公共场合，但是这并不妨碍我们对他的评价。他是一个具有坚实功力，有文化品位，有社会责任感的人物画家，在我们当代人物画坛上是有代表性的、主流性的画家。

王为政先生的中西融合，不仅仅是局限在造型语言和水墨技法上面，也是体现在他对人物内在精神性格的把握上，他重视人性，重视人物性格的刻画，这一点是牢牢把握住了中国传统人物画传神的宗旨。所以我们看王为政先生的水墨作品，既有酣畅写意的一面，也有凝练、斑驳、富有金石味的一面，像他画的鲁迅、李苦禅先生的肖像我都觉得很有深度，有一种纪念碑式的感觉。我想他对于抓住人物的最有代表性的瞬间、把握住人物最有代表性的一面把握得很准确、很凝练，就像一首非常凝练的诗一样，这是他给我们当代的人物画坛提供了非常有价值的经验。

王镛（中国艺术研究院研究员、著名美术评论家）：

王为政先生的艺术把文学与艺术完美地结合在了一起。文学和艺术的密切关系恰恰是中国传统艺术的精髓，尤其是诗与画的沟通，我觉得在这一点上，王为政先生非常明确，而且他把握住了文学和艺术相通的最本质的特征。我在网上看到他有一个评论，他说文学的核心是人，艺术的核心也是人，在表现人、表现人性、表现人的精神这个深刻性上，文学和艺术是契合的。所以他把表现人的精神、刻画人的精神气质放在第一位，而且无论是他的人物画、动物画还是山水画，我认为都是表现人的精神的，表现画家的精神。这样的话，他就在一个最高最深的层次上实现了文学与艺术的沟通，而且创造了非常优美、广阔的意境。他的诗词写得也非常好，一般现代的画家无论是中老年还是青年画家都写不了他这么好的水平。我也喜欢诗词，我看诗词首先要看是否符合格律，王先生的诗词不仅格律严谨，而且富有诗意，又和他的画境非常吻合。

《从容谈兵》是他最佳的人物画代表作。赵朴初有一首写陈毅的词写得非常好，王为政的画画得非常精彩，在同类的画陈毅的作品当中他是最杰出的一个，最有代表性的，把陈毅元帅诗人的形象淋漓尽致地表现出来了，而且笔墨也非常灵动。

刘龙庭（人民美术总社资深编审、著名美术评论家）：

看了王为政的画展，我想到在当代什么叫文人画家，什么叫一般画家，什么叫匠人。王为政的画是写实的风格和样式，他的诗词你不能不承认是相当有造诣的。什么是文人？就是今天的知识分子。知识分子有什么特点呢？就是忧国忧民。王为政不是官员，在国家编制中只是个"业务干部"，但是他很关心中国的前途、民族的发展。他的肖像画，一类是领袖人物，一类是知识分子，基本上就是文人画文人，像曹禺、钱钟书、巴金、李苦禅、齐白石、吴冠中先生，文人画文人，就画得非常传神。王为政继承了我国大文人的传统，从最早在美术史上留下著作和绘画的顾恺之，到苏东坡、赵孟頫、郑板桥，这是一个大文人的传统，不像现在一些自封为"文人"的新文人，画的东西都是饮食男女，这种"文人"对艺术、对国家贡献甚小，自我感觉良好，众人追捧。所以我很钦佩王为政的为人精神，王为政构造了一个当代优秀的文人画家、优秀的肖像画家，他继承了我国大文人的文化修养和忧国忧民的精神。

李一（中国美协理论委员会副主任兼秘书长、《美术观察》杂志主编）：

看了王先生的作品很受启发，他画展的特点是一幅画配一首诗或者一首词，诗魂画意融为一体，这是王为政的画的特点，画得好，写得也好，应该说画感人，诗词也感人。更重要的是这种诗画相互辉映，读其诗词可以进一步了解他的画意，观其画语又可以进一步加深对诗魂的理解。由此我想到了中国文化、中国艺术追求整体性、综合性，讲究艺术家的全面修养、不断完善。我觉得王先生就是追求不断完善、全面修养、整体性、综合性的一个画家，看他的诗书画各方面，画画出了人性，诗也写出了人性，他用画为这些先贤、今杰来造像，用诗写他们的灵魂，而且诗也很有历史沧桑的味道，确实相当不错。当代画家里，诗词能够达到如此水平的确实少见，书法家里像他这个年龄有一些人写诗写得不错，但是画家里少，画家里有一些画山水、花鸟的还写一点，画人物的写得很少，他画人物而且画当代人物，写的诗词从格律上相当严谨，关键是写出了博大的意象，确实少见，很了不起。

裔萼（中国美术馆展览部主任）：

与古代人物画相比，中国现当代人物画确实取得了很高的成就，当得起"古不及今"四个字。也正因为有王为政先生这一大批优秀的中国人物画家，使得中国现当代的人物画取得了如此高的艺术成就。

这个展览规模不是太大，但是艺术水平很高，很多作品也给大家留下很深刻的印象，其中我就想谈两件作品给我个人留下的比较深刻的印象。一个是《思想者》，一个是《王国维》，他在人物形象刻画手法的自由性和艺术语言与表现对象之间的契合性也是当代的人物画家值得借鉴的,《思想者》以润含春雨的笔调近乎唯美地表现了张志新这样一个革命者,将人物的柔美和内心的刚毅结合得非常好,把这么美好的形象毁灭掉,增加了这幅作品的悲剧性,这也是这个艺术家巧妙的构思所在。另外一个是《王国维》,以干裂秋风、富含苍古的金石味道的笔墨来刻画一位狂傲的、在传统向现代转型时期一个有非常丰富的精神世界的文人形象,这个形象的意味给我们传达出来也是非常丰富的。这两幅作品给我非常深的印象,也使我思考当代写实水墨人物画在当代发展中所面临的一些问题的时候有所启迪。

杭间(清华大学美术学院副院长、中国美协理论委员会副主任):

解读王为政先生的作品是解读一个主流画家非常典型的案例。我从他的作品里读到他是一个有思想、有坚持的艺术家。表现领袖人物的创作,其实不仅仅是一个写实功底的问题,还是一种情感的投入和对于那一代领袖人物的价值认同,这是不可分离的。同时,我们又看到了他很有文人风格的一种思考。王先生作为主流画家的典型,还可以从他的文化价值的思考来看。作为一个主流画家,他对中国传统文化的价值的思考和认同有他自己心里的标准。虽然今天的年轻人可能对这些文化人会逐渐地陌生,但是这样的一种文化风骨的传承,是非常重要的。

夏硕琦(《美术》杂志前任主编):

今天看到王先生的人物画,我觉得他有他自己的特色,有自己的贡献。而且我觉得他的画提供了笔墨关系和人物创造,以他的创作实践、他的方式提出这样一个可以思考的问题。我觉得在王先生的人物画,他的艺术创造中抓住了非常根本性的东西,首先我觉得那是他对人物的理解、认识、体验乃至妙悟。所以他抓的是人的精神深处的东西,当然也绝不忽略形象的特征。所以,得势不如得遇,得遇不如得性,能够画到人的性、神采、性格、人性深处的东西那才是高水平的人物画。所以我觉得品评人物画的标准是什么呢，是笔墨中心论呢，还是某种新形式的表现呢？我觉得归根到底就是对这个人物的塑造有没有表现出他的最根本的方面。

看王为政的成功作品，首先看到的是打动我的这个人物的性情风骨，而不是第一眼就看他造什么新形式，他的笔墨怎么样。当然，他的笔墨语言也是有创造性的，但是这种创造不是脱离了他最要表达的灵魂性的东西，去游离于主体造一个什么效果，他的成功就在于，在表达他最主要想表达的灵魂的深入人性的东西的时候，利用了恰当的笔墨语言。

陈醉（全国政协委员、中国艺术研究院研究员）：

为政抓住了当前中国传统绘画的一个很重要的命题去攻关，这个命题就是修养。一个就是文学修养。为政已经在这个问题上做出了一个很好的榜样，因为他题得很好，词写得很好。第二个方面，就是他写实功夫的修养。为政抓住了当前中国画发展到一定的程度，尤其传统的中国人物画发展到一定程度的时候凸显的两个难点，去进行攻关，而且做出了很好的成绩。现在还没有几个人能够这么专攻地作为人物画的表达，而且画得这么精妙。

赵力忠（国家画院资深研究员）：

我过去知道为政是个作家，知道他在作家圈里还专门出过集子。我想了一想，画家能够进入作家行列的，并且取得一定成就的，目前活着的有两个人，一个是你，一个是河北的韩羽。我注意到你的题诗，说明了你的文学才华是不可低估的。刚才陈醉也提到了，你在当代画家中是自己独立完成一幅作品的，不但自己画，自己题，而且题自己的诗，我现在不敢说你是唯独一个，应该是比较少的。现在很多是抄别人的，抄古人的，还抄错了。

《老夫聊发少年狂》反映了作者情节绘画的表现力，而一批人物肖像画则带有史诗性，不是一般的抒情性，而是力争发掘人物的内心世界。比如《从容谈兵》，陈毅作为一位元帅，一位外交家、政治家，你没有画他别的，而是画下围棋，抓住了生活中一个情节来表现陈毅元帅的那种心中自有雄兵百万、从容不迫的气势。所以我感觉到带有史诗性。

张敢（清华大学美术学院副院长）：

我认为王老师对中国人物画方面的贡献应该引起大家的重视，而且也必须正视。首先在造型和笔墨关系上，我觉得对造型的锤炼非常重要，过去中国的人物画包括文人画，有意识地忽略了对造型方面的要求，认为笔墨是一切的观点，和对色彩的忽略，都是对中国文化的偏见和误解，其实中国文化本来应该更加丰富。所以我觉得王先生在人物画造型方面的锤炼是对中国画非常有益的补充，而且在肖像画方面我觉得也是很重要的，尽管中国古代就强调传神、写照，但是真正留下来的肖像画并不多，总体来讲，人物肖像绘画在中国整个绘画传统里并不是非常突出的一支，所以王先生画了大量的人物肖像，我想对中国人物画的发展，从题材上也是一个很有益的补充。

我觉得最重要的一点就是对人物精神内涵的处理和刻画，这和王老师的文学功底有密切关系，在中国当代艺术家里能够做到这一点已经是难能可贵了。比如画面和诗词之间的关系的处理，就像《公子扶苏》那样的作品我觉得非常感人，明显具有悲剧性的色彩，一个瘦弱的坚毅的年轻人的形象，看上去是非常感动人的。后来的《王国维》和《弘一法师》的表现都达到了很高水平。从对人物的精神性传达方面，王先生的绘画也很重要。我觉得作品评价并不一定要放在中国画的体系来看，他就是在当代中国创作的一个人，表现中国当代精神的一个画家，这个可能是有重要意义的。

徐虹（中国美术馆学术部资深研究员）：

古代人物画的造型基本是概念化的，以一种符号和象征，靠推演和想象来阐释、提示、寓意对人物的理想追求。到了现代，要把它空间化，就要把人物塑造出来，这个塑造必须通过日常人物的形象来塑造，如何让它上升到具有中国人普遍理想和普遍价值的一种人物形象，就摆在20世纪中国人物画的面前。用从文人画而来的、从笔墨晕染和线描的飘逸中而来的表现手段，去塑造这样一种非常厚重、内敛，非常有历史底蕴的人物，难题就非常大，王为政先生在这方面做出了很大的贡献。从他的这些人物形象里，我感觉到他的中国文化观，和对"人"的理解，在这些方面，他都做出了突破和改变，他笔下的人物，既有世俗的烟火和血肉，同时还有坚毅的精神和风骨。

丹青隐

作者 _ 王为政

产品经理 _ 段冶　　装帧设计 _ 余雷　　技术编辑 _ 丁占旭
责任印制 _ 刘世乐　　出品人 _ 曹俊然

果麦
www.guomai.cn

以 微 小 的 力 量 推 动 文 明

图书在版编目（CIP）数据

丹青隐 / 王为政著. -- 广州：花城出版社，
2024.3
ISBN 978-7-5749-0130-8

Ⅰ. ①丹… Ⅱ. ①王… Ⅲ. ①长篇小说—中国—当代
Ⅳ. ①I247.5

中国国家版本馆CIP数据核字(2024)第031542号

出 版 人：张　懿
责任编辑：陈　川　邱奇豪
责任校对：李道学
技术编辑：林佳莹
装帧设计：佘　雷

书　名	丹青隐
	DANQING YIN
出版发行	花城出版社
	（广州市环市东路水荫路11号）
经　销	全国新华书店
印　刷	嘉业印刷（天津）有限公司
	（天津市静海区八号路岩丰西道）
开　本	710毫米×1000毫米　16开
印　张	34.75　2插页
字　数	490,000字
版　次	2024年3月第1版　2024年3月第1次印刷
定　价	78.00元

如发现印装质量问题，请直接与印刷厂联系调换。
购书热线：020-37604658　37602954
花城出版社网站：http://www.fcph.com.cn